Né à New York en 1960, Daniel Mendelsohn a suivi des études de lettres classiques à l'Université de Virginie et à Princeton. Il est aujourd'hui un contributeur régulier de la *New York Review of Books* et du *New York Times Magazine*. Son premier livre, *The Elusive Embrace (L'Etreinte fugitive)*, a rencontré un important succès critique. Publié à l'automne 2006 aux États-Unis, *Les Disparus* est en cours de traduction dans douze pays et a été couronné par de nombreux prix dont le National Jewish Book Award et le National Book Critics' Circle Award. Il a également remporté le prix Médicis étranger et a été élu meilleur livre de l'année 2007 par le magazine *Lire*.

Les disparus

Daniel MENDELSOHN

Les disparus

ROMAN

*Traduit de l'américain
par Pierre Guglielmina*

*Ouvrage traduit avec le concours
du Centre national du Livre*

Photographies de Matt Mendelsohn

Titre original
THE LOST

© Daniel Mendelsohn, 2006
Published by arrangement with HarperCollins Publishers
All rights reserved

Pour la traduction française
Flammarion, 2007

À

FRANCES BEGLEY

et

SARAH PETTIT

sunt lacrimæ rerum

La famille de Shmiel Jäger

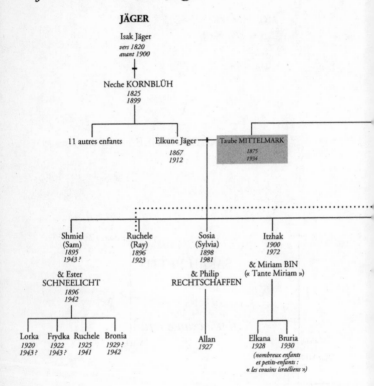

JÄGER

Isak Jäger
vers 1820
avant 1900

Neche KORNBLÜH
1825
1899

11 autres enfants

Elkune Jäger
1867
1912

Taube MITTELMARK
1875
1934

Shmiel
(Sam)
1895
1943 ?

& Ester
SCHNEELICHT
1896
1942

Ruchele
(Ray)
1896
1923

Sosia
(Sylvia)
1898
1981

& Philip
RECHTSCHAFFEN

Itzhak
1900
1972

& Miriam BIN
(« Tante Miriam »)

Lorka
1920
1943 ?

Frydka
1922
1943 ?

Ruchele
1925
1941

Bronia
1929 ?
1942

Allan
1927

Elkana
1928

Bruria
1930
(nombreux enfants
et petits-enfants :
« les cousins israéliens »)

MITTELMARK

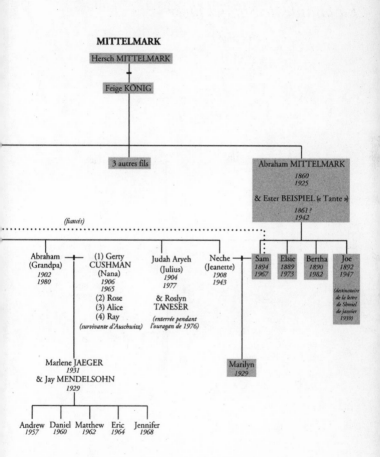

Hersch MITTELMARK

Feige KÖNIG

3 autres fils

Abraham MITTELMARK
1860
1925

& Ester BEISPIEL (« Tante »)
1861?
1942

(fiancés)

Abraham
(Grandpa)
1902
1980

(1) Gerty
CUSHMAN
(Nana)
1906
1965
(2) Rose
(3) Alice
(4) Ray
(survivante d'Auschwitz)

Judah Aryeh
(Julius)
1904
1977

& Roslyn
TANESER
*(enterrée pendant
l'ouragan de 1976)*

Neche
(Jeanette)
1908
1943

Sam
1894
1967

Elsie
1889
1973

Bertha
1890
1982

Joe
1892
1947

*(destinataire
de la lettre
de Shmiel
de janvier
1939)*

Marilyn
1929

Marlene JAEGER
1931
& Jay MENDELSOHN
1929

Andrew
1957

Daniel
1960

Matthew
1962

Eric
1964

Jennifer
1968

PREMIÈRE PARTIE

Bereishit,

ou

les Commencements
(1967-2000)

Quand nous avons dépassé un certain
âge, l'âme de l'enfant que nous fûmes et
l'âme des morts dont nous sommes sortis viennent nous jeter à poignées leurs
richesses et leurs mauvais sorts...

Marcel Proust,
À la recherche du temps perdu

1

Le vide sans forme

JADIS, QUAND J'AVAIS six ou sept ou huit ans, il
m'arrivait d'entrer dans une pièce et que certaines
personnes se mettent à pleurer. Les pièces où cela
avait lieu se trouvaient, le plus souvent, à Miami
Beach, en Floride, et les personnes auxquelles je
faisais cet étrange effet étaient, comme à peu près
tout le monde à Miami Beach au milieu des années
1960, vieilles. Comme à peu près tout le monde à
Miami Beach à l'époque (du moins, me semblait-
il alors), ces vieilles personnes étaient juives – des
Juifs qui avaient tendance, lorsqu'ils échangeaient
de précieux potins ou parvenaient à la fin longue-

13

ment différée d'une histoire ou à la chute d'une plaisanterie, à parler en yiddish ; ce qui, bien entendu, avait pour effet de rendre la chute ou le point culminant de ces histoires incompréhensible à tous ceux d'entre nous qui étions jeunes.

Comme bien des résidents âgés de Miami Beach à cette époque, ces gens vivaient dans des petites maisons ou des appartements qui, pour ceux qui n'y vivaient pas, paraissaient sentir légèrement le renfermé, et qui étaient en général très silencieux, sauf les soirs où retentissaient sur les postes de télévision en noir et blanc les émissions de Red Skelton, de Milton Berle ou de Lawrence Welk. À intervalles réguliers, cependant, leurs appartements renfermés et silencieux s'animaient des voix de jeunes enfants qui avaient pris l'avion depuis les banlieues de Long Island ou du New Jersey pour venir passer quelques semaines en hiver ou au printemps et voir ces vieux Juifs, à qui on les présentait, frétillants de gêne et de maladresse, avant de les obliger à embrasser leurs joues froides et parcheminées.

Embrasser les joues de vieux parents juifs ! On se contorsionnait, on grognait, on voulait courir jusqu'à la piscine chauffée en forme de haricot qui se trouvait derrière la résidence, mais il fallait d'abord embrasser toutes ces joues qui, chez les hommes, avaient une odeur de cave, de lotion capillaire et de Tiparillos, et étaient hérissées de poils si blancs qu'on pouvait souvent les prendre pour des moutons de poussière (comme l'avait cru une fois mon frère, qui avait essayé de retirer la touffe agaçante pour se voir gifler sans ménagement sur la tête) ; et, chez les vieilles femmes, avaient le vague arôme de la poudre de maquillage et de l'huile de cuisine, et étaient aussi douces que les mouchoirs en papier « d'urgence » fourrés au fond de leurs sacs, écrasés là comme des pétales à côté des sels à la violette, des emballages roulés en boule de pastilles pour la toux et des billets froissés... Les billets froissés. *Prends ça et garde-le pour Marlene jusqu'à ce que je sorte*, avait ordonné la mère de ma mère, que nous appelions Nana, à mon autre grand-mère, en lui tendant un petit sac en cuir rouge contenant un billet de vingt dollars tout fripé, un jour de février 1965, juste avant qu'ils la poussent dans une salle d'opération pour une chirurgie exploratoire. Elle venait d'avoir cinquante-neuf ans et elle ne se sentait pas bien. Ma grand-mère Kay avait obéi et pris le sac avec le billet froissé, et, fidèle à sa parole, elle l'avait donné à ma mère, qui le tenait encore dans ses mains, un certain nombre de jours plus tard, quand Nana, couchée dans un cercueil en pin tout simple, avait été enterrée au cimetière Mount Judah dans le Queens, au milieu d'une section qui appartient (comme vous en informe une inscription sur le portail en granit) à la FIRST BOLECHOWER SICK BENEVOLENT ASSOCIATION. Pour être enterré là, il fallait appartenir à cette association, ce qui signifiait que vous deviez être né dans une petite ville de quelques milliers d'habitants, située de l'autre côté du monde dans une contrée qui avait autrefois appartenu à l'Autriche, puis à la Pologne et à bien d'autres pays ensuite, et appelée Bolechow.

Maintenant, il est vrai que la mère de ma mère – je jouais avec les lobes si doux de ses oreilles chargées de grosses boucles en cristal jaune et bleu, quand j'étais assis sur ses genoux dans le fauteuil à grand dossier de la véranda chez mes parents et, à un moment donné, je l'ai aimée plus que n'importe qui d'autre, ce qui explique sans aucun doute pourquoi sa mort a été le premier événement dont je garde des souvenirs précis, même s'il est vrai que ces souvenirs sont au mieux des fragments (le motif pisciforme et ondulant du carrelage sur les murs de la salle d'attente de l'hôpital ; ma mère me disant quelque chose sur le ton de l'urgence, quelque chose d'important, même s'il allait falloir quarante années pour me souvenir finalement de ce que c'était ; une émotion complexe, faite de désir ardent, de peur et de honte ; le son de l'eau d'un robinet dans un lavabo) –, la mère de ma mère n'était pas née à Bolechow et était en réalité la seule de mes quatre grands-parents à être née aux États-Unis : fait qui, au sein d'un groupe de gens désormais disparu, lui avait autrefois donné un certain cachet. Mais son mari, beau et dominateur, mon grand-père, *Grandpa*, était né et parvenu à la maturité à Bolechow, lui, ses trois frères et ses trois sœurs. Et c'est pour cette raison qu'il avait droit à un emplacement dans cette section particulière du cimetière Mount Judah. Il y est, lui aussi, maintenant enterré, avec sa mère, deux de ses trois sœurs, et un de ses trois frères. L'autre sœur, mère férocement possessive d'un fils unique, a suivi ce fils dans un autre État et s'y trouve enterrée. Des deux autres frères, l'un (du moins c'est ce qu'on nous avait toujours dit) avait eu le bon sens et l'anticipation d'émigrer avec sa femme et ses jeunes enfants de la Pologne à la Palestine dans les années 1930 et, résultat de cette sage décision, il avait été enterré, le moment venu, en Israël. Le frère aîné, qui était aussi le plus beau des sept frères et sœurs, le plus adoré et adulé, le *prince* de la famille, était venu jeune homme à New York, en 1913. Mais, après une année maigre passée là-bas chez une tante et un oncle, il avait décidé qu'il préférait Bolechow. Et donc, après une année aux États-Unis, il était rentré – un choix qu'il savait, puisqu'il avait fini par trouver le bonheur et la prospérité, être le bon. Il n'a pas de tombe du tout.

CES VIEUX HOMMES et ces vieilles femmes qui, parfois, à ma simple apparition se mettaient à pleurer, ces vieilles personnes juives dont il fallait embrasser les joues, avec leurs bracelets de montre en faux alligator et leurs plaisanteries salaces en yiddish, et leurs lunettes à montures en plastique noir, et le plastique jauni de leur prothèse auditive derrière l'oreille, avec leurs verres remplis à ras bord de whiskey, avec leurs crayons qu'ils vous offraient à chaque fois qu'ils vous voyaient et qui portaient les noms de banques ou de concessions automobiles, avec leurs robes évasées en coton imprimé et leurs trois rangs de perles en plastique blanc, et leurs boucles d'oreilles en cristal transparent, et leur vernis rouge qui brillait et faisait résonner leurs ongles longs, si longs, quand elles jouaient au mah-jong ou à la canasta, ou encore serraient les longues, si longues, cigarettes qu'elles fumaient – ces vieux hommes et ces vieilles femmes, ceux que je pouvais faire pleurer, avaient certaines autres choses en commun. Tous parlaient avec un accent particulier, un accent qui m'était familier parce que c'était celui qui hantait légèrement, mais de façon perceptible, les propos de mon grand-père : pas trop prononcé, puisque au moment où j'ai été assez âgé pour remarquer ce genre de choses, ils avaient vécu ici, en Amérique, pendant un demi-siècle ; mais il y avait encore une rondeur révélatrice, une affectation dans certains mots avec des *r* et des *l*, comme *chéri* ou *fabuleux*, une façon de mordre dans le *t* de mots comme *terrible*, et de transformer en *f* le *v* d'autres mots comme (un mot que mon grand-père, qui aimait raconter des histoires, utilisait souvent) *vérité. C'est la férité !* disait-il. Ces vieux Juifs avaient tendance à s'interrompre souvent les uns les autres au cours de ces réunions où eux et nous envahissions la salle de séjour mal aérée de l'un d'eux, à couper la parole à celui qui racontait une histoire pour apporter une correction ou pour rappeler ce qui s'était vraiment passé au cours de cette période *fabullleuse* ou (plus probablement) *t-errible, chérrri, j'y atais, je m'a souviens, et je te la dis, c'est la férité*.

Plus spécifique et mémorable encore, ils semblaient tous avoir, les uns pour les autres, une seconde série de noms, interchangeables. Cela me troublait et me désorientait, quand j'avais six ou sept ans, parce que je croyais que le nom de, disons, ma Nana était Gertrude, ou parfois Gerty, et je n'arrivais donc pas à comprendre pourquoi, au sein de cette compagnie choisie, en Floride, au cours des grandes réunions familiales qui avaient lieu quarante ans après que la famille despotique et théâtrale de son mari avait débarqué à Ellis Island pour se transformer en Américains (tout en ne cessant jamais de raconter des histoires sur l'Europe), elle devenait *Golda*. Je ne pouvais pas non plus comprendre pourquoi le frère cadet de mon grand-père, notre oncle Julius, un des fameux distributeurs de crayons publicitaires, qui avait fait un mariage anormalement tardif et que mon grand-père, arrogant et bien habillé, traitait toujours avec cette sorte d'indulgence qu'on réserve aux animaux domestiques mal dressés, devenait soudain *Yidl* (il fallut des décennies avant que je découvre que le nom sur son extrait de naissance était Judah Aryeh, c'est-à-dire « Lion de Judée »). Et qui était cette *Neche* – ça avait un peu la sonorité de *Nehkhuh* – à laquelle mon grand-père faisait de temps en temps allusion comme à sa petite sœur adorée qui, je le savais, était morte brutalement d'une crise cardiaque à l'âge de trente-cinq ans en 1943, à la table de Thanksgiving (raison pour laquelle, m'expliquait mon grand-père, il n'aimait pas cette fête). Qui était cette *Nehkhuh*, puisque je savais ou croyais savoir que la petite sœur adorée de mon grand-père avait été Tante Jeanette ? Seul mon grand-père, dont le nom était Abraham, avait un surnom qui me paraissait intelligent : Aby. Et cela contribuait à renforcer mon impression qu'il était une personne d'une authenticité transparente et totale, une personne en qui on pouvait avoir confiance.

Parmi ces gens, il y en avait certains qui pleuraient lorsqu'ils me voyaient. J'entrais dans la pièce et ils me regardaient (des femmes, pour la plupart), et elles portaient leurs mains tordues, avec ces bagues et ces nœuds déformés, gonflés et durs comme ceux d'un arbre qu'étaient leurs phalanges, elles portaient ces mains sur leurs joues desséchées et disaient, d'une voix un peu essoufflée et dramatique, *Oy, er zett oys zeyer eynlikh tzu Shmiel !*

Oh, comme il ressemble à Shmiel !

Et elles se mettaient à pleurer ou à pousser des petits cris étouffés, tout en se balançant d'avant en arrière, leurs pulls roses ou leurs coupe-vent tressautant sur leurs épaules affaissées, et commençait alors une longue rafale de phrases en yiddish dont, à cette époque, j'étais évidemment exclu.

DE CE SHMIEL, bien entendu, je savais quelque chose : le frère aîné de mon grand-père qui, avec sa femme et ses quatre filles superbes, avait été tué par les nazis pendant la guerre. *Shmiel. Tué par les nazis.* C'était là, nous le comprenions tous, la légende non écrite des quelques photos que nous avions de lui et de sa famille, qui étaient désormais rangées soigneusement dans un sac en plastique, à l'intérieur d'une boîte qui se trouvait elle-même à l'intérieur d'un carton dans la cave de ma mère. Un homme d'affaires à l'allure prospère, âgé de cinquante-cinq ans environ, se tenant, avec la fierté d'un possédant, devant un camion, en compagnie de deux chauffeurs en uniforme ; une famille rassemblée autour d'une table, les parents, les quatre petites filles, un étranger inconnu ; un homme élégant en manteau à col de fourrure, portant un chapeau mou ; deux jeunes gens en uniforme de la Première Guerre mondiale, dont je savais que l'un était Shmiel à l'âge de vingt et un ans, tandis que l'identité de l'autre était impossible à deviner, inconnue et inconnaissable... Inconnue et inconnaissable : cela pouvait paraître frustrant, mais cela conférait aussi une certaine allure. Les photos de Shmiel et de sa famille étaient, après tout, plus fascinantes que n'importe quelles autres photos de famille scrupuleusement conservées dans les archives de la famille de ma mère, précisément parce que nous ne savions presque rien de lui, d'eux. Leurs visages sans sourires, sans paroles, semblaient, de ce fait, plus captivants.

Pendant longtemps, il n'y a eu que les photos muettes et, de temps en temps, une vibration désagréable dans l'air lorsque le nom de Shmiel était prononcé. Cela n'arrivait pas souvent, du temps où mon grand-père était encore vivant, parce que nous savions que c'était la grande tragédie de sa vie, le fait que son frère et sa belle-sœur, et ses quatre nièces, avaient été tués par les nazis. Même moi qui, lorsqu'il nous rendait visite, adorais m'asseoir à ses pieds fourrés dans les pantoufles en cuir souple et écouter ses nombreuses histoires sur « la famille », ce qui voulait dire naturellement *sa* famille, dont le nom avait été autrefois Jäger (et qui, obligée de renoncer à l'*Umlaut* au-dessus du *a* lorsqu'ils étaient arrivés en Amérique, était devenu successivement Yaegers, Yagers, Jagers et enfin Jaegers, comme lui : toutes ces orthographes figurent sur les pierres tombales à Mount Judah), cette famille qui, pendant des siècles, avait possédé une boucherie et ensuite, beaucoup plus tard, une affaire de viande en gros à Bolechow, *une jolie ville, une petite ville animée, un shtetl*, un endroit célèbre pour son bois, sa viande et sa maroquinerie que ses marchands expédiaient à travers toute l'Europe, *un endroit où une personne pouvait bien vivre, un endroit magnifique au pied des montagnes* – même moi qui étais si proche de lui, qui, en grandissant, lui posais si souvent des questions sur les histoires de famille, l'histoire, les dates, les noms, les descriptions, les lieux, qu'il lui arrivait d'écrire, lorsqu'il y répondait (sur de minces feuilles de papier à l'en-tête de la compagnie qu'il avait possédée autrefois, à l'encre bleue d'un gros stylo à plume Parker), *Cher Daniel, s'il te plaît, ne me pose plus de questions sur la mishpuchah, parce que je suis un vieil homme et je ne peux plus me souvenir de rien, et de plus es-tu bien sûr de vouloir retrouver d'autres parents ?!* – même moi, je me sentais mal d'en parler de cette chose horrible qui était arrivée à Shmiel, son propre frère. *Tué par les nazis.* Il m'était difficile, quand j'étais enfant et que j'ai commencé à entendre le refrain sur Shmiel et sa famille disparue, d'imaginer ce que cela signifiait exactement. Même par la suite, après que j'ai été assez âgé pour avoir appris des choses sur la guerre, vu des documentaires, regardé avec mes parents l'épisode d'une série d'émissions intitulées *The World at War*, qui était précédé d'un avertissement terrifiant sur le fait que certaines images du film pouvaient être trop intenses pour de jeunes spectateurs – même après ça, il était difficile d'imaginer comment ils avaient été tués, de saisir les détails, la spécificité de la chose. Quand ? Où ? Comment ? Avec des fusils ? Dans les chambres à gaz ? Mais mon grand-père ne le disait pas. Ce n'est que plus tard que j'ai compris qu'il ne disait rien parce qu'il ne savait pas ou, du moins, qu'il n'en savait pas assez et que le fait de ne pas savoir était ce qui, en partie, le tourmentait.

Et donc je n'en parlais pas. Je me contentais d'évoquer des sujets rassurants, de poser des questions qui l'autorisaient à être drôle, ce qu'il aimait être, comme dans la lettre suivante qu'il m'a écrite juste après mon quatorzième anniversaire :

20 mai 74

Cher Daniel,

Bien reçu ta lettre avec toutes tes questions, mais, désolé, je n'ai pas été en mesure de te donner toutes les réponses. J'ai noté que tu me demandais dans ta lettre si tu ne perturbais pas mon emploi du temps chargé avec toutes tes questions, la réponse est NON.

J'ai noté que tu étais très heureux du fait que je me suis souvenu du nom de la femme d'HERSH. Je suis heureux aussi, parce que Hersh est mon grand-père et Feige est ma grand-mère.

Maintenant, en ce qui concerne les dates de naissance de chacun d'eux, je ne sais pas parce que je n'étais pas là, mais lorsque le MESSIE viendra et que tous les parents seront Ré-Unis, je le leur demanderai...

Un *addendum* figure dans cette lettre et il est adressé à ma sœur et à mon plus jeune frère :

Très chère Jennifer et cher Eric,

Nous vous remercions tous les deux pour votre merveilleuse lettre, et nous sommes tout particulièrement heureux parce que vous n'avez pas de questions à poser sur la <u>Mishpacha</u>.

CHÈRE JENNIFER

J'ALLAIS ENVOYER À TON FRÈRE ERIC ET À TOI UN PEU D'ARGENT, MAIS COMME TU LE SAIS JE NE TRAVAILLE PAS ET JE N'AI PAS D'ARGENT. TANTE RAY VOUS AIME DONC BEAUCOUP TOUS LES DEUX, ET TANTE RAY VOUS ENVOIE DEUX DOLLARS CI-JOINTS, UN POUR TOI ET UN POUR ERIC.

AVEC NOTRE AMOUR ET NOS BAISERS

TANTE RAY ET GRANDPA JAEGER

Très chère Marlene

Sache que ce mardi 28, c'est YISKOR...

YISKOR, *yizkor* : un service commémoratif. Mon grand-père était toujours soucieux des morts. Chaque été, lorsqu'il nous rendait visite, nous l'emmenions à Mount Judah pour voir ma grand-mère et tous les autres. Nous, les enfants, nous courions un peu partout et regardions d'un regard vide les noms sur les modestes pierres tombales et les plaques, ou encore le monument géant, en forme d'arbre avec ses branches élaguées, pour la commémoration de la sœur aînée de mon grand-père, qui était morte à vingt-six ans, *une semaine avant son mariage*, du moins c'est ce qu'avait l'habitude de me dire mon grand-père. Certaines de ces pierres portaient des petits autocollants bleu électrique qui disaient SOIN PERPÉTUEL, presque toutes affichaient des prénoms comme STANLEY et IRVING et HERMAN et MERVIN, comme SADIE et PAULINE, prénoms qui, pour les gens de ma génération, semblaient être la quintessence du prénom juif, bien que, selon une de ces ironies que seul un certain passage du temps peut éclaircir, les immigrants juifs d'il y a un siècle, nés avec des prénoms comme SELIG et ITZIG et HERCEL et MORDKO, comme SCHEINDEL et PERL, aient choisi les prénoms de leurs enfants précisément parce qu'ils leur paraissaient très anglais, absolument non juifs. Nous nous promenions alentour et regardions tout ça pendant que mon grand-père, toujours dans un manteau en tweed impeccable, un pantalon aux plis parfaitement écrasés, avec une cravate au nœud extravagant, une pochette de soie sur la poitrine, progressait selon un ordre méticuleux, s'arrêtant devant chaque tombe, celle de sa mère, celle de sa sœur, celle de son frère, celle de sa femme, auxquels il avait survécu, et lisait les prières en hébreu dans une sorte de marmonnement précipité. Si vous roulez le long de l'Interboro Parkway dans le Queens et que vous vous arrêtez près de l'entrée du cimetière Mount Judah, que vous regardez par-dessus le mur de pierre sur la route, vous pouvez tous les voir là, vous pouvez lire les prénoms d'adoption, un peu grandioses, accompagnés des mentions rituelles : FEMME, MÈRE ET GRAND-MÈRE BIEN-AIMÉE ; MARI BIEN-AIMÉ ; MÈRE.

Donc, oui : il était soucieux des morts. Il allait s'écouler de nombreuses années avant que je me rende compte à quel point il était attentif, mon beau et drôle de grand-père, qui connaissait tant d'histoires, qui s'habillait si fameusement bien : avec son visage ovale si délicatement rasé, ses yeux bleus qui clignaient et son nez droit qui s'achevait par un renflement à peine suggéré, comme si celui qui l'avait conçu avait décidé, à la dernière minute, d'y ajouter une touche d'humour ; avec ses cheveux clairsemés, soigneusement peignés, ses vêtements, son eau de Cologne, ses manucures, ses plaisanteries notoires, et ses histoires intriquées et tragiques.

MON GRAND-PÈRE VENAIT chaque année pendant l'été, puisque le climat de Long Island, l'été, était moins oppressant que celui de Miami Beach. Il passait, chaque fois, quelques semaines, accompagné par l'une des quatre épouses à laquelle il se trouvait marié à ce moment-là. Quand il venait séjourner, il occupait (lui et l'épouse, parfois) la chambre de mon petit frère avec les lits jumeaux étroits. Là, dès son arrivée de l'aéroport, il suspendait son chapeau sur un abat-jour et pliait soigneusement son manteau en tweed sur le dossier d'un fauteuil, et seulement après allait s'occuper de son canari, Schloimele, qui veut dire *Petit Salomon* en yiddish : poser la cage sur le minuscule bureau d'enfant en chêne, l'arroser de quelques gouttes d'eau *simplement pour le rafraîchir un peu*. Puis, lentement, méticuleusement, il sortait ses affaires de ses bagages parfaitement faits pour les poser délicatement sur un des deux lits minuscules de cette chambre.

Mon grand-père était fameux (au sens où certains immigrants juifs et leurs familles disent de quelqu'un qu'il est « fameux » pour une chose, ce qui signifie en général que vingt-six personnes environ en ont entendu parler) pour plusieurs choses – son sens de l'humour, les trois femmes qu'il avait épousées et dont, à l'exception de celle qui lui avait survécu, il avait divorcé en rapide succession après la mort de ma grand-mère, sa façon de s'habiller, certaines tragédies familiales, son orthodoxie, sa manière de se rendre mémorable aux serveuses et aux employées de magasin, été après été – mais, pour moi, les deux traits saillants chez lui, c'étaient sa dévotion et ses vêtements merveilleux.

Quand j'étais enfant, puis adolescent, ces deux choses me paraissaient être les frontières entre lesquelles résidait son étrangeté, son européanisme : un territoire qui n'appartenait qu'à lui, à personne d'autre, un espace dans lequel il était possible d'être à la fois matérialiste et pieux, apprêté et religieux en même temps.

La première des choses qu'il sortait en défaisant ses bagages, c'était le sac en velours qui contenait les trucs dont il avait besoin pour dire ses prières du matin – pour *daven*. Cela, il l'a fait tous les jours de sa vie depuis le jour du printemps 1915 où il a fait sa bar-mitsva jusqu'au matin qui a précédé le jour de juin 1980 où il est mort. Dans ce sac de velours bordeaux doublé de satin, sur lequel était brodée en fil d'or une *menorah* flanquée de deux lions de Judée rampants, se trouvaient : son *yarmulke* ; un énorme *talès* à l'ancienne, blanc et bleu délavé, avec ses franges qui chatouillaient, et dans lequel, conformément aux instructions qu'il m'avait scrupuleusement dictées au cours d'une chaude journée de 1972, quand j'avais douze ans, un an avant ma bar-mitsva, il a été enterré ce jour de juin ; et les phylactères en cuir, ou *tefillin*, qu'il liait autour de sa tête et de son avant-bras gauche, chaque matin, pendant que nous le regardions, muets de crainte et d'admiration, faire les prières liturgiques. Pour nous, c'était une vision à la fois bizarre et majestueuse : tous les matins, après le lever du soleil, tout en murmurant en hébreu, il passait l'immense *talès* délavé et le *yarmulke*, puis enlaçait son avant-bras avec les liens de cuir, puis entourait autour de sa tête la large bande de cuir à laquelle était attachée une petite boîte de cuir contenant les versets de la Torah, qu'il calait au milieu de son front, sortait son *siddur*, le livre des prières quotidiennes, et marmonnait pendant une demi-heure environ des mots qui nous étaient absolument incompréhensibles. Parfois, quand il avait terminé, il nous disait, *J'ai placé un bon mot pour vous, puisque vous n'êtes que Réforme*. Mon grand-père était un Juif orthodoxe de la vieille école et c'était grâce à lui, plus que toute autre chose, que nous avions un peu de religion : nous allions aux services pendant les fêtes, nous avons fait notre bar-mitsva. Pour autant que je sache, mon père, un scientifique qui ne partageait pas le point de vue de son loquace beau-père, est allé exactement quatre fois à la petite synagogue à laquelle nous appartenions : le matin des bar-mitsva de ses fils.

La séance d'habillage de mon grand-père, chaque matin, n'était en rien moins précise et méticuleuse que le rituel de la prière. Mon grand-père était ce qu'on appelait autrefois un « type chic ». Son allure léchée et apprêtée, ses vêtements élégants étaient l'expression d'une qualité intérieure qui, pour lui et sa famille, caractérisait ce que signifiait être un Jäger, une chose qu'ils appelaient *Feinheit* : un raffinement qui était à la fois éthique et esthétique. On pouvait toujours compter sur le fait que ses chaussettes seraient assorties à son pull et, s'il est vrai qu'il préférait les chapeaux mous, on pouvait toujours trouver sur leur bandeau une ou deux plumes désinvoltes, jusqu'à ce que la dernière de ses quatre femmes – qui avait perdu son premier mari et une fille de quatorze ans à Auschwitz et dont j'aimais tenir et caresser l'avant-bras doux et tatoué quand j'étais petit, et qui, je pense à présent, ne pouvait supporter une chose aussi frivole qu'une plume sur un chapeau parce qu'elle avait tant perdu – commençât à les arracher systématiquement. Pour une journée d'été classique des années 1970, il aurait pu porter la tenue suivante : pantalon jaune moutarde en laine d'été, parfaitement repassé ; une chemise blanche tissée et non amidonnée sous un gilet en laine à losanges moutarde et blanc ; chaussettes jaune pâle, chaussures en daim blanc, et chapeau mou avec ou sans plume, selon l'année de la décennie 1970 en question. Avant de sortir pour faire plusieurs fois le tour du pâté de maisons ou pour aller au parc, il s'aspergeait les mains d'eau de Cologne 4711 avant de les tapoter sur ses tempes et sur les caroncules de son menton. *Et maintenant*, disait-il en frottant ses mains manucurées, *nous pouvons sortir*.

J'observais tout cela soigneusement (ou du moins je le pensais). Il pouvait aussi porter une veste – ce qui me paraissait incroyable, puisqu'il n'y avait ni mariage ni bar-mitsva où aller – dans laquelle il glissait, invariablement, son portefeuille et, dans la poche intérieure de l'autre côté, un porte-billet à l'aspect étrange : long et mince, un peu trop grand au sens où, pour un œil américain, certains articles pour hommes européens paraissent toujours avoir la mauvaise taille ; et dans un cuir, usé jusqu'à lui donner l'aspect du daim, qui était, je m'en rends compte aujourd'hui, de l'autruche, puisque j'en ai hérité, mais qui, à l'époque, m'amusait parce que je trouvais qu'il lui donnait l'allure d'un maquereau. Je m'asseyais sur le lit de mon petit frère pendant qu'il parlait, observant et admirant toutes ses possessions : le gilet à losanges, les chaussures blanches, les ceintures élégantes, la grosse bouteille d'eau de Cologne bleue et dorée, le peigne en écaille avec lequel il plaquait en arrière les cheveux blancs clair-semés, le portefeuille usé et plissé dont je savais, même alors, qu'il ne contenait pas d'argent, incapable que j'étais d'imaginer à ce moment-là ce qu'il pouvait avoir de si précieux pour qu'il le portât chaque fois qu'il s'habillait aussi impeccablement.

C'ÉTAIT L'HOMME DONT j'ai tiré des centaines d'histoires et des milliers de détails au cours des années, les noms de ses grands-parents et de ses grands-oncles et de ses tantes et de ses cousins, les années de leur naissance et de leur mort, le nom de la bonne ukrainienne qu'ils avaient eue quand ils étaient enfants à Bolechow (Lulka), qui avait l'habitude de se plaindre du fait que les enfants avaient « des puits sans fond » à la place de l'estomac, le genre de chapeau que son père, mon arrière-grand-père, portait (des chapeaux mous – il avait été un homme galant à barbichette, aimait dire de son père mon grand-père, un homme plutôt important dans sa petite ville industrieuse, connu pour apporter des bouteilles de tokay de Hongrie à des partenaires d'affaires potentiels « afin d'arrondir les angles »; et il était mort brusquement à l'âge de quarante-cinq ans d'une crise cardiaque, dans un spa au milieu des Carpates appelé Jaremcze, où il était allé prendre les eaux pour sa santé ; c'était le début des mauvaises années, la raison pour laquelle, à la fin, presque tous ses enfants avaient dû quitter Bolechow). Grandpa me parlait du parc de la ville, avec sa statue du grand poète polonais du XIXᵉ siècle, Adam Mickiewicz, et du petit parc de l'autre côté de la place avec son allée de tilleuls.

Il récitait pour moi, et je les ai appris, les mots de « Mayn Shtetele Belz », cette petite chanson yiddish en forme de berceuse sur la ville proche de celle où il avait grandi, que sa mère lui avait chantée, dix ans avant que sombre le *Titanic* –

Mayn heymele, dort vu ikh hob
Mayne kindershe yorn farbrakht.
Belz, mayn shtetele Belz,
In ormen shtibele mit ale
Kinderlekh dort gelakht.
Yedn shabbes fleg ikh loyfn dort
Mit der tichne glaych
Tsu zitsen unter dem grinem
Beymele, leyenen bay dem taykh.
Belz, mayn shtetele Belz,
Mayn heymele vu ch'hob gehat
Di sheyne khaloymes a sakh.

Mon petit foyer, où j'ai passé
Mes années d'enfance.
Belz, mon *shtetl* Belz,
Dans un pauvre petit cottage avec tous
Les petits enfants j'ai ri.
À chaque Shabbat j'allais
Avec mon livre de prières
M'asseoir sous le petit arbre
Vert, et lire au bord de la rivière.
Belz, mon *shtetl* Belz,
Mon petit foyer, où j'ai fait autrefois
Tant de rêves magnifiques...

– j'ai appris ces mots, que j'ai récemment réentendus, bizarre expérience, pour la première fois depuis la mort de mon grand-père, il y a vingt-cinq ans, lors d'une fête à thème sur les « Sixties » dans une boîte à New York, et quand j'ai demandé au DJ où il avait bien pu trouver cette chanson, il m'a tendu, sans cesser de tourner la tête au rythme de l'étrange musique, la pochette usée d'un album de 1960 d'une célèbre chanteuse pop italo-américaine, intitulé *Connie Francis Sings Jewish Favorites*. Par mon grand-père, j'avais aussi entendu parler du vieil homme des bois ukrainien vivant dans les montagnes au-dessus de Bolechow qui, la nuit précédant Yom Kippour, en constatant qu'un calme inhabituel et, pour lui, effrayant avait envahi les petites villes luisantes sous les collines boisées des Carpates, alors que les Juifs des *shtetls* se préparaient pour la redoutable fête, était descendu de la montagne pour s'installer dans la maison d'un Juif accueillant, tant cette peur de paysan ukrainien, au cours de cette nuit particulière de l'année, faisait redouter les Juifs et leur Dieu sombre.

Les Ukrainiens, disait de temps à autre mon grand-père, avec un petit soupir de lassitude, pendant qu'il racontait cette histoire. *Ou-kraiii-niens*. Les Ukrainiens. Nos *goyim*.

Il venait donc tous les étés à Long Island et je m'asseyais à ses pieds pendant qu'il parlait. Il parlait de cette sœur aînée qui était morte une semaine avant de se marier, et il parlait de la jeune sœur qui avait été mariée, à l'âge de dix-neuf ans, au fiancé de la sœur aînée, le bossu (disait mon grand-père), le cousin germain presque nain que la première, puis la seconde, de ces filles adorables avait dû épouser parce que, me racontait mon grand-père, le père de ce cousin hideux avait payé les billets de bateau pour

33

faire venir ces deux sœurs, leurs frères et leur mère, avait fait venir toute la famille de mon grand-père aux États-Unis et exigé une belle-fille superbe en guise de paiement. Il tenait des propos amers sur la façon dont ce même cousin, qui était aussi une sorte de beau-frère, avait poursuivi mon grand-père sur quarante-deux étages du Chrysler Building après la lecture d'un certain testament en 1947, en brandissant une paire de ciseaux ou peut-être était-ce un coupe-papier ; il parlait de cette méchante tante à lui, la femme de l'oncle qui avait payé son passage pour l'Amérique (la même tante avec qui le frère aîné de mon grand-père, le prince, avait dû vivre pendant son bref séjour aux États-Unis en 1913, et peut-être que c'était sa méchanceté qui l'avait décidé à retourner vivre à Bolechow, décision qui paraissait tellement juste à l'époque) ; mon grand-père parlait de cette tante, *Tante*, qui est, sur les quelques photos qui restent d'elle, une énorme matriarche, au teint terreux, au visage revêche, aux bras replets pendus à son torse comme d'opulentes robes de cour, une femme si formidable que, même aujourd'hui, dans ma famille – même parmi ceux qui sont nés une génération après sa mort –, il est impossible d'entendre le mot *Tante* sans frissonner.

Et il parlait de la plaisante simplicité des bar-mitsva du Vieux Continent, comparée (vous étiez censé le sentir) à l'extravagance à la fois empesée et empressée des cérémonies d'aujourd'hui : tout d'abord, les cérémonies religieuses dans des temples glacés aux toits pentus et, ensuite, les réceptions dans les salles de restaurant et les *country clubs* luxueux, à l'occasion desquelles des garçons comme moi lisaient la *parashah*, la portion de la Torah correspondant à cette semaine-là, et chantaient sans comprendre les portions *haftarah*, les extraits tirés des Prophètes qui accompagnent chaque *parashah*, tout en rêvant à la réception suivante et à la promesse de boire furtivement des *whiskey sours* (c'est dans cet état que j'ai chanté la mienne : une performance qui s'était achevée avec ma voix déraillant complètement, c'en était mortifiant, au moment où je parvenais au tout dernier mot, passant d'un pur soprano au baryton qui la caractérise depuis). *Nu, et alors ?* disait-il. *Tu te levais à cinq heures, ce matin-là, au lieu de six, tu priais une heure de plus dans la* shul, *et puis tu rentrais chez toi et tu mangeais des petits gâteaux avec le rabbin et ta mère, et ton père, et c'était tout.* Il parlait de la façon dont il avait été malade pendant les dix jours de la traversée vers l'Amérique, du temps où, dix ans auparavant, quand il avait dû monter la garde devant une grange remplie de prisonniers de guerre russes, quand il avait seize ans, pendant la Première Guerre mondiale, ce qui expliquait pourquoi il savait le russe, une des nombreuses langues qu'il connaissait ; il parlait du groupe de vagues cousins qui venaient dans le Bronx de temps en temps et qu'on appelait, mystérieusement, « les Allemands ».

Mon grand-père me racontait toutes ces histoires, toutes ces choses, mais il ne parlait jamais de son frère et de sa belle-sœur, et des quatre filles qui, pour moi, ne semblaient pas tant morts qu'égarés, disparus non seulement du monde, mais – de façon plus terrible pour moi – des histoires mêmes de mon grand-père. Ce qui explique pourquoi, de toute cette histoire, de tous ces gens, ceux dont je sais le moins sont les six qui ont été assassinés, ceux qui avaient, me semblait-il alors, l'histoire la plus étonnante de toutes, l'histoire qui méritait le plus d'être racontée. Mais, sur ce sujet, mon grand-père si loquace restait silencieux, et son silence, inhabituel et intense, irradiait le sujet de Shmiel et de sa famille, en les rendant impossibles à mentionner et, par conséquent, inconnaissables.

Inconnaissables.

Chaque mot du Pentateuque de Moïse, le cœur de la Bible hébraïque, a été analysé, examiné, interprété et soumis au regard scrutateur d'érudits rigoureux pendant des siècles. Il est généralement admis que le plus grand de tous les commentateurs bibliques était l'érudit français du XIᵉ siècle, le rabbin Chlomo ben Isaac, mieux connu sous le nom de Rachi, qui n'est rien d'autre que l'acronyme formé par les initiales de son titre, de son prénom et de son patronyme : Ra(bbin) Ch(lomo ben) I(saac) – Rachi. Né à Troyes en 1040, Rachi a survécu aux terribles bouleversements de son temps, dont les massacres de Juifs, lesquels étaient, pour ainsi dire, un effet dérivé de la première croisade. Éduqué à Mayence, où il fut l'étudiant de l'homme qui avait été lui-même le meilleur étudiant du célèbre Gershom de Mayence (parce que j'ai toujours eu de bons professeurs, j'adore l'idée de ces généalogies intellectuelles), Rachi a fondé sa propre académie à l'âge de vingt-cinq ans et a vécu assez longtemps pour se voir reconnu comme le plus grand érudit de son temps. Son attention pour chaque mot du texte qu'il étudiait n'avait d'égal que le laconisme radical de son propre style ; c'est peut-être à cause de cela que le commentaire de Rachi sur la Bible a fait l'objet de quelque deux cents autres commentaires. Pour se faire une idée de l'importance de Rachi, il faut savoir que la première bible imprimée en hébreu contenait son commentaire… Il est intéressant, pour moi, de noter que Rachi, tout comme mon grand-oncle Shmiel, n'a eu que des filles, ce qui était, pour autant qu'on sache, une responsabilité plus grande pour un homme d'une certaine ambition en 1040 qu'elle n'était en 1940. Toutefois, les enfants de ces filles de Rachi ont fait fructifier le magnifique héritage de leur grand-père et, pour cette raison, ont été connus sous le nom de baalei tosafot, « Ceux Qui Ont Étendu ».

Même si Rachi fait figure de commentateur prééminent de la Torah – et, par conséquent, de la première parashah dans la Torah, la lecture par laquelle la Torah commence, et qui commence elle-même par non pas un, mais, mystérieusement, deux récits de la Création, et inclut l'histoire d'Adam et Ève et de l'Arbre de la Connaissance, raison pour laquelle c'est une histoire qui a provoqué un commentaire particulièrement rigoureux au cours des millénaires –, il est important d'examiner les interprétations des commentateurs modernes, telles que la traduction récente et le commentaire du rabbin Richard Elliot Friedman qui, dans ses tentatives sincères et pénétrantes pour connecter le texte ancien à la vie contemporaine, est aussi ouvert et sympathique que Rachi est dense et abstrus.

Par exemple, tout au long de son analyse du premier chapitre de la Genèse – dont le nom en hébreu, bereishit, *signifie littéralement « au commencement » –, Rachi est attentif à de minuscules détails de sens et de choix des mots que le rabbin Friedman est prêt à laisser passer sans commentaire, alors que Friedman (qui, reconnaît-on, écrit pour un public plus large) se soucie d'élucider des questions plus vastes. Un exemple : les deux érudits reconnaissent tous deux les difficultés fameuses de traduction de la première phrase du* Bereishit – bereishit bara Elohim et-hashamayim v'et-ha'aretz. *Contrairement à ce que croient des millions de gens qui ont la Bible dans la version King James, cette phrase ne signifie pas « au commencement, Dieu a créé le ciel et la terre », mais doit signifier plutôt quelque chose comme « au commencement de la création de Dieu du ciel et de la terre... ». Friedman admet à peine le « problème classique » de traduction, sans s'y attarder ; tandis que Rachi dépense une grande quantité d'encre pour dire simplement ce qu'est le problème. Et le problème, en un mot, est que ce que dit littéralement l'hébreu, c'est : « Au commencement de, Dieu a créé le ciel et la terre. » Car le premier mot,* bereishit, *« au commencement » (*b'*, « au » +* reishit, *« commencement »), est normalement suivi d'un autre nom, mais à la première ligne de* parashat Bereishit – *quand nous nous référons à* une parashah *comme nom, nous employons la forme «* parashat *» – ce qui suit le mot* bereishit *est un* <u>verbe</u> *:* bara, *« créé ». Après une longue discussion des questions linguistiques, Rachi finit par résoudre le problème en invoquant certains parallèles tirés d'autres textes où* bereishit *est suivi d'un verbe plutôt que d'un nom, et c'est cela qui nous*

38

*permet de traduire ces premiers mots cruciaux
comme suit :*

> *Au commencement de la création de Dieu des cieux
> et du Ciel – quand la terre avait été sans contour et
> sans forme, et que l'obscurité était sur la face du
> profond, et que l'esprit de Dieu planait sur la face
> de l'eau – Dieu a dit : « Que la lumière soit. »*

*La difficulté clé, pour Rachi, c'est que la lecture fausse
suggère une chronologie erronée de la Création : que
Dieu a créé le ciel, puis la terre, puis la lumière, et ainsi
de suite. Mais ce n'est pas ce qui s'est passé, dit Rachi.
Si vous vous trompez sur les petits détails, la grande
image sera fausse, elle aussi.*

*La façon dont de minuscules nuances comme
l'ordre des mots, leur choix, la grammaire et la syntaxe
peuvent avoir des ramifications plus vastes pour la
signification complète du texte donne une couleur au
commentaire de Rachi dans son ensemble. Selon lui
(pour prendre un autre exemple), la tristement célèbre
« double ouverture » de la Genèse – le fait qu'elle ne
contient pas un, mais deux récits de la Création, le
premier commençant avec la création du cosmos
et s'achevant avec la création du genre humain
(Genèse 1, 1-30), le second se concentrant dès le début
sur la création d'Adam et se déplaçant presque immédiatement vers l'histoire d'Ève, du serpent et de l'expulsion du Jardin d'Éden – est, au fond, un problème de
style, assez facilement expliqué. Dans sa discussion
de Genèse 2, Rachi anticipe sur les plaintes des
lecteurs – la création a été, après tout, traitée dans
Genèse 1, 27 – mais déclare que, après avoir lui-même
consulté un certain corpus de la sagesse rabbinique,*

il a découvert une certaine « règle » (numéro treize sur trente-deux, en fait, qui aident à expliquer la Torah), et cette règle dit que lorsqu'une proposition générale ou une histoire est suivie d'un second récit de cette histoire, le second récit est censé être compris comme une explication plus détaillée du premier. Et donc le second récit de la création du genre humain, dans Genèse 2, est pour ainsi dire censé être conçu comme une version améliorée du premier récit que nous avons dans Genèse 1. Comme c'est le cas en effet : car rien dans le premier chapitre de la Genèse, avec son récit chronologique sec de la création du cosmos, de la terre, de sa flore et de sa faune, et enfin du genre humain, ne nous prépare à la riche narration du second chapitre, avec sa fable de l'innocence, de la tromperie, de la trahison, de la dissimulation, de l'expulsion et de la mort pour finir, de l'homme et de la femme dans un endroit protégé, de l'apparition soudaine et catastrophique d'un mystérieux intrus, le serpent, et puis : l'existence paisible détruite. Et au centre de tout ce drame – car Rachi ne s'épargne rien pour expliquer qu'il se trouve bien au centre en effet – le symbole mystérieux et assez émouvant de l'arbre dans le jardin, un arbre qui représente, j'en suis venu à le penser, à la fois le plaisir et la douleur qui naissent de la connaissance des choses.

Si intéressant que cela ait pu être, quand je me suis immergé dans la Genèse et ses commentateurs pendant un certain nombre d'années, j'ai naturellement fini par préférer l'explication générale de Friedman sur le pourquoi d'un tel commencement de la Torah. Je dis « naturellement » parce que la question que Friedman se préoccupe de faire comprendre à ses lecteurs est, par essence, une question d'écrivain : comment commencer une histoire ?

Pour Friedman, l'ouverture du Bereishit *fait penser à une technique que nous connaissons tous grâce aux films : « Comme certains films qui commencent par un long travelling qui se resserre ensuite, écrit-il, le premier chapitre de la Genèse se déplace progressivement d'un plan sur le ciel et la terre pour descendre et se resserrer sur le premier homme et la première femme. Le point focal de l'histoire va continuer à se resserrer : depuis l'univers jusqu'à la terre, au genre humain, à des territoires spécifiques, à des peuples, à une seule famille. » Et cependant, rappelle-t-il à ses lecteurs, les vastes préoccupations cosmiques du récit historico-mondial que nous relate la Torah resteront à l'arrière-plan lorsque nous continuerons à lire, fournissant ainsi le riche substrat de sens qui donne toute sa profondeur à l'histoire de cette famille.*

La remarque de Friedman implique que, très vraisemblablement, ce sont souvent les petites choses plutôt que la grande image que l'esprit retient le plus facilement : par exemple, il est plus naturel et plus attrayant pour des lecteurs de comprendre le sens d'un grand événement historique à travers l'histoire d'une seule famille.

COMME ON NE parlait pas beaucoup de Shmiel et comme, lorsqu'on en parlait, c'était souvent sous la forme de murmures ou en yiddish, langue que ma mère parlait avec son père pour préserver leurs secrets – en raison de tout cela, quand j'apprenais quelque chose, c'était en général par hasard.

Un jour, quand j'étais petit, je l'avais entendu parler à son cousin au téléphone et dire un truc du genre, Je croyais qu'ils se cachaient et qu'un voisin les avait dénoncés, non ?

Une autre fois, des années plus tard, j'avais entendu quelqu'un dire, *Quatre filles superbes*.

Une autre fois encore, j'ai entendu mon grand-père dire à ma mère, *Je sais seulement qu'ils se cachaient dans un kessel*. Comme je faisais déjà les ajustements nécessaires en raison de son accent, quand je l'avais entendu dire ça, je m'étais simplement demandé, Quel castel ? Bolechow, à en juger par les histoires qu'il m'avait racontées, n'était pas un endroit où trouver des castels ; c'était un endroit tout petit, je le savais, un endroit paisible, une petite ville avec une place, une église ou deux, une *shul* et des boutiques affairées. C'est bien plus tard, long-temps après que mon grand-père est mort et que j'ai étudié plus sérieusement l'histoire de sa ville, que j'ai appris que Bolechow, comme tant d'autres *shtetls* polonais, avait été autrefois la propriété d'un aristo-crate polonais, et lorsque j'avais su ce fait, j'avais naturellement plaqué cette information nouvelle sur mon souvenir ancien de ce que j'avais entendu mon grand-père dire, *Je sais seulement qu'ils se cachaient dans un kessel*. Un castel. De toute évidence, Shmiel et sa famille avaient trouvé une cachette dans la grande résidence d'une famille noble qui avait autre-fois possédé la ville, et c'était là qu'ils avaient été découverts après avoir été trahis.

À un moment quelconque, j'avais entendu quelqu'un dire, Ce n'était pas le voisin, c'était leur propre bonne, la *shiksa*. J'ai trouvé ça troublant et bouleversant, puisque nous avions nous aussi une femme de ménage qui était – je savais ce que signi-fiait *shiksa* – une femme chrétienne, une Polonaise, en fait. Pendant trente-cinq ans, la femme de ménage polonaise de ma mère, une grande femme aux hanches larges que nous avions fini par considérer et traiter comme une troisième grand-mère, une femme qui, alors que les années 1960 devenaient les années 1970, et les années 1970, les années 1980, en était arrivée à avoir le même genre de corps (comme il est possible de le constater grâce aux quelques photos que nous avons d'elle) que celui qu'avait eu autrefois la femme de Shmiel, Ester, cette femme venait toutes les semaines chez nous pour passer l'aspirateur, faire la poussière, laver le sol, et conseiller ma mère, en temps utile, sur ce qu'elle devait faire de tel ou tel bric-à-brac (*C'est l'ordure !* tançait-elle à propos d'un objet de porcelaine ou de cristal. *Jette-le à poubelle !*). Après que Mme Wilk et ma mère sont devenues amies, et que les visites hebdomadaires à la maison dégénéraient, avec le temps, en déjeuners de plus en plus longs, composés d'œufs durs, de pain, de fromage et de thé, pris à la table de la cuisine devant laquelle les deux femmes, dont les mondes n'étaient pas aussi éloignés qu'ils auraient pu le paraître au premier abord (c'était à Mme Wilk que mon grand-père, lorsqu'il nous rendait visite, racontait en polonais ses plaisanteries scandaleuses et déplacées) ; après des années de mardi au cours duquel elles passaient des heures assises à se plaindre et à échanger certaines histoires – par exemple, celle que Mme Wilk avait fini par confier à ma mère sur la façon, oui, dont on lui avait appris, à elle et aux autres filles polonaises de sa ville de Rzeszow, à haïr les Juifs, et qu'elles étaient bien incapables alors de comprendre que ces histoires sur les Juifs étaient fausses – et aussi certains potins sur les *pani*, les riches voisines qui ne partageaient pas leurs repas avec leur femme de ménage ; après tout ce temps, au cours duquel les deux femmes étaient devenues amies, Mme Wilk avait commencé à apporter à ma mère des bocaux remplis de délices polonais qu'elle préparait et dont le plus célèbre, à la fois pour le son amusant de son nom et pour l'arôme sublime qu'il diffusait, était quelque chose qu'elle appelait « gawumpkees » : de la viande hachée et épicée, roulée dans des feuilles de chou et nageant dans une sauce rouge très riche...

Cela et, je suppose, le fait que je n'ai pas grandi en Pologne, voilà pourquoi je trouvais si pénible de penser que Shmiel et sa famille avaient été trahis par la bonne *shiksa*.

Une autre fois, des années plus tard, au cours d'une conversation téléphonique, le cousin germain de ma mère en Israël, Elkana, le fils du frère sioniste qui avait eu le bon sens de quitter la Pologne dans les années 1930, un homme qui, plus que tout autre vivant, me rappelle à présent son oncle, mon grand-père – avec cet air d'autorité omnisciente et ce sens de l'humour tordu, sa largesse pour ce qui est des histoires de famille et de l'amour de la famille, un homme qui, s'il n'avait pas changé son nom de famille pour se conformer à la politique hébraïsante de Ben Gourion dans les années 1950, répondrait encore aujourd'hui au nom d'Elkana Jäger, le nom qu'on lui avait donné à la naissance et qui, à quelques variations d'orthographe près, était le même que celui porté par un homme de quarante-cinq ans qui portait des chapeaux mous et était tombé raide mort, un matin, dans un spa de la province d'un empire qui n'existe plus –, mon cousin Elkana avait dit, *Il avait des camions, et les nazis avaient besoin des camions.*

Une fois, j'ai entendu quelqu'un dire, *Il était l'un des premiers sur la liste.*

J'entendais donc ces choses, quand j'étais enfant. Avec le temps, ces bribes de murmures, ces fragments de conversations, que je savais être censé ne pas entendre, ont fini par s'agglutiner pour former les vagues contours de l'histoire que, pendant longtemps, nous avions pensé connaître.

Un jour, alors que j'étais un peu plus âgé, j'ai eu l'audace de demander. J'avais presque douze ans, et ma mère et moi gravissions les marches larges et basses de l'escalier de la synagogue à laquelle nous appartenions. C'était l'automne, les Jours Austères : nous nous rendions à l'Yizkor, le service de commémoration. Cette fois-là, ma mère avait

45

dû lire le Kaddish, la prière des morts, uniquement pour sa mère, qui était morte de manière si inattendue après lui avoir confié un billet de vingt dollars (et elle l'a encore : le billet est soigneusement rangé dans le sac en cuir rouge au fond d'un tiroir dans sa maison de Long Island, et elle le sort de temps en temps pour me le montrer, en même temps que les lunettes et la prothèse auditive de mon grand-père, comme si c'étaient des reliques) – « uniquement pour sa mère », puisque tous les autres étaient encore en vie : son père, ses sœurs et ses frères, tous ceux qui étaient venus d'Europe, cinquante ans plus tôt, tous à l'exception de Shmiel. Nous montions lentement les marches basses, ce soir-là, afin que ma mère pût pleurer sa mère. Peut-être que c'était parce que j'avais les yeux bleus, comme elle et sa mère, qu'elle m'avait emmené, ce soir-là. Le soleil se couchait et l'atmosphère s'était soudain rafraîchie, et c'était pour cette raison que ma mère avait décidé de retourner dans le parking pour prendre un pull dans la voiture, et pendant ce bref délai supplémentaire avant que commence l'effrayante (pensais-je) prière, elle s'était mise à parler de sa famille, de ses parents décédés, et j'avais mentionné ceux qui avaient été tués.

Oui, oui, avait dit ma mère. À l'époque, elle était à l'apogée de sa beauté : les pommettes saillantes, la mâchoire carrée, le grand sourire photogénique de star du cinéma, avec les incisives un peu en avant très sexy. Ses cheveux, qui s'étaient assombris avec le temps pour prendre une riche couleur auburn avec quelques mèches blondes, seul signe à présent qu'elle avait été une blonde filasse, comme l'avaient été sa mère et sa grand-mère, comme l'était autrefois mon frère Matt (Matthew, Matt, qui avait le visage fin, quelque peu allongé, les pommettes saillantes, d'une icône de l'Église orthodoxe, des yeux couleur ambre, bizarrement félins, et une crinière de cheveux blond platine dont j'étais, avec ma masse de cheveux noirs, bouclés et incontrôlables, secrètement jaloux) – les cheveux de ma mère s'étaient soulevés dans le vent d'automne qui s'était levé. Elle avait soupiré et dit, Oncle Shmiel et sa femme, ils avaient quatre filles superbes.

Au moment où elle avait dit ça, un petit avion était passé au-dessus de nos têtes en faisant beaucoup de bruit et, pendant un instant, j'ai cru qu'elle avait dit *fauves* et non *filles*, ce qui m'avait un peu troublé, puisque j'avais toujours su, même si nous savions si peu, que nous savions au moins ceci : ils avaient quatre filles.

Ma confusion n'avait duré qu'un instant, puisque ma mère avait ajouté quelques secondes plus tard, d'une voix légèrement altérée, comme si elle se parlait à elle-même, Ils les ont toutes violées et ils les ont tuées.

J'étais resté pétrifié. J'avais douze ans et j'étais un peu en retard pour mon âge, sexuellement. Ce que j'avais ressenti, quand j'ai entendu cette histoire choquante – d'autant plus choquante, semblait-il, en raison du ton très détaché sur lequel ma mère avait laissé passer cette information, comme si elle s'était adressée non pas à moi, son enfant, mais à un adulte qui avait une parfaite connaissance du monde et de ses cruautés –, ce que j'avais ressenti, plus que tout, c'était de la gêne. Non pas de la gêne vis-à-vis de l'aspect sexuel de l'information dont on venait de me faire part, mais plutôt une gêne du fait que toute envie de la questionner plus avant sur ce détail rare et surprenant pourrait être mal interprétée par ma mère comme l'expression de ma lubricité. Et donc, étranglé par ma propre honte, j'avais laissé passer ce commentaire. Ce qui, bien entendu, avait dû frapper ma mère comme étant plus étrange que si je lui avais demandé de m'en dire plus. Ces choses tournaient à toute vitesse dans ma tête alors que nous gravissions de nouveau les marches de l'escalier de la synagogue et, au moment où j'ai été capable de formuler, laborieusement, une question sur ce qu'elle venait de dire, formulée d'une manière qui ne paraissait pas déplacée, nous étions arrivés devant la porte et puis à l'intérieur, et il était temps de dire les prières pour les morts.

IL EST IMPOSSIBLE de prier pour les morts si vous ne connaissez pas leurs noms.

Bien entendu, nous connaissions *Shmiel* : en dehors de tout le reste, c'était le prénom hébraïque de mon frère Andrew. Et, nous le savions, il y avait eu *Ester* – pas « Esther », comme je l'ai découvert par la suite – la femme. D'elle, je n'ai pratiquement rien su pendant longtemps en dehors de son prénom et, plus tard, de son nom de jeune fille, *Schneelicht*, que j'ai eu le plaisir obscur de pouvoir traduire en « Neige-lumière », quand j'ai étudié l'allemand à l'université.

Shmiel, donc. Et *Ester* et *Schneelicht*. Mais des quatre filles superbes, mon grand-père, pendant toutes ces années où je l'ai connu, toutes ces années où je l'ai interrogé et où je lui ai écrit des lettres remplies de questions numérotées sur la *mishpuchah*, la famille, n'a pas prononcé une seule fois leur nom. Jusqu'à la mort de mon grand-père, nous ne connaissions que le nom d'une seule fille et cela parce que Shmiel l'avait écrit lui-même au dos d'une de ces photos, de cette écriture volontaire et penchée qui me deviendrait si familière par la suite, après la mort de mon grand-père. Au dos d'un instantané de lui-même, de sa femme corpulente et de sa petite fille en robe sombre, le frère de mon grand-père avait écrit une brève inscription en allemand, *Zur Errinerung*, puis la date, *25/7/1939*, et enfin les noms de *Sam*, *Ester*, *Bronia*, et nous savions donc que le nom de cette fille était Bronia. Les noms sont soulignés au feutre bleu, le genre de stylo préféré de mon grand-père, quand il était vieux, pour écrire ses lettres (il aimait décorer ses lettres avec des illustrations : une de ses favorites était un marin fumant la pipe). Ce soulignage m'intéresse. Pourquoi, je me demande à présent, a-t-il éprouvé le besoin de souligner leurs noms que, de toute évidence, il connaissait ? Est-ce qu'il a fait ça pour lui, au cours des nuits de son grand âge qu'il passait assis, je ne sais quand et combien de temps, à contempler ces photos ? Ou bien est-ce quelque chose qu'il voulait que nous voyions ?

Cette formule allemande, *Zur Erinnerung,* « en souvenir de », apparaît, quelquefois mal orthographiée, toujours écrite de la main énergique de Shmiel, sur presque toutes les photos que Shmiel a envoyées à ses frères et sœurs en Amérique. Elle est là encore, par exemple, au dos d'un instantané sur lequel Shmiel pose avec ses chauffeurs à côté d'un de ses camions, image d'un marchand prospère, cigare dans la main droite, la main gauche enfoncée dans la poche du pantalon, écartant le pan de veste juste assez pour qu'on puisse voir la chaîne de sa montre en or scintiller, sa petite moustache, prématurément blanchie, dans le style brosse à dents rendu célèbre par quelqu'un d'autre, parfaitement taillée. Au dos de la photo, Shmiel a écrit *Zur Errinerung an dein Bruder*, « en souvenir de ton frère », et puis une inscription un peu plus longue qui mentionne la date : le 19 avril 1939. À ses frères et sœurs, Shmiel n'écrivait qu'en allemand, alors que ce n'était pas la langue dans laquelle ils se parlaient autrefois, qui était le yiddish, ni l'une de celles qu'ils employaient pour parler aux Gentils dans leur ville ou dans d'autres villes, qui était soit le polonais, soit l'ukrainien. Pour eux, l'allemand restait la langue supérieure, officielle, la langue du gouvernement et de l'école primaire, une langue qu'ils avaient apprise dans une grande et unique salle de classe où était accroché (je l'ai appris) un grand portrait de l'empereur austro-hongrois, François-Joseph Ier, qui serait ensuite remplacé par celui d'Adam Mickiewicz, le grand poète polonais, puis par celui de Staline, puis par celui de Hitler et puis par celui de Staline, et enfin – bon, arrivé à ce point, il n'y avait plus de Jäger pour aller à l'école et voir quel portrait s'y trouvait accroché. Mais c'était l'allemand qu'ils avaient appris, Shmiel, ses frères et ses sœurs, à l'école Baron Hirsch, et c'était l'allemand qu'ils avaient encore en tête quand ils s'écrivaient des choses sérieuses. Par exemple (quatre décennies après que ces frères et sœurs ont appris leurs *Du* et *Sie*, et *der* et *dem*, et *ein-zwei-drei*), *Ce que tu lis dans les journaux représente à peine dix pour cent de ce qui se passe ici.* Ou encore, plus tard, *Je vais, pour ma part, écrire une lettre adressée au président Roosevelt et je vais lui expliquer que tous mes frères et sœurs sont déjà aux États-Unis et que mes parents y sont même enterrés, et peut-être que ça marchera.*

L'allemand, la langue des choses graves, était celle qu'ils lisaient et écrivaient avec quelques rares fautes d'orthographe ou de grammaire, avec peut-être quelques écarts en yiddish parfois, encore plus rarement en hébreu, qu'ils avaient aussi appris par cœur à l'époque où ils étaient encore des petits garçons et des petites filles, pendant le règne de l'empereur dont l'empire allait très bientôt disparaître. Des écarts comme celui qui figure dans une lettre où Shmiel écrit, *Fais tout ce que tu peux pour me sortir de ce* Gehenim. *Gehenim* en hébreu signifie « enfer », et quand j'ai lu cette lettre pour la première fois, au cours d'une année qui était aussi éloignée de celle où Shmiel l'avait écrite que l'était l'année où il l'avait écrite de celle de sa naissance, j'ai été saisi par une soudaine bouffée de quelque chose de si ténu que j'aurais presque pu le perdre complètement : une perception fugace mais intense de ce qu'avaient été, peut-être, son enfance et celle de mon grand-père, de la façon, peut-être, dont leur père, mi-furieux, mi-amusé, avait sans doute employé l'hébreu pour réprimander ses enfants ou se plaindre du *Gehenim* qu'était devenue sa vie à cause d'eux, ne se doutant pas en 1911 quel genre d'enfer allait devenir sa petite ville.

Donc, l'allemand est la langue qu'ils s'écrivaient. Mais l'unique fois où j'ai entendu mon grand-père parler l'allemand, c'était bien après que Shmiel n'était plus rien d'autre que la terre et l'atmosphère d'une prairie en Ukraine, lorsque mon grand-père, se préparant à contrecœur au départ annuel pour le spa, Bad Gastein, où sa quatrième épouse le forçait à se rendre, avait dit à cette femme (qui avait un numéro tatoué sur l'avant-bras et qui, ayant été une Russe bien élevée, sous d'autres régimes des décennies plus tôt, dédaignait de parler le yiddish), alors qu'ils finissaient de faire leurs nombreux bagages et de préparer les provisions spéciales pour Schloimele : *Also, fertig ?* – Alors, prête ? – ce qui explique peut-être pourquoi j'associerais toujours par la suite l'allemand, même après avoir appris à le lire et à le parler, à ces vieux Juifs qu'on forçait à aller dans des endroits où ils ne voulaient pas aller.

Zur Erinnerung, en souvenir de moi. Cette photo, avec son inscription, est la raison pour laquelle, jusqu'à une époque bien plus tardive, Shmiel était le seul des six dont nous connaissions le jour et l'année de naissance. Ce 19 avril était son quarante-quatrième anniversaire, mais il n'avait pas écrit « à l'occasion de son 44ᵉ anniversaire » ; il avait opté pour « dans sa 44ᵉ année », et en lisant cela, je suis frappé par le fait que le mot que je traduis par « année » est *Lebensjahr*, qui signifie littéralement « année de vie », et ce choix de mot, bien qu'il soit courant, évidemment, et qu'il n'y ait pas de doute dans mon esprit sur le fait que Shmiel n'y a pas réfléchi à deux fois quand il l'a écrit, me paraît remarquable, sans doute parce que je sais que, en ce jour de printemps où la photo a été prise, il ne lui restait que quatre de ces années de vie à vivre.

PAR CONSÉQUENT, NOUS connaissions quelques noms et une date. Après la mort de mon grand-père, certains documents se rapportant à Shmiel, ainsi que d'autres photos qu'aucun d'entre nous n'avions encore vues, sont entrés en notre possession, et c'est seulement lorsque nous avons trouvé ces documents et vu ces photos que nous avons finalement appris, ou cru que nous apprenions, les noms des autres filles. Je dis « cru que nous apprenions » parce que, en raison de certaines particularités de l'écriture désuète de Shmiel (par exemple, sa façon d'ajouter une minuscule ligne horizontale en haut de ses *l* cursifs, ou bien de faire un *y* final comme nous écririons aujourd'hui un *z* final, si nous nous donnions la peine d'écrire des lettres à la main en cursive), nous avions, je l'ai appris ensuite, mal lu un des noms. C'est pourquoi, pendant longtemps, en fait pendant les vingt années qui ont suivi la mort de mon grand-père, nous avons pensé que les noms des quatre filles superbes de Shmiel et d'Ester étaient les suivants :

Lorca
Frydka (Frylka ?)
Ruchatz
Bronia

Mais, comme je l'ai dit, c'est arrivé après la mort de mon grand-père. Jusque-là, j'avais pensé que tout ce que nous saurions jamais à leur sujet consistait en une date, le *19 avril*, et trois noms, *Sam*, *Ester*, *Bronia* ; et, bien entendu, leurs visages qui regardaient depuis ces photos, solennels, souriants, candides, composés, inquiets, oublieux, mais toujours silencieux, et toujours noirs, et gris, et blancs. Ainsi, Shmiel et sa famille, ces parents disparus, trois d'entre eux sans nom, semblaient follement ne pas être à leur place, absence étrange, grise, au cœur de cette présence très vivante, bruyante et souvent incompréhensible, au cœur de ces conversations et de ces histoires ; chiffres immobiles et sans paroles, au sujet desquels, au milieu des parties de mah-jong, des ongles rouges, des cigares, des verres de whiskey avalés au moment de la chute d'une histoire en yiddish, il est impossible d'apprendre quoi que ce soit d'important, si ce n'est ce fait saillant, cette chose horrible qui s'était passée et qui était résumée sous cet unique label, *tués par les nazis*.

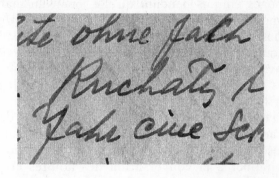

Bien avant que nous sachions tout cela, à l'époque où la simple vue de mon visage suffisait à faire pleurer des adultes, bien avant que je commence à tendre l'oreille pour écouter des propos murmurés au téléphone, bien avant ma bar-mitsva, il faut avouer que je n'étais, au mieux, que vaguement curieux, assez peu intéressé par lui, par eux, en dehors peut-être du léger ressentiment provoqué par le fait que cette ressemblance physique faisait de moi une cible pour ces vieilles personnes qui voulaient m'attraper, me serrer, dans ces appartements qui sentaient le renfermé où nous entrions, pendant ces vacances d'été et d'hiver, apportant des boîtes de chocolat et d'oranges confites qui étaient jaunes et vertes et rouges autant qu'orange, ce qui était merveilleux.

La plupart de ces personnes étaient inoffensives et certaines étaient très amusantes. Sur les genoux de ma grand-tante Sarah, la sœur de la mère de mon père, je restais assis, quand j'avais six, sept ou huit ans, ravi de jouer avec ses perles, et secrètement mais fermement décidé à voir mon reflet sur la surface brillante de ses ongles rouges chinois pendant qu'elle jouait au mahjong avec ses trois sœurs, qui étaient très proches. J'ai un vague souvenir de la maison dans laquelle elle vivait à Miami. Dans ce souvenir, j'avais peut-être cinq ans. À l'intérieur, les adultes et les personnes âgées parlaient de ce dont parlent les adultes et les personnes âgées : les histoires de famille, les récits murmurés des mariages précédents ; les noms des parents auxquels nous ne parlions plus. J'étais sorti pour échapper à la conversation des adultes et je jouais sur une petite pelouse avec mon frère aîné, celui dont le prénom hébraïque était *Shmiel*, fait dont j'étais jaloux. Andrew et moi jouions sur la pelouse avec ces poupées militaires en plastique populaires à l'époque, appelées G.I. Joe, et j'étais terriblement excité par un accessoire que mes parents venaient de m'acheter, sans doute pour que nous restions tranquilles, les garçons, parce qu'ils parlaient de ce dont ils pouvaient bien parler. Cet accessoire était une mitrailleuse en plastique gris, montée sur un petit trépied en plastique. J'avais soigneusement placé ma mitrailleuse sur le bord d'un petit fossé et j'avais commencé à mitrailler le G.I. Joe de mon frère ; au début, mon frère avait joué le jeu et je dois admettre que la vue de son soldat tombant dans le fossé m'avait donné une sombre sensation de puissance, qui me réjouissait puisqu'il était l'aîné après tout et que je n'avais pas l'habitude de prendre le dessus. Mais, mon frère et moi, nous nous sommes ensuite disputés pour la possession de la mitrailleuse en plastique. Brusquement, il me l'a arrachée de la main – il avait huit ans, je n'en avais que cinq – et l'a jetée dans une bouche d'égout toute proche. J'ai couru en hurlant à l'intérieur de la maison où se trouvaient les adultes, et ma grand-tante Sarah m'a pris sur ses genoux et très vite j'ai été consolé.

Mais certaines de ces vieilles personnes juives, nous savions, enfants, en dépit de notre jeune âge, qu'il fallait les éviter à tout prix. Il y avait, par exemple, Minnie Spieler, la veuve du photographe, avec son nez et ses doigts comme des griffes, et les étranges vêtements de « bohémienne » qu'elle portait ; Minnie Spieler, pour qui était réservé, dans notre cimetière de famille du Queens, un rectangle de sable lisse, avec une petite pancarte plantée dans le sol qui disait RÉSERVÉ À MINA SPIELER, ce qui avait le don de nous terrifier lorsqu'on y allait tous les ans et qu'on nous faisait poser des pierres sur les tombes de nos parents morts, et je me demandais, avec ressentiment, ce qu'elle pouvait bien faire dans le cimetière de notre famille. Minnie, vous ne vouliez surtout pas lui parler ; elle vous prenait le bras dans ses mains en forme de pinces de crabe au cours de ces réunions et elle vous regardait intensément dans les yeux, comme quelqu'un qui a perdu quelque chose et qui espère que vous pourrez peut-être l'aider à le retrouver ; et quand elle s'apercevait que vous n'étiez pas ce qu'elle cherchait, elle se retournait brusquement et partait rôder dans la pièce voisine.

Il y avait donc des gens comme Minnie Spieler, qui avait cessé de venir aux réunions de famille, au bout d'un certain temps – elle avait, disait-on, déménagé en Israël –, ce qui explique pourquoi il ne m'est plus jamais venu à l'esprit de demander de ses nouvelles.

Mais la vieille personne qu'il fallait éviter plus que toute autre, c'était l'homme que nous ne connaissions que sous le nom de Herman le Coiffeur. Lors de ces réunions, au cours desquelles je pouvais, de temps en temps, faire pleurer les gens, ce Herman le Coiffeur faisait son apparition, minuscule et ratatiné, voûté, vieux à un point inimaginable, plus vieux même que mon grand-père, et il essayait de vous murmurer des choses – ou, je devrais plutôt dire, de me murmurer des choses, parce que j'ai toujours eu l'impression que c'était sur moi qu'il se ruait, s'il est possible d'employer ce verbe pour décrire sa démarche traînante, mais décidée ; c'était vers moi qu'il avait l'habitude de se diriger, essayant de m'attraper une main ou un bras, souriant et faisant claquer ses dents qui, je m'en rends compte à présent, n'étaient pas les siennes, murmurant des choses en yiddish, quand il finissait par se rapprocher, et que je ne pouvais donc pas comprendre. Évidemment, je m'éloignais dès que je pouvais me dégager de l'espace entre le mur et lui, et je me précipitais dans les bras de ma mère, qui me donnait un demi-cercle parfait d'orange confite de couleur verte, pendant que, dans l'autre coin de la pièce, Herman riait avec un autre des anciens habitants de Bolechow, les Juifs de la ville dont venait ma famille, pointant le doigt vers moi, souriant avec indulgence et disant que j'étais un *frische yingele*, un petit garçon impertinent. Je m'éloignais de lui et je rejoignais mes frères, et nous faisions nos petits jeux idiots, qui consistaient parfois à se moquer des mots bizarres qui fusaient de temps en temps dans l'atmosphère, au-dessus de leurs conversations à la fois murmurées et vives, ces mots avec leurs étranges diphtongues plaintives du Pays d'Autrefois qui provoquaient chez nous de la gêne et nos moqueries. *TOOOYYYYBBBBB*, criait-on en tournant en rond et en ricanant, TOYB TOYB TOYB ! J'ai grandi en entendant ma mère parler en yiddish à ses parents et j'ai été capable de reconnaître certains mots et certaines phrases assez vite ; mais d'autres – comme *vairebinichegraffepototskie*, que mon grand-père disait avec un sourire amusé si vous lui demandiez, disons, cinq cents pour acheter un chewing-gum, ou *toyb !* – avaient une sonorité si ridicule que nous autres, *frische yingelach*, nous ne pouvions que rire en les entendant.

Impertinents, nous l'étions peut-être, mais dans ces cas-là je n'ai jamais été réprimandé. Personne ne vous grondait pour avoir essayé d'échapper à Herman le Coiffeur, depuis que, dans son état de confusion, il avait donné à mon frère – celui qui avait tiré les moustaches d'un autre vieillard – tout un rouleau de *Tums*, un médicament contre les brûlures d'estomac, pensant que c'était des bonbons, et que mon frère avait vomi pendant deux jours. Il fallait être gentil avec les autres vieilles personnes ; mais Herman le Coiffeur, on vous permettait de l'éviter et, après quelques autres voyages en Floride, quelques étés et hivers de plus, il n'était plus là quand nous venions, et nous n'avons plus jamais eu à nous faire du souci à cause de lui.

2

Création

C'EST LE JOUR de ma bar-mitsva que la quête a commencé.

Comme n'importe quel autre enfant juif que je connaissais, j'avais reçu une vague éducation religieuse. C'était en grande partie pour apaiser mon grand-père, toutefois, puisque l'éducation juive réformée qui m'était dispensée était tellement diluée, tellement dénaturée, en comparaison de la formation *héder*, rigoureusement orthodoxe, qu'il avait reçue, des décennies plus tôt, que mes trois frères et moi aurions pu être, selon lui, tout aussi bien éduqués par des prêtres catholiques. Cette éducation, qui avait pour but de nous préparer pour le jour de notre bar-mitsva, ce que nous faisions aussi essentiellement pour faire plaisir au père de notre mère, était divisée en deux phases.

À l'âge de neuf ou dix ans environ, nous avions dû aller à l'école du dimanche, un cours hebdomadaire qui avait lieu dans la cave d'un motel local, devenu tristement célèbre par la suite puisque c'était là que la fameuse chanteuse pop italo-américaine, Connie Francis, avait été violée en 1974, après un tour de chant dans une salle de concerts

61

du coin. Dans la cave de ce bâtiment peu attrayant, M. Weiss, un homme très grand et très aimé, nous apprenait l'histoire juive et les histoires de la Bible, le nom et la signification des fêtes.

Un grand nombre de ces fêtes, je m'en étais alors rendu compte, étaient des commémorations du fait d'avoir, chaque fois, échappé de justesse aux oppressions de différents peuples païens, des peuples que je trouvais, même à ce moment-là, plus intéressants, plus engageants et plus forts, et plus sexy, je suppose, que mes antiques ancêtres hébreux. Quand j'étais enfant, à l'école du dimanche, j'étais secrètement déçu et vaguement gêné par le fait que les Juifs de l'Antiquité étaient toujours opprimés, perdaient toujours les batailles contre les autres nations, plus puissantes et plus grandes ; et lorsque la situation internationale était relativement ordinaire, ils étaient transformés en victimes et châtiés par leur dieu sombre et impossible à apaiser. Quand vous avez un certain âge ou que vous êtes un enfant d'un certain genre – bizarre, peut-être ; peut-être le genre d'enfant que les autres enfants, plus grands, tourmentent –, vous n'avez pas envie de passer vos loisirs à lire des histoires de victimes, de perdants. Ce qui me paraissait bien plus attirant, quand j'étais enfant, puis adolescent, c'était les civilisations de ces autres peuples de l'Antiquité, qui avaient l'air de beaucoup s'amuser et qui, apparemment, étaient les oppresseurs des Hébreux. Quand nous avons lu l'histoire de Pâque et la fuite d'*eretz Mitzrayim*, la terre d'Égypte, j'ai rêvé des Égyptiens, avec leurs poèmes d'amour séduisants et leurs vêtements de lin transparents, leurs dieux de la mort à tête de chacal et leurs cercueils en or massif ; quand nous avons lu l'histoire de Pourim, du triomphe d'Esther sur le méchant vizir persan Haman, j'ai fermé les yeux et pensé aux splendides raffinements des Mèdes, aux bas-reliefs de Persépolis, avec leurs descriptions répétitives hypnotiques d'innombrables vassaux portant de belles robes et des barbes frisées et parfumées. Quand j'ai lu l'histoire du miracle qui est commémoré chaque année à la fête de *Hannoukah*, l'huile sainte du Temple miraculeusement préservée, dont le volume est augmenté au cours des huit jours qui suivent la profanation du lieu saint par un tyran grec de la période hellénistique, j'ai pensé à la sagesse et aux bénéfices potentiels de la politique d'hellénisation d'Antioche IV, à la façon dont ils auraient pu apporter la stabilité dans cette région constamment agitée.

C'était ce que je pensais à l'époque. Mais aujourd'hui je peux voir que la véritable raison pour laquelle je préférais les Grecs, par-dessus tous les autres, aux Hébreux, c'était que les Grecs racontaient les histoires comme les racontait mon grand-père. Lorsque mon grand-père racontait une histoire – par exemple, celle qui se terminait par *Mais elle est morte une semaine avant de se marier* – il ne recourait pas au procédé évident de commencer par le commencement et de finir par la fin ; il préférait la raconter en faisant de vastes boucles, de telle sorte que chaque incident, chaque personnage, mentionné pendant qu'il était assis là, sa voix de baryton déchirante oscillant sans cesse, avait droit à sa mini-histoire, à une histoire à l'intérieur de l'histoire, un récit à l'intérieur du récit, de telle sorte que l'histoire ne se déployait pas (comme il me l'a expliqué un jour) comme des dominos, une chose se produisant après une autre, mais plutôt comme des boîtes chinoises ou des poupées russes, chaque événement en contenant un autre, qui à son tour en contenait un autre, et ainsi de suite. D'où le fait, par exemple, que l'histoire qui expliquait pourquoi sa sœur superbe avait été obligée d'épouser son cousin laid et bossu commençait, nécessairement du point de vue de mon grand-père, par l'histoire de son père mourant brutalement, un matin, dans le spa de Jaremcze, puisque c'était après tout le début de la période difficile pour la famille de mon grand-père, des années terribles qui allaient en définitive forcer sa mère à prendre la décision tragique de marier sa fille au fils bossu de son frère, en paiement du prix du passage en Amérique pour commencer une nouvelle vie, mais tout aussi tragique au bout du compte. Bien entendu, pour raconter l'histoire de la façon dont son père était mort brutalement, un matin, à Jaremcze, mon grand-père devait s'interrompre pour raconter une autre histoire, l'histoire de lui et de sa famille, à la période faste, passant des vacances dans certains spas magnifiques à la fin de chaque été, par exemple à Jaremcze, sur les contreforts des Carpates, quand ils n'allaient pas au sud mais à l'ouest, dans les spas de Baden ou de Zakopane, un nom que j'adorais. Ensuite, pour donner une meilleure perception de ce qu'était la vie à l'époque, pendant cette période dorée d'avant 1912 et la mort de son père, il repartait plus loin dans le temps pour expliquer ce qu'avait été son père dans leur petite ville, quel respect il avait inspiré et quelle influence il avait exercée ; et cette histoire, à son tour, l'emmenait au tout début, à l'histoire de sa famille à Bolechow depuis que les premiers Juifs y étaient arrivés, depuis *la période où Bolechow n'existait pas encore*.

L'une après l'autre, les boîtes chinoises s'ouvraient, et je restais assis à contempler chacune d'elles, hypnotisé.

Il se trouve que c'est précisément la façon dont les Grecs racontent leurs histoires. Homère, par exemple, interrompt souvent la marche en avant de l'*Iliade*, son grand poème épique, pour remonter dans le temps et parfois dans l'espace, afin de rendre toute la richesse psychologique et la profondeur émotionnelle des débats, ou afin de suggérer, comme il le fait parfois, que le fait de ne pas connaître certaines histoires, le fait d'ignorer l'intrication des histoires qui, à notre insu, forment le présent, peut être une grave erreur. L'exemple le plus célèbre est peut-être celui de l'épisode du début du poème qui oppose les deux guerriers, Glaucos et Diomède : alors que le Grec et le Troyen s'apprêtent à combattre, chacun d'eux se lance dans une longue histoire destinée à souligner ses prouesses militaires et le prestige de sa famille, et les généalogies qu'ils racontent sont si longues et si détaillées qu'on découvre bientôt qu'il existe des liens familiaux entre les deux, et en poussant des cris de joie, les deux hommes qui, quelques minutes auparavant, étaient prêts à s'entretuer, se serrent les mains et se jurent une amitié éternelle. De la même façon (pour se déplacer de la poésie à la prose), lorsque l'historien Hérodote, des siècles après Homère, a composé sa grande histoire de la victoire à la fois totale et improbable des Grecs sur le vaste Empire perse, au début du Ve siècle avant J.-C., lui aussi a eu recours à cette vieille technique fascinante. Il lui paraît donc naturel, pour raconter l'histoire du conflit de la Grèce et de la Perse, de faire le récit de l'histoire de la Perse, ce qui implique des digressions à la fois importantes et mineures, depuis l'histoire fameuse du souhait qu'un certain potentat oriental avait de voir un autre homme contempler sa femme nue (le péché d'arrogance, sommes-nous censés comprendre, qui a déclenché la chute d'une grande dynastie) jusqu'au chapitre entier consacré à l'histoire, aux coutumes, aux mœurs, à l'art et à l'architecture d'Égypte, puisque l'Égypte faisait partie, après tout, de l'Empire perse. Et ainsi de suite.

Par conséquent, chaque culture, chaque auteur, raconte des histoires de manière différente, et chaque style narratif ouvre, pour les autres narrateurs d'histoires, des possibilités dont il n'aurait, sinon, pas même rêvé. D'un certain romancier français, par exemple, vous pourriez apprendre qu'il est en théorie possible de consacrer l'essentiel d'un roman substantiel à l'unique conversation qui eut lieu au cours d'un seul repas ; d'un certain écrivain américain (né en Pologne, toutefois), que le dialogue peut être conçu, de manière à la fois intéressante et dangereuse, de telle sorte qu'il soit impossible à distinguer du point de vue du narrateur ; chez un écrivain allemand que vous admirez, vous pourriez découvrir, à votre grande surprise, que, dans certaines circonstances, des dessins et des photos, que vous auriez jugés inappropriés à, ou en concurrence avec, des textes sérieux, peuvent apporter de la dignité à des histoires tristes. Et, naturellement, ces Grecs, Homère et Hérodote, ont démontré qu'une histoire n'a pas à être racontée dans l'ordre chronologique, il s'est passé ceci puis cela – comme c'est le cas dans la Genèse, par exemple, dont on peut dire au bout d'un moment que c'est un récit qui peut paraître ennuyeux et plat. Et en effet, même si je n'en étais pas conscient à l'époque, je vois maintenant qu'une certaine technique de récit en boucles, dont j'ai cru pendant longtemps que mon grand-père était l'inventeur, était la véritable raison – plus que la beauté et le plaisir païens, plus que la nudité païenne, plus que la puissance, l'autorité et la victoire païennes – pour laquelle les Grecs, plus que les Hébreux, avaient captivé mon imagination depuis la plus tendre enfance, depuis le commencement.

C'est ce qui explique comment mon grand-père, qui était à mes yeux la judéité en soi, a fait naître en moi un goût indéfectible pour les païens.

L'histoire que nous apprenions à l'école du dimanche, l'histoire des Juifs et des fêtes juives, était donc une histoire qui me mettait mal à l'aise vis-à-vis de moi-même, dans la mesure où j'étais un Juif qui admirait les Grecs. Cette ambivalence est peut-être à l'origine de mon incapacité déplorable à satisfaire aux exigences de la seconde phase de mon éducation juive, qui s'appelait l'école hébraïque et commençait à l'âge de douze ans. Les cours de l'école hébraïque avaient lieu le mercredi après-midi dans la synagogue aux bancs et aux poutres sombres où se rendait ma famille, et ils étaient entièrement consacrés à la préparation de la bar-mitsva. Menées par un petit homme rond, qui faisait précéder son nom du titre de « docteur », exactement comme l'auraient fait certains en Europe centrale (même si cet homme était originaire de Boston), ces séances de deux heures étaient essentiellement vouées à l'étude de l'hébreu. Mais, à l'âge de douze ans, j'étudiais déjà le grec ancien et j'étais assez avancé pour pouvoir lire des passages simplifiés : l'histoire assez osée d'un dieu et d'une nymphe, un passage d'Hérodote sur les crocodiles du Nil, deux sujets qui étaient pour moi bien plus excitants que les vitupérations monotones des prophètes déversées dans les textes de *haftarah* que nous devions, le jour de la bar-mitsva, psalmodier après avoir lu la Torah, ou encore les bizarres prohibitions alimentaires et sexuelles que l'on trouve dans le Lévitique. Pour cette raison, j'étudiais le grec et pas l'hébreu, et donc, même si j'avais appris l'alphabet hébreu assez bien pour lire de longs passages couramment, comme il me faudrait le faire le jour de ma bar-mitsva, je n'avais aucune connaissance de la langue elle-même, si ce n'est de quoi lire et écrire la phrase *aba babayit*, « Père est à la maison ».

CE N'EST QUE bien plus tard, longtemps après m'être consacré à l'étude des classiques grecs et latins, que je me suis préoccupé de revenir à l'hébreu et de l'étudier avec un plus grand sérieux. Ce n'était pas en raison du fait que je me serais senti plus religieux à l'âge de vingt-cinq ans qu'à l'âge de treize. Je voulais étudier l'hébreu de nouveau parce que, à cet âge-là, juste avant de commencer des études de troisième cycle, j'avais une envie irrésistible d'apprendre des langues, tout comme mon grand-père qui en avait connu tant, et que cela m'ennuyait d'avoir gâché cette opportunité précoce d'en apprendre une. Et j'ai donc acheté un épais volume intitulé *Introduction to Biblical Hebrew* et, pendant un an environ, je l'ai lentement parcouru de bout en bout. Après un certain temps, au cours de ces mois de l'année 1985, j'ai commencé à pouvoir lire des passages de la Bible et j'ai fini par retourner dans la librairie pour acheter d'autres livres, pas des manuels de langue, mais des livres qui m'expliquaient ce que j'aurais dû apprendre une décennie plus tôt ; qui expliquaient, maintenant que j'avais une expertise et un intérêt certains pour les littératures antiques et les textes sacrés, ce que j'étais impatient de lire, non parce que j'aurais cru ce qu'ils disaient, mais parce que j'étais capable à présent de les comprendre comme des produits des cultures de la Méditerranée antique.

Pendant quelques mois, je me suis immergé dans mon éducation juive et j'ai appris des choses sur la composition de la *Tanakh*, la Bible hébraïque, les noms et les thèmes de ses différents livres et des différentes *parashot*, les lectures hebdomadaires de la Torah, le Pentateuque de Moïse, comment et quand chaque *parashah* devait être lue, et ce qu'elle signifiait.

J'ai appris, par exemple, comment *parashat Bereishit*, la première section, formellement, du livre de la Genèse, concernait les commencements des choses, comment, à partir d'une opacité indifférenciée, les formes des choses s'éclaircissent progressivement : les océans, les cieux, le Ciel, la terre, et ensuite les animaux, les plantes, les poissons, les oiseaux et, enfin, les êtres humains. J'ai appris comment certaines de ses histoires étaient des allégories sur le cours du monde : par exemple, comment l'histoire d'Adam et Ève expliquait, parmi d'autres choses, pourquoi les femmes doivent endurer des souffrances pour mettre des enfants au monde ; comment l'histoire de Caïn et Abel, qui me troublait tellement quand j'étais un petit garçon que je ne m'étais jamais soucié de l'apprendre correctement à l'école du dimanche et que pendant longtemps je n'avais pas su si Caïn ou Abel était le « méchant », expliquait l'existence de la violence, du meurtre et de la guerre dans le monde. J'ai appris avec *parashat Noach*, la section de la Genèse qui inclut l'épisode de l'Arche de Noé, de ses effroyables errances sur la Terre – elle allait redevenir une masse d'eau indifférenciée, puisque Dieu avait décidé de noyer sa propre Création dans un accès de rage dévastatrice qui ne serait pas la dernière –, mais qui inclut aussi une généalogie des descendants de Noé, se concentrant avec une intensité croissante, à mesure que le récit progresse, sur une famille en particulier et ensuite sur un seul homme, Abraham. J'ai appris comment la marche d'Abraham à travers le monde connu à la recherche de la terre que Dieu lui avait promise, une errance épique qui est racontée dans la *parashah* intitulée *Lech Lecha* (« Avance ! »), l'oblige, à la fin, à passer par d'étranges géographies nouvelles, mais aussi à affronter les extrêmes du bien et du mal humains, comme il est écrit dans *parashat Vayeira*, « Et Il Est Apparu » : car c'est là que nous voyons comment, à Sodome et Gomorrhe, il découvre le rejet total de la loi morale de Dieu, et sur le mont Moriah il est lui-même appelé à accepter sans réserve la loi de Dieu, même si cette loi doit lui coûter son propre fils.

Je dois admettre que je ne suis jamais allé au-delà de *parashat Vayeira* dans mon programme d'auto-éducation hébraïque. Mais, naturellement, je sais comment finissent les cinq livres que j'avais commencé à lire, il y a vingt ans : comment Joseph, le descendant préféré d'Abraham, a été rejeté par ses frères, abandonné et en définitive chassé vers l'Égypte, où sa tribu a fini par prospérer – même si l'Égypte serait, au bout du compte, le pays d'où cette famille, cette tribu, entamerait son long, ardu, inimaginable voyage vers un « foyer » qui, dans la mesure où aucun ne le connaissait en réalité, ne devait pas du tout donner l'impression d'être un foyer.

Comme je l'ai dit, la première chose qui se passe dans parashat Bereishit *n'est pas, comme beaucoup le pensent, le fait que Dieu a créé le ciel et la terre, mais plutôt qu'au début de sa création du ciel et de la terre, quand tout n'avait été qu'un vide stupéfiant, il ait dit, « Que la lumière soit. » C'est là, en réalité, le premier acte de création dont nous entendions parler dans* Bereishit. *Mais, pour moi, ce qui est intéressant, c'est le fait que chaque acte de création qui suit – la lumière et les* ténèbres, la nuit et le jour, la terre ferme et les océans, les plantes et les animaux, et finalement l'homme à partir de la poussière – est décrit comme une action de séparation. Qu'a fait Dieu quand il a vu que la lumière était « bonne » ? il l'a séparée des ténèbres, et il a continué à séparer jusqu'à ce que les éléments qui composent les parties du cosmos aient trouvé leur place adéquate et satisfaisante.

Rachi consacre relativement peu d'espace à ce fait, et il se préoccupe essentiellement des ramifications morales de cette séparation initiale de la lumière des ténèbres : « Selon sa signification simple, écrit-il de la séparation par Dieu de la lumière et des ténèbres, explique-le comme suit : Il vit que c'était bien et qu'il n'était pas convenable que la lumière et l'obscurité fonctionnent dans ce fatras, et Il a donc assigné sa sphère à l'une pendant le jour, et à l'autre sa sphère pendant la nuit. » Et pourquoi Dieu a-t-il fait ça ? Parce que la lumière, comme dit Rachi, « ne mérite pas que les méchants s'en servent, et Il l'a réservée aux justes pour qu'ils s'en servent dans l'avenir ». Les implications morales de la capacité de « séparer » de cette manière conduisent, bien entendu, à une conclusion d'un point de vue narratif, à la fin de la Genèse, chapitre 3, qui est le point culminant de l'histoire de la Création : l'histoire d'Adam et Ève mangeant le fruit défendu de l'Arbre de la Connaissance. L'histoire commence avec la Création, qui est, comme nous l'avons vu, l'histoire des actes de distinction d'une chose par rapport à une autre ; elle s'achève en faisant allusion à la plus cruciale de toutes les distinctions, la distinction du Bien et du Mal, une distinction qui devient compréhensible pour les êtres humains uniquement en mangeant à l'Arbre de la Connaissance, un arbre dont la Torah nous dit qu'il était (comme la lumière) « bon », qu'il était un « délice pour les yeux » d'Ève et qu'il était « désirable pour la compréhension », et que c'était en raison de cette bonté, de cette délectation, de cette désirabilité qu'Ève y avait mangé.

Je veux m'attarder un instant auprès de cet Arbre étrange, dont le fruit, si bon fût-il, s'est révélé, comme nous le savons, empoisonné pour l'humanité ; puisque c'est le fait de le manger, selon Bereishit, qui a entraîné l'expulsion des êtres humains hors du Paradis, qui les a contraints finalement à faire l'expérience de la mort. Mais c'est le plaisir et le délice de l'Arbre de la Connaissance que je veux explorer brièvement, parce que les liens établis, dans Bereishit, entre créativité, distinction, connaissance et plaisir sont, pour moi, absolument naturels. Enfant, j'avais déjà un curieux penchant intellectuel : le désir à la fois de connaître et de mettre en ordre ce que je connaissais. C'était, je n'en doute pas, le résultat, ou peut-être devrais-je dire le fruit, des dons intellectuels de mon père – c'est un scientifique – et de la passion de ma mère pour l'ordre, le goût d'une propreté et d'une organisation rigoureuse, qu'elle attribuait en ne plaisantant qu'à moitié à son « sang allemand ». C'est mon sang allemand, disait-elle, le produit autrefois blond des familles qui avaient des noms tout à fait allemands – pas juifs allemands –, des noms comme Jäger et Mittelmark (ce dernier, je l'ai appris, étant le nom d'un comté en Prusse) ; elle disait cela, parfois avec un rire, parfois sans, lorsqu'elle refaisait un lit mal fait ou réorganisait une étagère de nos livres de classe, ou essayait d'imposer un ordre aux choses qui appartenaient véritablement à la sphère d'influence plus négligée de mon père, avec des résultats parfois comiques, comme le jour où elle avait finalement rassemblé toutes sortes d'objets cassés, jouets, lampes, petits gadgets, qu'il avait laconiquement promis de réparer, sans jamais se résoudre à le faire, et elle avait entassé tous ces objets orphelins dans une boîte qu'elle avait baptisée, à l'aide d'un Magic Marker bleu marine, de son écriture ample et arrondie, CHOSES À RÉPARER **ALEVAY** – « alevay » étant le mot juif qui exprime une sorte d'optimisme sans espoir, meurtri : « ça devrait arriver (mais ça n'arrivera pas) ».

Mon père aimait donc connaître les choses et ma mère aimait organiser les choses, et c'est peut-être pourquoi j'ai découvert en moi, à un âge précoce, un plaisir intense à organiser la connaissance. Ce n'était pas simplement les lectures sur, disons, l'Égypte ancienne et, plus tard, sur les Grecs et les Romains, sur l'archéologie et sur les Romanov et les œufs de Fabergé qui me procuraient du plaisir ; le plaisir naissait, plus spécifiquement, de l'organisation de la connaissance que j'accumulais lentement, de l'établissement et de la mémorisation de listes de dynasties numérotées et de tableaux de vocabulaire et de tables hiéroglyphiques et des chronologies des différents Alexandre, Nicolas et Catherine. C'était, je m'en aperçois aujourd'hui, la première expression d'une impulsion qui, en définitive, est la même que celle qui pousse quelqu'un à écrire – imposer un ordre au chaos des faits en les assemblant dans une histoire qui a un commencement, un milieu et une fin.

Si un plaisir précoce et, il fallait bien l'admettre, excentrique naissait de ma capacité à organiser des masses informes d'informations – grâce à une combinaison des natures de mon père et de ma mère – il était aussi vrai que je ressentais une certaine douleur, une forme d'angoisse même, lorsque j'étais confronté à des masses d'information qui semblaient réfractaires à toute forme d'organisation.

C'EST MA BAR-MITSVA, en tout cas, ma bar-mitsva, ce samedi après-midi-là, quand ma voix a déraillé si atrocement, la bar-mitsva qui était le point culminant de l'éducation juive un peu avortée que j'avais reçue, c'est elle qui m'a rendu curieux au sujet de ma famille juive, m'a fait commencer à poser des questions. Naturellement, j'avais toujours été curieux : comment aurais-je pu ne pas l'être, moi dont le visage rappelait à certaines personnes quelqu'un qui était mort depuis longtemps ? Mais l'intérêt fervent pour la généalogie juive, qui est devenu un hobby et, par la suite, presque une obsession, est né ce jour d'avril. Cela n'avait rien à voir, je dois l'ajouter, avec la cérémonie en soi, avec le rituel pour lequel j'avais dû me préparer pendant si longtemps ; c'était plutôt la réception dans la maison de mes parents qui avait été le commencement de tout. Car, alors que j'étais passé d'un parent à l'autre pour être embrassé, tapé dans le dos et congratulé, la masse confuse des visages qui se ressemblaient tous m'avait gêné, et j'avais commencé à me demander comment il se faisait que j'étais lié à tous ces gens, aux Ida et Trudy et Julius et Sylvia et Hilda, aux noms des Sobel et des

Rechtschaffen et des Feit et des Stark et des Birnbaum et des Hench. J'ai commencé à me demander qui ils pouvaient bien être, quel pouvait être le lien qui les unissait à moi, et c'était parce que je n'aimais pas être confronté à cette masse indifférenciée de relations, que j'étais agacé par ce chaos, que j'ai par la suite consacré des heures et des semaines et des années à faire des recherches sur mon arbre généalogique, pour clarifier les relations et ordonner les branches et les sous-branches des liens génétiques, pour organiser l'information que j'avais fini par accumuler sur des fiches et des tableaux, et dans des dossiers. C'est idiot, bien sûr, de penser qu'on « devient » un homme à l'âge de treize ans, mais il est sans doute juste de dire que, même par inadvertance, ma bar-mitsva m'a rendu bien plus conscient de ce que c'était que d'être juif que n'importe quelle compréhension des mots que je prononçais, ce jour d'avril 1973, n'aurait pu le faire.

Et donc les questions que j'ai commencé à poser, immédiatement après ma bar-mitsva, ne concernaient pas seulement le mystérieux Shmiel, mais tous les autres. Ces questions m'ont conduit, tout d'abord, à écrire des lettres aux parents qui étaient, en 1973, encore vivants – un nombre qui était déjà bien inférieur à ce qu'il avait été, six, sept ou huit ans auparavant, lorsque j'allais avec ma famille à Miami Beach. J'écrivais à ces vieux parents dans le Queens, à Miami Beach, à Chicago et à Haïfa, et parfois les réponses provoquaient chez moi de la frustration et de la confusion (*Je ne te dis pas la date exacte de ma naissance*, m'avait dit au téléphone, un après-midi de 1974, Sylvia, la sœur malheureuse de mon grand-père, *parce qu'il aurait mieux valu que je ne sois jamais née*). Mais, plus souvent, ces personnes âgées se sentaient gratifiées par le fait que quelqu'un d'aussi jeune s'intéresse à quelque chose d'aussi vieux, et ils répondaient avec enthousiasme à mes questions et me racontaient tout ce qu'ils savaient. Par exemple, la tante de mon père, Pauline (toujours « Tante Pauly »), m'a balancé une centaine de lettres, tapées sur une Underwood déglinguée, entre le mois de juin 1973, lorsque je lui ai écrit timidement pour la première fois, et juin 1985, date à laquelle son formidable cerveau, qui m'avait fourni tant de détails infimes et précieux sur ma famille du côté paternel (*Je crois aussi me souvenir de quelqu'un prononçant le nom d'une petite ville appelée...*), s'est effondré. À la fin, les *a*, les *e* et les *o* de son antique machine à écrire mécanique étaient parfaitement impossibles à distinguer, en parallèle, peut-être, de ce qui se produisait dans les tissus durcis et confus auxquels je devais tant.

Ou bien il y avait ma grand-tante Miriam, à Haïfa, l'épouse du frère de mon grand-père, Itzhak, la femme qui, en raison de son sionisme véhément, avait convaincu son mari que, en dépit de la grande prospérité de leur commerce de boucherie, l'avenir de la communauté juive se situait en Palestine, raison pour laquelle elle et lui, et leurs deux enfants, avaient échappé au sort qui avait englouti Shmiel et les autres. Je me suis mis à lui écrire souvent et elle avait beaucoup à dire sur le sujet de Bolechow, tel que c'était avant qu'elle en parte. Ses minces aérogrammes avec leurs timbres israéliens exotiques étaient toujours les bienvenus, avec cette écriture européenne d'autrefois, si singulière, à la pointe bille bleue qui couvrait chaque centimètre carré, recto verso, du papier bleu, si mince, si léger. D'un anglais à la syntaxe et à l'orthographe aussi difficiles à déchiffrer pour moi que son écriture en pattes de mouche, j'ai appris beaucoup : la vie plaisante de la ville autrefois, les choses flatteuses que lui disait son père à propos de mon arrière-grand-père, Elkune Jäger ; les deux hommes, écrivait-elle, avaient appartenu au même club à Bolechow, détail (un club ?) qui m'avait obligé à réviser ce que je croyais savoir de la vie dans les petites villes de la Galicie au tournant du siècle. Connaître mon arrière-grand-père était d'un intérêt tout particulier pour moi, dans la mesure où, dès cette époque, j'ai été assez mûr pour comprendre que l'histoire de la famille pouvait être bien plus que des tableaux et des listes, pouvait en fait expliquer la façon dont les gens – disons, mon grand-père – étaient devenus ce qu'ils étaient. À propos d'Elkune, elle m'avait écrit :

Le Elkana Jager je ne m'en souviens pas mais mon père dit qu'ils était un membre dans la même synagogue et aussi dans le club et il dit à moi qu'il était un type très bien et très bon il aime dépenser l'argent pour les familles pauvres, et il a une très bonne opinion et sympathie de la part des citoiliens chrétiens et c'était très important pour lui et pour toute la ville. Mais il est mort très jeune dans le siècle il était avec Rachel pour prendre un repos et il est devenu

une crise cardiaque c'était un tragédi pour toute
la ville et famille.

Il m'a fallu un peu de temps pour comprendre
que *citoiliens*, c'était citoyens. *Rachel*, ai-je réalisé avec un frisson, était la sœur aînée de mon
grand-père, celle qui était morte *une semaine*
avant de se marier, était morte parce qu'elle
aussi, je l'ai appris par la suite, avait le cœur en
mauvais état.

Parce que je savais que Miriam et son mari
étaient restés à Bolechow jusque dans les années
1930, j'ai eu l'audace de lui poser des questions sur
Shmiel aussi. Je me souviens de l'obscure émotion
ressentie quand j'ai écrit la lettre dans laquelle je
lui demandais ce qui leur était arrivé exactement,
une lettre dont je n'ai rien dit à mon grand-père.
Mais sur ce sujet, Tante Miriam était plus hési-
tante et n'a pu me dire que la chose suivante, dans
un aérogramme daté du 20 janvier 1975 :

La date de Onkel Schmil et de sa famille quand
ils sont morts personne ne peut me dire, 1942
les Allemands tuaient tante Ester avec 2 filles.
La fille aînée était avec les partisans dans les
montagnes et elle est morte avec eux. Onkel
Schmil et 1 fille Fridka les Allemands les ont
tués 1944 à Bolechow, dit à moi un homme de
Bolechow personne sait ce qui est vrai.

S'il s'est avéré que ce n'était pas tout à fait comme
elle m'en avait averti (comme je peux le voir à
présent), ce n'était vraiment pas de sa faute. Elle

ne faisait que répéter ce qu'elle avait entendu dire.

Un peu plus tard, quand j'ai appris qu'il ne fallait pas trop attendre de ces réponses, et que j'ai commencé à tirer fierté de mon efficacité en tant que chercheur, fierté d'avoir mis au point une certaine méthode, j'ai commencé à écrire aussi aux institutions et aux agences gouvernementales, le genre de lettres auxquelles on vous recommandait de joindre « une enveloppe pré-affranchie », des lettres aux archives de New York contenant des mandats postaux pour le règlement des photocopies officielles de certificats de naissance et de décès (cinq dollars pièce, à l'époque), des lettres aux cimetières (mes préférées) avec des noms du genre Mount Zion ou Mount Judah (« la tombe réservée à Mina Spieler reste non réclamée à ce jour »), des lettres à des endroits portant des noms comme *The Hebrew Orphan Asylum*, des lettres à des archives aux acronymes à la sonorité sinistre, comme AGAD, dans des pays qui étaient alors fermés par le rideau de fer, et dont vous n'entendiez plus jamais parler en dépit du fait que vous aviez joint le mandat postal international. Problèmes qui m'ont conduit, deux décennies plus tard, vers des outils plus sophistiqués. Il y avait désormais les recherches sur Internet et les sites de généalogie, sur le *Social Security Death Index* et sur genealogy.com et jewishgen.org, sur la banque de données d'Ellis Island, où j'ai appris la date précise de l'arrivée de Shmiel à New York en 1913, un endroit qui ne lui portait pas chance, avait-il décidé. Il y avait désormais les comités de Family Finder. J'avais désormais des correspondances sans fin avec des inconnus parfaits, incroyablement différentes de ces laborieux échanges par aérogrammes que j'avais eus au cours de mon adolescence, des requêtes par e-mail auprès de gens en Californie, dans le Colorado, au pays de Galles et au Danemark qui promettaient une instantanéité complète et une aisance linguistique totale. Ce qui, finalement, m'a conduit à voyager, au cours d'une année, dans une douzaine de villes, de Sydney à Copenhague et Beer-Sheva, à m'embarquer sur des avions et des ferries, à monter dans des trains bondés de filles et de garçons juifs en uniforme, avec des armes en bandoulière sur leurs corps minces. À aller, pour finir, jusqu'à Bolechow pour parler avec les quelques survivants qui avaient vu ce qui avait été fait.

LE TEMPS PASSANT, quand je suis devenu un jeune homme d'une vingtaine d'années, je me plongeais de temps en temps dans les dossiers que j'avais constitués, poussais ma recherche un peu plus loin, écrivais quelques lettres de plus à telles ou telles archives, apprenais quelques faits supplémentaires. À l'époque où j'ai passé la trentaine, puis la quarantaine, il me paraissait évident que je savais tout ce qu'il y avait à savoir sur l'histoire de ma famille : sur les Jäger essentiellement, dans la mesure où, en plus des preuves documentaires, du matériel obtenu auprès des archives et des bibliothèques, il y avait toutes ces histoires ; et, avec les années, sur la famille de mon père aussi, les taciturnes Mendelsohn. Le seul trou, la seule lacune agaçante, c'était Shmiel et sa famille, les disparus sur lesquels il n'y avait pas un fait à inscrire sur les fiches, pas de dates à entrer sur les programmes informatiques de généalogie, pas d'anecdotes ou d'histoires à raconter. Mais ce temps se prolongeant, il était de moins en moins douloureux de penser que nous ne saurions jamais rien de plus à leur sujet, puisque, avec chaque nouvelle décennie qui passait, l'événement dans son ensemble reculait et, avec lui, eux aussi s'effaçaient, pas seulement les six, mais eux tous. Et décennie après décennie, ils paraissaient de plus en plus entrer dans l'Histoire et ne plus nous appartenir. Paradoxalement, cela rendait plus acceptable le fait de ne pas y penser, puisqu'il y avait, après tout, tant de gens qui pensaient à eux – sinon à eux spécifiquement, du moins à un eux générique, ceux qui avaient été tués par les nazis. Pour cette raison, c'était comme si on avait pris soin d'eux.

Pourtant, de temps à autre, il arrivait que quelque chose remontât à la surface et me fît me demander s'il n'y avait tout de même pas encore quelque chose à apprendre.

Par exemple :

Mon grand-père préférait raconter des histoires qui étaient drôles, dans la mesure où il était lui-même si drôle et où les gens vous apprécient plus quand vous les faites rire. Je me souviens – ou plutôt, ma mère m'a raconté – comment il avait fait faire pipi dans sa culotte à ma grand-tante Ida, à la table de Thanksgiving, une année, il y a longtemps, tant l'histoire qu'il racontait était drôle. Nous ne savons pas de quelle histoire drôle il s'agissait, puisque l'histoire de la façon dont elle s'est fait pipi dessus a éclipsé l'histoire en question – elle est devenue une histoire drôle à part entière, une histoire qui est régulièrement racontée pour éclairer ou peut-être préserver un certain aspect de la personnalité de mon grand-père décédé. Pour moi en particulier, il adorait raconter ses histoires de la ville où il était né et là où sa famille, cette famille de bouchers prospères et, ensuite, de négociants en viande, avait vécu « depuis », disait-il, s'éclaircissant la gorge bruyamment comme il avait l'habitude de le faire, les yeux immenses et fixes, comme ceux d'un bébé, derrière les verres de ses lunettes en plastique démodées, « qu'il y avait un Bole-chow ». *BUH-leh-khuhv*, prononçait-il, en maintenant le *l* très bas dans la gorge, à l'endroit même où il caressait le *kh*, comme le font les gens du coin. *BUHlehkhuhv*, la prononciation qui est, comme je l'ai découvert bien plus tard, la plus ancienne, la prononciation yiddish. L'ortho-graphe aussi a changé : Bolechow sous les Autri-chiens de langue allemande, Bolechów sous les Polonais, Bolekhov pendant les années soviéti-ques et, à présent, enfin, Bolekhiv, sous les Ukrainiens, qui ont toujours convoité la ville et l'ont désormais. Il y a une plaisanterie que les gens de cette partie de l'Europe de l'Est aiment raconter, qui explique un peu pourquoi les pro-nonciations et l'orthographe ne cessent de chan-ger : c'est l'histoire d'un type qui est né en Autriche, qui est allé à l'école en Pologne, qui s'est marié en Allemagne, qui a eu des enfants en Union soviétique, et qui meurt en Ukraine.

Pendant tout ce temps, dit la plaisanterie, *il n'a jamais quitté son village !*

Je n'ai jamais su que je prononçais mal le nom de la ville dans laquelle la famille de ma mère avait vécu pendant plus de trois cents ans jusqu'à ce que je rencontre une vieille femme à la fin des années 1990, la mère d'un homme dont j'étais récemment devenu l'ami. J'avais fait sa connaissance depuis un certain temps quand j'ai appris qu'il était né – il est de la génération de mes parents – dans la ville voisine de Bolechow – une toute petite ville, en vérité, appelée autrefois Stryj, aujourd'hui orthographié Striy, que j'ai visitée depuis, un endroit où poussent aujourd'hui de grands arbres luxuriants au milieu d'une ruine sans toit qui était autrefois la synagogue principale de la ville. Quand j'ai découvert l'étrange coïncidence géographique qui liait nos familles, j'en ai fait part à mon ami, qui est, comme moi, un écrivain et qui, connaissant mon intérêt pour l'histoire de cette petite partie du monde aujourd'hui oubliée, m'a proposé de me présenter à sa mère, une femme qui avait alors près de quatre-vingt-dix ans. Peut-être partagerait-elle ses souvenirs avec moi. Sa mère. Mme Begley. *Begley* : un autre nom qui, comme ceux des villes où les gens comme elle ont vécu autrefois, a été subtilement altéré. Car son nom avait été en fait *Begleiter*, mot allemand qui signifie « compagnon » ou « escorte ». Bien évidemment, j'ai accepté avec enthousiasme l'invitation de mon ami : j'allais avoir quarante ans, il y avait eu une petite série d'étranges coïncidences, de curieux événements qui m'avaient remis en mémoire Bolechow, Shmiel et le passé singulier de notre famille avaient fait surface dans le présent, agitant devant nous cette séduisante possibilité que les morts n'étaient pas tant disparus que dans l'expectative...

Il y a quelques années, pour prendre un exemple, j'ai lu quelque part que, soixante ans après l'événement, il était encore possible de soumettre à la Croix-Rouge internationale les noms de victimes de l'Holocauste à retrouver. Et donc, un jour, je suis entré dans le bureau de la Croix-Rouge local, qui se trouve dans un grand bâtiment rectangulaire, plutôt banal, pas très loin de mon appartement. Sur la façade du bâtiment, il y a une grande croix rouge. À l'intérieur, j'ai dûment rempli six formulaires pour des personnes disparues. Je l'ai fait avec un vague tremblement d'optimisme, sachant quelles étaient les chances. Mais on ne sait jamais, me suis-je dit.

Et l'on ne sait vraiment jamais. Il y a peut-être quinze ans, mon plus jeune frère, qui était alors assistant pour les costumes pour les films de Woody Allen, cherchait des tissus dans une boutique mal éclairée, un endroit rempli de rouleaux de tissus, dans le quartier de la confection à New York. Il a remarqué que le vieil homme au comptoir portait un tatouage sur l'avant-bras et il a engagé la conversation avec lui. Mon frère a mentionné, au cours de cette conversation, le fait que des parents à nous qui avaient péri dans le désastre étaient de Bolechow, ce qui a provoqué chez le vieux Juif de ce magasin de confection une sorte d'exclamation extasiée, en même temps qu'il tapait dans ses mains : Ach, Bolechow ! Ils avaient les plus beaux cuirs !

Il y avait eu la fois où, après que j'eus placé une annonce sur un site Internet de généalogie, un vieil homme m'avait appelé pour me dire qu'il avait connu autrefois une personne du nom de Shmiel Jäger. Avant même que je puisse répondre, il avait ajouté que ce Shmiel Jäger était originaire de Dolina, une petite ville proche de Bolechow, et avait fui vers l'est, lorsque les Allemands étaient arrivés pendant l'été 1941 – fui, semblait-il, au cœur de ce qui était alors l'Union soviétique. *J'ai entendu dire qu'il avait épousé une femme ouzbek, qu'il avait même eu des enfants avec elle !* avait hurlé dans le téléphone le vieil homme qui était dur d'oreille. Amusé à la pensée d'un Juif de *shtetl* allant rôder aussi loin que l'Ouzbékistan, je l'avais remercié de son appel et raccroché en me disant, Il n'y a pas de quoi s'exciter.

Et pourtant c'était bizarre : comme le contact inattendu d'une main glacée.

Il y avait eu aussi la fois où un autre de mes frères – Matt, celui qui est né juste après moi, avec qui je n'ai eu, pendant longtemps, aucune intimité véritable (à la différence du plus jeune, qui était censé, comme moi, avoir des inclinations artistiques et dont je m'étais toujours senti très proche) ; Matt, vis-à-vis de qui, en grandissant, j'éprouvais un sentiment obscur mais féroce de compétition et à qui, dans un moment de fureur, j'avais fait quelque chose de très cruel physiquement – Matt m'avait appelé pour me dire qu'il était passé dans une grande réunion internationale de survivants de l'Holocauste à Washington, D.C., où il vit. Matt est photographe, il faisait peut-être un reportage sur la réunion. Je ne sais pas, je ne m'en souviens plus. En tout cas, il m'appelait pour me dire qu'il était tombé sur quelqu'un qui lui avait dit connaître Shmiel Jäger.

Quoi ? avais-je dit.

Pas *Oncle* Shmiel, avait répondu précipitamment Matt. Il m'avait ensuite raconté ce que lui avait dit cet homme à la réunion des survivants de l'Holocauste : le Shmiel Jäger qu'il avait connu était né sous un autre nom, mais pendant la guerre, lorsqu'il avait rejoint un groupe de résistants près de Lwów, il avait pris le nom de Shmiel Jäger puisque, pour des raisons de sécurité, ces résistants prenaient parfois les noms de types morts qu'ils avaient connus.

J'avais écouté et pensé, *La fille aînée était avec les partisans dans les montagnes et elle est morte avec eux. Onkel Schmil et 1 fille Fridka les Allemands les ont tués 1944 à Bolechow.*

Alors on ne sait vraiment jamais. C'est pour ça que j'ai rempli les formulaires de la Croix-Rouge, sans beaucoup d'espoir, et que je les ai donnés à la personne de la réception, avant de rentrer chez moi, ce jour-là. Environ quatre mois plus tard, j'ai reçu une épaisse enveloppe de la Croix-Rouge au courrier. Mes mains tremblaient quand j'ai déchiré l'enveloppe. Toutefois, j'ai vu immédiatement que le plus gros du contenu était constitué des six formulaires que j'avais remplis. Le septième document, une lettre, déclarait qu'il n'existait pas d'information connue sur les sorts respectifs d'Ester Jäger, Lorka Jäger, Frydka Jäger, Ruchatz (comme je le croyais encore) Jäger, et Bronia Jäger, habitantes de la ville polonaise de Bolechow.

Concernant Shmiel Jäger, la lettre concluait que son dossier était considéré comme « encore ouvert »...

C'EST, PAR CONSÉQUENT, pour cette raison que j'étais impatient de rencontrer la mère de mon ami, cette Mme Begley qui avait vécu si près de mon oncle, de ma tante et de mes cousines décédés. Je ne pensais pas vraiment pouvoir apprendre quoi que ce fût d'elle. Je voulais simplement faire l'expérience d'une conversation avec quelqu'un de sa génération et de sa provenance, dans la mesure où il me paraissait incroyable qu'il y eût encore quelqu'un de vivant qui avait marché dans les mêmes rues qu'eux. C'est dire à quel point je m'étais accoutumé à l'idée qu'eux six et tous ceux de cette époque appartenaient désormais, absolument et irrémédiablement, au monde gris, noir et blanc du passé.

Et pourtant il est aussi vrai que lorsque j'ai eu vent de l'existence de cette très vieille femme, de la mère de Louis, je me suis senti envahi par un fantasme, tellement intense que j'en ai presque éprouvé de la honte, un peu comme les adolescents peuvent se sentir honteux. Je me suis demandé s'il avait été possible, même si cette femme avait vécu à Stryj et mes parents à Bolechow, qu'ils se fussent peut-être... rencontrés. Peut-être se souvenait-elle d'eux ? La femme de Shmiel, je le savais (comment ? Je ne m'en souviens pas), venait d'une famille de Stryj. Son frère y avait un studio de photographie et, en effet, une des filles de Shmiel devait, comme je l'ai découvert uniquement par accident après la mort de mon grand-père, finir par y travailler brièvement. Et donc, quand Louis m'a proposé de me présenter à sa formidable mère – ou du moins était-ce ce que j'imaginais après avoir lu, quelques années plus tôt, le premier livre de Louis, qui semblait être un récit romancé de la façon dont sa mère et lui avaient survécu pendant les années du nazisme, trompé les Allemands et les Ukrainiens mieux que n'avait su le faire ma propre famille –, quand Louis avait proposé de nous présenter, mon esprit s'était mis à galoper. J'avais projeté dans ma tête une scène, disons, en octobre 1938, lorsque Louis (alors Ludwik) et sa mère avaient très bien pu se rendre au Schneelicht Studio de Stryj pour faire faire le portrait de ce fils unique, à l'occasion de son cinquième anniversaire. J'imagine la fille de Shmiel, la cousine germaine de ma mère, Lorka, une fille de dix-sept ans, grande, jolie, un peu distante, prenant soin du manteau de Mme Begley au moment où celle-ci entre dans l'atelier (il aurait un col de fourrure, me suis-je dit, puisque son mari, comme me le rapporterait, soixante ans plus tard, au coin d'une rue, une femme ukrainienne, *était le plus grand docteur de la ville*), et sa réserve se dissipant, et disant quelque chose de charmant au petit garçon, qui porte une casquette de laine d'où s'échappent des mèches de cheveux blonds, qui, par la suite, lui ont peut-être ou peut-être pas sauvé la vie. Dans mon fantasme, la réaction soudaine et chaleureuse de la jeune fille à l'air sérieux fait une forte impression sur la

Mme Begley de 1938 – elle est elle-même une femme sérieuse et très astucieuse – et à cause de cette impression favorable, Mme Begley va se souvenir d'elle, se souvenir de la Lorka Jäger assassinée, se souvenir d'elle après tant d'années et va ainsi m'aider à la sauver.

Mais ce qui s'est passé, c'est ceci :

J'ai finalement rencontré Mme Begley pour la première fois en 1999, à une réception en l'honneur d'un des fils de Louis, qui est peintre. La réception, qui se déroulait à l'étage d'une galerie très impressionnante *uptown* à New York, était très bruyante et Mme Begley était assise, très droite, avec une expression qui était un mélange de fierté satisfaite de grand-mère et d'irritation de personne sourde et esseulée – elle avait du mal à entendre en général, m'a-t-elle dit juste après que nous avons été présentés, sans tout ce bruit –, sur une chaise au fond de la pièce.

Vous aviez donc de la famille là-bas ? m'a-t-elle dit après que j'ai pris sa main et que je me suis penché pour m'adresser à elle, légèrement désorienté par la façon dont elle avait parlé, comme si nous avions été au beau milieu d'une conversation, et pas certain de savoir si le « là-bas » signifiait Pologne orientale ou Holocauste.

Oui, ai-je répondu, ils vivaient à Bolechow.

J'ai dit *BUH-leh-khuhv*. Cette Mme Begley avait un visage long, intelligent, avec un front haut et dégagé, le genre de visage qu'une personne d'une autre génération et d'un autre pays aurait décrit comme *le visage d'une Rebecca*, le visage d'une belle Juive mélancolique. Couronné par une coiffe de cheveux blancs immaculés, il était dominé par un regard insistant, narquois et furtif à la fois, qui n'était en rien affaibli par le fait qu'il n'émanait que d'un œil ; l'autre était opaque, avec la paupière légèrement baissée, et je n'ai jamais demandé pourquoi. Ce regard soutenait le vôtre et ne le lâchait pas pendant les conversations, un regard que je trouvais déroutant, même après que je l'ai mieux connue, surtout parce qu'on aurait dit que l'œil vigilant, lointain, évaluant, ne réagissait pas tant à la conversation en cours qu'à une conversation souterraine, une conversation sur ce qui lui était arrivé et ce qu'elle avait perdu, une perte si grande qu'elle savait que vous ne pourriez jamais comprendre, même si elle était parfois disposée à m'en parler. Le soir où j'ai fait sa connaissance, elle était assise là, élégante dans un tailleur-pantalon en velours noir, la main serrée sur le pommeau d'une canne, penchée vers moi, en partie pour suggérer qu'elle était intéressée et en partie à cause du bruit phénoménal, et lorsque je lui ai dit que ma famille était de Bolechow – *BUH-leh-khuhv* – son bon œil a cligné, amusé, et elle a souri pour la première fois.

Quoi, *BUH-leh-khuhv* ? a-t-elle dit sur un ton dédaigneux.

Le premier mot avait sonné comme un *couaaaa*.

Elle a secoué la tête et j'ai rougi comme l'adolescent que j'étais quand j'ai commencé à devenir obsédé par ce lieu. L'air revêche, elle dit, Vous devez prononcer *Buh-LEH-khouf*. C'est une ville *polonaise*. Vous l'avez prononcé comme si c'était du *yiddish* !

Je me suis senti gêné et sur la défensive, ayant soudain humé une bouffée des distinctions de classe et de culture depuis longtemps disparues, qui n'ont plus aucune importance pour personne, nulle part : la condescendance, peut-être, que les Juifs laïques, urbains, assimilés, d'une certaine époque et d'un certain endroit, les Juifs qui avaient grandi dans une Pologne libre et qui parlaient polonais à la maison, affichaient à l'égard des Juifs des *shtetls* ruraux, des Juifs comme mon grand-père, qui, âgé d'à peine dix ans de plus que cette Mme Begley, avait grandi dans un monde complètement différent, autrichien et non polonais, parlait yiddish à la maison, considérait comme un petit événement le fait d'aller dans une ville aussi modeste que Stryj.

En tout cas, à cause de cela, à cause de la façon dont j'avais prononcé ou mal prononcé Bolechow, mon fantasme secret s'était soudain réduit en cendres dans ma bouche. Ce qui explique pourquoi, lorsque Mme Begley m'avait demandé le nom de mes parents, après avoir corrigé ma prononciation, après que j'ai répondu Jäger et qu'elle a secoué la tête en me disant qu'elle n'avait jamais entendu ce nom, j'ai été incapable de mentionner le studio de photographie de la famille Schneelicht, les beaux-parents de mon grand-oncle qui avaient vécu dans sa ville à elle, Stryj, où peut-être il y avait eu autrefois une petite chance qu'ils se rencontrassent, elle et eux. Une chance qui, pour moi, aurait été un moyen de lier le passé lointain, dans lequel mes parents paraissaient désespérément et irrémédiablement gelés, au présent limpide où se déroulait cette rencontre, ce moment transparent qui, comme quiconque aurait pu le voir clairement, contenait cette vieille femme aux cheveux blancs appuyée sur une canne et moi, qui contenait le bruit et la réception, et une soirée ordinaire d'automne dans une ville en paix.

EN DÉPIT DE certaines erreurs occasionnelles, j'avais toutefois appris, au cours de toutes ces années passées à envoyer des lettres, des demandes, à faire des interviews et des recherches sur Internet, beaucoup de choses sur Bolechow qui n'étaient pas fausses. Par exemple : *Ils y étaient depuis qu'il y avait un Bolechow !* Combien de temps ça représentait exactement ? Il est possible de le savoir au jour près ou presque.

Si vous êtes un Juif américain d'une certaine génération, la génération qui, comme la mienne, avait des grands-parents immigrants au début du xxe siècle, vous avez probablement grandi en entendant des histoires sur le « pays », sur les petites villes ou les *shtetls* dont venaient votre grandpa, votre grandma, ou votre nana ou votre *bubby* ou votre *zeyde*, le genre de petite ville célébrée par des auteurs comme Isaac Bashevis Singer et dans *Le Violon sur le toit*, le genre d'endroit qui n'existe plus. Et vous pensiez probablement, comme je l'ai pensé pendant longtemps, que c'était des endroits modestes, tous pareils plus ou moins, avec peut-être trois ou quatre mille habitants, avec un alignement de maisons en bois autour d'une place, des endroits auxquels nous sommes maintenant prêts à attribuer un charme sépia, sans doute parce que si nous pensions aux parties de ping-pong, au volley-ball, au ski, aux films et au camping, il serait encore plus difficile de penser à ce qui est arrivé à leurs habitants, puisqu'ils paraîtraient moins différents de nous. Le genre d'endroit si ordinaire que peu de gens auraient jugé qu'il valait la peine qu'on écrivît à son sujet, jusqu'à ce que cet endroit et tous les autres comme lui fussent sur le point d'être effacés, leur caractère parfaitement ordinaire paraissant, à ce moment-là, digne d'être préservé.

C'est en tout cas ce que je pensais de Bolechow. Et puis, un jour qui n'est pas si lointain, mon frère aîné, Andrew, m'a envoyé, en guise de cadeau pour *Hannoukah*, un volume très rare, publié par Oxford University Press en 1922, intitulé *The Memoirs of Ber of Bolechow* (je dis « cadeau » pour *Hannoukah*, mais en l'écrivant je me rends compte que les mots ne sont pas vrais et certainement pas aussi près de la vérité que mon grand-père l'aurait aimé : comme mes deux belles-sœurs ne sont pas juives et que mes neveux et nièces reçoivent une sorte d'éducation religieuse éclectique aujourd'hui très répandue, le cadeau que j'ai reçu était une chose à laquelle j'ai pensé sans aucun doute à ce moment-là comme un cadeau pour « les fêtes » ; non : permettez-moi d'être vraiment honnête ; je suis sûr d'avoir pensé simplement que c'était un « cadeau de Noël ». Le fait est que, chez moi, quand nous étions petits, nous ne fêtions pas magnifiquement *Hannoukah*. Ce dont je me souviens pour l'essentiel, c'est que ma mère, en dépit de l'érosion provoquée par le dédain de la religion chez mon père, tenait à son éducation orthodoxe et mettait une serviette ou un napperon sur la tête dans notre cuisine, le premier soir de *Hannoukah*, et au moment où les enfants se rassemblaient autour de la table un peu embarrassés, elle chantait en hébreu la bénédiction, à moitié oubliée, au-dessus des bougies. Quand sa mémoire lui faisait défaut pour certains mots, elle enchaînait, sans la moindre gêne, en yiddish : *Yaidel-daidel-daidel-dai*, disait-elle. La *menorah* en cuivre qu'elle utilisait était minuscule, simple et démodée, et elle avait appartenu à sa mère ; à un moment donné, son père nous en a donné une plus imposante, avec des lions de Juda qui rampaient soutenant la bougie centrale. C'était après que la plupart d'entre nous étions partis pour l'université et j'imagine donc que c'était une époque où ma mère observait le rituel annuel, toute seule devant cet objet imposant. Même si, lorsque mon grand-père était encore en vie, elle l'appelait, je m'en souviens, en Floride à l'instant où elle s'apprêtait à allumer les bougies, et chantait la bénédiction pour lui au téléphone, de sorte qu'elle n'était pas vraiment seule après tout... Mais pour nous, comme je le disais, ce n'était pas vraiment une grande fête, et la distribution des cadeaux a disparu après notre petite enfance. J'ai donc été surpris et impressionné lorsque mon frère aîné a recommencé à envoyer des cadeaux soigneusement choisis à chacun de nous, il y a quelques années).

The Memoirs of Ber of Bolechow est la première traduction en anglais d'un manuscrit de quatre-vingt-dix feuillets environ, couverts d'une belle écriture cursive en hébreu, typique des Juifs éduqués du XVIIIe siècle, écrit au tournant du XIXe par un Juif polonais du nom de Ber Birkenthal, habitant de Bolechow. Ber Birkenthal, qui a vécu de 1723 à 1805, période tumultueuse de l'histoire de la Pologne et, comme le montrent ses Mémoires, de Bolechow, était un homme remarquable – un sage d'une grande réputation dont la tombe, au cimetière de Bolechow, allait devenir un site de pèlerinages. Ber était le fils d'un marchand de vin aux idées avancées et à l'esprit ouvert qui avait encouragé, dès le plus jeune âge, l'appétit intellectuel de son fils précoce – lui permettant même d'étudier le grec et le latin avec les prêtres catholiques du coin, chose inouïe qui devait par la suite déclencher, brièvement, des soupçons sur l'allégeance à sa propre religion. L'enfant précoce devint un adulte précoce : marchand de vin prospère, mais aussi érudit profond et éclectique, capable de lire le polonais avec autant de facilité que l'allemand et l'italien, l'hébreu, le grec et le latin, de se plonger aussi joyeusement dans la lecture du grand livre italien d'histoire universelle, les *Relazioni universali*, publié pour la première fois entre 1595 et 1598 (qu'il commença à traduire en hébreu), que dans les arcanes des textes de la Cabbale qui le fascinaient, tels que le *Hemdat Yamin* de Nathan Ghazzati, le soi-disant prophète du faux messie Sabbataï Tsevi ; Ber de Bolechow était par conséquent un homme qui personnifiait les énergies libérales, universalistes qui ont contribué à la création de la *Haskalah*, le grand mouvement des Lumières juives, au cours du XVIIIᵉ siècle, mouvement qui s'est épanoui à l'époque du philosophe Moïse Mendelssohn, le grand-père du compositeur.

L'éditeur, au XXe siècle, des Mémoires de Ber Birkenthal, un certain Vishnitzer, nous apprend que la ville de Bolechow, où est né Ber, est située dans la partie orientale de la province connue sous le nom de Galicie, qui s'étend de Cracovie, à l'ouest, jusqu'à Lemberg (Lviv aujourd'hui), à l'est. Cette partie de la Galicie est très proche des montagnes des Carpates, qui constituent une formidable barrière naturelle face à la Hongrie qui s'étend au sud (cette barrière peut être franchie, toutefois, comme je l'ai appris de la bouche d'une vieille femme qui, jeune fille en 1943, a traversé toutes les Carpates à pied, de Bolechow à la Hongrie, où les Juifs du coin, qui n'avaient pas encore vu la guerre, ont eu du mal à croire les raisons de la fuite désespérée de cette jeune fille). La terre de la province de Galicie sur laquelle a été fondée la ville de Bolechow avait appartenu à un noble polonais, Nicolas Giedsinski ; en 1612, Giedsinski avait posé les fondations de la ville et lui avait accordé une charte. Dans cette charte, le seigneur polonais avait établi les lois destinées aux trois communautés qui coexistaient là : les Juifs, les Polonais et (comme le dit la charte) les « Ruthènes », qui est le nom qu'on donnait autrefois aux Ukrainiens. Vishnitzer souligne que les Juifs s'étaient installés dans cette région avant qu'une véritable ville y naisse, mais une communauté stable s'est développée seulement après 1612, quand la charte accordée par Giedsinski a donné des libertés et des droits égaux aux Juifs.

Vishnitzer poursuit en décrivant les rares privilèges dont jouissaient les Juifs de Bolechow au moment de sa fondation, il y a près de quatre cents ans. Ils étaient autorisés, écrit-il, à acquérir des terres dans le centre de la ville et à y construire des maisons (*Elle était exactement là, sur la Ringplatz*, me disait mon grand-père quand j'étais petit, quand il faisait référence à la boutique familiale : sur la place principale). Les Juifs de la ville s'étaient vu concéder un emplacement pour la construction d'une synagogue et, de l'autre côté de la petite rivière qui traversait la ville, un terrain à utiliser comme cimetière. Si vous y allez aujourd'hui, une des premières choses que vous voyez, en sautant par-dessus un petit ruisseau pour accéder au terrain du cimetière, c'est une grande pierre tombale au dos de laquelle est écrit le nom de JÄGER.

Les Juifs de Bolechow, continue l'auteur de ce livre, pouvaient voter pour l'élection du *Burgmeister* (lequel, en prenant ses fonctions, devait jurer de protéger les droits des trois nationalités qui vivaient à Bolechow) et des magistrats du conseil municipal. Ils bénéficiaient de protections légales : le tribunal municipal polonais ne pouvait trancher une dispute entre un Juif et un Gentil sans la présence des représentants de la communauté juive (mon grand-père m'a raconté que son père, autrefois, était intervenu naturellement auprès des autorités autrichiennes, avec lesquelles il entretenait d'excellents rapports, sans doute à cause de toutes ces bouteilles de tokay, afin d'aider un Juif sans le sou à sortir de prison. *Un mot de lui avait du poids*, m'avait dit mon grand-père). Il n'est donc pas étonnant, comme l'indique Vishnitzer, que « l'harmonie ait prévalu dans les relations entre les Juifs et leurs voisins chrétiens ».

De manière peu surprenante, compte tenu de ses enthousiasmes d'érudit et de son succès comme marchand de vin, les Mémoires de Ber Birkenthal oscillent entre l'obscur et le profane (bien plus souvent). Il y a, c'est certain, des allusions savantes aux versets de la Bible. « Une nuit, écrit-il, une phrase de la Bible m'est venue à l'esprit. Elle était tirée des Psaumes (58, 5-6.9) : "Leur poison est comme le poison d'un serpent : ils sont sourds comme l'aspic qui se bouche l'oreille ; qui ne prêtera pas l'oreille à la voix des charmeurs [...] Comme la limace qui fond, laisse chacun d'eux passer : comme l'avorton d'une femme qui ne voit pas le soleil." » Mais, le plus souvent, Ber se préoccupe des choses ordinaires, depuis la politique (« Après que Poniatowski a été nommé commandant en chef...») aux agacements des affaires (« J'ai été très déçu de ne pouvoir obtenir aucun des vieux vins. J'ai discuté du problème avec mon partenaire en route pour Miskolcz, puisque je n'avais pas eu l'occasion de le faire, parce qu'il fallait que je retourne à Lemberg ») et aux drames locaux (« Avec beaucoup de difficultés et grâce à des efforts incessants et de nombreuses intercessions, ils ont été libérés de prison...») jusqu'aux problèmes domestiques (« Lorsque ma sœur et la belle-sœur, Rachel, ont appris que je désirais épouser cette veuve, elles ont parlé à Yenta, de telle sorte que l'arrangement pourrait se faire très vite »).

En d'autres termes, une vie ordinaire, en dépit de l'intellect extraordinaire du mémorialiste. Cependant, il faut dire que, à l'époque où Ber de Bolechow jouait un rôle éminent dans la ville, le monde était moins stable qu'il ne l'avait été un siècle et demi auparavant, quand la petite ville avait été fondée par le noble polonais. L'instabilité politique régnait dans toute la Pologne au cours du XVIIIᵉ siècle et les incursions des Russes, des Tatars et des Cosaques dévastaient la communauté juive dans la petite ville. Et, en juillet 1759, il s'est trouvé que Ber Birkenthal de Bolechow avait fait un rêve horrible, un rêve de douleur qui s'est révélé être un rêve prémonitoire : il avait rêvé, écrit-il angoissé, que sa femme était douloureusement entrée « en travail ». Il savait que c'était un signe et, bien évidemment, il avait appris le lendemain que vingt-huit Ruthènes étaient descendus de leurs montagnes boisées au-dessus de la ville et avaient attaqué par surprise le quartier juif, mettant à sac plusieurs maisons et tuant un homme. La propriété et la famille de Ber n'avaient pas été épargnées par la destruction, ce que Ber décrit avec force détails dans ses Mémoires. Compte tenu de l'existence de ce témoignage oculaire d'événements qui sont éloignés de tout ce que j'aurais pu avoir connu, et que j'ai par conséquent du mal à « imaginer » ou à « envisager », je préfère éviter toute paraphrase et me contenter de citer sa description :

Entre-temps, deux autres voleurs sont entrés dans ma maison et ont trouvé ma femme Leah encore au lit. Ils ont réclamé une importante somme d'argent et ma femme leur a immédiatement donné un ducat et 20 guldens, en s'excusant de ne pas avoir sous la main un sou de plus. L'un d'eux lui a donné de violents coups du plat de sa hache sur le bras et le dos, qui ont laissé la chair et la peau meurtries et noires pendant

longtemps. Ils ont exigé qu'elle leur donne des
perles et des objets d'ornementation en or. L'un
d'eux a dit que les habitants chrétiens de notre
ville les avaient informés qu'ils trouveraient de
telles choses dans ma maison. Ma femme a dû
leur donner tout ce qu'elle possédait de pré-
cieux : deux colliers de magnifiques perles
fines, un de quatre rangs et l'autre de cinq, une
coiffe de grande valeur et de grande beauté, et
dix anneaux d'or sertis de magnifiques dia-
mants rares. Toutes ces choses s'élevaient à
l'époque à une valeur de 3 000 guldens. En
dehors de cela, les voleurs ont emporté les
meubles et brûlé la maison.

L'attaque-surprise, les informateurs chrétiens, le
vol et la violence, l'envie et l'appropriation des
bagues de diamants rares : tout cela aurait lieu
de nouveau (le surnom polonais pour *Leah*, le
nom de l'épouse de Ber, est, je devrais le mentionner, *Lorka*).

Mais il y avait aussi des gentillesses inattendues
et inexplicables. Ber loue la prévenance d'une
bonne chrétienne qui est restée pour sauver de
l'incendie les livres de son maître. « Elle a pris les
livres en pitié, écrit-il, parce qu'elle savait que j'y
étais tant attaché. » De telles actions se répéte-
raient, elles aussi, des siècles plus tard.

La terreur que Ber décrit dans ce passage, tout
en étant connue à Bolechow et dans d'autres villes
austro-hongroises, n'était cependant pas la règle.
The Memoirs of Ber of Bolechow n'est pas une
œuvre particulièrement littéraire, et les détails des
négociations d'affaires et des procès au tribunal,

pour ne rien dire des considérations ésotériques sur les premiers temps de l'édition moderne, sont peu susceptibles de fasciner beaucoup de lecteurs. Mais la dimension ordinaire de la vie documentée dans ce livre étrange et oublié est ce qui semble à présent, sachant ce que nous savons, tout à fait précieux.

Après tout, le seul autre livre, à ma connaissance, qui a jamais été écrit sur Bolechow et ses Juifs jusqu'à présent, est *Sefer HaZikaron LeKedoshei Bolechow*, ou « Livre-mémorial des martyrs de Bolechow », édité par Y. Eshel et publié en 1957 par un groupe de personnes regroupées dans l'Association des Anciens Résidents de Bolechow. C'est, en d'autres termes, ce qu'on appelle un livre Yizkor : une des centaines de livres compilés après la Seconde Guerre mondiale, remplis des souvenirs des gens qui étaient partis avant la guerre et les témoignages de ceux qui n'étaient pas partis, afin de conserver une trace des communautés – petites villes, grandes villes – qui avaient été détruites, et commémorer, naturellement, autant qu'il était possible, un mode de vie qui avait été perdu. J'ai un exemplaire de ce livre, qui appartenait autrefois à mon grand-père ; il est relié dans une couverture en tissu bleu, aujourd'hui très délavé, et le texte est en hébreu et en yiddish. Je me demandais, quand j'étais un petit garçon et que mon grand-père me laissait, très rarement, prendre en main cet objet précieux, pourquoi ils l'avaient publié dans une langue que (comme je le pensais alors) seules les victimes comprenaient. Mon grand-père me montrait les photos dans le livre et, sur une feuille de papier à en-tête de l'entreprise qu'il possédait autrefois – mon grand-père aussi avait cette compulsion de garder les choses, de les préserver –, feuille qu'il a placée par la suite entre les pages qui séparaient la section en hébreu de la section en yiddish, il a écrit le numéro de toutes les pages où sa famille était mentionnée. Voici ce qu'il a écrit, parfois en lettres capitales, parfois de son écriture à grandes boucles, en faisant à l'occasion une faute d'orthographe :

44 – ÉCOLE JUIVE BARON HIRSH
67 – CI-DESSOU LA MAIRIE *à droite*
67 – *ci-dessous notre boutique à gauche*
110 – UN INCENDIE DANS LE CENTRE DE LA VILLE
282 – ISAK *et* SHMIEL mes deux frères
189 – *l'école publique où j'a été élève*

Les mots soulignés sont, de manière inhabituelle, la seule accentuation. C'est en effet bizarre de voir l'écriture de mon grand-père que je connaissais si bien – d'entendre sa voix, pour ainsi dire – décrire quelque chose de manière aussi laconique, privée à ce point de ses cadences serpentines et de ses ornements, de ses ajouts qui rendaient autrefois toutes ces histoires sur son monde, son enfance, cette ville, tellement mémorables pour moi. Au bas de cette feuille de papier est imprimée la devise de son entreprise : LES PARURES DONNENT TOUJOURS MEILLEURE ALLURE.
Et je vois là quelque chose d'autre : je remarque à présent la façon dont mon grand-père, lorsqu'il me parlait, appelait toujours sa sœur aînée, Ruchele, « Ray », et sa sœur cadette, Neche, « Jeanette », et son frère, Yidl, « Julius », mais se

référait toujours au frère disparu en l'appelant Shmiel, comme il l'avait fait en écrivant cette liste. Ce qui veut dire qu'il n'employait pas le nom public, « officiel », de Sam (qui était le prénom que Shmiel utilisait lui-même, comme je l'ai appris bien plus tard), qui était l'équivalent des Ray, Jeanette et Julius, mais uniquement le prénom yiddish de *Shmiel*. Je crois que, pour mon grand-père, les autres avaient deux identités, l'une qui appartenait à l'enfance perdue dans un empire qui n'existait plus, l'époque où l'on parlait le yiddish, et l'autre qui était celle de l'âge adulte, l'époque où les noms de tant de choses s'étaient modifiés. Mais, bien entendu, la dernière fois que mon grand-père avait vu son frère aîné, c'était en 1920, à l'époque où, âgé de dix-huit ans, il était parti à l'aventure et avait quitté Bolechow pour toujours, et cette incapacité de penser à son frère autrement que comme Shmiel, son recours constant au prénom yiddish, suggère, selon moi, à quel point ce frère assassiné a été véritablement égaré, comme un visage qui ne sourit pas dans une photo qui a perdu sa légende.

La chose intéressante, pour le présent, est de répondre à la question soulevée en premier lieu par la déclaration ferme de mon grand-père selon laquelle sa famille avait vécu à Bolechow *avant même qu'il y ait eu un Bolechow où vivre*. C'était donc il y a combien de temps ? Nos deux livres, conjointement, nous fournissent la réponse. Du premier livre, les Mémoires de Ber Birkenthal, le sage de Bolechow, nous apprenons quand tout a commencé ; du second, nous savons, bien sûr, quand tout a fini. Les Jäger ont vécu à Bolechow pendant la totalité des trois siècles et demi de son existence en tant que communauté qui, comme l'avaient souhaité ses fondateurs, réunissait dans une harmonie relative Juifs, Polonais et Ruthènes. C'est-à-dire depuis l'année 1612, lorsque l'impartial comte Giedsinski en a posé les fondations, jusqu'à l'année 1941, lorsque les Allemands sont arrivés de l'ouest et que les Ruthènes sont redescendus des montagnes.

ET DONC, PENDANT longtemps, la somme totale de nos connaissances s'est élevée à ceci :

Nous savions pas mal de choses sur la famille Jäger, en remontant aux noms de mes arrière-arrière-grands-parents, Hersh et Feige Mittelmark, et Isak et Neche Jäger. Nous savions quels commerces ils avaient, dans quel genre de ville ils vivaient, les prénoms de leurs enfants et de leurs petits-enfants et, pour ces derniers, dans bien des cas, les dates de naissance et de décès, et de mariage. Nous connaissions l'histoire de Bolechow, où elle se situait sur la carte. Nous savions à quoi ressemblaient les visages de bon nombre de ces personnes grâce aux photos soigneusement conservées dans l'album de ma mère. Nous connaissions des quantités d'histoires.

Et en ce qui concerne les disparus, nous savions au moins ceci :

Nous savions que Shmiel Jäger et sa femme, Ester, et leurs quatre filles, qui s'appelaient, comme je le croyais alors, Lorca, Friedka, Ruchatz et Bronia, vivaient dans une maison quelque part dans Bolechow, comme les Jäger l'avaient fait pendant trois cents ans. Leur adresse – je l'ai retrouvée dans un annuaire des professions polonais de 1929 – était 9, rue Dlugosa.

Nous savions qu'en septembre 1939 les nazis avaient envahi la Pologne, mais que les Juifs de Pologne orientale avaient obtenu un sursis sous la forme du pacte Molotov-Ribbentrop, qui plaçait la région entourant Bolechow sous contrôle de l'Union soviétique. Ce que Shmiel et sa famille ont enduré de la part des Soviétiques, personne ne le sait.

Nous savions que les nazis avaient rompu le pacte à l'été 1941 et, très vite, au début de l'été, avaient envahi la Pologne orientale. Peu de temps après, ils étaient arrivés à Bolechow.

Nous savions que Shmiel possédait un camion (des camions ?). Nous avions entendu dire que les nazis avaient besoin des camions.

Nous avions entendu dire qu'il était le premier sur la liste (la liste ?).

Nous avions entendu dire qu'à un moment donné ils étaient allés se cacher quelque part. Peut-être que c'était l'ancien castel qui avait appartenu aux comtes polonais, les Giedsinski à qui la ville avait appartenu autrefois. Mon grand-père n'avait-il pas dit, après tout, qu'*ils s'étaient cachés dans un kessel* ?

Toujours est-il qu'ils s'étaient cachés. Ou que certains d'entre eux s'étaient cachés.

Nous avions entendu dire que le voisin les avait trahis et dénoncés,

(OU)

QUE LA BONNE polonaise, la *shiksa*, les avait trahis et dénoncés.

Quelle était la bonne version ? Impossible de le savoir.

106

Nous avions lu la lettre de Tante Miriam selon laquelle, en 1942, les Allemands avaient tué Ester et deux des filles. Ce devait être Ruchatz et Bronia. Étaient-elles dans la même cachette que les autres ? Impossible de le savoir.

Tante Miriam avait dit que Lorca avait réussi à s'échapper et était allée combattre dans les montagnes avec les partisans, avec lesquels elle avait été tuée plus tard. Quelles montagnes ? Quels partisans ? Quand ? Comment ? Est-ce qu'elle s'était cachée, elle aussi ? Impossible de le savoir.

Elle avait écrit qu'Oncle Shmiel et Frydka avaient été tués par les Allemands en 1944. Étaient-ils dans une cachette différente ? Comment et pourquoi avaient-ils été séparés ? Impossible de le savoir.

Et pendant longtemps, c'est tout ce que nous avons su. Ce n'était pas grand-chose, mais c'était bien plus que *Tués par les nazis*. Pendant longtemps, c'était tout ce que nous avons jamais cru savoir ; et compte tenu de l'étendue de l'annihilation, compte tenu du nombre d'années qui avaient passé, compte tenu du fait qu'il n'y avait plus personne à qui demander, cela paraissait beaucoup.

Les chapitres d'ouverture du Bereishit, *la partie qui commence avec la création du cosmos et se concentre, avec le temps, sur l'histoire d'Adam et Ève, et de leur fatale expulsion du Paradis (qui est aussi le commencement de toute l'histoire humaine), nous apprennent beaucoup sur le plaisir qu'on peut tirer de l'Arbre de la Connaissance : nous savons qu'il était bon, qu'il était un délice pour les yeux, qu'il était quelque chose de*

« *désirable pour la compréhension* » – en d'autres termes, *nécessaire pour faire des distinctions et, finalement, pour créer* (puisque c'est seulement après avoir mangé à l'Arbre qu'Adam et Ève peuvent procréer).

Et nous apprenons aussi, cependant, que l'Arbre provoque la douleur aussi bien que le plaisir. Car la connaissance agréable qui provient du fait d'avoir mangé le fruit de l'Arbre est consubstantielle d'une grande douleur – l'expulsion du Paradis, le travail, l'enfantement – et conduit en effet à la plus grande de toutes les douleurs qu'est la mort.

Dans ma quête continuelle des interprétations qui pourraient m'aider à trouver dans parashat Bereishit, qui est, après tout, le commencement de la vaste explication de la Torah, des significations de l'histoire juive, j'ai encore à découvrir une réponse à la question que je me suis posée depuis que je suis enfant, quand j'ai lu cette histoire pour la première fois à l'école du dimanche. Pourquoi, m'étais-je demandé, la Connaissance devrait-elle provenir d'un arbre ? Pourquoi pas d'un rocher, d'un nuage, d'une rivière – d'un livre, même ? Les arbres qui m'étaient familiers à l'époque n'offraient aucune réponse. L'avant de notre maison était gardé par un alignement de grands chênes, qui ne paraissaient pas particulièrement sages, pendant qu'à l'arrière se trouvaient, à un moment donné, d'énormes saules maussades, l'un d'eux était proche de la maison – ses branches les plus longues frottaient régulièrement et horriblement contre les fenêtres de la chambre de mon frère et de la mienne pendant les orages – et l'autre à la limite de notre propriété, dans un coin près du tas de terreau, que mon père industrieux espérait voir, chaque année, « établi ». Sous l'un d'eux, des années après avoir cessé d'aller à l'école du dimanche, j'entendrais mes parents et leurs parents révéler un secret sur le père de mon père qui me sidérerait et me pousserait à faire une étude de sa famille avec plus de passion que je ne l'aurais jamais imaginé. Un de ces saules devait s'abattre au cours d'un ouragan qui a touché, étonnamment, la région de New York en août 1976, le faîte encore tendre (heureusement) de ses hautes branches s'écrasant doucement contre la grande fenêtre de la cuisine de ma mère, de telle sorte qu'en entrant dans la cuisine, le lendemain matin, après avoir entendu dans la nuit quelque chose s'écraser, elle avait poussé un cri en voyant cette énorme masse plaquée contre la fenêtre, comme si elle allait vraiment dévorer la fenêtre, sur le rebord de laquelle elle avait méticuleusement aligné quelques-uns de ses tchotchkes préférés : des chandeliers bleu et blanc de Delft, des ustensiles de cuisine vaguement modernes en bois d'olivier aromatique, des brocs et des vases en céramique italienne aux couleurs vives, remplis des plantes qui poussaient de manière si exubérante grâce à ses soins. C'était en fait la veille du jour où l'orage avait abattu notre saule que la femme de Julius, le frère de mon grand-père, celui qui n'avait jamais paru s'intégrer dans la famille, celui qui n'avait aucune Feinheit, finesse, avait dû être enterrée, étant morte brutalement la nuit précédente, dans un ascenseur de leur immeuble dans le Bronx. Consciencieusement, mes parents nous avaient rassemblés, les enfants, et nous étions tous partis en voiture, au cours d'une journée de pluie battante qui annonçait l'ouragan, pour Mount Judah où la pauvre Roslyn, morte à l'âge de cinquante-huit ans seulement, serait enterrée là où tous les autres Jaeger, Yaeger, Jager et Jäger de Bolechow attendaient patiemment. Sur cet enterrement trempé, ma mère raconte une de ses histoires préférées : l'histoire de la façon dont, alors que nous, les Mendelsohn, attendions le reste des participants sous une pluie tellement furieuse qu'elle avait fait des trous dans nos parapluies et rempli la tombe ouverte d'une eau boueuse, au point que je m'étais demandé pour la première fois ce qui se passait exactement après que la tombe était scellée, ma mère avait eu soudain l'idée que nous allions tous attendre dans le confort relatif d'un mausolée voisin, et comment, lorsqu'un de nous, terrifié, avait résisté, elle avait dit, « Oh, allez, ça ne peut pas être si mal. Il n'y a que des vieux Juifs très gentils là-dedans ! »

Le saule ne me paraissait donc pas particulièrement intelligent, puisqu'il n'avait même pas été capable de se sauver. Il y avait encore un autre arbre sur notre propriété que j'aimais regarder, quand j'étais petit et que je me demandais, rapidement, ce que pouvait bien être un « Arbre de la Connaissance ». C'était un grand pommier tordu qui se trouvait dans le coin opposé de celui où était, pour un certain temps, le saule pleureur. Cet arbre avait un trait distinctif que j'ignorais jusqu'à ce que je fusse, disons, au lycée : sur son tronc, quand il était jeune, on avait greffé les branches de sept types de pommes différents, afin qu'il pût produire dans sa maturité sept fruits distincts – fruits que nous, qui vivions en banlieue et pensions que rien n'était mangeable si cela ne venait pas du supermarché, ne mangions jamais, et ils tombaient donc à terre et pourrissaient jusqu'à ce que quelqu'un, soit nous, les garçons, soit les jardiniers que mes parents ont engagés quand nous avons grandi, finît par les ratisser. La seule personne que j'ai vue manger les fruits de cet arbre, c'était mon oncle Nino – pas un oncle de sang, bien sûr, puisqu'il était italien, mais plutôt un ami proche de mon père au travail, un homme qui avait un charme considérable à mes yeux, quand j'étais enfant, puisqu'il conduisait une voiture de sport, servait des aliments que nous n'avions encore jamais vus ailleurs, et parlait d'endroits lointains où il s'était rendu, et qui me rappelait plaisamment, pour toutes ces raisons, mon grand-père ; même si la confiance absolue avec laquelle Oncle Nino cueillait les pommes vertes de cet arbre pour les manger avait quelque chose d'assurément non juif, pour moi, et pour cette raison, je m'en rends compte à présent, était obscurément liée à mon désir ultérieur d'étudier la culture et la langue, non des Juifs, mais des Grecs et des Romains, des Méditerranéens dont était issu, si évidemment, Nino… C'est mon grand-père, devrais-je dire dans ce contexte, qui, sous ce même arbre, m'avait poursuivi un jour, quand j'avais peut-être dix ans, en me menaçant de me battre comme plâtre – il avait, si je me souviens bien, une bouteille de lait vide à la main – parce que j'avais mis le feu à des petites voitures sous cet arbre, et pendant qu'il me poursuivait, il répétait, Un feu, tu as allumé, un feu ? Tu veux nous tuer tous ? À l'époque, je n'avais pas encore appris l'histoire de sa maison d'enfance à Bolechow incendiée par une bombe russe pendant la Première Guerre mondiale, ou encore celle où il avait regardé, pendant un autre bombardement de la même guerre, un camarade d'école brûler vif, ou peut-être serait-il plus exact de dire bouillir, quand la rivière qui traversait Bolechow avait pris feu.

Nous savons que l'Arbre de la Connaissance dans Bereishit n'était pas un chêne, ni un saule, ni même un pommier, mais un figuier. Et nous le savons, ou du moins nous l'inférons, du fait qu'Adam et Ève, après avoir mangé à l'Arbre et acquis la conscience honteuse d'être nus, se couvrent des feuilles d'un figuier. À ceci, Friedman a assez peu de choses à ajouter, en dehors du fait, qu'on s'accorde à trouver intéressant, que ces vêtements improvisés que les deux premiers êtres humains se sont faits n'étaient pas à proprement parler des « vêtements », mais de sommaires camouflages, puisque c'est Dieu, dans Genèse 3, 21, qui fait le premier vêtement pour eux. Mais Rachi explore le détail des feuilles de figuier de manière plus pénétrante et en tire (comme il le fait souvent) une conclusion morale. « Par la chose même qui leur avait valu la ruine, écrit-il, ils ont été corrigés. »

À mon avis, ce progrès de la ruine à la correction est intimement lié à la nature de la connaissance en soi, qui est au mieux un processus : de l'ignorance à la conscience, de la « ruine » intellectuelle à sa correction, du chaos indistinct à la science ordonnée. La connaissance englobe, par conséquent, le point de départ, qui est vide, nocif, douloureux, et le point d'arrivée, qui est plaisir. À mon avis, c'est cette qualité de processus, de développement, lequel ne peut se dérouler que dans le *temps, qui répond finalement à la question de savoir pourquoi la connaissance doit provenir d'un arbre. Un arbre est une chose qui croît et la croissance, comme l'apprentissage, ne peut avoir lieu que dans et par le temps. En effet, en dehors du médium qu'est le temps, des mots comme « croître » et « apprendre » ne peuvent avoir le moindre sens.*

Et c'est le temps, à la fin, qui donne le sens, dans les deux acceptions du mot, du plaisir à tirer de la connaissance et de la douleur. Le plaisir repose, dans une certaine mesure, sur la fierté de l'accumulation : avant, il y avait le vide et le chaos, et il y a maintenant la plénitude et l'ordre. À l'opposé, la douleur est associée au temps d'une manière légèrement différente. Par exemple (puisque le temps ne se déplace que dans une seule direction), une fois qu'une chose est connue, on ne peut plus la méconnaître. Et comme nous connaissons certaines choses, certains faits, des connaissances d'un certain type sont pénibles. Et aussi : alors que des connaissances d'un certain type apportent du plaisir précisément, comme je viens de le décrire, en vous comblant d'une information que vous avez désiré connaître, en vous permettant de donner sens à ce qui paraissait auparavant un amas sans ordre, il est possible d'apprendre certaines choses, certains faits, trop tard pour qu'ils puissent vous faire le moindre bien.

Écoutez :

MON GRAND-PÈRE EST mort en 1980. Au milieu de la nuit, en dépit du fait qu'il était très faible – à une ou deux semaines au plus, m'avait dit ma mère, de mourir du cancer qui le dévorait –, il s'était levé, dans un pyjama immaculé, et avait eu la force de sortir sans réveiller sa femme endormie, celle qui détestait les plumes, celle qui avait été à Auschwitz, et de quitter l'appartement, d'appuyer sur le bouton « R » de l'ascenseur ; il avait trouvé la force de traverser le hall d'entrée en marbre du Forte Towers et de se diriger, par la porte du fond, vers la piscine dans laquelle il avait finalement trouvé la force de sauter, sachant pourtant qu'il ne savait pas nager.

C'est dire à quel point la douleur était forte. Je me demande aujourd'hui, Quelle douleur ?

Parce que mon grand-père s'est suicidé, je m'inquiétais secrètement – j'avais alors vingt ans, mais vis-à-vis de mon grand-père, j'avais toujours eu l'impression d'avoir onze ans environ – de savoir s'il allait avoir des ennuis, si les détails astreignants de l'organisation de ses funérailles qu'il m'avait dictés, le lavage de son corps, le cercueil en bois tout simple, la tombe dans le Queens qui, bien entendu, l'attendait puisqu'il était natif de Bolechow et y avait droit, ne lui seraient pas déniés. Mais tout s'est passé comme prévu et mon grand-père a été enterré à New York. Pendant les semaines qui ont suivi, ma mère s'est envolée plusieurs fois pour Miami Beach, afin de régler toutes les questions de succession (même dans l'anticipation de sa propre mort, il était resté drôle : lorsqu'elle avait ouvert le coffre contenant ses papiers, elle avait trouvé une note, écrite indubitablement de la main de mon grand-père, qui savait que ma mère ne lirait cette note qu'à sa mort –

« Maintenant, Marlene, commençait-elle, tu vas cesser de pleurer parce que tu sais à quel point tu es moche quand tu pleures… »). Comme elle l'avait fait pour sa mère, elle a donné la plupart de ses affaires à des organisations caritatives juives, mais il y avait aussi de nombreuses choses qui avaient un intérêt privé spécifique et une importance pour la famille, qu'elle a rapportées à Long Island.

Parmi ces choses, il y avait, par exemple, le livre d'un bleu délavé, intitulé *Sefer HaZikaron LeKedoshei Bolechow*, le « Livre-mémorial des martyrs de Bolechow ». En le voyant, ce jour d'été 1980, je me suis souvenu de l'avoir vu dans son appartement un jour, des années auparavant, lorsque j'étais venu seul lui rendre visite. J'avais quinze ans à ce moment-là et j'étais déjà en quelque sorte l'historien officiel de la famille, ce dont mon grand-père tirait une grande fierté, indépendamment du fait qu'il aimait me taquiner à propos de mes questions importunes. Au cours de cette visite, il avait voulu que je l'aidasse à faire le tri « des choses inutiles » dans une quantité de vieilles boîtes, comme il avait dit, et j'étais resté assis à côté de lui pendant des heures, un jour, jetant les choses qu'il me tendait – des paquets de lettres entourées d'élastiques ou de ficelle, de vieux permis de conduire, des articles du *Reader's Digest* qu'il avait découpés – dans une grande poubelle de cuisine, doublée d'un sac en plastique blanc. À un moment donné, il était allé aux toilettes et j'avais rapidement mis le nez dans un des paquets de lettres, qui se trouvait être sa correspondance avec sa troisième épouse, une femme qui s'appelait

Alice. J'avais parcouru rapidement les lettres et une phrase m'avait sauté aux yeux – *Franchement, je me fiche de tes 400 000 dollars, j'ai de l'argent à moi* (j'avais supposé naturellement que cette missive appartenait à la période de leur divorce). Je m'en veux, aujourd'hui, de ne pas avoir fourré tout le paquet dans ma valise. Mon grand-père n'aurait jamais remarqué. Mais je suis aussi conscient du fait que, à ce moment-là, je ne m'intéressais pas aux mariages de mon grand-père après la mort inattendue de ma grand-mère, parce que je considérais que c'était de l'histoire « récente » et, par conséquent, sans intérêt réel. Évidemment, son mariage avec Alice en 1970 est plus éloigné de moi en train d'écrire ces lignes que ne l'était l'époque où Shmiel était homme d'affaires à Bolechow, le jour où j'étais assis à trier la correspondance inutile de mon grand-père.

En tout cas, c'était le jour où mon grand-père avait sorti le *Sefer HaZikaron LeKedoshei Bolechow*, le « Livre-mémorial des martyrs de Bolechow », et me l'avait montré, et je me demande si c'est aussi le jour où, peut-être au cours de cette nuit-là, après que je suis allé me coucher, mon grand-père a relu le livre et écrit pour moi (j'aime le croire), sur cette feuille de papier à l'en-tête de son entreprise, toutes les informations dont j'avais besoin pour savoir qui était qui et à quelles pages se trouvaient leurs photos, anticipant sur le moment où il ne serait plus là pour me le dire lui-même.

Il y avait une autre chose qu'elle avait rapportée, une chose que j'avais vue bien des fois depuis mon enfance, mais à laquelle je n'avais jamais repensé. C'était ce portefeuille bizarre, long et mince, avec ce cuir boutonneux, qu'il avait si souvent glissé dans la poche intérieure d'une des vestes qu'il aimait porter. Je l'ai reconnu, bien sûr, mais jamais je n'aurais deviné ce qu'il contenait.

Car, lorsque nous avons finalement ouvert ce portefeuille, voici ce qu'il contenait : de nombreuses feuilles pliées, couvertes d'une écriture régulière, volontaire, élégante, en allemand. Ma mère avait un peu étudié l'allemand, il y a longtemps, sans beaucoup de succès – elle aimait raconter l'histoire de son professeur d'allemand au lycée qui s'attendait à de grandes choses de la part d'une fille dont le nom était Marlene Jaeger et qui avait été amèrement déçu – et elle m'avait donc passé la liasse, lorsque nous l'avions découverte, puisque j'étais à ce moment-là à l'université et que j'étudiais l'allemand. *Lieber Teurer Bruder samt liebe Teure Schwägerin*, avais-je lu. « Cher frère chéri et chère belle-sœur adorée. » *Liebe Jeanette und Lieber Sam*, avais-je lu. « Chère Jeanette et cher Sam. » *Lieber Cousin*, avais-je lu. J'avais lu, sur trois lettres distinctes, *Lieber Aby*. « Cher Aby. »

Aby. Mon grand-père.

J'ai lu les dates : Bolechów 16/1/1939. J'ai lu, au hasard, sur les pages. Les premières lignes de l'une d'elles : *Ich lebte einige Monate mit der Hoffnung mich mit Euch meine Teure persönlich sehn zu können, leider wurde mir der Traum verschwunden*. « Pendant quelques mois, j'ai vécu dans l'espoir de pouvoir vous voir en personne,

117

mes très chers, mais mon rêve s'est évanoui »
(longtemps après l'avoir vue pour la première
fois, je n'ai cessé de penser à cette phrase : pourquoi Shmiel s'était-il permis de faire ce rêve
plein d'espoir, et pourquoi celui-ci s'était-il évanoui ? Qui lui avait donné ce faux espoir ? Je
pense énormément à cela, sachant bien moi-
même que les frères, pour des raisons qu'aucun
document d'archives ne peut éclairer, peuvent
manquer à leurs engagements les uns envers les
autres). À la page 2 d'une autre lettre (toutes les
pages sont soigneusement numérotées en haut) :
*Man hält mich in Bolechów für einen reichen
Mann...* « Les gens à Bolechow me considèrent
comme un homme riche... » *Du machst Vorwürfe
mein l. Frau warum sie wendet sich nicht zu ihr
Bruder und Schwester.* « Tu reproches à ma
chère femme de ne pas s'être tournée vers son
frère et sa sœur. » *Wass die Juden machen hier
mit, dass ist aber ein hunderster teil wass ihr
weisst...* « Ce que vous savez sur ce que subissent
les Juifs ici n'est qu'un centième de ce qui se
passe. » *Die liebe Lorka arbeitet in Stryj bei einem
Fotograf.* « La chère Lorka travaille chez un photographe à Stryj. » *Die kleine Bronia geht noch in
Schule.* « La petite Bronia va toujours à
l'école. »... *in ständiger Schreck ergriffen*, « paralysés par une terreur constante ». *Gebe Gott dass
Hitler verrissen werden soll !* « Que Dieu fasse
que Hitler soit réduit en miettes ! » Et j'ai lu et
relu, bien sûr, la signature : *Ich grüsse und küsse
Euch alle vom tiefsten Herzens, dein Sam.* « Je
vous dis adieu à tous et je vous embrasse tous
de tout mon cœur, ton Sam. » *Von Euer Treueren*

Sam, « votre fidèle Sam », *von Euer Sam*, « votre Sam. » Sam. *Sam*.

Shmiel.

Voilà ce que mon grand-père avait porté sur lui pendant toutes ces années. Ces lettres que Shmiel avait écrites, au cours de la dernière année désespérée où il pouvait encore écrire, quand il pensait pouvoir trouver une issue. Elles avaient été là, devant mes yeux, tout le temps, pendant tous ces étés où j'avais contemplé paresseusement le bizarre portefeuille, impatient de sortir et d'entendre les histoires de mon grand-père, sans jamais rêver de l'histoire qu'il portait sur sa poche intérieure gauche. C'était là, juste devant moi, et je n'avais rien vu.

Écoutez :

DES ANNÉES APRÈS la mort de mon grand-père, j'ai décidé d'essayer la page FamilyFinder du site Internet Jewish genealogy. Pour cela, vous envoyez la liste de tous les noms de votre famille, ainsi que les villes auxquelles ces noms sont associés ; puis vous donnez les informations pour être contacté – l'idée étant que quelqu'un qui cherche des gens avec vos noms en provenance de vos villes a de fortes chances d'être un parent à vous, et voudra prendre contact avec vous.

J'ai donc envoyé la liste des noms de ma famille. Lorsque je l'ai fait, j'ai décidé d'être plus que scrupuleux et j'ai mis sur ma liste non seulement les noms et les villes d'origine de mes trois grands-parents nés à l'étranger (MENDEL-SOHN, RIGA ; JÄGER JAEGER YAGER

YAEGER, BOLECHOW ; STANGER, CRACO-
VIE), mais aussi les noms de chaque personne
que je croyais, pour ainsi dire, liée à mes
parents. Sur ma liste, figuraient par conséquent : RECHTSCHAFFEN, KALUSZ (le mari de
ma grand-tante Sylvia), BIRNBAUM, SNIATYN
(les parents de ma grand-mère paternelle),
WALDMANN, BOLECHOW (mon grand-père
m'avait dit, quand j'avais environ treize ans, que
son père avait eu une sœur nommée Sarah qui s'était
mariée avec un homme du nom de Waldmann),
BEISPIEL, KALUSZ (des parents de « Tante »),
MITTELMARK, DOLINA (la famille de la mère
de mon grand-père), KORNBLÜH, BOLECHOW
(la famille de la grand-mère paternelle de mon
grand-père). Et même si je savais que c'était parfaitement inutile, j'ai ajouté SCHNEELICHT,
STRYJ. *Lumière de neige*. Peut-être qu'il neigeait
ce jour-là.

Et ce qui s'est passé, c'est que quelques-uns ont
marché. Presque immédiatement, j'ai été contacté
par une gentille dame de Long Island dont le père
était le petit-fils de cette Sarah Jäger qui avait
épousé un certain Waldmann, et même si cela peut
paraître idiot et sentimental, même si la parenté
était lointaine, cette découverte m'a fait exulter de
joie pendant des semaines. Puis, à peu près un an
plus tard, une découverte encore plus remarquable : nous avons retrouvé toute une branche perdue de la famille de mon père, parce que j'avais
remarqué que quelqu'un d'autre cherchait des
BIRNBAUM de SNIATYN (et nous l'avons manqué
de peu : au départ, j'avais mis BIRNBAUM de
CRACOVIE, parce qu'il me semblait me souvenir

que c'était de là que venaient les parents de ma grand-mère. Un an environ après que j'ai envoyé ma liste, je fouillais dans de vieilles lettres de ma tante Pauly et j'ai vu qu'elle avait écrit dans l'une d'elles, *Je crois qu'ils venaient de Cracovie, mais j'ai aussi le vague souvenir de quelqu'un parlant d'une ville appelée Sniatin ou Snyatyn, peut-être que cela pourra t'aider*. Voilà à quoi ça s'est joué – nous avons failli ne jamais rencontrer ce couple merveilleux du Colorado qui, de son côté, avait envoyé sur le site BIRNBAUM, SNIATYN, et qui sont nos cousins).

Mais la plus étrange réponse de toutes a été celle que je ne m'attendais absolument pas à recevoir, la réponse à SCHNEELICHT, STRYJ. Je rendais visite à mon frère aîné chez lui, près de San Francisco, il y a quelques années, et de là-bas j'ai écouté un message sur mon répondeur à New York de la part d'un type qui disait avoir vu ma liste et vouloir me parler du nom de Schneelicht de Stryj. J'étais tellement excité que je ne voulais pas attendre mon retour à New York, et j'ai eu la bonne idée de l'appeler de la maison de mon frère, ce soir-là. Il vivait en Oregon. Il m'a dit que son père décédé – ce gentleman était mort quelques années auparavant seulement, en 1994, à l'âge de cent trois ans – était né Emil Schneelicht, à Stryj, et avait perdu plusieurs de ses six frères et sœurs pendant l'Holocauste. Il m'a dit que les noms des parents de son père étaient Leib Herz Schneelicht et Tauba Lea Schneelicht, noms qui sont restés sans la moindre résonance pour moi, à ce moment-là. Puis, il m'a donné les noms des enfants de ce couple inconnu. Il s'agissait de :

Hinde
Moses
Eisig (son père)
Mindel
Ester
Saul
Abraham

J'écoutais et, lorsqu'il a prononcé le nom d'Ester, j'ai eu le souffle coupé. Elle avait semblé appartenir si absolument à la partie lointaine et intouchable du passé de notre famille, l'épouse de mon oncle Shmiel, que le fait de parler à quelqu'un qui avait avec elle un lien de parenté plus proche que le mien – à son neveu, en fait, au cousin germain des filles que je m'étais habitué à considérer comme « nos » cousines –, de parler à quelqu'un qui avait peut-être des disparus une connaissance glanée du fait d'une relation dont je n'avais même pas rêvé qu'elle pût exister (comment l'aurais-je pu, sachant si peu d'elle, ne sachant même pas qu'elle avait eu des frères et des sœurs ?) –, le fait de parler à cette personne était à la fois excitant et, d'une certaine façon, sidérant. J'ai commencé à me demander alors combien d'autres traces elle avait laissées derrière elle, combien d'autres indices étaient dispersés, flottant sur les sites Internet, ou bien enterrés dans des archives dont j'aurais été incapable de savoir si elles étaient utiles, parce que je disposais de si peu d'informations pour continuer que je n'aurais pas pu savoir si elles étaient pertinentes quand bien même je les aurais eues sous le nez.

Toutefois, je brûlais peut-être les étapes : après tout, il pouvait très bien y avoir eu plus d'une Ester Schneelicht, née dans les années 1890 à Stryj. Mais pendant que je me disais cela, l'homme à l'autre bout de la ligne disait quelque chose d'autre. Il me racontait que certains de ces frères et de ces sœurs de son père, qui étaient, pour autant que je le sache, les frères et les sœurs de ma grand-tante Ester, avaient tous eu des surnoms, chose que, naturellement, j'imaginais fort bien puisque cela avait été le cas dans ma famille : son père, Eisig, par exemple, m'a-t-il dit, était aussi appelé Emil. Je prenais des notes pendant qu'il parlait et, sur le morceau de papier que j'avais à la main, j'ai écrit EISIG = EMIL. Puis, il a dit qu'une de ses tantes, Mindel, ou Mina, n'avait pas, en fait, péri dans l'Holocauste, mais était arrivée bien avant aux États-Unis et vivait à New York avec son mari. Il était photographe.

Mina, a répété cette voix à l'autre bout de la ligne. Ils l'appelaient aussi Minnie.

Je m'apprêtais à écrire MINDEL = MINA = MINNIE, lorsque mes mains sont devenues moites et que mon cœur s'est mis à battre à tout rompre.

Attendez, ai-je dit. Attendez.

Je me suis éclairci la gorge et j'ai dit ensuite, Elle était mariée à un photographe et elle s'appelait Minnie ?

Ouais, a dit le type. Son mari s'appelait Spieler, Jack ou Jake. Spieler. Mon oncle et ma tante. Jack et Minnie Spieler.

Écoutez :

PEU DE TEMPS après que j'ai commencé à utiliser régulièrement le site jewishgen.org, j'ai établi un contact avec une femme qui, comme moi, avait un lien familial avec Bolechow. Cette femme qui, lorsque je l'ai finalement rencontrée, s'est révélée aussi vivante, ouverte et généreuse que ses premiers e-mails l'avaient laissé supposer et dont la masse opulente de boucles rousses semblait en quelque sorte exprimer ces qualités, ce matin de mars 2001, quand je suis finalement descendu dans Greenwich Village pour la rencontrer, s'était portée volontaire pour le projet du Livre Yizkor du site Internet (bon nombre de livres Yizkor, y compris le *Sefer HaZikaron LeKedoshei Bolechow*, sont écrits en hébreu ou en yiddish, ou les deux, et jewishgen.org a financé un projet de traduction de ces textes en anglais, qui seront ensuite disponibles sur le site). La femme, qui se prénommait Susannah, avait aussi fait un voyage à Bolechow – quand bien même, comme elle devait me le dire par la suite, aucun membre de sa famille immédiate, pas une personne qu'elle ait vraiment connue, n'ait été originaire de la ville, détail qui m'avait ému et impressionné – et avait posté ses photos de la ville sur le site ShtetlLinks. Je lui avais envoyé un e-mail pour lui dire combien j'avais apprécié ses photos et nous avons commencé une correspondance, au cours de laquelle elle m'a donné deux informations d'une importance cruciale.

Tout d'abord, elle m'a mis en relation avec un jeune chercheur ukrainien, Alex Dunai, qui avait été son guide à Bolechow – ou, comme il faut le dire maintenant, Bolekhiv – et avait aussi fait, m'a-t-elle dit, un travail de recherche dans les archives de diverses administrations locales. Muni de ce renseignement, j'ai envoyé un e-mail à Alex pour lui demander d'explorer les archives juives de Bolechow qui, miraculeusement, n'avaient pas été détruites pendant la guerre. Deux mois environ après notre premier contact, j'ai reçu un volumineux paquet d'Ukraine contenant plus d'une centaine de documents : des photocopies des originaux, accompagnées des laborieuses traductions d'Alex, tapées à la machine. De ces documents, je dirai pour le moment qu'ils constituent les registres les plus anciens qui aient survécu de la communauté juive de Bolechow, conservés aujourd'hui aux Archives municipales de Lvov, qu'ils remontent au début du XIXe siècle, et que, parmi ces registres, se trouve un certificat de décès, daté du 26 novembre 1835, qui fait état du décès, à l'âge de quatre-vingt-neuf ans, d'une certaine Sheindel Jäger, le 24 du même mois. Cette Sheindel, veuve de feu Judah Jäger, était morte (note sans doute inutilement le certificat) de « son grand âge », à l'adresse suivante : Maison 141. Pour des raisons administratives, toutes les maisons dans le village étaient numérotées, et ces numéros, plutôt que les noms des rues, étaient utilisés dans tous les documents officiels, même si je peux vous dire, puisqu'une femme qui le sait me l'a dit, quelques années plus tard, pendant que nous déjeunions à Tel-Aviv, que la rue s'appelait *Schustergasse*, rue du Cordonnier. Elle était née, comme nous pouvons le déduire, en 1746, peut-être 1745, ce qui fait d'elle mon ancêtre connue le plus âgé, puisqu'elle était la mère d'Abraham Jäger (1790-1845), qui était le père d'Isak Jäger (vers 1825-avant 1900, qui était l'année de la naissance du frère sioniste de mon grand-père, Itzhak, qui portait ce nom en son honneur), qui était le père d'Elkune Jäger (1867-1912), mon arrière-grand-père mort brutalement dans un spa, déclenchant ainsi une série d'événements qui auraient pour résultat lointain, inimaginable, les morts par balles, par coups, par gazage, de son fils, de sa belle-fille, et de ses quatre petites-filles ; et qui était aussi le père d'Abraham Jäger (1902-1980, Grandpa), qui était le père de Marlene Jaeger Mendelsohn (née en 1931), qui est ma mère.

Ce n'est pas sans une ironie amère que je constate que c'est grâce à l'existence d'une chose appelée *Sefer HaZikaron LeKedoshei Bolechow* ou « Livre-mémorial des martyrs de Bolechow » que je sais ce que je sais. Car c'est par ce livre que j'ai rencontré Susannah, c'est Susannah qui m'a mis en relation avec Alex, l'affable jeune Ukrainien que j'allais, moi aussi, rencontrer un jour, et c'est cet Ukrainien qui gagne maintenant sa vie en emmenant des Juifs américains sur les sites dévastés de l'histoire de leurs familles et qui a trouvé pour moi les documents qui font remonter le lignage de ma famille Jäger, de façon inimaginable, à une femme du XVIIIe siècle – une femme qui aurait très bien pu connaître ou, c'est presque certain, poser son regard (bleu ?) sur Ber Birkenthal de Bolechow, une femme qui, comme chacun de ses descendants, depuis son fils jusqu'à son arrière-arrière-petit-fils, mon grand-père, est née et a vécu dans la même maison, la maison n° 141 d'une ville appelée Bolechow, à proximité de Lemberg (plus tard Lwów, puis Lvov, et enfin Lviv), dans la province de la Galicie de l'empire royal et impérial de la « double monarchie » d'Autriche-Hongrie.

Voilà la première chose que Susannah a faite pour moi. La seconde est quelque chose que je n'aurais jamais imaginé, ne serait-ce qu'une fois.

Nous avions échangé une correspondance au sujet de son voyage à Bolechow en 1999, puisque j'envisageais désormais d'y aller moi-même. J'avais alors pensé que je pourrais écrire un article sur ce que pouvait être le retour vers un *shtetl* ancestral, au bout de deux générations, et de parler aux gens qui y vivaient à présent, afin de découvrir s'il pouvait bien rester de vagues traces de la vie telle qu'elle avait été. Un jeudi de janvier 2001, j'ai écrit à Susannah un e-mail lui demandant s'il y avait, à sa connaissance, une personne qui vivait à Bolechow, à Bolekhiv, qui eût encore des souvenirs précis de la période précédant la Seconde Guerre mondiale – des gens que j'aurais pu interviewer pour l'article que je pensais écrire. Peut-être, écrivais-je, que je devrais demander à Alex de m'aider à placer des annonces dans les journaux locaux.

Elle m'a répondu le mardi 30, en me procurant, presque accessoirement, des informations qui étaient pour moi stupéfiantes. À propos des vieux habitants de Bolechow qui pourraient m'intéresser, écrivait-elle, il y avait un Juif très âgé qui avait récemment déménagé de Bolechow à New York, avec son épouse tout aussi âgée : un homme de quatre-vingt-neuf ans du nom d'Eli Rosenberg. Il était, comme l'a dit Susannah, « le dernier Juif de

Bolechow », qui avait été le chapelier de la ville (au cours des années qui ont suivi cet échange, j'allais aussi rencontrer le dernier Juif de Stryj et le dernier Juif d'une toute petite ville à côté de Riga – il s'appelait Mendelsohn). Ce Juif de Bolechow, expliquait-elle, avait survécu aux années de la guerre parce que, au cours de l'été 1941, quand les Allemands étaient arrivés, il avait fui dans l'est, en Russie, avec l'armée soviétique qui faisait retraite. En rentrant dans la ville libérée en 1944, il avait découvert qu'aucun membre de sa famille n'avait survécu, mais il avait décidé de rester. À l'exception de ce dernier point, c'était une histoire que j'allais réentendre par la suite.

Je regardais l'écran de mon ordinateur, le curseur qui clignotait devant le mot *retour* dans la phrase *De retour chez lui après la guerre pour découvrir qu'il ne restait plus personne de sa famille ou de l'ensemble de la communauté juive*. J'avais tellement pris l'habitude de considérer Bolechow comme un endroit mythique (parce que la ville n'avait existé pour moi que dans les histoires de mon grand-père) et celle aussi de considérer le Bolechow d'aujourd'hui, Bolekhiv, comme désespérément éloigné de la guerre (parce que six décennies s'étaient écoulées et parce que presque personne de la population de l'époque, juive, polonaise ou ukrainienne, n'était plus vivant) que l'existence d'un vieux Juif de Bolechow, vivant aujourd'hui à New York, une personne qui pouvait faire le pont entre l'endroit dont j'avais toujours entendu parler et l'endroit qui existait sur la carte, entre Bolechow et Bolekhiv, me paraissait aussi improbable que celle des extraterrestres.

À la fin de son e-mail, Susannah me demandait si j'habitais dans la région de New York et, dans ce cas, si je voulais un jour aller avec elle voir les Rosenberg qui vivaient à Brooklyn. Ils ne parlaient que le russe et le yiddish, ajoutait-elle, mais elle avait étudié le yiddish sérieusement depuis quelque temps et pourrait jouer les interprètes. J'ai répondu avec enthousiasme à son invitation. Mon enthousiasme avait été déclenché, je dirais, en partie seulement par mon désir de découvrir si cet Eli Rosenberg pouvait me procurer quelques lumières sur Shmiel et sa famille. Le dernier Juif de Bolechow qui avait parlé yiddish en ma présence avait été mon grand-père, mort depuis vingt ans à présent. Je voulais l'entendre de nouveau.

Susannah a répondu rapidement. « La grande nouvelle !!! », c'était qu'elle avait appelé M. Rosenberg ou plutôt qu'elle avait parlé à son fils, et qu'ils avaient arrêté une date pour notre rencontre – ma première et, je pensais alors, sans doute, dernière rencontre avec un Juif de Bolechow qui pourrait me dire quelque chose, n'importe quoi, sur ce qui s'était passé avant, pendant ou après la guerre. La date arrêtée était le dimanche 11 mars. J'irais retrouver Susannah à son appartement au centre-ville et puis nous irions en voiture jusqu'à Brooklyn. Elle m'avait prévenu qu'Eli parlait tout doucement, était très faible physiquement, et que la mort de sa femme, Feyge – que Susannah n'avait apprise que lors de son récent coup de téléphone –, lui avait porté un sérieux coup.

Au moment où nous nous sommes retrouvés en route pour Brooklyn, j'étais dans un état de tension extrême. Une fois de plus, comme cela avait été le cas avec Mme Begley lors de la réception, deux ans plus tôt, l'idée de me trouver à proximité de quelqu'un originaire de l'endroit et de l'époque qui m'intéressaient était trop excitante, trop écrasante : ma jambe tremblait au moment où je me suis assis dans la voiture de Susannah et que j'ai vu Manhattan disparaître derrière nous. Alors que nous circulions dans des rues peu familières, Susannah scrutant les noms sur les plaques et moi, le regard rivé sur une carte routière énorme, j'ai été de nouveau la proie de fantasmes si intenses, à la fois si véridiques et si gênants dans la trivialité des informations que cette rencontre allait produire – *Shmiel avait-il un jour acheté un chapeau à cet homme ?* – que je ne me suis plus senti en mesure de parler, après que nous nous sommes garés et que nous avons trouvé l'appartement minuscule et sombre dans un énorme immeuble de pierre et de brique, à l'allure plutôt soviétique. J'avais de la chance, me suis-je dit, que Susannah se charge de le faire.

Mais en fin de compte, il n'y a pas eu à parler beaucoup. Dès que nous nous sommes assis dans l'appartement de Rosenberg, qui était très sombre et à peine meublé, des ballons de basket résonnant dans la petite cour de cette HLM, il était clair que l'état de santé de M. Rosenberg s'était bien détérioré depuis la dernière fois que Susannah et lui avaient été en contact. Susannah m'a présenté en yiddish et je lui ai demandé de dire que j'espérais bien qu'il ait pu connaître le frère de mon grand-père, Shmiel Jäger.

Shmiel Jäger, Shmiel Jäger, a dit Eli Rosenberg d'une voix douce et haut perchée, la bouche ouverte. Mais rien n'a suivi, si ce n'est qu'il a levé la main au-dessus de sa tête, comme pour décrire une personne très grande. Susannah lui a dit quelque chose et il a hoché la tête vigoureusement et lui a répondu, et elle s'est tournée vers moi.

Il dit que c'était un homme très grand, a dit Susannah.

Un homme très grand, me suis-je dit, le cœur serré. Il n'avait pas l'air très grand sur les photos que j'avais vues ; personne n'était très grand dans ma famille, pour dire la vérité.

Puis, Eli Rosenberg a regardé Susannah et lui a demandé qui j'étais. Son fils, un type très brun, à l'allure slave, d'une quarantaine d'années, nous a offert du thé et des petits gâteaux. Un jeu télévisé retentissait très fort sur le poste allumé. Susannah a expliqué de nouveau à Eli que j'étais le petit-fils du frère de Shmiel Jäger, qui avait la boucherie de Bolechow. Elle lui a répété que je voulais savoir s'il avait connu Shmiel.

Shmiel Jäger, *Shmiel Jäger*, a dit encore une fois Eli, en hochant la tête d'une manière qui paraissait d'une sagesse émouvante, en dépit du fait que l'impression était tout à fait trompeuse. Puis, il a levé les yeux – vers moi, pas vers Susannah – et il a dit, *Toyb*, et puis il a hoché la tête de nouveau, comme s'il était content de lui. Je n'avais pas la moindre idée de ce qu'il pouvait vouloir dire. Susannah lui a parlé encore un peu, comme si elle voulait s'assurer qu'elle avait bien entendu, et elle s'est ensuite tournée vers moi.

Il dit que Shmiel Jäger était sourd. *Toyb*.

Mon regard s'est déplacé de Susannah à Eli Rosenberg, qui hochait la tête et mettait la main derrière l'oreille, pour mimer la surdité. Puis, il a demandé à Susannah, de nouveau, qui j'étais et ce que je voulais.

J'avais le cœur serré. Si Shmiel avait été sourd, je suis sûr que mon grand-père ou quelqu'un d'autre l'aurait mentionné. C'était le genre de détail suffisamment saillant et inoffensif à la fois qui aurait échappé à la censure officieuse que mon grand-père avait appliquée à toutes les histoires qui avaient trait à Shmiel. J'ai commencé à me demander avec quel autre voisin d'il y a des siècles, une personne grande et sourde sans le moindre lien de parenté avec moi, cet Eli Rosenberg confondait mon grand-oncle disparu, et soudain j'ai éprouvé un sentiment de défaite. Toute l'énergie, toute la secrète anticipation qui m'avaient porté à travers la pénible lenteur de ces échanges dans une langue que je n'avais pas entendue depuis deux décennies, toute la ferveur entretenue dans l'espoir qu'il dirait quelque chose d'énorme, quelque chose d'important, quelque chose sur la façon dont ils étaient morts, sur les derniers jours où il les avait vus, *quelque chose* – tout cela, je m'en rendais compte, m'avait épuisé, laissé complètement vide. À ce moment précis, je n'avais plus qu'une envie : quitter cet appartement sombre, déprimant, et rentrer chez moi pour regarder mes photos dont je savais au moins qu'elles étaient authentiques.

Puis, le fils a dit qu'il pensait que son père commençait à être fatigué. J'étais soulagé. Nous nous sommes tous levés et serré la main – la poignée de main d'Eli était étonnamment ferme –, et Susannah et moi avons pris la direction de la porte d'entrée. Sans regarder personne en particulier, Eli a dit encore une fois, *Shmiel Jäger, Shmiel Jäger*. Une onde de gêne a couru à travers la pièce et le fils a expliqué, un peu désolé, que son père n'allait pas très bien depuis la mort de sa mère, l'année dernière.

C'est dommage que vous ne soyez pas venus il y a deux ans, a-t-il dit. Il aurait pu vous raconter bien des choses.

Depuis, j'ai entendu ces mots, ou des variations de ces mots, de très nombreuses fois ; mais à l'époque, parce que c'était tout nouveau, la phrase m'a fait mal. C'était douloureux de penser à tout ce qu'il aurait été possible d'apprendre, si j'avais seulement commencé deux ans ou même un an plus tôt.

Je pensais à cela, hochant la tête en direction du fils et prenant un visage sympathique, lorsque Eli Rosenberg m'a soudain regardé droit dans les yeux et a dit une chose de plus, un seul mot qui, dans ce moment ultime, avait été en quelque sorte capable de passer les axones ruinés et les synapses explosées pour parvenir à la surface, avant de sombrer pour toujours, et ce qu'il a dit, c'était :

Frydka.

Écoutez :

La plus ancienne photo connue de Shmiel est celle où il est assis dans son uniforme de l'armée autrichienne, à côté de cet autre homme, debout, dont l'identité semblait destinée à rester un mystère. Sur cette photo, Shmiel est remarquablement beau, comme nous avons tous appris qu'il l'était : mâchoire puissante, lèvres pleines, traits réguliers, les orbites des yeux magnifiquement creusées, profondes, le regard bleu... enfin, je sais qu'il avait les yeux bleus, même si cette photo ne peut pas nous l'apprendre. Shmiel a atteint la majorité à une époque où, si vous étiez aussi beau (et souvent si vous ne l'étiez pas), les gens disaient, *Vous pourriez faire du cinéma !* ou, *Vous pourriez être un acteur !* et c'était ce qu'on entendait toujours à son sujet : qu'il était un prince, qu'il ressemblait à une star de cinéma. Cette photo est beaucoup plus étudiée et, en dépit de l'usure de neuf décennies, d'une qualité bien meilleure que toutes les autres que nous possédons, et il est évident qu'elle a été prise dans le studio d'un photographe – peut-être celui qui appartenait à la famille de la fille qu'il allait épouser, une fois que la guerre serait terminée et que l'empire pour lequel il s'était battu aurait disparu, la nation dont l'empereur, disaient les gens, était bon envers les Juifs et avait été par conséquent récompensé par ces Juifs reconnaissants, vraiment reconnaissants, qui portaient leurs prénoms officiels et leurs prénoms yiddish, Jeanette et Neche, Julius et Yidl, Sam et Shmiel – avait été récompensé avec des surnoms yiddish bien à lui : *undzer Franzele*, « notre petit Franz », ou bien *Yosele*, « Joey ».

Sur cette photo, Shmiel est assis dans un fauteuil, dans une pose un peu raide, portant l'uniforme de l'armée austro-hongroise, l'artificialité du décor et de la pose rendue immatérielle par la douceur et même la sensualité de son allure. Rêveur, comme s'il avait été distrait pendant le long et fastidieux processus de la prise de vue, il a le regard un peu décalé sur sa gauche, tandis que se tient, sur sa droite, l'autre soldat. Cet homme est beaucoup plus âgé, l'air simple et flegmatique, mais pas déplaisant, portant la moustache (Shmiel n'a pas encore la sienne). Même si, à l'époque lointaine où j'ai regardé cette photo pour la première fois, je savais que cet autre soldat devait avoir une vie, une famille, une histoire, il m'avait semblé alors, comme c'est encore le cas à présent, qu'il ne figurait sur cette photo que pour des raisons esthétiques, de la même façon qu'un photographe commercial, aujourd'hui, placerait astucieusement un diamant à côté d'un morceau de charbon pour une publicité de joaillerie : j'ai l'impression qu'il est là pour que Shmiel paraisse encore plus beau et soit par conséquent plus conforme encore à la légende de sa beauté. Pourtant, cet autre homme, s'il n'est pas séduisant, s'il est nettement plus vieux que Shmiel, a l'air bienveillant : son bras solide repose de manière amicale sur l'épaule droite de son jeune compagnon.

Pendant des années, je n'ai connu cette photo que grâce à une photocopie faite quand j'étais au lycée : ma mère gardait l'original, qui se trouvait dans le précieux album de son père, avec d'autres, dans une pochette en plastique, au fond d'une boîte en carton dans un secrétaire verrouillé à la cave. Sur la boîte en carton, elle avait écrit au Magic Marker les mots suivants :

FAMILLE : <u>ALBUMS</u>
Jaeger
Jäger

Cushman
Stanger

Cushman était le nom de jeune fille de la mère de ma mère ; Stanger était le nom de jeune fille de la mère de mon père, Kay, et de ses sœurs, Sarah, celle aux longs ongles rouges, et Pauly, l'auteur de tant de lettres.

L'original de la photo de Shmiel en temps de guerre était dans ces boîtes, mais j'avais gardé pour moi-même uniquement la copie du recto, de l'image elle-même. C'était cette photocopie que j'avais ensuite prise pour la coller dans un album de vieilles photos de famille qui formaient la base de ce qui allait devenir les archives plutôt importantes de l'histoire de ma famille. C'est pourquoi, pendant longtemps, je n'ai eu en ma possession que l'image des deux hommes, mais pas la légende que je savais y être inscrite au dos.

Je sais, cependant, que j'avais dû regarder cette inscription à un moment quelconque, pour la raison suivante :

La seule fois où j'ai été autorisé à avoir l'original en main, c'était lorsque j'avais fait un exposé en classe d'histoire de seconde, où l'on étudiait les guerres européennes. Je ne me souviens plus si c'était la Première ou la Seconde Guerre mondiale que nous étions en train d'étudier, mais la photo était en tout cas parfaitement appropriée pour ce cours. Je sais que j'avais dû apporter la photo originale en classe pour montrer cette figure imposante de mon grand-oncle en pleine jeunesse dans son uniforme de l'armée austro-hongroise pendant la Première Guerre mondiale, parce que, longtemps après, une image est restée imprimée dans mon cerveau de ce qui avait été écrit au verso par mon grand-père, de son écriture cursive arrondie, au feutre rouge. Je me souvenais de ce qui était écrit parce que je me souvenais aussi clairement de la réaction de ma prof d'histoire quand elle avait vu ces mots écrits par mon grand-père : elle s'était donné une petite claque sur son beau visage plein d'humour, quand j'avais apporté l'original dans ma classe, ce jour-là, il y a trente ans, et elle s'était exclamée, « Oh, non ! » Ce que mon grand-père avait écrit au verso – ou du moins ce dont, pendant longtemps, je me suis souvenu qu'il avait écrit – c'était ceci :

Oncle Shmiel, dans l'armée autrichienne. Tué par les nazis.

De cela, en tout cas, je m'en souvenais, surtout parce que j'avais été un peu choqué par la réaction de Mme Munisteri, tant j'étais accoutumé à ce qui allait arriver au beau jeune homme de la photo, tant je m'étais endurci à l'écoute de la phrase *Tué par les nazis*. Et c'était par conséquent ce qui s'était logé dans ma mémoire, après que ma mère avait rapidement replacé la photo dans les boîtes étiquetées des documents et des photos de famille qu'elle avait été autorisée à quitter brièvement afin de souligner, avec force et nécessité, un argument de mon exposé au lycée.

Pendant longtemps, donc, ne possédant qu'une photocopie du recto de cette photo, je ne pouvais que scruter le visage de Shmiel, et peut-être qu'en la regardant – je suis sûr, en fait, que c'est ce qui s'est passé – il m'était venu à l'esprit qu'il était très facile pour quelqu'un de disparaître, d'être à jamais inconnu. Après tout, Shmiel était là, avec ce visage, avec un nom que les gens continuaient de prononcer, même si c'était peu souvent, avec une sorte d'histoire et avec une famille dont nous connaissions les noms, ou pensions que nous les connaissions ; et pourtant, juste à côté de lui, il y avait cet autre homme dont on ne saurait jamais rien, exactement comme si, me semblait-il en regardant la photo, il n'était jamais né.

Et puis, bien des années après avoir été pincé et caressé dans les salles de séjour d'habitants de Miami morts depuis longtemps, bien des années après avoir photocopié cette photo, quand je n'avais en tête que de bien faire cet exposé pour ma classe ; bien des années après que j'ai éprouvé pour la première fois le besoin de savoir tout ce qu'il était possible de savoir sur Shmiel, sur l'homme avec lequel j'avais en commun une certaine courbe des sourcils et un certain angle de la mâchoire, ce qui avait fait pleurer les gens autrefois, et parce que je devais savoir, il me faudrait passer une année entière, des décennies plus tard, à voyager – moi, l'écrivain, voyageant avec mon jeune frère, le photographe, l'un avec ses mots à écrire et ses inscriptions à déchiffrer, l'autre, qui avait à contrecœur travaillé dans l'affaire familiale, avec ses photos à prendre et à développer, nous deux, les deux frères, l'écrivain et le photographe, voyageant en Australie et à Prague, à Vienne et à Tel-Aviv, à Kfar Saba et à Beer-Sheva, à Vilnius et à Riga, et puis à Tel-Aviv de nouveau et à Kfar Saba de nouveau, et à Beer-Sheva de nouveau, à Haïfa et à Jérusalem, et à Stockholm, et enfin ces deux jours à Copenhague avec l'homme qui avait autrefois voyagé encore plus loin que nous, et qui détenait un secret qui attendait pour nous ; passer un an, été, automne, hiver et un printemps qui était aussi un automne, le temps lui-même paraissant être désarticulé, alors que le passé resurgissait de ses cendres et de sa poussière, et de son vieux papier, et de la poudre, et du whiskey et des sels de violette, et refaisait surface une fois encore comme l'écriture presque illisible au dos d'une vieille photo, remontant pour entrer en compétition avec le présent et le rendre confus ; passer un an à chercher des gens qui étaient maintenant bien plus vieux que ceux qui me pinçaient les joues et m'offraient des crayons à Miami Beach à l'époque, à chercher des gens qui avaient connu Shmiel uniquement en tant que père magnifique, impressionnant et quelque peu lointain, de leurs camarades de classe, ces quatre filles, toutes disparues ; passer à voler au-dessus de l'Atlantique et du Pacifique pour leur parler et recueillir les quelques fragments qui restaient encore, les vapeurs d'informations qu'ils avaient peut-être à me transmettre – et puis, bien des années après tout ça, quand je me suis apprêté à m'asseoir pour écrire ce livre, le livre de tous ces voyages et de toutes ces années, et que j'ai persuadé ma mère de me laisser voir une fois encore la photo originale, le recto que je connaissais si bien, certes, mais aussi le verso ; alors, alors seulement, ai-je été en mesure de lire, dans sa totalité cette fois, la légende originale, de lire les mots que mon grand-père avait écrits au dos, pour me dire quelque chose, je m'en rendais compte à présent, comme tant de choses qu'il avait soulignées pour moi, qu'il jugeait cruciales, qu'il voulait que je sache et que je comprenne (mais comment aurais-je pu voir ça, à l'époque, quand j'avais seulement besoin d'une photo pour illustrer un exposé en classe ? Nous ne voyons, au bout du compte, que ce que nous voulons voir, et le reste s'efface). Ce qu'il avait écrit en réalité, comme je peux vous le dire maintenant puisque je l'ai vu très récemment, c'était, à l'encre bleue et en capitales, ceci : HERMAN EHRLICH ET SAMUEL JAEGER DANS L'ARMÉE AUTRICHIENNE, 1916. C'était au Magic Marker rouge qu'il avait ajouté les mots dont je m'étais toujours souvenu : TUÉ PAR LES NAZIS PENDANT LA SECONDE GUERRE MONDIALE.

Ehrlich ? ai-je demandé à ma mère, pendant que nous étions en train de fouiller dans les boîtes, ce jour-là, déconcerté par un nom que je n'avais encore jamais vu auparavant, en dépit de toutes mes recherches.

Elle a eu l'air impatiente. Tu sais, a-t-elle dit. Il était marié à Ethel, c'étaient des cousins de mon père. Sa sœur était cette Yetta Katz, elle était immense, grosse et jolie, et c'était une cuisinière merveilleuse.

Mais c'était encore confus pour moi. J'ai retourné la photo et, une fois encore, j'ai regardé les deux hommes, l'un si familier, l'autre désespérément inconnu. Puis, pour m'aider, ma mère a ajouté quelque chose.

Oh, Daniel, tu le *connaissais* ! Herman Ehrlich. Herman le *Coiffeur* !

La nuit, je pense à ces choses. Je suis satisfait de ce que je sais, mais à présent je pense beaucoup à tout ce que j'aurais pu savoir, qui aurait été bien plus que tout ce que je peux apprendre maintenant, qui a disparu à jamais maintenant. Ce que je sais à présent, c'est ceci : il y a tant de choses que vous ne voyez pas vraiment, préoccupé comme vous l'êtes de vivre tout simplement ; tant de choses que vous ne remarquez pas, jusqu'au moment où, soudain, pour une raison quelconque – vous ressemblez à quelqu'un qui est mort depuis longtemps ; vous décidez tout à coup qu'il est important de faire savoir à vos enfants d'où ils viennent –, vous avez besoin de l'information que les gens que vous connaissiez autrefois devaient toujours vous donner, si seulement vous l'aviez demandée. Mais au moment où vous pensez à le faire, il est trop tard.

Sur le reste de la famille, j'avais évidemment su depuis longtemps tout ce qu'il y avait à savoir ; longtemps j'avais pensé savoir aussi tout ce qu'il y avait à savoir des six qui avaient disparu. Dans mon esprit, le mot *disparus* faisait référence à la relation qu'ils entretenaient avec le reste de l'histoire et de la mémoire, et pas seulement au fait qu'ils avaient été tués : ils étaient désespérément loin, irrémédiablement. Au moment où ma mère avait dit *Herman le Coiffeur*, je m'étais aperçu que j'avais peut-être tort, que des traces de ces six demeuraient peut-être quelque part dans le monde.

Il s'agissait donc d'une sorte de culpabilité, autant que d'une curiosité ; une culpabilité, autant qu'un désir de connaître ce qui leur était réellement arrivé dans les détails qui restaient encore à découvrir, qui me poussait en dernière instance à retourner. À abandonner mon ordinateur, à quitter la sécurité des livres et des documents, avec leurs descriptions si nettes des événements qu'il était impossible d'imaginer qu'ils avaient affecté la vie réelle des gens (par exemple, le document qui faisait état du fait suivant : *Pendant la marche jusqu'à la gare de Bolechow pour être transportés jusqu'à Belzec, ils étaient contraints de chanter, notamment la chanson « Ma petite ville de Belz »*) ; à renoncer au confort du bureau des archives et à la commodité de l'Internet, et à partir dans le monde, à faire l'effort dont je serais capable, peu importait la modicité des résultats, pour aller voir qui et ce qui restait, et au lieu de lire et d'apprendre par les livres, d'aller leur parler à tous, comme j'avais parlé autrefois à mon grand-père. À découvrir, même à cette date extraordinairement tardive, s'il y avait encore d'autres indices, d'autres faits et d'autres détails aussi précieux que ceux que j'avais laissés passer, quand les gens qui les connaissaient vivaient encore, quand le temps n'était pas encore venu pour moi de poser mes questions, pour moi de désirer savoir.

Et donc, quatre-vingt-un ans après que mon grand-père a abandonné son foyer dans une petite ville animée, nichée dans les forêts de pins et de mélèzes sur les contreforts des Carpates, et vingt et un ans après sa mort dans une piscine entourée de palmiers, trois cent quatre-vingt-neuf ans après l'arrivée des Jäger à Bolechow, et soixante ans après qu'ils en ont définitivement disparu, j'y suis retourné.

C'était le commencement.

Très chers enfants et Elkana et Ruthie et petits-enfants,

C'est presque Yom Tov et nous vous souhaitons donc à tous Bonheur et <u>Santé</u> pour la Nouvelle Année s'il vous plaît donnez cette photo à Daniel pour l'album de famille. Debout, c'est Herman le Coiffeur et, assis, c'est mon Cher Frère SHMIEL dans l'armée autrichienne, cette photo a été prise en 1916.

Ethel m'a donné cette photo.

Bonne et Heureuse Année

Avec tout mon amour

Daddy – Grandpa
Ray vous adresse ses meilleurs sentiments

DEUXIÈME PARTIE

Caïn et Abel

ou
Frères et sœurs
(1939/2001)

Dans la maison commune, il y avait un parchemin sur lequel figurait une chronique, mais la première manquait et l'écriture s'était effacée.

Isaac Bashevis Singer,
« Le Gentleman de Cracovie »

1

Le péché entre les frères

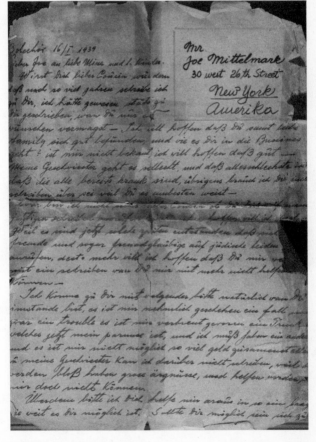

Le 12 août 2001, deux de mes frères, ma sœur et moi sommes descendus d'une Volkswagen Passat bleue et exiguë et nos pieds ont touché la terre humide de Bolechow. C'était un dimanche et le temps était mauvais. Après six mois de préparatifs, nous étions enfin arrivés.

Ou, je suppose, revenus.

Presque soixante ans plus tôt exactement – le 1er août 1941 –, l'administration civile de ce qui avait été autrefois le district de la Galicie des Habsbourg, région où se trouvait la ville de Bolechow, avait été transférée aux autorités allemandes qui, après la rupture du pacte germano-soviétique, avaient fait machine arrière et envahi la Pologne orientale deux mois plus tôt, et mettaient à présent les choses en ordre. Peu de temps après – peut-être vers la fin du même mois d'août et certainement en septembre 1941 – les plans pour la première *Aktion* dans la région, c'est-à-dire l'assassinat en masse des Juifs, avaient commencé à prendre forme. Ces actions étaient prévues pour le mois d'octobre. L'*Aktion* pour Bolechow a eu lieu les 28 et 29 octobre 1941. Un millier de Juifs environ y ont péri.

Sur ce millier, il y en a un qui m'intéresse en particulier.

Le 16 janvier 1939, Shmiel Jäger s'est assis pour écrire une lettre désespérée à un parent à New York. C'était un lundi. Il y a eu d'autres lettres écrites par Shmiel à sa famille aux États-Unis, mais c'est cette lettre, je m'en rends compte à présent, qui contient toutes les raisons pour lesquelles nous sommes revenus à Bolechow. Plus que tout, c'est elle qui fait le lien avec les deux autres dates : les

148

préparatifs qui ont porté leurs fruits en août 2001, les plans qui ont été mis en place en août 1941.

QUAND JE PENSE aujourd'hui à ce dimanche, lorsque nous sommes finalement parvenus à Bolechow, point culminant d'un voyage qui avait exigé des mois de préparation, plusieurs milliers de dollars, une coordination minutieuse entre un grand nombre de gens sur deux continents, tout cela pour un voyage qui allait durer à peine six jours, dont un seulement, en réalité, serait passé à faire ce que nous étions venus faire, à savoir parler aux gens dans cet endroit crucial qu'était Bolechow, la ville dont j'avais entendu parler, et au sujet de laquelle j'avais pensé, rêvé et écrit pendant près de trente ans, un endroit dont j'avais pensé (alors) qu'il serait le seul où je pourrais découvrir ce qui leur était arrivé à tous – quand je pense à tout ça, j'ai honte de notre décontraction, de notre mauvaise préparation et de notre naïveté.

Nous étions venus, après tout, sans la moindre idée de ce que nous pourrions trouver. Quelques mois plus tôt, en janvier, quand l'idée de ce voyage avait pris forme pour la première fois, j'avais envoyé un e-mail à Alex Dunai à L'viv, lui demandant s'il y avait à sa connaissance encore une personne vivant à Bolechow, assez âgée pour avoir connu ma famille. Alex m'a répondu pour me dire qu'il avait parlé avec le maire de la ville et que la réponse était oui. La ville était minuscule, a-t-il dit ; si nous venions, il nous suffirait de marcher dans les rues et de parler à quelques personnes pour savoir qui avait pu connaître Shmiel et sa famille, qui serait en mesure de nous raconter ce qui s'était passé en réalité. Comme j'étais déterminé à y aller de toute façon – comme j'avais été obsédé depuis le début par l'idée de m'y rendre tout simplement, comme si l'atmosphère et le sol de l'endroit pouvaient nous transmettre quelque chose de concret et de vrai –, cela m'avait suffi. C'était sur cette mince possibilité – la possibilité que nous pourrions, pourrions simplement, tomber par hasard, un dimanche après-midi, sur un Ukrainien qui serait non seulement assez âgé pour avoir été adulte, soixante ans plus tôt, ce qui était déjà beaucoup demander, mais encore les aurait connus – que je m'étais engagé à m'y rendre, avec mes frères et ma sœur, même si je ne leur avais pas dit, à ce moment-là, à quel point les chances étaient réduites.

Par conséquent, au cœur de ce voyage, qui avait l'air d'être un symbole, presque un cliché sur l'entente familiale, il y avait une tromperie cachée.

Pourtant, nous avons bien fini par découvrir ce qui était arrivé à Oncle Shmiel et à sa famille… par hasard ; et c'est peut-être pour cette raison qu'il n'est pas nécessaire que je me sente coupable, même à présent, comme cela m'arrive parfois, d'avoir emmené mes frères et ma sœur pour un voyage qui aurait été probablement unique et, essentiellement, raté pour ce qui est de la collecte des informations, s'il n'y avait eu le cousin germain de ma mère en Israël, Elkana… Elkana, le dernier mâle sur terre à être un Jäger né à Bolechow, qui avait abandonné le nom de famille, pris un nom hébraïque et scellé, de ce fait, l'extinction, en quelque sorte, d'une certaine par tie de l'héritage de la famille de ma mère, même si le fait qu'il y a encore des Jäger en Israël, même sous un autre nom, a permis la survie de cette chose plus primitive, plus biologique, que sont les gènes de la famille. Elkana, le fabuleux, le légendaire cousin qui (nous le savions) était une sorte de grand *macher* en Israël, qui avait fait sauter des ponts pendant la guerre d'Indépendance et qui, lors de ses rares visites à Long Island pour nous voir, obtenait de la police locale qu'elle le transportât jusque chez nous en hélicoptère, pour notre plus grande joie et non sans provoquer une secrète jalousie chez les autres enfants du quartier. Elkana, qui avait gardé le sens familial de sa propre importance, une confiance absolue dans la fascination exercée par ses récits et ses drames et qui, pour cette raison même, avait partagé les nouvelles de notre voyage à Bolechow avec certaines personnes, qui en avaient parlé à d'autres, qui en avaient parlé à d'autres... L'ADN n'est pas la seule chose qui soit partagée au sein d'une famille. En même temps, je suis bien conscient du fait que l'histoire de ce qui est arrivé à Shmiel n'aurait jamais existé, n'aurait jamais valu la peine d'être racontée, si cette même autoglorification inoffensive n'avait pas poussé Shmiel à rester en Pologne, à se vanter d'être le premier dans son village, comme l'avait dit un jour mon grand-père, et à rester avec obstination, peut-être même avec ressentiment, après que ses trois frères étaient partis.

Ou du moins est-ce les sentiments que je lui attribue, moi qui sais quelque chose des tensions entre frères.

En août 1941, le sort des Juifs de Bolechow est offi-
ciellement tombé entre les mains des Allemands.

En août et en septembre de cette année-là, la plu-
part des Juifs de Bolechow, y compris mon grand-
oncle, sa femme et leurs quatre filles, n'avaient
vraisemblablement pas une idée très claire de ce qui
se préparait pour eux. À n'en pas douter, des
rumeurs d'assassinats en masse dans les cimetiè-
res, un peu plus à l'ouest, circulaient, mais peu de
gens y croyaient – se protégeant, comme les gens le
font toujours, de la connaissance du pire. Il est
important de se souvenir que de nombreux Juifs de
Bolechow, en ce début d'automne, avaient déjà
subi les sévères privations imposées par les deux
années d'occupation soviétique ; même s'il est diffi-
cile de s'en souvenir pour quiconque bénéficie
d'une vision rétrospective, de nombreux Juifs espé-
raient, alors que les Soviétiques battaient en retraite
devant les Allemands, qu'il serait possible de
s'adapter au nouveau statu quo, en dépit de sa
dureté. Et en effet, même si elle avait changé radi-
calement sous certains aspects, la vie quotidienne
dans les premiers mois de l'occupation allemande
avait repris, de manière surréaliste, les traits qu'elle
avait avant la guerre. Par exemple, on n'empêchait
pas les Juifs d'aller à la synagogue, le jour de Shabbat.
Un homme, à qui j'ai parlé soixante-deux ans après
l'invasion allemande, se souvenait clairement
d'avoir assisté aux services de Yom Kippour en
1942. De toute façon, ils savaient qu'ils allaient
nous tuer tous, a-t-il remarqué. Alors pourquoi se
préoccuper de nous en empêcher ?

Et donc, en septembre 1941, les Juifs les plus
pieux de la ville ont maintenu les traditions de leurs

ancêtres. Alors que finissait septembre, finissait aussi l'année juive. En 1941, Rosh Hashanah, le Nouvel An, devait tomber au milieu du mois de septembre, et certains Juifs de Bolechow s'y préparaient. Parmi les choses qui ont lieu lorsque la nouvelle année commence pour les Juifs, il y a ce cycle hebdomadaire de relecture de la Torah qui recommence. La parashah pour le premier Shabbat de ce nouveau cycle est, bien évidemment, parashat Bereishit, qui commence avec la formation du ciel et de la terre par Dieu, et qui s'achève avec sa décision d'exterminer le genre humain par le Déluge. C'est une section qui parcourt un arc magnifique et terrifiant, de la création inspirée à l'annihilation absolue.

L'année 1941, la lecture de parashat Bereishit a eu lieu le samedi 18 octobre. La semaine suivante, le 25 octobre, parashat Noach, le récit du Déluge et de la survie de quelques-uns, aurait dû être lue. Je dois me demander combien des Juifs de Bolechow sont allés à la shul, la semaine suivante, puisque, entre le samedi 25 octobre et le samedi 1er novembre, a eu lieu à Bolechow la première annihilation de masse dont très peu sortiraient vivants – la première Aktion qui a commencé le mardi 28 et s'est achevée le lendemain. Il est donc possible, même probable, que la dernière parashah qu'ont pu entendre de nombreux Juifs de la ville a été Noach, ce récit de l'extermination divinement ordonnée, une parmi les quelques autres que nous pouvons trouver dans la Torah. Mais, même si les Juifs de Bolechow sont restés chez eux, le samedi 25, soit par indifférence, soit par peur, même si la dernière lecture de la Torah qu'ils ont entendue, dans la vieille et magnifique synagogue de la Ringplatz ou dans n'importe

153

laquelle des nombreuses shuls *plus petites et des maisons de prière de la ville, a été la première lecture de l'année, ils ont eu des raisons de s'interroger. Car* parashat Bereishit *contient non seulement des thèmes qui sont d'un grand intérêt en général – la Création bien sûr, mais aussi l'expulsion et l'annihilation, et en particulier les mensonges et les tromperies, depuis les demi-vérités séduisantes du serpent jusqu'aux tromperies intéressées qui circulent dans les familles, à commencer par la toute première famille humaine – mais encore contient en son centre l'histoire de Caïn et Abel, le plus grand récit biblique sur le péché originel fratricide, sa tentative la plus complète pour expliquer les origines des tensions et des violences qui planent au-dessus des familles, mais aussi au-dessus des peuples de la terre.*

Comprenant les seize premiers versets du chapitre 4 de la Genèse, le récit est désormais familier : comment Adam a connu Ève, qui a été enceinte et donné naissance à Caïn, un événement qui l'a poussée à prétendre, « J'ai créé un homme avec YHWH ! »; comment elle a ensuite donné naissance au jeune frère, Abel. Comment, curieusement, c'est le jeune frère qui a eu la tâche la plus plaisante de surveiller les troupeaux, pendant que l'aîné travaillait péniblement la terre, et comment lorsque les frères ont fait leurs offrandes à Dieu, les fruits de la terre et le premier-né du troupeau, Dieu a accepté l'offrande du plus jeune, mais pas l'offrande de l'aîné, et comment cela a rendu furieux Caïn, « qui avait un visage abattu ». Comment Dieu a réprimandé Caïn, en l'avertissant que le péché « était à sa porte » et qu'il devait le « dominer »; et comment Caïn n'a pas, à la fin, dominé cette impulsion pécheresse, mais a fait venir son frère dans un champ et l'a tué. Comment Dieu omniscient a exigé d'apprendre de Caïn où était son frère, question à laquelle Caïn a fait cette fameuse réponse, pleine de cette effronterie boudeuse, bien connue des parents d'enfants coupables : « Suis-je le gardien de mon frère ? » Comment Dieu clame alors que le sang d'Abel « crie du sol » et maudit Caïn, le condamnant à errer sur la terre. Puis l'angoisse de Caïn, l'expulsion, la marque sur son front.

En dépit de sa raideur archaïque, c'est une histoire qui, pour quiconque a une famille – parents, frères et sœurs, ou les deux –, c'est-à-dire tout le monde, va paraître étrangement familière. Le jeune couple, l'arrivée du premier enfant ; l'arrivée du premier frère, impliquant des émotions plus complexes, un certain compromis ; les germes d'une obscure compétition ; la désapprobation parentale, la honte, les mensonges, les tromperies. La violence dans un moment de – quoi ?

Le départ qui est à la fois une fuite et un exil.

155

Un lundi de janvier 1939, Shmiel Jäger, qui était alors un homme d'affaires de quarante-trois ans, avec une femme et quatre enfants, s'est assis pour écrire la première de ces lettres. Il est vrai que presque tous les aspects des rapports de mon grand-père avec son frère aîné doivent rester soumis à conjectures, puisque l'esprit de Shmiel s'est transformé depuis longtemps en molécules et atomes dans l'atmosphère de la petite ville de Belzec, tandis que la matière qui faisait de mon grand-père ce qu'il était s'est depuis longtemps décomposée et est retournée à la terre de ce petit emplacement du Mount Judah Cemetery, dans le Queens, réservé aux Juifs originaires de Bolechow. Mais il y a certains aspects de cette lettre, des choses concrètes, des choses que la lettre dit vraiment et que, par conséquent, je n'ai pas besoin de conjecturer, qui m'obligent à penser aux querelles de famille, à la proximité et à la distance, et à l'«intimité», non spatiales et temporelles, mais émotionnelles.

La lettre commence par une date que Shmiel a écrite comme suit : 16/1/1939. 16 janvier 1939. Je sais que le 16 janvier tombait un lundi, en 1939. Naturellement, ce fait est vérifiable de bien des façons, puisqu'il existe maintenant des sites Internet qui, en un dixième de seconde, peuvent fournir au chercheur le plus désinvolte des quantités infinies de données calendaires, géographiques, topographiques et autres. Par exemple, il y a un certain nombre de sites qui vous disent à quelle date de n'importe quelle année du siècle passé a eu lieu la lecture rituelle d'une *parashah* donnée ou portion hebdomadaire de la Torah, ou peuvent vous dire, en une fraction de seconde, quelle *haftarah*, l'extrait tiré des Prophètes, a été lue à telle date. Dans ce contexte, il semble important de noter que la pratique de la lecture de la portion *haftarah*, en supplément de celle de la Torah chaque semaine, est une évolution qui date de la période de l'oppression des Juifs par les Grecs, au cours du IIe siècle avant J.-C., une sorte de subterfuge rabbinique, puisque les suzerains grecs des Juifs avaient interdit la lecture de la Torah. En réponse à cette interdiction, les rabbins du Second Temple ont remplacé la lecture hebdomadaire des *parashot* par la lecture des Prophètes – textes qui n'étaient pas interdits. Ces extraits étaient toutefois choisis avec soin afin que la portion *haftarah* à lire ait un lien thématique fort avec la *parashah* impossible à lire de cette semaine-là (par exemple, une portion de la Torah sur les sacrifices faits par le grand prêtre pour le pardon – une *parashah* sur le rituel des boucs émissaires – pouvait être remplacée par une *haftarah* sur la purge et la rédemption conséquente du peuple d'Israël : ma *parashah*, ma *haftarah*). De cette façon, la lecture hebdomadaire du Shabbat, au cours de cette période de l'oppression des Juifs, a créé une sorte de monde narratif parallèle, dans lequel ce qui était lu l'était précisément parce que c'était un rappel de ce qui ne pouvait être lu, de ce qui était devenu, à ce moment-là, impossible à dire.

Il y a donc de nombreuses façons de vérifier différentes informations concrètes, spécifiques, sur Internet, des informations qui vous diront quand ont eu lieu certains événements. Et pourtant la méthode que j'utilise pour vérifier certains types de dates s'appuie curieusement, même si elle est aussi infaillible que les vastes archives qui sont mobilisées pour la constitution de ces banques de données, sur une seule mémoire humaine.

J'ai un jeune ami qui a l'étrange capacité de vous dire instantanément le jour précis de la semaine pour n'importe quelle date au cours des deux derniers millénaires que vous souhaitez connaître. C'est très utile pour des gens comme moi qui s'intéressent à des périodes précédant très largement l'ère des journaux quotidiens ou des calendriers muraux. Mon jeune ami, par exemple, peut vous dire que le 18 juillet 1290 – le jour où la totalité de la population juive d'Angleterre a été sommée, par un édit du roi Édouard Ier, de quitter le pays avant le 1er novembre (un mercredi) de cette même année, sous peine d'exécution capitale – était un mardi (ce mardi coïncidant avec l'observance, cette année-là, d'un jeûne, le neuvième jour du mois hébraïque d'Ab, rituel qui commémore une série de désastres pour le peuple juif, dont la destruction du Temple) ; et en dépit du fait qu'un groupe de Juifs qui fuyaient a été, de façon tristement célèbre, abandonné à une noyade certaine par le capitaine du navire qu'ils avaient engagé (*Priez votre Moïse*, leur a-t-il dit en s'éloignant, *grâce à qui vos pères ont traversé la mer Rouge* : une trahison cruelle qui a valu à cet horrible capitaine d'être pendu sur ordre du roi, choqué par ce crime perpétré contre des hommes, des femmes et des enfants innocents), les Juifs d'Angleterre sont en effet partis, la plupart d'entre eux traversant sans encombre la Manche pour trouver refuge en France… Mais Nicky peut aussi vous dire alors que le répit pour ces Juifs anglais n'a duré que jusqu'à un vendredi, seize ans plus tard, puisque le 22 juillet 1306, par un édit de Philippe le Bel (dont le trésor était dangereusement amoindri), tous les Juifs de France, dont le nombre s'élevait peut-être à des centaines de milliers d'hommes, de femmes et d'enfants, ont été chassés de ce pays, après quoi leurs maisons, leurs terres et les biens mobiliers ont été vendus aux enchères, et Philippe le Bel, en rien démonté, apparemment, par ses sensibilités religieuses contre l'usure, s'est approprié les titres des emprunts accordés à des Français chrétiens par les prêteurs juifs désormais absents (six siècles plus tard, la France était encore très mal à l'aise avec ses Juifs : le 15 octobre 1894 – un lundi –, un officier juif de l'armée française, Alfred Dreyfus, était arrêté, sur de fausses preuves, pour avoir livré des secrets militaires aux Allemands ; le procès qui a suivi, pour ne rien dire des révélations sur les opérations de camouflage du gouvernement pour protéger de hauts fonctionnaires antisémites, a constitué un scandale explosif et une source de discorde dans l'histoire de la France et de l'Europe modernes, l'atmosphère conflictuelle et fratricide étant parfaitement résumée dans le fameux « J'accuse ! », lancé comme un défi par le romancier Émile Zola au président de la République, à la une du journal *L'Aurore*, le 13 janvier 1898, qui était un jeudi. La couverture de l'affaire par les journaux a été, en fait, très large à travers toute l'Europe, fait qu'il était peut-être utile de mentionner ici, puisque, parmi les journalistes étrangers couvrant le procès, se trouvait un jeune journaliste autrichien, Theodor Herzl, qui devait devenir le fondateur du mouvement sioniste moderne et qui a, par la suite, déclaré que c'étaient son expérience de l'affaire Dreyfus et son contact avec l'antisémitisme officiel révélé au cours des débats qui avaient galvanisé sa conviction sioniste : la seule solution au problème de l'antisémitisme européen consistait dans la création par les Juifs d'une nation bien à eux – c'est-à-dire d'un endroit dont ils ne pourraient plus être chassés).

Cependant (pour revenir au XIVe siècle), il y avait d'autres endroits où aller, et il est tout à fait possible que certains des Juifs qui avaient été tout d'abord expulsés par les Anglais, puis par les Français, aient décidé de traverser les Pyrénées pour aller, disons, en Espagne. Et il est parfaitement possible qu'ils y aient prospéré, même s'il faut dire que le répit n'a pas duré ; et, en effet, il y a encore deux dates intéressantes à cet égard, qui sont le 30 mars et le 30 juillet 1492, la première étant le vendredi de la publication de l'édit d'expulsion signé par Ferdinand et Isabelle, bien connus des élèves américains comme les mécènes de Colomb, mais moins, je le soupçonne, comme les auteurs de ce document légal particulier, la seconde étant le lundi de sa prise d'effet, condamnant ainsi quelque deux cent mille Juifs à s'exiler – même s'il faut préciser que des dizaines de milliers ont été assassinés alors qu'ils tentaient de partir, certains par d'avides capitaines de navire espagnols qui les ont jetés par-dessus bord après avoir empoché le prix exorbitant de leur passage, d'autres par des Espagnols avides qui avaient entendu dire que les Juifs avaient avalé de l'or et des bijoux et qui les ont assassinés sur les bords des routes. Nous savons, toutefois, que de nombreux Juifs espagnols en fuite ont pu arriver à bon port, ayant été invités par le tolérant et avisé sultan ottoman, Bajazet, pour faire progresser son royaume (*Comment pouvez-vous dire de Ferdinand d'Aragon qu'il est un roi sage, ce Ferdinand qui a appauvri son propre pays et enrichi les nôtres ?* est-il censé avoir dit). Et, en effet, bon nombre de ceux qui se sont arrêtés avant Istanbul ont, eux aussi, bien prospéré. Il faut pourtant noter que presque tous les descendants des Sépharades en fuite qui ont fini par s'installer à Thessalonique, la grande ville byzantine, puis ottomane, de ce qui est maintenant la Grèce septentrionale – la quasi-totalité des soixante mille Juifs qui étaient les descendants directs de ces réfugiés et qui étaient vivants au début des années 1940 – ont péri, inéluctablement, au moment de l'entrée des colonnes armées allemandes dans cette ville, le 9 avril 1941, un mercredi (le premier convoi de vingt-cinq mille environ, chiffre relativement modeste au train où allaient les choses, a quitté la gare de Salonique le matin du 14 mars 1943, un dimanche). Et mon ami peut vous dire que le 29 octobre de cette même année atroce de 1941, qui, comme nous allions l'apprendre après notre visite à Bolechow, était le jour où a été tuée une des Jäger, en partie à cause du fait que Shmiel désirait être *le premier de son village* et vivait encore à Bolechow après le début de la Seconde Guerre mondiale, ce 29 était un mercredi.

Il est donc remarquable de voir comment certaines mémoires humaines sont faillibles, alors que d'autres paraissent aussi fiables que des machines.

C'ÉTAIT DONC UN lundi que Shmiel s'était assis pour écrire la lettre.

Bolechów, 16 janvier 1939

Cher Joe et chère Mina et chers enfants,

Tu dois te demander, cher Cousin, pourquoi je t'écris après tant d'années ; je t'aurais écrit sans interruption si seulement tu l'avais souhaité... J'ose espérer, que toi et ta chère famille, vous allez bien, comment vont les affaires ? Je ne le sais pas et j'espère que la réponse est « bien » – mes frères ne s'en sortent pas très bien et le pire de tout, c'est qu'ils sont tous malades ; de toute façon, je n'ai vraiment pas besoin de te raconter ce que tu sais mieux que personne.

Puisque, désormais, les temps que nous connaissons sont pour le moins étranges, pour ne pas dire incroyables, pour ce qui est des ennuis auxquels les Juifs sont confrontés, j'ose espérer que tu seras en mesure de m'aider, ne serait-ce qu'en répondant à ma lettre, si tu ne pouvais rien faire d'autre pour moi...

Naturellement, je viens vers toi avec la requête qui suit, uniquement si c'est une chose que tu es en mesure de faire : j'ai eu récemment un accident – non, un désastre –, un de mes camions a été incendié, celui pour lequel j'avais un permis, et je dois absolument en avoir un autre et il ne m'est plus possible de rassembler autant d'argent, et je ne peux pas écrire à mes frères, parce qu'ils se feraient seulement du souci, et de toute façon ils ne pourront pas m'aider.

D'un côté, je ne suis même pas sûr, cher Cousin, que tu répondras à cette lettre que je t'envoie, mais j'espère que oui. Et donc je t'en supplie : aide-moi pour ça, pour autant que tu puisses le faire. & si possible, mets-toi en contact avec mon beau-frère Schneelicht et oblige-le à m'aider, lui aussi.

Je te fais remarquer qu'au cas où je n'achèterais pas un autre camion avant le 1ᵉʳ mars 1939, mon permis d'État pour faire du commerce me sera retiré, et aussi que je suis le seul Juif du comité commercial de notre communauté à avoir un permis pour un camion.

Je ne vais pas t'écrire une lettre pleurnicharde sur la façon dont j'ai pu, jusqu'à présent, avoir un permis, et je suis le chef de famille dans une belle maison, et j'ai quatre filles superbes et bien élevées, ne me laisse pas radoter là-dessus, je veux simplement continuer à travailler et ne pas être un fardeau pour qui que ce soit.

Par conséquent, comme je sais qu'un homme d'affaires américain n'a pas le temps de lire beaucoup, je ne vais pas écrire trop longtemps, et j'espère que toi et ta chère femme, vous m'avez bien compris, et j'attendrai un appel de vous, mes très chers – vers qui devrais-je me tourner en ces temps difficiles, si ce n'est vers les miens ? – Je te serre dans mes bras et je t'embrasse et la Chère Mina et les chers enfants chéris.

Ma femme et mes chères enfants vous serrent dans leurs bras et vous embrassent plusieurs fois,

Ton Cousin
Sam

Il est clair dès la première ligne de cette lettre qu'elle n'a pas dû être facile à écrire. Et ce n'est pas parce que Shmiel avait des difficultés à s'exprimer à l'écrit : il parlait couramment, après tout, quatre langues, se débrouillait dans deux autres, et ses lettres laissent penser qu'il était plutôt content de lui pour ce qui était de ses capacités d'expression, comme du reste, sa belle maison, sa femme, ses quatre filles superbes, son statut élevé dans la petite ville où sa famille avait vécu depuis trois cents ans, ses affaires florissantes. L'allemand dans lequel il a choisi d'écrire coule plutôt facilement de sa plume. Ce n'est pas sa langue maternelle, ni celle du destinataire d'ailleurs, mais c'était, nous le savons, la *lingua franca* pour la correspondance dans la famille. La difficulté venait du fait qu'il connaissait à peine l'homme à qui il écrivait pour qu'il lui prête une somme d'argent substantielle.

Ce seul fait suggère, de manière assez poignante, à quel point Shmiel, très tôt au cours d'une année qui allait se révéler terrible, s'est inquiété pour ses affaires, pour l'entreprise florissante de commerce de viande qu'il avait créée, après avoir hérité de la boucherie dans la famille depuis des siècles et bien gérée par des générations de Jäger qui, comme il est possible de le constater froidement en examinant les registres de la communauté juive de Bolechow étonnamment nombreux ayant survécu, ont fait progresser leur sens des affaires (qualité que les certificats de naissance, de mariage et de décès ne peuvent pas, évidemment, attester) en faisant des mariages stratégiques avec des familles exerçant un commerce identique ou proche...

Sur le registre des naissances, à l'entrée correspondant à l'oncle de mon grand-père, Ire Jäger, qui est né dans la maison n° 141 à Bolechow, le 22 août 1847, fait attesté par un document, le certificat de naissance n° 446 pour l'année 1847 dans la ville de Bolechow, figure, en allemand, dans une écriture en pattes de mouche, la notation suivante dans la section des « commentaires » : *Der Zuname der unehel : [ichen] Kindes Mutter is Kornblüh [Kornbuch ?]* – « Le nom de la mère de l'enfant illégitime est Kornblüh [Kornbuch ?] ». Ce qui a attiré mon attention, en voyant ce papier pour la première fois – c'était un des documents parmi la centaine qu'Alex Dunai avait exhumés pour moi en Ukraine –, n'était pas, comme on pourrait le penser, l'adjectif *unehelich*, « illégitime » – les enfants de tous les mariages juifs étaient considérés illégitimes par les autorités étatiques qui tenaient ces registres, puisque les mariages n'avaient pas eu lieu au sein de l'Église catholique, et que les Juifs, le plus souvent, ne se souciaient pas de payer les droits exorbitants exigés pour la légitimation des naissances de leurs enfants – mais le nom de Kornblüh, un nom qui, lu à cet endroit, me paraissait un peu familier, un nom dont je me souvenais vaguement que mon grand-père l'avait mentionné dans un contexte que j'avais toutefois oublié. Mais maintenant que je voyais réapparaître ce nom oublié sur ce document, je me rendais compte qu'il avait dû, à un moment donné, me dire que c'était le nom de jeune fille de sa propre grand-mère. Cette nouvelle information en tête, je me suis connecté à jewishgen.org et j'ai consulté la banque de données connue sous le nom de Registre du commerce de Galicie de 1891, transcription d'un volume poussiéreux d'un intérêt infiniment restreint pour la vaste majorité des gens dans le monde, intitulé *Kaufmannisches Adressbuch für Industrie, Handel und Gewerbe, XIV : Galicia*, publié pour la première fois à Vienne par L. Bergmann & Comp. en 1925, et existant maintenant sous la forme d'une photocopie à la bibliothèque du British Museum – c'est-à-dire une version imprimée de l'annuaire officiel de 1891 de tous les propriétaires d'un commerce en Galicie, la province austro-hongroise à laquelle appartenait alors Bolechow. J'avais consulté cette banque de données auparavant et je savais donc déjà qu'il y figurait des Jäger de Bolechow – les prénoms mentionnés étaient Alter, Ichel et Jacob –, même si, pour des raisons qui sont tout simplement impossibles à connaître aujourd'hui, mon arrière-grand-père, Elkune Jäger, n'apparaît pas dans cet index, en dépit du fait que sur le certificat de naissance de son premier enfant avec sa première femme, en 1890, il figure bien comme *Fleischer*, boucher (première femme, premier enfant : je n'ai découvert que récemment et tout à fait accidentellement, au cours d'une recherche sur des registres devenus consultables en ligne, que mon arrière-grand-mère Taube était la deuxième femme d'Elkune ; que Elkune avait eu une autre femme, une première femme, qui était morte, ainsi que ses deux petites filles, au début des années 1890. Elle s'appelait Ester Silberszlag. J'ai commencé à rechercher l'arbre généalogique de la famille Silberszlag en ligne, j'ai ajouté de nombreux

Silberszlag au dossier généalogique de ma famille, avant de me rendre compte que je perdais des journées entières à me documenter sur une branche de ma famille qui était, comme pour certains premiers mariages dont il est question dans la Torah – celui d'Abraham, celui d'Isaac –, une impasse). Sur une intuition, j'ai tapé le nom KORNBLÜH et après avoir ronronné quelques instants, l'ordinateur a affiché le résultat, sur cinq colonnes – NOM DE FAMILLE ; PRÉNOM ; VILLE ; PROFESSION ; PROFESSION EN ANGLAIS –, qui était exactement ce à quoi je m'attendais :

KORNBLÜH CH. BOLECHOW FLEISCHER, FLEISCH-HÄNDLER BOUCHERS, VIANDES ET VIANDES FUMÉES
KORNBLÜH JAC. MAJER BOLECHOW FLEISCHER, FLEISCHHÄNDLER BOUCHERS, VIANDES ET VIANDES FUMÉES
KORNBLÜH SCHLOME BOLECHOW FLEISCHER, FLEISCH-HÄNDLER BOUCHERS, VIANDES ET VIANDES FUMÉES

Et il me paraît donc clair que, très probablement avant sa mort, le 7 mai 1845, mon trisaïeul, Abraham Jäger, a arrangé un mariage très profitable entre son fils Isak, qui avait alors vingt ans environ, et Neche Kornblüh, fille d'une famille qui était aussi dans le commerce de la viande, provenant du bétail qui paissait sur les vertes prairies dans les collines autour de ce hameau idyllique. De surcroît, je soupçonne – à en juger, peut-être de façon erronée, par l'entrée succincte mais suggestive du volume 14 (« Galicie ») du *Kaufmannisches Adress-*

buch für Industrie, Handel und Gewerbe – mes ancêtres Jäger d'avoir fait une opération légèrement plus avantageuse, parce que tous ces Kornblüh semblent avoir eu plusieurs fers au feu.

Et si l'on s'en tient à cette source précieuse, quoiqu'un peu abstruse, quelle jolie petite vie prospère a dû connaître Bolechow au milieu du XIXe siècle ! Même si je me souciais, ce jour-là, des Kornblüh et des Jäger – et que j'étais assez satisfait de la tournure prise par ma recherche, puisqu'elle m'avait apporté un arrière-plan assez cohérent pour l'entrée énigmatique du certificat de naissance de mon arrière-grand-oncle Ire –, j'ai décidé de taper simplement le nom de la ville dans la page de recherche de l'Annuaire de 1891. Cette recherche m'a procuré une liste de tous les marchands de Bolechow qui s'étaient préoccupés de s'inscrire un beau jour d'autrefois, à la fin des années 1800. En lisant les noms et les professions, dont il y avait toute une gamme, depuis le métier familier jusqu'au métier définitivement disparu, j'ai essayé d'imaginer ces voisins depuis longtemps disparus, eux aussi, de mes ancêtres Jäger. JACOB ELLENBOGEN, AGENT D'AFFAIRES, me faisait l'effet d'être un type prospère : je me le figurais avec un large visage de Slave, les yeux petits et calculateurs, pleins d'impatience et d'irritation amusée, élégant dans les vêtements qu'il avait achetés à Lemberg ou à Vienne, pressé de conclure sa prochaine affaire. L'entrée réservée à ABRAHAM GROSSBARD, BOULANGER, parce qu'elle m'évoquait à quel point le pain frais sent bon, m'autorisait à rêver à une personne d'une grande bonté et d'une grande patience ; le genre de personne qui sait qu'il faut savoir attendre, laisser les choses monter. BERL REINHARZ, le *Getreide- und Produktenhändler*, le marchand de grain et de produits, qui était installé à Skole, le petit spa près de Bolechow, devait certainement venir en ville le lundi, qui était, comme je l'ai appris plus tard, le jour du marché : un homme mince, plaisant (c'est ce que je me dis), calme et industrieux. Le quelque peu anonyme GOLDSCHMIDT, POISSONNIER, était sûrement grand et bien bâti, et non dépourvu d'un certain goût pour l'autodérision (la vie, ça pue, mais est-ce qu'on a le choix ?). GEDELJE GRÜNSCHLAG, lui, ne pense qu'aux affaires, avec son florissant *Baumaterialenhändlerei*, sa firme de matériaux de construction, doublée d'une *Holzhändlerei*, d'une entreprise de bois de construction – l'opposé, d'une certaine façon, d'EFRAIM FREILICH, un *Hadern- und Knocheshändler*, un chiffonnier. Bien évidemment, je ne savais rien du pauvre Efraim, mais je ne pouvais pas m'empêcher de penser, et je pouvais très bien me tromper complètement, que sa *nebuchl*, sa pitoyable profession, l'avait endurci ; peut-être qu'il était le genre de type qui fait beaucoup, peut-être trop, pour pousser sa famille en avant, pour progresser, pour laisser ses chiffons derrière lui...

Mais tout cela est, bien sûr, un fantasme, un abandon à la nostalgie. L'autre hypothèse, plus probable, que cet annuaire permet d'émettre, c'est que l'affaire familiale dont a hérité Shmiel, la boucherie qui s'est transformée en commerce de viande en gros et qui a exigé l'achat de plusieurs camions, camions qui ont fini par être la cause de pas mal d'ennuis – que cette affaire familiale avait été consciencieusement développée de bien des façons par ses ancêtres (c'est-à-dire par les miens)...

C'EST DONC, EN janvier 1939, la gestion de l'affaire familiale qui préoccupe Shmiel Jäger, de manière très évidente, trop évidente. Qu'est-il arrivé, exactement, à ce camion, dont dépend son affaire, l'affaire de viande en gros ? Il est impossible de le savoir aujourd'hui – même si l'imagination ne peut s'empêcher de fournir une explication dramatique. Dans ce cas, l'histoire vous prête main-forte. Car nous savons que, dès janvier 1939, le gouvernement polonais antisémite avait imposé de sévères mesures de restriction pour tous les commerces juifs, même si elles restaient moins contraignantes que celles prises par le gouvernement antisémite allemand, de l'autre côté de la frontière. En effet, après 1935, à la mort du chef autocratique mais (relativement) modéré, Józef Pilsudski, le gouvernement polonais vire nettement à droite ; admirateurs de Hitler, qui détruira bientôt la Pologne tout entière, les dirigeants de droite du pays étaient très clairs et très francs quant à leurs intentions de réduire radicalement ce qu'ils percevaient comme l'influence juive sur l'économie déclinante du pays – même si l'élite politique, avec son sens supérieur du raffinement de la civilisation polonaise, dénonçait la violence effective contre les Juifs. « Nous nous faisons une idée trop haute de notre civilisation, déclarait une proclamation du gouvernement en 1937, et nous respectons trop fermement l'ordre et la paix nécessaires à tout État, pour approuver des actes d'antisémitisme brutaux... En même temps, il faut comprendre que le pays possède un instinct qui le pousse à défendre sa culture, et il est naturel que la société polonaise cherche à obtenir une autonomie économique. » Cet antisémitisme plus mesuré, plus délicat, se reflétait dans l'appel du Premier ministre Slawoj-Skladkowski pour la « lutte économique » contre les Juifs « par tous les moyens – mais sans violence ».

Toutefois, la législation économique contre les Juifs alors mise en place a eu des effets brutaux sur des hommes d'affaires comme Shmiel Jäger. Entre 1935 et 1939, le gouvernement de la Pologne a fait la guerre aux entreprises juives, que les citoyens étaient encouragés à boycotter : les entreprises qui appartenaient à des chrétiens étaient mises en garde de ne pas faire de commerce avec des entreprises appartenant à des Juifs ; on décourageait les chrétiens de louer leurs propriétés à des Juifs ; des agitateurs antisémites faisaient leur apparition les jours de marché dans les villes polonaises, mettant en garde les chrétiens de ne pas acheter les produits des Juifs. Les étals des Juifs sur les marchés et les foires étaient souvent détruits, et les boutiquiers juifs des petites villes étaient régulièrement terrorisés par des voyous soutenus par le gouvernement. Et, dans une attaque malicieusement calculée, ne visant pas tant les entreprises juives que le mode de vie juif – même si son effet, en particulier sur des entreprises comme celle de Shmiel, est facilement imaginable –, le gouvernement polonais avait interdit le *shikte*, l'abattage rituel des animaux. Déjà fortement affectée par la Grande Dépression – dès 1934, un tiers des Juifs de Galicie avaient fait une demande pour obtenir un soutien économique quelconque –, la sécurité économique des Juifs de Pologne a été dévastée par le boycott. C'est donc à la lumière de ces événements que nous devons lire les lettres de Shmiel, qui sont remplies de références sombres aux « troubles » – même si ses véritables ennuis n'avaient, bien entendu, pas encore commencé en 1939. Et en effet, même si le désastre dans l'entreprise de Shmiel, ces ennuis avec les camions, avait été en quelque sorte accidentel, certains passages de la lettre – *les ennuis des Juifs, mon permis me sera retiré, j'étais le seul Juif à avoir un permis* – suggèrent très concrètement que, en dépit de sa prospérité antérieure, en dépit du fait qu'il avait atteint son but, être *le premier de son village*, du moins pour un temps, Shmiel, comme presque tous les autres Juifs de *ce village*, était aux abois.

Et donc, en ce jour de janvier, il s'était assis pour écrire une lettre.

Tu dois te demander, cher Cousin, pourquoi je t'écris après tant d'années ; je t'aurais écrit sans interruption si seulement tu l'avais souhaité... J'ose espérer, que toi et ta chère famille, vous allez bien, comment vont les affaires ? Je ne le sais pas et j'espère que la réponse est « bien »...

LA RAISON POUR laquelle cette lettre me fait penser de nouveau à la proximité et à la distance, c'est que, en dépit du fait qu'elle est écrite à un parent proche – son cousin germain Joe Mittelmark, le fils du frère aîné de sa mère –, on sent immédiatement une certaine raideur gênée. Notez la progression curieuse : la salutation ostensiblement chaleureuse avec ses trois « cher » répétés (repris encore

172

une fois dès la première ligne de la lettre proprement dite), suivie d'une remarque défensive appuyée (*je t'aurais écrit sans interruption si seulement tu l'avais souhaité*), qui est elle-même suivie par une phrase d'une désinvolture un peu forcée. Sans doute, cette raideur, ce ton maladroit est en partie lié au fait que Shmiel doit demander de l'argent, ce qui n'est jamais une chose agréable à faire. Mais il se trouve que je connais les autres raisons de cette maladresse, de cette distance, de cet échec à ressentir les choses, qui sont perceptibles dans cette lettre. *Tu as les cheveux des Mittelmark*, disait parfois ma mère, d'une voix sifflante, quand j'étais petit, m'exilant ainsi de ma propre identité comme quelqu'un qui partageait certains traits cruciaux de sa famille, des Jäger et des Jaeger, ces Juifs austro-hongrois, à la fois magnifiques et dramatiques, pour qui – parce que leurs beaux visages à grand front et aux yeux anormalement bleus, au fond de leurs orbites anormalement profondes, étaient simplement les manifestations physiques des qualités d'intelligence, de talent artistique, de culture et de raffinement qui, croyaient-ils, caractérisaient la famille, et que résumait le terme allemand, *Feinheit*, « raffinement », qu'ils appliquaient souvent à eux-mêmes et déniaient à ceux qu'ils désapprouvaient pour une raison quelconque – l'allure que vous aviez et à qui vous ressembliez étaient des choses particulièrement importantes. *Je déteste quand tu es aussi méchant*, me disait-elle en regardant mes cheveux ondulés. *C'est le Mittelmark en toi*.

Le fait est que je sais très bien pourquoi Shmiel se sentait si maladroit, ce lundi de janvier, en écrivant une lettre à cet homme appelé Joe. Car le Joe à qui Shmiel Jäger écrivait, en ce lundi d'autrefois, le « cher Cousin » auquel il adressait cette requête mortifiée, était un Mittelmark ; et même alors, en janvier 1939, les Jäger et les Mittelmark étaient à couteaux tirés depuis déjà une génération.

L'histoire de cette mésentente ressemble, au premier abord, à une histoire de querelle entre cousins. Mon grand-père et ses frères et sœurs étaient, après tout, fortement endettés, redevables à leur riche oncle Mittelmark de leur passage en bateau pour l'Amérique ; et il y avait le fait horrible que cette dette avait été payée (comme le considérait mon grand-père) de son poids de chair humaine, de la chair de deux des trois filles Jäger, les sœurs de mon grand-père : l'aînée, Ray, *Ruchele*, fiancée au fils repoussant de cet oncle, Sam Mittelmark, son cousin germain ; et après sa mort, *une semaine avant qu'elle ne se marie*, la cadette, Jeanette, *Neche*, mariée à ce même cousin Sam, après avoir atteint l'âge pour le faire. Tout au long de sa vie, mon grand-père a blâmé ce cousin pour ces vies malheureuses, insistait-il, et pour ce que nous savions être les morts prématurées de ces deux filles, l'une à vingt-six ans, l'autre à trente-cinq ; et il n'est pas difficile de supposer que ce ressentiment empoisonné était partagé, dans une certaine mesure, par ses autres frères et sœurs, y compris Shmiel l'esseulé.

Donc, cela ressemble à une histoire de querelle entre cousins. Mais si vous lisez attentivement entre les lignes – si, du moins, vous êtes une personne qui a grandi dans une famille d'un certain genre, une famille comprenant, par exemple, cinq frères et sœurs – vous comprenez que tout a dû commencer comme une histoire de sentiments empoisonnés entre frères et sœurs. Quand j'étais jeune, mon grand-père racontait cette histoire des mariages arrangés de ses deux sœurs à leur cousin, et comme il faisait ce récit, irrésistiblement tragique, il s'attardait surtout sur l'angoisse que ces arrangements avaient provoquée chez sa mère, qui s'était soudain retrouvée, à l'âge de trente-sept ans, veuve et mère de sept enfants jeunes et qui, après huit années de veuvage à Bolechow, de difficultés et de pauvreté, suivies d'une terrible guerre, en avait été finalement réduite à vendre – car c'était certainement le terme qui convenait – une première, puis une seconde de ses adorables filles à son riche frère de New York : le prix qu'elle avait été contrainte de payer les billets pour l'Amérique et une nouvelle vie pour sa famille. Quand j'étais jeune, mon grand-père racontait cette histoire et il disait, *Ça lui a brisé le cœur !* Et j'écoutais et je me disais, Comme c'est dramatique, comme c'est tragique, ces épouses vendues, ces épouses de la mort ! Mais aujourd'hui, quand je repense à cette histoire, je me dis, Quel genre de frère obligerait une sœur qu'il aime à consentir à un tel mariage, franchement ? Et je me pose des questions sur les rapports de mon arrière-grand-mère Taube et de son frère.

Mais, évidemment, entre frères et sœurs, il peut y avoir des problèmes. Entre frères et sœurs, il peut y avoir des choses apparemment minuscules et insignifiantes qui peuvent couver sous la surface quand grandissent ensemble, dans une petite maison, de nombreux enfants, trop nombreux peut-être, choses qui ensuite explosent dans la rage ou la violence, ou les deux. Maintenant, quand je me demande, Qui ferait ça à sa sœur ?, je pense à d'autres choses dans l'histoire de ma famille, des choses qui appartiennent à un passé lointain et d'autres plus récentes. Je pense à la façon dont, quand j'avais dix ans et lui huit, j'ai cassé le bras de mon frère Matt, cassé comme ça dans un accès de rage au cours d'une bagarre, un jour, dans le jardin derrière la maison de mes parents, cassé comme on casse une branche, et maintenant je sais que, quelle qu'ait pu être la raison immédiate de ma violence, les raisons véritables étaient plus troubles : la couleur de ses cheveux, le fait qu'on lui avait donné comme deuxième prénom Jaeger, que je croyais mériter plus ; le fait qu'il aimait le sport et avait des copains à l'école, le fait qu'il était né trop vite après moi. Proches par l'âge, nous ne l'étions pas autrement : je ne me souviens pas d'avoir jamais recherché sa compagnie, quand j'étais enfant, et je suis sûr qu'il ne voulait pas de la mienne. Je préférais de loin celle de notre plus jeune frère, Eric, qui s'intéressait comme moi (en plus talentueux, on s'en apercevrait rapidement) à la peinture, au dessin, à l'art, et à qui j'ai essayé d'apprendre, quand j'avais dix ans et lui six seulement, ce qu'était l'Égypte ancienne, ma passion de l'époque, uniquement pour avoir quelqu'un à qui en parler. Dans notre cave, je me fabriquais des costumes : des couronnes de pharaon avec des bonbonnes de javel vides, des grands colliers et des kilts en carton, la tenue parfaite de l'oppresseur des Hébreux. Dans ma chambre, à l'étage, je mettais mon costume d'apparat pharaonique, je brandissais ma crosse et mon fléau, et avec mon égoïsme d'aîné, ma vanité non négligeable, j'obligeais Eric à réciter à haute voix les noms et les dates des dynasties, ce qu'il faisait volontiers parce qu'il voulait (je m'en aperçois maintenant, trop tard) que je l'aime, alors que moi, je voulais simplement ne pas être seul dans mes jeux étranges. Nous étions donc là, moi assis sur un petit fauteuil de bureau en chêne, portant une couronne en plastique peinte en bleu, Eric agenouillé devant moi, bredouillant des noms et des dates dont il se fichait éperdument, pour essayer de me faire plaisir.

À l'égard de Matthew, dont j'avais cassé le bras en deux, j'ai été, je m'en rends compte à présent, moins cruel. Peut-être que c'est pour cette raison que, contre toute attente, c'est Matthew qui est devenu mon compagnon et mon partenaire dans la quête de Shmiel : car les centaines de photos de nos voyages, d'abord à Bolechow, puis en Australie, en Israël, en Scandinavie et, finalement, en Ukraine une dernière fois, ont été, avant tout, des images qui sont passées à travers ses yeux fauves, ces yeux enfoncés dans un visage identique à ceux de ces icônes devant lesquelles, pendant des générations, les membres de la famille de sa femme, grecque orthodoxe, ont prié. Et c'est peut-être pourquoi Eric, le frère que, dans ma vanité et mon arrogance, dans ma croyance égocentrique que ce qui m'intéressait l'intéresserait forcément, dans mon désir de le transformer en satellite lunaire de la planète que j'étais, celui dont j'avais cru faire mon compagnon, est devenu le frère que je me suis aliéné, après toutes ces années d'insouciance de ma part.

Ces silences meurtriers entre frères sont aussi typiques de ma famille que peuvent l'être certains gènes. Je pense à mon père qui, pendant trente-cinq ans, n'a pas adressé la parole à son frère aîné, dont il avait été autrefois très proche, mon oncle Bobby que mon père, quand il était enfant dans le Bronx, avait observé en silence chaque matin (je l'ai appris seulement après la mort de Bobby) pendant qu'il attachait les prothèses encombrantes à ses jambes fines comme des crayons. Bobby, dont la polio – c'est souvent le cas – a resurgi plus tard au cours de sa vie, pour le tuer, et aux funérailles duquel, quelques mois avant que mes frères, ma sœur et moi partions à la recherche du frère inconnu de mon grand-père, mon père a lu un éloge si poignant, d'une émotion si crue, que j'ai compris à ce moment-là que la raison pour laquelle il ne lui avait pas parlé pendant toutes ces années était que son émotion était trop intense et non trop dérisoire. Je pense à la façon dont mon père, comme dans une bizarre équation à somme nulle, dès qu'il s'était remis à parler à Bobby, avait perdu contact avec son autre frère, un homme charmant, grand, portant jusqu'à l'âge adulte et à la vieillesse même les traces (presque invisibles désormais) d'une terrible acné, qui est né le même jour que Matt et qui, photographe amateur éclairé, a été la première personne à encourager Matt dans un hobby qui allait devenir sa profession.

Je pense aussi à mon grand-père, à la façon dont il s'était montré à la fois impérieux et condescendant envers Oncle Julius, qui n'avait pas commis d'autres péchés que d'être peu séduisant et peu raffiné, de manquer de *Feinheit*. Je pense à mon grand-père et à Shmiel, et je me demande encore une fois ce qui a bien pu se passer entre eux, quelle bouffée d'émotion méconnue et méconnaissable, qui m'a poussé, un jour, à casser le bras de mon frère, a conduit mon grand-père à faire quelque chose de bien pire, quelque chose dont j'ai commencé à me préoccuper, seulement après avoir découvert les lettres de Shmiel.

Car, lorsque Shmiel s'est assis pour écrire cette lettre, ce lundi de janvier 1939, il avait besoin d'argent pour sauver son camion ; à la fin de l'année, ce serait pour sauver sa vie qu'il supplierait qu'on lui envoie de l'argent. Entre janvier et décembre 1939, date à laquelle la dernière lettre a pu passer, le frère de mon grand-père n'a cessé d'écrire pour demander de l'argent à mon grand-père, à leur jeune sœur, Jeanette, un argent destiné non plus à ses camions ou à des réparations, mais à l'achat de papiers, de déclarations sous serment, de papiers d'émigration pour (d'abord) les quatre filles, pour deux filles (un peu plus tard), pour une fille peut-être (finalement), « la chère Lorka », comme il appelait en plaisantant sa fille aînée, dont le prénom, je l'ai appris d'un certificat de naissance qui m'a été envoyé, il y a quelques années, par les Archives de l'État polonais, était Leah.

Si l'état de crise ne cesse immédiatement, il sera impossible d'endurer la situation. S'il était seulement possible pour le cher Sam [Mittelmark] de se procurer une déclaration sous serment pour la chère Lorka, cela rendrait les choses un peu plus faciles pour moi.

Je m'aperçois, en relisant ces lettres, que ce qui les rend si étrangement émouvantes est dû au fait qu'elles sont adressées à la deuxième personne du singulier. Chaque lettre est adressée à un « tu » – « Je te salue et t'embrasse du fond du cœur » est l'adieu préféré de Shmiel – et pour cette raison, il est difficile, en lisant ces lettres, des lettres adressées à d'autres, de ne pas se sentir impliqué, de ne pas se sentir vaguement responsable. Lire les lettres de Shmiel, après que nous les avons trouvées, a été ma première expérience de l'étrange proximité des morts, qui parviennent cependant à rester hors d'atteinte.

À mesure que les requêtes d'argent se faisaient plus véhémentes, les références faites par Shmiel aux « troubles » devenaient plus stridentes. Au début du printemps, il écrit à mon grand-père une lettre amère qui commence ainsi : *J'ai eu 44 ans le 19 avril de cette année et jusqu'à présent je n'ai pas eu une seule bonne journée, c'est chaque fois quelque chose de différent.* Il poursuit :

Comme les gens qui ont de la chance dans ce domaine sont heureux – même si je sais bien que, en Amérique, la vie ne sourit pas à tout le monde ; au moins, ils ne sont pas paralysés par une terreur constante. La situation concernant les permis pour les camions empire de jour en jour, les affaires sont gelées, c'est la crise, personne n'a de travail, tout est tendu. Que Dieu fasse que Hitler soit réduit en miettes ! Nous pourrons alors respirer de nouveau, après tout ce que nous avons subi.

Un peu plus tard, cependant, dans une lettre à sa sœur Jeanette, il est clair que « l'état de crise » fait référence à autre chose que les soucis professionnels :

En lisant les journaux, tu sais un peu ce que les Juifs subissent ici ; mais ce que tu sais n'est que le centième de ce qui se passe : quand tu marches dans la rue ou quand tu roules sur la route, tu as à peine dix pour cent de chances de rentrer chez toi avec ta tête et tes jambes d'un seul tenant. Tous les permis de travail ont été retirés aux Juifs, etc.

Il y a donc une escalade : la violence physique dont le gouvernement polonais se croyait volontiers à distance était, de toute évidence, une réalité pour les marchands juifs de Galicie déjà opprimés économiquement. Et nous savons, grâce à des articles des journaux de l'époque, qu'à la fin des années 1930 en Pologne le nombre des attaques violentes contre les Juifs augmente nettement : dans cent cinquante villes, entre 1935 et 1937, près de 1 300 Juifs ont été blessés et des centaines ont été tués par... hé bien, par leurs voisins : les Polonais, les Ukrainiens, avec qui ils vivaient côte à côte plus ou moins paisiblement, « comme une famille » (comme me l'a dit une vieille femme de Bolechow, par la suite), pendant tant d'années... jusqu'à ce que quelque chose eût lâché et les liens se fussent dissous. *Les Allemands étaient méchants*, avait l'habitude de me dire mon grand-père en décrivant – à partir de quelle référence, de quelle source, de quelle rumeur, je ne le sais pas et je ne peux pas le savoir – ce qui était arrivé aux Juifs de Bolechow pendant la Seconde Guerre mondiale. *Les Polonais l'étaient encore plus. Mais les Ukrainiens étaient pires que tout.* Un mois avant que j'aille en Ukraine avec mes frères et ma sœur, je me trouvais dans le hall d'entrée étouffant du consulat ukrainien dans la 49e Rue Est à New York, attendant pour un visa, et pendant que j'étais là, j'ai regardé les gens autour de moi, qui parlaient entre eux, avec animation et exaspération souvent, en ukrainien, criant en direction de l'unique préposé derrière la vitre blindée, et la phrase, *Les Ukrainiens étaient pires que tout*, m'a traversé l'esprit, plusieurs fois, acquérant une sorte de rythme propre.

C'est dans ces dernières lettres que le ton de Shmiel commence à être paniqué. Dans une lettre à mon grand-père, écrite probablement à l'automne 1939 – il y demande comment s'est passé l'été pour mon grand-père –, il parle de la possibilité d'envoyer ne serait-ce qu'une de ses filles à l'étranger, faisant allusion une fois de plus à sa situation financière difficile :

Si seulement le monde était ouvert et que j'étais en mesure d'envoyer une enfant en Amérique ou en Palestine, ce serait plus facile, puisque les enfants coûtent aujourd'hui beaucoup d'argent, particulièrement les filles...

Dieu bien-aimé devrait seulement accorder que le monde soit paisible, parce qu'il est, à présent, complètement assombri par les nuages. On vit dans une terreur constante.

Ne soyez pas broyges [yiddish pour « en colère »] *avec moi, mes très chers, parce que je vous écris toutes ces lettres dans cette veine pessimiste, ce n'est pas étonnant – dans la vie, à présent, il y a tant d'occasions pour les gens d'être si maléfiques entre eux...*

Je t'ai maintenant écrit tant de fois, cher Aby...

IL EST DIFFICILE de ne pas noter le ton de reproche de la dernière ligne.

Il est clair que, à la fin de 1939, Shmiel était obsédé par l'idée de faire sortir sa famille de Pologne. Dans la dernière lettre à sa sœur Jeanette et à son beau-frère, Sam Mittelmark, il a l'air d'avoir l'esprit très agité :

En tout cas, voici ma mission : il arrive main-tenant que de nombreuses familles peuvent partir, et ont déjà émigré, en Amérique, pourvu que leurs familles là-bas fassent un dépôt de 5 000 dollars, après quoi ils peuvent faire sortir leur frère et sa femme et enfants, et ensuite ils récupèrent le dépôt ; et j'ai idée qu'ils prennent aussi les titres et peut-être que tu pourrais t'arranger pour m'avancer le dépôt ; l'idée est que, avec l'argent en mains sûres, je ne serai pas, une fois en Amérique, un fardeau pour qui que ce soit. Sans quoi je n'aurais pas pris contact avec toi sans argent ; si je devais vendre tout ce que je peux vendre, il me restera environ 1 000 dollars, sans compter les coûts pour apporter en Amérique, mais bien sûr tant qu'il y a la possibilité que je puisse nous sau-ver tous, alors il n'est pas question de le faire, comme tu sais.

SHMIEL A ÉTÉ un homme d'affaires toute sa vie ; voilà pourquoi, au premier abord, il ne parle qu'affaires, faits et chiffres. Mais rapidement une pointe de désespoir s'insinue. J'ai toujours eu du mal à lire ce qui suit :

Tu devrais te renseigner, tu devrais écrire pour dire que je suis le seul membre de ta famille qui soit encore en Europe, et que j'ai une formation en méca-nique automobile et que j'ai déjà été en Amérique de 1912 à 1913...

(IL FAIT ICI allusion, bien sûr, à la visite désastreuse qu'il a faite, à l'âge de dix-huit ans, chez son oncle

Abe, voyage qui l'avait convaincu que le retour en Pologne serait la clé de son succès)

... peut-être que ça pourrait marcher... En ce qui me concerne, je vais envoyer une lettre, écrite en anglais, à Washington, adressée au président Roosevelt, et je vais lui dire que tous mes frères et sœurs, et ma famille entière, sont en Amérique et que mes parents sont même enterrés là-bas... peut-être que ça va marcher. Consulte ma belle-sœur Mina et peut-être qu'elle pourra te donner des conseils à ce sujet, parce que je veux vraiment sortir de ce Gehenim *avec ma chère femme et mes quatre enfants chéries.*

Ma belle-sœur Mina : Minnie Spieler, dont j'avais l'habitude de me moquer et que je m'efforçais d'ignorer.

Shmiel orthographie le nom du président, *Rosiwelt*, et le nom de la capitale, *Waschington*, et d'une certaine façon, cela a pour effet de dissoudre le calme scientifique avec lequel j'essaie de déchiffrer, lorsque je lis ces textes, le cours de la pensée de Shmiel. Je pense à cet homme. Je pense à lui en train d'écrire cette lettre à la fois suppliante et enjôleuse, cette lettre au « président Rosiwelt » à « Waschington », et puis je pense à tout ce que Shmiel a été, et à l'idée qu'il se faisait de lui-même dans le monde ; je pense, en fait, à la façon dont il conclut cette lettre singulière en réaffirmant son orgueil premier –

Mais je souligne ici pour vous tous que je ne veux pas partir d'ici sans avoir quelque chose à moi pour vivre... la vie est la chose la plus précieuse qui soit, aussi longtemps qu'on a un toit pour s'abriter et du

pain pour manger, quand tout va bien et que tout le
monde est en bonne santé. Je termine cette lettre
pour aujourd'hui et j'attends une réponse rapide à
l'ensemble de mes questions & ce que vous avez à
dire à ce sujet

– je pense à tout cela, et je ne peux pas m'empêcher de me demander si le fonctionnaire de
Washington, après avoir ouvert, à un moment
quelconque en 1939, cette lettre avec ce timbre
étrange, cette lettre écrite dans un anglais guindé
de lycéen, s'est soucié de la lire ou l'a simplement
rejetée en considérant que ce n'était, après tout,
qu'une missive indéchiffrable de plus d'un petit
Juif en Pologne.

DANS TOUTES LES histoires que j'entendais autrefois
sur la façon dont Shmiel et sa famille étaient
morts, il y avait une référence au crime horrible,
à l'horrible trahison : le méchant voisin peut-être,
la bonne polonaise infidèle peut-être. Mais aucune
de ces trahisons n'inquiétait autant que la possibilité d'une autre qui était bien pire.

Comme sa maison et ses biens, et finalement sa
vie, ont été enlevés à Shmiel, les seules lettres
ayant survécu sont celles qui ont été reçues de
Pologne et non celles qui y ont été envoyées. Et
nous n'avons, par conséquent, aucun moyen de
savoir comment, ou si, les autres, les proches
parents de Shmiel – pas la bonne polonaise, pas
les voisins juifs (ou polonais, ou ukrainiens), mais
le cousin, le frère, la sœur, le beau-frère, tous ceux
à qui il avait écrit frénétiquement – ont répondu.
Et s'ils ont répondu, avec quelle ardeur ? J'ai lu ces
lettres bien des fois et je m'inquiète maintenant de

savoir si on a assez fait pour eux. Vraiment fait quelque chose, je veux dire. Il est vrai que dans une lettre, qui est adressée à mon grand-père, Shmiel fait référence à une somme d'argent qu'il a reçue – quatre-vingts dollars. Il y a donc bien eu une réponse. Et la déclaration sous serment ? Pourquoi, compte tenu de la fréquence et de l'intensité des lettres de Shmiel à ses frères et sœurs à New York, se plaint-il toujours de n'obtenir de réponse de personne ? À l'automne 1939 :

Cher frère chéri et chère belle-sœur chérie,

Puisqu'il y a si longtemps que je n'ai pas eu de lettre de vous, j'en envoie une rapidement pour vous rappeler de me faire savoir comment vous allez tous et en particulier comment va toute la chère famille. Cela fait aussi bien longtemps que je n'ai pas eu de lettre de Jeanette. Pourquoi ? Je n'en ai pas la moindre idée...

ou :

Écris-moi plus souvent, c'est comme si on me donnait une vie nouvelle et je ne me sentirai pas aussi seul.

La chère Ester va vous écrire un post-scriptum de sa main. Je vous serre dans mes bras et vous embrasse de tout mon cœur, et vous me manquez,

Votre Sam

ou, plus accablant encore :

Cher Aby,

J'étais sur le point d'envoyer ceci quand j'ai reçu ta lettre.

Tu reproches à ma chère femme de ne pas s'être tournée vers son frère et sa sœur. Et donc je t'écris pour te dire que tu as perdu la tête. Elle leur a déjà écrit et n'a jamais obtenu de réponse. Que devrait-elle faire ?

Évidemment, il n'y a pas moyen de savoir ce qui s'est passé exactement ici entre les frères. Ce qui ressemble, dans une lecture froide des mots eux-mêmes, à une certaine inhumanité de la part de mon grand-père pourrait bien avoir été, après tout, quelque chose de plus innocent. Peut-être existe-t-il, parmi les trésors cachés dans les greniers et les fosses septiques des maisons encore debout, qui ont autrefois appartenu aux Juifs de Bolechow, une cachette remplie de lettres, d'albums de photos, de bijoux, enveloppés dans des couvertures et fourrés dans une valise en cuir, elle-même plongée dans le purin, et parmi ces lettres, peut-on en trouver une avec un timbre américain, qui commence par ces mots, *Cher frère, nous avons épuisé toutes les possibilités ici, mais nous ne pouvons pas réunir la somme à laquelle tu faisais référence. Ester a-t-elle essayé d'écrire à ses frères et sœurs aux États-Unis ?*... Peut-être. Comme toutes les lettres que mon grand-père, Jeanette et Joe Mittelmark ont (peut-être) écrites à Shmiel sont depuis longtemps tombées en poussière, nous ne pouvons rien savoir.

J'ai néanmoins essayé. Au cours du mois qui a précédé notre départ en Ukraine, j'ai organisé une réunion de ma mère et de ses cousins – les enfants survivants des frères et sœurs de Shmiel – pour leur demander quels souvenirs ils gardaient de cette époque, juste avant la guerre, au moment où arrivaient encore les lettres de Shmiel. Ces trois cousins avaient grandi ensemble, parfois dans les mêmes immeubles, dans le Bronx ; ils savaient tous les mêmes choses. Nous nous sommes assis, un après-midi de juin 2001, dans le patio du cousin de ma mère à Chicago, et ils se sont remémorés. Mais ils n'étaient pas assez âgés, ils n'étaient pas assez proches de ce qui se passait, pour pouvoir savoir avec exactitude ; ce dont ils étaient certains, de façon catégorique, c'était que tout le monde adorait Shmiel et que tout ce qu'il était possible de faire pour lui l'avait été. Je voulais des faits établis, des détails, une histoire, une anecdote qui aurait eu l'asymétrie réconfortante de la vérité, mais je n'ai obtenu que le doux ronronnement des platitudes rassurantes.

Le cousin de ma mère, Allan, notre hôte, a dit avec fermeté, Ils auraient fait tout ce qui était possible pour les sortir de là.

Allan est le fils de la sœur cadette, celle qui m'avait écrit autrefois, *Je ne vais pas te dire quand je suis née parce qu'il aurait mieux valu que je ne sois jamais née*, et je ne me demande jamais pourquoi il est devenu psychologue.

Les autres ont approuvé avec enthousiasme.

Je me souviens du moment où la nouvelle est arrivée, après la guerre, qu'ils étaient tous morts, a dit d'une voix traînante l'autre cousine de ma mère, Marilyn.

Marilyn a deux ans de plus que ma mère, mais elle a un front, un nez et une mâchoire d'une douceur, d'une délicatesse presque translucide qui lui viennent, me confie-t-elle inutilement, de sa mère, la tante préférée de ma mère, Jeanette (c'était *sa peau* à elle qui était tellement belle, mais on peut le voir sur les *photos*, a-t-elle dit à un moment donné, pendant ce week-end, avec ce surprenant accent profond du Sud qu'elle a pris, après tant d'années loin du Bronx. *Phoooh-tos*. J'ai de nombreuses photos de la mère de Marilyn – l'une dans une somptueuse robe de mariée en dentelle que ses riches cousins, sa belle-famille à présent, avaient achetée pour parer l'épouse captée ; l'autre a été prise juste avant sa mort, à l'âge de trente-cinq ans. Dans la dernière, me dit ma mère, Jeanette était muette, incapable de parler à cause de la première des attaques qui allaient finalement la tuer – et je suis obligé d'être d'accord, car la beauté légendaire dont j'ai si souvent entendu parler n'a rien d'évident sur ces photos de ce qui semble être simplement une dame juive du début du siècle dernier plaisante à regarder. Je me demande à présent si la raison pour laquelle je me suis senti bizarrement soulagé d'entendre sa fille me dire, presque cinquante ans après sa mort, qu'elle était réellement une beauté, ne tenait pas au fait de ne pas vouloir encore admettre, à ce moment-là, l'idée que tant d'histoires de ma famille étaient peut-être des embellissements ou même des inventions).

En tout cas, Marilyn répondait maintenant à ma question concernant ce qui avait été fait ou non pour Shmiel par ses parents, qui étaient après tout les destinataires de deux de ces lettres au moins ; mais alors qu'elle était incapable de se souvenir de les avoir jamais entendus discuter des requêtes de Shmiel avant la guerre, Marilyn avait des souvenirs précis du jour où, des mois après la fin de la guerre, ils avaient appris la nouvelle que lui, sa femme et leurs enfants avaient été tués avec tous les autres.

Je me souviens du jour où la nouvelle est arrivée, m'a dit cette séduisante dame du Sud, en me fixant de ses yeux bleus écarquillés, un peu surpris. Il n'y a pas eu que des larmes – il y a eu des *cris*.

Qui sait ce qui a pu se passer entre ces frères et sœurs, il y a soixante-dix ans ? Impossible de le dire. À un moment donné, pendant la conférence des cousins à Chicago, j'ai pris les photocopies des traductions que j'avais faites des lettres de Shmiel à ses divers parents, et je les leur ai fait lire.

Non, non, non, a dit ma mère, en repoussant sa lettre au milieu de la table. Je ne veux pas les lire, c'est trop triste.

Puis, elle a émis ce son légèrement sifflant, gloussant et triste, de la langue qu'elle a toujours fait quand elle est sur le point de prononcer le mot yiddish *nebuch*, qui veut dire quelque chose comme *Quelle chose terriblement pitoyable*.

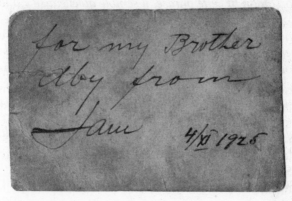

Lorsque Caïn s'offense du fait que Dieu a préféré l'offrande de son jeune frère à la sienne, Dieu le réprimande : « Pourquoi es-tu irrité et pourquoi ton visage est-il abattu ? Si tu es bien disposé, ne relèveras-tu pas la tête, et si tu n'es pas bien disposé, le péché n'est-il pas à la porte ? Qui te convoite. Et pourras-tu le dominer ? »

Rachi est très soucieux d'expliquer cette image frappante et plutôt mystérieuse du péché, décrit comme un animal femelle, tapi à la porte. Où est-elle tapie, cette bête ? nous demandons-nous. À la porte de quoi, exactement ? « À l'entrée de ta tombe », répond Rachi, c'est là « que ton péché est conservé ». Mais, pour lui, plus importante encore que la signification de ce passage est celle de l'antécédent du « qui te convoite ». Le texte hébreu est ici assez contrariant. « Péché » en hébreu se dit hatâ't, nom féminin, et par conséquent nous devrions avoir littéralement un pronom au féminin, t'shukâtâh – qui correspondrait à « elle te convoite ». Et pourtant l'hébreu emploie ici un masculin plutôt qu'un féminin : t'shukâtu, « il te convoite ». C'est-à-dire que lorsqu'on lit cette phrase, il semble qu'elle dise « il te convoite », auquel cas le « il » se référerait probablement à Abel. Par conséquent, le sens de la phrase semblerait être quelque chose comme « son désir de toi » – c'est-à-dire de se réconcilier avec toi, de maintenir de bonnes relations avec toi, son frère – « mais tu le domineras » – en d'autres termes, tu rejetteras cet élan de bonne volonté fraternelle, ou peut-être plus précisément, tu réprimeras toute réaction de bonne volonté qui monte involontairement en toi.

Toutefois, Rachi s'empresse, pour une raison quelconque, d'exclure cette lecture. Et il affirme donc que l'antécédent du « qui te convoite » ne se trouve pas dans le texte – c'est une phrase qui est, en fait, une paraphrase du mot « péché », yêtzer hârâh, « l'élan vers le mal ». Comme cette formule est un masculin, Rachi contourne ainsi la difficulté du pronom masculin dans le texte en fournissant un antécédent masculin qui n'est pas véritablement dans le texte. Dans la mesure où c'est excessif du point de vue des règles courantes de l'amendement des textes – et du fait que la ruse de Rachi entraîne d'autres difficultés d'interprétation, la moindre n'étant pas le fait que Caïn ne « domine » assurément pas ses impulsions pécheresses, ce qui correspond à la façon dont l'interprétation laborieuse de Rachi voudrait nous faire lire ce texte – il est important de se demander pourquoi il s'empresse d'exclure la lecture la plus naturelle, qui se trouve être la lecture qui nous impose de réfléchir, entre autres choses, à la dynamique tortueuse de l'agression, de la honte coupable et du pardon hésitant entre frères qui se querellent.

Mais, en même temps, qui ne trouve pas les moyens de faire dire aux textes que nous lisons ce que nous voulons qu'ils disent ?

2

Le son du sang de ton frère

БОЛЕХІВ

LORSQUE NOUS SOMMES entrés dans Bolechow, mes frères, ma sœur et moi, ce dimanche d'août 2001, nous étions depuis quatre jours déjà en Europe de l'Est, et nous n'étions pas de bonne humeur. On voyageait ensemble, tous les quatre – Andrew, Matt, Jennifer et moi – pour la première fois depuis… quand ? Je pense que ce devait être 1967, lors des fameuses et « uniques » vacances de la famille à Ocean City, dans le Maryland, fameuses dans mon esprit moins pour le mot entre guillemets qu'en raison du fait qu'a été diffusé, au cours de ces vacances, le dernier épisode de la série télévisée *Le Fugitif*, et alors que j'avais supplié mes parents de ne pas me laisser dormir pendant cet épisode ultime, eux, croyant bien faire, ne m'avaient pas réveillé, ce qui fait que je n'ai jamais su ou du moins su avec suffisamment de détails pour être satisfait dans quelles circonstances le véritable assassin était démasqué, jamais eu la satisfaction de voir le moment où le manchot était arrêté, le coupable pris et l'innocente victime libérée, après tant d'années passées à être pourchassée, enfin libérée... Je crois que c'était aussi lointain que ça, trois décennies et demie, la dernière fois que tous les enfants de mes parents, ou du moins un pourcentage significatif, avaient voyagé ensemble. Nous avons grandi dans une modeste maison sur deux niveaux, mes frères, ma sœur et moi, les quatre garçons dormant deux par chambre ; mais depuis cette époque, nous avons perdu l'habitude d'être ensemble dans des espaces réduits pour une durée quelconque.

Comme j'ai fait des études classiques, je sais que le mot « intime » vient du latin *intimus*, qui est la forme superlative de l'adverbe *in*, lequel signifie la même chose qu'en anglais – la forme comparative étant un autre mot familier en anglais, *interior*. *In*, *interior*, *intimus* : dedans, plus dedans, le plus dedans. Je sais que pour bien des gens qui ont des familles, ces mots vont dessiner une vérité qui coule de source : à savoir que ceux qui ont grandi *au-dedans* d'une famille se sentiront, parce qu'ils ont partagé le même espace, le même *intérieur*, plus proches, plus *intimes* qu'avec n'importe quelle autre personne, y compris les gens qu'ils ou elles ont épousés. Mais je sais aussi, grâce à mon expérience et à d'autres expériences, qu'être aussi intime, avoir un accès aussi privilégié à l'intimité de ceux qui vous sont les plus proches par le sang, aura parfois un effet opposé, poussant les membres de la famille à se fuir les uns les autres, à chercher – nous employons invariablement le sens littéral et le sens figuratif, de nos jours – plus d'« espace ».

C'est, je le soupçonne, au moins en partie pour cette raison que mes frères, ma sœur et moi n'avons pas passé beaucoup de vacances ensemble. En écrivant ces mots, je pense à la plaisanterie amère, mais suggestive, faite un jour par mon plus jeune frère – celui qui n'était pas venu avec nous, sans doute à cause d'un excès d'intimité – sur les rapports que nous entretenions. *Nous sommes proches, un peu à la façon dont pouvaient l'être les gens dans le même camp de concentration*, avait-il balancé.

On nous raconte qu'Abel a changé de vie pour devenir un gardien de troupeaux, pendant que Caïn restait à travailler la terre – le commentateur Emès LeYa'akov a beaucoup de choses à dire sur les différents verbes « être » employés pour chacun des frères – et Rachi pense que nous devrions nous demander pourquoi. Pourquoi ? Parce que, dit Rachi, la terre a été maudite par Dieu, et par conséquent le jeune frère « s'est détaché du travail de la terre ». Il y a, en fait, une tension continue tout au long de la Torah entre ceux qui

travaillent la terre et ceux qui gardent les troupeaux
– de même qu'il y a un motif, c'est célèbre, continu et
encore plus frappant sur le conflit meurtrier entre frères
aînés et cadets. À la lumière de ce dernier, il est important de noter que c'est toujours le plus jeune frère qui
parvient à se faire aimer du père – ou de la figure de
l'autorité – et à trouver, par conséquent, le type de travail le plus prestigieux (berger, disons, ou conseiller du
pharaon), phénomène qui, nous ne pouvons nous
empêcher de le penser, explique en partie le ressentiment du frère aîné qui alimente sa colère fatale (même
ici, dans la Genèse, si tôt dans notre récit, certains lecteurs seront frappés par le choix méticuleux d'un
métier par Abel qui – comme le suggère le commentaire
de Rachi – va lui valoir, Abel le sait bien, l'approbation
de Dieu, dont il cherche, cela me paraît clair, à se faire
bien voir). En effet, Rachi remarque aussi que
l'offrande de Caïn à Dieu était « des plus pauvres » –
une déduction qui s'appuie en fait sur ce qui n'est pas
dans le texte, c'est-à-dire sur une description quelconque de l'offrande de Caïn ; alors que l'offrande
d'Abel est décrite comme étant la mieux choisie. Avec
perspicacité, Rachi note ensuite que Dieu, non seulement a réagi à ces offrandes, l'une agricole, l'autre
ovine (« Il agréa... il n'agréa pas »), mais il a dû faire
connaître Sa réaction, en quelque sorte, aux deux
frères, puisqu'il est clair que Caïn a su que Dieu avait
rejeté son offrande.

Mais ce qui est frappant ici, c'est la tension entre
les travailleurs qui sont liés à la terre maudite – les
fermiers – et ceux dont le mode de vie dépend de possessions mobiles, comme les troupeaux de moutons. Je pense au ressentiment de Caïn – à la façon
dont certains fermiers doivent être envieux de ceux

qui, nés sur le même sol qu'eux, dans le même pays, semblent plus chanceux, parce qu'ils ont le luxe de pouvoir s'éloigner et parce que leur richesse semble s'accroître d'elle-même, et parce que cette richesse semble, elle aussi, mobile. Je pense à la façon dont les tensions naturelles entre frères et sœurs, entre ceux qui grandissent très près les uns des autres et qui se connaissent trop bien, peuvent être exacerbées par des ressentiments et des envies d'ordre économique. Je pense à certains frères qui ne bougent pas, qui essaient de gagner leur vie sur une terre qui n'est pas généreuse, et à d'autres frères qui vont tenter leur chance ailleurs.

Et je pense aussi à des frères et sœurs d'un autre genre, ceux qui ont grandi très près les uns des autres et qui se connaissent trop bien, certains forcés de travailler la terre, d'autres, apparemment plus chanceux, capables d'aller ici et là avec leur richesse constamment (en apparence) croissante. Je pense, naturellement, aux Ukrainiens et aux Juifs.

COMME JE L'AI dit, il s'était mis à pleuvoir dès le début de notre voyage en Europe de l'Est – un crachin constant, froid et humide, assez fort pour irriter, sans jamais apporter le soulagement enivrant de la grosse averse. Après des mois d'anticipation de ce voyage familial dramatique – le retour au *shtetl* ancestral était à présent un tel cliché que nous nous moquions un peu de nous-mêmes en élaborant les plans compliqués nécessaires à l'embarquement dans le même avion au même moment de quatre adultes ayant chacun une profession à exercer – le temps inlassablement misérable, depuis le jeudi matin de notre arrivée à Varsovie et du transfert pour le vol de liaison jusqu'à l'aéroport de Cracovie, où le grand et blond Alex Dunai attendait, avec un grand sourire et un petit carton qui annonçait, tristement, MENDELSOHN, semblait se moquer de toute cette entreprise : l'idée de la famille retournant vers ses racines, l'unité familiale forcée pour rendre le projet possible, et surtout les attentes que nous avions de ce que nous allions trouver.

Ces dernières, en particulier, avaient pris, avant même que le voyage ait vraiment commencé, une tournure oppressante. Il y avait eu pas mal de chamailleries. Nous n'avions pas la moindre idée de ce que nous allions découvrir là-bas, et l'impression non dite mais étouffante, aussi persistante et irritante que le crachin constant, que nous avions peut-être bien fait ce voyage difficile et onéreux jusqu'à cet endroit appauvri et détrempé pour rien nous rendait tous irascibles. Comme j'avais tout organisé, comme j'étais celui qui avait toujours voulu retourner, comme c'était moi qui avais eu l'idée, profondément sentimentale je dois l'admettre, que le retour au village ancestral devait être une affaire de famille, impliquant autant de parents que possible, comme j'avais pensé que je pourrais écrire sur ce voyage, un jour – à cause de tout cela, j'éprouvais une responsabilité sombre à l'égard de mes frères et de ma sœur, mais plus encore une terrible obligation de trouver la personne qui nous raconterait ce qui s'était passé, qui pourrait nous faire le récit dramatique que nous espérions tous entendre. Et donc ces trois premiers jours, au cours desquels nous avons visité Auschwitz, fait le tour de ce qui restait de l'ancien quartier juif de Cracovie, roulé pendant cinq heures vers l'est, en direction de L'viv, passé une journée à L'viv à visiter, là aussi, ce qui restait de la vie juive d'autrefois, ces trois jours ont été sombres. Chaque décision – où manger, à quel moment quitter l'hôtel, où aller et que voir en premier – s'est transformée en dispute. *Je ne comprends pas pourquoi il est toujours furieux contre moi*, a fulminé Andrew, un soir, de retour à l'hôtel, à propos de Matt. Comme Matt avait toujours été une énigme pour moi – nous étions proches par l'âge, mais au cours des réunions de famille, nous n'avions plus grand-chose à nous dire depuis longtemps –, je n'avais rien pu répondre.

Nous avons commencé par la Pologne, plutôt que d'aller directement en Ukraine, à Bolechow, à cause d'une chose que je voulais faire, et en partie à cause d'une chose qu'Andrew voulait faire. Je voulais commencer ce voyage de cette façon parce que j'étais impatient de rouler à travers ce qui avait été la Galicie, la province d'où tant de Juifs américains sont originaires. Si nous partions de Cracovie, la ville la plus occidentale de la Galicie et où la mère de mon père, ma grand-mère Kay, était née (une femme qui, comme ma mère, a élevé quatre garçons, certains d'entre eux ne parlant pas à certains autres), et roulions vers l'est en direction de L'viv, nous pourrions traverser toute la province. Comme je ne cessais de me le rappeler, je m'intéressais à la vie du Pays d'Autrefois, pas seulement à sa mort, et je voulais voir à quoi ressemblait la Galicie, quelle en était la topographie, quels genres d'arbres et d'animaux y vivaient. De quel genre d'endroit venait ma famille.

Mais nous étions aussi venus ici en premier parce que, de Cracovie, on est à une heure d'Auschwitz, et Andrew, en particulier, voulait voir Auschwitz. Même s'il ne s'était pas toujours intéressé à l'histoire de la famille, comme j'avais pu le faire, Andrew s'est engagé avec enthousiasme pour ce voyage et, avant notre départ, il a passé des mois à s'immerger dans la littérature de l'Holocauste, des livres sur les Juifs de l'Europe de l'Est et sur l'histoire de la Pologne et de l'Ukraine. Ce n'était pas surprenant. Ses intérêts ont toujours été multiples, plus nombreux, je crois, que ceux des autres réunis. Peut-être en raison du sens des possibilités illimitées que possède le premier-né, il s'est jeté sur tout, de la culture de diverses espèces de rhododendrons à la construction de meubles, en passant par la collection d'estampes japonaises, avec un enthousiasme sans bornes. Il est grand, brun à la peau claire, et a un visage qui n'est pas sans rappeler celui décrit sur un vieux passeport de la famille, daté de 1920 – *visage : ovale, couleur de la peau : claire, nez : droit*. Il joue du piano, à un très bon niveau, du clavecin, de la flûte à bec, au tennis. Comme il arrive souvent dans les familles nombreuses, nous avons adopté très tôt, enfants, ou bien nous a-t-on donné ce que j'ai considéré pendant longtemps comme des « étiquettes ». Moi, avec mes cheveux noirs frisés, mes yeux bleus et mes cernes profonds, j'étais *Mauvais en math, mais bon en anglais et en français* ; Matt, blond, les yeux ambre, avec un grand sourire habituellement réservé, pendant son adolescence combative, à des gens extérieurs à la famille, et déjà une sorte de héros au lycée pour les photos qu'il avait prises de l'équipe de football, des élèves, des professeurs, était *Rebelle mais secrètement sensible* ; Eric, avec sa tignasse de cheveux bruns et ses yeux noisette attentifs, ses liasses de dessins macabres et délicats qu'il produisait déjà à l'âge de douze ou treize ans, avec leurs légendes troublantes (« Arrêtez de Me Suivre ou Je Demande à ma Bonne de Vous Étrangler »), était, comme tout le monde le savait, *L'Artiste*, même s'il était aussi *Le Plus Drôle de la Famille*. Et Jen, la benjamine, l'unique fille longtemps attendue, vive, brune, petite, avec des yeux (disaient les vieux parents juifs) comme des *cerises noires*, major de sa promotion, violoncelliste, écrivain, était *La Star*. Mais pour moi, qui ai passé les quinze premières années de ma vie à dormir à soixante centimètres de lui, à l'écouter en train d'écouter ses matchs de hockey, à me demander comment on pouvait être aussi bon en math, en science, en anglais et en sport, Andrew était simplement *Bon en Tout*. Ce ne fut donc pas une surprise qu'il en ait su autant que moi sur Bolechow au moment où nous sommes partis pour L'viv. C'était lui, après tout, qui m'avait fait le précieux cadeau des *Memoirs of Ber of Bolechow*. Pendant les mois qui ont précédé le voyage, en août en particulier, il n'a cessé de m'envoyer des e-mails pour me signaler les noms des livres qu'il avait lus et dont j'aurais dû, estimait-il, faire l'acquisition : *Bitter Harvest: Life and Death in Ukraine under Nazi*

Rule, ou encore *Masters of Death: The SS-Ein-satzgruppen and the Invention of the Holocaust*. Je les ai achetés, bien entendu.

Et donc, puisque Andrew voulait y aller et puisque Andrew demande rarement quoi que ce soit ; et puisque Matt pensait pouvoir faire quelques photos intéressantes ; et puisque Jennifer, qui avait récemment fait sa propre étude de la vie et de la religion juives, et qui allait bientôt être l'unique membre de ma famille à épouser un Juif, était intéressée elle aussi ; en raison de toutes ces choses qui étaient importantes pour mes frères et ma sœur, nous sommes allés à Auschwitz, le premier jour de notre arrivée en Pologne.

J'étais le seul à ne pas avoir voulu y aller. J'étais méfiant. Pour moi, Auschwitz représentait le contraire de ce qui m'intéressait et – comme j'ai commencé à m'en rendre compte le jour où je suis allé à Auschwitz – de la raison pour laquelle j'avais fait ce voyage. Auschwitz, désormais, est devenu, en un seul mot, le symbole géant, la généralisation grossière, la formule consacrée de ce qui est arrivé aux Juifs en Europe – même si ce qui s'est passé à Auschwitz n'est pas arrivé, en fait, à des millions de Juifs dans des endroits comme Bolechow, des Juifs qui ont été alignés et abattus au bord de fosses communes ou, échappant à ça, ont été envoyés dans des camps qui, à la différence d'Auschwitz, n'avaient qu'un but, des camps qui sont moins connus du public, précisément parce qu'ils n'offraient pas d'autre issue que la mort et ne laissaient par conséquent aucun survivant, aucune mémoire, aucune histoire. Mais, même si nous acceptons Auschwitz comme symbole, ai-je pensé en arpentant son périmètre si étrangement paisible et impeccablement soigné, il y a quelques problèmes. C'était pour sauver mes parents des généralités, des symboles, des abréviations, pour leur rendre leur particularité et leur caractère distinctif, que je m'étais lancé dans ce voyage étrange et ardu. *Tués par les nazis* – oui, mais par qui exactement ? Effroyable ironie d'Auschwitz – je m'en suis aperçu en traversant les salles remplies de cheveux humains, de prothèses, de lunettes, de bagages destinés à ne plus aller nulle part –, l'étendue de ce qui est montré est tellement gigantesque que le collectif et l'anonyme, l'envergure du crime, sont constamment et paradoxalement affirmés aux dépens de toute perception de la vie individuelle. Naturellement, c'est utile puisque, même encore aujourd'hui, même lorsque les survivants racontent leurs histoires à des gens comme moi, il y en a d'autres, nous le savons bien, qui veulent minimiser l'importance de ce qui s'est passé, et même nier que cela a eu lieu, et lorsque vous marchez dans un endroit comme Auschwitz, que vous errez dans l'immense plaine vertigineuse où se dressaient autrefois les baraquements, que vous parcourez la grande distance qui les séparent de l'endroit où se trouvaient les crématoriums, et de là jusqu'aux nombreuses, très nombreuses, pierres commémoratives qui vous attendent, représentant les morts innombrables de vingtaines de pays, il devient possible de comprendre comment tant de gens ont pu passer par ici. Mais pour moi, qui étais venu pour apprendre quelque chose sur six parmi six millions, je ne pouvais m'empêcher de penser que l'immensité, l'échelle, la taille étaient un obstacle, plutôt qu'un véhicule, pour l'illumination du petit pan d'histoire qui m'intéressait.

Il y avait aussi (ai-je pensé alors que nous passions, par une matinée humide et dans une atmosphère envahie par les moustiques, l'entrée béante du poste de garde en contournant un groupe de touristes scandinaves) le problème de la surexposition. Pendant que nous marchions, nous avons remarqué que tout nous paraissait familier : le portail, la voie de garage, les baraquements, le barbelé électrifié avec les pancartes d'avertissement en allemand encore intactes, et le plus insigne, le portail, étonnamment petit – comme c'est le cas curieusement de tant de monuments célèbres quand vous finissez par les voir de près –, où vous lisez ARBEIT MACHT FREI qui, tout en étant une tromperie du genre sardonique si cher aux nazis, s'est révélé plus véridique à Auschwitz que les pancartes similaires au camp de Belzec, par exemple, où il n'y avait plus qu'une seule destination après la descente du wagon à bestiaux. Tout cela a été reproduit, photographié, filmé, diffusé et publié si souvent qu'au moment où vous y êtes, vous vous retrouvez en train de regarder ce qu'il est difficile de ne pas considérer comme des « attractions », des vitrines de prothèses, de lunettes ou de cheveux, comme vous regarderiez plus ou moins l'*apatosaurus* récemment reconstruit au Natural History Museum.

Et donc, pendant que je marchais dans Auschwitz, je me débattais avec la question de savoir pourquoi aller voir des endroits pareils comme un touriste. Pas pour apprendre, au moins de façon générale, ce qui s'y est passé ; car quiconque vient à Auschwitz et dans les nombreux sites du même genre sait ce qui s'est passé. Et certainement pas pour se faire une meilleure idée de « ce que c'était », comme si en voyant l'architecture ou en percevant les dimensions de l'endroit, en sachant combien de temps il fallait pour aller du point A au point B, on pouvait mieux comprendre l'expérience de ceux qui étaient venus ici non pas dans des cars de tourisme climatisés, mais dans des wagons à bestiaux. Non. Sans doute parce que je suis le fils d'un père homme de science et d'une mère née dans une famille émotive et nostalgique, je ne vois apparemment que deux raisons d'aller dans un endroit comme Auschwitz. La première est scientifique et juridique : le site dans son ensemble est une preuve géante et, de ce point de vue, voir les piles de lunettes ou de chaussures, plutôt que de le savoir simplement ou de ne voir que des photos ou des vidéos de ces piles de lunettes, de chaussures et de bagages, est plus utile pour transmettre ce qui s'est passé. La seconde est sentimentale. Car l'autre raison d'aller à Auschwitz est celle qui vous fait aller dans un cimetière, ce qu'Auschwitz est aussi : pour reconnaître les revendications des morts.

C'est ce qui me préoccupait après que je suis sorti du musée des cheveux, des chaussures et des prothèses, et que je me suis retrouvé sous le crachin à attendre mes frères et ma sœur. Un troupeau de grands blonds – des Suédois ? des Norvégiens ? –, qui portaient tous des sacs à dos avec des petites bouteilles d'eau saillant d'une poche, approchait de l'endroit où je me trouvais, juste devant les baraquements des femmes, et c'est à ce moment-là – alors que j'étais en train de lire une plaquette qui racontait comment des exécutions sommaires avaient eu lieu dans ce qui semblait à présent une petite cour assez peu inquiétante, qui n'aurait pas paru déplacée dans n'importe quelle école élémentaire américaine – c'est à ce moment-là qu'une jeune femme à côté de moi a murmuré, *Si je ne trouve pas une bouteille d'eau, je vais* m'évanouir !

Auschwitz a donc toujours été pour moi un prélude. Nous savions, en regardant, cet après-midi-là, le célèbre fil barbelé dont il est possible de faire de magnifiques compositions artistiques, en contemplant le panorama célèbre des voies de garage qui disparaissent dans le lointain, dans ces photos célèbres, avec la même inéluctabilité raisonnable de l'espace et de la distance que l'on trouve dans la perspective des peintures de la Renaissance – *l'École d'Athènes*, par exemple – à travers un portique ouvert sur un point de fuite qui était en effet un point d'évanouissement ; en regardant ces piles de chaussures, de lunettes et de prothèses, parfaitement préservées derrière les vitres ; et puis en regardant, le lendemain matin, les synagogues vides du quartier Kazimierz de Cracovie, l'ancien quartier juif où était née la mère de mon père, dans un autre monde, incroyablement grouillant, où les touristes allemands, américains et suédois circulaient aujourd'hui, avec une attention polie, parmi des silhouettes en carton de Juifs, grandeur nature, dans des attitudes rigides et pieuses de dévotion religieuse, tandis que des enregistrements de prières en hébreu bourdonnaient dans le fond, qui me rappelaient les visites de mon enfance à l'American Museum of Natural History pour voir les dioramas de dinosaures ; et puis, le troisième jour, en regardant l'architecture résidentielle, à la fois superbe et délabrée, de la ville que je ne pouvais m'empêcher de considérer comme Lwów et, parfois même, comme Lemberg, mais jamais comme Lviv, les pâtés de maisons massifs de l'ère Habsbourg, composés d'immeubles d'habitation impossibles à distinguer de ceux de Vienne, de Budapest ou de Prague, avec leurs fenêtres néoclassiques, certaines surmontées de frontons, d'autres par de minces arches, donnant sur leurs voisins, avec leurs blocs de pierres rugueuses au rez-de-chaussée qui, si mes souvenirs d'un cours d'histoire de l'architecture sont bons, avaient pour but de donner aux occupants une impression de sécurité – nous savions, en regardant toutes ces choses, toute cette histoire de la communauté juive d'Europe compressée en deux jours et demi, le ghetto grouillant, l'assimilation manquée, l'annihilation réussie, nous savions que, si intéressant, poignant ou ennuyeux que cela ait pu être, nous ne faisions qu'attendre le bon moment. Le point essentiel de notre voyage de six jours, nous le savions, c'était Bolechow : tout – l'organisation, la dépense, l'effort, les querelles, l'article –, tout dépendait – et trouverait sa justification – du fait de pouvoir découvrir quelque chose, quelqu'un qui les aurait connus et pourrait nous raconter ce qui s'était passé, ou nous raconter au moins une histoire assez bonne pour être vraie, pour être répétée. C'était tout l'intérêt du voyage, ce dimanche, quand nous irions enfin à Bolechow.

Et c'est donc le quatrième jour que nous sommes finalement partis pour Bolechow. Quand notre voiture s'est arrêtée sur la place minuscule et mal entretenue, il n'y avait absolument personne.

DEPUIS LA PETITE crête sur la route qu'il faut franchir juste avant d'entrer dans la petite ville, Bolechow ne ressemble pas à grand-chose : un ensemble de maisons massives aux toits pointus, regroupées autour d'un labyrinthe de rues si serrées que la petite place ouverte fait l'effet d'un soupir de soulagement, la ville entière étant nichée dans une dépression au milieu des collines. Pendant que je regardais en contrebas de l'endroit où nous nous étions arrêtés pour prendre des photos – Matt, qui n'avait cessé d'échanger des méchancetés avec Andrew dans la voiture, voulait sortir et photographier un cheval qui se trouvait près du panneau, très laid, qui annonçait le nom de la ville en ukrainien, *Bolekhiv* – j'ai pensé à quel point elle paraissait vulnérable : combien il était facile d'y entrer, combien elle était isolée. Nous sommes remontés dans la voiture et nous avons continué.

Là, dans la ville minuscule, nous avons trouvé trois personnes, chacune nous faisant approcher un peu plus près d'eux, de Shmiel et de sa famille, même si chacune nous rappelait à quel point ils étaient éloignés dans le temps.

Nous avons d'abord trouvé Nina. Alex avait garé la Passat sur la place non pavée, irrégulière, de la ville, pas très loin de l'église ukrainienne au dôme en forme d'oignon et peint de couleur vive où un service était en cours, et juste en face de la maison qui se trouvait là où se dressait autrefois la maison de ma famille (quelques mois plus tôt, Alex avait trouvé une carte d'ingénieur topographique du XIXᵉ siècle de la ville et avait repéré « notre » maison, la maison nᵒ 141). Du même côté de la place que l'église se trouvait l'ancienne mairie, à côté de laquelle se trouvait autrefois le commerce de la famille. En face de la mairie, il y avait la grande synagogue où mon grand-père avait fait sa bar-mitsva ; après la fin de la guerre, quand il n'y avait plus eu de Juifs pour faire leur bar-mitsva ou quoi que ce fût d'autre, elle avait été transformée en salle de réunions des tanneurs. Tout le monde étant à l'église, pour autant que nous pouvions en juger, l'endroit avait l'air plutôt désolé, même s'il paraissait paisible. Alors que nous faisions quelques pas, dans l'herbe haute et le gravier mouillés, nous avons entendu les chants liturgiques en provenance de l'église. Une chèvre, qui n'était pas entravée, errait là.

Soudain, une femme à l'allure joviale est passée rapidement. Trapue, comme c'est assez courant chez les femmes d'une certaine origine slave (comme le sont aussi les robes à motif fleuri, tendues sur leurs énormes poitrines), elle devait avoir, j'ai estimé, une cinquantaine d'années. Elle nous a regardés, rassemblés un peu gauchement devant cette maison, et avec un mélange de curiosité de petite ville et d'autre chose, quelque chose de plus léger – l'amusement de principe de l'autochtone devant les étrangers –, elle a demandé qui nous étions et ce que nous faisions ici. Alex a expliqué longuement et il m'est venu à l'esprit qu'il devait lui dire que nous étions des Juifs américains revenus ici, dans la ville de nos origines ; et pendant qu'il parlait inlassablement en ukrainien, tout ce que je pouvais entendre, c'était la phrase *Les Ukrainiens étaient pires que tout*.

Un grand sourire a envahi le visage de la femme et une salve rapide en ukrainien a suivi.

C'est Nina, a expliqué Alex. Elle nous invite dans sa maison. Elle est née ici après la guerre...

(je me suis dit, Tout ça ne va mener à rien)

... mais sa voisine, Maria, est beaucoup plus âgée, et elle pense que cette Maria se souviendra de votre famille.

Bon, ai-je pensé, peut-être que ce n'est pas si mal. Et nous avons donc parcouru à pied la petite distance qui nous séparait de l'appartement de Nina, qui était au premier étage d'un bloc terne et moderne en béton, situé à l'arrière de l'ancienne synagogue. Le bloc d'appartements m'a rappelé les dortoirs de certaines universités américaines. L'approche se faisait par l'arrière et comme nous faisions le tour de l'immeuble, j'ai eu la surprise de découvrir, contrastant forte-ment avec l'aspect minable du bâtiment, que l'avant était entièrement occupé par des jardins fleuris, de toute évidence bien entretenus, élabo-

212

rés, remplis, à cette époque de l'année, de roses, de marguerites et de roses trémières.

Nous avons gravi les quelques marches en béton qui conduisaient à la porte d'entrée de chez Nina. Devant la porte, sur un paillasson, plusieurs paires de chaussures étaient alignées. Matt m'a adressé un regard oblique et espiègle.

C'est donc là que Maman a pris le truc ! a-t-il dit. Je savais de quoi il parlait : lorsque nous étions enfants, nous devions toujours retirer nos chaussures devant la porte, règle qui nous rendait à la fois furieux et honteux à l'époque ; c'était, entre autres, parfaitement humiliant de demander à nos amis de retirer leurs chaussures quand nous les invitions chez nous. Il y avait d'autres choses qui nous donnaient un peu l'allure d'étrangers aux yeux de nos camarades d'école et de nos voisins. Quand j'avais onze ans environ, j'avais un ami qui habitait à un pâté de maisons de chez moi et qui aimait bien venir m'appeler très tôt, les matins du week-end, pour aller jouer. Un matin, pendant l'été, alors que mon grand-père nous rendait visite, on avait sonné à la porte à huit heures. J'ai su immédiatement que c'était Lonnie et j'ai dévalé l'escalier de la maison de mes parents pour ouvrir la porte, avant que le bruit de la sonnette dérange mon grand-père, qui priait, murmurant des mots en hébreu, allant et venant dans la salle de séjour immaculée de ma mère, enveloppé dans son vaste *talès* d'autrefois, les *tefillin* en cuir attachés sur son avant-bras et son front. Il n'était pas du tout inhabituel pour mon grand-père de pouvoir mener une conversation rudimentaire pendant qu'il faisait sa prière : vous pouviez lui demander, par exemple, s'il voulait pour son petit déjeuner Cream of Wheat ou jus de prune, et il se tournait vers vous et vous jetait un regard tout en murmurant sa prière un peu plus fort, d'une façon qui signifiait *oui*. Je mentionne ça parce que, au moment où j'avais ouvert la porte à Lonnie, mon grand-père s'était approché de la rampe de l'escalier et, sans abandonner son texte en hébreu, avait levé son bras lacé de cuir dans un geste qui était à la fois incrédule et menaçant, et il avait simultanément élevé la voix de manière à suggérer que personne, sain d'esprit, ne pouvait venir sonner à huit heures du matin. Puis, il avait tourné les talons et il était reparti dans la salle de séjour, mes yeux ravis ne le quittant pas une seconde : mon grand-père tellement drôle et exotique. Lorsque je m'étais retourné pour murmurer quelque chose à Lonnie, il avait redescendu l'escalier du perron et disparu.

Et c'est la dernière fois, disait mon grand-père en racontant cette histoire, que nous l'avons vu, celui-là !

Nous avions donc ces mœurs étranges dans la famille, les prières de mon grand-père, l'insistance de ma mère pour que les chaussures soient alignées sur le paillasson juste derrière la porte d'entrée. J'ai pensé à ça, tout comme Matt venait de le faire, quand nous avons franchi le seuil de l'appartement de Nina, et il m'est venu à l'esprit que ma mère, sans doute lorsqu'elle était petite fille, avait intégré cette règle imposée par son père, qui avait dû lui-même s'y plier, un demi-siècle plus tôt, parce qu'il avait vécu, tout comme Nina un siècle plus tard, dans une petite ville de campagne où en faisant cent mètres dans la rue vous aviez de fortes chances de couvrir vos chaussures de cochonneries – de la poussière, de la boue, ou pire encore.

L'appartement était minuscule. Une grande partie de la petite salle de séjour était occupée par un grand canapé, sur lequel nous avons presque tous – les quatre Mendelsohn et Alex – réussi à nous caler, les jambes repliées devant la petite table basse. La salle de séjour donnait sur une petite cuisine et une sorte de chambre, où trônait, pour autant que je pouvais voir, un piano. Pendant que nous prenions place sur le canapé, Nina, qui faisait des bruits divers dans la cuisine, continuait à bavarder d'une voix forte et en ukrainien avec Alex, qui avait l'air amusé et aussi content que nous ayons peut-être trouvé ce que nous cherchions. Nina a fini par revenir de la cuisine, une petite assiette à la main. Elle contenait des tranches du saucisson local. Puis, elle est allée prendre sur la crédence une bouteille poussiéreuse de ce qu'elle a décrit comme un champagne de l'ère soviétique – c'était bizarre de penser que les Soviétiques faisaient du champagne, avons-nous dit, mais elle a répliqué que c'était autrefois une grosse affaire à l'Est, dans un des indéchiffrables « quelque chose – stan » – et, après l'avoir débouché, elle en a versé dans chacun de nos verres de fête. Ensuite, elle a préparé une tasse de Nescafé pour chacun de nous, ce qu'elle avait l'air de considérer comme une faveur.

C'est un grand honneur, nous a dit Alex, avec un regard destiné à nous avertir.

Matt, assis à côté de moi, a marmonné qu'il n'aimait pas le Nescafé.

Andrew et moi avons grincé des dents et dit simultanément, Bois ce putain de Nescafé, Matt.

Je me suis demandé ce que pouvait bien penser Alex. Alex est un type costaud, blond, sociable, de trente-cinq ans environ, avec un grand sourire permanent entre des fossettes roses. Depuis la dissolution de l'Union soviétique, il avait fait profession d'emmener les Juifs américains dans les *shtetls* de l'Europe de l'Est, autour de sa ville natale de L'viv, qu'il nous a fièrement fait visiter (pendant le tour de la ville, il m'avait assuré qu'il n'y avait aucun château dans les environs de Bolechow qui ait autrefois appartenu à un aristocrate polonais). Au cours des dix dernières années, il en était venu à connaître plus de choses sur l'histoire des Juifs de Galicie que les Juifs eux-mêmes. Il était le premier Ukrainien à qui j'aie jamais eu vraiment affaire et lorsque nous nous étions finalement rencontrés à l'aéroport de Cracovie, le jour de notre arrivée, nous avions tous été séduits par sa chaleur et sa spontanéité naturelles, qui nous avaient permis de dépasser rapidement la maladresse inévitable du premier contact. C'était pendant le long trajet de Cracovie à L'viv, le lendemain de notre visite d'Auschwitz, que nous lui avons demandé comment un jeune Ukrainien, ancien soldat dans l'armée soviétique, en était venu à escorter les Juifs américains dans les *shtetls* de leurs ancêtres, et il nous avait répondu, avec un peu de circonspection, Je ne dis pas ce que je fais à la plupart des gens, je ne crois pas qu'ils comprendraient.

Maintenant, Alex était vraiment ravi de voir Nina dérouler le tapis rouge pour nous. Tandis qu'elle papillonnait et s'activait, mes frères, ma sœur et moi échangions des regards obliques, et il est clair que nous pensions tous à la même chose : *certains Ukrainiens ne sont pas si mauvais que ça*. Pendant ce temps, le mari de Nina, un homme affable, mince, en maillot de bain et tongs, tapait quelques morceaux sur le piano déglingué dans le placard qui, nous a-t-on dit, était son bureau. « Feelings » a été rapidement suivi – probablement en notre honneur, et certainement pour nous montrer sa bonne volonté multiculturelle – de « Hava Nagilah ». Nous nous sommes de nouveau regardés les uns les autres. Puis, il a joué « Yesterday ».

C'EST SEULEMENT APRÈS avoir bu le champagne soviétique, avalé notre Nescafé et mangé le saucisson local – qui était très bon et semblait plutôt approprié, compte tenu du fait que nous venions, après tout, d'une longue lignée de bouchers et de grossistes en viande de Bolechow – que nous avons vu apparaître Maria, souriant timidement, sur le seuil de l'appartement de Nina. De nouveau, nous avons fait l'objet de longues présentations : qui nous étions et ce que nous cherchions. Maria était une belle femme de plus de soixante-dix ans, avec des cheveux blancs ondulés, un visage large avec de hautes pommettes saillantes – la physionomie courante dans la région, comme j'allais m'en apercevoir. Elle a paru pensive quand nous avons mentionné le nom de Jäger et a hoché la tête. J'ai espéré enfin que c'était ça – l'expulsion hors des généralités pour entrer dans quelque chose de spécifique, quelque chose qui aurait la dureté du fait connaissable, quelque chose qui pourrait être le début d'une histoire.

Oui, oui, nous a dit Alex en traduisant, elle connaît le nom. Elle le connaît.

Je me suis senti, à ce moment-là, tout près d'eux. Cette femme avait dû être adolescente pendant la guerre ; elle pouvait bien, en effet, les avoir connus. J'ai échangé de nouveau des regards avec mes frères et ma sœur.

Puis, Alex a dit, Mais elle ne les a pas vraiment connus.

Espérant encore quelque chose – et sentant soudain toute l'absurdité de cette expédition, à quel point le temps, l'espace et l'histoire jouaient puissamment contre nous, à quel point il était improbable qu'il restât encore la moindre trace d'eux –, j'ai sorti la liasse de photos que j'avais apportées avec moi et je les lui ai montrées. Des photos de Shmiel à la trentaine et à la quarantaine, avec un manteau au col de fourrure, prises dans le studio de photo de Stryj qui appartenait au frère de sa femme ; des photos de trois des filles (lesquelles ? Impossible de le savoir) enfants, dans des robes de dentelle ; un portrait en studio d'une des filles, adolescente, avec un grand sourire et, je n'ai pas pu m'empêcher de le remarquer, les cheveux frisés des Mittelmark que j'avais moi-même, adolescent. Maria les a regardées, faisant défiler lentement les vieux clichés.

218

Et puis, elle a secoué la tête avec un petit sourire gêné, le sourire qu'on peut faire en fronçant les lèvres, comme ma mère avait l'habitude de le faire. Elle a dit quelque chose à Alex.

Elle ne se souvient pas d'eux, nous a dit Alex. Elle dit qu'elle était jeune pendant la guerre, à peine une enfant. Elle ne les a pas connus en personne. C'est vraiment dommage, parce que son mari était beaucoup plus âgé qu'elle, il aurait su, mais il est mort, il y a trois ans.

Pendant que je baissais les yeux vers le sol, Alex a échangé quelques mots de plus avec Maria. Ah, a-t-il dit. Il nous a annoncé que Maria venait de dire que la sœur de son mari, Olga, était toujours en vie ; elle vivait en bas de la route. Peut-être que cette Olga serait en mesure de nous dire quelque chose.

Nous nous sommes levés tous ensemble, Nina prenant avec autorité la tête de la procession – elle nous avait clairement adoptés, nous et notre quête – et nous avons descendu la route en direction de chez Olga.

La route que nous avions empruntée pour aller de l'appartement de Nina à la maison d'Olga, nous l'avons découvert par la suite, était la route qui conduit du centre de la ville au cimetière, en passant par la vieille scierie. Maintenant que nous marchions sur cette route et avant que Maria ne nous quitte, nous lui avons demandé comment les Juifs et les Ukrainiens s'entendaient avant la guerre. Nous avions, bien entendu, fait nos recherches et nous savions donc déjà tout concernant les siècles de compétition économique et sociale entre Juifs et

Ukrainiens : les Juifs, sans nation, politiquement vulnérables, dépendants des aristocrates
polonais qui étaient les propriétaires de ces villes
et pour qui les Juifs, afin d'assurer leur sécurité,
travaillaient comme intendants, tout en leur
prêtant de leur argent ; les Ukrainiens qui, pour
la plupart, travaillaient la terre, qui se situaient
au niveau le plus bas du totem économique, un
peuple dont l'histoire, ironiquement, était à bien
des égards comme une image dans un miroir, ou
peut-être comme un négatif photographique, de
celle des Juifs : un peuple sans État-nation,
vulnérable, oppressé par des maîtres cruels du
même acabit – comtes polonais ou commissaires
soviétiques. C'était en raison de cet étrange effet
de miroir que, précisément, les choses avaient
évolué, vers le milieu du XXe siècle, selon la terrible logique d'une tragédie grecque, de la
manière suivante : ce qui était bon pour un de
ces deux groupes, qui vivaient côte à côte dans
ces villes minuscules depuis des siècles, était
mauvais pour l'autre. Lorsque les Allemands, en
1939, avaient cédé la partie orientale de la Pologne
(qu'ils venaient de conquérir) à l'Union soviétique au titre du pacte germano-soviétique, les
Juifs de la région s'étaient réjouis, sachant qu'ils
venaient d'être délivrés des Allemands ; mais les
Ukrainiens, peuple farouchement nationaliste et
fier, avaient souffert sous les Soviétiques, qui
étaient alors décidés à écraser l'indépendance
ukrainienne et les Ukrainiens. Parlez aux Ukrainiens
du XXe siècle, comme nous l'avons souvent fait
au cours de ce voyage, et ils évoqueront leur
holocauste à eux, la mort, dans les années 1930,

de cinq à sept millions de paysans ukrainiens, affamés par la collectivisation forcée de Staline... La bonne chance miraculeuse des Juifs de Pologne orientale, en 1939, a donc été un désastre pour les Ukrainiens de la même Pologne orientale. À l'inverse, lorsque Hitler a trahi, deux ans plus tard, le pacte germano-soviétique et envahi la partie de la Pologne qu'il avait donnée à Staline, cela a constitué, évidemment, un désastre pour les Juifs, mais une bénédiction pour les Ukrainiens, lesquels se sont réjouis de l'arrivée des nazis qui les libéraient de leurs oppresseurs soviétiques. Il est remarquable de penser que les deux groupes qui ont vécu dans une telle proximité pendant tant d'années aient pu être à ce point différents, souffrir et exulter de revers de fortune à ce point différents et même opposés.

C'était en connaissance de cause que nous avions demandé à Alex d'interroger Maria sur la façon dont s'étaient traités autrefois les Juifs et les Ukrainiens.

Tout le monde s'entendait bien, pour la plupart, a-t-il répondu après avoir parlé pendant un moment avec Maria. Elle dit que les enfants jouaient souvent ensemble sur la place, les Ukrainiens et les Juifs ensemble.

C'est parce que je savais fort bien où pouvait mener le fait de jouer ensemble – comment sous le bien se connaître, la connaissance mutuelle, peut se cacher un se connaître trop bien – que j'ai posé ce qui me paraissait être la question logique suivante. Y avait-il eu des Ukrainiens qui s'étaient réjouis de voir les Juifs déportés ? ai-je demandé.

Ils ont parlé encore un moment. Oui, a dit Alex après un silence. Il y en a eu, bien sûr. Mais il y en a eu aussi qui ont essayé de les aider, et qui ont été tués à cause de ça. Elle répète que c'était une petite ville. Tout le monde se connaissait. Les Juifs, les Polonais et les Ukrainiens, cela faisait beaucoup de monde dans un petit endroit.

Maria a souri de son sourire béat, translucide, plein d'espoir, et elle a murmuré quelque chose à l'oreille d'Alex. Il s'est tourné vers nous et a dit, Elle dit que c'était comme une grande famille.

Tous les commentateurs essaient de lutter avec le bizarre problème de savoir ce que Caïn a bien pu dire à Abel pour le faire venir dans le champ avec lui, le champ où Caïn avait prévu de tuer son frère. La traduction scrupuleuse du verset 8 de l'hébreu, vayomer Qayin el-Hevel ahchiyv vay'hiy…, *ne donne qu'une chose apparemment absurde : « Et Caïn a dit à son frère Abel. Et quand ils ont été dans le champ…» Ce qui veut dire que le texte en hébreu nous dit simplement que Caïn a dit quelque chose à Abel, et que dans le champ Caïn s'est insurgé contre Abel et l'a tué ; mais on ne nous dit jamais ce qu'un frère a dit à l'autre. Le texte en hébreu qui fait autorité reste silencieux ; c'est seulement dans les Septante, une traduction grecque d'Alexandrie de la Bible hébraïque faite au III*e *siècle avant J.-C., et dans la Vulgate, la traduction latine de la Bible hébraïque et araméenne faite par Jérôme (saint Jérôme, par la suite), entre 382 et 405 après J.-C., que le texte est tordu pour lui donner un sens plus apparent, et ce sont ces traductions, imprécises mais plus satisfaisantes, que la plupart d'entre nous connaissent : « Cependant Caïn dit à son frère Abel : "Allons* dans le champ..." » *Naturellement, l'impulsion qui pousse à modifier un texte pour qu'il dise ce que nous voulons qu'il dise n'est pas nouvelle, ni dans l'érudition biblique – nous l'avons déjà vu –, ni ailleurs.*

Friedman, le commentateur moderne, semble moins perturbé par cela que ne l'est Rachi et, s'en tenant au caractère pratique contemporain, efficace et bien intentionné, qui caractérise son approche, fournit une explication parfaitement raisonnable de l'étrange syntaxe du texte en question : « Les mots de Caïn, écrit-il, semblent avoir été sautés dans le texte massorétique [les textes hébraïques retranscrits sur des copies remontant aux années 900] par un scribe dont l'œil passe de la première phrase contenant le mot "champ" à la seconde. » Pour quiconque connaît un peu l'étude des traditions manuscrites, cela peut paraître une explication plausible : un scribe vénérable, au moment où il s'est assis devant un vénérable manuscrit, aujourd'hui perdu, de la Torah qu'il recopiait assidûment, et au moment où il s'apprêtait à écrire la phrase aujourd'hui perdue, « Allons dans le champ », la remarque faite par un frère à l'autre, a fermé les yeux dans un moment de lassitude ; de sorte que, lorsqu'il a de nouveau bougé la main pour écrire, l'œil fatigué, à présent rouvert, était déjà concentré sur ce qui était en fait la seconde occurrence du mot « champ » – le mot tel qu'il apparaît dans la ligne que nous avons encore, la ligne qui n'a pas été perdue : « Et quand ils étaient dans le champ... » Et comme il était fatigué, puisqu'il n'était qu'humain, après tout (et nous savons quelles erreurs la mémoire humaine est capable de commettre), c'est la ligne qu'il a écrite en fait, n'ayant jamais écrit en réalité la ligne qui disait « Allons dans le champ » (ou quelque chose de très proche de ça) ; et à cause de cette minuscule erreur, cette petite ligne, qui, si elle avait existé, aurait éliminé une lecture perturbante de ce texte qui fait autorité parmi tous les textes, a été irrémédiablement perdue.

Et pourtant la perte de cette ligne ne semble pas ennuyer Rachi outre mesure ; ou du moins a-t-il une explication également convaincante sous la main – même si son explication est plus psychologique que mécanique. Son commentaire sur la demi-phrase que nous traduisons par « Et Caïn dit à son frère Abel » se développe de la façon suivante : « Il est entré avec lui dans des mots de querelle et avec l'intention de trouver un prétexte contre lui, pour le tuer. » Pour Rachi, il est tout à fait clair que les mots prononcés par Caïn n'ont aucune importance matérielle, puisqu'ils sont faux, un simple prétexte ; le commentaire indique ici que Rachi sait bien que, entre frères, il existe des forces très sombres qui rôdent et n'ont besoin que de la plus simple excuse pour remonter à la surface et exploser dans la violence. Ce qui est intéressant, ce sont ces forces, pas le prétexte.

LA MAISON D'OLGA, la belle-sœur de Maria, n'était plus très loin de l'endroit où Maria a fait demi-tour, au milieu de la route, nous laissant entre les mains, grandes et énergiques, de Nina : à deux cents mètres à peine de la place de la ville sur la petite route étroite et non pavée qui était bordée des maisons en bois aux toits pointus, typiques de la région, maisons à un étage, avec quelques fenêtres assez grandes, qui n'étaient pas sans ressembler à celles que mon grand-père dessinait, avec son stylo Parker bleu dont il mouillait la plume du bout de la langue avant d'écrire, quand je lui demandais de me montrer à quoi ressemblait sa maison dans le Pays d'Autrefois. Nous sommes arrivés devant une vieille maison isolée, très jolie, dans le virage de la route lorsqu'elle tourne brusquement vers le cimetière. Alex a frappé – pas sur la porte, mais, comme il aime le faire, sur une fenêtre. Un petit chien, quelque part à l'intérieur, s'est mis à aboyer. Dehors, il y avait un grand jardin avec des poules et d'autres chiens qui couraient en tous sens. Il y avait des pruniers en fleur. Alex a frappé de nouveau. Finalement, une vieille femme, à la fois minuscule et solide, est venue ouvrir la porte. Elle a jeté un coup d'œil par-dessus l'épaule d'Alex et nous a vus. Puis, elle a regardé Alex de nouveau. Cette Olga était très âgée, ronde, mais avec cette peau fraîche et translucide du grand âge, et je ne sais pour quelle raison, tout chez elle me faisait penser à de la nourriture : son visage était aussi rond qu'une miche de pain, ses yeux bleus et brillants, perçants au milieu des grosses joues, ressemblaient à des raisins dans un gâteau. Alex s'est lancé dans son petit discours et, soudain, elle a paru se détendre – sans sourire, toutefois – et elle nous a fait signe d'entrer.

De nouveau, nous nous sommes alignés dans une curieuse salle de séjour. La maison était confortable, avec plusieurs pièces spacieuses dont les grandes étaient encadrées de rideaux en dentelle exquise ; sur chaque mur disponible,

étaient accrochés des tapis et des tapisseries élaborés. Des assiettes et des verres brillaient dans
d'importantes armoires vitrées. On a apporté des
chaises et, de nouveau, nous nous sommes
retrouvés assis. Mais, cette fois, il y avait quelque
chose de différent (tout d'abord, j'ai remarqué
qu'on ne nous offrait rien à manger et cela m'a
paru très mystérieux). Alex parlait et j'ai entendu
une fois le nom de Jäger, et elle a dit quelque
chose deux fois, et avant même qu'Alex ait pu traduire, j'ai su que ce serait différent, parce qu'elle
disait, avec beaucoup d'emphase, *Znayu, znayu*,
en faisant un petit geste impatient des deux
mains, comme si ce qu'elle disait avait été évident.

Je sais, je sais.

C'était le peu d'ukrainien que j'avais appris
depuis que nous étions arrivés, pendant les jours
de déception, de querelles et de pluie. Olga a
hoché vigoureusement la tête et a redit la même
chose, et puis elle s'est mise à parler avec animation à Alex, qui essayait de suivre du mieux qu'il
pouvait.

Elle connaissait très bien ces Jäger, a-t-il dit.
Ce n'est pas seulement qu'elle avait entendu le
nom, elle connaissait très bien la famille. Ils
avaient une... bouchèrerie ?

J'ai hoché la tête et j'ai dit d'une voix cassée,
boucherie. À ce moment-là, Alex s'est interrompu
pour nous assurer que ce n'était pas lui qui avait
fourni ce détail, l'information sur le genre de
métier qu'ils faisaient. Il savait à quel point nous
étions frustrés et voulait garantir l'authenticité
de ce souvenir particulier d'eux et de leurs vies.

Elle sait, a-t-il continué. Elle se souvient.

C'est le sens soudain et vertigineux de leur proximité, à cet instant-là, qui a fait que ma sœur et moi nous sommes mis à pleurer. Voilà jusqu'où vous pouvez vous rapprocher des morts : vous pouvez être assis dans une salle de séjour par un bel après-midi d'été, soixante ans après que ces morts sont morts, et parler à une vieille dame ronde qui gesticule vigoureusement, qui, vous vous en rendez compte, a exactement le même âge qu'aurait la fille aînée de Shmiel, et cette vieille dame peut être aussi éloignée de vous que ça, à un mètre de distance ; voilà à quelle distance elle peut se trouver. À cet instant-là, les soixante ans et les millions de morts ne paraissaient pas plus grands que le mètre qui me séparait du bras gras de la vieille femme. Je pleurais aussi parce que c'était un instant qui me rapprochait d'autres de mes morts. Je ressentais intensément la présence de mon grand-père, qui avait été, avant cet instant précis, la dernière personne à qui j'avais parlé à les avoir connus, et brusquement les vingt années qui s'étaient écoulées depuis sa mort ont paru rétrécir, elles aussi. Et j'étais donc assis là, les yeux baignés de larmes, reconnaissant du fait que Jennifer pleurait aussi, et j'écoutais Olga parler. Elle a dit le nom encore une fois, et elle a regardé mes photos, et elle n'a pas cessé de hocher la tête. Alex a poursuivi.

Elle a dit qu'ils étaient très gentils, des gens très cultivés, des gens très gentils.

À travers mon émotion, j'ai quand même pu m'adresser un sourire, parce que je savais que ma mère, avec la vanité propre à sa famille, le sentiment qu'avaient les Jäger de leur propre importance, aurait aimé le fait qu'Olga se souvenait de cette qualité-là par-dessus tout. Rien de très spécifique, mais quelque chose qui l'était suffisamment, si vous êtes le genre de personne qui croit les histoires qu'elle entend, suffisamment pour sonner juste.

Mais, en dépit de la proximité atteinte, l'inévitable distance s'est instaurée de nouveau.

Elle ne se souvient pas de ce qui leur est arrivé, a repris Alex après un bref échange avec Olga. Pas de cette famille en particulier. Elle sait qu'ils ont, comme les autres, comme les autres Juifs, qu'ils ont beaucoup souffert.

IL EST BIEN sûr possible de connaître les souffrances des Juifs de Bolechow sans avoir à se rendre dans une ville qui s'appelle désormais Bolekhiv et à traquer des vieilles dames qui ont été les témoins de ces souffrances. On peut, par exemple, consulter l'Encyclopédie de l'Holocauste et y apprendre que les Allemands sont entrés dans la ville le 2 juillet 1941 et que la première *Aktion*, la première liquidation de masse, a eu lieu au mois d'octobre de la même année, lorsque mille Juifs environ ont été arrêtés, enfermés dans le Dom Katolicki, la maison de la communauté catholique, et après y avoir été torturés de différentes façons pendant une journée, ont été conduits à une fosse commune et abattus. On peut lire que la population juive de la ville, qui s'élevait à environ trois mille habitants au début de la décennie, s'était accrue des milliers qui avaient été arrêtés dans les villages voisins. On apprend ensuite que la seconde *Aktion* s'est déroulée un an plus tard environ, lorsque, après une chasse à l'homme de trois jours, plusieurs milliers de Juifs ont été parqués sur la place de la ville devant le bâtiment de la mairie – à l'endroit où nous avons garé notre voiture quand nous sommes arrivés à Bolechow, à l'endroit où errait la chèvre – et que, là même, cinq cents personnes ont été assassinées, tandis que deux mille autres étaient déportées dans des trains de marchandises vers le camp de Belzec. Selon l'Encyclopédie de l'Holocauste, la plupart des Juifs qui avaient survécu ont été tués en décembre 1942, ne laissant qu'un millier d'entre eux au début de 1943, qui devaient à leur tour être assassinés, seuls « quelques-uns » parvenant à s'évader dans les forêts voisines pour rejoindre les partisans.

Mais l'information qu'on obtient dans l'Encyclopédie de l'Holocauste reste, en dépit des détails fournis, impersonnelle, et si vous êtes une personne qui a grandi en écoutant des histoires chargées de toutes sortes de particularités, votre goût du détail ne sera pas satisfait et vous ne saurez pas ce qui est arrivé à vos parents, ce qui est bien entendu ce que j'espérais quand, au cours de ma dernière année de lycée, j'avais écrit à Yad Vashem, le musée mémorial de l'Holocauste en Israël, pour savoir quelles informations ils avaient sur les Juifs de Bolechow et qu'on m'avait renvoyé une photocopie de l'entrée « BOLEKHOV » de l'Encyclopédie de l'Holocauste, qui est une des sources possibles pour obtenir les détails que je viens de mentionner. Par exemple, cette photocopie ne pourrait pas vous apprendre ce qu'Olga nous a raconté ce jour-là – les circonstances non pas de la mort de mes parents, c'est vrai, mais d'autres circonstances, d'autres détails qui vous font penser aux choses différemment. Un quart de siècle après avoir reçu la réponse de Yad Vashem, j'étais assis dans la salle de séjour de cette vieille dame et je l'écoutais donner à cette histoire très abstraite une spécificité nouvelle. Je m'étais demandé, quand j'avais dix-huit ans, ce que pouvait bien vouloir dire « torturés pendant vingt-quatre heures ». Olga nous a raconté que les Juifs avaient été rassemblés dans la maison de la communauté catholique, située à la limite septentrionale de la ville, et que les Allemands avaient forcé les Juifs captifs à monter sur les épaules les uns des autres et avaient placé le vieux rabbin au sommet. Puis, ils l'avaient fait tomber. Apparemment, cela avait duré plusieurs heures (ce n'est que bien plus tard, en Australie et puis en Israël et en Scandinavie, que j'ai appris le reste, le genre de détails que vous ne pouvez connaître que si vous y étiez).

« Conduits à une fosse commune et abattus » ? Les mille Juifs environ qui ont péri au cours de l'*Aktion* Dom Katolicki d'octobre 1941 ont été abattus dans la forêt de Taniawa, à deux kilomètres de la ville. Mais il y avait aussi des « petites » *Aktionen* qui ont eu lieu en 1943 – époque à laquelle il ne restait plus que neuf cents Juifs vivants environ à Bolechow, dans des camps de travaux forcés improvisés – au cours desquelles des groupes de Juifs, cent par ici, deux cents par là, étaient emmenés au cimetière et abattus dans les fosses communes, même si ces fosses communes n'étaient pas comparables en taille avec celle de Taniawa où, avons-nous appris deux ans après avoir parlé avec Olga, la terre a continué de bouger pendant des jours après la fusillade, parce que toutes les victimes n'étaient pas mortes quand la fosse avait été recouverte. Toutefois, un détail précis que nous a donné Olga concernant une des « petites » *Aktionen* est resté ancré dans ma mémoire depuis, sans doute en raison de la façon dont il marie l'absolument trivial et accessible avec l'absolument horrible et inimaginable, et parce que ce lien improbable me permet, dans une toute petite mesure, de concevoir la scène. Olga nous a raconté que le bruit de la mitrailleuse en provenance du cimetière (qui était au bout de la route, à deux pas de chez elle) était tellement horrible que sa mère, qui avait alors une quarantaine d'années, avait sorti une vieille machine à coudre et s'était mise à piquer, afin que le grincement de la machine déglinguée pût couvrir les coups de feu. La mitrailleuse, la machine à coudre. Chaque fois qu'Olga décrivait un incident particulièrement horrible, comme celui-là par exemple, elle fermait les yeux et faisait un mouvement de ses deux mains grasses vers le sol – geste éloquent pour exprimer une répulsion littérale. C'était le genre de geste que ma grand-mère ou ma mère aurait pu faire, tout en faisant claquer sa langue avant de dire *nebuch*.

Il me paraît étrange que Friedman, le moderne, produit du siècle de Freud, n'accorde pas le moindre intérêt psychologique aux mots manquants (ou matériellement absents) que Caïn a dits à Abel, et qu'il soit au contraire profondément préoccupé par un détail qui pourrait nous sembler indigne d'une analyse poussée : « C'était pendant qu'ils étaient dans le champ. » Friedman se demande : « Quelle signification peut avoir le fait de nous informer qu'ils étaient dans un champ à ce moment-là ? » Afin de parvenir à une explication satisfaisante, Friedman passe en revue toute l'histoire des conflits violents entre frères dans la Bible, depuis le meurtre d'Abel par Caïn jusqu'à l'exécution par Salomon de son frère Adonias, des rivalités fratricides à la fois réelles et métaphoriques : entre Jacob et Ésaü, entre Joseph et ses frères, entre Abimelek et les siens (« tuant soixante-dix de ses frères », note Friedman), les guerres entre les tribus qui formaient le peuple d'Israël – Benjamin contre les autres ; Israël contre Juda –, le conflit entre les fils de David, Absalom et Amnon. Friedman continue en faisant une remarque fascinante : le mot « champ » revient de façon récurrente, comme une sorte de leitmotiv, dans ces histoires de violence entre frères. Ésaü est « un homme du champ » ; Joseph commence l'histoire du rêve qui offense tant ses frères avec un détail concernant le fait qu'ils liaient des gerbes « dans le champ » ; une femme tente de persuader le roi David de pardonner Absalon pour son acte fratricide en inventant une histoire du meurtre d'un de ses fils par un autre fils – un crime qui a eu lieu « dans le champ » ; l'histoire du conflit entre Benjamin et les autres tribus (racontée dans Juges 20 et 21) fait deux fois référence au « champ ».

Ce que Friedman déduit de tout cela est sûrement correct : « Le mot récurrent, par conséquent, semble être un moyen de relier les différentes ins-

*tances de l'assassinat d'un homme par son frère. »
Et pourtant, il y a là quelque chose, à mon sens,
qui reste une fois de plus d'un concret insatisfaisant. En effet, même s'il va jusqu'à spéculer sur les
implications psychologiques du motif fratricide
bien connu – « c'est une reconnaissance du fait
que la rivalité entre frères est ressentie par à peu
près tous les humains, et c'est une façon de nous
mettre en garde sur la nécessité d'être vigilant vis-
à-vis de nos sentiments hostiles, et aussi vis-à-vis
des sentiments de nos frères » – il semble, à moi
du moins, qu'il n'y ait pas seulement une résonance littéraire mais psychologique au détail que
toute cette violence se déroule dans un champ ; et
l'échec de Friedman à spéculer sur ce point me
conduit à me demander si le commentateur a des
frères. Parce que je trouve qu'il est naturel, d'un
point de vue psychologique (et nous savons que
c'est historiquement vrai), si vous allez faire quelque chose d'horrible à votre frère, si vous laissez
libre cours à votre rage en raison d'un ressentiment qui couve depuis longtemps, que vous proje-
tiez prudemment de le faire dehors, dans un
endroit où vous pensez que vous ne serez vu de
personne.*

Au bout de vingt minutes de notre conversation
avec Olga, son mari, Pyotr, est rentré de l'église.
De petite taille, étonnamment musclé et tonique,
portant d'épaisses lunettes et une casquette
d'ouvrier, cet homme de près de quatre-vingt-dix
ans était vêtu d'un vieux costume de couleur
indéterminée et d'un gilet serré : un paysan endi-
manché. Lui aussi a reconnu immédiatement le

nom de famille et nous a raconté des choses. Par exemple, que quiconque essayait d'aider les Juifs était abattu, ce que nous savions, naturellement – Nina nous l'avait dit, Maria aussi, et Nina s'était assurée de le rappeler à Olga, apparemment, au moment où nous avions commencé à parler avec elle. « Certains Juifs étaient employés dans les tanneries locales, disait l'Encyclopédie. Plus tard, les Juifs furent employés dans la scierie d'un camp de travaux forcés. » Ce que Pyotr nous a raconté, c'est que, lorsqu'il travaillait lui-même à la scierie et qu'il avait essayé d'employer des Juifs pour remplir les quotas d'ouvriers, les Allemands l'avaient menacé. *Vous avez vraiment besoin des Juifs ?* se souvenait-il d'avoir entendu. *Vous voulez vraiment avoir des ennuis ?* Et au moment où il a dit ça, je me suis senti déchiré entre le désir de le croire, le désir de croire que l'ouverture et la gentillesse que chaque Ukrainien rencontré pendant ce voyage avait manifestées à notre endroit, sachant que nous étions juifs, sachant ce que nous recherchions, avaient été manifestées dans le passé aussi ; et la volonté d'être objectif – d'essayer de ne pas perdre de vue, au moment où ces deux-là et tous les autres disaient combien les Ukrainiens avaient tenté ou, du moins, voulu aider les Juifs, au moment où nous étions assis en face de ces gens, au moment où nous étions assis en face d'autres gens qui nous ont reçus généreusement, et même somptueusement, dans leurs maisons, au moment où nous étions assis en face de Maria et de Nina, que personne ne raconte jamais une histoire sans avoir quelque chose derrière la tête.

Nous étions assis et nous écoutions Olga et Pyotr, et pour la première fois j'étais content de ne pas obtenir d'informations spécifiques sur mes parents, parce que maintenant que j'étais là, je n'étais plus très sûr de vouloir apprendre ce qu'ils avaient précisément enduré. Je pensais à ces gens dans le Dom Katolicki, contraints de former cette horrible pyramide humaine. Qui étaient-ils ? Quelle que soit leur identité, ils n'étaient pas des figurants anonymes. Chacun d'eux était quelqu'un, une personne – une adolescente, par exemple – avec une famille, une histoire, une cousine peut-être en Amérique, dont les enfants reviendraient peut-être un jour pour savoir ce qui lui était arrivé, pour essayer de lui redonner son identité, sinon pour elle-même, du moins pour leur tranquillité d'esprit à eux...

Et puis, alors que notre conversation s'achevait et que je me rendais compte que nous n'avions rien appris de spécifique sur Shmiel et sa famille, qu'en venant ici en personne, nous ne nous étions pas rapprochés d'un seul fait, d'un seul détail qui pourrait apporter la preuve ou le démenti des histoires que nous avions toujours entendues (y avait-il un château dans les environs ? ai-je demandé à chaque personne rencontrée, me souvenant de ce que mon grand-père avait dit, il y a si longtemps ; et la réponse inévitable tombait de nouveau, comme je m'y attendais, à savoir qu'il n'y avait pas de château, pas d'endroit où se réfugier) – alors que notre conversation prenait fin, nous avons appris un dernier détail. *Conduits à une fosse commune et abattus*. Pyotr se souvenait de la dernière *Aktion*, lorsque les Juifs avaient été emmenés dans le cimetière et abattus dans une fosse commune.

Où était la route qu'ils ont prise ? avait demandé mon frère.

Olga s'est levée vigoureusement, a pointé le doigt vers la fenêtre et dit, Ici !, et Nina a plaqué une main sur sa bouche, surprise, n'ayant jamais auparavant entendu cette histoire, apparemment, comme si elle ne parvenait pas à croire qu'une chose à la fois aussi énorme et aussi lointaine ait pu se produire *là devant*. Mais c'était en fait toujours aussi près. C'était la route sur laquelle nous avions marché pour venir jusqu'à

236

cette maison, la route sur laquelle Maria nous avait quittés.

Pyotr se souvenait aussi que, pendant cette dernière *Aktion*, alors que leurs voisins juifs de Bolechow étaient emmenés, presque nus, sur cette route – les derniers Freilich, Ellenbogen, Kornblüh, Grunschlag et Adler, quel que fût leur nom, les derniers de ces générations de Juifs de Bolechow, les bouchers, les chiffonniers, les marchands de bois, dont la présence ici, tellement inimaginable à présent, est néanmoins attestée, méticuleusement inscrite à l'encre dans des recensements et des annuaires professionnels depuis longtemps oubliés et désormais disponibles, de façon bizarre et improbable, pour quiconque dispose d'un ordinateur –, alors que les derniers des Juifs de Bolechow marchaient nus, deux par deux, vers une mort dont la date et le lieu précis n'apparaissent dans aucun document officiel, ils avaient crié en polonais à leurs voisins – c'est-à-dire à Olga qui était toujours debout, le doigt pointé vers la fenêtre, et aux autres – « Portez-vous bien », « Adieu, nous ne nous reverrons plus jamais », « Nous ne nous rencontrerons plus jamais ».

Alors qu'Alex traduisait le récit de Pyotr de la marche vers la mort de ses voisins, je me suis souvenu du timbre exact de la voix de mon grand-père au téléphone quand il disait « Adieu » : ce *a* à peine soufflé des Juifs polonais, cette prononciation qui a aujourd'hui presque disparu de la terre. Mais ce n'est pas pour cette raison que ces adieux angoissés sont restés gravés dans mon esprit et ont constitué les détails les plus horribles de tous ceux que nous avons entendus ce jour-là. C'est seulement plus tard, après mon retour aux États-Unis, que je me suis aperçu que cet unique détail reliait ce que nous avions entendu à Bolechow, ce jour-là, le jour dont tout allait dépendre, à quelque chose dont je m'étais souvenu dans les lettres de Shmiel : l'adieu à la fois conscient et impensable. *Je vous dis adieu et je vous embrasse de tout mon cœur.*

ADIEU, NOUS NE nous reverrons plus jamais.

C'est un fait bien établi que la plupart des actes de sauvagerie les plus violents perpétrés contre les Juifs de l'Europe de l'Est l'ont été, non par les Allemands eux-mêmes, mais par les populations locales de Polonais, d'Ukrainiens, de Lituaniens, de Latviens – par les voisins, les intimes, avec qui les Juifs avaient vécu côte à côte pendant des siècles, jusqu'à ce qu'un délicat mécanisme se grippe et qu'ils se retournent contre eux. Il y a des gens qui trouvent ça étrange – à commencer par les Juifs eux-mêmes. Plus d'un survivant que j'ai pu interviewer, dans les années qui ont suivi ce premier voyage à Bolechow, a exprimé sa sidération, sa colère ou sa rage devant le fait que des gens qu'il avait considérés comme ses voisins ont pu, tout à coup, devenir des tueurs.

Des *cannibales*, a craché une femme à Sydney. Je les appelle des *cannibales*. Nous avons vécu en voisins pendant des années – et puis, soudain, *ça*.

Un autre des Australiens dont je ferais la connaissance plus tard se référait constamment et assez nonchalamment aux collaborateurs ukrainiens en les traitant de *bouchers*, un peu comme vous diriez de quelqu'un qu'il est un vrai *fonceur* ou de quelqu'un d'autre qu'il *n'a pas froid aux yeux*. Un après-midi, il m'a dit, Strutinski était un boucher, c'est bien connu, il a tué beaucoup de gens. Et il y avait un boucher, Matwiejecki, qui se vantait d'avoir tué quatre cents Juifs de ses propres mains. Il y avait aussi une famille connue sous le nom de Manjuk – une famille d'Ukrainiens, ils parlaient parfaitement le yiddish, et deux des frères s'en sont pris aux Juifs pendant l'Holocauste et ils en ont tué beaucoup, eux aussi.

Ils parlaient parfaitement le yiddish ? ai-je demandé, sidéré. Ce type en Australie a hoché la tête et m'a expliqué que, bien sûr, bien des chrétiens de Bolechow, polonais aussi bien qu'ukrainiens, parlaient parfaitement le yiddish – c'est dire à quel point ils étaient proches.

Avec un sourire triste, il a ajouté, Nous étions les premiers multiculturalistes.

Il m'a semblé que, derrière l'incrédulité triste ou amère des gens à qui j'ai parlé, pour ne rien dire de celle que la plupart des gens affichent quand ils sont confrontés au fait qu'un voisin peut facilement en assassiner un autre, quand les circonstances s'y prêtent – chose que nous avons pu encore voir plus récemment qu'en 1941 –, derrière l'amertume et l'incrédulité, il y a cette supposition, assez générique et peut-être optimiste, qu'il est plus difficile de tuer ceux qui vous sont proches que des inconnus complets. Mais je n'en suis pas si sûr. La crosse et le fléau, le bras cassé, les prothèses de polio, l'horrible mariage forcé, *je t'écris pour te dire que tu as perdu la tête*. La seule fois où j'ai eu l'audace de demander à mon père pourquoi il avait cessé de parler à son frère, un silence annihilant qui a duré la plus grande partie de ma vie, il m'a répondu, Parfois, il est plus facile de s'entendre avec des étrangers.

In, *interior*, *intimus*. L'intimité peut conduire à des émotions autres que l'amour. Ce sont ceux qui ont été trop intimes avec vous, vécu trop près de vous, vu trop de votre douleur ou de votre envie ou, peut-être plus encore, de votre honte, que vous pouvez, au moment crucial, facilement rompre, exiler, exclure, tuer.

Il est peut-être utile de noter que notre commentateur médiéval, Rachi, se soucie d'expliquer la célèbre question de Dieu, « Où est ton frère Abel ? », alors que notre commentateur moderne se concentre sur la réponse tout aussi célèbre de Caïn, qu'il traduit par, « Dois-je veiller sur mon frère ? » Rachi se demande pourquoi le Dieu omniscient prend la peine de poser à Caïn une

question dont Il doit connaître la réponse. Ici encore,
son intérêt primordial est psychologique plutôt que lit-
téraire. Pourquoi Dieu questionne-t-il Caïn ? « Pour
entamer une conversation, dit Rachi, avec des mots de
quiétude », en guise d'encouragement pour le frère cou-
pable : « Peut-être qu'il se repentirait et dirait : "Je l'ai
tué et j'ai péché contre Toi." » Pour le commentateur
français du Moyen Âge, la question de Dieu n'a rien à
voir avec une quelconque curiosité – comment cela se
pourrait-il ? – mais reflète plutôt une touchante
nuance psychologique : le désir de Dieu de donner à
Caïn une chance d'admettre sa culpabilité. Quand je
lis ce passage, je me souviens que Rachi, en dehors
d'être un grand sage, était aussi un père.

Avec raison, Friedman refuse de rendre les mots
de Caïn sous la forme bien connue du « Suis-je le
gardien de mon frère ? ». Il traduit comme il le fait
parce que le mot « veiller » récapitule joliment un
motif qui se répète en hébreu, un jeu continu dans
la Genèse sur la racine du mot « veiller », sh-m-r.
Ainsi l'homme est-il placé dans le Jardin d'Éden
pour le cultiver et le « veiller », ul sham'rahu ;
après la chute de l'homme, les chérubins ont pour
mission de « veiller » (lish'm'or) sur le chemin qui
conduit à l'Arbre de Vie ; et plus tard, Dieu promet
de tenir parole à Abraham et à ses descendants
parce que Abraham « a veillé pour moi »
(wayyish'mor). La phrase est donc associée à la
loyauté – et, bien entendu, à la déloyauté. C'est
dans ce contexte, soutient Friedman, que nous
devons comprendre la réponse de Caïn à Dieu : « À
présent, le premier être humain à en avoir assas-
siné un autre met en question, avec cynisme, sa
responsabilité de veiller sur son frère. » En d'autres

termes, c'est uniquement dans le contexte de cette considération constante de l'idée de « veille » dans la Genèse qu'il nous est possible d'apprécier pleinement l'étendue de l'échec de Caïn en tant que frère.

APRÈS AVOIR PARLÉ avec Olga et Pyotr, nous avons quitté Bolechow et nous sommes retournés à L'viv. Comme j'avais l'impression que nous avions obtenu quelque chose de concret, de spécifique, et que j'étais par conséquent satisfait, et comme nous nous sentions tous un peu vidés, j'ai eu presque peur lorsque, au moment où nous remontions dans la voiture, un groupe de vieilles Ukrainiennes est passé lentement et qu'Alex, voulant se rendre utile, a crié dans leur direction à travers la place herbue pour leur demander si elles avaient connu une famille nommée Jäger. Les femmes paraissaient petites, leurs silhouettes découpées sur la grande maison à deux étages qui, nous a dit Alex, avait sans aucun doute appartenu à des Juifs, comme c'était le cas de la plupart de celles qui entouraient la Ringplatz. Trois d'entre elles se sont mises à parler rapidement ensemble et, même à une dizaine de mètres de distance, nous pouvions voir briller leurs couronnes en argent. Après avoir consulté les autres, l'une s'est tournée et a répondu à Alex, en agitant les bras dans ce geste universel d'ignorance innocente. Elle a parlé pendant une minute environ. Puis Alex a hoché la tête dans leur direction avant de s'adresser à nous.

Elles n'ont connu personne du nom de Jäger. Elles se souviennent seulement d'une famille juive qui s'appelait Zimmerman. Ça vous dit quelque chose ?

Non, lui ai-je répondu, moi qui connaissais l'histoire complète de la famille, l'intrication des arbres généalogiques. Cela ne nous disait rien. Nous sommes montés dans la voiture, obscurément soulagés, et nous avons repris la route de Lviv.

Sur le chemin du retour, nous étions tous silencieux, essayant d'absorber ce que nous avions entendu – les détails que nous avions enfin sur ce qui s'était passé, même si ce n'étaient pas les circonstances spécifiques du sort de nos parents – qu'il ne paraissait plus soudain, il faut le dire, vital de connaître, maintenant que nous savions ce que nous savions. Mais, une fois arrivés à notre hôtel, une volubilité réactive a pris place et nous nous sommes tous assis dans le salon pour discuter, tard dans la nuit, de ce que nous avions vu et entendu. Puis nous sommes montés dans nos chambres. La conversation que j'ai eue cette nuit-là avec Andrew, une fois dans notre chambre, a été très différente de celle que nous avions eue la veille, quand nous étions encore anxieux, irrités et inquiets à l'idée de ne rien trouver à Bolechow, une fois que nous y serions. La veille, nous étions restés allongés sur les étroits lits jumeaux de notre chambre, nous nous étions fait part de nos petites irritations entre nous et vis-à-vis des autres, quelque chose qu'avait dit Jennifer et qui m'avait agacé, la sombre irritation de Matt à l'endroit d'Andrew, et à un moment donné, Andrew avait dit, Peut-être qu'il est impossible d'avoir de bons rapports entre frères et sœurs.

À présent, quelque chose d'indéfinissable avait changé, et l'atmosphère s'était allégée. À présent, nous étions excités. Le voyage jusqu'à la ville, l'hospitalité et l'exubérance de Nina, la politesse translucide de Maria, essayant à toute force de replacer la photo d'un visage qui, si elle l'avait jamais vu, avait disparu de la terre deux vies plus tôt, l'exubérance prudente d'Olga et de Pyotr – nous avions, après tout, trouvé quelque chose ici ; pas exactement ce que nous étions venus chercher, peut-être pas dans le détail ; mais nous avions établi un contact.

Et donc, remplis d'énergie de nouveau, nous avons tous décidé d'y retourner le lendemain – non pas pour de nouvelles interviews, puisque nous doutions de pouvoir trouver quelqu'un d'autre, mais pour voir le cimetière, pour faire un semblant de visite de l'endroit où les membres de ma famille avaient été enterrés depuis trois cents ans. Nous n'avions pas l'espoir de retrouver leurs tombes. Les pierres tombales, nous le savions, seraient toutes en hébreu, effacées, et difficiles à déchiffrer ; de plus, nous savions que dans ces vieux cimetières juifs, les noms de famille étaient rarement utilisés, puisque la coutume biblique était toujours de règle : ici repose untel, fils ou fille d'untel. Et nous savions aussi, en raison d'une visite antérieure d'Alex, qu'il y en avait des centaines et des centaines. Une autre meule ; d'autres aiguilles. Nous y sommes allés quand même.

Le trajet d'une heure et demie entre Lviv et Bolechow a paru plus court le lendemain. Nous étions tous de bonne humeur, discutant de nos découvertes de la veille. Notre chance avait tourné. Et en effet, alors que nous nous garions le long de ce petit ruisseau qui longe un des côtés de l'ancien cimetière, Matt s'est mis à crier.

Stop ! Stop ! Sima Jäger ! Sima Jäger ! a-t-il répété, le doigt pointé vers la droite.

Du côté qu'il indiquait se trouvait une pierre tombale solitaire, au sommet de la colline. Elle portait des caractères romains et non hébraïques, qui disaient : SIMA JÄGER. J'étudiais cette famille depuis l'âge de treize ans et j'ai donc su immédiatement qu'il s'agissait de la grand-tante de mon grand-père. Nous nous sommes garés et nous avons gravi rapidement la colline herbue. Nous avons passé un long moment là-haut, à prendre des photos des pierres tombales, à les filmer, et quand nous sommes repartis, j'ai fait ce que font les Juifs quand ils se rendent dans un cimetière : poser une pierre sur une pierre tombale. J'ai trouvé une pierre et je l'ai placée sur la pierre tombale de Sima, et j'ai pris d'autres pierres aussi pour les mettre sur la tombe de mon grand-père, une fois que nous serions revenus à New York. Au loin, au bord du cimetière, à l'endroit où la procession de pierres gravées prenait fin soudainement, des enfants blonds ukrainiens se balançaient sur un vieux pneu suspendu à la branche d'un vieux chêne massif. C'étaient de beaux enfants et Matt, qui aime photographier les enfants plus que tout – même si, en raison de ce voyage et des nombreux autres que lui et moi ferions ensemble, il n'allait photographier que des vieux –, n'a pas pu résister à l'envie de prendre des photos des filles et des garçons minces et blonds qui jouaient au milieu des tombes des Juifs oubliés. Sur une de ces photos, un des garçons s'est hissé sur une pierre tombale particulièrement grande et à l'aspect solide – très clairement le monument de quelqu'un d'une stature certaine. Longtemps après que nous sommes rentrés chez nous, j'ai remarqué pour la première fois que le nom inscrit sur la pierre tombale était KORNBLÜH. Le texte gravé précise : c'est la tombe d'une fille qui est morte avant même d'avoir pu se marier...

Nous sommes restés là, à regarder Matt prendre ses photos. L'étendue de terre assez large, sur laquelle le pneu chargé des enfants piaillants décrivait un grand arc de cercle, était légèrement décolorée et très dure, comme si elle avait été délibérément damée, il y a bien longtemps.

Il y a un problème de traduction bien connu dans l'histoire de Caïn et Abel. Ce que dit l'hébreu en fait à un moment donné, c'est « la voix/le son des sangs de ton frère crient vers moi depuis la terre ». Comme kol, *« voix » ou « son » est au singulier, mais que le mot pour « sang »,* d'mây, *et la forme du verbe « crier »,* tso'akiym, *sont au pluriel, il faut trouver un moyen de résoudre le problème d'accord quand on traduit la déclaration de Dieu. Le premier, auquel ont recours la plupart des traducteurs, consiste à ignorer tout simplement la grammaire et à traduire la phrase de la manière suivante : « La voix du sang de ton frère crie… » Mais c'est évidemment incorrect, puisqu'un nom au singulier, « voix », ne peut pas être le sujet d'un verbe au pluriel. Les éditeurs du commentaire de Rachi, dans leur propre traduction de ce passage, transmettent la vieille syntaxe tout en essayant d'en dégager le sens : « Le son des sangs de ton frère, ils crient vers Moi depuis la terre ! » En d'autres termes, la phrase « Le son des sangs de ton frère » devient essentiellement une interjection légèrement déchiquetée, mais au sens strict, toujours déconnectée du point de vue de la syntaxe de la déclaration réelle, qui veut que des choses soient en train de crier depuis la terre (Rachi, soit dit en passant, explique l'étrange pluriel « sangs » de deux façons, l'une assez figurative et l'autre tout à fait littérale. Tout d'abord, Rachi pense poétiquement : il imagine que les pluriels font référence à « son sang et à celui de sa progéniture ». Il raisonne ensuite de manière pratique, à la façon dont pense un homme qui voudrait commettre un meurtre : « Caïn a frappé Abel en plusieurs endroits parce qu'il ne savait pas d'où s'échapperait son âme »).*

La traduction de Friedman est bien plus audacieuse et, je ne peux pas m'empêcher de le penser, bien plus efficace : « Le bruit ! Le sang de ton frère crie vers moi depuis la terre ! » Ici, il ne cache pas qu'il arrache ce singulier gênant, « Le bruit ! », au reste de la phrase, afin qu'il soit isolé comme une pure exclamation d'horreur. L'effet produit est double. D'une part, c'est à la fois émouvant et troublant en quelque sorte de penser que le son du sang répandu dans la violence pourrait être tellement violent que Dieu lui-même ne pourrait réagir autrement que de façon humaine, comme s'il plaquait ses mains sur ses oreilles : le bruit ! Mais ce qui est véritablement étrange dans cette façon de traiter l'étrange hébreu du texte, c'est qu'il est suggéré, très nettement, que les cris des victimes innocentes, après que le sang a été répandu, continuent de jaillir de l'endroit où il a coulé.

NOUS AVONS LAISSÉ le cimetière derrière nous et nous avons marché jusqu'au centre de la ville. Là, nous nous sommes arrêtés devant la maison qui a été construite sur le site de celle de Shmiel pour prendre quelques photos. Pendant que nous le faisions, un jeune Ukrainien, très grand, avec des cheveux blonds coupés au bol et le long visage d'icône qu'on voit partout dans cette région, a surgi de cette grande maison et nous a demandé, non sans une certaine agressivité suspicieuse, qui nous étions et ce que nous faisions. Une fois de plus, Alex a parlé ; une fois de plus, il a raconté la même histoire. Et une fois de plus, l'accueil inattendu. Le visage du garçon – il ne devait pas avoir plus de vingt-cinq ans – s'est fendu d'un immense sourire, et il nous a fait signe d'entrer.

Il dit que c'est un grand honneur, a dit Alex, et ce n'était pas la première fois qu'il le disait ce jour-là. Il dit, Entrez, s'il vous plaît.

Et donc, une fois de plus, nous nous sommes alignés et le garçon, qui s'appelait Stefan, nous a priés de nous asseoir dans la salle de séjour, où était accrochée, parmi d'autres éléments de décoration, une reproduction de *La Cène*. Il a disparu dans la cuisine et nous avons entendu une conversation empressée entre Stefan et sa jolie femme blonde, Ulyana. Quelques minutes plus tard, il a réapparu, une bouteille de cognac à la main, et il a dit quelque chose à Alex.

Il vous invite tous à boire un verre, a expliqué Alex. Nous avons tous fait des petits bruits polis en guise de refus, jusqu'à ce qu'il devienne clair que refuser serait impoli. Nous l'avons laissé remplir nos verres et nous avons bu. Nous avons bu des toasts à mon grand-père, qui était né quelque part très près de l'endroit où nous étions assis ; nous avons bu des toasts à l'Amérique et à l'Ukraine. Il n'était même pas midi. L'émotion intense et l'improbabilité extrême de la longue matinée commençaient à se faire sentir ; nous étions tous un peu partis. Ulyana s'activait dans la cuisine et, très vite, Stefan est ressorti en tenant deux poissons séchés par la queue, expliquant à Alex qu'il voulait que nous les rapportions chez nous. Il a insisté pour nous servir une autre tournée et nous avons porté de nouveaux toasts. Stefan a dit que nous nous ressemblions tous et j'ai répondu que c'était un compliment pour la vertu de ma mère. Rires, nouveaux toasts.

Puis, en pensant à la longue et spacieuse propriété autour de nous, qui s'étendait loin sur la route en direction de l'église, et qui abritait des vergers de pommiers, de pruniers et de cognassiers, j'ai prié Alex de lui demander comment ils s'étaient retrouvés dans cette maison. Stefan a répondu, en souriant, qu'elle avait appartenu au père de sa femme, qui l'avait acquise après la guerre. À qui son beau-père l'avait-il achetée ? avons-nous demandé. Le garçon a écarté les mains en signe de perplexité et a fait ce même sourire froncé qu'avait fait Maria vingt-quatre heures plus tôt, quand je lui avais parlé du castel.

Il ne sait pas, a dit Alex, même si j'avais déjà compris ce que voulait dire *nye znayu*. Même si je n'avais pas su que ce garçon blond, au visage long et aux pommettes saillantes de belle icône orthodoxe, venait de dire *Je ne sais pas*, je m'y serais attendu de toute façon. Peu importe : si Olga est la plus proche dans le temps de ce que nous étions venus chercher, il est certain que la demi-heure que nous venions de passer était ce qu'il y avait de plus proche dans l'espace. À cet endroit même, ils avaient tous vécu ; et, pour autant que nous le sachions, ils y étaient morts aussi. Ce ne serait pas avant d'arriver à Sydney que nous saurions à quel point nous nous étions trompés à ce moment-là.

Alors que nous marchions en direction de la voiture, Stefan a couru vers nous avec un panier à la main. Il était rempli de pommes, de minuscules pommes vertes, pas encore mûres, qu'il avait fait tomber d'un des arbres. Il a soulevé le panier et l'a tendu vers nous, tout en disant quelque chose à Alex.

Pour votre mère, a dit Alex. Pour qu'elle ait des fruits de la maison qui aurait dû être la sienne !

C'était un geste touchant et délicat. Mais je savais que ce n'était pas, en réalité, la maison où ma famille avait vécu et où mon grand-père était né, d'où Shmiel avait écrit ces fameuses lettres. Nous avions déjà appris que cette maison avait été détruite, soit pendant la guerre, sur l'ordre des Allemands, soit immédiatement après, pour faire place aux constructions plus importantes et plus modernes des Ukrainiens qui, enfin libérés de leurs oppresseurs et exploiteurs polonais et juifs, avaient estimé certains, étaient les seuls habitants de la ville, maintenant que leur tour était venu.

Lorsque le crime de Caïn est découvert, Dieu annonce à ce dernier son châtiment : Caïn, dit-il, sera plus maudit que la terre qui a bu le sang de son frère ; la terre ne sera plus généreuse pour lui ; il errera sur la terre en perpétuel exil. Tout dépend de savoir si nous interprétons la réponse de Caïn à ces sinistres nouvelles comme une question ou une déclaration. Caïn dit-il « Ma peine est trop lourde à porter ! » ou bien se demande-t-il « Ma peine est-elle trop lourde à porter ? » Et est-ce

« je devrai me cacher loin de ta face » ou « devrai-je me cacher loin de ta face » ? Friedman, qui écrit pour un public moderne, interprète le texte littéralement – c'est-à-dire comme une déclaration abjecte : Caïn ne sait absolument pas comment il va supporter sa culpabilité et son exil. Rachi, comme à son habitude, se soucie des implications cachées du texte.

Pour Rachi, Caïn réprimandé pose une question résignée, rhétorique, qui suppose une réponse négative : il sait bien que non, sa peine n'est pas trop lourde, qu'il sera en mesure de supporter en quelque sorte son péché, puisque (comme le souligne Rachi) si Dieu supporte « les domaines supérieurs et les domaines inférieurs », comment se pourrait-il qu'un homme ne puisse pas supporter sa peine ? Et il sait parfaitement bien que non, il n'aura pas à se cacher de la face de Dieu : car comment, connaissant le grand pouvoir de Dieu, pourrait-il être jamais caché de sa face (question qui appelle, bien entendu, la question plus difficile de *savoir pourquoi, si aucun crime ne peut être caché au regard de Dieu, Il tolère que les crimes puissent même être commis) ? Pour bien des gens, il sera difficile de ne pas préférer cette ancienne lecture, parce qu'elle suggère que, rétrospectivement du moins, Caïn comprend que, aussi loin qu'il aille dans les champs apparemment lointains et dans les endroits cachés, le criminel sera toujours vu du regard de Dieu.*

UNE AUTRE MAISON m'avait préoccupé au cours de notre voyage.

Cette maison, qui est située à Striy, ancienne-ment Stryj, la petite ville entre Lviv et Bolechow, était toujours debout. Le problème était de la trouver. Elle avait appartenu à Mme Begley, la mère de mon ami, qui ne cessait de corriger ma façon de prononcer les noms des villes polonai-ses. En dépit de mon mauvais accent polonais, elle avait été cependant intriguée par mon intérêt pour son monde disparu et, peu après cette pre-mière rencontre, Mme Begley m'avait invité à boire le thé dans son appartement de l'Upper East Side. Au départ, elle avait paru sceptique quant à l'intensité de mon intérêt, mais rapide-ment elle m'a montré des choses : de vieilles pho-tographies, le livre Yizkor de Stryj. Ce n'est pas une femme sentimentale – lorsqu'elle m'a dit de ne rien apporter, lors de cette première invitation à venir boire le thé, en janvier 2000, et que j'ai apporté un bouquet de fleurs, elle a eu l'air posi-tivement ennuyée ; ou du moins c'est ce que j'ai cru alors, moi qui n'avais pas encore appris à lire les signaux compliqués qu'elle émettait – mais elle a pleuré, un tout petit peu, ce samedi après-midi-là chez elle, lorsqu'elle m'a montré le livre Yizkor.

Dix-sept ans, a-t-elle dit, à la fois gênée et agacée par ses larmes, en me montrant une photo un peu floue d'un garçon disparu – un neveu, un cousin, je n'arrive plus à me souvenir à présent. Il avait *dix-sept ans*, il a failli s'en sortir.

Puis elle a eu un geste d'impatience et m'a fait asseoir à la table, avec la belle nappe blanche et l'assiette de condiments, le plateau de pain noir en tranches et de saumon fumé, et le plat blanc avec l'assortiment de pâtisseries et de gâteaux secs. Sa bonne, Ella, une Polonaise blonde et affable, d'une cinquantaine d'années peut-être, s'est approchée nerveusement avec une théière à la main.

Vous n'auriez pas dû vous donner tant de peine, madame Begley ! – en disant ces mots, j'ai soudain eu l'impression d'avoir douze ans et de répéter avec application les politesses apprises pendant mon enfance à Long Island.

Elle m'a jeté un regard qui n'avait rien d'adorable. Que voulez-vous que je fasse ? a-t-elle dit sur un ton qui était un mélange d'irritation et d'indulgence. Je suis une vieille dame, polonaise et juive. C'est comme ça.

J'ai mangé le saumon, les gâteaux secs.

Et cela a duré pendant les quelques mois qui ont suivi. Il y avait quelque chose de très formel, presque rituel, dans ces visites ; récemment encore, elle refusait de m'appeler autrement que *monsieur Mendelsohn*. Le téléphone sonnait et une voix disait, *Monsieur Mendelsohn, pourquoi*

*ne venez-vous pas prendre le thé la semaine pro-
chaine, vendredi vous conviendrait, oui, vendredi,
d'accord, à vendredi donc.* Quand j'arrivais, elle
m'attendait dans la petite entrée, bien droite et
élégante dans une de ses robes d'hôtesse en
velours bleu nuit qu'elle affectionnait. Je présen-
tais les fleurs que j'avais apportées et, les ignorant, elle préférait me serrer la main et dire,
pendant qu'Ella me débarrassait des fleurs,
Venez manger quelque chose. Nous traversions
lentement l'entrée jusqu'à la salle à manger et là,
nous mangions le saumon et les gâteaux secs,
nous buvions le thé, qui était, en fonction de la
saison, chaud ou glacé, et nous parlions de mes
enfants ou de ses enfants et petits-enfants, et
arrière-petits-enfants. Parfois, après cette colla-
tion, nous passions dans la salle de séjour avec
ses douzaines de photographies encadrées de son
fils et de ses enfants et petits-enfants, avec son
sofa profond et ses fleurs fraîches, avec cette
atmosphère légèrement confinée des pièces où il
n'y a pas beaucoup de mouvement rapide, une
atmosphère de contemplation plutôt que
d'action, une atmosphère de musée ou de mémorial, et elle s'asseyait dans le coin dans son imposant fauteuil à grand dossier et je restais perché
sur le bord du sofa, profond et mou, et nous parlions encore un peu. Puis, peu de temps après,
elle prenait sa canne et, en se levant comme le
font les reines ou les Premiers ministres pour
indiquer gentiment mais fermement que
l'audience est à présent terminée, elle disait, *Hé
bien, maintenant, au revoir et merci.* Elle me
présentait sa main noueuse, parcheminée et

fraîche, comme le ferait une impératrice détrônée avec un membre de sa cour qui l'aurait connue avant la révolution, et je m'en allais.

À l'époque où ces visites avaient lieu, mon grand-père, dont les histoires, les secrets et les mensonges à préserver, à découvrir et à démêler, ont occupé une bonne partie de ma vie, était mort depuis un quart de siècle, et avec lui tous les autres. Et à présent j'étais là, à prendre le thé tous les mois avec cette femme, née seulement huit ans après mon grand-père, qui était donc de sa génération et de sa culture. C'est pourquoi j'ai ressenti, lorsque j'ai commencé à rendre visite à Mme Begley, que quelque chose m'avait été rendu de façon inattendue, que j'avais un peu triché avec la mort, tout comme elle l'avait fait. L'époque où ces vieux Juifs, qui m'avaient entouré quand j'étais un petit garçon et qui savaient, semble-t-il, tant de choses que j'avais besoin de connaître aujourd'hui, étaient vivants me manquait tellement. Cette fois, je me l'étais dit dans les premiers mois de ma rencontre avec Mme Begley, au début du nouveau millénaire, je ne laisserais rien passer, je serais conscient de chaque mot prononcé, je n'oublierais rien. En la connaissant, avais-je pensé, j'opérerais une réparation pour tous les autres que j'avais ignorés, à cause de ma jeunesse et de ma stupidité, ou des deux.

Et donc, juste avant mon départ pour l'Ukraine, en cet été 2001, je lui avais promis que nous irions à Striy pour retrouver sa maison. Une semaine environ avant de retrouver mes frères et ma sœur à Kennedy Airport, je suis allé la voir à son appartement. Elle voulait me dire un certain nombre de choses avant que je parte, m'avait-elle dit un jour au téléphone. Je suis donc allé chez elle un vendredi. Elle était assise, raide comme un piquet, dans son fauteuil de la salle de séjour, dans sa robe de velours, la main posée sur sa canne. Nous allions parler affaires ce jour-là : il n'y avait que du thé glacé dans la salle de séjour pendant qu'elle me dictait les noms des endroits que je devais aller voir là-bas. *Morszyn*, m'a-t-elle dit, prononçant le nom d'une station thermale dont elle avait encore des brochures promotionnelles, en polonais et en français, vieilles de soixante ans. *Skole*. Puis, d'une main tremblant imperceptiblement, elle a dessiné sur une feuille de papier une carte destinée à m'indiquer l'endroit où se trouvait la maison où elle avait vécu quand elle était petite fille à Rzsezow, une petite ville à mi-chemin entre Cracovie et Lviv (j'ai la feuille de papier dans la main à l'instant). Ensuite, elle m'a fait noter l'adresse de la maison dans laquelle elle et son mari, puis son fils, mon ami, avaient vécu autrefois à Striy. Elle était assise là, austère, antique, se réjouissant de me dicter ces informations, et faisant semblant de ne pas être excitée.

Devant la maison, nous avions les plus merveilleux lilas, avait-elle dit. Les plus merveilleux, vous ne pouvez pas imaginer.

J'avais remarqué qu'elle disait souvent *vous ne pouvez pas imaginer* lorsqu'elle voulait évoquer un souvenir positif, plaisant, de son passé, comme s'il avait été inutile d'essayer d'ajouter des adjectifs plus concrets, plus descriptifs, pour ce qui avait été bien dans le passé puisqu'il avait entièrement disparu, après tout. Quand elle avait parlé des lilas, j'avais pris en silence la résolution de lui rapporter des fleurs de la maison où elle avait vécu, il y avait si longtemps. Ces fleurs-là, je m'étais dit, elle les accepterait.

Le lendemain de notre première visite à Bolechow, le jour où nous étions retournés pour voir le cimetière, j'avais dit à Andrew, à Matt, à Jennifer et à Alex que je voulais vraiment m'arrêter à Striy. Au début, tout le monde s'est félicité du défi d'avoir à retrouver la maison de Mme Begley et, naturellement, il leur était impossible de résister à l'idée de faire cette faveur à une vieille dame juive, une survivante de l'Holocauste, vivant à New York (ils ne l'avaient pas rencontrée et ça m'amusait d'imaginer ce qu'ils auraient pensé s'ils avaient été confrontés à cette vieille dame singulière, si différente des vieilles expansives et adorantes que nous avions connues pendant notre enfance). Mais la quête a vite laissé place à la frustration. Le problème de cette maison était, en un certain sens, l'inverse de celui de la maison qui s'élève aujourd'hui à la place de la maison n° 141 à Bolechow. Là-bas, nous avions trouvé l'endroit, mais la maison elle-même avait été détruite – c'était le même endroit, mais la structure était différente. Ici, on nous disait que la maison était toujours debout – une grande maison sur l'avenue principale de la ville, tout le monde la connaissait – mais nous ne pouvions pas la trouver. Numéro cinq, rue du Trois-Mai, m'avait dit Mme Begley lorsqu'elle m'avait donné la liste des choses à voir en Galicie. Mais l'histoire, je l'ai appris, a un talent pour créer le chaos dans la géographie locale, et la rue du Trois-Mai avait changé de nom tant de fois qu'il était difficile de savoir quelles rues et quelles maisons sous nos yeux correspondaient aux rues et aux maisons sur la carte de Stryj d'avant-guerre que nous avions réussi à nous procurer...

... Nous nous étions procuré la carte de la manière suivante : lorsque j'ai dit à Alex que nous voulions nous arrêter à Striy, il nous a signalé qu'il y avait là quelqu'un que nous voudrions certainement rencontrer, compte tenu de nos intérêts – Josef Feuer, connu de partout comme le dernier Juif de Striy. Le jour où nous avons passé tant de temps à chercher la maison de Mme Begley, Alex a fini par nous emmener dans un bloc d'appartements délabré dans les faubourgs de la ville, et nous avons gravi les escaliers en béton, froids et humides, qui conduisaient à l'appartement de Feuer. Le vieil homme, voûté mais digne, avec une petite barbe blanche et un air d'érudit, nous a fait signe d'entrer dans la pièce encombrée, et tous les quatre nous sommes entrés à petits pas et assis autour d'une table en bois au milieu de la pièce. Nous avons bavardé un moment avec Josef Feuer, qui nous a raconté, dans un mélange d'allemand, de yiddish et de russe, que j'ai essayé de traduire simultanément pour ma sœur et mes frères, l'histoire de sa survie, qui était semblable à celle d'Eli Rosenberg dont j'avais entendu parler un peu plus tôt dans l'année : après s'être échappé de justesse, il avait fui vers l'est, servi dans l'armée soviétique, avant de revenir vers une ville dévastée. Tout comme Rosenberg, Feuer s'était marié et était resté dans sa ville natale, mais à la différence de Rosenberg, il avait fait autre chose. Pendant que nous étions assis là à écouter son histoire, il était difficile de ne pas regarder bêtement autour de soi, car l'appartement avait été transformé en archives privées, en musée d'une culture éteinte, où Feuer avait lui-même assemblé tous les fragments de la vie juive perdue de Striy sur lesquels il avait pu mettre la main : vieux livres de prière, cartes, documents jaunis, enquêtes municipales, photos de gens qu'il avait connus et de bien d'autres qu'il n'avait pas connus, des cartons gonflés de ses correspondances en cours avec Yad Vashem ou le gouvernement allemand. C'est de ces archives poussiéreuses qu'il avait sorti, lorsque nous lui avions dit pourquoi nous étions à Striy ce jour-là, plusieurs grandes cartes anciennes de la ville ; et c'était d'une masse importante de papiers récents qu'il avait sorti un échange de lettres qui, disait-il, nous amuserait. Il avait écrit, a-t-il dit, au gouvernement allemand, il y avait peu de temps, pour l'engager à ériger un mémorial sur le site de la grande *Aktion* dans la forêt de Holobutow, à la périphérie de la ville, où avaient été emmenés et abattus mille Juifs en 1941. Le site, disait-il dans sa lettre, était en friche, mais on pouvait voir des os surgir du sol.

Tout en nous racontant cette histoire, Feuer avait sorti une copie de la lettre qu'il avait écrite en allemand et envoyée à Berlin. Puis il en a sorti une autre, marquée de ce qui ressemblait à un tampon officiel du gouvernement. Les Allemands, a-t-il dit, avaient répondu avec un grand empressement et proposé la chose suivante : si M. Feuer et les autres membres de la communauté juive de Striy pouvaient lever quelques fonds pour la conception du site de la forêt de Holobutow et la construction du mémorial, le gouvernement allemand serait tout à fait prêt à apporter une contribution du même montant.

Arrivé à ce point de son récit, Feuer a brandi une autre feuille de papier : sa réponse à la proposition allemande. Il est difficile, aujourd'hui, de se souvenir de l'essentiel, dans la mesure où l'ouverture de sa lettre captait toute l'attention. Elle disait : *Monsieur, tous les autres membres de la communauté juive de Stryj sont* dans *la forêt de Holobutow*. Ce fait, de l'exactitude duquel nous n'avons pas de raison de douter, est certainement ce qui a conduit cet homme délicat, à l'allure d'érudit, à se tourner vers nous, alors qu'il descendait les escaliers de son immeuble après notre entretien, pour dire à Matt, qui prenait cette photo à cet instant-là, *Dites-leur que je suis le Dernier des Mohicans…*

… C'est DONC LA carte de Josef Feuer que nous avons utilisée pour essayer de déterminer où se trouvait la rue du Trois-Mai. Dans la rue qui semblait être la candidate la plus probable, Alex a arrêté une femme très âgée qui portait un foulard sur la tête. Il a commencé à expliquer en ukrainien ce que nous cherchions et puis, avec une grimace gênée sur son grand visage aimable, il s'est interrompu et tourné vers moi.

Le nom de votre amie à New York, c'est comment déjà ?

Begley, ai-je répondu, avant de secouer la tête et de corriger : *Begleiter*.

Ah, *Doktor Begleiter* ! s'est exclamée la femme, avant même qu'Alex ait pu traduire. Elle a fait un grand sourire et lui a dit quelque chose rapidement en ukrainien, Il s'est alors tourné vers nous pour dire, Elle dit que c'était un docteur très important ici.

Soixante ans, me suis-je dit, des milliers de kilomètres, et nous avons réussi à tomber sur cette femme dans la rue, qui se souvenait soudain de ce fait, de ce que nous étions venus chercher. Pourtant, l'objet concret, la maison où avait vécu le docteur très important, était impossible à retrouver. Pendant près d'une heure, nous avons arpenté cette longue avenue ; à un moment donné, nous avons filmé une maison qui portait le numéro 5, même si nous avons appris immédiatement après que cette portion de la rue ne faisait pas partie de la rue du Trois-Mai avant la guerre. Au bout d'un moment, mes frères et ma sœur se sont mis à ronchonner, et plutôt que de continuer à chercher, je me suis mis à prendre des photos de chaque maison dans la rue qui avait été, on nous l'a assuré, la rue du Trois-Mai. Lorsque j'ai timidement montré ces photos à Mme Begley, juste après notre retour d'Ukraine à New York, elle a fait la grimace et secoué la tête avec lassitude.

Achhh, c'est *très* décevant, a-t-elle dit pendant que nous mangions le déjeuner qu'elle avait préparé pour célébrer mon retour. Elle avait regardé les diapositives que j'avais faites et elle n'avait cessé de répéter, Je vous le dis, ce n'était pas ma rue.

Pourtant, elle avait scruté avidement chaque photo, chaque diapositive, chaque minute de la vidéo que nous avions faites dans les rues de Striy, y compris les images désolées de l'ancienne grande synagogue de la ville, désormais en ruine, des arbres immenses surgissant de l'intérieur et exposés aux rayons du soleil puisque le toit avait disparu. *Regardez*, a dit Mme Begley, alors que nous étions, elle, Ella et moi, perchés assez inconfortablement sur le bord de son lit, face à la télévision. Elle avait pointé le doigt et disait, C'était ma vie. Une fois la vidéo terminée, nous sommes allés dans la salle à manger, où Mme Begley a regardé de nouveau les diapositives et secoué la tête encore une fois, tandis qu'Ella apportait une énorme soupière. J'ai fait ça moi-même ! a dit Mme Begley. Puis, elle m'a offert du chou farci et m'a dit que j'étais trop mince.

Nous avons passé la journée qui a suivi la vaine recherche de la maison de Mme Begley à visiter Lviv. Ce soir-là, notre dernier en Ukraine, Alex et sa femme, Natalie, un médecin, nous ont reçus chez eux pour un somptueux dîner. *Les Ukrainiens étaient les pires*, nous avait toujours dit mon grand-père. *Des cannibales*, allait siffler entre ses dents cette dame à Sydney. *Ils ont été gentils avec vous uniquement parce que vous êtes américains, parce que, pour eux, vous êtes plus américain que juif*, devait me dire en Israël

263

quelqu'un que j'allais bien connaître, quand je lui décrirais combien les Ukrainiens avaient été généreux, gracieux et gentils envers nous pendant notre voyage de six jours dans le Pays d'Autrefois, pendant nos deux jours à Bolechow. Sachant ce que je savais à présent – une partie minuscule de ce que j'allais finir par apprendre – et ayant vu ce que j'avais vu, la fosse commune à Bolechow, la synagogue sans toit à Striy, il était tentant de les croire. Mais je savais d'autres choses et j'avais vu d'autres choses. Bien sûr, il y avait eu de terribles trahisons ; mais il y avait eu aussi des actes de sauvetage, des actes risqués d'une gentillesse inimaginable. Comment savoir, après tout, comment les gens vont se comporter ?

Le lendemain, un mercredi, nous avons tous pris l'avion pour New York. Le vol était long, nous étions épuisés, mais nous avions fait et vu beaucoup de choses au bout du compte, et nous avions le sentiment d'avoir appris quelque chose. Une fois l'avion atterri, nous nous sommes entassés dans un taxi et nous avons foncé vers Manhattan. Andrew allait passer la nuit à New York avant de s'envoler pour la Californie le lendemain, mais Matt et Jen, qui vivaient tous les deux à Washington, voulaient essayer d'attraper le train de onze heures du soir pour rentrer chez eux. Pour une raison quelconque, il y avait beaucoup de circulation en direction de la ville depuis JFK, et nous nous sommes arrêtés devant Penn Station, une minute environ avant que le train parte. Je ne peux pas dire si c'est à cause du soulagement d'être arrivé à temps ou d'autre chose, mais Matt, alors qu'il courait déjà vers la gare, s'est soudain retourné pour crier, Salut, je t'aime !, en direction de mon taxi qui repartait. Et puis ils ont disparu dans la nuit.

IL SE TROUVE que c'est seulement des mois après notre retour d'Ukraine que nous avons commencé à apprendre enfin les détails de ce qui était arrivé à Shmiel Jäger et à sa famille.

Par une froide nuit de février 2002, j'étais assis dans mon appartement à New York. J'avais pris le thé, ce jour-là, chez Mme Begley, qui refusait toujours de m'appeler autrement que *monsieur Mendelsohn* ; je lui avais montré une nouvelle série de photos de notre voyage qui m'étaient revenues du laboratoire le jour même. Aussi, lorsque le téléphone a sonné ce soir-là, trois heures à peine après mon retour chez moi, et qu'une voix profonde d'Europe centrale a dit, Monsieur Mendelsohn ? j'ai répliqué du tac au tac, Madame Begley ?

Une nouvelle fois, la voix a dit : Monsieur Mendelsohn ? et je me suis rendu compte que ce n'était pas elle. Agité et légèrement agacé – j'étais gêné –, j'ai demandé qui c'était.

Mon nom est Jack Greene, a dit la voix, et je vous appelle de Sydney, en Australie. La rumeur a rapporté à mes oreilles que vous recherchiez des gens qui avaient connu la famille Jäger à Bolechow ?

La ligne sifflait légèrement. Les immenses distances.

Oou-ou-i-ii ? ai-je répondu, la voix paralysée, pendant que je cherchais fébrilement un stylo et que je me mettais à écrire GREEN(E ?). AUSTRALIE → BOLECHOW. RUMEUR ??? sur une feuille de papier.

Hé bien, disait cette voix venue de l'autre bout de la planète, avec un accent affecté qui était du pur polonais mélangé aux consonnes et aux voyelles caractéristiques du yiddish, vous devriez savoir que je suis sorti avec une des filles de Shmiel Jäger et que je serais heureux de vous en parler.

Et c'est ainsi que nous avons commencé, enfin, à les retrouver. Pas pendant le voyage ; mais, d'une certaine façon, du fait d'avoir fait le voyage.

Lorsque nous sommes rentrés de Bolechow, nous avons fait des copies des vidéos que nous avions filmées là-bas, qui incluaient les vidéos de nos interviews avec Nina, Maria et Olga, et nous avons envoyé ces copies aux cousins Jäger, dont Elkana en Israël. C'est comme ça que la rumeur a commencé à prendre forme : Elkana avait invité quelques-uns des anciens habitants de Bolechow à venir voir la vidéo. Un de ces survivants, Shlomo Adler, était le chef de la communauté des anciens de Bolechow en Israël, qui nous a dit bien plus tard, dans un tourbillon d'e-mails, de ne pas croire Pyotr, qui s'était peut-être convaincu lui-même (écrivait Adler) d'avoir essayé d'aider les Juifs, mais c'était très improbable, et nous a dit de ne pas nous essayer à faire ériger un mémorial pour les morts de la fosse commune, parce que les pierres seraient vandalisées et les matériaux de construction volés, et il nous a aussi demandé si nous avions remarqué qu'il n'y avait aucune référence aux Juifs dans le petit musée de Bolechow. Plus important encore, c'était lui qui avait signalé notre voyage à Jack Greene, qui était né Grunschlag et vivait désormais à Sydney, près de son jeune frère, les deux ayant miraculeusement survécu à la guerre ; il était sorti avec une des filles Jäger et il les connaissait, et il était le premier de ce qui allait se révéler être les douze derniers Juifs de Bolechow qui nous raconteraient, en temps voulu, ce qui s'était passé.

Lorsque Jack Greene a dit, *Je suis sorti avec une des filles de Shmiel Jäger*, j'ai eu la même impression vertigineuse que celle que j'avais eue à Bolechow quand Olga avait dit, *Znayu, znayu*. Toute cette distance, toutes ces années ; et puis elle était là, de l'autre côté de la table, il était là, bavardant avec moi au téléphone, ils étaient là, encore quelque part si vous étiez capable de les trouver : se souvenant d'eux.

Comme son coup de téléphone de nuit m'avait totalement surpris, j'ai demandé à Jack Greene, après quelques minutes où j'ai eu le souffle coupé, si cela ne l'embêtait pas que je le rappelle plus tard dans la semaine, afin de me donner un peu de temps pour préparer une interview.

Bien sûr, a-t-il dit. Appelez-moi quand vous voudrez. Pour moi, c'est aussi précieux que pour vous.

Un jour ou deux après, j'ai appelé l'Australie et j'ai eu une longue conversation téléphonique avec Jack Greene, et c'est à partir de lui, vraiment, que nous avons commencé à apprendre des choses sur Shmiel et sa famille, sur la façon dont ils vivaient et sur la façon dont ils sont morts. Et des choses de moindre importance aussi. C'est au cours de cette conversation que j'ai appris que le « Ruchatz » des lettres de Shmiel était en réalité *Ruchele*, parfois écrit *Ruchaly*. Alors la première chose que j'ai à vous dire, a dit Jack ce soir-là, c'est que la troisième fille de Shmiel s'appelait *Ruchele*, orthographié *R-U-C-H-E-L-E*.

J'ai protesté, disant que j'étais certain que Shmiel avait écrit *R-U-C-H-A-T-Z*, et Jack a éclaté de rire. Non, non, a-t-il dit, parfois on faisait un trait en travers du *l*, et l'autre c'est un *y*, pas un *z*. Lorsqu'il a dit ça, je me suis senti tout à coup idiot et honteux. On m'avait toujours appris à me montrer respectueux envers les vieux Juifs, après tout.

Mais il s'était contenté de rire et il avait dit, Écoutez, je sortais avec elle, alors je sais ça. *Ruchele*.

ROUKH-eh-leh, ai-je répété dans ma tête. Je l'ai écouté me corriger et je me suis dit, Comment ai-je pu me tromper à ce point sur quelque chose d'aussi élémentaire qu'un prénom ? Et pourtant, en dépit de la honte, de la gêne adolescente, il y avait maintenant cette autre précieuse pépite d'information à ajouter à mon trésor grandissant : cette Ruchele avait été la troisième des quatre. Nous n'avions jamais su exactement dans quel ordre étaient nées les filles.

J'ai écouté attentivement Jack parler, m'assurant que la petite lumière de mon magnétophone était allumée, tapant de temps en temps quelques notes dans un dossier que j'avais ouvert sur mon ordinateur, lorsqu'il disait quelque chose qui me paraissait particulièrement important. Une grande partie de ce qu'il me racontait n'avait rien de dramatique – par exemple, le fait que les adolescents de Bolechow allaient voir des films dans le centre de loisirs de la communauté catholique, le Dom Katolicki, même si « rien de dramatique » est ici malvenu puisque c'est dans ce même centre que certains de ces adolescents ont été forcés, quelques années plus tard, à amuser leurs tortionnaires avant d'être tués. Il m'a parlé des films américains qu'ils allaient voir (Wallace Berry, se souvenait-il) et des réunions de l'organisation sioniste auxquelles il participait pour voir Ruchele, et des affaires de Shmiel, et de la façon dont Bronia *ressemblait à sa mère, comme deux gouttes d'eau*, et comment Shmiel avait eu le premier téléphone de la ville, et comment les garçons et les filles se promenaient dans le parc, le soir, et du fait que Ruchele n'avait pas la personnalité de fanfaron de son père.

C'était une fille très placide, a-t-il dit. Des cheveux blonds. À mes yeux, c'était une *belle* fille.

Puis il a marqué une pause et, comme s'il venait de se souvenir, il a dit, Frydka était une fille d'une grande beauté.

Pour des raisons que j'allais connaître quelques minutes plus tard, la pensée de Frydka a conduit Jack Greene aux années de guerre, et c'est à ce moment-là qu'il m'a dit qu'il avait entendu parler du sort de mes parents, en soulignant bien qu'il en avait entendu parler seulement, puisque à un moment donné il avait dû se cacher.

Je peux vous dire, a-t-il commencé, que Ruchele a péri le 29 octobre 1941.

J'ai été sidéré et, immédiatement après, bouleversé par la précision de ce souvenir.

J'ai dit, Permettez-moi de vous demander pourquoi – puisque vous vous souvenez de la date avec une telle précision – pourquoi vous souvenez-vous de cette date ?

Pendant que j'écrivais RUCHELE 29 OCT 1941, je me suis dit : Il a dû vraiment l'aimer.

Jack a dit, Parce que ma mère et mon frère aîné ont péri le même jour.

Je n'ai rien dit. Nous sommes, chacun de nous, myopes, ai-je compris à cet instant-là ; toujours au centre de nos propres histoires.

Puis Jack a continué.

Il a dit qu'il pouvait seulement conjecturer que Shmiel, sa femme et la benjamine avaient été emmenés dans la seconde *Aktion*, au début du mois de septembre 1942, mais il savait, c'était un fait, que Frydka, la deuxième fille, pour laquelle Shmiel se souciait de trouver du travail dans une lettre à mon grand-père, avait réussi à trouver un emploi dans la fabrique de barils – une des industries locales qui étaient utiles à l'effort de guerre allemand – et était encore en vie après cette *Aktion*.

Trente ans après avoir commencé à poser des questions et à prendre des notes sur des petites fiches, j'étais enfin en mesure d'écrire ceci : SHMIEL, ESTER, BRONIA, TUÉS 1942.

Je sais que j'ai vu Frydka dans la fabrique après cette *Aktion*, a dit Jack. Ceux qui avaient des postes dans les camps de travaux forcés avaient au moins quelques chances de survivre.

J'ai écrit, FABRIQUE DE BARILS, TRAVAUX FORCÉS → SURVIVRE.

L'idée, c'était de se trouver un boulot pour l'effort de guerre, a dit au téléphone cette voix qui ressemblait tant à celle de mon grand-père. Et ça vous donnait une certaine impression de sécurité – ils ne vous emmèneraient pas *le lende-main*. Ils vous emmèneraient peut-être dans trois mois, mais pas *le lendemain*.

Un peu plus tard, il a ajouté qu'il avait entendu dire, lorsqu'il était devenu clair que les quelques centaines de Juifs qui restaient dans la ville allaient être liquidés, que Frydka et sa sœur aînée, Lorka, s'étaient échappées de Bolechow pour rejoindre un groupe de partisans qui opé-raient dans la forêt aux environs du village voisin de Dolina. À la différence de certains groupes de partisans locaux, a-t-il dit, celui-là accueillait volontiers les Juifs. Le groupe avait été organisé par deux frères ukrainiens, a-t-il ajouté, les frères Babij.

Jack a dit, B-A-B-I-J, et j'ai écrit, FRYDKA/LORKA → PARTISANS BABIJ.

Puis j'ai écrit DOLINA et, au bout d'un moment, j'ai ajouté TAUBE. Les Mittelmark étaient de Dolina ; mon arrière-grand-mère Taube y était née. C'était à Dolina qu'elle avait joué, et peut-être s'était battue amèrement, avec son frère aîné.

Vous voyez, a dit Jack, il y avait trois gamins polonais, pas juifs, et les trois aidaient les partisans ou, du moins, ils étaient en contact avec eux. Et une nuit – je n'étais pas à Bolechow à ce moment-là, je me cachais, mais je l'ai entendu plus tard – les garçons se sont fait prendre, les Allemands les ont emmenés en ville et ils les ont fusillés. C'était exactement... enfin, plus ou moins exactement au même moment qu'ils ont éliminé le groupe Babij dans la forêt. Je crois qu'il y a eu quatre survivants.

Quatre ? ai-je dit.

Jack a émis un petit bruit à l'autre bout de la ligne ; une sorte d'amusement sarcastique, peut-être, devant ma naïveté. Euh, pensez à Bolechow, a-t-il fini par dire. Sur six mille Juifs, nous avons été quarante-huit à survivre.

De nouveau, je n'ai rien dit. J'ai regardé l'écran de mon ordinateur. FRYDKA/LORKA → PARTISANS BABIJ. J'ai tapé, GARÇONS QUI AIDAIENT ONT ÉTÉ FUSILLÉS.

Cette nuit de février 2002, bien incapable de deviner jusqu'où cette histoire finirait par me conduire, combien de kilomètres et de continents nous allions parcourir pour découvrir ce qui s'était passé en réalité, qui avait aidé et qui avait été pris et tué, je m'intéressais plus aux filles qu'aux garçons et j'ai donc dit, Je vois. Mais à cette époque-là, les filles étaient dans la forêt, non ?

C'est exact, a dit Jack. Les garçons étaient en contact avec les gens dans la forêt, ils leur rendaient visite, ils les ravitaillaient, je ne sais pas si c'était en munitions ou en nourriture, je ne sais pas. Ils ont été fusillés parce qu'ils les ravitaillaient en quelque chose.

D'accord, ai-je dit. J'ai tapé les mots RAVITAILLAIENT EN QUELQUE CHOSE dans le dossier que j'avais ouvert.

Vous comprenez, les Allemands avaient mis en place des espions, a poursuivi Jack. Ce qui veut dire que les Juifs qui s'enfuyaient, ils espionnaient le groupe et dévoilaient tout. J'imagine qu'on les forçait ou qu'on les faisait chanter pour qu'ils les trahissent, d'une certaine façon, quelque chose comme ça.

J'ai sursauté sur mon siège. Alors que je tapais JUIFS → TRAHISON !!, j'ai eu soudain une idée de la façon dont ça avait dû se passer, comment l'histoire que j'entendais à présent se connectait à des histoires, à des fragments dont j'avais entendu parler, il y a longtemps. De toute évidence (ai-je pensé), la trahison du groupe Babij avait été transmise de façon confuse dans la traduction, quelque part entre l'événement même et le moment où quelqu'un avait raconté à mon grand-père et ses frères et sœurs ce qui était arrivé à Oncle Shmiel et sa famille. Et, d'une certaine façon, cet unique événement de l'histoire, la *trahison*, a été brodé, avec le temps, dans le récit familial. Mon grand-père, ses frères et ses sœurs, et les autres, ont tous voulu croire à cette histoire, comme nous l'avons fait nous-mêmes ensuite, cette histoire que mes frères, ma sœur et moi avons voulu confirmer en voyageant de l'autre côté, parce que nous voulions croire qu'il y avait une histoire ; parce qu'un récit de cupidité, de naïveté et de mauvais jugement était meilleur que l'alternative, c'est-à-dire pas de récit du tout.

Au moment même où Jack Greene me parlait des espions qui avaient dénoncé le groupe Babij et que je comprenais quelles avaient été les origines de l'histoire familiale, je me suis souvenu de Marilyn, la cousine de ma mère à Chicago, quand elle s'était souvenue de la réaction à l'annonce de la mort de Shmiel – je me souvenais qu'elle avait parlé de *cris* – et je me suis aperçu que j'avais aussi fait ce voyage à Chicago dans l'espoir de découvrir un drame. J'ai vu alors que j'avais voulu déterrer quelque chose de déplaisant dans l'histoire des relations de mon grand-père, de mes grands-tantes et de mes grands-oncles avec Shmiel, quelque chose qui confirmerait mon récit personnel, suspicieux, d'une trahison plus terrible, plus intime, entre frères et sœurs, ce qui était, après tout, ce que je savais, et qui fournirait un mobile cohérent de leur échec à sauver Shmiel – s'il y avait eu, bien entendu, un tel « échec ». Mon désir de posséder un tel récit n'était pas très différent du désir qu'avait mon grand-père de croire aux histoires du voisin juif ou de la bonne polonaise. Les deux étaient motivés par un besoin de croire à une histoire qui, si horrible fût-elle, donnait un sens à leurs morts – qui ferait qu'ils seraient morts *de quelque chose*. Jack Greene m'a dit autre chose, ce soir-là : ses propres parents, comme Shmiel, avaient espéré pouvoir mettre leur famille à l'abri, obtenir des visas ; mais, en 1939, la liste d'attente pour obtenir des papiers était de six ans (et six ans plus tard, tout le monde était mort, a-t-il ajouté). Comme je suis quelqu'un de sentimental, j'aimerais croire – nous ne le saurons jamais, bien sûr – que mon grand-père, ses frères et ses sœurs, ont fait tout ce qu'ils pouvaient pour Shmiel et sa famille. Ce que nous savons, au moins, c'est que, en 1939, rien de ce qu'ils auraient pu faire n'aurait pu les sauver.

Pendant tout notre voyage, j'avais été déçu parce que aucune des histoires dont j'avais entendu parler n'était confirmée par ce que nous pouvions entendre et voir ; pendant tout le voyage, j'avais désiré un récit passionnant. C'est seulement en écoutant Jack Greene que j'ai compris que j'étais à la recherche de la mauvaise histoire – l'histoire de la façon dont ils étaient morts, plutôt que celle dont ils avaient vécu. Les circonstances particulières des vies qu'ils avaient vécues étaient, inévitablement, les choses impossibles à mémoriser qui font la vie quotidienne de chacun. C'est seulement lorsque la vie quotidienne prend fin – quand le fait de savoir que vous allez mourir dans trois mois plutôt que le lendemain ressemble à une oasis de « sécurité » – que de tels détails perdus paraissent rares et beaux. L'histoire réelle, c'était le fait qu'ils avaient été des gens ordinaires, qu'ils avaient vécu et qu'ils étaient morts, comme tant d'autres. Et une fois de plus, nous avons appris qu'il existe encore, chose surprenante, beaucoup plus de preuves de ces vies et de ces morts ordinaires que vous ne l'aviez imaginé au départ.

C'est pour cette raison que, lorsque j'ai commencé à penser que je ne pouvais pas tout apprendre par téléphone de cette nouvelle source d'informations si riche et si inattendue, lorsque Jack, comme s'il avait lu dans mes pensées, a dit que je devrais vraiment venir en Australie passer un peu de temps avec lui et son frère, et, il me le disait à présent, deux autres survivants de Bolechow qui vivaient là-bas, que j'ai su que j'irais. Ils y avaient vécu, ils les avaient connus, et je savais qu'il me fallait les voir. L'homme qui avait surgi de nulle part pour me raconter en un coup de téléphone plus que tout ce que ma famille avait jamais su, cet homme, qui me faisait penser à mon grand-père quand il parlait, était sorti avec la petite Ruchele ; et sa mère avait été tuée le même jour qu'elle. Nous étions liés, désormais, à Jack par des liens d'amour et de mort.

Il y avait aussi un autre facteur :

Alors je devrais vraiment venir en Australie ? ai-je demandé à Jack à la fin de notre conversation, ce soir-là.

N'hésitez pas, a-t-il répondu...

(D'accord, je n'hésiterai pas ! ai-je coupé, avec l'envie de lui faire plaisir, comme si j'avais essayé de faire plaisir à mon grand-père.)

... parce que je vais faire long feu.

L'Australie a donc été pour nous l'étape suivante. Et c'est en Australie, quand nous avons rencontré Jack Greene et les quatre autres Juifs de Bolechow qui avaient choisi, après la guerre, de s'installer dans ce continent éloigné, aussi loin qu'il est possible de l'être de la Pologne, que les contours de l'histoire sont enfin devenus plus précis et que nous avons pu obtenir les détails concrets que nous avions tant désirés, connaître les circonstances particulières qui transforment les statistiques et les dates en une histoire. Quelle était la couleur de la maison, comment elle tenait son sac à main. Et puis, l'Australie nous a entraînés en Israël, où nous avons rencontré Reinharz et Heller, et d'Israël nous avons été conduits à Stockholm, où nous avons fait la connaissance de Freilich, et de Stockholm nous sommes retournés en Israël, d'Israël nous sommes repartis pour le Danemark, où nous avons rencontré Kulberg et son remarquable récit.

À la fin, nous avons eu notre histoire.

Mais il y avait un fait particulier, concret, que je connaissais déjà, concernant une des Jäger de Bolechow, avant même que nous nous lancions dans tous ces voyages et que nous rencontrions tous ces gens. Nous savions, comme je l'ai dit, que Ruchele Jäger, la troisième fille de Shmiel, était morte au cours de la première *Aktion*, soit le 28, soit le 29 octobre 1941. Nous ne savons pas, et nous ne pouvons pas le savoir exactement, quel âge elle avait exactement : pour une raison quelconque, les Archives nationales polonaises à Varsovie, qui possèdent les certificats de naissance de ses deux sœurs aînées, ne peuvent retrouver ceux de Ruchele et de sa sœur cadette, Bronia. Jack Greene pense qu'elle avait seize ans, et c'est probablement vrai. Mais je sais de façon certaine, je le sais comme un fait, et je n'ai pas besoin d'archives qui me disent que c'est vrai : je sais que Ruchele a dû naître après le 3 septembre 1923.

Je le sais parce que c'est le jour où une autre jeune femme nommée Rachel, *Ruchele*, est morte.

Parce que les Juifs d'Europe de l'Est ne donnent à leurs enfants que les prénoms des morts – mes frères, ma sœur et moi portons les prénoms de parents morts, tout comme c'était le cas de mon grand-père et de ses six frères et sœurs, et en raison de cette pratique les gens qui s'intéressent à la généalogie juive disposent d'une méthode remarquablement fiable pour déterminer certaines dates, si l'information est par ailleurs lacunaire –, je sais parfaitement que Ruchele Jäger, la fille de Shmiel, a dû naître après la mort de la sœur de son père et de mon grand-père : la première Rachel Jäger, née en 1896, la future épouse dont la mort tragique et inattendue, terriblement prématurée, allait devenir par la suite, après bien des années, la plus grande histoire de ma famille, un récit mythique au cœur duquel, c'est du moins ce que je crois, se trouve une légende plus ancienne encore sur la proximité et la distance, l'intimité et la violence, l'amour et la mort, cette légende première entre toutes, ce mythe premier entre tous, sur la facilité avec laquelle nous tuons ceux qui nous sont les plus proches.

Même s'Il punit sévèrement le premier meurtre de l'histoire, Dieu déclare que si Caïn est tué, il sera vengé sept fois. Là encore, le commentateur médiéval et le commentateur moderne offrent des interprétations radicalement divergentes du texte. Le point crucial est la nature du châtiment de celui qui tuerait Caïn, exprimé dans le mot shiv'ahthayim, *qui signifie littéralement « multiplié par sept ». Rachi, une fois de plus, déploie des trésors d'ingéniosité pour contourner la lecture la plus naturelle du ver-*

set ; il veut plutôt que nous le lisions comme étant composé de deux éléments distincts. Le premier, insiste-t-il, est la demi-phrase « Aussi bien, si quelqu'un tue Caïn…! ». Invoquant des parallèles syntaxiques tirés de textes hébraïques, Rachi souligne que cette demi-phrase doit être lue comme une menace implicite mais non spécifique contre celui, quel qu'il soit, dont le but serait de faire du mal au premier meurtrier de l'histoire. « C'est un des versets qui fait l'économie de ses mots, avance-t-il, et se contente d'une allusion, mais n'explique pas. "Aussi bien, si quelqu'un tue Caïn" est une menace – "Il subira le même sort !", "Tel sera son châtiment !" –, mais le châtiment n'est pas spécifié. »

Cette manipulation du texte laisse Rachi avec un fragment de deux mots, shiv'ahthayim yuqqâm, « subira une vengeance multipliée par sept ». Rachi insiste, toutefois, sur le fait que le sujet sous-entendu de cette proposition n'est pas, comme nous serions tentés de le croire, celui qui serait tenté de tuer Caïn, mais Caïn lui-même. Ce que Dieu dit ici, selon Rachi, c'est « Je ne tiens pas à me venger de Caïn maintenant. À la fin de sept générations, je me vengerai de lui, car Lamech naîtra parmi les enfants de ses enfants et le tuera » – et c'est bien ce qui se passe dans Genèse 4, 23.

Pourquoi Rachi est-il si soucieux d'éviter une lecture du texte qui suggérerait qu'un assassin de Caïn serait châtié « sept fois » – subirait, en d'autres termes, une peine sept fois supérieure à celle qu'il a infligée (c'est une question que nous sommes d'autant plus tentés de poser que Friedman accepte tranquillement la lecture plus naturelle du texte, comme l'indique sa traduction « Par conséquent :

quiconque tue Caïn, il sera vengé sept fois » et, plus encore, comme semble le suggérer l'absence complète de commentaire de sa part) ? Une note dans la traduction du commentaire de Rachi sur ce verset nous dit pourquoi : « Le verset ne signifie pas que Dieu va le punir sept fois plus qu'il ne le mérite, car Dieu est juste et ne punit pas injustement. » En lisant cela, il me vient à l'esprit que la divergence entre les approches de Rachi et de Friedman a peut-être sa source dans la différence entre le XIe siècle et le XXe. Je me demande s'il est plus facile pour nous que pour Rachi d'imaginer que, peut-être, Dieu pourrait, après tout, punir injustement.

LE PÉCHÉ ENTRE les frères est à présent marqué au fer rouge dans l'histoire de notre famille, thème récurrent du passé greffé, désormais, sur le futur. Le 11 août 2002, presque un an, jour pour jour, après notre arrivée dans Bolechow, et précisément soixante ans après la mise en marche du mécanisme qui allait détruire le frère de mon grand-père et sa famille, ma sœur Jennifer s'est mariée. Comme je l'ai dit, elle est la seule de nous cinq à avoir épousé un Juif. C'est, bien entendu, une pure coïncidence – poétique, néanmoins, qui n'aurait pas pu être plus artistique, si on l'avait inventée, créée comme un symbole pour la fiction qu'on est en train d'écrire – que le nom de famille de l'homme qu'elle a épousé soit *Abel*.

TROISIÈME PARTIE

Noach,

ou
Annihilation totale
(mars 2003)

Le cours du Temps, irrésistible, toujours changeant, soulève et emporte toutes les choses qui naissent et les plonge dans l'obscurité absolue, aussi bien les actes sans importance que les actes éminents et dignes de commémoration... Néanmoins, la science de l'Histoire est un grand rempart contre le cours du Temps ; d'une certaine façon, elle contrôle ce flot irrésistible, elle étreint d'une main ferme tout ce qu'elle peut saisir flottant à la surface et elle ne le laissera pas glisser dans les profondeurs de l'oubli.
Je...

Anna Comnena, *The Alexiad*

1

L'inimaginable voyage

Un aspect singulier, même s'il est structurellement satisfaisant, de parashat Bereishit *tient à ce que cette portion de la Genèse, qui commence avec un récit de la Création, se termine avec la décision de Dieu de détruire une bonne partie de ce qu'il avait inventé au début de l'histoire. Son insatisfaction avec le genre humain en particulier commence de façon assez inoffensive – le premier signe est sa décision de limiter radicalement la durée de la vie humaine, qui passe de mille ans environ à cent vingt ans à peine –, mais*

s'achève dramatiquement avec la compréhension divine du fait que la prolifération du genre humain a conduit à une augmentation proportionnelle du vice et du péché. « Je regrette de les avoir créés », dit Dieu ; « Il regrette de les voir créés », fait écho le récit. La décision, prise à la fin de Bereishit, est ce qui déclenche l'action de la lecture hebdomadaire suivante, parashat Noach. Noach, l'histoire du Déluge, est la première des tentatives assez consistantes dans la littérature pour présenter l'image de ce à quoi pourrait ressembler une annihilation totale du monde.

Je dis « annihilation totale », même si, pour être parfaitement exact, le mot hébreu que Dieu emploie pour décrire ses projets concernant le genre humain et toutes les formes de vie terrestre – les créatures marines sont, de façon intéressante, exemptées – est plus nuancé. Ce que Dieu dit qu'Il prévoit de faire à sa propre Création, c'est qu'Il va la « dissoudre » : ehm'cheh. Rachi anticipe sur la confusion de la part du lecteur qui, il le sait, s'attend à un verbe plus conventionnel, comme « détruire » ou « annihiler » (Friedman traduit le mot par « effacer » sans aucun commentaire, mais il prend un grand intérêt à parler du jeu de mots, magnifique et élaboré, sur les lettres-racines du nom de Noah, N et H, qui court à travers tout le récit du Déluge : Noah masa'hen, « Noah a rencontré la faveur »; wayyinnahem, « il a regretté » ; nihamtî, « je regrette »; wattanah, « et l'arche a reposé »; et ainsi de suite). Le commentateur médiéval français nous rappelle que puisque les êtres humains sont faits de terre, l'acte de dissolution de Dieu, qui va prendre la forme d'un terrible déluge montant des mers et tombant des cieux, correspond au geste de verser de l'eau sur des figurines d'argile sèche. Lorsque *j'ai lu cette remarque de Rachi, il m'est venu à l'esprit que, comme le sait tout enfant qui a joué dans la boue, l'eau est aussi nécessaire à la création de telles figurines ; l'observation de Rachi sur les procédés aqueux de l'annihilation par Dieu du genre humain nous renvoie ainsi au moment de la Création – une belle complémentarité.*

Ce lien subtil des opposés – création, destruction – est une figure récurrente dans Noach. *Par exemple, tout comme la destruction racontée dans* Noach *est liée à l'acte antérieur de création décrit dans* Bereishit, *grâce à la terre (ou, pour ainsi dire, grâce à la boue), un détail supplémentaire dans le récit du Déluge suggère, à son tour, que nous devrions voir un lien entre l'énorme destruction provoquée par le Déluge et le nouvel acte de « création » – c'est-à-dire le nouveau commencement de la vie, parmi les rares survivants, qui suit le Déluge et rétablit le genre humain sur terre. Car nous apprenons dans de nombreux commentaires midrashiques que les eaux du Déluge, les torrents, qui ont arraché tous les êtres vivants de la Face de la Création, étaient bouillants et sulfureux ; mais nous apprenons dans la Torah même, au début de* Noach, *que l'arche, le véhicule du sauvetage et de la rédemption sur ses torrents sulfureux, a été faite dans un bois connu sous le nom de cèdre puant – un nom, commente Rachi, dérivé de* gaf'riyth, *« soufre ». Il y a, par conséquent, une liaison complexe entre les actes de création, les actes de destruction et les actes de rétablissement dans la Genèse, suggérant que ces actes distincts, apparemment opposés, sont en fait pris dans une boucle intriquée et infinie.*

Cette interconnexion suggère à son tour un autre point, plus important, dont le texte veut nous rendre conscients. Car si Noach *était simplement un récit d'annihilation totale – destruction sans survivants, sans une nouvelle « création » – nous y perdrions rapidement tout intérêt : c'est l'existence de ces quelques survivants qui nous aide, ironiquement, à apprécier l'étendue de la destruction. Inversement, pour apprécier le caractère précieux des vies qui ont été sauvées, il est nécessaire d'avoir une compréhension approfondie de l'horreur à laquelle ils ont si miraculeusement échappé.*

En fonction de la façon dont vous voulez y penser, dont vous vous angoissez à l'idée de perdre du temps, le trajet de New York à l'Australie prend soit vingt-quatre heures, soit près de trois jours.

Le voyage est divisé en deux étapes. La première, selon l'hôtesse du Qantas 747 qui nous a emmenés Matt et moi à Sydney en mars 2003 pour rencontrer Jack Greene et les autres survivants de Bolechow, est « le vol court », même s'il représente ce que la plupart des gens considéreraient comme un voyage important en soi. Nous avons décollé de New York à 18 h 45 le soir du 19, le jour où une guerre a commencé – comme nous sommes restés en l'air pendant si longtemps, au cours de la nuit pendant laquelle expirait l'ultimatum et au cours de la plus grande partie du jour suivant, nous n'avons pas su si nous étions vraiment en guerre jusqu'au surlendemain – et puis, traversé le continent jusqu'à Los Angeles. Cela nous a pris cinq heures et demie environ. Ensuite, il y a eu une escale d'une heure à L.A., pendant laquelle un nouvel équipage a dû monter à bord à cause, nous a-t-on dit, « des règlements de l'industrie aéronautique » : aucun équipage n'est autorisé, nous a expliqué une hôtesse, à faire les deux étapes du vol – à travailler, en d'autres termes, pendant toute la durée que nous allions passer à voler. Cette information a donné un air d'urgence à la procédure.

En tout cas, après avoir accueilli notre nouvel équipage, nous sommes tous remontés péniblement dans l'avion, sonnés et pleins de ressentiment, et nous avons décollé de nouveau. Pendant les seize heures suivantes, il n'y a rien eu au-dessous de nous que l'océan Pacifique. J'avais survolé bien des fois l'Atlantique et je n'avais jamais vraiment pensé à la taille des océans jusqu'à ce que je fasse le tour du monde pour aller en Australie et rencontrer cinq vieux Juifs qui avaient vécu autrefois à Bolechow et vivaient maintenant là-bas, cinq de ce qui allait se révéler douze personnes encore en vie qui avaient connu autrefois Shmiel Jäger et sa famille, et qui allaient pouvoir me raconter des choses à leur sujet. L'Atlantique, je m'y étais habitué, et il était devenu, je suppose, gérable pour moi. Le Pacifique est immense.

C'est pendant la seconde étape de ce long vol que vous risquez de perdre tout sens du temps. Pendant la plus grande partie d'une journée, il n'y a rien d'autre au-dessous de vous que de l'eau, indistincte et indifférenciée ; la qualité neutre de ce que vous pouvez voir, quand vous regardez par le hublot, reflète la qualité du temps que vous passez à voler, qui est aussi indistinct et indifférencié. C'est un temps qui n'a aucune qualité. Si vous faites ce voyage, un voyage que je n'avais jamais imaginé faire, les stewards et les hôtesses extrêmement serviables de Qantas vous apporteront des repas de temps en temps et, en vous passant un plateau couvert de plats chauds et scellés, vous diront que c'est le petit déjeuner ou bien le dîner ; mais au bout d'un moment, il est difficile de savoir si ces repas régulièrement servis sont censés correspondre à ceux du fuseau horaire que vous avez quitté ou de celui vers lequel vous vous dirigez, ou peut-être d'un fuseau horaire totalement abstrait, « virtuel », qui n'appartient qu'à l'avion et n'existe nulle part ailleurs. À la fin, vous devez les croire sur parole parce que vous n'avez véritablement plus aucune perception de l'heure qu'il pourrait bien être.

ALORS QUE J'ÉTAIS assis dans cet avion, regardant par le hublot et feuilletant de temps à autre une brochure à l'aspect sinistre sur les moyens d'éviter un truc qui s'appelle « la thrombose vasculaire », un problème de circulation sanguine qui peut se produire quand vous restez trop longtemps dans la cabine pressurisée d'un avion de ligne – ce qui était précisément ce que nous allions faire, Matt et moi –, alors que j'étais assis dans cet avion, j'ai compris, les heures passant, que la façon dont les repas à bord étaient servis m'avait rendu conscient d'une certaine qualité (ou d'une certaine absence de qualité) du temps, me rappelait quelque chose de mon enfance, quelque chose qui avait, de manière similaire, lié le temps des repas au passage atroce des heures vides.

Comme je l'ai dit, ma mère avait grandi dans une famille orthodoxe, régie par un père grandiose et dominateur, qui observait scrupuleusement les fêtes religieuses et dont l'épouse, ma grand-mère

Gerty (ou, en fonction de la personne qui s'adressait à elle et des circonstances, *Golda*), était la complice experte, cuisinant pour lui de superbes repas strictement cascher, pour lesquels elle était à juste titre « fameuse » dans le petit monde qu'était son immeuble dans le Bronx, même si mon grand-père prenait plaisir à ne pas lui faire les compliments dont tout le monde la gratifiait (*Alors, c'est comment, Aby ?* lui demandait-elle, anxieuse, après lui avoir servi un bol de sa soupe, les soupes étant sa spécialité, et il lui répondait, *Douce !*). Elle faisait ses fameuses soupes, ma grand-mère, et ses *kneydlach* et ses *laktes*, et à chaque *Hannoukah*, son *matzo brei*, gratiné dessus et mou dedans, saupoudré de sucre glace, et elle tenait sa maison cascher. Scrupuleusement, Nana gardait ses assiettes *fleyschedikh*, celles qui étaient réservées aux viandes, séparées des assiettes *milkhedikh*, réservées pour les produits laitiers. Même les torchons étaient strictement séparés : une série portant des rayures bleues (m'avait dit ma mère), l'autre des rayures rouges. Avec autant de scrupules, elle séparait strictement de ces deux premiers services, les assiettes *Peysakkdikh*, le service de Pâque, un service en porcelaine de Bavière décoré, un modèle (« Memphis ») depuis longtemps abandonné, dont les couleurs, plus que les motifs eux-mêmes (un phénix stylisé, perché sur une tonnelle de fleurs orientales, soulevant une aile vers le ciel depuis le bord de chaque assiette plate, de chaque ravier à salade, de chaque coupelle à pain, de chaque assiette à soupe, de chaque beurrier, de chaque soupière, de chaque saucière, de chaque sucrier), remettaient en mémoire une époque entièrement révolue. Car qui, aujourd'hui, se soucie vraiment de ces lavandes, de ces citrines, de ces turquoises, de ces ivoires, de ces sarcelles, de ces oranges ?

Par conséquent, la famille de ma mère était, comme ils l'auraient dit eux-mêmes, *frum*, profondément religieuse. Mais la famille de mon père, comme je l'ai déjà mentionné, était tout aussi profondément irréligieuse. C'est parce que mon père avait grandi dans une maison qui était, par bien des aspects, diamétralement opposée à celle dans laquelle avait été élevée ma mère, une maison dépourvue des contraintes de la tradition, du judaïsme, de l'Europe, que nous n'observions pas les fêtes juives pendant mon enfance, dans les années 1960 et 1970, comme avait pu le faire ma mère pendant son enfance dans les années 1930 et 1940. Toutefois, Yom Kippour constituait une exception. Cela avait moins à voir avec le statut auguste de cette fête parmi les fêtes du calendrier juif qu'avec le fait que c'était la seule qui présentait un attrait intellectuel ou (comme je le soupçonne encore) esthétique pour mon père – un scientifique, après tout, un homme qui aime l'idée de la rigueur, de l'absolu, de la dureté même. L'autodénigrement, l'abnégation de Yom Kippour le réjouissait. Et il se trouvait donc que, tous les ans, alors qu'il ne mettait jamais les pieds dans l'étrange et minuscule synagogue où, pendant des années, ma mère nous avait emmenés mes frères, ma sœur et moi, la synagogue où, un jour, alors que nous nous rendions, elle et moi, au Yizkor, le service commémoratif qui a lieu vers la fin des cérémonies de Yom Kippour, elle m'avait dit que

Oncle Shmiel avait quatre filles magnifiques qui avaient été violées avant d'être tuées par les nazis – même si mon père ne mettait jamais les pieds dans cet endroit pour les services de Yom Kippour, il observait strictement le jeûne. En fait, il regardait attentivement la pendule pour s'assurer que personne ne rompît le jeûne avant que ne se fussent écoulées les vingt-quatre heures.

La plupart de ces vingt-quatre heures à écoulement effroyablement long, je dois l'admettre, n'étaient pas habituellement passées par aucun de nous, y compris ma mère, dans la petite synagogue où nous allions. Et pourtant, en raison d'une obscure saveur d'étrangeté et d'angoisse légère qui s'attachait à ce jour de l'année dans notre famille (très probablement à cause des histoires sur cette journée que mon grand-père aimait raconter, celle du bûcheron, par exemple), les vingt-quatre heures de jeûne ne pouvaient être passées, c'était parfaitement clair, à faire quelque chose de « frivole ». S'amuser avec des jouets était considéré comme frivole. Regarder la télévision aussi. Allez *lire*, faites quelque chose de *sérieux*, nous disait ma mère, l'air un peu absente, alors qu'elle contrôlait, avec une parfaite maîtrise de soi (me semblait-il alors), les plats d'agneau et de poulet en train de cuire, les pommes de terre, l'énorme cafetière électrique, digne d'un hôtel, que tout le monde trouvait choquante, mais aimait secrètement quand on la voyait fonctionner (« tous ces gens, cette année ! »), les casseroles de nouilles un peu sucrées ou *kugels* si savoureuses, les plats de saumon fumé, de maquereau et de poisson blanc attendant l'assaut d'une trentaine ou d'une quarantaine d'invités qui, chaque année, se ruaient dans la maison sur deux niveaux de mes parents pour rompre le jeûne que la plupart d'entre eux, mais pas tous, avaient observé (une tante que j'adorais, petite, rousse, à la bouche pulpeuse, jolie *comme une goy*, disait tout le monde, s'asseyait sur le sofa de la salle de séjour et disait, *Je bois juste un peu de café, parce que le café, ça ne compte pas !*). Donc, nous, les enfants, nous allions faire quelque chose de sérieux. Mais entre le fait de ne pas pouvoir manger et le fait de ne pas pouvoir regarder nos programmes préférés de télévision après l'école, qui étaient les indications de temps les plus fiables de mon enfance, le jour de jeûne, cet unique jour de l'année, paraissait incroyablement long, sans le moindre caractère en dehors d'une sensation d'attente, un jour dépourvu de toutes les qualités reconnaissables qui, tous les autres jours, rendaient et rendent le passage du temps supportable.

C'était exactement cette impression, cette association d'un repas et d'un ennui insupportable – déclenchée, dans le cas de ce trajet vers l'Australie, par l'abondance plus que par la privation de nourriture – qui me venait à l'esprit dans cet avion qui nous emmenait de l'autre côté du monde.

Le trajet de New York à Sydney prend vingt-deux heures, dépourvues de tout caractère. Mais, bien évidemment, lorsque vous volez vers l'Australie depuis New York, vous faites un voyage beaucoup plus long, d'une certaine façon. Nous sommes partis un mercredi dans la soirée ; en raison des changements de fuseaux horaires, en raison du fait que, lorsque vous voyagez de New York à Los Angeles, et au-dessus du Pacifique, vous passez la ligne de jour internationale, nous sommes arrivés un vendredi matin. Et donc quand vous faites ce voyage, comme Matt et moi l'avons fait en mars 2003, afin de récupérer un minuscule fragment du passé, vous perdez réellement, littéralement, du temps : un jeudi de votre vie disparaît purement et simplement. Et il y a aussi autre chose. Quand vous faites ce voyage, vous volez de l'hémisphère Nord vers l'hémisphère Sud, et vous perdez ainsi, d'une certaine façon, des périodes de temps bien plus vastes. Nous avons quitté New York alors que le printemps arrivait et nous avons débarqué à Sydney au début de l'automne.

Alors qu'avons-nous perdu, quand nous nous sommes envolés pour aller rencontrer Jack Greene, comme il avait insisté pour que nous le fassions, un an plus tôt, quand nous avions parlé, ce soir-là, de Bolechow, du jour d'octobre 1941 où la cousine de ma mère, Ruchele, était partie pour une promenade dont elle n'était jamais revenue ? Qu'avons-nous perdu ? Ça dépend : un jour, trois jours, six mois.

COMME BIEN DES petits-enfants d'immigrants, j'ai grandi en écoutant les histoires de voyages épiques et étranges.

Il y avait l'histoire du père de mon père, un homme taciturne, petit, légèrement rabougri, chauve comme mon père, qui avait été autrefois électricien et qui, de temps en temps, alors que nous dévalions les escaliers de la maison de mes parents, quand ma grand-mère Kay et lui nous rendaient visite, se mettait à crier qu'il fallait *se calmer, les gars !* Parce que vous *abîmez l'installation électrique !* Un homme qui était né (nous racontait-on toujours, de sorte que la phrase résonnait longtemps dans ma tête, comme un slogan ou un titre de chapitre) *à bord d'un bateau*, le bateau qui avait emmené les Mendelsohn de Riga à New York, à un moment donné dans les années 1890. Et pas seulement ça : le père de mon père avait toujours insisté sur le fait qu'il avait eu un jumeau qui était mort dans la première enfance. Mais savoir précisément quand cette naissance et ce voyage avaient eu lieu, quel était le nom du jumeau, de quel bateau il s'agissait, personne ne pouvait le faire ou ne se souciait de s'en souvenir : pas mon père, ni son frère aîné, avec qui il était en si bons termes, à l'époque où nous grandissions, ni l'autre frère auquel, pendant si longtemps, il ne voulait rien avoir affaire, mais dont il s'était par la suite rapproché, quand la polio était revenue, une dernière fois, pour mettre fin à cette conversation torturée de façon permanente. La famille de mon père m'avait toujours paru être une famille de silences, et le peu que j'avais réussi à apprendre d'eux, au cours du temps, m'avait aidé à expliquer pourquoi : le père de mon grand-père, le fabricant de violons qui, parce qu'il ne vendait pas assez de violons, fabriquait aussi des chaussures et ne gagnait pas assez non plus avec ça ; la mère qui allait mourir à trente-quatre ans, épuisée par ses dix grossesses, dont trois avaient donné naissance à des jumeaux ; les nombreux frères et sœurs qui n'avaient jamais grandi, tués dans la petite enfance, l'enfance ou l'adolescence par telle ou telle maladie, par la tuberculose, par la grande épidémie de grippe espagnole de 1918, laissant mon grand-père seul parvenir à l'âge adulte, un âge adulte au cours duquel il avait préféré ne jamais parler de ce passé appauvri. Une famille, par conséquent, élevée dans les silences, dont ces longues périodes vides et sinistres entre les frères, dont ces silences qui duraient des décennies n'étaient que les exemples les plus extrêmes.

Parce qu'ils restaient silencieux pendant si longtemps – ils vivaient dans leur présent américain plutôt que dans leur passé européen –, il y a désormais moins d'histoires à raconter à leur sujet. C'est seulement par accident que j'ai appris, du fait que j'étais sur le saule pleureur du jardin de mes parents, un jour de 1972 quand les parents de mon père étaient venus de Miami pour une visite, et qu'on n'avait pas remarqué ma présence, que mon grand-père avait eu une femme avant d'épouser ma grand-mère Kay, et que notre famille existait uniquement parce que cette première épouse était morte dans l'épidémie de grippe espagnole ; et qu'en effet mon père avait un frère beaucoup plus âgé à qui (pour des raisons que je n'ai pu découvrir que des années plus tard, au moment où mon grand-père Al agonisait) mon père n'avait plus parlé, depuis que ce demi-oncle égaré avait quitté la maison, des décennies plus tôt. Une fois de plus, il me revenait à l'esprit que notre lignage n'était que le résultat d'un accident, d'une mort prématurée ; une fois de plus me revenait à l'esprit la préférence de la Bible hébraïque pour les secondes épouses, pour les plus jeunes fils. Pourquoi, avais-je pensé à l'époque, n'avions-nous jamais entendu ce récit dramatique auparavant ? Mais ce même grand-père n'avait jamais songé à signaler à qui que ce fût, même après la naissance de ma sœur Jen en 1968, qu'il y avait eu une fille nommée Jenny parmi ses nombreux frères et sœurs morts.

Quand j'étais petit, je regardais le père de mon père et puis je regardais le père de ma mère, et le contraste entre les deux est à l'origine de la formation, dans mon esprit d'enfant, d'une sorte de liste. Dans une colonne, il y avait ceci : Jaeger, judaïté, Europe, langues, histoires. Dans l'autre, il y avait ceci : Mendelsohn, athées, Amérique, anglais, silence. Je comparais et j'opposais ces colonnes, lorsque j'étais bien plus jeune et, même alors, je me demandais quel genre de présent on pouvait avoir sans connaître les histoires de son passé.

Il y avait d'autres histoires de voyages difficiles dans ma famille. La mère de ma mère était la seule de mes grands-parents à être née aux États-Unis, mais sa propre mère, mon arrière-grand-mère Yetta, n'y était pas née. Yetta Cushman (ou *Kutschmann* ou encore *Kuschman*), qui sur la seule photo d'elle existante, prise peu de temps avant sa mort prématurée pendant l'été 1936 –

pendant qu'elle cousait le cou d'un poulet, elle s'était piqué le doigt et elle était morte, quelques jours plus tard, d'un empoissonnement du sang, ce qui avait été la cause d'un choc émotionnel terrible qui, selon le père de ma mère, avait été à l'origine du diabète de sa jeune épouse – vous dévisage avec l'air triste d'une femme extrêmement simple, qui louche presque, et d'un âge indéterminé. Yetta, parfois Etta, est la parente à qui mon frère Eric doit son prénom. Elle était russe. RUSSIE, dit son certificat de décès, à la mention PAYS D'ORIGINE, même si la RUSSIE et le PAYS D'ORIGINE ne peuvent, il faut le dire, suggérer la nature ou les raisons de son horrible émigration, dont j'ai fini par entendre parler par mon grand-père, le gendre de cette femme simple et épuisée, une histoire qui est, pour quelqu'un de ma génération et de mon éducation, absolument impossible à imaginer.

Qu'est-ce que mon grand-père m'a raconté ? Il m'a raconté que sa belle-mère, pour qui, j'ai cru comprendre, il n'avait aucune affection ni aucune antipathie particulière (*Tu sais*, m'avait-il dit un jour en haussant les épaules, *les beaux-parents !*), était venue en Amérique après que sa famille entière avait été brûlée au cours d'un pogrom à Odessa ou dans les environs, sort auquel elle avait échappé parce qu'elle était aux cabinets quand les Cosaques, ou je ne sais qui, étaient venus, ce jour-là (ils étaient déjà venus bien des fois, évidemment) ; complètement seule à l'âge de quinze ans, elle avait traversé l'Europe pour prendre une place à bord d'un bateau qui l'emmènerait en Amérique, où elle avait un parent qui l'avait aidée ; dès son arrivée, au début des années 1890, elle avait fait ce qu'il fallait, c'est-à-dire se trouver immédiatement un mari et, dans ce cas précis, le mari qu'elle avait trouvé était un veuf paralysé, avec des enfants déjà grands qui, après le mariage avec cette jeune femme de dix-neuf ans environ, simple et traumatisée, s'étaient mis à la tourmenter en cachant des chaussettes puantes au fond des lits qu'elle devait faire tous les matins, histoire que sa fille, ma grand-mère, allait raconter à *sa* fille, qui la raconterait plus tard à moi.

De cette femme pathétique, ma grand-mère diabétique que j'aimais tant avait hérité les cheveux dorés, qui étaient aussi ceux de ma mère, ce qui explique pourquoi mon frère Matt (dont j'étais à l'adolescence, avec mes cheveux noirs et frisés, si jaloux) avait de si beaux cheveux blond clair quand il était petit ; et pourquoi j'ai toujours pensé qu'il ressemblait, avec ces cheveux et ses yeux légèrement bridés de Tatar, et les angles austères de son visage, à la fois à la figure d'une icône et aux Slaves qui l'auraient vénérée. Les Slaves, c'est-à-dire ceux qui, par un jour impossible à connaître des années 1880, avaient fondu sur une ville près d'Odessa et violé les femmes, pillé et incendié les maisons de pauvres Juifs insignifiants, ce qui explique pourquoi mon arrière-grand-mère était venue en Amérique et comment, en effet, certains membres de ma famille avaient les cheveux blonds, des cheveux tellement blonds.

MAIS LES MEILLEURES de toutes les histoires étaient naturellement celles que racontait le père de ma mère, puisqu'il était, après tout, le seul de mes parents qui avait fait ce remarquable voyage jusqu'en Amérique et avait été assez âgé à l'époque pour en conserver des souvenirs. *Comment c'était le voyage jusqu'en Amérique, tu veux savoir ?* répétait mon grand-père, en ricanant doucement, quand je l'interviewais sur sa vie. *Je ne pourrais pas te le dire, parce que j'étais tout le temps dans les toilettes en train de vomir !* Mais cette autodérision, qui laissait entendre qu'il n'y avait pas d'histoire à raconter, faisait partie de l'histoire de sa venue en Amérique, une histoire qui, comme je le savais, avait de nombreux chapitres. Sans aucun ordre particulier, je me souviens à présent de ces histoires : celle sur la façon dont lui et sa sœur, ma sombre Tante Sylvia, qu'il avait toujours appelée *Susha*, et dont le nom figure sur la liste des passagers, aujourd'hui disponible en ligne grâce à la banque de données d'Ellis Island, en tant que *Sosi Jäger*, avaient voyagé « pendant des semaines » pour aller de Lviv à Rotterdam « où attendait le bateau », disait-il, et n'étant qu'un petit garçon ne sachant presque rien du monde, j'étais impressionné, à l'époque, à l'idée qu'un bateau aussi gros ait attendu ces deux jeunes gens de Bolechow, fausse impression que mon grand-père se gardait bien de corriger ; et puis comment, après le long trajet en train, de Lviv à Varsovie, puis de Varsovie, à travers l'Allemagne, jusqu'aux Pays-Bas, ils avaient failli rater le bateau, parce que les filles avaient les cheveux tellement longs.

Parce que les filles avaient les cheveux tellement longs ?! m'étais-je exclamé. La première fois que j'avais entendu cette histoire, il y a tellement longtemps que je n'arrive pas à me souvenir quand c'était, j'avais posé cette question parce que j'étais véritablement perplexe ; aujourd'hui seulement je comprends quel raconteur sophistiqué pouvait être mon grand-père, quelle brillante provocation était ce *parce que les filles avaient les cheveux tellement longs*, que c'était destiné à me faire poser cette question, afin qu'il pût se lancer dans cette histoire-là. Par la suite, j'avais continué à poser la question, uniquement parce que je savais qu'il voulait que je le fisse.

Oui, parce que les filles avaient les cheveux tellement longs ! poursuivait-il, assis dans ce grand fauteuil en osier sur la large marche du perron de la maison de mes parents, surveillant le quartier, comme s'il avait été responsable des maisons sur deux niveaux avec leurs couleurs bizarres, leurs pelouses bien nettes, leurs topiaires en spirale pointant vers le ciel d'été dégagé, le silence de la mi-journée en semaine. Et il me racontait alors comment, avant d'embarquer sur le grand bateau qui allait l'emmener lui et ma tante perpétuellement déçue vers l'Amérique, tous les passagers de l'entrepont devaient être examinés pour les poux et comme les filles, y compris ma grand-tante Sylvia de vingt-deux ans, avaient les cheveux longs à l'époque, cet examen avant l'embarquement prenait un temps fou et, à un moment donné, mon grand-père (que, je suppose, nous décririons aujourd'hui comme souffrant d'une forte anxiété, même si les gens disaient à l'époque qu'il était simplement « méticuleux ») avait paniqué.

Alors qu'est-ce que tu as fait ? demandais-je à cet instant précis.

Et il répondait, J'ai crié *Au feu ! Au feu !* et dans la confusion générale, j'ai pris Tante Susha par la main et nous avons couru sur la passerelle, et nous sommes montés à bord ! Et c'est comme ça que nous sommes venus en Amérique.

Il racontait cette histoire avec une expression qui flottait entre l'autosatisfaction et l'autodénigrement, comme s'il avait été à la fois content et (à présent) un peu embarrassé par l'audace juvénile qui, si cette histoire n'est pas un mensonge, lui a valu de voyager jusqu'en Amérique.

IL Y AVAIT, c'est évident, d'autres histoires sur ce voyage jusqu'en Amérique, des histoires que j'ai entendues souvent lorsque mon grand-père venait nous rendre visite et je traînais dans la maison, silencieux, dans l'espoir qu'il déciderait de s'asseoir et de me parler, attendant qu'il ait fini de lire le journal, peut-être le *Times* ou, plus probablement, *The Jewish Week* (après le mariage de mes parents, il leur avait offert un abonnement parce qu'il redoutait, disait-il, que ma mère oublie comment être *juive*). Il lisait son journal lentement, laissant sa grosse tête descendre sur le côté gauche, puis la relevant brusquement vers la droite pour déchiffrer les caractères imprimés sur la page opposée. En silence, je l'observais pendant sa lecture – car on n'interrompait jamais, vraiment jamais, mon grand-père, quoi qu'il ait pu faire –, j'attendais qu'il ait terminé et j'espérais qu'il serait d'humeur à me raconter des histoires... Ou bien j'attendais qu'il ait fini de boire son jus de prune qui, aimait-il dire, *était bon pour la machinerie*, ou encore qu'il ait fini de parler à ma mère pendant qu'elle peignait ses ongles, assise à la table de la cuisine devant la grande baie vitrée, ou même qu'il ait fini, debout dans la « grande » salle de bains, qui était carrelée en bleu, d'avaler avec une grande précaution chacune des nombreuses pilules qu'il avait toujours avec lui dans une petite mallette en vachette beige. Mon grand-père était un hypocondriaque, nous le savions tous, et ses différents médecins se pliaient évidemment à ses caprices. Tous les soirs et tous les matins, il entrait dans l'étincelante salle de bains de ma mère et alignait une série de pilules et les avalait, les unes après les autres, avec un sourire détaché. Comme mon père désapprouvait les médicaments, les pilules et même les médecins en général, pour qui il avait une grande suspicion et envers qui, en tant que groupe, il manifestait une vague mais réelle animosité (et pourquoi pas, compte tenu de ce qu'il avait passé son enfance à voir ?), il souriait avec mépris et sans discrétion des rituels de mon grand-père avec ses petites pilules. Mais nous, les enfants, nous adorions voir Grandpa prendre ses médicaments quand il nous rendait visite, un rituel qu'il savait, comme le reste, rendre drôle. *Ce soir*, disait-il en regardant l'alignement des petits flacons de pharmacien avec une confusion jouée, comme une ménagère devant un étalage intimidant de détergents ou de céréales pour le petit déjeuner, *peut-être que je vais prendre une bleue et une rouge*.

J'attendais donc qu'il ait fini n'importe laquelle de ses routines en cours et qu'il me raconte ces histoires de ses nombreux voyages et de ses nombreuses aventures. À Quel Point Le Bateau Était Bondé, Combien Lui Et Tante Sylvia Redoutaient D'Être Volés Et Avaient Donc Caché Leur Argent Dans Un Mouchoir, ou pire, Combien Il Avait Eu Le Mal De

Mer, au point de ne plus vouloir jamais voyager en bateau de nouveau. Comment, après deux semaines sur le bateau, les fameuses deux semaines passées à être malade, ils étaient arrivés à New York et avaient essayé de trouver leur chemin jusqu'au point de rendez-vous que leur avait indiqué le cousin Mittelmark, et comment chaque personne à qui il avait parlé avait répondu à ses questions par un regard égaré. Il s'approchait des gens, me racontait-il, et prononçait le nom de l'endroit sur un ton interrogatif : *Timesse Squouère ? Timesse Squouère ?* Et il avait fallu qu'il écrive le nom sur un bout de papier avant que quelqu'un pointe, en riant, la direction de *Times Square*. Et de Times Square, mon grand-père et ma grand-tante, accompagnés de leur cousin qui parlait l'anglais, étaient allés dans le Lower East Side, à East Fourth Street, pour s'installer dans l'appartement de leur oncle, Abe Mittelmark, un homme aux cheveux roux dont la brouille avec sa sœur unique, mon arrière-grand-mère, ou le ressentiment à son égard était responsable, j'aime à le croire, du cruel arrangement matrimonial qui devait dresser les Jäger contre les Mittelmark pendant des générations. Et ce n'était pas le seul cas de lutte fratricide dans ma famille.

Maintenant, quand je pense à ce voyage, moi dont le record est un vol de vingt-deux heures en *business class* d'un 747, je suis impressionné par l'audace dont il a fait preuve pour entreprendre simplement ce périple. En écrivant ceci, je regarde son passeport polonais, celui avec lequel il a fait ce voyage inimaginable, et bien qu'il soit mort à présent et qu'il ne puisse plus raconter d'histoires, le document a ses propres confessions à faire. En déchiffrant l'élégante écriture officielle dont les blancs sont remplis, en scrutant les visas et les tampons, je peux, avec une précision bien plus grande que celle dont se souciait de faire preuve mon grand-père quand il racontait ses histoires, reconstituer son voyage jusqu'en Amérique.

Je peux, par exemple, vous dire que le passeport (« DOWOD OSOBISTY », littéralement « papier d'identification »), numéro 19272/20, lui a été délivré à Dolina – le petit village au sud de Bolechow qui était le centre administratif de la région et où la famille de la mère de mon grand-père, les Mittelmark, avait vécu autrefois – le 9 octobre 1920. Collée sur le passeport, se trouve une petite photo en noir et blanc de mon grand-père, la plus ancienne image connue de lui. Il est debout, semble-t-il, contre un mur en bois quelconque ; le visage familier est lisse, sérieux, les yeux myopes sont très enfoncés, les cheveux, encore très épais, plaqués en arrière, avec l'implantation en V dont j'allais hériter. Les oreilles sont légèrement décollées, chose dont je ne me souviens pas. Le col de sa chemise est serré et paraît inconfortable, et les revers très hauts et étroits de la veste qu'il porte font l'effet d'un vêtement incroyablement antique. Le passeport fournit aussi une description écrite : taille « moyenne », visage « ovale », cheveux « foncés », yeux « bleus », bouche « moyenne » – ce que cela veut dire précisément, je ne saurais le dire – et nez « droit ».

En lisant cette description aujourd'hui, ayant entendu certaines histoires dans lesquelles les nez droits et les yeux bleus sont des éléments dont l'issue pouvait dépendre, je me demande, pas pour la première fois, comment s'en serait sorti mon grand-père au regard bleu rusé et au nez droit, s'il avait décidé, comme son frère aîné, de ne pas faire ce voyage pour lequel il a utilisé ce passeport. C'est une chose que mon frère Andrew et moi avons discutée, en nous souvenant de notre grand-père et de ses astuces.

Je parie qu'il aurait survécu, a dit un jour Andrew, se souvenant bien des autres histoires sur l'ingéniosité de mon grand-père, de toutes les fois où il avait bluffé et contraint des gens à lui donner ce qu'il voulait, pour des affaires, des passe-droits, et du jour où, à l'âge de quatorze ans, j'avais été témoin de son adresse très spéciale en obtenant auprès d'une banque un téléviseur à grand écran gratuit – non pour lui, le titulaire du compte, mais pour ma mère, ce qui allait à l'encontre du règlement. Moi aussi, j'aime à penser que mon grand-père, s'il n'avait pas fait son long voyage jusqu'à *Timesse Squouère* en 1920, aurait, d'une façon ou d'une autre, employé son talent à obtenir ce qu'il voulait, à survivre...

... TOUT COMME JE sais, par exemple, que Mme Begley, à qui j'ai parlé quelquefois de mon grand-père et qui a eu aussi la chance d'être blonde aux yeux bleus, a survécu.

Vous comprenez, j'étais blonde et je parlais l'allemand, m'a-t-elle dit lors d'une de mes premières visites à son appartement de l'East Side, peut-être la première, en janvier 2000, quand je redoutais qu'elle ne veuille pas parler du passé, particulièrement de la guerre, mais elle m'avait surpris en parlant peu d'autre chose, en pleurant même, soudain, à un moment donné, en pointant pour moi le nom, dans le livre Yizkor de sa ville, Stryj, de ce garçon de dix-sept ans qui n'avait pas survécu : un parent ou un ami de la famille, je n'arrivais plus à m'en souvenir jusqu'à ce que je trouve récemment le livre Yizkor de Stryj, le *Sefer Stryj*, en ligne, et que je repère la page sur laquelle elle m'avait indiqué une liste de noms des morts, une page qui portait le titre en hébreu *Sh'mot shel Qidoshei Striy*, « Noms des martyrs de Stryj » (il est peut-être important de s'arrêter ici pour noter que le mot hébreu *qidush*, « martyr » ou « sacrifice », est dérivé, comme l'est le mot « sacrifice » dans certaines autres langues, du mot « saint », *q-d-sh*. L'usage de *qidush* en ce sens correspond au concept du judaïsme connu sous le nom de *qidush HaShem*, qui se réfère au fait de mourir au nom d'une cause juive, l'idée étant qu'en mourant on sanctifie ou on rend saint (*qdsh*) le nom de Dieu – *HaShem* signifiant « le Nom ». L'exemple traditionnel étant Hannah et ses sept fils, qui sont tous morts sous les coups d'Antioche – Antioche IV, le monarque hellénistique de l'histoire de *Hannoukah* – parce qu'ils ne voulaient pas manger de porc ou s'incliner devant des idoles. Mais l'usage de la phrase s'étend aussi aux victimes de l'Holocauste, qui sont morts du fait qu'ils étaient des Juifs).

« Noms des martyrs de Stryj » était, en tout cas, la page sur laquelle le défunt mari de Mme Begley, le docteur très important de Stryj dont une vieille Ukrainienne avait instantanément reconnu le nom, soixante ans après, avait été amené à inscrire le texte suivant :

BEGLEITER-BEGLEY EDWARD DAVID Dr
honore la mémoire de :
BEGLEITER SIMON, Père
BEGLEITER IDA, Mère
SEINFELD MATYLDA, Sœur
SEINFELD ELIAS, Beau-frère
HAUSER OSCAR & HELENA, Beaux-parents
SEINFELD HERBERT, Neveu

Ce Herbert Seinfeld, m'avait-elle dit, alors que sa voix basse, décidée, déraillait, ce Herbert Seinfeld avait déjà obtenu ses papiers d'émigration, mais il n'avait pas réussi à sortir à temps.

Un garçon de dix-sept ans, avait-elle dit ce jour-là, en pleurant un peu. Il allait presque s'en sortir, mais il n'a pas réussi.

Je n'avais rien dit, me sentant gêné par cette exhibition inattendue de son émotion. C'était ma faute : je lui avais demandé de me montrer ce livre Yizkor de Stryj, parce que je voulais voir si Shmiel et sa famille y figuraient parmi les noms des victimes ; sa femme, Ester, comme nous le savions, était originaire de Stryj (et Minnie Spieler était de Stryj, elle aussi). Et en effet, les noms s'y trouvaient :

SCHNEELICHT EMIL
honore la mémoire de :
SCHEITEL HELENE, Sœur
SCHEITEL JOSEPH, Beau-frère & 3 enfants
SCHNEELICHT MORRIS, Frère
SCHNEELICHT ROS, Belle-sœur & 5 enfants
JAEGER ESTER, Sœur
JAEGER SAMNET, Beau-frère & 4 enfants

SCHNEELICHT SAUL, Frère, épouse & 5 enfants
SCHNEELICHT BRUNO, Frère
SCHNEELICHT SABINA, Belle-sœur

C'est pour cette raison que je voulais voir le *Sefer Stryj*, et il va sans dire que si j'avais repéré ce livre des années plus tôt, j'aurais su que ma grand-tante Ester avait un frère, Emil, qui n'avait pas péri et que j'aurais peut-être retrouvé avant ce jour de 1999 où son fils m'a appelé de nulle part dans l'Oregon pour me dire, entre autres choses, que Minnie Spieler était la sœur d'Ester.

Je regardais donc les noms de mes morts – remarquant (comment ne pas le faire ?) que le nom de Shmiel, SAMUEL, avait été grossièrement mal orthographié, peut-être à cause de cette particularité d'écriture, le *l* minuscule barré, un véritable tic, aujourd'hui disparue, mais répandue à l'époque dans une certaine partie de la population du coin, qui avait transformé la « Ruchaly » de Shmiel en « Ruchatz » à mes yeux – je regardais ces noms, dont la présence sur la page semblait obscurément constituer une confirmation de quelque chose, peut-être le fait que ces gens que je recherchais existaient en dehors des histoires et des souvenirs privés de ma famille, et c'était une satisfaction pour moi. Mais, alors que je regardais, je me suis senti tout à coup idiot d'avoir demandé à Mme Begley de consulter son livre en quête de parents que je n'avais jamais connus et qui restaient une chose abstraite pour moi à ce moment-là, quand tant de ses parents, si proches d'elle, se trouvaient là aussi.

Vous comprenez, a-t-elle répété en tirant un peu le livre pour passer une main translucide et fraîche sur la page, j'étais blonde et je parlais l'allemand. Je pouvais passer. Ma mère était très belle, mais comme l'est une Juive. Elle était ce qu'ils appellent une vraie *Rebecca*, une belle femme juive.

Elle a cessé de parler quelques instants et s'est contentée de me regarder, fixement mais avec méfiance, de son œil un peu fermé, le bon – soit pour se donner une composition pour l'histoire suivante, soit (plus probablement, je suppose) parce qu'elle doutait que j'appréciasse ce qui allait venir, je ne saurais le dire. Je buvais mon thé en silence. Puis, elle a repris sa respiration, qui était aussi un soupir, et elle a commencé à me raconter ses histoires de ruses et de survie, et d'autres histoires encore. Celle, par exemple, où elle avait, une fois cachée elle-même, soudoyé quelqu'un pour faire venir dans un endroit donné ses parents et ses beaux-parents, et les faire passer dans un endroit sûr, pendant la grande rafle des Juifs de Stryj à l'automne 1941, et comment, en arrivant à ce rendez-vous, elle avait vu passer un wagon rempli de cadavres empilés, au sommet desquels se trouvaient les vieilles personnes qu'elle était venue secourir.

Vous voyez, a-t-elle dit, j'ai reconnu mon beau-père à la longue mèche de cheveux blancs qu'il avait.

Et puis, elle a ajouté ceci : comme elle était elle-même en danger, comme elle était en train de « passer » elle aussi, elle n'avait pas pu se permettre de trahir ses émotions à la vue des cadavres de sa famille qui passaient dans le wagon...

... Donc, quand j'entends parler de ruse et de survie, de couleur de cheveux ou d'yeux, je pense à Mme Begley, et je suis aussi tenté de penser à mon grand-père et de me demander s'il aurait survécu, lui aussi. Et comme je le sais, bien des gens intelligents n'ont pas pu.

Que nous dit d'autre le passeport de mon grand-père, en dehors du fait que, à l'âge de dix-huit ans, il était pâle aux yeux bleus et au nez droit ? Je savais, grâce à ses histoires, qu'il était arrivé en novembre 1920 (cet élément peut être confirmé sur le site Internet d'Ellis Island : il est en effet arrivé le 17 novembre 1920, à bord du *SS Nieuw Amsterdam*, accompagné par une sœur qui apparaît sur les fichiers sous le nom de « Sosi Jäger », originaire de « Belchow, Pologne », ce dernier élément étant un nom que je sais inexact, mais que quelqu'un d'autre pourrait, à l'instant même, noter soigneusement sur une fiche quelque part). Mais que s'est-il passé exactement entre le 9 octobre, jour où il a reçu son passeport, et le 17 novembre, date de son arrivée, comme nous le savons ? Le passeport remplit un certain nombre de blancs de ce voyage singulier. Par exemple, je sais que, le 12 octobre, il était à Varsovie, où il s'est rendu aux consulats néerlandais et américain. Je sais que, le 14 octobre, il est allé au consulat d'Allemagne, où il a obtenu un visa de transit pour le passage vers les Pays-Bas. Je sais, grâce à un certain nombre de tampons des douanes, que Tante Sylvia et lui sont entrés en Allemagne à Schneidemühl le 18 octobre, ont traversé le pays et en sont ressortis le lendemain, le 19, à Bentheim où ils ont passé la frontière germano-néerlandaise pour entrer à

Oldenzaal, à l'est des Pays-Bas, et ils se sont dirigés vers Rotterdam, où, après dix jours passés aux Pays-Bas sans doute, le 5 novembre 1920 – après avoir crié *Au feu ! Au feu !* parce qu'il avait peur de rater le bateau – mon grand-père et sa sœur sont finalement montés à bord du *SS Nieuw Amsterdam*, un paquebot à cheminée unique, de 17 000 tonnes et de quatorze ans d'âge, de la compagnie *Holland America Line*, de 615 pieds de long et 68 de large, transportant 2 886 passagers en tout (dont 2 200, comme mon grand-père et ma grand-tante Sylvia, voyageaient dans l'entrepont), commandé par le capitaine P. Van den Heuvel qui, à son arrivée dans le port de New York, douze jours plus tard, a signé une déclaration sous serment par laquelle il était établi que « il [avait] fait faire par le chirurgien du navire [...] un examen physique et mental de chacun des étrangers figurant sur les susdits manifestes des passagers, trente pages en tout, et que, compte tenu du rapport dudit chirurgien [...] aucun des étrangers en question n'appart[enait] à une des catégories exclues de l'admission aux États-Unis ».

Oh oui : nous avions entendu parler de l'examen médical que tous les passagers, croyait naïvement le capitaine Van den Heuvel, avaient passé. *Les filles avaient les cheveux tellement longs*. Mais le manifeste des passagers, qui est le document officiel encore existant de l'arrivée de mon grand-père, ne peut sûrement pas suggérer comment il est arrivé aux États-Unis, comment toutes les histoires ont commencé.

Il y a dans la chronologie un trou bizarre : le passeport ne nous dit rien de ce qui s'est passé entre le 19 octobre 1920 (qui était, m'assure mon ami Nicky, un mardi) et le 5 novembre, date à laquelle, selon le manifeste du navire aujourd'hui accessible sur le site Internet d'Ellis Island, le paquebot a pris la mer...

À propos de ces dix-sept jours perdus, mon grand-père nous a raconté une histoire plausible. Aux Pays-Bas, a-t-il raconté, Tante Sylvia et lui s'étaient retrouvés à court d'argent, ayant dépensé tout ce que leur mère leur avait donné pour le voyage ; comment cela avait pu arriver, il ne l'a jamais dit. Et donc, racontait-il, il s'était *mis sur son trente et un* et avait sonné à la porte de tous les consulats et de tous les bureaux officiels de Rotterdam – qui étaient nombreux puisque c'était le port d'embarquement pour l'Amérique au cours de cette période d'immigration intense – et avait offert ses services de traducteur. Son passeport précise qu'il parle le polonais et l'allemand, mais je sais qu'il parlait aussi de nombreuses autres langues : le russe qu'il avait appris, lorsqu'il avait quinze ans, en gardant des prisonniers de guerre russes à Bolechow quand le sort avait tourné et que les Autrichiens avaient brièvement repris le dessus sur les Russes qui, nuit après nuit, avaient si cruellement bombardé la ville (*ils ont fait sauter le centre de la ville !*) ; le hongrois qu'il avait appris à l'école, juste après la guerre, quand sa ville n'avait plus appartenu à l'Empire austro-hongrois. *Et donc je me suis trouvé un boulot dans un bureau hongrois, à traduire du hongrois à l'allemand et inversement*, racontait-il.

Vraiment ?! disais-je quand j'avais treize ou quatorze ans. La première fois que je l'ai dit, j'étais vraiment sidéré. Par la suite, je ne faisais que mon travail, une fois de plus, le provoquant, jouant le faire-valoir. Tu devais parler le hongrois couramment ! m'exclamais-je. Dis-moi quelque chose en hongrois !

À ce moment-là, il affichait son sourire spécial pour la chute d'une histoire et disait, *Tu sais, je ne me souviens plus de rien !* Et je m'émerveillais alors – vraiment, je ne faisais pas semblant, et en fait je m'émerveille encore aujourd'hui – qu'on puisse connaître une langue assez bien pour la traduire et ensuite l'oublier complètement. Comment peut-on avoir oublié autant, me demandais-je alors, quand j'avais onze, douze ou treize ans, quand je n'avais encore rien dont j'aurais dû me souvenir ; comment pouvait-on oublier quelque chose à ce point ?

En tout cas, c'est en mars 2003 que nous avons fait notre long et remarquable voyage vers l'Australie, autre saga familiale de longs voyages, pour découvrir ce dont cinq Juifs, chacun d'eux bien plus vieux que mon grand-père lorsqu'il avait commencé à me raconter les histoires de ses voyages épiques, pouvaient se souvenir au sujet de parents qui avaient disparu de l'histoire, soixante ans plus tôt.

L'analyse par Rachi du texte de parashat Noach *suggère que le mot employé par Dieu pour décrire ce qu'il a prévu pour les hommes et les animaux, que nous traduisons en général par « Déluge » –* mabool *en hébreu –, est un mot d'une subtilité bien plus grande que ne peuvent le transmettre les traductions. Sensible comme toujours à toutes les nuances de*

313

l'étymologie et de la prononciation, le grand érudit joue avec toutes les composantes de l'hébreu – les lettres m-b-l – et songe à trois verbes possibles, contenant les lettres b-l, chacun d'eux apportant des nuances de sens à notre compréhension de ce que mabool *peut vouloir dire (en dehors de « déluge »). Ce sont* n-b-l, « se décomposer » ; b-l-l, « troubler » ; *et* y-b-l, « transporter ». *Rachi remarque ensuite que les trois mots associés avec* mabool, « déluge », *sont pertinents « parce que, écrit-il, il a tout décomposé, parce qu'il a tout troublé, parce qu'il a tout transporté ».*

Cela vaut la peine de s'arrêter ici pour noter que la subtile interprétation linguistique de Rachi est appuyée avec enthousiasme par le grand érudit et mystique de Bohême au XVIe siècle, Judah Loew ben Bezabel (1525-1609), grand rabbin de Prague pendant des années, qui a écrit que la Torah utilisait délibérément la résonance du mot mabool pour décrire l'annihilation par Dieu du genre humain afin de transmettre simultanément les trois significations que Rachi a détectées dans ses verbes apparentés. Cette remarque se trouve dans le commentaire savant que le rabbin Judah fait du commentaire de la Torah par Rachi – un « méta-commentaire », disent les savants ; cette œuvre est connue des érudits sous un titre qui est un jeu de mots sur le surnom allemand du rabbin, qui signifie « Lion » : Gur Aryeh al HaTorah, *« Le lionceau du Lion sur la Torah ».* Il faudrait, toutefois, ajouter que le rabbin Judah doit sa réputation considérable, à la fois dans les cercles juifs et en dehors, à un autre produit de sa connaissance intime des Écritures juives : le Golem, la créature à la Frankenstein que le rabbin est censé avoir créée avec la boue de la rivière Vltava, en utilisant des pouvoirs trouvés grâce à sa connaissance de l'histoire de la Création. Cette créature, destinée à protéger les Juifs de Prague harcelés par les attaques d'hostiles courtisans du monarque habsbourgeois Rudolf II, avait fini par être prise de folie furieuse et le rabbin avait dû détruire sa propre création, en retirant de sa bouche le *shem*, une tablette couverte d'inscriptions mystiques. Il est censé avoir ensuite enterré l'argile sans vie dans le grenier de la synagogue de Prague.

Quoi qu'il en soit, il est clair que Rachi et son distingué commentateur du début de la modernité, qui savait lui-même une chose ou deux sur la création et la destruction, sont du même avis pour dire que le résultat de la dissolution par Dieu de sa Création dans *parashat Noach* était ceci : décomposition, confusion, et vastes mouvements sur des étendues aqueuses. Ces choses, apparemment, sont nécessaires pour que la vie commence de nouveau.

2

L'Histoire du Déluge

Il a fallu à Matt et à moi, une fois arrivés à Sydney, une journée entière pour récupérer de l'énorme décalage horaire et du changement de saison. Nous avons passé au lit la plus grande partie de la journée après l'atterrissage, même si nous sommes sortis de l'hôtel plusieurs fois pour aller marcher au soleil sur la promenade du bord de mer, en face de laquelle se dressait, comme pour confirmer que nous étions bien en Australie, le célèbre Opéra de Sydney. Comme de nombreux monuments iconiques que j'ai vus en photo avant de les voir en réalité – Saint-Marc à Venise, Stonehenge dans la plaine de Salisbury, le portail d'Auschwitz, la petite mairie ou *Magistrat* de l'ère des Habsbourg à Bolechow, en face de laquelle se trouvait autrefois la boucherie de ma famille –, l'Opéra de Sydney était bien plus petit que je l'avais imaginé, à échelle humaine. Le petit balcon de notre chambre d'hôtel donnait, au-delà d'une étendue d'eau claire, sur l'Opéra ; et chaque fois que nous nous levions, plutôt hébétés, ce samedi après-midi-là, pour marcher et retrouver l'usage de nos jambes après tant d'heures d'avion, après tant de fuseaux horaires traversés, nous sortions sur le balcon pour nous assurer que l'Opéra de Sydney était bien là, que nous étions bien arrivés jusqu'ici. Nous titubions sur la moquette de notre chambre d'hôtel et nous regardions avec reconnaissance le monument : petit, indifférent, *là*.

C'était un samedi, une journée perdue. C'est le dimanche que nous avons parlé aux gens que nous avions fait tout ce chemin pour rencontrer.

Dans les semaines qui avaient précédé notre arrivée, Jack m'avait rappelé qu'il n'était pas le seul habitant de Bolechow à avoir fini par se retrouver en Australie. En dehors de son frère cadet, Bob, avec qui il avait survécu à la guerre, il y avait d'autres gens « intéressants », m'avait-il dit, que j'aimerais rencontrer : une femme qui avait été une amie de Frydka ; une vieille parente à elle qui, étonnamment, était assez âgée pour avoir connu mon grand-père quand il vivait encore dans la ville ; un homme qui avait été le voisin de Shmiel. Et Jack avait donc invité tout le monde chez lui à Bellevue Hills, près de Bondi Beach – à vingt-cinq minutes en voiture environ de notre hôtel du centre de Sydney. *Bondi Beach* ne signifiait rien pour moi, mais Matt avait répété le nom, visiblement impressionné, quand je lui avais fait suivre le fax que m'avait envoyé Jack, avec les informations sur les hôtels du coin et le trajet en voiture.

Bondi Beach ! a dit Matt. C'est un endroit célèbre pour les surfeurs ! Les gens viennent du monde entier pour faire du surf sur cette plage !

Bon, ai-je répliqué, nous avons fait le tour du monde pour venir parler avec les habitants de Bolechow qui vivent là-bas. J'ai soudain redouté qu'il veuille nous emmener surfer ; il avait été dans l'équipe d'athlétisme du lycée, il avait sauté en parachute. Mais non, il était simplement amusé : il aimait tout simplement le fait qu'une bande de vieux Juifs polonais avaient décidé de s'installer dans un paradis pour surfeurs.

Le dimanche, donc, nous sommes allés à Bondi Beach. Un taxi nous a déposés devant l'immeuble d'apparence luxueuse de Jack et nous avons pris l'ascenseur jusqu'à son étage. Regarde, a dit Matt avec un sourire un peu sournois, en pointant le doigt vers la plaque de métal vissée sur le sol de l'ascenseur, sur laquelle on pouvait lire le nom du constructeur, SCHINDLER, on monte avec Schindler !

J'ai haussé les sourcils et dit, *Oy vey*.

Jack est venu nous ouvrir la porte lorsque nous avons sonné. C'était un petit homme sec et nerveux, avec un visage allongé qui était à la fois doux et, peut-être, un peu triste : le menton proéminent était contrebalancé par les yeux mélancoliques et circonspects. Des touffes de cheveux gris clairsemés étaient soigneusement peignées de chaque côté de la tête. Il nous a fait signe d'entrer de la main droite. L'appartement était plaisant et confortable, baigné d'un soleil qui entrait par des baies vitrées, du sol au plafond, donnant sur un balcon rempli de fleurs. La salle de séjour était bleue et crème ; sur le côté brillaient des tables en verre et en cuivre. Il y avait quelque chose d'une prudente et plaisante neutralité dans la décoration de cet appartement, quelque chose que j'avais remarqué aussi dans l'appartement de Mme Begley, avec cette porcelaine et ce mobilier en bois blond immaculés des années 1950 et 1960, l'élégante *menorah* en métal très « contemporaine ». Cela m'avait intrigué, au cours de mes visites de plus en plus fréquentes à l'appartement de Mme Begley, et c'était seulement maintenant, debout dans l'entrée du confortable appartement de Jack Greene à l'autre bout du monde, qu'il me venait à l'esprit qu'il n'y avait pas la moindre trace des objets de famille qu'on pouvait voir, par exemple, dans la maison de ma mère, les photos de famille dans les grands encadrements et les encriers en marbre anciens, les *menorahs* en cuivre anciennes (comme celle avec les Lions de Juda rampants que mon grand-père avait laissée à ma mère), les minuscules jeunes mariés en papier qui avaient surmonté le gâteau de mariage des parents de ma mère en 1928. Bien sûr qu'il n'y avait aucune trace du passé européen, de l'histoire de la famille. Ils avaient tous été détruits.

Nous avons serré la main de Jack et nous sommes entrés. Nous attendaient là sa femme, Sarah, une jolie blonde au visage adorable et aux manières douces, et sa fille, Debbie, qui devait, je suppose, avoir mon âge, et qui avait le visage ouvert, plaisant et adorable de Sarah, avec les cheveux bruns, ce qui avait dû être la couleur de ceux de Jack autrefois. J'étais sidéré qu'elle soit venue nous entendre interviewer son père et ses amis, alors qu'elle avait dû, j'imaginais, entendre leurs histoires bien des fois. Mais je pouvais le comprendre : moi aussi, j'avais été heureux, autrefois, d'entendre certaines histoires inlassablement racontées.

Debbie m'a dit que son mari et sa fille nous rejoindraient plus tard. Elle a dit ça avec un fort accent australien auquel je m'habituais à peine – ou plutôt je m'habituais à peine à l'idée que des Juifs pussent avoir l'accent australien. Naturellement, nous savions qu'il n'y avait pas un pays au monde qui n'ait pas ses Juifs, mais cette connaissance abstraite était en quelque sorte très différente du fait d'être confronté à la réalité de ces gens. Là où j'avais grandi, les Juifs avaient soit des accents du Vieux Continent – polonais, allemand, russe, yiddish – soit un accent new-yorkais prononcé. Mais nous étions maintenant en Australie où les Juifs de ma génération avaient l'accent australien, tout comme ils ont l'accent anglais en Angleterre, l'accent français en France et l'accent italien en Italie. Le monde est beaucoup plus grand qu'on se l'imagine quand on grandit dans un environnement provincial : une banlieue de New York, un *shtetl* de Galicie, peu importe. Puis on commence à voyager. Mon grand-père l'avait su. Je le savais à mon tour.

Nous attendait aussi dans l'appartement de Jack et de Sarah, déjà assis autour de la table de la salle à manger, couverte d'une nappe en dentelle blanche, et sur laquelle Matt et moi avons commencé, assez gauchement, à déposer le matériel d'enregistrement et de photographie, le frère de Jack, Bob. Bob et moi nous étions déjà rencontrés. L'été précédent, il était passé à New York et m'avait contacté, et en buvant un thé glacé chez moi il m'avait raconté comment lui, Jack, et leur père décédé, Moses, avaient survécu, en se cachant dans un bunker souterrain, couvert de feuillage, dans la forêt à la périphérie de Bolechow. Bob m'avait expliqué comment ils avaient pu s'échapper jusqu'à cet endroit grâce à l'aide d'un paysan ukrainien, juste avant les dernières liquidations de 1943. C'était une histoire qu'ils avaient souvent racontée, je le savais, tout d'abord dans un livre écrit par un journaliste allemand, Anatol Regnier (qui était marié, devaient souligner plusieurs fois les Australiens, non sans une certaine incrédulité, *à une chanteuse populaire israélienne !*), et ensuite pour un documentaire fait par une chaîne de télévision allemande, à l'occasion du retour de Jack et de Bob à Bolechow en 1996.

Comme Jack, Bob était de taille moyenne, mais il avait une présence sportive, tout en nerfs. Il me faisait l'effet de quelqu'un qui avait passé beaucoup de temps à l'extérieur, et je n'ai pas été surpris de l'entendre dire, par la suite, qu'il faisait des marches quotidiennes à bonne allure sur la plage. J'avais parlé plusieurs fois à Jack au téléphone quand j'ai rencontré Bob, et ce qui m'a frappé, c'est le fait que Jack, né en 1925, âgé de dix-neuf ans quand l'occupation nazie a pris fin à Bolechow, parlait avec un accent juif polonais prononcé, alors que Bob, né en 1929 et donc à peine adolescent à la fin de la guerre, parlait presque comme un Australien. Cette différence dans la façon de parler a pris pour moi une plus grande résonance à mesure que la visite se prolongeait. Jack me faisait plus l'effet, peut-être, d'un citoyen de l'ancien monde, plus juif ; il aimait parsemer sa conversation d'expressions en yiddish et parfois même en hébreu. Bob, au contraire, m'a fait l'effet, au cours des journées suivantes, d'être bien décidé à se libérer du passé. Peut-être que l'érosion de l'accent, des formules et des sonorités qui avaient caractérisé ses discours, n'était pas entièrement un processus naturel. De toute évidence, il n'était pas très religieux.

En même temps, Bob avait gardé le nom de Grünschlag, alors que Jack l'avait anglicisé. Les choses peuvent être étranges entre frères.

Il y avait donc Jack, Sarah, Debbie et Bob qui attendaient les Américains venus les interviewer. Une fois entrés dans l'appartement, nous avons découvert un autre homme âgé assis à la table, lui aussi. Jack m'avait parlé de lui : Boris Goldsmith, qui avait quatre-vingt-neuf ans et avait vécu en face de chez Shmiel et sa famille. Jack m'avait prévenu que ce Boris était plutôt dur d'oreille – pendant tout l'après-midi, il allait porter sa main à l'oreille pour régler sa prothèse auditive –, mais au moment où j'ai fait sa connaissance, il m'a paru lucide et robuste, et doué d'une présence à la fois forte et facétieuse. Il portait une veste pied-de-poule noire et beige, et lorsqu'il nous a serré la main j'ai remarqué que sa bouche avait eu un scintillement métallique. C'était une vision que j'avais fini par associer, à ce moment-là, à l'Europe de l'Est.

Matt et moi avons installé le matériel pour l'interview pendant que nous attendions tous l'arrivée de la dernière invitée, Meg Grossbard, qui comme Jack, comme Bob, comme les autres, avait fait ce voyage improbable de Bolechow en Nouvelle-Galles du Sud, après la guerre (vous comprenez, m'avait dit Jack au téléphone un an plus tôt, lorsqu'il m'avait appelé pour la première fois, pas mal d'entre nous avaient pensé à fuir pour l'Australie, avant la guerre ; nous avons donc gardé l'idée en tête après ça et nous avons fini par y aller). J'allais apprendre par la suite que de la famille de Meg – vingt-six personnes à Bolechow uniquement – seuls son mari, le frère aîné de celui-ci et elle avaient survécu à la guerre. Meg et son mari s'étaient installés à Melbourne où, comme à Sydney, il y avait une importante communauté de survivants. Son beau-frère, Salamon Grossbard, s'était installé à Sydney. Il ne s'était jamais remarié après que sa femme et son enfant avaient été tués. Âgé de quatre-vingt-seize ans, il était top faible, m'avait dit Jack, pour assister à cette réunion dans son appartement. Mais Meg était venue de Melbourne en avion pour cette occasion et elle allait séjourner chez son beau-frère.

Elle ne devrait plus tarder, m'a dit Jack.

J'espère qu'elle ne sera pas trop en retard, ai-je répliqué.

Avec une expression un peu opaque sur le visage, Jack a ajouté, C'est quelqu'un de très singulier.

J'étais particulièrement impatient de rencontrer cette Mme Grossbard. C'était en partie seulement parce que Jack m'avait rapporté que cette Meg (qui avait adopté ce prénom anglophone en arrivant en Australie) avait été la meilleure amie de Frydka ; si je voulais apprendre des choses sur Frydka, avait-il dit, je ferais bien de lui parler, dans la mesure où lui ne pouvait me parler que de Ruchele. Mais si intéressant et crucial que cela ait pu être pour moi, j'étais encore plus impatient d'entrer en contact avec M. Grossbard, même si Jack m'avait expliqué qu'il était un de ceux qui avaient été emmenés à l'Est par les troupes soviétiques battant en retraite, pendant cet été 1941, et qu'il serait par conséquent incapable de m'apprendre quoi que ce soit sur ce qui était arrivé à ma famille pendant la guerre : il avait été au fin fond de l'Union soviétique pendant que Bolechow souffrait sous l'occupation allemande. C'était à cette époque-là, en effet, que sa femme et son jeune fils avaient été tués.

Mais j'avais mes raisons de tant vouloir rencontrer ce M. Grossbard. Né en 1908, il appartenait à une génération antérieure à celle de Jack, de Bob et de Meg, qui étaient, après tout, les amis et les condisciples des enfants de Shmiel, les cousines disparues de ma mère. Mille neuf cent huit, c'était l'année au cours de laquelle Neche, Jeanette, l'épouse condamnée de leur cousin germain, était née : et pourtant elle était morte depuis si longtemps, elle semblait appartenir au passé si entièrement, au monde des histoires et des légendes de famille, qu'il m'était impossible de penser à elle, quand j'ai entendu parler de M. Grossbard, comme à quelqu'un qui aurait pu être encore en vie. Cet homme vénérable était le dernier habitant de Bolechow vivant de la génération de mon grand-père. Tout comme j'avais fantasmé, la première fois que j'avais entendu parler de Mme Begley, qu'elle pourrait avoir connu autrefois ou même simplement rencontré un de ces Jäger disparus, je fantasmais maintenant sur le fait que cet homme âgé, très âgé, avait peut-être connu, enfant, un des enfants Jäger, peut-être à l'école du baron Hirsch, peut-être au *heder*, l'école hébraïque, peut-être en jouant dans les rues non pavées de la ville ; et s'il se souvenait simplement du nom de l'un d'eux – mon grand-père peut-être, ou Oncle Julius le désespéré, ou peut-être Jeanette – il pourrait non seulement les rétablir, ne serait-ce qu'un instant, dans le présent, mais il allait restaurer, d'une certaine façon, quelque chose d'encore plus précieux. Si j'avais commencé à penser à mes voyages à la recherche de la famille de Shmiel comme à une mission de sauvetage, pour arracher au passé quelques échardes de leurs vies, de leurs personnalités, j'avais aussi pensé à ce voyage en particulier, avec la possibilité de pouvoir parler à ce vieux, très vieux, M. Grossbard, comme à une mission pour sauver quelque chose de mon grand-père.

J'espérais donc secrètement. Si les choses se passaient bien avec cette Mme Grossbard, je me disais que je pourrais trouver un moyen de la persuader de me laisser voir son beau-frère.

EN ATTENDANT L'ARRIVÉE de Meg, nous nous sommes tous assis autour de la table couverte de dentelle dans la salle à manger de Jack et de Sarah. Celle-ci y avait disposé des tasses et des assiettes pour le café et le gâteau ; lorsque Meg arriverait, nous commencerions à manger et à parler. Entre-temps, Jack a regardé les photos que j'avais apportées, les vieilles photos de famille et celles de notre voyage à Bolechow.

Vous savez, a-t-il dit, nous avons des surnoms en yiddish pour toutes les villes de la région.

Des surnoms ? ai-je répété.

Bien sûr, a dit Jack (il employait ces deux mots souvent et avec emphase, ainsi que *C'est exact*, formule à laquelle il donnait une inflexion polonaise, *c'est essact*, tout en inclinant nettement la tête en avant).

Par exemple, a poursuivi Jack, on disait de quelqu'un qu'il était un *krikher* de Bolechow, ce qui voulait dire un *rampeur*.

Pourquoi ? ai-je demandé.

Parce qu'il fallait ramper par les rues – il y avait tant de rues et de quartiers ! Il souriait, amusé par ce souvenir.

Tant de quartiers ? ai-je répété. J'étais troublé, parce que j'avais toujours pensé que Bolechow était minuscule. Lorsque nous y étions allés, mes frères, ma sœur et moi, nous avions eu l'impression que ce n'était pas plus grand que le *Rynek*, la grande place ; la route qui venait de Styj au nord ; et la route qui partait vers le cimetière. Comme nous allions nous en rendre compte, nous n'avions presque rien vu de la ville. Il y avait en fait beaucoup plus que ça.

Bien sûr, a dit Jack. Par exemple, il y avait un joli quartier à Bolechow – il regardait une photo en disant cela, un des instantanés de notre voyage en Ukraine, deux ans plus tôt – que nous appelions la Colonie allemande. Il y avait la Colonie allemande, la Colonie italienne. Il y avait un quartier qui s'appelait *Bolechow Ruski*.

Matt et moi nous sommes regardés en riant à l'idée qu'il ait pu y avoir des « colonies » dans ce minuscule *shtetl*, et Jack a ri, lui aussi.

Ouais, on était des sacrés fêtards ! s'est-il exclamé avec vantardise. Il l'a dit sur un ton qui m'a rappelé si vivement mon grand-père que je suis resté une minute sans pouvoir parler.

Jack a continué.

Prenez Lvov. Elle s'appelait *Lemberger pipick*.

Il a souri.

Pipick ? Pipick, c'est le nombril en yiddish.

Oui, a-t-il dit. Parce qu'elle avait une place, un *rynek*, en plein milieu de la ville, c'était comme un nombril ! Dolina, on l'appelait *Dolina hoïze. Hoïze*, le pantalon. Parce qu'elle n'avait que deux rues, elle faisait penser à un pantalon !

Il s'est interrompu un instant. J'avais connu autrefois les noms de ces villes, et pendant longtemps j'avais pensé qu'elles n'étaient rien d'autre que des destinations, des endroits correspondant à certaines dates, ou à certaines personnes dans l'arbre généalogique de ma famille. Soudain, elles semblaient prendre vie, parce que je pouvais les imaginer à travers le regard des gens qui y avaient vécu, qui avaient inventé ces surnoms idiots et affectueux pour elles.

Au moment où Jack nous expliquait la signification de *Dolina hoïse*, la sonnette a retenti et Mme Grossbard est entrée.

ELLE NE RESSEMBLAIT pas à ce à quoi je m'attendais. Minuscule, mais droite comme un i, les cheveux auburn, avec des reflets cuivrés, plaqués en arrière dans une coiffure de toute évidence onéreuse, elle donnait l'impression d'être à la fois vive et distante. Elle portait des vêtements sombres qui soulignaient l'aspect brillant de ses cheveux : un chemisier en soie noire, un pull violet. De grandes boucles d'oreilles en or pendaient à ses lobes allongés. Jack l'a embrassée sur les joues quand elle est entrée.

Voici Daniel Mendelsohn, a-t-il dit en pointant la main vers moi. Puis, la pointant vers Matt, il a souri et dit, Et voici l'autre M. Mendelsohn.

Je suis tellement content de vous rencontrer, ai-je dit. Ma mère est la cousine de Frydka.

Oui, a-t-elle répondu en passant devant moi pour aller s'asseoir à la table, où elle s'est immédiatement emparée des photos, je *sais*.

Sans le moindre sourire, elle a passé en revue les photos que Matt avait prises pendant notre voyage en Ukraine : une antique bique à Lviv, dans l'embrasure d'une porte sur laquelle on parvient à peine à distinguer le sillon pour la mésusa qui s'y trouvait autrefois ; un vieil homme sur la petite place de Bolechow, tenant une chèvre en laisse.

Pendant que je restais là, réfléchissant à ce que je pourrais bien dire, j'ai remarqué que l'atmosphère de douce réminiscence qui avait caractérisé les quinze premières minutes de cette étrange réunion commençait à s'alourdir. De toute évidence, je n'étais pas le seul à avoir été mis mal à l'aise par Mme Grossbard. Je me suis demandé quelles histoires privées, vieilles de soixante ans, perduraient derrière les salutations polies qui s'échangeaient au même instant. Je devais le découvrir six mois plus tard.

Comme j'avais déjà un peu peur d'elle – cette femme sur qui je comptais pour sauver Frydka de l'obscurité totale et qui était déjà réticente de façon indéfinissable mais palpable –, je me suis aperçu que j'essayais instinctivement de l'apaiser, de la même façon que j'essayais, enfant, d'apaiser la quatrième et dernière épouse de mon grand-père, cette femme difficile qui ne souriait jamais, avec son tatouage sur le bras, et dont nous avions tous peur. Aussi, lorsque Mme Grossbard s'est tournée vers moi en sortant d'un sac en plastique une photo pour me la donner – une photo posée de studio de Frydka où la jolie fille, morte depuis longtemps, porte une babouchka et sourit à peine, une image que je n'avais jamais vue auparavant, et où elle ressemble singulièrement à ma mère –, lorsque Mme Grossbard s'est tournée vers moi et a dit, Voici Frydka Jäger, j'ai bêtement répondu, comme pour confirmer quelque chose qu'elle jugeait important, C'est la cousine de ma mère. Elle m'a regardé sans sourire et a dit, Oui, je sais, c'était mon amie, en soulignant à peine, comme il faut, le mot « mon ».

Elle s'est replongée dans son sac. Je n'ai que quelques photos de groupe de Frydka, a-t-elle dit. Elle a expliqué qu'elles ne lui appartenaient pas. Elles avaient appartenu à une amie commune de Frydka et d'elle, une jeune femme du nom de Pepi Diamant.

Di-AH-mant.

Elle a péri, mais son album a survécu, a dit Mme Grossbard d'une voix neutre. J'ai retrouvé son album après la guerre, quand je suis revenue à Bolechow, et j'en ai pris quelques-unes – ses photos, mes photos, les photos de Frydka.

Je savais qu'elle voulait dire : les photos de Pepi, les photos de Meg, les photos de Frydka (le surnom de Pepi, je l'ai appris dans l'après-midi, avait été Pepci, prononcé *PEP-shuh*). Curieusement, Meg ne m'a pas proposé immédiatement de regarder ces photos miraculeusement préservées. Je pouvais seulement apercevoir, à travers le plastique, des instantanés de groupes de filles : en robe d'été devant des portes de jardin ; en maillot de bain au bord de l'eau ; en veste d'hiver à la taille marquée, à skis.

De l'autre côté de la table, Boris Goldsmith, serré entre Jack Greene et Bob Grünschlag, regardait d'autres photos. De toute évidence, ils attendaient tous que l'interview commençât. Les ignorant complètement, Mme Grossbard a poursuivi.

J'ai vu Frydka pour la dernière fois – c'était à l'époque où nous pouvions encore circuler librement – en février 1942. La dernière fois...

Sa voix a déraillé. Elle s'est brusquement tue et m'a regardé droit dans les yeux pour la première fois. Vous avez l'air très aryen, a-t-elle dit sur un ton légèrement accusateur.

J'étais stupéfait. Vraiment ? ai-je dit, à demi amusé.

Oui, a coupé Meg. C'est très important, vous savez. Nous avons un petit truc à ce sujet, nous tous. Parce que quelqu'un qui avait votre allure avait une chance de vivre.

J'étais incapable de trouver une réponse adéquate à ce qu'elle venait de dire, aussi ai-je préféré sortir une photo qui avait appartenu à mon grand-père, une photo sur laquelle Shmiel, les cheveux blancs et l'air fatigué, et Ester, un peu courte avec une poitrine importante dans une robe imprimée, se tiennent, avec un air protecteur, de chaque côté de Bronia, qui a l'air d'avoir dix ans à peu près. J'ai posé la photo sur la table devant Meg Grossbard et elle l'a prise délicatement. Pour la première fois, la dureté et la réticence ont paru se dissoudre, et

Meg Grossbard, en hochant doucement la tête, a dit tout bas, Oui. C'étaient ses parents.

Et – aussi pour la première fois – elle a souri.

IL DEVAIT SE passer tant d'autres choses ce jour-là, nous allions apprendre beaucoup sur Shmiel et sa famille ; mais lorsque je pense à notre étrange voyage en Australie, c'est sur ce moment particulier que je m'attarde. Avec quelle désinvolture nous nous fions aux photos ; comme nous sommes devenus paresseux à cause d'elles. À quoi ressemble votre mère ? voudra savoir quelqu'un ; et vous répondrez, Attendez, je vais vous montrer, en courant chercher dans un tiroir un album, avant de dire, C'est elle. Mais si vous n'aviez pas de photos de votre mère ou de qui que ce fût de votre famille – ou encore de vous-même avant un certain âge ? Comment expliqueriez-vous à quoi vous, elle ou ils ressemblaient ? Je n'avais jamais vraiment pensé à tout cela avant de parler à Meg Grossbard, ce dimanche après-midi-là, et de comprendre combien j'avais été désinvolte, irréfléchi même, traversant le monde entier pour parler avec ces survivants, qui avaient survécu avec rien d'autre, littéralement, qu'eux-mêmes et exhibant la riche collection de photos que ma famille avait conservées depuis des années, toutes ces photos que j'avais contemplées et qui, plus tard, m'avaient fait rêver pendant que je grandissais, les images de ces visages qui n'avaient pas véritablement de valeur émotionnelle pour moi, mais le pouvoir, soudain, de rappeler aux gens à qui je les montrais à présent la vie et le monde auxquels ils avaient été arrachés, il y a si longtemps. Comme j'étais idiot et insensible. Au moment où Mme Grossbard avait dit *C'étaient ses parents*, je m'étais rendu compte qu'elle ne se contentait pas de confirmer l'identité des gens sur la photo ; j'ai compris que ce qu'elle disait, c'était que, d'une certaine façon, elle posait son regard sur des visages qu'elle n'avait pas vus, qu'elle n'avait pas rêvé pouvoir revoir depuis soixante ans, des visages qui pouvaient faire remonter toute son enfance. *C'étaient les parents de mon amie*. J'ai imaginé à quel point cela devait lui paraître injuste de voir un jeune Américain entrer dans sa vie, tout à coup, et distribuer des photos de gens qu'il n'avait jamais connus comme si c'étaient des cartes à jouer et lui demander d'en choisir une, la photo des parents de son amie, quand elle n'avait même pas de photos de ses propres parents à regarder. Et donc cette photo que je lui ai montrée ce dimanche-là, une photo que j'avais regardée un nombre incalculable de fois depuis que j'étais enfant, m'a donné accès à l'étrangeté de la relation que j'avais établie avec les gens que j'interviewais, des gens saturés de souvenirs, mais privés d'objets familiers, alors que moi, riche de ces objets familiers, j'étais privé des souvenirs qui y correspondaient.

La signification des images – la façon dont une image, source de distraction pour une personne, peut être profondément et étonnamment une source d'émotion et même de traumatisme pour une autre – est le sujet d'un des passages les plus célèbres de toute la littérature classique. Dans le poème épique de Virgile, l'*Énéide*, poème qui n'est pas sans importance pour les survivants des annihilations cataclysmiques, le héros, Énée, jeune prince troyen, est l'un des rares survivants de la destruction de Troie (la guerre de Troie étant le sujet de l'*Iliade* d'Homère, avec ses récits circulaires, tourbillonnants). Sa ville détruite, sa civilisation en ruine, tous ses amis et parents tués ou presque, Énée voyage à travers le monde pour trouver un endroit où s'installer et recommencer. Cet endroit sera en fin de compte Rome, la cité qu'il va fonder ; mais avant qu'Énée, traumatisé, parvienne à Rome, il s'arrête tout d'abord dans une ville du nom de Carthage, en Afrique du Nord, qui (nous l'apprenons dans le livre premier de l'*Énéide*) a été fondée, elle aussi, par une exilée pourchassée et désespérée :

Didon, dont Énée va rapidement tomber amoureux, avant de l'abandonner et de lui briser le cœur. Lorsque Énée et l'un de ses compagnons entrent pour la première fois dans la ville très animée, ils se promènent et admirent les bâtiments et monuments nouvellement construits. Soudain, dans un temple récent et magnifique, les deux hommes s'arrêtent pétrifiés devant une fresque qui représente des épisodes de la guerre de Troie. Pour les Carthaginois, la guerre n'est qu'un motif décoratif, une simple illustration pour les murs de leur nouveau temple ; pour Énée, naturellement, cela signifie beaucoup plus, et pendant qu'il contemple cette fresque, cette fresque de sa vie, il éclate en sanglots et prononce une phrase en latin pour exprimer son tourment ; cette phrase allait devenir si célèbre, si représentative de la civilisation occidentale, qu'on la retrouve vraiment partout : c'est le nom d'un groupe et le titre d'une œuvre musicale, de sites Internet et de blogs, le titre d'un roman de science-fiction, d'un article dans un journal, d'un livre savant. Ce que dit Énée, en voyant le pire moment de sa vie décorer le mur d'un temple d'un peuple qui ne le connaît pas et n'a pas pris part à la guerre qui a détruit sa famille et sa cité, c'est ceci : *Sunt lacrimæ rerum*, « Il y a des larmes dans les choses ».

C'est la phrase qui m'est venue à l'esprit quand Meg a dit, *C'étaient ses parents*, et qui continuerait à me venir à l'esprit chaque fois que je serais confronté à l'horrible décalage entre ce que certaines images et histoires signifiaient pour moi qui n'y étais pas et, par conséquent, ne seraient jamais qu'intéressantes, édifiantes ou terriblement « émouvantes » (comme on dit d'un livre ou d'un film qu'il est « émouvant »), et ce qu'elles signifiaient pour ces gens à qui je parlais, pour qui ces images étaient leur vie. Dans mon esprit, cette phrase en latin est devenue une sorte de légende expliquant ces distances infranchissables créées par le temps. Ils y avaient été et nous, non. *Il y a des larmes dans les choses.* Mais nous pleurons tous pour différentes raisons.

ELLE A PÉRI, mais son album a survécu. À l'instant où Mme Grossbard a prononcé cette phrase, avec un accent légèrement ironique, sur ce ton caractéristique que j'allais apprendre à reconnaître au cours des jours suivants, je me suis souvenu d'une histoire de photos et de leur survie que Mme Begley m'avait racontée lors d'une de mes visites. Elle avait essayé de décrire pour moi à quoi elle ressemblait autrefois et à quoi avait ressemblé sa mère aussi. C'était au cours de la même visite qu'elle m'avait raconté comment elle avait essayé de sauver ses parents et ses beaux-parents et vu leurs cadavres emportés, alors qu'elle arrivait au rendez-vous.

Une vraie Rebecca, avait-elle dit, une vraie beauté juive. Comment vous expliquer ?

Elle avait alors pris sa canne dans une main et, en s'arc-boutant avec l'autre sur le bras de son fauteuil à dossier droit, elle s'était levée lentement. Péniblement, elle avait traversé sa chambre et, sans dire un mot, elle m'avait fait signe de la suivre. Elle s'était arrêtée devant une commode. Dans la salle de séjour, j'avais remarqué à d'autres occasions les douzaines de photos de son fils, de ses enfants et de leurs enfants à eux, qui couvraient toutes les étagères et les tables libres. Ici, dans la chambre, sur une commode immaculée, se trouvaient quelques photos très anciennes. Une par une, elle les a prises, me les a passées brièvement avant de les reprendre et de les replacer soigneusement sur la commode, en m'annonçant à chaque fois de qui il s'agissait : sa mère, son père, dont je ne peux me souvenir à présent, en toute honnêteté, parce que ce jour-là, en 2002, je savais que j'aurais d'autres occasions de les voir et de poser des questions à leur sujet, et je ne les avais donc pas regardées avec l'attention suffisante et je ne l'avais pas écoutée avec la concentration nécessaire, et maintenant que j'essaie de les convoquer dans ma mémoire, j'ai une vague impression d'une photo d'une femme séduisante dans une étole de fourrure et d'une photo très ancienne d'un homme en noir, distingué, ne souriant pas, qui aurait pu être un rabbin ou qui portait simplement une de ces casquettes rondes, vaguement orientales, qu'affectionnaient les hommes d'un certain âge et d'une certaine époque.

Mais j'avais écouté avec un grand intérêt l'histoire de la façon dont elle avait récupéré ces vieilles photos de famille datant de son enfance à Rzeszów et à Cracovie, puisque je m'étais demandé comment elle avait réussi à les garder après avoir fui la confortable maison de la rue du Trois-Mai, qui avait été réquisitionnée pour en faire le quartier général de la Gestapo. Les avait-elle cachées sur elle, avais-je demandé après qu'elle eut remis la dernière en place, les avait-elle dissimulées dans la doublure d'un manteau, par exemple, lorsqu'elle avait pris la fuite, déguisée, avec son petit garçon sous le bras, de cachette en cachette, de faux nom en faux nom ?

Mme Begley m'avait regardé. *Achhh*, avait-elle dit, bien sûr que non, vous me prenez pour une folle ? Je vais vous dire ce qui s'est passé.

Nous étions lentement retournés vers la salle de séjour. Elle s'était assise de nouveau dans le fauteuil et m'avait alors raconté l'histoire : comment, une fois la guerre terminée, après avoir retrouvé son mari, le docteur important de Stryj qui, comme tant de docteurs, avait été emmené par les Russes, lors de la retraite de 1941, elle avait pris contact avec quelqu'un qui vivait dans leur ancienne maison, la fameuse maison que j'avais essayé, sans succès, de retrouver, l'été précédent.

Il m'a dit qu'il avait récupéré une bonne partie de mes photos, avait-elle dit, et que si je les voulais, je pouvais envoyer de l'argent à telle personne à telle adresse.

Elle avait fait une grimace, même si l'expression n'était pas dénuée d'humour.

Je l'ai donc fait pendant un certain temps, j'envoyais de l'argent et il envoyait une photo, deux photos.

Je n'avais rien dit. J'essayais d'imaginer quelle rançon j'aurais été prêt à payer pour récupérer mon passé.

Mais, finalement, mon mari s'est mis en colère, il en avait assez et j'ai arrêté.

Elle s'était tue un moment pendant que ses yeux s'illuminaient en regardant les étagères de photos de Louis et de sa famille.

Et vous voyez, j'ai beaucoup de photos maintenant, avait-elle dit.

CHEZ JACK GREENE, la photo de Shmiel, Ester et Bronia a commencé à délier les langues, et la conversation à propos de mon grand-oncle et de sa famille disparus est soudain devenue houleuse et quelque peu désordonnée. Pendant tant d'années, nous avions su si peu de choses à leur sujet que c'en était frustrant. À présent, je me sentais frustré pour la raison inverse, parce que je n'étais pas capable de tout entendre à la fois. Sans savoir à qui j'aurais dû parler en premier, où poser le micro sur la table, entendant des bribes de conversation en provenance de tous les coins, je me suis tourné vers Matt avec une expression angoissée, pendant que les quatre anciens de Bolechow bavardaient entre eux, et j'ai dit, Je suis en train de perdre tout ça.

Jack Greene disait, Je me souviens des Jäger, je me souviens de Shmiel Jäger, je me souviens d'Itzhak Jäger – vous savez qu'il est allé en Palestine dans les années 1930 ?

Oui, ai-je répondu, je sais. Itzhak, le frère de Shmiel, le frère qui, m'avait dit ma mère à un moment donné, était celui dont son père se sentait le plus proche, celui qu'il aimait le plus, Itzhak qui avait été arraché à Bolechow par sa femme ardemment sioniste pour partir au Moyen-Orient avec leurs deux enfants. De l'autre côté de la table, Boris Goldsmith souriait et essayait de se faire entendre.

Je me souviens, a dit Boris, qu'il a eu la première radio de la ville. Elle était énorme – levant les deux mains pour esquisser une grande boîte – avec une énorme antenne.

Le *r* de « énorme » restait coincé au fond de sa gorge, sous la luette – exactement là où mon grand-père l'aurait placé.

Elle était très haute, l'antenne, a dit Boris. On ne pouvait même pas l'entendre... Il a eu aussi le premier téléphone.

La première radio, le premier téléphone. *Le premier de son village*. Pendant que Boris racontait cette histoire, que j'appréciais parce qu'elle correspondait à une idée que je me faisais déjà de Shmiel, des fragments d'une autre histoire sur les produits électroménagers et le statut social a scintillé à la périphérie de ma mémoire, même si ce n'est qu'à mon retour chez moi, quand j'ai appelé ma mère, que j'ai pu m'en souvenir avec précision. *Mon père avait acheté à Oncle Itzhak et Tante Miriam le premier réfrigérateur qu'on ait vu à Haïfa*, m'a dit ma mère au téléphone. *Ils n'avaient pas de réfrigérateur et lorsqu'ils ont enfin eu l'électricité là où ils vivaient, mon père a pensé qu'ils devraient avoir un réfrigérateur, et il leur en a fait envoyer un. Itzhak et Miriam étaient l'objet de toutes les rumeurs de la ville !* Mais, au cours de ce dimanche après-midi en Australie, je n'arrivais pas à me souvenir de l'histoire.

Vous le connaissiez donc bien ? ai-je demandé à Boris Goldsmith.

Je le connaissais très bien !

Et je n'arrivais pas à penser à une autre question à lui poser. C'était ça, l'étrangeté de ce voyage : j'étais enfin là, parlant à des gens qui les avaient bien connus, très bien même, et je ne savais pas par où commencer. Je me faisais l'effet de quelqu'un qui se trouve devant une porte cadenassée à qui on a donné un grand trousseau de clés. Je me suis rendu compte à cet instant précis à quel point j'étais mal préparé. Comment découvrir qui était une personne en particulier ? Comment décrire une personnalité, une vie ? Cherchant mes mots, gêné, je me suis tourné vers Boris Goldsmith.

Alors c'était quel genre de personne ? ai-je demandé.

Boris a eu l'air décontenancé.

C'était une personne ordinaire, a-t-il dit d'une voix lente. Il était boucher. Il avait deux camions. Il faisait la route de Bolechow à Lviv.

Boucher, camions, Lviv. Je savais déjà ou, du moins, j'aurais pu le deviner. Je me sentais impuissant.

Et vous avez connu Ester ? ai-je dit, hésitant.

Oh oui... J'y allais très souvent. C'était de l'autre côté de la rue. J'habitais déjà là quand ils ont emménagé...

Il avait habité en face de chez eux ! Je me suis souvenu, à ce moment-là, d'un autre moment très précieux, dix-huit mois plus tôt, quand j'avais fait la connaissance d'Olga et de Pyotr et qu'elle avait dit, *Znayu, znayu, je les ai connus, je les ai connus*. Je n'avais pas rêvé alors que je pourrais m'approcher d'encore plus près. Et maintenant que j'y étais, la seule question à laquelle je pouvais penser, c'était, Vous vous souvenez quand il a emménagé ?

Boris a secoué la tête pour s'excuser et dit, Je ne m'en souviens pas. C'était il y a très longtemps.

La façon dont il a dit *C'était il y a très longtemps* m'a fait penser au début d'un conte de fées. La pièce est devenue silencieuse. Boris s'est remis à parler.

La maison existait déjà, a-t-il dit. Quand il a emménagé, il a commencé à tout reconstruire. Il l'a transformée complètement. Puis il a acheté les deux camions, des Studebaker. Il avait un service de livraisons avec un partenaire, un type qui s'appelait Schindler.

J'ai jeté un coup d'œil en direction de Matt. Il m'a souri rapidement, mais n'a rien dit.

Boris a poursuivi, Lorsque les Russes sont arrivés en 39, ils ont confisqué ses camions, et à ce moment-là il est parti dans la campagne acheter du bétail pour le gouvernement.

Bétail. Mon grand-père aurait prononcé comme ça : *Batail*.

Acheter du bétail pour le gouvernement ? ai-je demandé. C'était intéressant : je m'étais toujours demandé ce qui était arrivé à Shmiel pendant ces deux années d'occupation soviétique, entre 1939 et 1941.

Bob a interjeté, Oui, pour le gouvernement, parce qu'il était employé par le gouvernement à ce moment-là.

C'était un employé du gouvernement ! a confirmé Boris, d'une voix forte. Oui, les communistes !

Ce n'est que plus tard que j'ai lu le témoignage d'un survivant sur les années soviétiques : la liquidation et la nationalisation de toutes les entreprises ; les impôts intolérablement élevés, la désintégration du zloty polonais et, par conséquent, l'évaporation soudaine de toutes les liquidités, les queues devant les quelques magasins qui avaient des choses à vendre. Les déportations inattendues, en pleine nuit, des « contre-révolutionnaires bourgeois » vers la Sibérie – une bénédiction cachée, comme l'avenir allait le montrer. J'ai lu ça et j'ai essayé d'imaginer ce que *partir dans la campagne acheter du bétail pour le gouvernement* avait pu signifier pour Shmiel, qui avait laissé tomber une vie aux États-Unis, des années auparavant, pour reconstruire la fortune de sa famille. La liquidation de la vieille entreprise familiale, la saisie des deux camions Studebaker, l'appropriation par un petit fonctionnaire soviétique des responsabilités qui avaient autrefois appartenu au dirigeant du cartel des bouchers et, finalement, l'assignation à un travail subalterne humiliant – même si c'était un travail lié à la profession qu'il connaissait si bien. Ce n'est pas avant que Boris ait dit *parti dans la campagne acheter du bétail pour le gouvernement*, que j'ai clairement pensé au fait que Shmiel était boucher, qu'il était quelqu'un qui gagnait sa vie avec les animaux, comme l'avait fait sa famille depuis des générations. Lorsque j'étais enfant et que mon grand-père nous rendait visite, il m'emmenait, à un moment donné de son séjour, ainsi que ma mère – il conduisait son break –, jusqu'au centre commercial où, entre un coiffeur et une pharmacie, s'était nichée une boucherie cascher. Cette boucherie, étroite et toujours d'un froid déroutant à cause des casiers ouverts qui couraient le long du sol d'un côté et étaient remplis de foies et d'intestins farcis congelés et sous plastique, était tenue par deux frères avec qui mon grand-père passait un bon moment à parler en yiddish. Je me suis souvent demandé, à l'époque, pourquoi nous repartions presque toujours sans rien acheter, et c'est seulement lorsque Boris avait dit *parti à la campagne acheter du bétail pour le gouvernement* que j'ai compris que mon grand-père y allait non seulement pour entendre le son du yiddish, mais pour parler de viande, pour parler du commerce de sa famille.

QUELQUE CHOSE M'EST venu à l'esprit pendant que Boris parlait. Si Shmiel avait, à un moment donné, emménagé dans une maison en face de celle de Boris Goldsmith, alors la maison que nous avions visitée à Bolechow, la maison ancestrale des Jäger, la n° 141, où vivaient à présent Stefan et Ulyana, n'était pas, contrairement à ce que j'avais cru, celle dans laquelle Shmiel et sa famille avaient vécu et d'où ils étaient partis pour leurs morts, quelles qu'elles aient pu être. Je voulais en être sûr et j'ai donc continué à interroger Boris.

Il avait donc ses quatre filles quand il a emménagé ?

Boris a eu l'air surpris. Il avait *trois* filles, a-t-il dit. Je ne me souviens que de *trois* filles.

Euh, en fait, ai-je dit, elles étaient quatre, mais...

Je ne pense pas qu'elles étaient quatre. Je ne pense vraiment pas...

Boris a pris la photo de Shmiel, Ester et Bronia, qui avait fait le tour de la table et était arrivée devant lui. J'ai pris moi-même quelques photos et, penché sur la table, j'ai montré du doigt.

Lorka, Frydka, Ruchele et Bronia, ai-je dit. À l'autre bout de la table, Meg Grossbard s'est brusquement redressée.

Et Bronia ! a-t-elle dit. Oui !

Elle souriait.

Mais Boris n'était toujours pas convaincu.

Je ne me souviens que de trois, a-t-il insisté. Je suis certain qu'il n'avait que trois filles.

À ce moment-là, Sarah Greene a souri et dit, Hé bien, ils savent mieux que toi, c'était leur famille !

Tout le monde a ri. Je redoutais en insistant sur ce que je savais être la vérité d'avoir offensé Boris et en suggérant que sa mémoire était défaillante.

De son côté, Boris a abandonné les filles et dit, un peu irrité, Il était boucher. Je ne me souviens pas de ses liens de famille.

Vous vous souvenez qu'un de ses frères est parti pour la Palestine ? ai-je demandé.

Je ne connais pas son frère, a dit sèchement Boris. Juste qu'il avait une *famille* autrefois.

POUR CHANGER DE sujet, j'ai demandé à tout le monde s'il y avait eu d'autres Jäger à Bolechow. Mon grand-père avait dit qu'il avait des cousins qui avaient vécu en ville, quand il était enfant – les cousins Jäger qui étaient, je suppose, parents de sa tante Sima, celle dont nous avions trouvé par hasard la pierre tombale dans le cimetière de Bolechow.

C'est ce que je viens de demander à Jack à l'instant, a dit Mme Grossbard, en se tournant vers moi. Il y avait des Jäger dans le *rynek*. C'étaient les oncles de Dusia Zimmerman... C'étaient les frères de sa mère. Sa mère était une Jäger. Ils avaient une confiserie, une *cukierna*.

Elle s'est tournée vers Jack et, en polonais, lui a demandé de traduire *cukierna* en anglais. Sarah Greene a dit, Un café ?

Meg a levé une main manucurée. Non, non, non, non, a-t-elle dit.

Le quadruple *non* était, comme j'allais le comprendre au cours de cette journée, une de ses réactions habituelles quand elle était agacée par les imprécisions des autres. Le ton de sa voix était ferme et sans humour.

Pas un café, je suis désolée, a-t-elle dit. Nous n'avions pas de *cafés*.

Tout le monde a ri et j'étais incapable de dire si c'était à propos de l'irritation de Meg ou de l'absurdité qu'un petit *shetl* comme Bolechow ait pu avoir quelque chose comme un café.

J'ai connu Frydka toute ma vie, m'a dit Meg. La dernière fois que je l'ai vue, c'était en 42 quand on pouvait encore circuler dans les rues. Et après, je ne sais pas ce qu'elle est devenue. Je n'en ai aucune idée. Mais Lorka, je l'ai rencontrée en janvier ou en février 1942, chez une autre amie, parce qu'il y avait son petit ami qui était là.

J'ai l'habitude des tours et détours de la syntaxe anglaise, lorsqu'elle est filtrée par le polonais, mais je n'étais pas très sûr de savoir du petit ami de laquelle elle parlait.

Le petit ami de qui ? ai-je demandé à Meg.

Le petit ami de Lorka, a-t-elle répliqué. Yulek Zimmerman, il s'appelait. C'est la dernière fois que je l'ai vue, parce que Yulek avait une jeune sœur qui était notre amie, à Frydka et moi.

Elle a expliqué : au début de 1942, avant que les Juifs ne soient plus autorisés dans les rues de Bolechow, Meg s'était rendue chez les Zimmerman pour voir son amie Dusia Zimmerman, et lorsqu'elle était arrivée, le frère aîné de Dusia, Yulek, était là avec sa petite amie, Lorka Jäger.

Elle avait donc un petit ami, me suis-je dit.

Pendant que Meg s'attardait sur cette histoire qu'elle allait me raconter de nouveau, quelques jours plus tard, quand j'irais la voir chez son beau-frère, le vieux M. Grossbard – non sans difficultés, comme on le verra –, j'essayais de me souvenir pourquoi le nom de Zimmerman me rappelait quelque chose. Et je m'en suis souvenu : le dernier jour de notre visite à Bolechow, un an et demi plus tôt, des vieilles femmes, dans la rue, nous avaient dit qu'elles ne connaissaient personne du nom de Jäger, mais qu'elles avaient connu une famille Zimmerman. Mais je n'avais pas voulu m'arrêter pour leur parler parce que les Zimmerman n'avaient rien à voir avec nous.

J'ai demandé à Meg, Donc vous l'avez connue petite fille ? Je parlais de Frydka.

Oh oui, nous avons grandi ensemble.

Et vous connaissiez un peu les autres sœurs ?

Elle a fait une grimace.

Bien sûr, a-t-elle dit. La dernière, je ne la connaissais pas bien parce qu'elle était petite, mais les autres...

Sa voix a déraillé un peu et elle a souri tristement. J'étais très souvent chez eux, a-t-elle ajouté au bout d'un moment. Ils étaient adorables, ils étaient sympathiques. C'était une maison charmante. Très chaleureuse, très accueillante.

Elle a poursuivi après un silence, Elle n'avait qu'un étage, mais c'était vaste. Elle était peinte en blanc, je m'en souviens.

De nouveau, j'étais déconcerté et frustré – furieux contre moi-même, d'une certaine façon. Elle les avait si bien connus et je n'avais pas le début d'une question qui aurait pu faire jaillir de sa mémoire une impression vivante de ce qu'avait été cette famille disparue. J'ai demandé à Mme Grossbard de parler d'Ester. Nous ne savons absolument rien d'elle, lui ai-je dit.

Euh, a-t-elle répondu en haussant les épaules, comment voulez-vous que je la décrive ? Elle était accueillante, sympathique et... Euh... Je ne peux pas vous en dire plus, parce que la vie...

Tout le monde est resté silencieux un moment, et puis Sarah a rompu le silence en riant. Elle a dit, Elle était probablement comme toutes les autres mères juives !

Meg a réagi. J'avais remarqué à présent qu'elle n'aimait pas que les autres aient le dernier mot. Comme tout le monde – comme moi aussi –, elle voulait avoir le contrôle de son histoire.

Non, non, non, non, a-t-elle dit. Elle était très sympathique, elle avait une personnalité très enjouée. Le père, je ne l'ai pas vu beaucoup, parce qu'il était rarement à la maison, mais la mère, elle était toujours là.

Comme toutes les autres mères juives m'a donné une idée. Et si j'essayais de penser à eux comme à des gens ordinaires plutôt que de les considérer comme des icônes couleur sépia ? J'ai décidé d'essayer de provoquer Mme Grossbard.

Vous savez, lui ai-je dit, vous avez connu ces filles quand elles étaient des petites filles, mais vous les avez aussi connues adolescentes. Est-ce qu'elles avaient de bons rapports avec leurs parents, est-ce qu'elles se plaignaient d'eux ?

Elle a paru troublée, comme si elle ne savait pas où je voulais en venir.

Écoutez, m'a-t-elle dit, nous étions très jeunes quand la guerre a éclaté...

Oui, me suis-je dit, je sais. Les Archives de l'État polonais m'ont envoyé une copie du certificat de naissance de Frydka. Vingt-deux octobre 1922. Elle n'avait même pas dix-sept ans au début de la guerre, pas tout à fait dix-neuf quand les Soviétiques ont battu en retraite et que les Allemands sont arrivés. Vingt et un, probablement, quand elle est morte – s'il est vrai qu'elle est partie dans la forêt rejoindre les partisans de Babij en 1943, ce qu'il est impossible de savoir avec certitude. Je savais qu'elles étaient toutes jeunes quand la guerre avait éclaté, ces filles, mais j'avais la vague impression, à la façon dont Meg avait évité de parler de Frydka adolescente, qu'elle l'avait fait parce que c'était un sujet qui pouvait conduire à un autre qu'elle était encore moins prête à discuter.

Et il se trouve que j'avais raison.

Bob Grunschlag nous a interrompus à cet instant précis. Qui oserait se plaindre de ses parents ? a-t-il dit en souriant.

Tout le monde a ri. Alors que les gens ricanaient encore, j'ai entendu Meg s'adresser à Jack de l'autre côté de la table, à voix basse. Elle disait : Je ne me souviens pas exactement quand Frydka... était avec Tadzio Szymanski ? Elle était avec Tadzio ?

Entre mon ignorance des prénoms polonais, à ce moment-là, et la façon dont elle avait prononcé ces quatre derniers mots, qui avaient sonné à mon oreille comme *elle était avec Tadzio*, il m'était impossible de dire quel était ce nom précisément.

J'ai demandé qui était ce Stadzio ou Tadzio Szymanski.

Non, non, non, non, a répondu immédiatement Meg. Sa voix était ferme ; elle avait dû être une formidable jeune femme, ai-je pensé. Puis, elle a rectifié le ton, en l'adoucissant pour faire croire qu'il s'agissait de quelqu'un sans importance.

Frydka était amie avec quelqu'un que vous ne pourriez pas connaître, mais que Jack a connu.

Meg regardait, à cet instant précis, au-delà de Bob, à qui elle a dit, Tu ne sais rien.

Puis, Jack s'est tourné vers Meg et a dit, pour la corriger : *Ciszko* Szymanski.

Meg a hoché la tête pour faire oui. Ciszko, a-t-elle répété.

À mon oreille, ça sonnait comme *Chissko*. De nouveau, j'ai demandé de quoi ils parlaient.

Non, non, non, non. Rien.

Rien ?

Jack a dit, J'essayais de me souvenir d'un garçon, un garçon qui n'était pas juif.

Meg a paru agacée.

Quelqu'un sortait avec un garçon qui n'était pas juif ? ai-je demandé.

Attendez un peu, a dit Meg. Non, non, non, non. Cela ne doit pas figurer dans les dossiers officiels.

Jack a ri en pointant le doigt vers moi. Vous voyez, a-t-il dit, vous apprenez des choses maintenant !

Tout le monde a ri, sauf Meg. J'avais l'impression, comme c'est souvent le cas avec ces intuitions, à la fois vague et nette, d'avoir trébuché sur un vieux ragot, sujet à controverses.

Meg m'a regardé et a dit, Vous connaissez cette comédie américaine où le type dit : « J'ai rien fu » ?

Bien sûr que je la connaissais : *Hogan's Heroes*, le feuilleton des années 1960 sur le camp de prisonniers nazi, dont l'un des personnages était le caporal Schulz, obèse, invariablement victime des adorables bouffonneries des prisonniers de guerre américains, qui insistait auprès de son *Kommandant* pour dire qu'il était innocent, qu'il n'avait rien vu. *J'ai rien fu !* s'écriait-il, et cette réplique déclenchait immanquablement les rires.

Hé bien, a poursuivi Meg, quand j'ai hoché la tête pour dire que je connaissais le feuilleton, *j'ai rien fu !*

Mais il ne s'agissait pas de télévision. Il ne s'agissait pas d'une comédie. L'histoire qu'elle voulait me cacher était la raison même pour laquelle j'avais fait quinze mille kilomètres afin de pouvoir lui parler.

Frydka aimait donc ce garçon et il n'était pas juif, ai-je insisté.

Je ne sais pas, je n'étais pas là, a répondu Meg.

Ç'aurait été une sacrée affaire, non ? ai-je dit.

Bob, ravi d'avoir une opportunité de la taquiner, s'est penché pour dire, Ç'aurait été une *très* grosse affaire.

Cela a provoqué un sourire revêche de Meg.

C'est un euphémisme. L'euphémisme de l'année, a-t-elle murmuré.

Mais elle a persisté dans son refus de confirmer que Frydka Jäger avait aimé un garçon catholique, des décennies plus tôt, quand une idylle pareille aurait été une très grosse affaire. Mais aujourd'hui, quelle importance ? La femme de mon frère Andrew n'est pas juive ; la femme de Matt est grecque orthodoxe. Je me suis demandé, l'espace d'une seconde, ce qu'il pouvait penser de cette révélation.

Meg continuait à faire de l'obstruction. Je ne sais pas, je n'ai été témoin de rien.

Je ne vous ai pas demandé d'être témoin, ai-je dit sur le ton de la plaisanterie. Mais elle était votre meilleure amie, elle a dû se confier à vous ?

Meg a soupiré.

Non, non, cela se passait pendant la guerre. Pas avant. Grands dieux, non !

J'ai pris une note mentale sur le fait qu'elle avait dit *Grands dieux*, au pluriel.

Rien de ce genre n'aurait pu se produire avant la guerre, a-t-elle expliqué.

C'était, naturellement, comme si elle venait de tout admettre. À partir de là, Frydka, qui avait eu jusqu'à présent un visage d'enfant sur une photo ou deux, a commencé à prendre une forme sensible, à avoir sa propre histoire. Elle avait aimé un garçon polonais, me suis-je dit en souriant, et il l'avait aimée aussi.

Et en pensant que c'était toute l'histoire que j'entendais pour la première fois, même si elle m'était révélée de cette façon, je me préparais mentalement à toutes les occasions que j'aurais de la raconter, à ma mère, à ses cousins, à mes frères et à ma sœur, lors de mon retour. Je me suis calé sur ma chaise et j'ai décidé de changer de sujet pour le moment, avant de me mettre à dos Mme Grossbard qui avait l'air d'être vraiment mécontente. C'est à cet instant précis que Jack s'est penché sur la table et a élevé la voix pour dire, Laissez-moi vous dire quelque chose. Ce garçon, il a perdu la vie à cause de Frydka.

Attendez un peu, ai-je dit. Pardon ?

Jack a baissé la voix. Tout le monde autour de la table s'était tu et tourné vers lui. Il me regardait. Marquant un silence après chaque mot pour le souligner, il a répété ceci :

Le. Garçon. A perdu. La vie. À cause. D'elle.

Il y a eu un long silence.

Qu'est-ce que vous voulez dire ? ai-je demandé.

Hé bien, vous voyez, a-t-il commencé, ces trois filles étaient avec Babij, le groupe de partisans, parce qu'elles étaient les amies de trois garçons polonais. Trois filles de Bolechow. Frydka, l'autre s'appelait Dunka Schwartz, et la troisième, c'était... la sœur d'un des deux garçons qui ont survécu avec les Babij, Ratenbach.

Je ne savais absolument pas qui pouvaient bien être ces gens, mais je ne l'ai pas interrompu. Je voulais qu'il continue.

Ces trois garçons étaient devenus les amis de ces filles, ils les ont aidées à rejoindre les Babij dans la forêt. C'était une forêt près de Dolina, il y avait près de quatre cents Juifs qui appartenaient aux groupes de partisans.

J'ai hoché la tête. Il avait commencé à me raconter cette histoire au téléphone, il y a un an.

Ensuite, bien sûr, nous sommes allés dans la forêt nous-mêmes, Bob, mon père et moi. Et donc nous avons perdu leur trace. Lorsque nous sommes revenus, on nous a dit que ces trois garçons avaient été...

Il a brusquement fait un geste de la main droite vers le bord de la table, comme pour démarquer une zone géographique.

... emmenés dans un champ, à Bolechow, et fusillés.

Parce qu'ils avaient aidé les filles, ai-je dit.

Parce qu'ils avaient aidé les filles, a-t-il répété.

Et je me suis dit, Voilà une histoire.

IL SE TROUVE que je n'ai appris le reste de l'histoire de Frydka et de Ciszko Szymanski qu'après avoir voyagé encore : en Israël, à Stockholm, à Copenhague. Cet après-midi-là, à Sydney, nous ne sommes pas revenus sur le sujet, parce qu'il était évident que Mme Grossbard n'allait plus du tout parler si nous continuions dans cette voie. J'ai préféré lui demander de préciser la chronologie de l'occupation nazie.

Les Allemands sont arrivés quel jour ? ai-je dit.

Les gens autour de la table émettaient des bruits un peu indécis quand Meg a dit, plus pour elle-même que pour aucun de nous, Le 1er juillet 41. J'ai vu les premières patrouilles, je les ai vus arriver.

Elle a ajouté que des unités fascistes hongroises étaient arrivées trois semaines plus tard et avaient séjourné pendant deux mois.

Non, a coupé Jack. Quelques semaines seulement, et puis ce sont les Slovaques qui sont arrivés.

Bob a dit qu'il ne se souvenait pas avoir vu d'Allemands avant le mois de septembre. Jack a répliqué que les Allemands étaient « officiellement » arrivés le 1er juillet, mais qu'ils avaient été précédés par les unités hongroises, qui étaient restées « quelques semaines ».

Les dates n'avaient qu'une importance relative pour moi. Qu'est-ce qui s'est passé au tout début ? ai-je demandé. J'essayais de dessiner une image mentale du début des horreurs, afin de pouvoir situer Shmiel quelque part. Qu'avaient-ils vu, comment cela s'était-il passé ?

La première chose qui s'est passée, a dit Jack, c'est que les Ukrainiens sont venus et ont commencé à tuer des Juifs. Quiconque avait un compte à régler, vous savez...

Bob l'a interrompu. Vous savez, si vous aviez un problème avec les Juifs, vous pouviez les tuer. Je vous donne un exemple. Après la retraite des Soviétiques, pendant l'été 41, pas mal de garçons juifs qui avaient été enrôlés par les Russes rentraient chez eux à Bolechow – ils avaient été dans l'armée russe et ils rentraient chez eux. Des Ukrainiens étaient sur le pont et regardaient chaque soldat qui rentrait, et quand ils pensaient qu'il s'agissait d'un Juif, ils le jetaient dans la rivière. Et il y avait surtout des gros rochers dans cette rivière, alors vous pouvez imaginer ce qui se passait.

J'ai hoché la tête, même si j'étais incapable d'imaginer vraiment, n'ayant jamais été témoin de quelque chose de comparable à ce qu'il décrivait.

La référence à la rivière, la rivière au bord de laquelle Frydka, au moins, s'était amusée – car Meg avait à présent sorti toutes les photos de l'album de Pepci Diamant, les photos des filles à skis, des filles alignées devant la maison de l'une d'elles, des filles en maillot de bain, regardant l'appareil cachées assez comiquement derrière des buissons au bord de l'eau, des filles regardant l'appareil pendant qu'elles mangeaient un sandwich, les cheveux relevés sous un mouchoir – cette référence m'a remis en mémoire un souvenir depuis longtemps oublié. Une fois auparavant, j'avais entendu dire que la rivière Sukiel, qui traversait Bolechow et dans laquelle mon grand-père, enfant, pêchait la truite de montagne, avait été la scène d'un épisode de terreur. Quand j'étais un petit garçon, mon grand-père me racontait une histoire qui avait eu lieu pendant la Première Guerre mondiale à Bolechow. Comme la ville se trouvait sur la ligne de front entre les armées autrichienne et russe, commençait-il, elle était constamment bombardée, et au début de ces bombardements, ses frères, ses sœurs et lui – tous, sauf Shmiel qui était déjà sur le front, combattant pour l'empereur – couraient dans les bois à la périphérie de la ville pour se mettre à l'abri. Comme les bombardements avaient parfois lieu de nuit, chose terrifiante, sa mère les obligeait à attacher leurs chaussures autour de leur cou avec les lacets avant d'aller se coucher, afin qu'ils pussent les trouver sans tarder s'ils devaient courir se mettre à l'abri. Une nuit, le bombardement avait commencé, mais comme mon grand-père n'avait pas écouté sa mère – et c'était bien évidemment la morale de l'histoire, il fallait toujours écouter sa mère – et n'avait pas attaché ses chaussures autour de son cou, il n'avait pas pu les trouver quand les obus s'étaient mis à exploser, et alors que Ruchel, Susha, Itzhak, Yidl, Neche, sa mère et lui couraient sur la route pour aller se mettre à couvert dans les bois, ils avaient dû traverser un bras de cette rivière, la Sukiel ; et comme les obus étaient tombés dans l'eau, celle-ci était bouillante et il s'était brûlé les pieds.

Un de ces bombardements avait duré près d'une semaine, ajoutait-il parfois, et pour en donner une illustration, il racontait une autre histoire. Un jour, alors qu'ils étaient restés coincés dans la forêt pendant plusieurs jours à cause d'un de ces bombardements, terrifiés à l'idée de retourner dans la ville, sa famille et lui, ainsi qu'un groupe d'habitants de Bolechow, avaient été contraints de tuer une biche et de manger sa viande. En me disant cela, il m'avait adressé un regard insistant et je savais ce qu'il voulait dire : un animal tué dans la forêt ne pouvait pas être cascher. Mon grand-père appartenait à une longue lignée, des générations en fait, de bouchers juifs ; dans les bois, ils devaient savoir ce qu'ils faisaient. *Mais si la vie est en jeu, Dieu pardonne !* disait-il à ce moment de son histoire…

Il s'était donc brûlé les pieds dans l'eau bouillante de la Sukiel, cette nuit-là. Mais ce n'était pas la fin de l'histoire. Après un silence pour ménager ses effets, il poursuivait. *Un garçon avec qui j'allais à l'école est mort bouilli dans la rivière, ce soir-là.* Aujourd'hui encore, quand j'entends dans ma tête la façon dont il a prononcé le mot *bouilli*, je tremble. Qui sait si c'était vrai ? *Quand nous sommes revenus, quelques jours plus tard,* disait-il pour achever son récit, *la moitié de la maison avait disparu.*

Je pensais à ça pendant que Jack et Bob se souvenaient de la façon dont les Ukrainiens, quand les mauvais jours avaient commencé, jetaient les Juifs dans la rivière. Ou bien (a ajouté Jack), de temps en temps, ils emmenaient les Juifs le long de la rivière et les abattaient là.

Tu te souviens que Gartenberg a été abattu ? a-t-il dit en regardant Bob.

Bob a hoché la tête, C'est exact.

C'était sous le pont, a continué Jack.

Voilà les premières choses qui se sont passées, a dit Bob.

MAINTENANT, POUR LA première fois, j'allais obtenir une image claire de la première *Aktion*. J'avais besoin d'avoir le plus de détails possible à ce sujet. C'est à ce moment-là que Ruchele avait été tuée.

La première *Aktion* allemande, a commencé Bob, qui voulait que je comprenne la différence entre les tueries organisées des nazis et les vendettas privées de certains Ukrainiens, ceux qui avaient vécu avec leurs voisins juifs *comme dans une grande famille*, comme m'avait dit la gentille vieille Ukrainienne à Bolechow, a eu lieu le 28 octobre 1941.

Au moment où il a prononcé ces mots, Meg a hoché la tête pensivement vers la table. Puis, d'une voix lente et claire, elle a dit, C'était un mardi.

Bob a poursuivi. Ils ont arrêté quelque chose comme sept cents…

Jack et Meg l'ont interrompu simultanément. Mille, ont-ils dit.

Mille, a repris Bob. Et ils les ont enfermés pendant trente-six heures environ dans Dom Katolicki, le centre de la communauté catholique, et ils les ont gardés là pendant que les Allemands buvaient sur l'estrade et que les Juifs devaient rester agenouillés sur le sol, et ils se sont soûlés et ils ont commencé à en abattre dans la foule. Et au bout de trente-six heures, ils les ont emmenés dans des camions en dehors de la ville, dans le champ de Taniawa, et ils avaient déjà fait creuser un grand trou, et ils les ont tous abattus.

C'est ce que m'a raconté Bob, ce dimanche-là, le jour de l'anniversaire de mon grand-père, quand Matt et moi avons fait la connaissance de ces anciens habitants de Bolechow. Quand j'ai parlé seul avec lui, quelques jours plus tard, il a dit, Je me souviens de sept cent vingt, mais tous les autres disent que c'était mille. Je crois qu'ils avaient une planche au-dessus du trou et ils les abattaient sur cette planche. À la mitrailleuse, je ne sais pas. Tout le monde se souvient de ça un peu différemment, tout dépend de ce qu'on a entendu et de ce dont on se souvient.

Comment, c'est ce que je voulais savoir, avaient-ils procédé à l'arrestation de tous ces gens au cours de cette *Aktion* ? Je me souvenais des histoires de ma famille, du fait que Shmiel avait figuré sur une sorte de liste.

Bob a dit, Les Allemands allaient partout avec des policiers ukrainiens, parce qu'ils avaient une liste au début. Sur la liste, a-t-il expliqué, se trouvaient les noms des Juifs éminents de Bolechow : docteurs, avocats, chefs d'entreprise. L'idée était de démoraliser la ville en éliminant les citoyens importants.

Comment, ai-je demandé, les Allemands avaient-ils établi la liste – comment savaient-ils qui était qui ? Les Allemands venaient évidemment d'arriver dans la région et ils n'avaient pas eu le temps de se familiariser avec Bolechow et ses habitants.

Bob a répondu que les Ukrainiens du coin accompagnaient les officiers allemands partout, leur signalant qui était qui et où chacun vivait. Je crois qu'ils étaient cent quarante ou cent soixante sur la liste et si les gens n'étaient pas chez eux, comme mon père par exemple, ils commençaient à arrêter les gens dans les rues.

Ils avaient une liste et Shmiel était dessus, m'avait dit un jour mon cousin Elkana. De qui l'avait-il appris, c'est impossible à savoir désormais. Cela ne pouvait manquer d'être la même liste que celle dont parlait Bob à présent. Et pourtant j'étais à peu près sûr que Shmiel n'avait pas été pris au cours de la première *Aktion*. Tante Miriam, en Israël, avait écrit, il y a bien longtemps, qu'elle avait entendu dire que Shmiel n'avait pas été tué avant 1944, en même temps qu'une de ses filles, après qu'ils avaient rejoint les partisans ; mon frère Matt était tombé, lors de cette réunion de survivants de l'Holocauste, sur cet homme qui, comme le faisaient souvent les partisans, avait utilisé le nom de Shmiel parce que ce dernier était mort. Et Jack, au cours de notre première conversation téléphonique, un an plus tôt, m'avait dit qu'à sa connaissance seule Ruchele avait été arrêtée au cours de cette première *Aktion*. J'avais donc conclu que Shmiel, s'il avait figuré sur cette liste (*très probablement*, a dit Bob), n'était pas chez lui, ce jour-là, quand les Allemands et les Ukrainiens étaient venus frapper à sa porte.

Les gens à Bolechow me prennent pour un homme riche, s'était-il vanté dans une de ses lettres. Peut-être que c'était vrai et, au bout du compte, cela ne lui avait pas rendu service.

Le jour où nous avons parlé à tous ces anciens de Bolechow, j'ai voulu savoir comment il se faisait que Ruchele avait été arrêtée.

La malchance, a dit Jack, l'air songeur. Vous comprenez, il y avait quatre filles qui étaient des amies très proches. Il y avait Ruchele et les trois autres. Sur les quatre, trois ont péri ce jour-là. J'imagine qu'elles s'étaient retrouvées quelque part – qu'elles s'étaient donné rendez-vous, et elles ont été arrêtées et emmenées.

Pendant qu'il parlait, j'ai pensé à la photo de Ruchele que j'avais : une grande fille blonde, au large sourire, avec les cheveux ondulés des Mittelmark qu'elle avait hérités de sa grand-mère, les cheveux que j'avais quand j'étais adolescent. Une fille gentille, une fille adorable, une fille « placide », m'avait dit Jack. En octobre 1941, elle avait seize ans...

MAIS CELA VIENT plus tard. Ce que je voulais savoir pour le moment, c'était comment était cette fille avec qui cet homme, mon interlocuteur de soixante-dix-huit ans aujourd'hui, était sorti pendant un an et demi, soixante-quatre ans plus tôt. Boris, lorsque je lui avais demandé comment était Shmiel, m'avait répondu qu'*il était boucher*. C'était ma faute, je le savais, si je n'avais pas préparé les bonnes questions, si je n'avais pas été capable de prévoir qu'il était impossible d'apprendre quoi que ce fût sur quelqu'un en demandant simplement, *Et il était comment ?* Bien sûr, il n'avait peut-être pas grand-chose à dire : si quelqu'un me demandait, aujourd'hui, de décrire un de mes voisins qui vivait en face de chez moi, il y a quarante ans, je ne serais pas sûr de pouvoir dire autre chose que *Il était ingénieur, Ils étaient très gentils*. Alors à quoi pouvais-je bien m'attendre ? Et Mme Grossbard, qui avait des souvenirs bien plus précis, s'était montrée trop protectrice de ses souvenirs de Frydka pour pouvoir les partager librement. C'était ce qui expliquait, je le savais, la raideur et la rétention que j'avais ressenties dès le début. Et depuis que le sujet de Frydka et de Ciszko Szymanski avait été abordé, elle m'avait en quelque sorte fermé la porte au nez, suspicieuse de mes mobiles, se méfiant à juste titre du fait que mon désir de découvrir une histoire, une sorte de drame pour animer les vies impossibles à connaître de ces gens, me pousserait à faire de la Frydka qu'elle avait connue une caricature ou un chiffre.

J'avais donc échoué jusqu'à présent à redonner vie aux disparus. Mais Jack, je le sentais, serait en mesure de saisir ce que je désirais ; il s'agissait seulement de trouver le bon moment pour parler. Jack, qui peut être péremptoire dans la conversation, est néanmoins très courtois, d'une manière presque désuète. Il ne coupe jamais la parole et il s'est toujours empressé de s'excuser chaque fois qu'il s'est aperçu d'une erreur de sa part à propos d'un nom ou d'une date (dans la mesure où Mme Grossbard n'a jamais commis d'erreur, à ma connaissance, je n'ai jamais eu l'occasion de la voir s'excuser). Cette modestie, ai-je supposé, était ce qui l'empêchait de s'étendre sur ses rapports avec Ruchele devant le groupe, et je me suis donc arrangé pour le voir seul, chez lui, le lendemain après-midi. L'appartement était silencieux – Sarah était sortie, après nous avoir préparé du café et du gâteau – et la conversation a été facile.

Ses souvenirs de Ruchele, m'a-t-il dit, remontaient à l'époque où tous deux avaient à peine quatorze ans, quand il la voyait, le soir, aux réunions de l'organisation sioniste, Hanoar HaZioni. Elles avaient lieu tous les soirs m'a-t-il dit. C'était organisé par groupes d'âges, j'étais donc dans un groupe de garçons de mon âge et elle était dans un groupe de filles de son âge.

Il prononçait le *f* de filles comme un *v*. Pendant les années 1930, les réunions du Hanoar étaient le lieu essentiel pour les rencontres des adolescents juifs, apparemment. Jack a poursuivi. En Europe, le repas principal, c'était le déjeuner. Le soir, on mangeait des sandwichs et, après ça, on allait à la réunion du Hanoar. Je dirais que, en hiver, la réunion se déroulait de cinq heures et demie à dix heures du soir, et de huit heures, ou sept heures et demie à dix heures, l'été. Tous les soirs. Et le samedi, c'était de l'heure du déjeuner jusqu'à la nuit. Écoutez, j'allais en train à l'école tous les jours, au collège de Stryj, j'avais des devoirs à faire, les journées étaient denses. Mais le club du Hanoar, c'était le moment agréable. On jouait ensemble, on dansait ensemble, les *horas*, les conférences, et tout le reste. J'avais dû faire la connaissance des filles Jäger auparavant, mais je me souviens d'elles à partir de ce moment-là.

Matt a demandé, À quoi ressemblait-elle ?

Jack a souri et, au bout d'un instant, a dit, Elle était blonde et j'aime les blondes. C'était une belle fille, elle avait les cheveux longs, vous savez, comment on appelle ça...

(il a mis sa main sur sa nuque et a tricoté avec ses doigts)

... elle avait des tresses. Elle avait, je crois, les yeux verts, et sur l'un d'eux (il a placé son pouce et son index en opposition devant son œil et a cligné les paupières), elle avait un quartier brun.

Écoutez, a-t-il fini par dire, elle était ma poupée, comme on dit, mon amour, et j'étais complètement épris.

Comment s'étaient-ils rencontrés, voulions-nous savoir.

Jack nous a raconté une histoire drôle.

Je n'étais pas le premier garçon, a-t-il expliqué. Il y avait un type qui avait un an de plus que moi, il allait à l'école à Stryj, lui aussi, et il sortait avec elle. Munzio Artman. C'était un garçon très religieux et il n'allait pas à l'école à Stryj, le samedi – il y allait le vendredi et y restait le week-end, ce qui fait qu'il ne rentrait pas le samedi. Il m'avait donc dit : « Écoute, occupe-toi d'elle, le samedi. » Ce que j'ai fait ! Ça s'est refroidi entre eux et je me suis retrouvé avec elle. J'avais quatorze ans, treize peut-être, et elle avait le même âge.

Alors qu'est-ce qu'on faisait à Bolechow à la fin des années 1930 quand on sortait avec une fille ? avons-nous demandé.

On se retrouvait au Hanoar surtout, et quand les garçons n'étaient pas séparés des filles, on faisait tout ensemble. On avait des conversations, des débats. Inutile de vous dire qu'elle était plus mûre que moi. Je m'en suis rendu compte plus tard. Vous comprenez, je n'aimais pas l'école. Les études, je n'étais pas doué sur les études !

Il a ricané avec un bon sens de l'autodérision. Lorsqu'il a dit *sur les études*, j'ai souri. Des années après cette conversation, le fils de Mme Begley m'a dit que le plus dur dans l'apprentissage de l'anglais, c'étaient les prépositions.

Je me souviens, a continué Jack, qu'à la fin de l'année, j'ai reçu mon bulletin scolaire. Ruchele était dans le train avec moi, ou peut-être était-ce à l'école, et elle voulait voir mes résultats. Et je ne peux vous dire à quel point elle a été déçue quand elle les a vus ! Et je crois même que ça a fini par la refroidir un peu…

Matt jubilait.

Elle voulait un docteur ! a-t-il plaisanté.

Je jubilais pour une autre raison. J'adorais le *plus mûre que moi*. Ça donnait à cette fille, dont il n'existe plus qu'une seule photo, une certaine présence. Je me suis dit, Elle avait donc des idées bien arrêtées sur ce que devait être son petit ami ; elle se faisait peut-être une très haute idée d'elle-même. C'était une Jäger après tout.

J'ai demandé à Jack si Ruchele était une bonne élève.

Jack a souri tristement et dit, « Ça, je ne sais pas. Mais je suppose que Frydka était la plus intelligente parce qu'elle était allée au lycée et les autres pas. Peut-être que les parents ont décidé que seule Frydka irait au lycée et pas elle. Peut-être que Ruchele était une bonne élève, mais Shmiel n'avait plus les moyens de l'envoyer au lycée à l'époque.

Il s'est tu. Les frais de scolarité étaient élevés, a-t-il fini par dire, comme pour excuser Shmiel de ne pas avoir envoyé Ruchele au lycée. Plus le transport, plus les livres, plus les uniformes…

Les uniformes, je les avais vus à présent. Parmi les photos que Meg avait sorties du sac en plastique, la veille, il y en avait une ancienne – elle datait de 1936, les filles devaient avoir quatorze ans – de Meg, Frydka et Pepci Diamant, debout devant une clôture au cours d'une journée d'hiver. Toutes les trois portant de gros manteaux d'hiver, sombres, croisés, ceinturés, à col de fourrure ; aux pieds, des bottes courtes, et sur la tête, le béret de l'école. Elles ont des visages doux et juvéniles ; Frydka commence à perdre ses joues de petite fille. Son visage me fait l'effet d'être plus âgé sur cette photo que sur une autre que Meg m'a montrée, un instantané qui appartenait à Pepci (*qui a péri*, a dit une seconde fois Meg en me montrant la photo, *alors que son album de photos a survécu*), où Frydka est couchée sur le ventre, avec le bras droit plié devant elle ; elle a le menton posé sur le dos de sa main droite, pendant qu'elle maintient ouvert de la main gauche (curieuse coïncidence) un album de photos. Elle regarde, assez délibérément, sur la droite, les yeux vers le haut. Il y a quelque chose de très posé dans la photo, de très actrice. C'est encore une jeune fille, mais elle pose déjà. Sur cette photo, ses joues sont encore rondes, tandis que sur les autres photos apportées par Meg – l'instantané de Frydka, daté de 1940, où elle porte un mouchoir style babouchka et regarde, avec un air pensif, vers vous hors champ, l'œil sombre et calme ; les photos de groupe sur lesquelles Meg, Frydka et leur amie qui a péri, Pepci Diamant, font du ski, nagent, prennent la pose –, sur ces photos, Frydka est déjà une jeune femme à l'allure éblouissante : grande, brune, fine, avec un air amusé dans le regard.

Donc, Ruchele n'est pas allée au lycée à Stryj, disait Jack. À l'époque, elle était en troisième au collège, et puis elle a commencé à apprendre le métier de couturière.

Je ne l'ai pas signalé à Jack à ce moment-là, mais j'avais déjà appris tout ça dans des lettres de Shmiel, comme celle où il écrivait, par exemple :

Je suis très isolé ici et la chère Ester a des frères et sœurs indignes de confiance, je ne veux rien avoir à faire avec eux, imaginez qu'ils ne voulaient même pas aider Lorka à apprendre le métier de photographe.

Non que j'aie à vous dire, mes très chers, ce que même les étrangers disent, à savoir que j'ai les filles les meilleures et les plus distinguées de Bolechow ; quel bien cela me vaut ? Frydka chérie vient de terminer le lycée, ça m'a coûté une fortune et où est-on censé trouver un travail pour elle ? Ruchaly chérie a fini la troisième avec le tableau d'honneur, j'ai dépensé 25 dollars pour elle et maintenant elle apprend le métier de couturière depuis un an...

Frydka avait l'habitude d'aller en train à Stryj, disait Jack. Et c'était une fille grande, je m'en souviens, vous savez, les filles...

Il a levé la main et dit, Attendez, je vais apporter un sac.

Pendant que je le regardais, un peu perplexe, il est sorti rapidement de la salle de séjour et il est revenu, quelques secondes plus tard, avec une vieille serviette défraîchie, pour pouvoir faire une imitation convaincante de Frydka, disparue depuis longtemps, descendant rapidement du train, son cartable à la main.

Vous comprenez, a-t-il continué, tout le monde portait son cartable comme ça – il a fait quelques pas, en portant le cartable très bas sur le côté, comme s'il avait été très lourd – parce qu'il était rempli de livres. Mais Frydka était grande, c'était une fille *énergique* et elle marchait comme *ça*.

Balançant la serviette contre sa poitrine et la serrant avec un bras, il a avancé d'un pas déterminé pour imiter Frydka.

Elle était toujours l'une des premières à descendre du train, tous les jours, et elle portait son cartable comme ça, a-t-il dit.

Mais Frydka doit attendre. Pour l'instant, je veux apprendre des choses sur Ruchele, cette fille qui, même si elle était placide, avait tout de même de l'esprit, savait avec quel genre de garçon elle voulait sortir : un type débordant d'énergie, peut-être, comme son père.

Et vous êtes sorti avec elle combien de temps ? ai-je demandé à Jack.

Un an et demi, deux ans, a-t-il répondu.

Vous vous souvenez de quoi concernant ses parents ? ai-je demandé. Vous les voyiez souvent ?

Jack a pris un air amusé.

Bien sûr ! Souvenez-vous, on connaissait *tout le monde*. C'était un petit *shtetl*. Je connaissais les parents, je connaissais les sœurs. Mais je ne leur parlais pas, je ne bavardais pas avec eux... Tout le monde avait un surnom.

La veille, il m'avait parlé des surnoms des villes ; aujourd'hui, il me parlait des surnoms des habitants.

Jack s'est écrié, Le *król* ! J'avais une tante, la sœur de ma mère, elle appelait Shmiel Jäger le *król* – le roi. Je crois qu'il devait beaucoup lui plaire.

Il était difficile pour moi de penser que Shmiel avait inspiré aux gens d'autres émotions que du chagrin.

Elle parlait de lui, a poursuivi Jack en souriant. Le roi ceci, le roi cela. Le *król*. Ce devait être... hé bien, son allure : il était le chef du cartel des bouchers, vous savez qu'il y avait un cartel des bouchers, et qu'il en était le patron. C'était de la viande cascher, bien sûr, et chaque foyer juif qui pouvait se le permettre en achetait.

Je me suis dit combien mon grand-père aurait été heureux d'entendre ce garçon de Bolechow parler ainsi de Shmiel.

Vous comprenez, m'a dit Jack, mon père gagnait très bien sa vie, mais il n'aurait jamais rêvé d'une voiture, ou même d'un cheval et d'une carriole. Mais Shmiel Jäger... À Bolechow, il n'y avait que deux voitures, et l'une d'elles appartenait à Shmiel Jäger.

Mais je ne voulais pas parler de Shmiel, pas encore. Il fallait que je finisse, tout d'abord, avec Ruchele. J'ai sorti la photo d'elle qui avait appartenu à ma tante Sylvia, une photo que j'avais postée à Jack bien avant de le rencontrer, après notre conversation téléphonique. Une photo de son passé, pas du mien, que je lui avais envoyée sans jamais réfléchir à l'impact qu'elle pourrait avoir sur lui.

Il l'a prise tendrement et il a souri.

Oui, vous me l'avez envoyée. Elle était comme ça, c'était une belle fille. Vous voyez bien le sourire. Le beau sourire. Elle était comme ça en 39. Elle avait ce magnifique manteau de fourrure – pas tout le manteau, juste le col.

Inconsciemment, il a caressé le revers de sa veste.

Quand l'avez-vous vue pour la dernière fois ? avons-nous demandé.

La dernière fois que je l'ai vue, c'était le jour de Yom Kippour en 1941. Nous avons prié à l'extérieur du *shtiebl*.

Shtiebl était un mot que je n'avais pas entendu depuis des années : une petite *shul*, une petite maison de prière, normalement dans une cave, dans une partie d'une structure plus grande. Peut-être avec dédain, mon grand-père avait l'habitude d'appeler la synagogue loubavitch dans laquelle il se rendait à la fin de sa vie un *shtiebl*, ce petit endroit de Eighth Street à Miami Beach, où il se rendait non parce qu'il aimait les Hasidim, au contraire, mais parce que c'était la seule *shul* où il pouvait aller à pied de son immeuble, l'immeuble où il allait se suicider.

Nous étions en train de prier à l'extérieur du *shtiebl*, disait Jack, et l'arrière du *shtiebl* était mitoyen du jardin d'une de ses amies, Yetta. Yetta Durst. Et c'est là que j'ai vu Ruchele.

J'ai pensé, pas pour la première fois, Chaque nom qu'il mentionne en passant était une personne, quelqu'un, une vie. Peut-être que Yetta Durst avait eu un cousin, un oncle à New York. Peut-être qu'il était possible que l'enfant ou le petit-enfant de cette personne, un homme ou une femme de quarante ans environ, se mette en quête de cette Yetta Durst disparue, quête qui le conduirait éventuellement en Australie, où il pourrait parler à Jack Greene...

Yetta Durst, répétait Jack qui se remémorait. Alors qu'il prononçait le nom une nouvelle fois, j'ai détecté une minuscule bouffée de satisfaction : il était content de s'être souvenu de son nom.

Et c'est donc là que j'ai vu Ruchele, et je me souviens que j'étais en train de prier, et elle est venue, c'était dehors, je priais dehors, et elle s'amusait avec cette fille dans le jardin... ou peut-être qu'elle savait que je serais là.

Matthew a demandé, Et qu'est-ce que vous lui avez dit ?

Pas grand-chose, a dit Jack au bout d'un moment.

Il était pensif.

Je ne me souviens pas... Nous n'avions pas rompu, mais les choses s'étaient un peu refroidies entre nous. J'étais toujours épris d'elle, mais elle non. Je pense qu'elle avait l'impression d'avoir besoin de quelqu'un de plus mûr. C'est ce qui intéresse les filles. C'était le jour de Yom Kippour 1941. C'est la dernière fois que je l'ai vue. Et puis, comme vous le savez, quatre semaines après, il y a eu l'*Aktion*. Elle a été tuée quatre semaines après, a dit Jack.

C'ÉTAIT, D'UNE ÉTRANGE façon, bizarre que sa mort me soit rappelée à ce moment précis. J'avais l'impression que je venais de faire sa connaissance.

J'ai souvent essayé d'imaginer ce qui avait bien pu lui arriver, même si, chaque fois que je le fais, je me rends compte à quel point mes ressources sont limitées. Combien pouvons-nous savoir du passé et de ceux qui en ont disparu ? Nous pouvons lire les livres et parler à ceux qui y étaient. Nous pouvons regarder les photos. Nous pouvons aller dans les endroits où ont vécu ces gens, où ces choses se sont passées. Quelqu'un peut nous dire, cela a eu lieu tel ou tel jour, je pense qu'elle allait retrouver des amies, elle était blonde.

Mais tout cela reste inévitablement approximatif. Je suis allé à Bolechow, mais la ville est maintenant tellement transformée physiquement – de nombreux bâtiments ont disparu ou ont été modifiés au point d'être méconnaissables, l'effervescence des années 1930 s'est érodée pour n'être plus rien après soixante ans de stagnation et de pauvreté soviétiques – que la Bolechow que j'ai visitée en 2001 n'a plus qu'une très vague ressemblance avec l'endroit que Ruchele a traversé dans les heures qui ont précédé sa mort. Et même s'il existait aujourd'hui une photographie de la ville prise le 28 octobre 1941, le jour où Ruchele a été arrêtée, cette photo pourrait-elle me donner une impression précise de ce qu'elle a pu voir en marchant jusqu'au Dom Katolicki ? Pas vraiment (nous ne savons même pas, bien entendu, quel itinéraire elle a suivi, si elle avait la tête baissée ou bien droite pour essayer de croiser un dernier regard ; nous ne savons même pas si elle *savait* que ce serait sa dernière promenade dans la ville). Il y a donc un problème de visualisation. Et qu'en est-il des autres sens ? Bolechow, nous le savons, avait une odeur particulière, à cause des produits chimiques employés dans les tanneries – il y en avait plus de cent, avons-nous appris. Ruchele, alors qu'elle marchait vers sa mort ce jour-là, a-t-elle senti cette odeur acidulée de Bolechow ? Quelle est l'odeur de mille personnes terrifiées poussées vers la mort ? Quelle est l'odeur d'une salle dans laquelle mille personnes terrifiées ont été entassées pendant une journée et demie, sans toilettes, une salle dans laquelle le poêle avait été allumé, une salle dans laquelle quelques douzaines de personnes avaient été abattues, dans laquelle une femme était en travail ? Je ne le saurais jamais. Et quel bruit faisaient-ils ? Un témoin pourrait avoir écrit ou dit, Les gens criaient et pleuraient, quelqu'un jouait du piano, mais le pire cri que j'aie jamais entendu de ma vie, j'en suis certain, c'était le hurlement de mon petit frère Matt, le jour où, il y a près de quarante ans, je lui ai cassé le bras, et pour être parfaitement honnête, je n'arrive pas à me souvenir du son exact, je me souviens simplement qu'il hurlait ; et les pires larmes que j'aie entendues, ce sont les larmes versées à l'enterrement d'une amie morte trop jeune, mais je soupçonne que la qualité du son du hurlement émis par un jeune garçon blessé, même sévèrement, n'est pas celle du son du hurlement émis par, disons, des hommes d'âge mûr, à qui on a crevé les yeux ou qu'on a forcé à s'asseoir sur un poêle brûlant ; et, à cet égard, le son de soixante personnes qui pleurent à des funérailles n'est pas le même que celui de mille personnes pleurant de peur pour leur vie. Il est en effet probable que si vous deviez lire une description de ce qui s'est passé pendant les deux jours de la première *Aktion* à Bolechow, les images et les sons qui vous viendraient à l'esprit seraient les images et les sons que vous avez absorbés en voyant des films ou en regardant la télévision, c'est-à-dire des images et des sons produits par des gens qui ont été payés pour restituer, au mieux de *leur* capacité – fondée sur ce qu'ils ont lu, vu et visité, extrapolé à partir des expériences qu'ils ont pu faire –, ce à quoi de tels événements ont pu ressembler, par l'image et par le son, même si cela aussi n'est en fin de compte qu'une approximation.

Il y a donc aussi le problème des autres sens.

Vous pourriez dire, bon, ces détails ne sont pas les choses importantes. Il est vrai que nous connaissons un certain nombre de choses qui se sont passées, et c'est ce qu'il est important de savoir et de se rappeler. Mais une partie de ce que je vise, depuis que j'ai commencé à rechercher ce qu'il était possible de savoir sur mes parents disparus, a été d'essayer d'apprendre les moindres détails les concernant susceptibles d'être connus, ce à quoi ils ressemblaient, ce qu'avaient été leur personnalité et, oui, comment ils étaient morts, s'il y avait encore quelqu'un pour me l'apprendre. Et pourtant, plus je parlais aux gens, plus je devenais conscient du fait que tant de choses ne peuvent tout simplement pas être sues, en partie parce que la chose – la couleur de sa robe, l'itinéraire qu'elle a suivi – n'a jamais été observée par personne et reste, par conséquent, impossible à connaître aujourd'hui, et en partie parce que la mémoire elle-même de ces choses qui ont été observées peut jouer des tours, peut éliminer ce qui est trop douloureux ou suivre les contours d'une forme qui nous plaît.

Je pense qu'il est important d'en être conscient au moment même où nous essayons d'*envisager* ce qui est arrivé à Ruchele et aux autres, ce dont nous sommes incapables en réalité.

Que pourrait-il s'être passé, ce jour-là ? Même si l'atmosphère était tendue et inquiétante en octobre 1941, il n'y avait eu aucune tuerie de masse organisée jusque-là. Ruchele avait (peut-être) projeté, ce mardi-là, de retrouver quelques-unes de ses amies. Elle quitte la maison à un seul étage, fraîchement peinte en blanc, en promettant peut-être à Ester, sa mère, une femme ronde et sympathique, qu'elle n'en a pas pour longtemps. Elle descend Dlugosa en direction du *Rynek*. Peut-être qu'elle aperçoit ses amies et leur fait signe de la main, marche dans leur direction. Et puis, soudain, les Ukrainiens, les Allemands, les chiens qui aboient, des officiers étranges qui crient de marcher dans cette direction, avec tous les autres, de les suivre par ici. Les trois camarades de classe sont effrayées, mais du moins sont-elles ensemble. À présent, elles marchent au milieu d'une foule en direction du Dom Katolicki, où elles avaient l'habitude d'aller au cinéma avec leurs petits amis.

Et toutefois, l'imagination cale de nouveau, parce qu'il est vain de prétendre que je puisse imaginer la souffrance de Ruchele Jäger pendant la journée et demie suivante. Même si j'avais une idée de ce qui s'était passé pendant ces trente-six heures, il m'est absolument impossible de reconstruire ce par quoi elle est passée. D'une part, personne parmi les survivants ne l'a vue (des décennies plus tard, ma mère avait entendu que les filles avaient été violées et tuées par les nazis. Ruchele avait-elle été violée dans le Dom Katolicki ? Impossible de le savoir aujourd'hui). D'autre part, il reste trop peu de choses concernant sa personnalité pour savoir, même pour commencer à imaginer, ce qu'a pu être son état d'esprit, ne serait-ce qu'une seconde, pendant ces heures.

Et pourtant. Même si je suppose que Ruchele n'a pas été battue, violée ou tuée pendant les trente-six heures qu'elle et mille autres personnes ont passées dans le Dom Katolicki, il est certainement possible de se faire une vague idée de ce que peut ressentir une jeune fille de seize ans, sans doute très couvée à cette époque-là, qui est le témoin du meurtre, de la torture, du viol de gens autour d'elle. Voyant, par exemple – un incident que Jack nous a raconté quand nous étions seuls avec lui –, le rabbin que vous avez connu depuis votre enfance se faire crever les yeux, entailler la poitrine d'une croix, avant d'être obligé à danser nu avec une jeune femme terrifiée...

COMMENT SAVONS-NOUS ce qui s'est passé là ?

Olga nous a raconté ce qu'elle avait entendu dire, lorsque nous étions à Bolechow : la pyramide humaine.

Jack nous a raconté l'histoire de la poitrine du rabbin entaillée d'une croix, chose dont il ne peut avoir été témoin (je lui ai demandé, au cours de cette conversation, comment il pouvait être sûr que Ruchele avait péri au cours de cette première *Aktion*. Avait-il été témoin de son arrestation ? ai-je demandé bêtement. Il a ri sombrement. *Si je l'avais vue, j'aurais été mort moi aussi !* Alors, comment savait-il ? Parce que *après ça*, a-t-il dit, sur un ton un peu impatient, elle avait *disparu*).

Bob Grunschlag m'a raconté par la suite que, si incroyable que cela puisse paraître, le jour où la première *Aktion* avait commencé, après que sa mère avait été arrêtée chez elle et son frère pris dans la meule de foin où lui, Jack et Bob se cachaient – Bob et Jack n'avaient pas été découverts, même si la fourche de celui qui les cherchait était passée à quelques centimètres de son visage, m'a dit Bob – il avait fini par sortir de sa cachette et, profitant de l'obscurité, par se rendre jusqu'au Dom Katolicki pour voir ce qui s'y passait. Le DK, comme lui et d'autres l'appelaient.

La rumeur, a-t-il dit, courait qu'ils emmenaient les Juifs qui avaient été arrêtés dans un camp de travail. Et comme c'était la fin du mois d'octobre, le début de l'hiver, je m'étais dit que nous ferions bien d'apporter des vêtements en laine à ma mère, et la bonne les avait emballés. Nous avons entendu dire où ils étaient détenus, au DK, au club. J'y suis donc allé.

Mais Bob avait été repéré par des garçons ukrainiens – il y avait une foule d'Ukrainiens autour du bâtiment, se hissant pour jeter un coup d'œil à l'intérieur (parmi eux, se trouvait un garçon qui est devenu un homme que j'ai interviewé deux ans après cette conversation avec Bob) – et il était rentré chez lui en courant.

Les vêtements de laine étaient, de toute façon, inutiles.

Bob, même s'il était allé là-bas pour voir ce qui se passait, n'avait donc rien vu en fait. Comment, par conséquent, savaient-ils – comment les histoires avaient-elles été divulguées ?

Bob m'a expliqué qu'une de leurs voisines, Mme Friedmann, avait miraculeusement survécu, après qu'une Ukrainienne avait convaincu les Allemands de la libérer. Elle est sortie et elle est venue chez nous vingt-quatre ou trente-six heures après, a dit Bob, et elle nous a raconté ce qui s'était passé. Elle avait vu ma mère à l'intérieur, elle avait vu mon frère. Vous comprenez, ils avaient arrêté ma mère en premier, donc elle ne savait pas que mon frère était là lui aussi, jusqu'à ce que Mme Friedmann lui signale la présence de son fils aîné.

Il s'est interrompu et je n'ai pas parlé pendant un moment. Je me disais, comme il devait le faire aussi, que sa mère aurait été bien plus heureuse de ne pas savoir que son fils aîné, Gedalje – qui tenait sûrement son prénom du père de son père, le

Gedalje Grünschlag dont le nom apparaît fièrement dans l'Annuaire professionnel de Galicie de 1891 –, attendait aussi sa mort dans le DK.

Au bout d'un moment, Jack a dit, C'était la salle où, peut-être huit mois plus tôt, j'allais avec Ruchele voir des films.

CERTAINES CHOSES, NOUS les avons donc apprises de Mme Friedmann. Et cela pourrait paraître suffisant, du moins pour suggérer l'horreur qu'a connue ma cousine Ruchele Jäger pendant les trente-six dernières heures de sa vie, de savoir ce que Mme Friedmann a raconté aux Grünschlag et ce que les Grünschlag ont gardé en mémoire et ensuite raconté à moi et à d'autres. Le rabbin avec la poitrine entaillée d'une croix, l'obscénité de la scène du rabbin aveugle obligé de danser sur la scène avec une fille nue pendant que quelqu'un jouait du piano, ce même rabbin aveugle, mutilé, finalement immergé dans la fosse septique du DK.

Mais il est possible de connaître plus de détails sur ce qui s'est passé dans le centre de la communauté catholique. Ce qui suit est une traduction d'un document que j'ai obtenu auprès de Yad Vashem, au cours de l'été 2003, quelques mois après ma visite en Australie, lorsque je suis allé en Israël pour interviewer d'autres « anciens de Bolechow » (comme ils aiment le dire eux-mêmes) dont j'avais entendu parler par mes Australiens. Ce document polonais est une transcription du témoignage fait par une certaine Rebeka Mondschein, le 20 août 1946 à Katowice, en Pologne, où elle s'était installée après la guerre. À cette date, lorsque les histoires étaient encore fraîchement imprimées dans les mémoires, riches de détails que le temps allait effacer, elle était âgée de vingt-sept ans. Ce qu'elle a raconté de cette première *Aktion*, c'est ceci :

Le mardi 28 octobre 1941 à 10 heures du matin, deux véhicules sont arrivés de Stanislawow, ils se sont arrêtés devant la mairie. Dans un véhicule, il y avait des hommes de la Gestapo en chemises noires. Dans l'autre, il y avait des Ukrainiens en chemises et bérets jaunes, avec des pelles. Ces derniers sont partis immédiatement pour Taniawa pour creuser une grande fosse. Une demi-heure plus tard, des paires sont sorties de la mairie, un Ukrainien accompagné d'un type de la Gestapo ; munis d'une liste établie par la mairie, ils sont partis dans la ville.

La liste était composée des Juifs les plus fortunés et les plus intelligents. Les hommes de la Gestapo portaient des uniformes militaires. On croyait qu'ils arrêtaient les gens pour les envoyer dans une brigade de travail. Au bout de deux heures, les gens qui figuraient sur la liste avaient été en effet arrêtés. Sur la liste figuraient : les rabbins Landau et Horowitz ; le docteur Blumenthal ; Landes, Isaak ; Feder, Ajzyk ; Frydman, Markus ; le docteur Leon Frydman ; le chef Dogilewski, sa fille a sauté d'une voiture en marche, alors qu'elle était enceinte de quatre mois, et elle s'est échappée. Cela représentait 160 personnes en tout.

Le directeur de la Gestapo, le célèbre Krüger, est arrivé de Stanislawow. Il a fait son numéro dans la mairie pendant une demi-heure et puis il est parti. L'action était coordonnée par l'officier de la Gestapo Schindler. La milice a été aussi engagée. À midi, ils ont commencé à arrêter les gens dans leurs maisons et dans les rues. Devant les maisons que visitait un homme de la Gestapo, attendait une foule d'Ukrainiens qui entraient pour la dévaliser après que les Juifs avaient été emmenés sur la place de la ville. Les hommes de la Gestapo, les membres de la milice ukrainienne et d'innombrables jeunes Ukrainiens en civil, parmi lesquels se trouvaient des garçons de dix ans, les faisaient courir dans les rues de la ville. Ils emmenaient les Juifs au Dom Katolicki sur le champ Woloski. Ils devaient se mettre à genoux et coller leur visage contre terre. Les Juifs qui pensaient qu'on les envoyait dans un camp de travail avaient pris quelques vêtements chauds, des sacs à dos et quelques objets précieux. À l'entrée du Dom Katolicki, un homme de la Gestapo leur ordonnait d'abandonner tous leurs objets précieux et leur argent sous peine de mort. Ils ont trouvé de l'argent sur la femme d'Abeg Zimerman, qui avait dû se déshabiller comme tout le monde dans la salle. Elle a été abattue sur place ; il y a eu d'autres incidents de ce genre. Après une tentative d'évasion par une fenêtre, la seule qu'il y ait eu, Ajzyk Feder a été abattu.

Neuf cents personnes ont été entassées dans la salle. Les gens étaient empilés les uns sur les autres. Un grand nombre d'entre eux suffoquaient. Ils ont été tués dans la salle, abattus ou simplement frappés sur la tête avec des massues et des bâtons, comme ça dans la salle.

Isaac Landes avait la tête tellement fracassée que, plus tard, lorsque 29 corps assassinés dans le Dom Katolicki ont été emmenés au cimetière, son fils, le docteur David Landes, qui les a tous examinés, ne l'a même pas reconnu. Les gens étaient battus sans raison ; par exemple, Schindler, l'homme de la Gestapo, a jeté une chaise sur la tête de Cyli Blumental et l'a défiguré, simplement pour s'amuser. Les rabbins étaient particulièrement visés. Le corps du rabbin Horowitz a été littéralement découpé et dépecé. Le rabbin Landau a reçu l'ordre par un des hommes de la Gestapo de monter nu sur une chaise et de déclamer un discours à la gloire de l'Allemagne. Lorsqu'il a dit que l'Allemagne était une grande nation, le type de la Gestapo l'a frappé avec une matraque en caoutchouc en criant : « Tu mens ! » Après ça, il a crié : « Où est ton Dieu ? » Dans la salle, au beau milieu de la foule, la femme de Beni Halpern est entrée en travail et comme elle était terrifiée, elle s'est mise à crier. Un type de la Gestapo lui a tiré dessus, mais il n'a fait que la blesser et a tiré une seconde fois pour la tuer. Elle est restée là jusqu'au 30 octobre. Le pharmacien Kimmelman est mort là aussi dans la salle. Complètement nue, Szancia Reisler, la femme de Friedmann, l'avocat, a dû danser sur des corps nus. À midi, les rabbins ont été emmenés hors de la salle et il n'y a plus de traces d'eux ensuite. On dit qu'ils ont été jetés dans l'égout.

Les gens ont été gardés comme ça du 28 au 29 octobre sans nourriture et sans eau, jusqu'à 16 heures. À 16 heures, ils ont tous été emme-

nés en camion dans les bois de Taniawa, à 8 ou 10 km de Bolechow. Environ 800 personnes ont été abattues là. Il y avait une planche au-dessus d'un fossé sur laquelle les gens étaient obligés de marcher et ils étaient abattus et tombaient dans la fosse ; certains étaient grièvement blessés, d'autres légèrement. Ducio Schindler s'est échappé de là dans la soirée. Il a grimpé dans un arbre et a assisté à toute l'exécution, jusqu'à ce que la fosse soit remplie. Il nous a tout raconté. Le lendemain, le 30 octobre 1941, le préfet de police Köhler a ordonné au Judenrat, le conseil juif, appointé par les autorités nazies pour servir d'intermédiaire entre les Allemands et la communauté juive, et pour exécuter leurs ordres de nettoyer la salle du Dom Katolicki, d'emporter les 29 cadavres au cimetière.

La Gestapo a exigé le paiement des munitions dépensées pour l'exécution. Le Judenrat a dû payer. En plus de cela, ils les ont forcés à leur payer 3 kg de café en grains pour les frais de main-d'œuvre.

Il est donc possible maintenant de savoir ce qui s'est passé, même s'il est difficile de reconstruire avec certitude ce qui est arrivé en particulier à Ruchele. Elle a été arrêtée, très probablement, après midi, le mardi 28 octobre, alors qu'elle marchait dans les rues de sa ville avec ses amies. Elle a ensuite été emmenée au Dom Katolicki et, là, a probablement été témoin de certains des événements décrits ci-dessus – même si nous devons garder à l'esprit que les Juifs qui ont été obligés de se coucher sur le sol du DK, cet après-midi-là, avaient reçu l'ordre de ne pas lever la tête, et que ceux qui se relevaient étaient souvent abattus immédiatement ; il est donc peut-être préférable de dire que Ruchele n'a pas été témoin de ce qui se passait, mais qu'elle a surtout *entendu* des coups de feu, des cris, des insultes, un piano, les pas d'une danse maladroite sur la scène.

Il est possible (pour continuer) que Ruchele, âgée de seize ans, ait été tuée là, puisque nous savons que des gens l'ont été. Il est en effet possible qu'elle ait été la fille nue sur la scène, avec qui le rabbin, les yeux en sang, a été contraint de danser ou sur laquelle il a été contraint de se coucher. Je préfère penser que non. Mais si elle a survécu à ces trente-six heures, ce qui n'est pas le cas de tous, nous savons que, à quatre heures de l'après-midi, le 29 octobre, un mercredi, après avoir passé la journée précédente, la nuit et la matinée dans un état de terreur qu'il serait idiot de vouloir imaginer, après avoir gémi de faim et de soif, après s'être souillée, sans aucun doute, de sa propre urine, car personne ne peut se retenir pendant une journée et demie, elle a alors été emmenée, épuisée, affamée, terrifiée, souillée, chose à laquelle il est difficile, peut-être même gênant, de penser, une expérience dégoûtante, profondément humiliante pour un adulte, mais une possibilité que je dois considérer, si j'essaie d'imaginer ce qui lui est arrivé, elle a été emmenée à Taniawa – qu'elle ait marché pendant quelques kilomètres ou qu'elle ait été embarquée dans un camion, il est impossible de le savoir – et là, après avoir attendu dans une terreur encore plus grande pendant qu'elle regardait ses voisins, groupe après groupe, des gens qu'elle avait vus dans sa petite ville toute sa vie (enfin, pendant seize ans), monter l'un après l'autre sur une planche et tomber dans la fosse : après avoir vu ça, son tour est venu, elle a marché nue sur la planche – avec quelles pensées en tête, il est impossible de le savoir, même s'il est difficile de ne pas imaginer qu'elle pensait, dans ces derniers instants, à sa mère et à son père, à ses sœurs, à sa maison ; mais peut-être (*vous êtes une personne sentimentale*, m'a dit un jour Mme Begley, avec mépris et indulgence à la fois), peut-être qu'un très bref instant elle a pensé à Jakob Grunschlag, le garçon avec qui elle était sortie pendant un an et demi, à ses cheveux noirs et à son sourire intense – et debout sur la planche, ou peut-être au bord de la fosse fraîchement creusée, avec les corps au-dessous d'elle et l'air froid d'octobre au-dessus, elle a attendu. L'air froid d'octobre : nous savons qu'elle est nue à ce moment précis et, entre la température et la terreur, elle doit sûrement frissonner. Sans cesse, pendant qu'elle attendait – à moins qu'elle ait été la première ? – le bruit de la mitrailleuse a retenti. (Ce n'était pas la mort que les gens en étaient venus à espérer, s'ils avaient eu la malchance de se faire prendre. *Le coup de feu dans la nuque, comment ils appelaient ça en allemand – le « coup de grâce » ?* avait demandé Mme Grossbard à personne en particulier, le jour où tous les anciens de Bolechow s'étaient réunis. Elle avait fait un pistolet avec le pouce et l'index, et l'avait pointé contre sa nuque. *Je n'arrive pas à le retrouver. Quand je suis troublée, je ne peux pas me souvenir des choses*.)

Donc : les crépitements de la mitrailleuse, le froid, le tremblement. À un moment donné, ça a été son tour, elle s'est avancée sur la planche avec les autres. La planche avait probablement une certaine élasticité, peut-être qu'elle rebondissait un peu quand ils s'alignaient : comme dans un jeu, de façon incongrue. Puis une nouvelle rafale. L'a-t-elle entendue ? L'activité de son esprit à cet instant-là était-elle assez fervente pour qu'elle n'entende pas ; ou, au contraire, était-elle tout ouïe dans l'attente ? Nous ne pouvons pas le savoir. Nous savons seulement que son corps délicat de seize ans – qui, avec un peu de chance, était sans vie à ce moment-là, même si nous savons que d'autres étaient en vie quand ils sont tombés avec un bruit sourd et humide sur les corps chauds et ensanglantés, souillés d'excréments, de leurs concitoyens – est tombé dans la fosse, et que c'est la dernière chose que nous voyons d'elle ; même si, évidemment, nous ne l'avons pas du tout vue en réalité.

Et tout cela est arrivé probablement parce qu'elle était sortie de chez elle pour aller rejoindre son petit groupe, les trois camarades de classe, en fin de matinée, la veille.

Un sixième de la population juive seulement a péri ce jour-là, nous a dit Jack. (Seulement.) Mais les trois quarts de ces quatre filles ont péri ce jour-là.

J'ai remarqué, pas pour la première fois, que le verbe qu'employait invariablement Jack pour ceux qui ont été tués était *périr*, ce qui donnait, à mon oreille, une tonalité légèrement élevée, peut-être même biblique, à sa conversation lorsqu'il parlait de ceux qui n'avaient pas survécu à la guerre. *Mort* a cette finalité abrégée d'un monosyllabe et ne laisse, pour ainsi dire, aucune place pour l'argumentation. *Périr*, au contraire, tiré du latin *pereo*, dont le sens littéral signifie « passer à travers », donne une impression d'ampleur ; il suggère toujours pour moi une gamme de possibilités, bien au-delà du simple fait de mourir – impression confirmée par un coup d'œil jeté à l'entrée du dictionnaire latin assez vieux que je possède : *passer, n'être rien, disparaître, se volatiliser, se perdre ; passer, être détruit, périr ; périr, perdre vie, mourir... Être égaré, manquer, être gaspillé, dépensé en vain ; être perdu, être ruiné, être défait*. Compte tenu de ce que je sais aujourd'hui, après avoir parlé à tous les anciens de Bolechow encore vivants, j'en suis venu moi-même à préférer *périr* à tous les autres verbes, lorsque je parle de ceux qui sont morts.

Les trois quarts de ces quatre filles ont péri ce jour-là, avait dit Jack.

Et donc vous le saviez, ai-je dit.

Il est resté silencieux un instant.

Hé bien, a-t-il dit, *ils* savaient... je me souviens. Père était dans le Judenrat – mon père était un membre du Judenrat, je lui ai demandé ce qui était arrivé à la famille Jäger, il m'a donc répondu, Une fille a péri. Et j'ai découvert ensuite que c'était Ruchele.

Cela, il me l'a dit lorsque tous les anciens de Bolechow étaient rassemblés autour de la table de sa salle à manger. Le lendemain, quand Matt et moi sommes retournés chez Jack pour l'interviewer seul, il m'a donné une version légèrement différente de cette histoire.

L'*Aktion* a eu lieu le mardi, a-t-il dit. Et le mardi soir, mon père est rentré à la maison. Il était au Judenrat. Ils étaient venus arrêter ma mère à la maison, mais mon père était au Judenrat. Il pensait qu'ils allaient l'arrêter, il avait donc pris la fuite et était arrivé à la maison dans la nuit. Alors, vous savez, je ne sais pas si c'est ce soir-là ou le lendemain matin, mais j'ai commencé à lui demander : Qui ont-ils pris ? J'ai demandé, Et les Jäger ? Et il a répondu, Une des filles Jäger. J'ai demandé, Laquelle ? Et il ne savait pas, il ne savait pas ou bien il ne voulait pas me le dire – je ne sais même pas s'ils savaient que je sortais avec elle. Et deux ou trois jours plus tard, ils m'ont envoyé chez ma tante – vous savez, j'ai très mal pris de perdre ma mère et mon frère.

Je ne savais que dire.

Je suis donc allé chez ma tante pendant quelques jours. Je me souviens que le soir – peut-être dans l'après-midi, peut-être dans la soirée, la nuit – je suis venu demander, Ils ont pris une des filles Jäger... laquelle ? et ils ont dit, Ruchele. Ça m'a fichu un sale coup de nouveau. Je n'ai pas dormi de la nuit, je me souviens que ma tante ne savait pas pourquoi, elle pensait que j'étais encore... après la mort de ma mère...

Il s'est tu un moment, puis il a poursuivi.

Je me souviens que, toutes les heures environ, ma tante entrait dans la chambre où j'étais couché et disait, Tu ne dors pas encore, tu ne dors pas encore ? À ce moment-là, je pensais à Ruchele, parce que c'était un nouveau choc.

Il est à jamais impossible de connaître ce qu'ont enduré, dans les jours suivant la première *Aktion* à Bolechow, Shmiel, Ester et les trois filles qui leur restaient, pour qui le sort de Ruchele était, jusqu'alors, la plus grande catastrophe de leur vie (même si nous savons que Shmiel, qui était encore vivant en 1941, a dû apporter sa contribution lorsque le Judenrat a ordonné une levée de fonds au début du mois de novembre, ce qui signifie que, de manière indirecte certes, il a payé la balle ou les balles qui ont mis fin à la vie de sa troisième fille). Mais, aujourd'hui, je sais ceci : très brièvement, il y a fort longtemps, dans la maison de la tante de Jack Greene, Ruchele avait beaucoup compté pour quelqu'un, et en considérant cela, alors que Jack continuait à me parler, j'étais heureux.

Vous comprenez, j'avais su qu'une des filles avait péri, répétait-il, mais je ne savais pas laquelle.

Il se trouve que c'est la dernière chose que quiconque m'ait jamais dite à propos de Ruchele Jäger.

Le meurtre des enfants innocents est un problème célèbre, soulevé dans le texte de parashat Noach. Parashat Bereishit, *un récit ostensiblement consacré à la Création, s'achève sur le constat dégoûté de Dieu que « la méchanceté de l'homme était grande sur la terre », constat qui le conduit – il y a de nombreux commentaires énervés sur cette notion – à « regretter » d'avoir fait l'homme. (« Qu'est-ce que cela pourrait bien signifier ? demande Friedman. Si Dieu connaît l'avenir, comment Dieu pourrait-il regretter une chose, une fois qu'elle s'est produite ? ») L'humeur mélancolique de Dieu ne dure qu'un bref instant, comme nous le savons, puisqu'il déclare immédiatement après qu'il va « dissoudre » l'humanité, les animaux, les oiseaux et toutes les choses qui rampent.*

La cause de l'ire de Dieu, la nature du péché qui provoque son dégoût, est décrite au début de Noach. La terre, comme Dieu en devient conscient dans Genèse 6, 11, a été corrompue (vatis<u>h</u>ache<u>th</u>) ; elle a été corrompue (nis<u>h</u>'<u>ch</u>athah) – le mot revient immédiatement dans le verset suivant – parce que toute chair a corrompu sa voie (his<u>h</u>'<u>ch</u>ith). Quelle est la nature exacte de cette corruption ? Rachi note que la racine consonante du verbe hébreu qui revient, de manière frappante, si souvent au cours de ces versets, sh-ch-th, dénote l'idolâtrie (c'est le verbe employé dans le Deutéronome 4, 16, quand Dieu met en garde son peuple vis-à-vis des images sculptées s'ils ne veulent pas se corrompre) et suggère surtout une grossière immoralité sexuelle. Il glose sur « toute chair a corrompu sa voie » de la manière suivante : « Même les animaux domestiques, les bêtes sauvages et les oiseaux avaient des rapports avec ceux qui n'étaient pas de leur espèce. »

La nature de la corruption a donc à voir avec le mélange incontrôlable de catégories qui sont censées rester distinctes – une préoccupation de cette religion particulière, comme cela devient de plus en plus clair à travers la Torah, depuis cet acte originel de Création cosmique, décrit comme un processus de séparation et de distinction, jusqu'à l'insistance rigoureuse, dans les livres plus tardifs comme le Lévitique, sur la séparation des genres et des espèces de choses, par exemple la séparation des produits laitiers et des viandes, des serviettes avec la bande rouge et des serviettes avec la bande bleue. Et, en effet, lorsqu'Il donne des instructions à Noé pour la construction, l'équipement et la cargaison de l'Arche, Dieu lui rappelle que les paires d'animaux avec lesquelles il repeuplera la terre plus tard (ce deuxième acte de Création) doivent être « chacune selon son genre » – une précision que Rachi explique de la façon suivante : « Celles qui sont restées foncièrement attachées à leur propre espèce et n'ont pas corrompu leur voie. »

Le châtiment pour ce type particulier de corruption reflète de manière tout à fait appropriée la nature du crime. Car le Déluge que déclenche Dieu a pour effet d'effacer les distinctions entre les choses : à mesure que les eaux montent, l'océan engouffre la terre ferme, et les montagnes et tous les traits distinctifs du paysage disparaissent ; lorsqu'ils finissent par réapparaître – comme ils étaient apparus au début de parashat Bereishit, *lorsque Dieu avait séparé l'eau de la terre – nous sommes censés le ressentir certainement comme une seconde Création. Ce lien entre le crime et le châtiment, autre instance du souci, dans* Noach, *concernant la façon dont les opposés coïncident secrètement peut-être, est rendu évident dans un élément verbal frappant du texte : car le mot que Dieu emploie quand il dit « Je suis sur le point de détruire » toute chair est* mash'chitham, *qui est, comme les mots pour dire « corruption », dérivé de la même racine,* sh-ch-th. *Dans* Noach, *le châtiment colle littéralement au crime.*

Compte tenu de cette préoccupation obsessionnelle de séparer, de distinguer, de purifier, ce qui est frappant dans le récit de l'insatisfaction de Dieu vis-à-vis de sa Création et de sa décision de déclencher un Déluge qui va l'oblitérer, c'est sa détermination de détruire « toute chair ». Le mot « toute » soulève quelques difficultés, puisqu'il implique que certains innocents au moins vont périr dans le désastre. Car nous pouvons présumer que dans la désignation de « toute chair » sont inclus, par exemple, les petits enfants ou même les bébés – une catégorie de personnes peu susceptible d'avoir été engagée dans le métissage des espèces. De façon surprenante, dans la mesure où il fait preuve d'une grande humanité par ailleurs, Friedman ne montre aucun intérêt pour cette implication troublante que Dieu pourrait être capable de tuer des innocents ; il préfère s'attarder sur la « pureté » de Noé et son absence de « tache », de façon à montrer combien les auteurs de ce récit étaient larges d'esprit (« Et il est important qu'une histoire composée par des Juifs ait souligné la vertu de quelqu'un qui n'est pas un Juif... » ; et ce passage a été en effet invoqué dans certains débats pour soutenir l'idée qu'il pourrait y avoir une catégorie de gens appelés les Justes, c'est-à-dire des non-Juifs qui ont essayé de sauver des Juifs pendant la Seconde

Guerre mondiale – des gens, probablement, comme Ciszko Szymanski sur qui j'allais apprendre, en temps voulu, beaucoup de choses). Rachi, de son côté, se débat, brièvement certes, avec les implications sombres de Noach. Son unique commentaire sur l'expression « la fin de toute chair » est le suivant : « Là où on rencontre la promiscuité, la catastrophe envahit le monde et détruit à la fois le bien et le mal. » Cela semble impliquer que soit le péché même signalé par sh-ch-th souille tous ceux qui y sont vaguement liés, y compris, disons, les victimes passives du métissage ; soit les coupables, à travers leur activité pécheresse sans discrimination, provoquent le châtiment des innocents – interprétation qui a la vertu de ne pas imputer le blâme à Dieu.

Rien de tout cela, il faut le dire, ne semble très satisfaisant quand on abandonne les abstractions des commentateurs et qu'on prend le temps de se demander à quoi peut ressembler l'extinction de la vie d'un petit enfant par noyade ou autrement. Même après avoir médité le commentaire de Rachi, il est difficile de ne pas penser, vu la façon dont la Torah se préoccupe de maintenir des distinctions entre les choses, que l'annihilation des innocents et des coupables sans discrimination dans le récit du Déluge a quelque chose de relâché et de non cascher, qui est à la fois inhabituel et dérangeant. Mais peut-être que dans certaines circonstances – lorsqu'on exécute des projets à une échelle gigantesque, par exemple, des projets de reconfiguration du monde entier – l'habilité de garder à l'esprit tous les détails, de faire certaines distinctions, devient contreproductive.

Est-ce que quelqu'un savait avec certitude quand Shmiel et Ester avaient péri ? ai-je demandé au bout d'une heure et demie environ de notre conversation, le jour où le groupe était réuni. J'avais déjà adopté le verbe de Jack, *périr*.

Meg a dit qu'elle pensait que c'était au cours de la seconde *Aktion*.

Jack a dit, Oui, c'est ce que je pense aussi, au cours de la seconde *Aktion*. Je ne les ai plus vus après ça. Mais je n'en suis pas certain, a-t-il ajouté.

J'ai demandé si l'un d'entre eux les avait vus entre la première *Aktion* et la seconde.

Après la première *Aktion*, vous savez, a dit Bob, la vie a changé, bien sûr. Nous devions porter des brassards.

J'ai hoché la tête. Parmi les instantanés apportés par Meg se trouvait une photo qui avait été prise, de toute évidence, pendant cette période : Pepci Diamant marchant dans la rue avec une autre fille – que Meg avait identifiée comme une des *Flücht-linge*, les réfugiés des environs qui étaient arrivés en ville à mesure que les Allemands marchaient à travers la Pologne –, toutes les deux portant le brassard blanc avec l'étoile de David bleue. Sur la photo, les deux jeunes filles sourient. Je me suis demandé qui l'avait prise ; et je me suis demandé aussi ce que Pepci Diamant pouvait avoir en tête lorsqu'elle l'avait collée dans son album qui, nous le savons, allait lui survivre.

Jack a dit, Après la première *Aktion*, on ne pouvait plus aller... on ne pouvait plus sortir dans la rue. Il y avait un temps alloué pendant lequel on pouvait apparaître, une heure ou deux par jour.

Le Judenrat, a continué Bob, devait fournir des gens pour le travail et toutes sortes de choses, et c'est comme ça que ça se passait. Et bien sûr...

(je me suis demandé pourquoi il disait *bien sûr* de cette façon, et j'ai supposé qu'il voulait simplement dire, avec la malchance des Juifs)

... au même moment un déluge a commencé.

Un déluge ? ai-je demandé. Pendant un instant, j'ai cru qu'il employait une métaphore. Un déluge de malheurs, un déluge d'ennuis, quelque chose dans le genre.

Mais non : c'était un vrai déluge. Il pleuvait énormément, a dit Bob, et la pluie emportait tout dans les champs, donc la nourriture est devenue très chère tout à coup. Il y a eu une famine. Lorsque le printemps de 1942 est arrivé, beaucoup de Juifs mouraient – et pas un ou deux par semaine, mais par jour. De faim, tout simplement.

J'ai pensé à Shmiel et à Ester, aux trois filles, vivant dans l'angoisse et la terreur dans la maison peinte en blanc. Dans ses lettres à mon grand-père, à son cousin Joe Mittelmark, à Tante Jeanette et à son mari, il se plaignait constamment des problèmes d'argent, des dépenses encourues pour envoyer les filles à l'école, du fait qu'il n'avait pas assez d'argent pour récupérer son camion au garage. À présent, disons, à Pâque de 1942, il n'y avait plus du tout de travail et les gens étaient affamés. Comment vivent les gens, m'étais-je demandé, quand il n'y a plus d'économie ? Ils ne vivaient plus ; ils mouraient de faim.

Meg a dit, à voix basse, Tout le monde parlait de la faim, après la première *Aktion*. Il m'arrivait de *rêver* de pain. Pas de gâteaux, mais de *pain*.

Matt a demandé, Je sais que ça va paraître idiot, stupide, mais je veux dire… est-ce que je peux vous demander quelque chose ?

Bien sûr, ont-ils répondu en chœur.

Matt voulait savoir ce qu'on ressentait, quelle était l'atmosphère dans la ville au cours de ces journées qui ont suivi la première *Aktion*. J'avais déjà remarqué que je me souciais d'apprendre ce qui s'était passé, de connaître les événements et l'ordre de leur occurrence, tandis que Matt demandait toujours quelle impression faisaient ces événements.

Je veux dire, a-t-il poursuivi, il y avait des gens, des membres de vos familles qui avaient été tués, c'était atroce de toute évidence. Alors quand vous vous rencontriez dans la rue, à ce moment-là, pendant les périodes de la journée où vous étiez autorisés à sortir, qu'est-ce que vous vous disiez, des choses du genre, « Je suis désolé, j'ai appris pour ta mère », vous en parliez ou pas ?

Il ne me serait jamais venu à l'esprit de poser ce genre de questions.

Meg a dit, Il n'y avait qu'un seul sujet de conversation.

Jack a ri, d'un rire sombre, et dit, Non, trois.

Meg n'a pas ri, mais elle a compris la plaisanterie de Jack.

Oui, a-t-elle dit, *trois* : nourriture, nourriture et nourriture.

PENDANT QUE LES quatre survivants discutaient de la période entre la première grande *Aktion* et la seconde, j'ai essayé de concilier ce que j'entendais et ce qu'on m'avait raconté précédemment. Tante

Miriam – qui, lorsqu'elle m'écrivait trente ans auparavant, avait eu accès à des survivants, qui étaient morts au moment où j'avais commencé à poser mes questions, mais avaient peut-être eu une plus grande intimité avec mes parents et des souvenirs plus précis de ce qui leur était arrivé – pensait qu'Ester et deux des filles avaient péri en 1942 ; cela aurait eu lieu, de toute évidence, au cours de la seconde *Aktion*. La fille aînée, m'avait-elle écrit, avait rejoint les partisans et était morte avec eux : il s'agissait de Lorka et, d'après ce que savaient les survivants de Sydney, tout cela était vrai. Mais Miriam avait entendu dire que Shmiel et une autre fille avaient péri en 1944, alors que le groupe de Sydney était pratiquement certain que Shmiel, Ester et Bronia, la benjamine, avaient été emportés dans la seconde *Aktion*.

Peut-être que ce qui s'était passé, me suis-je dit, c'était ceci : Lorka s'était retrouvée dans les forêts avec les partisans, très probablement les Babij, comme tout le monde en convenait. En ce qui concernait les autres, Miriam avait entendu dire qu'Ester et deux de ses filles étaient mortes au cours de l'année 1942, alors qu'en vérité Ester et deux de ses filles étaient mortes *dès* 1942 : Ruchele en octobre 1941, au cours de la première *Aktion*, et Ester et Bronia en septembre 1942, au cours de la seconde. Et peut-être que Frydka était en effet morte en 1944, comme l'avait entendu dire Miriam – *après* avoir rejoint les partisans, comme tout le monde le disait (tout le monde, en tout cas, s'accordait pour dire qu'elle était encore vivante en 1943, avant que les ultimes liquidations eussent lieu).

Cela ne laissait que Shmiel qui, quoi qu'il ait pu lui arriver jusqu'en 1944, était alors à des années-lumière, semblait-il, du monde de 1939, lorsqu'il écrivait les lettres où l'on pouvait encore, c'était mon impression, entendre sa voix : fière, désespérée, dictatoriale, amère, pleine d'espoir, épuisée, troublée. Qu'était-il arrivé, essayais-je de concevoir en écoutant les Australiens, à Oncle Shmiel ?

Jack pensait, avait-il dit, qu'il avait été arrêté au cours de la seconde *Aktion*, puisque plus personne ne l'avait revu ensuite. Mais, comme Meg me l'avait rappelé, on n'avait plus le droit de marcher dans les rues après la seconde *Aktion* : bien des gens n'avaient plus été revus après la seconde *Aktion*, mais cela ne signifiait pas nécessairement qu'ils n'étaient pas encore vivants. Et pourtant, si Shmiel avait survécu à la seconde *Aktion*, alors Frydka, que Jack avait vue régulièrement après cela – puisqu'elle venait souvent dans sa maison qui avait été transformée en un des *Lager*, les dortoirs pour les gens qui travaillaient dans les camps de travaux forcés –, lui en aurait sûrement parlé à un moment quelconque, et il est probable qu'il s'en serait souvenu. Mais l'impression de Jack, même après avoir vu Frydka régulièrement jusqu'en novembre 1942, lorsque tout le monde était dans un *Lager* ou un autre – parce que sinon vous étiez mort ou caché, ou encore transféré dans le ghetto de Stryj –, c'était que Shmiel avait péri en septembre 1942, en même temps que sa femme et sa plus jeune fille. L'information de Tante Miriam était donc sans doute erronée. Peut-être que ce n'était qu'un vœu pieux (et, en effet, comme Bob devait me le rappeler quand je l'ai rencontré en privé, quelques jours après la réunion avec le groupe, pendant toute l'Occupation, les gens disparaissaient tout simplement, et pas nécessairement au cours des *Aktionen* organisées. *Des gens étaient arrêtés au hasard, emmenés,* m'a-t-il dit, *par exemple, le père de Shlomo Adler a été emmené et comme sa mère courait derrière lui, ils l'ont emmenée elle aussi, ainsi que son oncle*). Shmiel est donc peut-être parti au cours de la seconde *Aktion* ou peut-être a-t-il disparu tout simplement, un jour. Peut-être que ce vieux résistant rencontré à Washington s'était trompé. Peut-être qu'il avait pris le nom d'un autre Shmiel Jäger.

Plus Jack et les anciens de Bolechow à Sydney parlaient, cet après-midi-là, plus j'étais convaincu que Shmiel avait en effet disparu avec Ester et Bronia, au cours de la seconde *Aktion*, qui fut la pire de toutes.

QUAND LA SECONDE *Aktion* a-t-elle commencé ? leur ai-je demandé.

Bob a dit, En août 1942.

Meg a dit, d'une voix lente et emphatique, *Septembre*. Le 4, le 5 et le 6 septembre.

C'est exact, a dit Jack.

Désolé ! a dit Bob.

Shmiel, Ester et Bronia ont donc disparu au cours de cette *Aktion*, ai-je répété.

Ce devait être la seconde *Aktion*, a acquiescé tout le monde, parce que après ça plus personne n'a vu les Jäger, en dehors de Frydka et de Lorka, qui avaient déjà commencé à travailler dans les camps de travail de la ville, ce qui explique pourquoi elles ont survécu à la seconde *Aktion*.

Elles étaient à la *Fassfabrik*, à la fabrique de barils, a dit Jack, avec les Adler.

Parmi ces Adler, je le savais, deux avaient survécu, deux cousins : Shlomo et Josef Adler, qui à présent vivaient tous les deux en Israël. Shlomo, je l'avais appris, était le chef autoproclamé des anciens de Bolechow, écrivant des e-mails, organisant des réunions annuelles en Israël pour les survivants de la ville. Il était le plus jeune de tous les survivants ; après les assassinats de ses parents, il était allé se cacher avec Josef, alors qu'il n'avait que treize ans. Les autres habitants de Bolechow, comme j'allais le découvrir, faisaient des plaisanteries affectueuses sur l'intensité de l'investissement affectif de Shlomo pour le cercle toujours plus réduit des survivants, mais pour moi cela avait du sens, d'une certaine façon : c'était certainement une manière de rester en contact avec ses parents, qu'il avait perdus si jeune. En tout cas, Shlomo était devenu la voix officielle de ce qui restait du Bolechow juif ; c'était lui qui avait écrit à mon frère aîné, Andrew, après qu'il avait vu la vidéo de notre voyage à Bolechow, que mon cousin en Israël, Elkana, avait montrée un peu partout ; c'était Shlomo qui nous avait dit de ne pas nous tracasser à faire ériger un quelconque monument parce que, avait-il insisté, les Ukrainiens allaient voler les briques, la pierre.

C'était à l'automne de 2001. Au cours de l'été 2002, l'été où Bob Grunschlag était passé à New York et était venu me rencontrer à mon appartement, le temps d'un thé glacé, j'avais reçu un appel de Shlomo Adler, qui disait qu'il allait venir à New York, lui aussi, et qu'il avait très envie de me rencontrer. Par un après-midi étouffant, il était passé chez moi, où mes parents étaient venus aussi, impatients de rencontrer cet homme, un homme de leur génération, qui avait connu les parents de ma mère à Bolechow. Nous nous sommes rencontrés, les présentations ont été faites ; Shlomo, avec beaucoup de fierté et d'autorité, a récité un vers de poésie latine – du Virgile, je crois – quand il a su que j'avais fait des études classiques, quelque chose qu'il avait appris dans une salle de classe de Bolechow, il y avait bien longtemps. Il ne savait plus ce que ce vers signifiait. Nous nous sommes assis. Alors que je lui montrais des photos de notre voyage à Bolechow en 2001, il a marqué un temps d'arrêt devant la photo de la mairie, le *ratusz*, le *Magistrat*. *C'est là que s'est passée la seconde Akcja*, a-t-il dit, le doigt pointé sur la photo, en utilisant le terme polonais pour *Aktion*. Shlomo est un homme à l'allure corpulente, charpenté comme un camionneur ; il a un intense visage d'oiseau de proie, formidablement animé, le genre de personne qui vous colle son index sous le nez quand il veut vous convaincre de ce qu'il dit. Ce n'est pas le genre de personne dont vous voulez vous faire un ennemi, ai-je pensé, l'après-midi où nous nous sommes rencontrés. J'ai donc été surpris, ce même jour, lorsque, son index reposant sur la photo de la mairie – l'édifice à côté duquel s'était élevée pendant des générations la boucherie de la famille Jäger, jusqu'à ce qu'il ne reste plus aucun de ces Jäger, l'endroit où la moitié des Juifs de Bolechow encore vivants après la première *Aktion*, deux mille cinq cents personnes environ, ont été forcés à se rassembler au cours des premiers jours de septembre 1942, et d'où, après de nombreuses exécutions sommaires dans la cour du *ratusz* qui avaient réduit ce nombre à cinq cents personnes peut-être, elles ont été conduites de force à la gare et embarquées dans les wagons à destination de Belzec –, j'ai donc été surpris quand cet homme corpulent, le doigt pointé sur la photo de Matt du bâtiment vieillot, s'est mis à trembler, le doigt, puis la main et le bras entier, avec une violence telle que ma mère a dit, Tout va bien, je vais vous chercher un verre d'eau, ce qu'elle a fait, et qu'il a fallu quelques minutes pour que Shlomo se calme et puisse dire, Je suis désolé, il s'est passé des choses terribles là-dedans…

Frydka et Lorka étaient donc à la *Fassfabrik* avec les Adler, disait Jack. Mais c'était après la seconde *Aktion*. À ce moment-là, elles étaient probablement les seuls membres survivants de ma famille à Bolechow.

QUELLE QU'AIT ÉTÉ la date exacte, tout le monde dans la salle à manger de Jack s'est accordé pour dire que la seconde *Aktion* avait été de loin l'événement le plus horrible et le plus dévastateur pour les Juifs de Bolechow.

Pourquoi en a-t-il été ainsi ? Parce que entre la fin de l'été et le début de l'automne 1941, lorsque la première *Aktion* a eu lieu, peu de temps après l'invasion de la Pologne orientale par les nazis, et la fin de l'été 1942, lorsque la seconde *Aktion* a eu lieu, les objectifs et les méthodes des gouverneurs allemands des territoires occupés, appelés *General-gouvernement*, avaient changé. Dans tous les territoires occupés de l'Est, à la fin de l'été et à l'automne 1941, les unités SS spéciales, connues sous le nom de *Einsatzgruppen*, qui avaient été envoyées pour tuer les Juifs des villes occupées, avaient procédé plus ou moins comme les troupes allemandes et leurs alliés ukrainiens s'y étaient pris jusqu'alors pour tuer les mille Juifs de Bolechow au cours de la première *Aktion* : ils les avaient emmenés dans des forêts, dans des ravins ou dans des cimetières, dans des endroits à l'écart où des fosses communes avaient été creusées obligeamment par les gens du coin, et les avaient abattus là. Entre-temps, cette méthode avait été jugée trop traumatisante pour les membres des *Einsatzgruppen*. Dans ce qui est considéré comme le livre de référence sur les camps d'extermination en Pologne orientale – les camps de la mort de l'opération dite Reinhard : Treblinka, Sobibor et Belzec –, l'auteur, Yitzhak Arad, explique que « l'exposition prolongée des membres des *Einsatzgruppen* au meurtre de femmes, d'enfants et de personnes âgées avait un effet psychologique sur certains d'entre eux qui pouvait conduire jusqu'à la dépression nerveuse ». Pour soutenir ce point de vue, qui est aujourd'hui bien connu, il cite le rapport d'un témoin oculaire d'une visite du Reichsführer Heinrich Himmler à Minsk, à la fin de l'été 1941, où ce dernier a assisté à l'exécution d'une centaine de Juifs – soit un dixième, il est peut-être important de s'en souvenir, de ceux qui ont été tués au cours de la première *Aktion* à Bolechow :

> *Lorsque les coups de feu ont commencé, Himmler est devenu de plus en plus nerveux. À chaque rafale, il baissait les yeux vers le sol... L'autre témoin était l'Obergruppenführer von dem Bach-Zelewski... Von dem Bach s'est adressé à Himmler : « Reichsführer, il ne s'agit que de cent... Regardez bien dans les yeux les hommes de ce commando, voyez à quel point ils sont secoués. Ces hommes sont finis. »*

Arad note, en citant ce passage, que le mot qu'il traduit par « finis » est *fertig*, qui veut dire aussi, nous le savons, « prêt », comme lorsque mon grand-père, en regardant sa quatrième femme, celle qui avait été à Auschwitz, alors qu'ils faisaient leurs bagages pour un nouveau séjour estival à Bad Gastein, le spa autrichien où elle voulait aller chaque année, insistait-elle mystérieusement, avait dit, *Also, fertig ?* Alors, prête ?

Comme les malheureux SS étaient *fertig*, finis, à cause des exigences épouvantables de leur tâche à la fin de l'été 1941, il avait fallu trouver une autre méthode pour résoudre la question juive. C'est ainsi qu'ont été conçues les chambres à gaz. Arad cite le témoignage donné par Rudolf Höss, le commandant d'Auschwitz, au procès de Nuremberg :

> *Au cours de l'été de 1941, je n'arrive pas à me souvenir de la date exacte, j'ai été soudain convoqué chez le Reichsführer SS Himmler, qui m'a reçu sans son officier adjoint. Himmler a dit : « Le Führer a ordonné que la question juive soit résolue une fois pour toutes et que nous, les SS, exécutions cet ordre. Les centres d'extermination existants dans l'Est ne sont pas en mesure de mener à bien les grandes Aktionen qui ont été prévues... »*
>
> *Peu de temps après, Eichmann est venu à Auschwitz pour me faire connaître les plans des opérations telles qu'elles allaient se dérouler dans les différents pays concernés. Nous avons discuté des manières et des moyens de procéder à l'extermination. Cela ne pourrait se faire que par gazage, dans la mesure où il aurait été impossible de disposer, pour l'exécution par balles, du grand nombre d'hommes qui auraient été nécessaires, et cela aurait constitué une tâche trop lourde à exécuter pour les hommes de la SS, particulièrement en raison du nombre de femmes et d'enfants présents parmi les victimes.*

Par considération pour la santé nerveuse des SS, il fut décidé lors de la conférence de Wannsee, le 20 janvier 1942, que les Juifs des *Generalgouvernement*, représentant (selon les estimations allemandes) quelque 2 284 000 personnes environ, seraient les premiers à être liquidés par gazage dans des camps de la mort spécialement conçus à cet effet : Treblinka, Belzec, Sobibor. Cette opération qui devait être par la suite baptisée « Reinhard », en l'honneur de Reinhard Heydrich, qui avait été nommé Protecteur de Bohême et de Moravie par Hitler et assassiné à Prague en mai 1942. Heydrich, nous le savons, avait une passion pour le violon.

Tout cela est historiquement documenté. Je ne mentionne ces quelques détails documentaires qu'afin d'expliquer pourquoi la seconde *Aktion* à Bolechow, au cours de laquelle Shmiel, Ester et Bronia ont été arrêtés, selon les anciens de Bolechow à Sydney, a été si différente – tellement plus importante et violente – de la première.

LA SECONDE *AKTION* à Bolechow a été très différente parce qu'elle faisait partie de l'Opération Reinhard.

La seconde *Aktion* a été la plus importante, a dit Bob. Ça a représenté plus de deux mille personnes.

Assise à côté de lui, sans le regarder, mais en prononçant ses mots lentement et distinctement, Meg a dit, Deux mille cinq cents.

Ils les ont emmenées à Belzec, a dit Bob.

Oui, a dit Meg.

Elles ont été emmenées à Belzec, qui était un camp d'extermination, a dit Bob.

Je le savais, bien évidemment. *Ma Petite Ville de Belz.*

Pas très loin, non ? ai-je demandé pour les faire parler.

Euh, je ne sais pas, a dit Bob, cent cinquante, cent soixante kilomètres. C'était juste après Lwów, vous voyez.

Et ça, c'était en septembre 1942 ?

Ils se souviennent de septembre, je me souviens d'août, a dit Bob avec un air rusé.

Bob ! a coupé Jack. C'était dans le livre que l'historien allemand a écrit.

Je peux seulement vous dire ce dont je me souviens, a répliqué timidement Bob. Je ne sais pas ce que l'historien a dit.

Je me suis réjoui secrètement de la ténacité de Bob Grunschlag face à l'insistance de son frère aîné – et plus encore, face à l'opposition de Meg. Quelque chose dans cette attitude soulignait une qualité que je croyais avoir perçue chez Bob, quelque chose de combatif, quelque chose de brûlé par le soleil et de coriace, après tant d'années passées sur Bondi Beach. Le goût de la controverse des frères cadets, peut-être. Même si j'étais pratiquement sûr en fait qu'il avait tort dans cette instance, son refus de croire aveuglément les mots imprimés d'un historien était quelque chose que je partageais, sachant fort bien à quel point il est facile de faire des erreurs même en toute innocence – l'œil qui saute une ligne pendant la transcription d'un mot d'un manuscrit un peu effacé –, sans parler des erreurs d'un genre plus compromettant que nous commettons si souvent, comme la mémorisation erronée d'informations récentes simplement parce que l'esprit a besoin d'intégrer certaines données aux histoires sur le monde qu'on nous a appris à nous raconter depuis toujours et que, pour cette raison même, nous chérissons.

Bien entendu, il est important de distinguer différents types d'erreurs – de s'accorder sur les choses importantes, comme le dirait par la suite Bob.

Cela dit, les petites erreurs, lorsque nous en prenons conscience, ont pour effet de nous déstabiliser, quand bien même elles sont expliquées et pardonnées ; inévitablement, elles nous obligent à nous demander quelles autres erreurs, même si nous envisageons clairement dans quelles circonstances elles ont pu être commises, si insignifiantes soient-elles, peuvent être en réalité tapies dans les histoires et, plus encore, dans les textes auxquels nous nous fions aveuglément pour établir les « faits ». Le livre d'Ytzhak Arad, par exemple, contient un appendice, l'Appendice A, qui fournit, comté par comté, les détails des déportations à Belzec des Juifs polonais au cours de l'Opération Reinhard, pendant la fin de l'été et l'automne 1942. Quand j'ai ajouté ce livre à ma bibliothèque de livres consacrés à l'Holocauste, bibliothèque qui devait tant, au début, aux recommandations de mon frère Andrew (*Masters of Death* est un livre à lire absolument, m'avait-il dit, et je me le suis donc procuré, puisque je suis son frère cadet, après tout), j'ai feuilleté ce volumineux appendice rigoureusement organisé, à la recherche du nom *Bolechow*. Là, j'ai lu que dans le comté de Stryj, dans la ville de Bolechow, deux mille Juifs avaient été déportés, ce que je savais évidemment, puisque cette information concorde avec les différents rapports des survivants et des témoins de la seconde *Aktion*. Mais l'appendice du livre d'Arad donne les dates des déportations de masse comme étant du 3 au 6 août 1942. C'est ce dont Bob se souvenait, naturellement, même si Meg avait déclaré avec emphase que la seconde *Aktion* s'était déroulée les 4, 5 et 6 septembre ; et, comme nous le verrons dans un moment, un autre survivant a témoigné, quatre ans seulement après l'*Aktion*, qu'elle s'était déroulée les 3, 4 et 5 septembre. Selon moi, la prépondérance des preuves suggère que la grande *Aktion* a eu lieu au cours de ces premières journées de septembre, et je suppose que le « mois d'août » d'Arad est simplement une erreur (assez facile à commettre, compte tenu du grand nombre d'entrées indexées pour le mois de septembre). Comme j'ai grandi en entendant des histoires, comme j'ai passé de nombreuses années à chercher dans des archives et que je sais (par exemple) qu'une entrée qui dit « Kornbuch » doit en réalité désigner une femme qui s'appelait Kornblüh, comme j'ai parlé à tant de survivants, comme je l'ai dit, je ne suis pas gêné par cette disparité entre les témoignages oraux et écrits, entre la date que quelqu'un peut vous donner au cours d'une interview et l'information indiquée dans l'appendice d'un livre qui fait autorité. Après tout, si vous alliez à l'instant sur le site Internet de Yad Vashem et que vous cherchiez sur la banque de données des Noms des Victimes de la Shoah à « Jäger » de Bolechow, vous apprendriez – ou plutôt vous penseriez apprendre – qu'une jeune femme du nom de Lorka Jejger a existé et que la notice suivante est véridique :

Lorka Jejger est née à Bolchow, en Pologne, de Shmuel et d'Ester. Elle était célibataire. Avant la Seconde Guerre mondiale, elle a vécu à Bolchow, en Pologne. Pendant la guerre, elle était à Bolchow, en Pologne. Lorka est morte à Bolchow, en Pologne. Cette information est fon-

dée sur une page du témoignage donné le 22/05/ 1957 par son cousin, un survivant de la Shoah.

Alors qu'en fait pas un élément de cette notice de la banque de données de Yad Vashem n'est exact, puisque (comme nous l'apprend son certificat de naissance), Lorka est née le 21 mai 1920 et qu'elle est vivante, selon plusieurs témoins visuels, jusqu'à l'hiver 1942 au moins. Et j'ajouterai que la totalité ou presque des informations fournies par cette source importante qu'est la banque de données de Yad Vashem, concernant « Shmuel Yeger » (ou « Ieger ») et « Ester Jeger » (et les trois filles que la banque de données leur attribue : « Lorka Jejger », « Frida Yeger » et « Rachel Jejger ») est manifestement erronée, depuis l'orthographe des noms jusqu'aux noms des parents (« Shmuel Ieger est né à Bolchow, en Pologne, en 1895, fils d'Elkana et de Yona », erreur qui, ai-je pensé lorsque j'ai lu cela pour la première fois, efface mon arrière-grand-mère Taube Mittelmark de l'histoire, et avec elle les tensions entre frère et sœur qui ont peut-être eu pour résultat la décision de Shmiel de quitter New York en 1914 pour rentrer à Bolechow, décision qui l'a conduit à figurer dans cette archive erronée), en passant par les années de leur naissance et de leur mort. Mais à moins d'avoir, comme moi, un intérêt personnel pour les quelques faits qui peuvent être connus à leur sujet, vous ne sauriez jamais que l'information concernant ces six personnes, que vous avez été si content de trouver dans la banque de données de Yad Vashem, est presque entièrement fausse et vous ne vous seriez aperçu de rien.

J'ai donc l'habitude de ces divergences entre les faits et leur « enregistrement », et cela ne me dérange plus beaucoup. Mais je vois combien cela peut troubler certains.

En tout cas, comme Bob me l'a rappelé, sur les choses importantes tout le monde était d'accord. Des choses terribles se sont produites au cours de la seconde *Aktion*.

Bob m'a raconté par la suite que son père, Jack et lui avaient survécu à la seconde *Aktion* parce que son père, chef du Judenrat, avait reçu des avertissements ; et parce que, après la première *Aktion*, ils avaient construit une cachette.

Nous étions cachés, m'a-t-il dit lorsque nous avons parlé en privé tous les deux, parce que nous avions construit un faux mur dans l'étable. Il avait été construit par un charpentier juif après la première *Aktion*. Nous étions au courant parce que, quelques semaines auparavant, il y avait eu des *Aktionen* dans d'autres villes de la région. Et la veille de l'*Aktion* à Bolechow, la seconde, mon père est rentré et a dit : « Demain, ça commence. » Nous sommes donc allés nous cacher pendant la nuit ou aux premières heures du jour, avant que tout commence dans les rues de la ville. Ils sont entrés dans les maisons, les unes après les autres, ils ont attrapé des Juifs dans les rues, dans les champs. Puis, ils les ont emmenés à la gare et entassés dans les fourgons à bestiaux, et expédiés à Belzec. Et Belzec était un camp d'extermination – *uniquement* un camp d'extermination.

Il savait que je savais ce que cela voulait dire. À Belzec, on descendait du train et on entrait dans les chambres à gaz.

La perquisition dans les maisons, la traque des Juifs dans les rues et dans les champs : les Grunschlag n'avaient rien vu de tout cela, bien sûr. Je me suis souvenu de Jack disant, *Si j'avais été témoin, j'aurais été mort, moi aussi*. Et pourtant, à cause d'un accident géographique particulier, les Grünschlag ont eu une certaine connaissance des informations qui ont circulé pendant les trois jours de la seconde *Aktion*.

Nous les avons entendus les conduire jusqu'au train, a dit Bob, parce que nous habitions dans la rue qui menait à la gare. Quand on suit la rue Dolinska, on tourne à droite pour aller à la gare. Et ils les emmenaient le long de cette rue jusqu'aux fourgons à bestiaux. Nous avons donc entendu l'agitation, les cris et les pleurs, et tout. Quand ça a pris fin, nous sommes sortis de notre cachette, et vous pouvez imaginer l'ambiance qui régnait.

Non, en fait : je ne pouvais pas. Et je ne peux toujours pas. J'ai essayé bien des fois d'imaginer, de projeter ce qu'a pu être l'expérience d'Oncle Shmiel, d'Ester et de Bronia au moment où ils étaient emmenés, poussés ou traînés hors de la maison à un étage, peinte en blanc, dans la rue Dlugosa, la maison que Shmiel avait remise en état quand il y avait emménagé, et lorsqu'ils avaient été ensuite contraints de parcourir la brève distance qui les séparait de la cour de la mairie – contraints de parcourir la brève distance et puis d'attendre là pendant des jours, jusqu'à ce qu'on les fasse marcher jusqu'au train, cette fois. Dans les mémoires de Jack et de Bob demeurent des souvenirs concrets des bruits, les plaintes, les gémissements, les cris des deux mille Juifs de Bolechow qui ont survécu aux premiers jours de l'*Aktion* et sont allés jusqu'à la gare ; mais ces souvenirs et ces bruits, il est impossible pour moi de les imaginer parce que je n'ai jamais entendu le bruit que peuvent faire deux mille personnes qu'on conduit à la mort.

Et pourtant, alors qu'il est important de résister à toute tentation de ventriloquie, d'« imagination » et de « description » de quelque chose qui n'a tout simplement aucun équivalent dans notre expérience de la vie, il reste possible d'apprendre au moins ce qui a pu filtrer au cours de ces trois journées de septembre, les trois jours de la seconde *Aktion*, puisque les rapports de témoins oculaires nous sont parvenus. Ces descriptions ne nous permettront jamais de « savoir ce que Shmiel, Ester et Bronia ont vécu », dans la mesure où il n'y a absolument aucun moyen de reconstruire leur expérience subjective, mais cela nous autorise à nous faire une image mentale – une image floue, c'est certain – des choses qui leur ont été faites, ou plutôt qui leur ont été *probablement* faites, puisque nous savons que d'autres, dans la même situation, les ont subies. Je peux regarder les diverses sources disponibles, les comparer, les collationner, et de là parvenir à une version plausible de ce qui est probablement arrivé à Oncle Shmiel, à sa femme et à leur fille, dans les journées qui ont précédé leur mort. Mais, bien entendu, je ne saurai jamais avec certitude.

Parmi les divers témoignages oculaires donnés par les quelque quarante-huit Juifs de Bolechow qui ont survécu à l'occupation nazie, j'ai sélectionné au hasard celui d'une certaine Matylda Gelernter, donné le 5 juillet 1946, à l'âge de trente-huit ans – née, par conséquent, la même année que le beau-frère de Meg, l'année de la naissance de Jeanette, la tante de ma mère. Elle a fait, à Katowice, la déposition suivante sur ce qui s'était passé dans la ville pendant la seconde *Aktion* :

Les 3, 4 et 5 septembre 1942, la seconde Aktion *à Bolechow a eu lieu sans liste : les hommes, les femmes et les enfants étaient arrêtés dans leurs maisons, leurs greniers, leurs cachettes. Six cent soixante enfants environ ont été arrêtés. Des gens ont été tués sur la place de Bolechow et dans les rues. L'Aktion a commencé dans l'après-midi du mercredi et a duré jusqu'au samedi. Le vendredi, le bruit a couru que l'Aktion était déjà terminée. Des gens ont décidé de sortir de leurs cachettes, mais l'Aktion a recommencé le samedi et, ce jour-là, plus de gens ont été tués qu'au cours des journées précédentes. Les Allemands et les Ukrainiens se sont acharnés sur les enfants en particulier. Ils prenaient les enfants par les pieds et leur fracassaient la tête contre le bord des trottoirs, et tout en riant ils essayaient de les tuer d'un seul coup. D'autres jetaient les enfants par les fenêtres d'un premier étage, de telle sorte que l'enfant était réduit en bouillie en atterrissant sur le pavé. Les hommes de la Gestapo se sont vantés d'avoir tué 600 enfants et l'Ukrainien Matowiecki (originaire de Rozdoly, à côté de Zydaczowy) estimait avec fierté avoir tué de ses propres mains 96 Juifs, essentiellement des enfants. Le samedi, les cadavres ont été rassemblés, jetés dans des wagons, les enfants dans des sacs, et emmenés dans un cimetière où ils ont été, cette fois, jetés dans une fosse commune. En ce qui concerne le fait que cette Aktion avait été programmée, Backenroth, membre du Judenrat de Bolechow et originaire de Weldzirz, avait téléphoné depuis Drohobycz. Il avait annoncé que nous devrions attendre des « invités » le jeudi. Mais les Ukrainiens de Bolechow, sans attendre la Gestapo, avaient commencé à capturer et à tuer des Juifs avant le début de la soirée. Mon père, mon enfant (pas encore deux ans) et moi avons couru jusqu'à la maison d'un Ukrainien que nous connaissions qui avait dit un jour qu'il nous protégerait. Mais il ne l'a pas fait. Nous sommes retournés chez nous et nous nous sommes cachés dans une petite niche. L'enfant pleurait parce qu'il avait soif, mais pas trop fort puisqu'il avait l'habitude de ce genre de situation. Même lorsqu'ils ont abattu une femme juive devant la porte de notre cachette, l'enfant a été terrifié, mais n'a pas pleuré.*

Dans le grenier de la maison voisine, ma mère, mon frère et ma belle-sœur se cachaient avec un bébé de quelques mois. Lorsque les hommes de la Gestapo et les Ukrainiens ont surgi dans le grenier du voisin, ils ont voulu fuir et ont descendu les escaliers du grenier pour tomber sur d'autres hommes de la Gestapo et des Ukrainiens en train de se soûler avec de l'alcool de cerise qu'ils avaient trouvé dans la cave. Ils étaient tellement occupés à boire qu'ils n'ont même pas remarqué que des gens descendaient, et ces derniers ont pu remonter immédiatement dans le grenier. Mais le bébé s'est mis à pleurer.

Ma belle-sœur n'avait plus de quoi l'allaiter ou quoi que ce soit pour le distraire. Elle l'a couvert avec un oreiller et l'a étouffé.

Un grand nombre de Juifs travaillaient dans les usines à ce moment-là. Mais ils ont été arrêtés dans les usines, conduits en ville et ils étaient triés près de la mairie. Les plus doués, selon l'avis des contremaîtres des usines, étaient relâchés, les autres gardés. Très vite, ils ont été abattus sur la place et dans les rues. Les murs et les pavés étaient littéralement couverts de sang. Après l'Aktion, les murs des maisons et les trottoirs ont été lavés à l'eau des robinets de la mairie.

Un épisode horrible a eu lieu avec Mme Grynberg. Les Ukrainiens et les Allemands, qui sont entrés chez elle, l'ont trouvée en train d'accoucher. Les larmes et les supplications des voisins n'ont rien pu faire et elle a été emmenée en chemise de nuit et traînée devant la mairie. Là, quand les premières douleurs du travail ont commencé, elle a été jetée sur un tas d'ordures dans la cour de la mairie, avec une foule d'Ukrainiens autour d'elle qui faisaient des plaisanteries, se moquaient d'elle pendant qu'ils la regardaient donner naissance à un enfant. Celui-ci lui a été immédiatement arraché des bras, avec le cordon ombilical encore attaché, et il a été jeté par terre – la foule l'a piétiné pendant qu'elle se relevait, le sang coulant entre ses jambes, et elle est restée comme ça pendant plusieurs heures contre le mur de la mairie, après quoi elle a été emmenée à la gare avec les autres et embarquée dans un fourgon à destination de Belzec.

Dans la nuit qui a suivi l'Aktion, les Ukrainiens ont cherché tous les endroits à piller. Ils étaient pieds nus. Ils ont essayé d'ouvrir la serrure de la niche dans laquelle nous étions enfermés et cachés. Nos cœurs ont cessé de battre, nous étions morts. Mon enfant avait déjà cessé d'émettre le moindre son. Au cours de l'Aktion – en septembre 1942 – qui a duré trois jours, 600 à 700 enfants ont été tués, et 800 à 900 adultes. Krasel Streifer, qui avait à peu près 70 ans, a été abattue dans son lit, parce qu'elle ne pouvait pas marcher. Ma belle-mère, Jenta Gelernter, âgée de 71 ans, est morte aussi à ce moment-là. Elle a été traînée hors de son lit en chemise de nuit ; ils ne l'ont pas autorisée à mettre autre chose. Ils l'ont abattue près de la mairie parce qu'elle ne marchait pas assez vite. Le reste des Juifs qui avaient été capturés, environ 2 000, a été envoyé à Belzec. Pendant le trajet, Stern s'est échappée du train. Elle nous a raconté que d'autres gens s'étaient échappés eux aussi. Elle nous a ensuite expliqué que pendant le trajet, dans une gare, je ne sais plus où, ils avaient lâché de la vapeur brûlante dans un wagon et les gens avaient été brûlés, s'étaient évanouis et avaient étouffé. Les gens étaient terriblement assoiffés et la situation était particulièrement pitoyable pour les enfants qui mouraient de faim et de soif. Stern a sauté du wagon, laissant derrière elle sa fille âgée de quatre ans. Cette même Stern avait été attrapée dans un abri, qui avait été repéré à cause des cris et des gémissements de son enfant de deux ans. Lorsqu'ils avaient entendu les Allemands

et les Ukrainiens s'approcher, les gens qui
étaient dans l'abri avec Stern avaient com-
mencé à lui dire qu'ils allaient se faire prendre
à cause de son enfant. Elle l'avait alors
couvert avec un oreiller et lorsque l'abri avait
été finalement découvert, l'enfant était mort,
suffoqué.
Les Siczowcy ukrainiens, unités paramilitaires
assistant les SS, avaient été envoyés de Drohobycz
pour participer à la seconde Aktion.
Pendant la marche jusqu'à la gare de Bolechow
pour être transportés à Belzec, les gens devaient
chanter, notamment la chanson « Ma Petite
Ville de Belz ». Qui refusait de chanter était
battu jusqu'au sang sur les épaules et la tête, à
coups de crosse de fusil.

Voilà une esquisse du genre de choses qui se sont
passées pendant la seconde *Aktion*, épisode
minuscule de l'Opération Reinhard – dont l'un des
buts, les rapports le montrent, était de faire des
Generalgouvernement des territoires *judenrein*,
débarrassés des Juifs, à temps pour le dixième
anniversaire de la prise du pouvoir par Hitler en
1933, même si l'autre but, peut-être plus important encore, était d'éviter aux hommes de la SS le
traumatisme psychologique d'avoir à abattre des
enfants de l'âge de Bronia, la cousine de ma mère,
ou des femmes un peu rondes, *très chaleureuses,*
très sympathiques, comme Tante Ester ; on peut
supposer qu'il n'était pas trop traumatisant d'avoir
à abattre un homme de quarante-sept ans comme
Oncle Shmiel, un homme qui avait porté les armes
et combattu pour l'empereur, après tout. Je me

suis souvent demandé, depuis la première fois que Jack Greene m'a appelé et que j'ai pu concentrer mon image mentale sur la mort de Ruchele Jäger – et depuis que j'ai commencé à lire systématiquement la littérature sur l'Opération Reinhard –, si celui qui l'avait tuée en fait, qui se servait de la mitrailleuse perchée quelque part à une certaine distance de la planche au-dessus de la fosse, avait ressenti un traumatisme psychologique, même si je sais que la probabilité est faible. Mais il est important d'essayer de penser à ça, au moment précis du tir, parce que en dépit du fait que nous avons pris l'habitude de penser à la tuerie en termes d'«opération », d'*Aktion* et de chambre à gaz, il y avait toujours (et c'est plus facile à imaginer dans le cas d'un coup de feu, où le lien qui unit le doigt qui appuie sur la détente et les balles aux cibles, et aux morts qui en résultent paraît si évident, si direct) un individu qui était là pour le faire, et c'est aussi important à imaginer – j'ai failli dire « à se remémorer » –, je crois, que d'essayer de sauver quelque chose de la personnalité ou de l'apparence physique d'une seule victime, d'une fille de seize ans dont vous ne saviez absolument rien jusqu'à ce que vous vous mettiez à parcourir de vastes distances pour parler à des gens qui l'avaient connue.

C'était donc, disais-je, une esquisse de ce à quoi avait ressemblé la seconde *Aktion*, plus ou moins.

Mais avant que j'en vienne aux morts de Shmiel, d'Ester et de Bronia, il me paraît juste de tenter d'imaginer comment ils étaient lorsqu'ils étaient encore en vie.

DE SHMIEL, ÉVIDEMMENT, nous savons un peu de choses, au point où nous en sommes. En effet, après avoir parlé à Jack et aux autres, j'ai l'impression que je peux l'imaginer très clairement, par exemple ce jour des années 1930 où l'une des photos que je connais si bien a été prise : traversant le centre de la ville – vous l'appelez le Ringplatz, si vous êtes, comme lui, assez âgé pour être né sujet de l'empereur François-Joseph ; c'est le *Rynek* pour ses enfants, les quatre filles superbes qui sont nées après la Grande Guerre et qui sont par conséquent polonaises, se considèrent pleinement comme telles jusqu'à ce qu'il devienne évident qu'elles se sont trompées – le voilà, traversant le Ringplatz, le *Rynek*, en route vers sa boutique, dirigeant du cartel des bouchers, plus grand que vous ne vous en souveniez, bien habillé dans un costume à gilet, comme celui qu'il porte sur cette photo que j'ai, datée de 1930, marchant d'un pas déterminé sur un trottoir de la ville. Je peux donc le voir dans ma tête, vêtu de ce costume-là ou bien d'un costume comme celui qu'il porte sur cette photo qu'il a envoyée en guise de souvenir à l'occasion de son quarante-quatrième anniversaire en avril 1939, celle où il pose avec ses chauffeurs, les deux frères, à côté d'un de ses camions, en commerçant qui a réussi, avec son cigare et sa montre à gousset en or. Je peux le voir. Le voilà, grand (sa deuxième fille, Frydka, était grande elle aussi), prospère, un peu suffisant peut-être, ne marchant pas trop vite parce qu'il veut s'arrêter pour saluer tout le monde avec cet air un peu grand seigneur si répandu dans la famille, relique d'une époque plus faste, comme s'il était en effet le *król*, le roi, comme l'appellent discrètement, à la fois par affection et par moquerie, certaines personnes, et naturellement il le sait, tout le monde sait tout sur tout le monde dans cette petite ville, mais il s'en fiche. Sa vanité en est même secrètement flattée : après tout, il est celui qui a choisi de rester dans cette ville, quand il aurait pu facilement partir ailleurs, précisément parce qu'il voulait être un *macher*, *un roi dans son village*. Et pourquoi ne pas se réjouir d'être appelé le *król*, quel que soit le ton employé par ceux qui vous appellent ainsi ? Le voilà donc, marchant, faisant son important, un homme qui aime qu'on le remarque, qui se réjouit d'être quelqu'un dans sa ville, qui a très probablement pensé, jusqu'au bout, que revenir de New York à Bolechow a été la meilleure décision qu'il ait jamais prise.

Plus tard, les choses se sont compliquées, et c'est à cette période difficile qu'appartient le Shmiel des lettres, figure frappante, même si elle est un peu moins attirante que la précédente plus grandiose, un homme d'affaires entre deux âges, prématurément blanchi, le frère, le cousin, le *mishpuchah* de ses nombreux correspondants à New York qu'il a été obligé, avec le temps, de supplier, de haranguer, de cajoler de façon désespérée et, il faut le dire, un peu pathétique quand il essayait de trouver un moyen de sauver sa famille ou une partie de sa famille, les enfants, et même une seule fille, *la chère Lorka* (pourquoi elle ? Parce qu'elle était l'aînée ? Parce qu'elle était la préférée ? Impossible de le savoir à présent).

En tout cas, il est encore possible d'entendre la voix de Shmiel à travers ses lettres. D'Ester, il reste très peu désormais – en partie parce que, il y a des années, dans l'appartement de mon grand-père ou de quelqu'un d'autre à Miami Beach, je n'ai pas voulu parler à l'effrayante Minnie Spieler, qui était, je m'en suis rendu compte trente ans plus tard, la sœur d'Ester, puisque je n'avais pas pensé à le lui demander, ne la trouvant pas suffisamment intéressante. Ayant maintenant parlé à toutes les personnes encore en vie qui ont eu l'opportunité de voir et de connaître Tante Ester, même de façon vague, je peux établir qu'il ne reste pratiquement rien de cette femme, à part quelques photos et le fait qu'elle était très chaleureuse et sympathique. (Une femme, je ne peux m'empêcher de le penser en considérant l'annihilation de son existence – *annihilation* peut sembler excessif, au premier abord, mais j'emploie ici le terme au sens étymologique de *réduire à rien* –, qui serait morte, selon le cours naturel des choses, de, disons, un cancer de l'intestin dans un hôpital de Lwów en, peut-être, 1973, à l'âge de soixante-dix-sept ans, même s'il est impossible d'imaginer, parce qu'elle est morte si jeune et il y a si longtemps, qu'elle puisse avoir la moindre prétention sur le présent en appartenant si absolument au passé. Et pourtant il n'y a aucune raison, à part la plus évidente, pour qu'elle n'ait pas été une personne que j'aurais pu connaître, quelqu'un comme toutes ces autres mystérieuses personnes âgées qui apparaissaient aux réunions familiales quand j'étais enfant ; tout comme les quatre filles, qui seront toujours jeunes, auraient été les « cousines polonaises » entre deux âges que nous serions allés voir un été, disons, dans le milieu des années 1970, mes frères, ma sœur et moi. Quand j'ai fait part de cette étrange idée à mon frère Andrew, il est resté silencieux un moment et il a dit, Ouais, ça te fait penser que l'Holocauste n'est pas quelque chose qui a simplement eu lieu, mais que c'est un événement qui est *toujours* en cours.)

Il reste donc très peu sur la face de la terre aujourd'hui – une face que j'ai regardée souvent d'en haut, pendant les voyages que j'ai faits pour découvrir quelque chose à son sujet – de ce qu'a été Tante Ester pendant les quarante-six ans où elle a vécu, avant qu'elle disparaisse au cours des premiers jours de septembre 1942. *Elle était très chaleureuse, très sympathique*, avait dit Meg, le jour où nous nous étions réunis dans l'appartement de Jack et de Sarah Greene. Quelques jours plus tard, lorsque finalement, après de grands efforts de ma part pour la convaincre et la cajoler, Meg a consenti à me rencontrer en tête à tête dans l'appartement de son beau-frère, je lui ai demandé de me donner une idée de ce qu'une femme au foyer très chaleureuse et très sympathique de Bolechow pouvait bien faire de son temps, juste avant que la guerre change tout.

Meg est restée silencieuse un moment, pendant qu'elle réfléchissait.

En hiver, a-t-elle dit, les nuits étaient très longues. Chez nous, ils avaient l'habitude de jouer aux cartes, mon père et ses amis. Et les dames faisaient du crochet et du tricot. Surtout de la broderie. C'était le passe-temps. Les parents jouaient aussi au bridge et aux échecs.

La maison des Jäger était toujours très bien tenue, a-t-elle ajouté un peu après.

Et puis, vers la fin de notre conversation, elle a répété ce qu'elle avait dit plusieurs jours auparavant à propos de la mère, décédée depuis longtemps, de son amie intime, Frydka Jäger. *Sa mère était très agréable*, a-t-elle dit. *Elle avait une personnalité joyeuse, sa mère*, a-t-elle dit – même si je dois ajouter que lorsque Meg, au cours de cette seconde et ultime conversation, a évoqué la personnalité d'Ester (à qui, je peux le dire désormais avec certitude, manquera toujours le détail révélateur, l'anecdote vivante – lequel d'entre nous ne se souviendra pas des mères de ses camarades de lycée comme de femmes sympathiques et joyeuses ?), c'était pour établir quelque chose à propos de Frydka, son amie.

Frydka était comme sa mère, a dit Meg ce jour-là. Lorka était un peu plus... Elle était différente.

Comment ça, différente ? ai-je insisté.

Meg est restée silencieuse.

Elle avait une allure différente, elle *était* différente.

Mais différente *en quoi* ? J'éprouvais le besoin désespéré de posséder un fragment de la personnalité de Lorka, quelque chose de concret, quelque chose qui la sauverait des généralités.

Comment pourrais-je la décrire ? a dit Meg, les mains écartées en signe d'exaspération. Elle avait, a-t-elle fini par dire, une personnalité différente. Elle était très différente de Frydka. Elles ne se ressemblaient pas. Elles n'avaient même pas l'air d'être sœurs. Ruchele ressemblait beaucoup plus à Frydka. Mais Lorka avait l'air... différente.

J'ai fini par changer de sujet. Que peut-on dire, vraiment, de quelqu'un ?

Il était donc très difficile de savoir ce qu'avait été Ester. Peut-être qu'elle avait joué aux cartes avec des amies pendant les soirées d'hiver, fait du crochet ou du tricot ; elle avait certainement une maison bien tenue. Et elle avait clairement d'agréables dispositions. *Elle était très chaleureuse, très sympathique.* Mais cette impression que je me fais de sa personnalité dérive en partie au moins du fait qu'une femme âgée qui avait été autrefois une adolescente à Bolechow voulait établir un fait à propos d'une autre personne.

Et Bronia ? Aujourd'hui, il ne reste presque rien, et c'est donc précieux, de la benjamine des filles de Shmiel, la plus jeune des cousines de ma mère, dans le monde. Le problème, c'était qu'elle était trop jeune : dix ans quand la guerre a éclaté, pas encore treize ans quand la seconde *Aktion* a mis fin à sa vie, elle était trop jeune pour être candidate pour les camps de travaux forcés, qui avaient pour effet, paradoxalement, de prolonger la vie de ceux qui s'y trouvaient, dans certains cas assez longtemps pour mourir au cours de l'*Aktion* suivante, dans d'autres assez longtemps pour décider de rejoindre les partisans de Babij, qui finiraient par être éliminés, et dans d'autres cas encore assez longtemps pour décider de se cacher, comme Jack, Bob et les autres l'avaient fait, ce qui explique qu'ils aient survécu. Pour toutes ces options, Bronia était trop jeune, et c'est simplement d'une jeune fille ordinaire que quelques personnes pouvaient se souvenir un peu en 2003. C'est donc comme une jeune fille ordinaire que je dois à présent la décrire.

Je me souviens de Bronia, m'a raconté Jack, à la fin de son récit beaucoup plus long sur Ruchele. C'était une gamine, je la voyais souvent dans la rue et je l'appelais : « Hallo, Bronia ! »

La façon dont il a dit *hallo* au lieu de *hello* m'a ému ; il y avait là quelque chose de joyeux et de quotidien, quelque chose d'un peu daté. Le mot même – c'est simplement une traduction de ce que Jack avait dit en polonais à Bronia, il y a des décennies de cela – était comme l'émissaire d'un moment perdu de l'histoire. J'ai souri.

Jack a souri, lui aussi. Elle avait quatre ans de moins, elle avait l'âge de Bob. Elle avait dix ans quand la guerre a éclaté. Ruchele était née en 1925, je crois que c'était en septembre 1925, et Bronia, pour autant que je m'en souvienne, est née en 1929. Elle jouait dans le jardin, je me tenais contre la barrière et je l'appelais : « Hallo, Bronia. » C'était une petite fille adorable, encore très petite fille. On voyait bien qu'elle avait toujours l'esprit à jouer, l'esprit au jeu.

C'était peut-être cette douceur enfantine qui avait fait sourire Meg, le jour de la réunion des anciens de Bolechow, à la simple mention du nom de Bronia, lorsque je lui avais tendu une photo d'elle, jolie petite fille entre ses parents, ce jour-là. *Et Bronia !* avait-elle dit, son visage s'éclairant pendant un instant. Et pourtant, lorsque je lui avais parlé en privé, quelques jours plus tard, elle était frustrée de ne pas vraiment se souvenir de quoi que ce fût à propos de Bronia – pas même de s'être arrêtée une fois dans la rue pour lui dire bonjour.

La plus jeune, je ne m'en souviens pas, a dit lentement Meg, assise dans la salle de séjour de son beau-frère. Bronia. J'ai fouillé dans ma mémoire, j'ai essayé, mais je n'y arrive pas... Lorka je l'ai vue, parce que nous avons grandi ensemble, et Ruchele était toujours dans la maison. Mais Bronia, je n'y arrive pas – il n'y a aucun souvenir, je ne peux pas vous dire pourquoi. Elle était encore un bébé.

Elle s'est interrompue une seconde.

Lorsque vous alliez chez eux, elle était là, quand vous m'avez montré cette photo, j'ai su que c'était elle. Mais je ne peux pas...

Sa voix a déraillé.

C'était donc Bronia. Dans cette photo très nette que j'ai d'elle en 1939, quand elle a probablement dix ans, elle porte une blouse sombre, des socquettes blanches et des Mary Jane. Elle sourit. Ses parents, qui, eux, ont lu les journaux, ne sourient pas.

ET C'ÉTAIT, POUR autant que je le sache, après avoir parlé avec tous les Australiens, ce qu'ils avaient été.

Peut-être que ce qui leur était arrivé était quelque chose qui ressemblait à ceci :

Le jour en question – le 3, le 4, le 5 septembre 1942 – il y avait eu, très probablement, un bruit fracassant contre la porte d'entrée (je ne peux pas imaginer que les Allemands, avec leurs guides ukrainiens, aient frappé poliment : peut-être qu'ils ont cogné sur la porte de la maison peinte en blanc avec la crosse de leur fusil). Pour une raison quelconque – sans doute parce qu'elles travaillent déjà à la *Fassfabrik* –, Lorka et Frydka ne sont pas à la maison ; et ce sont donc Shmiel, Ester et Bronia qui sont emmenés (frappés ? empoignés ? cognés à coups de crosse comme la porte d'entrée ?

Impossible de le savoir) hors de la maison et dans la rue, où tant d'autres qui pleurent, qui crient, qui sont terrifiés, sont déjà rassemblés et poussés en direction du *Magistrat*, du *ratusz*, de la mairie à côté de laquelle se trouve la boucherie des Jäger depuis des générations.

Dans la cour située à l'arrière de la mairie, on les fait attendre, avec les deux mille cinq cents autres, et alors que je considère cette scène, je dois envisager la possibilité qu'un des trois, ou peut-être plus, ne survit pas à cette période d'attente. Par exemple, Bronia est peut-être une des quatre-vingt-seize Juifs que l'Ukrainien a prétendu tuer de ses propres mains à ce moment-là, la plupart d'entre eux étant, nous le savons, des enfants. Peut-être que cette petite fille a été jetée depuis un étage sur le pavé ; peut-être qu'elle a été attrapée par les chevilles par un policier ukrainien qui l'a fait tourner jusqu'à ce qu'elle ait la tête fracassée, la matière de son cerveau répandue, la matière qui a constitué autrefois la personnalité que personne, soixante et un ans plus tard, ne peut se remémorer en détail, sur la pierre d'angle de la mairie. Ou peut-être qu'Ester, femme corpulente à cette époque-là, s'est déplacée trop lentement quand ils ont cogné sur la porte de la maison peinte en blanc, ou qu'elle était au lit ce jour-là, malade, et que, soit par impatience soit par jeu, l'Allemand ou l'Ukrainien qui est venu les arrêter a abattu dans son lit la femme grosse et malade.

Ou peut-être qu'un des Ukrainiens qui participaient à l'*Aktion*, ce jour-là, a reconnu Shmiel Jäger dans la foule, et peut-être que cet Ukrainien était (comme l'avait été, par exemple, le père de la vieille Olga que nous avions rencontrée à Bolechow) boucher, lui aussi, membre du petit cartel des bouchers locaux, et peut-être que ce boucher ukrainien en voulait depuis longtemps à Shmiel, le Juif important qui avait commandé tant de gens, et peut-être que, à cause de cela, cet Ukrainien s'était approché de Shmiel, quand il l'avait reconnu, et l'avait frappé à coups de pistolet ou de crosse de fusil, ou lui avait simplement tiré une balle dans la tête.

(Ou pire, pas dans la tête. Vous *auriez prié* pour tomber entre les mains des Allemands, m'a dit Meg, le jour où elle a finalement accepté de me parler en privé, *croyez-moi*. Les Allemands pratiquaient le coup de grâce, le *Gnadekugel* – elle a fini par se souvenir du mot –, mais les Ukrainiens vous tiraient dans l'estomac et il fallait parfois quarante-huit heures pour mourir. Une mort horrible et lente.)

Mais peut-être pas. Peut-être que la tante et l'oncle de ma mère, et sa cousine enfant, ont survécu à la procédure de rassemblement. Dans ce cas, nous le savons, ils ont été expédiés, après les journées de terreur dans la cour de la mairie, les heures de cris et de coups, les têtes d'enfants fracassées, le spectacle de Mme Grynberg, hébétée, le placenta sanguinolent coulant entre ses jambes, ils ont été expédiés à travers la ville jusqu'à la gare, passant devant la maison à la fausse cloison derrière laquelle se cachaient Jack, Bob et leur père – et peut-être que, là, Shmiel, si hébété qu'il ait pu l'être, a levé les yeux et reconnu la maison de Moses Grunschlag, un homme de sa génération qu'il connaissait certainement, un homme d'affaires plein de soucis comme lui et qui avait, lui aussi, des frères et des sœurs en Amérique, lesquels, comme le frère de Shmiel, arrivaient au même moment à la fin un peu mélancolique de leurs vacances d'été à Far Rockaway, dans l'État de New York –, cachés et écoutant les pleurs et les cris, et les grognements (et même *le chant*), dont une toute petite partie provenait des gorges de Shmiel, d'Ester et de Bronia ; et puis forcés, à un moment donné, de monter dans le fourgon à bestiaux.

Dans la mesure où, à l'époque où j'ai parlé à ces quatre personnes à Sydney, j'étais déjà allé à Bolechow, j'étais capable, sinon d'imaginer ce que tout cela avait pu être pour eux, du moins de voir l'arrière-plan de leur souffrance, de voir mentalement les bâtiments devant lesquels ils sont passés pendant cette marche ultime à travers les rues de la ville. Depuis la cour du *Magistrat*, ils ont descendu Dolinska, la rue qui part vers le sud et finit par rejoindre le village de Dolina ; au bout de deux cents mètres, ils ont tourné à gauche dans Bahnstrasse, la route longue et poussiéreuse, un kilomètre environ, qui mène à la gare. J'ai fait ce parcours moi-même. Ça m'a fatigué.

Et ensuite ? De leur long et ultime voyage, la journée ou les journées en train, dans les fourgons bondés et étouffants, il est possible de connaître certains détails grâce au témoignage de Matylda Gelernter, que je me suis procuré après m'être rendu en Israël et avoir roulé jusqu'à Jérusalem, un jour : des détails qui ont été transmis à Mme Gelernter par la femme qu'elle appelle uniquement « Stern », la femme qui a dû étouffer son enfant de deux ans dans la cachette où elle se trouvait, puis, après avoir été arrachée à cette cachette et contrainte de monter dans le fourgon à bestiaux, a abandonné un autre enfant – peut-être un des enfants qui avaient étanché leur soif en buvant leur propre urine – quand elle a réussi à sauter du train, ce qui explique comment nous savons aujourd'hui certaines des choses qui se sont passées à bord du train en direction de Belzec où se trouvaient Shmiel, Ester et Bronia.

En essayant de reconstruire ce que pourraient avoir été les derniers jours ou le dernier jour de mes trois parents, je dois admettre comme probable le fait que « Stern » a dû décrire avec bien plus de détails ce qui s'est passé dans les fourgons à bestiaux que ne le rapporte Matylda Gelernter dans sa propre description parce qu'elle n'y était pas elle-même et que le but de son témoignage était de raconter des choses qu'elle avait vues de ses propres yeux. Cet élément en tête, j'ai consulté d'autres sources sur les conditions qui régnaient dans les fourgons à bestiaux à destination des camps de l'Opération Reinhard, à la fin de l'été 1942. Je ne vais pas paraphraser ces sources, je ne vais pas « décrire » comment c'était, je vais plutôt laisser parler le récit d'un survivant, cité par Arad :

Plus de cent personnes étaient entassées dans notre wagon… Il est impossible de décrire le tragique de notre situation dans ce wagon de marchandises entièrement fermé et sans air. C'étaient d'immenses toilettes. Tout le monde poussait pour accéder à une petite ouverture d'air. Tout le monde était couché sur le sol. Je me suis couché aussi. J'ai trouvé une fente dans le plancher où j'ai pu coller mon nez pour aspirer un peu d'air frais. La puanteur dans le wagon était insupportable. Les gens déféquaient aux quatre coins du wagon... La situation ne cessait d'empirer dans le wagon. De l'eau, implorions-nous les cheminots. Nous étions prêts à les payer. Certains ont payé 500, 1 000 zlotys pour une petite timbale d'eau... J'ai payé 500 zlotys (plus de la moitié de ce que j'avais sur moi) pour une timbale d'eau – à peine un demi-litre. Quand j'ai commencé à boire, une femme, dont l'enfant s'était évanoui, m'a attaqué. J'ai bu ; je ne pouvais pas détacher mes lèvres de la timbale. La femme m'a mordu la main – de toutes ses forces, elle voulait m'obliger à lui laisser un peu d'eau. Je n'ai pas prêté attention à la douleur. J'aurais enduré n'importe quelle douleur pour avoir un peu plus d'eau. Mais j'ai laissé quelques gouttes au fond de la timbale et j'ai regardé l'enfant boire. La situation dans le wagon se détériorait. Il n'était que sept heures du matin, mais le soleil tapait déjà sur le wagon. Les hommes ont retiré leur chemise et sont restés à moitié nus. Des femmes ont retiré leur robe et sont restées en sous-vêtements. Les gens étaient entassés sur le plancher, aspirant l'air bruyamment et tremblant comme s'ils avaient eu de la fièvre, les têtes ballottant dans un effort pour faire parvenir un peu d'air aux poumons. Certains étaient complètement désespérés et ne faisaient plus aucun mouvement.

Ce récit, ainsi que celui de « Stern » tel que l'a relaté Matylda Gelernter suggèrent la raison pour laquelle ce que nous voyons dans les musées, les artefacts et les preuves ne peut nous donner que la compréhension la plus faible de ce qu'était l'événement en soi ; la raison pour laquelle nous devons rester prudents lorsque nous essayons d'imaginer « ce que c'était ». Il est possible aujourd'hui, par exemple, de circuler dans un fourgon à bestiaux d'époque dans un musée, mais il est peut-être important de rappeler, à l'ère de la téléréalité, que le fait d'être enfermé dans cette boîte – expérience assez déplaisante en soi, comme je le sais bien, pour certaines personnes – n'est pas la même chose que d'y être enfermé après avoir étouffé votre propre enfant et bu votre propre urine par désespoir, expériences que les visiteurs de ces expositions ont peu de chances d'avoir vécues récemment.

Il se peut, en tout cas, que Shmiel, Ester et Bronia n'aient pas survécu au trajet en wagon de marchandises. Toutefois, s'ils ont survécu, ce qui leur est arrivé ensuite aurait été quelque chose comme ceci (comme nous le savons grâce aux déclarations des rares personnes qui ont survécu et grâce aux témoignages des bourreaux qui ont comparu par la suite devant la justice) :

À l'arrivée, les trains s'arrêtaient au fer à cheval à l'intérieur du camp de Belzec. Dans les minutes qui suivaient l'arrivée (« trois à cinq minutes », s'est rappelé un conducteur de locomotive polonais), les wagons étaient vidés de leur cargaison de Juifs morts et vivants. Respirant avec difficulté, hébétés, couverts de leurs excréments et de ceux

433

des autres, Shmiel, Ester et Bronia auraient titubé hors du wagon jusqu'à la « zone de réception ». Là, ils auraient entendu un officier allemand, peut-être même le commandant du camp, Wirth, faire son discours habituel : qu'ils avaient été amenés ici uniquement pour un « transfert » et que, pour des raisons d'hygiène, ils devaient prendre une douche et être désinfectés avant d'être envoyés vers leur prochaine destination. Que Shmiel ou Ester ait pu le croire, il est bien sûr impossible de le savoir ; mais sachant qu'il était prêt à croire, trois ans plus tôt, qu'une lettre au président « Rosiwelt » pourrait l'aider à se rendre en Amérique, lui et sa famille, je vais envisager la possibilité selon laquelle, comme bien d'autres gens, il est resté réticent à l'idée que le pire allait se produire, et donc qu'il a peut-être même été un de ces Juifs qui, comme nous le savons grâce au témoignage d'un des officiers de Wirth, ont en fait applaudi le commandant après qu'il eut terminé son discours aux Juifs hébétés et couverts d'excréments au bord de la voie ferrée à Belzec, discours dans lequel il les assurait que les objets de valeur, qu'ils devaient déposer sur un comptoir, leur seraient rendus après la désinfection. Il est possible, même si ce n'est absolument pas certain, que les yeux de Shmiel se soient arrêtés un instant, ce jour-là, sur la pancarte qui disait :

Attention !
Retrait intégral des vêtements !
Tous les objets personnels, à l'exception
de l'argent, des bijoux, des documents et
des certificats, doivent être abandonnés sur le sol.
L'argent, les bijoux et les documents doivent être

conservés pour être déposés au guichet.
Les chaussures doivent être ramassées
et attachées par paire et placées
à l'endroit indiqué.

Peut-être qu'il a vu cette pancarte et que le ton – pas très différent, si vous y réfléchissez, de celui des pancartes similaires dans les piscines et les douches des stations thermales à travers toute l'Europe, des spas comme celui de Jaremcze où le père de Shmiel, trente ans plus tôt, était mort brutalement – l'a rassuré.

En tout cas, si les choses se sont déroulées normalement, ce jour de début septembre 1942, dont nous savons aujourd'hui que c'était la période de la plus intense activité de « réinstallation » à Belzec, Shmiel a été à ce moment-là séparé de sa femme et de sa fille, et conduit vers les baraquements pour se déshabiller (les hommes étaient gazés les premiers). Il n'est pas question qu'il ait retiré ses vêtements sales ; peut-être qu'il portait le manteau sombre et la chemise à grands carreaux qu'il porte sur la dernière photo que nous ayons de lui, ce petit carré au dos duquel il a écrit *Dezember 1939*, qui est par conséquent l'unique relique de sa vie ayant survécu à l'occupation soviétique. Il a l'air très vieux sur la photo... Il était, comme nous le savons, très grand, et peut-être qu'il avait été battu en chemin sur la route de la gare de Bolechow ; il est très probable que, lorsqu'il s'est arrêté pour retirer ses chaussures et ses chaussettes, il souffrait considérablement ; et bien sûr, il y avait maintenant le choc et l'horreur d'être séparé d'Ester et de Bronia (a-t-il même été en mesure de leur dire adieu ? Peut-être qu'ils avaient été séparés dans les fourgons à bestiaux, peut-être qu'ils avaient été placés dans des wagons différents à Bolechow). En même temps, étant le genre de personne qu'il était, peut-être que le fait de se retrouver à présent dans un environnement institutionnel et organisé était, espérait-il, bon signe. Peut-être, se disait-il, que la terreur du rassemblement dans la cour de la mairie, de la marche jusqu'au train, du trajet en train, avait été le pire.

Des baraquements, Shmiel Jäger nu – nous devons marquer un temps d'arrêt pour nous souvenir qu'il était grand, les yeux bleus, les cheveux blancs – est maintenant dirigé vers le passage relativement étroit connu sous le nom de *Schlauch*, le « Tube », un passage de deux mètres de large et d'une douzaine de mètres de long. Partiellement recouvert de planches et entouré de barbelés, le Tube reliait les zones de réception à Belzec, dans le Camp 1, aux chambres à gaz et aux fosses communes, dans le Camp 2. Il est difficile de croire que le frère de mon grand-père, un homme délicat, n'ait pas essayé, en joignant les mains (qui, si elles étaient comme celles de mon grand-père et les miennes, étaient plutôt carrées et couvertes de quelques poils noirs), de couvrir ses parties génitales, pendant qu'il marchait et trottait à la fois le long du *Schlauch*.

En septembre 1942, lorsque Shmiel, Ester et Bronia ont été, je le pensais alors, très certainement gazés – il n'y avait pratiquement pas la moindre chance que cet homme entre deux âges, qui paraissait plus vieux que son âge, son épouse corpulente et sa fille à l'allure encore enfantine,

436

aient pu être sélectionnés pour les brigades de travail, ces groupes de prisonniers juifs, chargés de nettoyer les chambres à gaz ou d'enterrer les corps après le gazage –, les vieilles chambres à gaz en bois de Belzec avaient été démolies et remplacées par un bâtiment en béton gris, plus grand et plus solide. Après avoir traversé le Tube, Shmiel s'est approché de ce bâtiment, a monté d'un pas lent les trois marches qui y menaient, chacune ayant environ un mètre de large, et devant lesquelles étaient posés un grand pot de fleurs et une pancarte qui disait *BADE UND INHALATIONSRÄUME*, Bains et chambres d'inhalation. En entrant dans ce nouveau bâtiment solide, il devait découvrir devant lui un corridor sombre, d'un mètre et demi de large, de chaque côté duquel se trouvaient les portes donnant accès aux Bains et chambres d'inhalation.

Il est possible qu'il ait encore cru, même à cet instant-là, que c'étaient vraiment des Bains et des chambres d'inhalation. Il est entré dans l'une d'elles. Les chambres avaient, comme devait s'en souvenir un Allemand qui avait travaillé dans ce camp, « une apparence lumineuse et accueillante », et elles étaient peintes soit en jaune soit en gris, quelque chose de très institutionnel et de peu menaçant. Les plafonds étaient bas – deux mètres, ce qui, pour un homme de la taille de Shmiel, a dû provoquer une légère impression de claustrophobie – mais peut-être qu'il ne l'a pas remarqué, même à cet instant-là, qu'il a pensé, même à cet instant-là, prendre une douche désinfectante. Il y avait, après tout, des pommeaux de douche au plafond. S'il a vu la porte amovible au fond de la

Chambre d'inhalation, qui était en face de la porte qu'il venait de franchir, et en fait celle par laquelle, dix minutes plus tard, son corps serait évacué, il n'en a probablement rien pensé.

Après cela, néanmoins, une fois qu'Oncle Shmiel est coincé sous le plafond bas, peint en jaune, de la salle de douche lumineuse et accueillante, après que le bâtiment se remplit de mille neuf cent quatre-vingt dix-neuf autres Juifs, il va devenir plus difficile pour lui de penser qu'il s'agit d'une désinfection, et à ce moment-là le gaz est ouvert, et je n'essaierai pas d'imaginer ce que c'est, parce qu'il est seul là-dedans, et ni moi ni personne (à l'exception des mille neuf cent quatre-vingt dix-neuf autres qui sont entrés avec lui) ne peut aller là avec lui... Ou, je devrais dire, avec eux, puisque dans peu de temps Ester et la petite Bronia vont gravir les mêmes marches, entrer dans une de ces chambres, faire le même parcours (à la différence de Shmiel, elles ont dû faire un arrêt dans le baraquement où les *Friseurs*, les coiffeurs, ont rasé leurs cheveux noirs).

Nous ne pouvons donc pas aller là-dedans avec eux. Tout ce que je pense pouvoir dire, avec un certain degré de certitude, c'est que dans une de ces chambres, à un moment donné d'une journée donnée de septembre 1942, même si le moment et la journée ne seront jamais connus, les vies de mon oncle Shmiel et de sa famille, de Samuel Jäger, le frère de mon grand-père, l'héritier qui avait rétabli l'affaire que les prudentes alliances matrimoniales de générations de Jäger et de Kornblüh avaient contribué à développer, l'homme qui avait écrit un certain nombre de lettres entre janvier et décembre 1939, une femme qui était très chaleureuse, très

438

sympathique, le père de quarante-sept ans de quatre filles, un type toujours chic et assez convaincu de son importance, une jeune fille qui était encore une enfant, dont un homme de soixante-dix-huit ans vivant à Sydney en Australie, se souviendrait de lui avoir dit autrefois, par-dessus une barrière, *Hallo, Bronia !*, un homme, une femme, une enfant qui avaient été contraints de vivre, à ce point de leur existence, en sachant que leur troisième fille et sa sœur aînée, une jeune fille de seize ans à qui son père avait donné, pour perpétuer sa mémoire, le prénom de sa sœur chérie qui était morte, serait-il psalmodié un jour, *une semaine avant son mariage*, avait été abattue au bord d'une fosse commune ; un oncle, une tante et une cousine qui, à ce moment-là, au moment où lui et elles plus tard avaient entendu peut-être l'étrange sifflement commencer, ont une nièce et une cousine qu'ils n'ont jamais rencontrée, mais qu'il a mentionnée poliment dans plusieurs de ces lettres (*Je te salue, ainsi que Gerty et la chère enfant, baisers de moi et de ma femme chérie et de mes enfants à toi et à tous les frères et sœurs aussi*), une nièce qui vit dans le Bronx, dans l'État de New York, une jolie blonde de onze ans qui porte un appareil dentaire et vient d'entrer, la première semaine de septembre 1942, en sixième (tout comme son futur mari, alors âgé de treize ans, dont une grande partie de la famille serait perdue pour le récit, entrait en quatrième, où il allait jouer avec un garçon que tout le monde appelait Billy Ehrenreich, ce qui n'était pas son vrai nom, mais il vivait après tout à l'étage au-dessus avec les Ehrenreich, un réfugié d'Allemagne qui dirait parfois à mon père qu'il avait eu quatre sœurs dont il avait été séparé et qui avaient, disait-il, « disparu », un mot que mon père, alors petit garçon, ne pouvait pas tout à fait comprendre) – dans cette chambre, ils allaient finir par respirer l'air empoisonné et, au bout de quelques minutes, les vies de Shmiel Jäger, d'Ester Schneelicht Jäger et de Bronia Jäger, des vies qui vont, dans des années, se résumer à une collection de quelques photos et de quelques phrases les concernant, *Elle l'a appelé le król, le roi, elle était très chaleureuse, très sympathique, elle n'était qu'un bébé, qui jouait encore avec ses jouets,* ces vies, et bien d'autres choses qui étaient vraies à leur sujet, mais ne peuvent plus jamais être connues désormais, ont touché à leur fin.

CE FUT DONC la seconde *Aktion*, à laquelle ont survécu Bob et Jack Greene, parce qu'ils avaient réussi à se cacher, tandis que Shmiel, sa femme et sa fille n'avaient pas su le faire, à supposer qu'ils aient même essayé : une éventualité qui – pensions-nous en

Australie – était impossible à confirmer. Pourquoi les Grunschlag avaient-ils réussi à se cacher dans ce minuscule espace derrière la fausse cloison dans l'étable, et les autres non ? Bob nous a raconté une histoire, et de toutes les histoires que nous allions entendre pendant ce voyage, c'est celle qui a le plus affecté mon frère au cœur tendre – sans doute parce que, à la différence des autres horreurs dont nous avons entendu parler et qui défient simplement et, à mon avis, justement toute tentative, si bien intentionnée soit-elle, de s'identifier à elles, cette histoire-là concernait quelque chose d'assez petit, d'assez familier, pour être entièrement saisi par les membres innocents de la génération de Matt et moi.

Au moment de la seconde *Aktion*, a dit Bob, il a fallu que je me débarrasse de mon chien. Croyez-moi, c'est la chose la plus dure que j'aie jamais dû faire. Vous ne pouvez pas imaginer. Je l'avais depuis la naissance, j'avais l'habitude de dormir avec lui sur mon lit et, naturellement, le lit était mouillé le matin et ils ne savaient pas si c'était moi ou lui qui l'avait fait !

Il fallait qu'il emmène son chien et qu'il s'en débarrasse, de peur qu'il se mette à aboyer et ne révèle leur cachette derrière la fausse cloison. Au moment où nous l'avons entendue pour la première fois, Matt, qui adore les chiens, a été bouleversé par cette histoire ; et depuis, c'est l'histoire qu'il va raconter lorsqu'il parle de notre voyage en Australie, ce printemps-là, et veut vous faire comprendre, de façon émouvante, l'horreur que ces gens ont connue : celle de ce petit garçon qui avait dû tuer son chien.

Je crois que cela l'a ému à ce point précisément parce que c'est tellement minuscule. Pour une raison quelconque, l'horreur de la situation de ce petit garçon, qui doit tuer son chien adoré, est plus facile à saisir, à rendre palpable et à absorber que ne le sont toutes les autres horreurs. L'horreur, par exemple, d'avoir à tuer votre propre enfant, de peur que ses cris ne vous fassent arrêter avec vos compagnons. Mais, bien entendu, à l'époque où Bob Grunschlag nous a raconté cette histoire, nous n'avions pas encore lu le témoignage de Mme Gelernter.

Le vaisseau dans lequel Noé et sa famille, ainsi que les nombreux autres exemples de créatures vivantes sans tache, ont été sauvés, a fait l'objet d'une fascination persistante au cours de l'histoire. Ce qui est intrigant à propos de ce fameux véhicule du salut, c'est l'étrangeté du mot hébreu employé pour décrire ce que nous rendons en général par « arche ». Friedman, à juste titre selon moi, se plaint de cette traduction désormais inévitable, car ce que le nom féminin de tebah *signifie au sens propre est en fait « boîte ». C'est certainement ce que nous pouvons déduire de la description qui est faite de l'arche dans le texte : elle est rectangulaire, il n'y a pas de quille, pas de gouvernail, pas de voile, et elle est complètement fermée sur tous les côtés. Il est émouvant de lire les impressions de Friedman concernant cet objet étrangement brut, dans lequel l'absence de caractéristiques normalement associées à un navire produit cette image poignante : « Dans ce vaisseau, écrit-il, les êtres humains et les animaux sont absolument sans défense, jetés sur les eaux sans aucun contrôle sur leur sort. Pour apprécier l'image que ce récit nous met sous les yeux, nous devons imaginer cette boîte de vie sans défense ballottée dans un univers violent qui est en train de craquer. » Cette image d'une*

impuissance enfantine est, d'une certaine façon, appro-
priée, puisque le seul autre objet dans la Torah qui soit
désigné par le mot tebah *est en fait le panier d'osier*
dans lequel est caché Moïse afin de le faire échapper à
un autre exemple de tentative d'annihilation totale
dans la Torah : le décret du pharaon d'Égypte de faire
mourir chaque nouveau-né d'Israël. Comme l'arche de
Noé, le panier de Moïse est un humble objet, fait par
la main de l'homme, totalement fermé, scellé au brai,
et sans aucun doute absolument et horriblement som-
bre à l'intérieur – une boîte dont l'occupant passif doit,
tout simplement, tenter sa chance.

L'image d'une telle boîte comme un abri dans un
monde qui est sur le point de rompre vient assez
naturellement à l'esprit quand on considère les his-
toires comme celles que m'ont racontées Jack Greene
et son frère Bob en Australie – des histoires dans les-
quelles le salut n'était possible, en ces temps de ter-
reur, que pour ceux qui avaient construit des
cachettes en forme de boîtes sombres : par exemple,
l'espace minuscule derrière la fausse cloison que
Moses Grunschlag avait fait construire dans une
étable pour lui et ses deux fils, la cachette souter-
raine dans la forêt où, finalement, les trois et quel-
ques autres ont pu aller se cacher pendant un an,
jusqu'à ce que le pharaon des Temps modernes soit
vaincu. Dans ces arches des Temps modernes aussi,
les êtres humains étaient absolument impuissants,
sans le moindre contrôle sur leur sort, occupants
passifs d'espaces sombres dont ils finiraient par
émerger comme Noé, comme Moïse, clignant des
yeux dans la lumière.

Et pourtant, sans doute en raison de l'insistance
subtile avec laquelle parashat Noach *connecte telle*

chose à son opposé, la création à la destruction, la destruction à la renaissance, les figurines d'argile au chaos boueux, les eaux sulfureuses au cèdre puant, les boîtes dans lesquelles les quarante-huit Juifs de Bolechow ont en définitive été sauvés (pour ne rien dire de tous les autres contenants dont les occupants n'ont pas eu autant de chance, chiffre impossible à connaître puisqu'il n'y a personne pour raconter ces histoires) font inévitablement penser à certaines autres structures en forme de boîtes qui, dans le récit des Temps modernes du décret selon lequel le peuple d'Israël doit mourir, étaient non des instruments du salut mais de l'annihilation. Oui, il y avait des endroits cachés, des compartiments sombres et scellés dans lesquels les occupants ne pouvaient qu'écouter et espérer ; mais il y avait aussi les fourgons à bestiaux, avec leur cargaison d'êtres humains ballottés par la tempête ; il y avait aussi les chambres à gaz.

C'étaient aussi des boîtes. C'étaient aussi des arches.

Ce fut donc la seconde *Aktion*, début septembre 1942, au cours de laquelle – comme chacun le pensait autour de la table chez Jack et Sarah – Shmiel, Ester et Bronia avaient péri. Sur cette famille de six, dont il ne reste qu'une photographie où ils apparaissent tous ensemble, datée d'août 1934, où Shmiel, de façon choquante, est débraillé et mal rasé, anomalie qui s'explique du fait qu'il est (comme le dit la légende au dos de la photo) en deuil de sa mère, mon arrière-grand-mère Taube, décédée le mois précédent : sept visages qui ne sourient pas que je reconnais aujourd'hui comme étant ceux de Shmiel, Ester, le frère d'Ester, Bruno, Bronia, Ruchele, Lorka et

Frydka aux yeux sombres, dont le visage est partiellement coupé par la bordure de la photo – sur cette famille de six, pour laquelle il n'y a jamais eu de période de deuil formel comparable à celui qu'ils observent au moment où cette photo a été prise, il n'en restait que deux en octobre 1942.

Elles s'étaient retrouvées à la *Fassfabrik*, avait dit Jack, l'usine de barils, Lorka et Frydka, ainsi que les Adler. Et nous étions associés à cette firme, nous aussi, avait-il dit – lui et les survivants de sa famille : son père et Bob.

C'est après la seconde *Aktion*, a expliqué Jack, que les gens ont été assignés à des camps de travail. Il y avait quelques tanneries, une scierie, l'usine de barils. Et ils ont désigné certains endroits pour en faire des camps où vivre, des *Lager*, d'où nous partions pour aller travailler et où nous rentrions chaque soir. Notre père a fait transformer notre maison en *Lager*. Et dans cette maison vivaient vingt personnes environ.

Tout le monde travaillait dans un camp ? ai-je demandé.

Quiconque ne travaillait pas, a répondu Jack, était envoyé dans le ghetto de Stryj.

Ce n'était pas, ont-ils dit tous en chœur, un endroit où vous aviez envie de vous retrouver. Mais, dès 1943, il est devenu parfaitement clair que « les travailleurs utiles » allaient être tués, eux aussi. C'est en 1943 que ceux qui étaient lucides ont commencé à faire des plans pour s'évader.

Alors quand pensait-il que Frydka et Lorka avaient fui pour rejoindre les partisans ? ai-je voulu savoir.

En 1943, a dit Jack.

Mme Grossbard est intervenue. Mille neuf cent quarante trois, a-t-elle dit, pensive. Pas 1942 ?

Mille neuf cent quarante trois, a répété Jack avec emphase.

Se tournant vers moi, il a continué : Frydka avait l'habitude de venir à notre *Lager*, notre camp, presque tous les soirs. Elle était comptable à la *Fassfabrik*. Le comptable en chef était tombé malade, il avait des problèmes de rein. Aussi quand ce comptable, Samuels, il s'appelait Shymek Samuels, quand il a été malade, il est venu dans notre *Lager*, qui était considéré comme un des meilleurs. Elle avait l'habitude de lui rendre visite presque chaque jour. Elle et Lorka vivaient dans le *Lager* à côté de la *Fassfabrik*, là où étaient les Adler, a-t-il fini par ajouter.

Lorsqu'il a dit cela, j'ai immédiatement pensé à plusieurs choses. Tout d'abord, au fait que, jusqu'en 1943 au moins, Frydka et Lorka vivaient au même endroit, ce qui (j'imagine) devait être un réconfort. Ensuite, que Frydka, qui avait vingt et un ans en 1943, devait être une jeune femme très gentille pour rendre visite à ce comptable malade, Samuels, alors que le simple fait de circuler dans les rues de Bolechow à ce moment-là, c'était, comme l'avait clairement dit Meg Grossbard, risquer sa vie (nous étions *hors la loi*, avait-elle dit, en essayant de me faire comprendre ce que cela signifiait. *N'importe qui pouvait nous tuer*). Et enfin, le fait que c'était ce que lui avait procuré cette éducation au lycée commercial de Stryj, à cette fille à la démarche déterminée, à cette jeune femme élancée qui, avait laissé entendre Meg, avait l'habitude de prendre le train jusqu'au spa local appelé Morszyn avec Pepci Diamant et elle, lorsqu'elles étaient adolescentes, pour se glisser dans les après-midi dansants qui y étaient organisés et pour lesquels elles n'étaient pas en âge d'entrer, à cette fille vive qui avait séduit, avec ses traits sombres, un garçon polonais, catholique et blond, les condamnant tous les deux (il me faudrait encore des mois pour apprendre les détails de cette histoire). C'était ce que cette coûteuse éducation au lycée commercial avait procuré à Frydka : quelques mois supplémentaires de survie comme comptable dans un camp de travaux forcés.

À CE MOMENT-LÀ, bien avancés dans notre conversation chez Jack et Sarah Greene, bien après que les tintements des assiettes et le gargouillement du café versé ont cessé, seules Frydka et Lorka sont encore vivantes. Leur départ dans les forêts épaisses à la périphérie de Bolechow est le dernier événement dont quelqu'un puisse encore témoigner.

Alors qu'est-ce qui a poussé les gens à décider de s'échapper dans la forêt ? ai-je demandé.

Après novembre 1942, nous sommes entrés au *Lager*, a répété Jack. Chacun portait une lettre, soit un *R*, pour *Rüstung*, munitions, ou un *W*, pour *Wirtschaft*, économie.

À cet instant précis, Meg et Bob commencent à se disputer sur la signification du *W* : elle pense que ça signifiait *Wehrmacht*, mais il insiste pour dire que ça devait être *Wirtschaft* puisqu'il n'y a pas de différence substantielle entre *Rüstung* et *Wehrmacht*.

En ce qui me concernait, la question de savoir ce que représentait le *W* était hors de propos. Le propos étant qu'en mars 1943 tous les ouvriers marqués d'un *W*, trois cents personnes environ, ont été emmenés au cimetière et abattus dans une fosse commune. C'était une des « petites » *Aktionen* dont Jack avait parlé auparavant ; c'était l'*Aktion* que la vieille Olga que nous avions rencontrée en Ukraine avait pu voir depuis la fenêtre de sa salle de séjour. À ce moment-là, a dit Jack, il est devenu évident que même les travailleurs « utiles » n'avaient pas une importance cruciale, après tout.

Oui, a dit Meg d'une voix lente. Il y a soixante ans exactement. Toutes mes amies avaient disparu.

Bob a dit, Tous les *W* ont été exterminés.

Je me suis dit que, de toute évidence, ce que représentait le *W* était, en fin de compte, hors de propos pour les Allemands aussi.

Et les *R*, a poursuivi Bob, ont été gardés jusqu'en août 1943.

Soudain, Jack a dit, Ça me rappelle qu'il y a eu une autre *Aktion*. Ils avaient emmené à Stryj les Juifs qui n'allaient pas dans les camps. Mais en mars 1943, pour une raison bizarre, ils ont ramené à Bolechow des gens du ghetto de Stryj, quatre-vingt-dix ou cent anciens habitants de Bolechow. Parmi eux, il y avait notre oncle, Dovcie Ehrmann. Et vingt-quatre heures, peut-être quarante-huit heures après, ils les ont emmenés au cimetière et les ont tués.

Désolé, Jack, je ne me souviens pas du tout de ça, a dit Bob.

Je n'y peux rien, a répliqué Jack, ça a eu lieu.

Je sais, je sais. Je sais que les *W* étaient dans le camp là-bas, chez les Adler, ils ont été emmenés en mars 1943…

Alors c'était peut-être en avril, a concédé Jack. Mais ils ont été emmenés, quatre-vingt-dix ou cent personnes.

Mars, avril : peu importe, à ce moment-là, Frydka et Lorka n'étaient plus, pour autant que pouvaient s'en souvenir ces gens, à Bolechow. Ensemble ou séparément, avec l'aide d'un garçon polonais probablement, les deux sœurs avaient réussi à s'échapper de Bolechow. Elles ont disparu et plus personne ne les a jamais revues.

Du moins, c'est ce que nous pensions alors.

C'est la dernière chose que quiconque à Sydney ait pu me raconter à propos des Jäger. Il se trouve que c'est aussi la dernière chose dont nous ayons parlé. Tout à coup, la conversation a perdu toute énergie. Chacun, et pas seulement les personnes âgées, s'est senti épuisé, anéanti.

EN FAIT, CE n'est pas tout à fait vrai. La dernière personne à qui j'ai parlé cet après-midi-là a été Boris Goldsmith, qui était resté silencieux pendant la plus grande partie de la conversation, puisqu'il n'avait pas été présent pendant la guerre, n'avait pas vu ce que les autres avaient vu ou entendu dire. C'était cela qu'il voulait rendre parfaitement clair pour moi, quand la conversation avait pris fin.

Je ne peux rien vous dire, a-t-il dit, en me regardant et en écartant ses grandes mains, parce que je n'étais pas là, j'étais à l'armée. Dans l'armée russe.

Je sais, ai-je dit sur un ton que j'espérais rassurant. Mais en voulant lui donner l'impression d'avoir été utile, en voulant l'inclure dans la conversation alors qu'il n'avait pas été inclus dans les événements dont je venais d'entendre parler, j'ai ajouté, Alors que s'est-il passé après la fin de la guerre ? Vous êtes revenu ?

Boris a ri et a secoué la tête. Non, a-t-il dit, je ne suis pas revenu parce que j'ai rencontré quelqu'un quand j'étais à l'hôpital dans le Caucase – il a prononcé *Cow-casse* – et c'est là que j'ai fait sa connaissance. Quelqu'un en uniforme français, et je me suis approché de lui, et il avait l'air d'être juif.

L'idée que ce Juif d'une minuscule ville de Pologne ait pu rencontrer quelqu'un qui lui avait semblé familier et sympathique, à des milliers de kilomètres de chez lui, au fin fond du Caucase, m'a fait l'effet d'une chose aussi drôle qu'improbable, et j'ai souri. Il y avait en effet quelque chose d'assez amusant dans la façon dont Boris Goldsmith racontait cette histoire, comme si c'était le début d'une plaisanterie. En fait, je pouvais même imaginer mon grand-père commençant une de ses histoires de la même manière. *Alors pense un peu à ça : j'étais là, dans le Caucase, au milieu de nulle part, et qui fait son entrée ? Un Juif vêtu d'un uniforme français…*

Il ressemblait à quelqu'un de Juif, a poursuivi Boris, et donc je me suis approché de lui et je lui ai demandé, Alors, qu'est-ce qu'il faut faire, retourner à Bolechow ?

Et qu'est-ce qu'il a répondu ? ai-je demandé immédiatement, exactement comme je l'aurais fait avec mon grand-père.

Et Boris m'a dit alors ce que le Juif en uniforme français lui avait répondu au cours de cet improbable échange.

Boris a dit, *Il m'a conseillé de laisser tomber, il ne restait plus personne.*

3

Et les sommets des montagnes apparurent de nouveau

CELA AVAIT EU lieu le dimanche 23 mars 2003, date de l'anniversaire de mon grand-père. Après que Boris a dit, *Il m'a conseillé de laisser tomber, il ne restait plus personne*, tout le monde s'est levé, Jack, Bob, Meg et Boris, et, les uns après les autres, les invités ont dit au revoir et sont rentrés chez eux. Jack a insisté pour nous raccompagner, Matt et moi, à notre hôtel. Au moment où je suis descendu de la voiture, il s'est brusquement penché vers la portière ouverte et a dit, de manière inopinée, Bien sûr que je me souviens de Shmiel Jäger – ce n'était pas le genre de personne qu'on peut oublier !

C'est le lendemain, le lundi, que Matt et moi sommes retournés chez Jack pour l'interviewer en privé ; c'est le lundi qu'il nous a dit tant de choses à propos de Ruchele. Comme je l'ai déjà dit, il avait commencé par parler de Frydka – *elle portait son sac comme ÇA !* –, mais si nous voulions apprendre des choses sur Frydka, avait-il dit, c'était avec Meg qu'il fallait parler. Et donc, après quelques heures passées avec Jack chez lui, ce lundi après-midi, alors que Matt et moi marchions dans le centre de Sydney, avec ses immeubles lumineux et étincelants, la douceur de son climat de fin d'été, l'allure et la gentillesse des vendeurs des magasins, des chauffeurs de taxi et des passants, où il était difficile d'émerger physiquement, pendant cette visite, après les ténèbres produites par les histoires que nous avions entendues, et qui – à l'exemple de celle de Jack et de Bob – étaient devenues des récits d'enfermement, de dissimulation, de fixation souterraine, alors que nous marchions dans la ville, je me suis arrêté à une cabine téléphonique et j'ai composé le numéro de l'appartement du beau-frère de Meg pour lui demander encore une fois si elle consentirait à m'accorder une interview en tête à tête.

Je dis « encore une fois » parce que, au moment où tout le monde était parti la veille, je leur avais signalé à tous que j'aurais aimé leur parler en tête à tête, et chacun avait hoché la tête en signe d'approbation. Sauf Meg, qui avait secoué la sienne.

Désolée, avait-elle dit. C'est tout ce dont je me souviens, je ne peux plus vous aider.

De plus, avait-elle ajouté en ramassant sa pochette en cuir, elle devait s'occuper de son beau-frère, qui était très fragile et avec qui elle voulait passer un peu de temps avant de s'envoler pour Melbourne, à la fin de la semaine.

J'avais donc peu d'espoir en composant l'étrange numéro à huit chiffres que Jack m'avait donné. Le téléphone a sonné.

Hallo, a dit Meg.

Bonjour, madame Grossbard, ai-je dit, le cœur tambourinant dans la poitrine, comme lorsque j'avais appelé, des années auparavant, la sœur de

452

mon grand-père, Sylvia, qu'on m'avait appris à craindre, d'une certaine façon, pour lui dire que je voulais l'interviewer à propos de l'histoire de la famille et qu'elle m'avait répondu, *Je ne te dis pas le jour où je suis née parce qu'il aurait mieux valu que je ne sois jamais née...* Bonjour, ai-je dit, et j'ai dit de nouveau que j'espérais qu'elle avait pu réfléchir et décider de nous parler avant nos vingt-deux heures de vol de retour vers New York.

Sa voix, à l'autre bout du fil, était plus lasse que coléreuse.

Je ne peux pas vous aider, je vous ai dit que je ne me souvenais de rien d'autre, a-t-elle dit – même si nous savions tous les deux que c'était un mensonge.

Comme j'étais au téléphone et non en face d'elle, j'ai trouvé le courage pour insister. Oh, s'il vous plaît, ai-je dit, tout ce que nous voulons, c'est bavarder avec vous.

À quoi bon ? a-t-elle répliqué, mais un peu comme si elle se parlait à elle-même. Personne ne sait, tout le monde s'en fiche. Ça va disparaître avec nous, de toute façon.

J'ai compris soudain qu'elle voulait être persuadée. J'ai donc dit, Madame Grossbard, je crois que vous vous trompez. C'est la raison essentielle pour laquelle nous sommes venus ici, pour parler avec vous tous, pour entendre les histoires, pour les noter. Je veux *préserver* ce dont vous vous souvenez, voilà la raison essentielle.

J'ai ajouté après un bref silence, Ça va mourir uniquement si vous ne nous parlez pas.

Bien, a-t-elle dit. La ligne est restée morte pendant une minute, et puis elle a dit, Si je vous vois, ce sera dans un restaurant, mon beau-frère est malade, je ne peux pas recevoir des gens ici.

Très bien, ai-je dit. C'est indifférent pour nous. Nous vous retrouverons où vous voudrez, dites-nous simplement où.

En silence, j'articulai GAGNÉ pour Matt.

Ouais ! s'est écrié Matt.

OK, a dit Meg, je vous verrai demain, mercredi. Téléphonez-moi ce soir, nous fixerons l'heure.

Formidable ! ai-je dit. Merci beaucoup !

Plus tard, dans la soirée, j'ai téléphoné à Meg de nouveau depuis notre hôtel. Elle avait certainement eu le temps de réfléchir à notre rendez-vous.

Elle a dit, J'ai décidé que nous allions nous rencontrer ici, chez Salamon, pour le déjeuner.

Formidable ! me suis-je exclamé. J'ai fait le V de la victoire en direction de Matt qui regardait les nouvelles à la télévision. Le premier soldat américain avait été tué dans la nouvelle guerre.

Mais je ne peux rien préparer pour vous, a ajouté Meg.

Ce n'est pas grave, ai-je dit.

Peut-être que je pourrais faire quelques sandwichs, a-t-elle dit.

Nous adorons les sandwichs, ai-je roucoulé.

Alors vous devriez venir vers midi, a-t-elle dit. Elle m'a donné l'adresse de M. Grossbard, ajoutant d'une voix ferme que nous ne pourrions pas lui parler, parce qu'il était trop fragile pour sortir de son lit. J'ai serré les dents et j'ai répondu que ce n'était pas grave, que nous comprenions. Je me suis apprêté à raccrocher.

Il y a une chose encore sur laquelle j'insiste particulièrement, a-t-elle dit d'une voix qui s'était durcie.

Oui ? ai-je dit.

Et elle m'a alors donné la liste des conditions dans lesquelles elle acceptait de me parler en tête à tête.

Premièrement : elle ne parlerait pas de la guerre, parce que c'était un sujet trop pénible pour elle. Vous savez, a-t-elle dit, je ne parle jamais de l'Holocauste. Mon fils est un rat de bibliothèque, il me supplie de tout écrire, et maintenant que j'approche de la fin, je pense parfois que je vais peut-être le faire. Mais je ne peux pas – je n'arrive pas à me décider.

OK, ai-je dit. J'ai promis de ne pas lui poser de questions sur la guerre.

Elle a poursuivi. Elle préférait ne pas parler de sa propre vie et ne répondrait qu'à des questions d'ordre général concernant la vie à Bolechow pendant les années qui avaient précédé la guerre, pendant son enfance et le début de son adolescence. Elle serait très heureuse de partager ses souvenirs de la famille Jäger, mais elle préférait ne pas parler de sa propre famille. Si, pour une raison quelconque, elle faisait mention de certaines expériences qu'elle avait connues pendant la guerre, cela devait rester entre nous et je ne devrais pas en faire mention dans le livre qu'elle savait que j'allais écrire un jour.

Les dents serrées, j'ai dit, OK.

Alors vous voulez toujours m'interviewer ? a demandé Meg, et cette fois j'ai eu l'impression qu'elle souriait de son sourire amer.

Bien sûr, ai-je répondu. Peut-être que j'étais déjà en train de me dire qu'elle allait changer d'avis quand nous serions là, quand nous sortirions notre matériel d'enregistrement, la caméra digitale, les trépieds et les parapluies de Matt, les bandes magnétiques et tout le reste.

Il y a encore une chose, a dit Meg.

J'ai su, avant même qu'elle ouvre la bouche, ce qu'elle allait dire.

Elle a dit, Je ne répondrai à aucune question concernant Ciszko Szymanski.

Ce qui explique pourquoi, même si Matt et moi avons passé en fait près de quatre heures avec elle, pendant lesquelles, ayant apparemment oublié les restrictions qu'elle avait imposées, Meg a parlé à n'en plus finir non seulement de ce dont elle se souvenait à propos de ma famille, mais aussi de la guerre, des autres gens dont elle se souvenait, des histoires souvent terribles, je ne peux pas en reproduire une ligne.

Je ne veux pas que ma vie se retrouve dans votre livre, m'a-t-elle dit. Un de ces jours, je vais écrire mon propre livre. Oui, vous verrez, je vais le faire.

Elle et moi, même au moment où elle l'a dit, savions parfaitement qu'elle n'écrirait jamais un livre elle-même, mais en dépit de ma frustration de ne pouvoir inclure certaines choses qu'elle m'a dites ce jour-là, des histoires et des anecdotes qui pourraient éclairer ce qu'a pu être le fait de traverser la guerre à Bolechow, je comprends parfaitement ce dont elle avait peur, pourquoi elle redoutait de voir ses histoires figurer dans mon livre. Elle savait que dès l'instant qu'elle m'autoriserait à raconter ses histoires, elles deviendraient les miennes.

Je ne peux pas donc vous raconter ce qu'elle a dit pendant notre interview. Mais je peux vous dire que lorsque nous sommes arrivés dans l'appartement minuscule, qui sentait un peu le renfermé, de Salamon Grossbard, dans le centre de Sydney, nous n'avons pas trouvé les sandwichs attendus. Une petite table avait été soigneusement dressée dans la cuisine du vieux monsieur, sur laquelle chauffaient quatre réchauds en argent. Meg, qui affichait un large sourire, nous a fait entrer dans la cuisine.

Maintenant je dois vous dire, a-t-elle annoncé, que j'ai préparé un déjeuner que votre grand-père aurait adoré.

J'ai cligné les yeux. OK, ai-je dit un peu méfiant.

Typique de Bolechow ! a-t-elle déclaré, avec un grand geste de la main en direction des réchauds. Un *déjeuner à la Bolechow !* Puis elle m'a regardé attentivement et elle a dit, Mais je n'étais pas sûre de... Quelle était la nationalité de votre grand-mère ?

Russe, ai-je dit. J'ai pensé à la petite maison en bois d'Odessa ravagée par l'incendie, à l'adolescente « traversant l'Europe à pied ». Oh, ai-je pensé, moi aussi j'aurais des histoires à vous raconter.

Ah, russe, a dit Meg, se taisant un instant. Et votre père ?

Le père de mon père était de Riga, en Lettonie, ai-je dit. Il était né sur le bateau. *Il avait un jumeau. Lui aussi, il avait parcouru de grandes distances pour créer une nouvelle vie, pour se réinventer lui-même, loin de son propre passé ; lui aussi, comme son père, était venu de très loin pour pouvoir vivre sa vie, comme mon arrière-grand-mère, comme mon grand-père, elle pour rester silencieuse, lui pour raconter ses histoires.*

Et sa mère était de Cracovie, ai-je ajouté pour jouer la carte de la Galicie.

Ah, de Cracovie, a dit Meg, satisfaite. Vous savez ce que c'est que la *kasha* ?

La *kasha* ! ai-je dit, on adore la *kasha* ! Ma grand-mère avait l'habitude de faire des plats de *kasha* chaude pour mon grand-père – les grains de sarrasin qui sont d'abord bouillis, puis frits avec des oignons, et servis avec des pâtes en forme de papillon –, qu'il mangeait comme du porridge, avec une grande précision, en commençant par le bord du bol et en progressant vers le centre. *Comme ça, tu ne te brûles pas la langue*, me disait-il, tout en soufflant sur le petit monticule de *kasha* dans sa cuillère.

Vous savez ce que sont les *pierogis* ? a poursuivi Meg.

Bien sûr, avons-nous répondu en chœur, on adore les *pierogis* ! Le soir du jour où nous étions arrivés tous les quatre en Pologne, le soir qui avait précédé notre visite d'Auschwitz, au début de notre voyage en Ukraine, Alex Dunai nous avait emmenés dans un restaurant polonais « traditionnel ». Là, après avoir mis un de ces petits pâtés dans la bouche, Matt nous avait regardés et s'était écrié, Ce n'est pas de la cuisine polonaise, c'est de la cuisine *juive* !

Vous savez ce que c'est que *golaki* ? a demandé Meg, ravie. *Gawumpkee*. J'ai pensé à Mme Wilk, avec ses hanches larges, montant les marches étroites conduisant à la maison de mes parents, pendant toutes ces années, apportant de temps en temps ces énormes pots de chou farci. Bien sûr que nous savions ce que c'était.

Oui, ai-je dit, nous savons ce que c'est que *golaki*.

Ah ! s'est exclamée Meg, vous savez ! Et vous voyez, je me suis dit, pour être bien sûre... Je me suis dit, peut-être qu'ils n'aiment pas ce genre de nourriture, j'ai acheté un poulet grillé, pour être sûre. Après tout, vous êtes américains de la *deuxième* génération.

Elle a prononcé le mot *deuxième* sans la moindre trace de dédain.

Vous savez, a-t-elle continué, il n'y a plus beaucoup de gens de chez nous qui restent et qui connaissent cette nourriture, très peu de survivants de la Galicie. Parce que ceux de l'Ouest, ils les ont mis dans des camps, et il y avait donc plus de chances de survivre, mais nous, ils nous ont abattus dans les fosses communes.

Il était difficile de penser que nous étions en train de parler de nourriture.

Et à ce moment-là, traînant les pieds et s'appuyant sur un déambulateur, vêtu d'un chic pyjama d'une couleur que mon grand-père, qui avait passé toute sa vie dans une entreprise produisant des galons et de la passementerie et qui parlait des couleurs avec la même délectation que les gens éprouvent en parlant de parfums de glaces, aurait certainement appelé *bleu de France*, est entré M. Grossbard. D'une voix faible et haut perchée, il s'est présenté, nous a dit combien il était content de nous voir travailler sur ce projet, avant de s'asseoir pour déjeuner.

J'ai été tellement surpris, dans un premier temps, que je n'ai pas su quoi dire.

Chacun se sert comme il veut, a dit Meg, servez-vous, s'il vous plaît.

J'avais le sentiment qu'elle se réjouissait de nous avoir surpris.

Je me suis assis à côté de M. Grossbard et j'ai mis en marche mon magnétophone.

Mon Dieu, a dit Matt. Je n'ai pas vu cette nourriture depuis mon enfance !

Souvenez-vous, ai-je dit à Meg, mon cerveau tournant à cent à l'heure, que nous étions de Bolechow, nous aussi, il y a bien longtemps.

Bolechow, c'était une jolie petite ville, a dit M. Grossbard. Une ville heureuse. Il y avait douze mille habitants. Trois cultures différentes. Trois mille Juifs, six mille Polonais, trois mille Ukrainiens.

Il a parlé de son enfance, des années pendant lesquelles mon grand-père vivait encore là-bas.

Il était donc là. Sur son pyjama bleu de France, il portait une robe de chambre d'une couleur qu'on aurait pu appeler *bordeaux*. Les montures épaisses de ses lunettes accentuaient l'impression de verticalité produite par son visage. Il y avait deux touffes de cheveux blancs de chaque côté de sa tête, avec quelques mèches soigneusement rabattues sur le sommet du crâne. Sans doute à cause de son grand âge, je pensais en le regardant aux visages émaciés de ces momies égyptiennes ou précolombiennes, qui donnent l'impression que tout ce qui en était étranger a été éliminé avec le temps : il n'y avait plus que les pommettes saillantes d'Inca, le nez busqué et aristocratique, la grande bouche intelligente, les fanons antiques qui pendaient sur la gorge. Et cependant tout cela était adouci en quelque sorte par la présence des deux grandes oreilles, presque comiques, qui lui donnaient par moments l'allure d'un enchanteur. Lorsqu'il a parlé d'une voix tellement érodée qu'elle n'était plus qu'un murmure, il s'est penché parfois en avant et a claqué ses mains sur ses cuisses osseuses pour souligner un point. À d'autres moments, il se balançait légèrement en arrière, les mains levées et les doigts écartés, comme un pêcheur qui aurait décrit sa prise, comme pour mesurer quelque chose : le temps passé, sa vie. Le déambulateur qu'il avait gardé près de lui avait un aspect presque cérémoniel, comme s'il avait été l'emblème d'un obscur pouvoir religieux ou politique. Pendant qu'il parlait, il pétrissait de temps en temps sa main droite avec la gauche, geste qui lui donnait un air agité.

C'était une jolie petite ville, a-t-il répété.

Je sais, ai-je dit.

Bon appétit ! a-t-il dit.

Je suis tellement contente, a dit Meg.

ET C'EST TOUT ce que je peux vous raconter. Une fois le déjeuner terminé, nous nous sommes installés dans la salle de séjour où, pendant des heures, elle a parlé, et son beau-frère a raconté, à mon enchantement, son enfance pendant la Première Guerre mondiale, évoqué sa maison de la rue Dlugosa à Bolechow, sa maison natale dont il a fini par hériter, avec sa femme et son enfant qui n'ont pas survécu à la guerre, la rue Dlugosa dans laquelle Shmiel Jäger avait emménagé, à un moment donné dans les années 1930, avec sa femme et ses quatre filles (*le boucher ? C'était un homme grand et fort, un homme très gentil, bien sûr que je le connaissais, nous nous croisions très souvent, les enfants, je ne m'en souviens pas très bien*) ; la façon dont il avait été, lorsqu'il avait voulu s'engager dans l'armée polonaise au début de la guerre en 1939, rejeté parce qu'il était juif (et pourtant j'étais ingénieur, et ils avaient besoin d'ingénieurs ! s'est-il exclamé, riant haut et fort pour quelqu'un qui avait vécu près de cent ans. Il s'est interrompu un instant avant de s'écrier, C'était la Pologne !). Même si je ne peux pas vous raconter en détail ce qui s'est dit ce jour-là, je peux vous dire que j'étais content du fait que Még avait changé d'avis, quelle qu'en fût la raison, et qu'elle nous a beaucoup parlé, et que son beau-frère s'est senti assez fort pour enfiler sa robe de chambre, marcher péniblement dans le couloir et s'asseoir avec nous pendant quelques heures.

Juste avant de quitter la table du déjeuner, M. Grossbard s'est penché vers moi pour me dire de sa voix fluette, Bolechow était un endroit où cohabitaient trois cultures, et nous nous entendions tous bien.

J'ai hoché la tête.

C'était un endroit *humain*, a-t-il dit.

J'ai hoché la tête de nouveau.

C'était un endroit humain, a-t-il répété, où il n'y avait pas d'antisémitisme.

Il a prononcé *Antishémitisme*.

Pas d'antisémitisme ? ai-je demandé. Je peux être sentimental, mais je connais tout de même les dangers de la fausse nostalgie.

Euh, il y en avait, mais chacun avait besoin de l'autre, vous comprenez. Un Polonais avait besoin du Juif pour les commerces, un Juif avait besoin du Polonais pour l'administration. Les Ukrainiens, ils vivaient dans les environs, mais ils apportaient de la nourriture et du bois, le jour du marché, le lundi.

Cela, je le savais. *Et chaque Kol Nidre, l'Ukrainien qui vivait dans les bois et avait peur parce que la ville*

devenait tellement calme et les montagnes tellement
sombres, descendait de la montagne et passait la nuit,
cette nuit-là chaque année, avec une famille juive,
parce qu'il avait tellement peur de Yom Kippour.

Il y avait donc les Ukrainiens, a dit M. Grossbard.
Et chacun avait besoin de l'autre : une fois le marché
terminé, les Ukrainiens allaient boire dans les hôtels
juifs. Et c'était de la bière juive ! Et les Ukrainiens
apportaient le bois pour les maisons. Et les Juifs
occupaient le centre de Bolechow, ils vivaient au-
dessus de leur boutique, ou à côté. Et toutes les
boutiques étaient juives. Donc, les gens se respectaient les uns les autres. L'attitude générale, c'était
le respect.

Il a parlé des parcs quand il était petit garçon, des
concerts de l'orchestre et des promenades, des dames
avec leurs ombrelles marchant sous les arbres.

J'ai écouté en silence, comme j'avais l'habitude
d'écouter.

Maintenant, les Allemands ont été vraiment
méchants avec ma famille, vous savez.

J'ai hoché la tête. La femme tuée, l'enfant tué.

Mais dans ma famille, a-t-il poursuivi, ceux à qui
l'on n'a jamais pu pardonner, ce sont les Français.

Il s'est calé sur sa chaise et a hoché la tête, tout
en mâchant lentement un *pierogi*.

Les Français ? ai-je répété, incapable de faire le
lien. J'ai regardé de l'autre côté de la table Matt qui
souriait. M. Grossbard, au cours de son errance
après l'Holocauste, avait-il été maltraité par les
Français ? Était-il délirant ? En gardant un visage
neutre et poli, j'ai demandé de nouveau, Vous n'avez
jamais pardonné aux Français ?

M. Grossbard s'est penché vers moi encore une fois, en agitant l'index.

Oui, a-t-il dit, aux *Français*.

Il s'est interrompu pour donner de l'importance à ce qu'il allait dire et il a dit :

Vous savez, mon père ne s'est *jamais* remis de l'affaire Dreyfus.

Dans parashat Noach, *après que Dieu a donné ses instructions à Noé sur la façon de construire une arche, il donne des ordres précis sur ce que Noé doit emporter dans l'arche ; car nous devons nous souvenir qu'aucune créature qui respire ne survivra à l'horrible annihilation. « Tout ce qui est sur la terre expirera », dit Dieu. Noé survivra, bien entendu ; et avec lui, ses fils, sa femme et les femmes de ses fils (l'ordre spécifique – d'abord, les hommes, ensuite, les femmes, plutôt que, comme on pourrait s'y attendre, le couple le plus âgé, puis les couples plus jeunes – est une indication du fait que la séparation entre les sexes a été maintenue sur l'arche de Noé. « De cela, a observé Rachi, nous apprenons qu'il leur était interdit d'avoir des relations. »). Et ensuite, c'est bien connu, les animaux et les oiseaux : pas deux de chaque, comme on le croit d'habitude, mais au moins deux de chaque, afin d'assurer la possibilité d'une future propagation de chaque espèce ; des « espèces pures » – c'est-à-dire qui conviennent au sacrifice – sept paires ont été embarquées, probablement afin que les sacrifices rituels puissent être observés après le débarquement sans mettre en péril l'avenir de ces espèces-là.*

La description du Déluge même est à la hauteur du suspens lentement créé à mesure que nous lisons les préparatifs : les sources de la terre et les fenêtres du Ciel ont été ouvertes, les pluies s'abattent pendant quarante jours – la durée qu'il faut, Rachi le note obligeamment, pour que le fœtus se forme après la conception (remboursement divin, note-t-il encore, puisque Dieu s'était soucié de former les fœtus des corrompus) – et pendant cent cinquante jours, les eaux sont restées sur la terre, montant jusqu'à ce qu'elles engloutissent les sommets des montagnes. Il serait difficile d'imaginer un détail plus efficace que ce dernier (du moins dans les temps bibliques, quand l'échelle des choses était inférieure à ce qu'elle est aujourd'hui) dans la suggestion de l'étendue de l'oblitération accomplie par Dieu avec le Déluge – pas simplement la destruction de la vie, mais l'effacement du paysage même, l'élimination rapide et soudaine de tout repère familier, de toute chose familière.

C'est cela qui me fait venir à l'esprit quelque chose dont on ne nous parle pas dans parashat Noach. *Peut-être parce que j'ai passé ces dernières années à écouter des histoires de gens qui devaient quitter certains endroits en toute hâte et parce que, de surcroît, Rachi au moins est alerté par le fait que Noé, en dépit de sa relation intime avec Dieu, a attendu la dernière minute pour monter à bord de l'arche, détail qui conduit Rachi à conclure que Noé, comme les autres de la Génération du Déluge, « était un de ces hommes de peu de foi, qu'il n'avait pas cru que le déluge aurait lieu jusqu'à ce que les eaux tombent sur lui » – je me demande souvent si Noé et sa famille ont emporté autre chose avec eux, en dehors des animaux, un souvenir quelconque, peut-être, des vies qu'ils avaient eues avant que le monde fût complètement effacé. Dans la mesure où le texte n'en fait pas mention, je*

dois supposer qu'ils ne l'ont pas fait, et par consé-
quent je ne peux pas m'empêcher de penser que cette
horrible privation a donné une saveur particulière à
la joie de Noé quand il a aperçu le rameau d'olivier
dans le bec de la fameuse colombe. Nous savons, bien
sûr, ce qu'était la signification immédiate du rameau,
mais je ne peux m'empêcher de penser que la vision
de la feuille verte – rappel soudain, vivace, du monde
qu'il avait laissé derrière lui – a dû lui faire l'effet d'un
sursis par rapport à un tout autre genre d'oubli.

C'EST UN PEU plus tard au cours de ce même après-
midi que nous avons retrouvé Bob Grunschlag.
C'était aussi le jour que Matt avait choisi pour une
séance de photos sur la plage.

Pourquoi sur la plage ? avais-je demandé, un peu
agacé, lorsqu'il avait annoncé qu'il voulait aller à
Bondi Beach avec Jack et Bob pour qu'ils trempent
les pieds dans l'eau dans le portrait qu'il voulait faire
des deux frères de Bolechow qui avaient survécu.
Ne savait-il pas qu'ils étaient tous les deux assez
âgés ? Je ne voulais pas les pousser à bout. J'avais
besoin de leur bonne volonté.

Écoute, m'avait-il répondu, tu fais ce que tu fais,
et tu me laisses faire ce que je sais faire. Mon boulot,
c'est de jouer le méchant flic jusqu'à ce qu'ils attei-
gnent le point de rupture. J'ai besoin d'une photo
qui dise « Australie », sinon pourquoi je serais venu ?

Très bien, avais-je dit.

Et donc, en fin d'après-midi, le lendemain, après
notre long déjeuner avec Meg et M. Grossbard, nous
avons roulé jusqu'à l'appartement de Bob, qui se
trouve sur la plage, et nous avons parlé un moment
avec lui, à la grande satisfaction de Jack, qui voulait

être sûr que son petit frère, qui n'avait pas vraiment connu les filles Jäger, ait aussi notre attention.

Bon garçon, bon garçon, avait dit Jack, en me tapant sur l'épaule avec affection, quand je lui avais annoncé que nous allions interviewer Bob.

Euh, je suis un frère aîné aussi, avais-je dit. Je sais ce que sont ces choses.

Mais je ne le savais pas en réalité. Il faudrait encore un ou deux voyages avant que je me rapproche de Matt, que je commence à me sentir protecteur à son égard.

Sur la plage, Matt a guidé Jack et Bob vers le ressac et puis, ayant décidé qu'il n'y avait pas d'autre moyen d'obtenir la photo qu'il voulait, il a soudain retiré ses chaussures isothermes et, se tournant vers moi, les a jetées pour que je les attrape. Il a marché jusqu'à ce qu'il ait de l'eau jusqu'aux genoux et a commencé à ouvrir les boîtiers qui pendaient à son cou. Il n'arrêtait pas de regarder le ciel avec un air inquiet. Notre conversation avec Bob s'était prolongée un peu plus qu'il ne l'aurait souhaité. Le soleil commençait à s'enfoncer.

Je ne photographie qu'avec la lumière disponible, a-t-il dit.

Je ne parle qu'avec les gens disponibles, ai-je plaisanté.

Jack et Bob ont ri. Ils étaient de bonne humeur ; ils n'avaient pas besoin d'être poussés. Un petit peu plus loin, a dit Matt, en faisant signe aux deux frères sans lever les yeux du viseur de son gros Hasselblad. Les frères ont gaiement roulé leur pantalon un peu plus haut aussi. J'ai entendu le bruit distinctif et désormais familier de l'obturateur de l'appareil de Matt. Moins un *clic* qu'un *ch-konk*. Comme je n'avais rien à faire là, j'ai commencé à m'éloigner. Laisse-le faire son truc, me suis-je dit.

Mais alors que je m'apprêtais à faire un petit tour, j'ai remarqué qu'une petite foule de surfeurs s'était amassée derrière l'endroit où se trouvait Matt, qui prenait photo après photo. *Ch-konk, ch-konk*. Il était sept heures à présent et la lumière déclinait rapidement, et je pouvais voir aux sourcils froncés de Matt qu'il n'avait pas encore l'impression d'avoir *la photo* ; ce qui était devant lui, de toute évidence, ne correspondait pas tout à fait à l'image qu'il avait en tête. Euh, me suis-je dit, je crois savoir ce que c'est. Soudain, je l'ai vu avancer à grands pas dans l'écume pour s'approcher d'un surfeur aux cheveux noirs et aux dents blanches. Les vagues qui déferlaient faisaient trop de bruit pour que je pusse entendre leurs propos ; c'était comme si j'avais regardé une pantomime. Matt a agité son bras libre devant le surfeur, qui ne devait pas avoir plus de vingt ans, et puis a pointé le doigt vers Jack et Bob, et ensuite a fait un V à l'envers avec l'index et le majeur, et s'en est servi pour faire des mouvements de marche en avant et en arrière. *Dolina hoïse*, ai-je pensé. Le surfeur a fait un grand sourire, puis il a hoché la tête. Soulevant sa planche, il a commencé à aller et venir derrière Bob et Jack, tandis que les deux frères se tenaient par les épaules. Matt a commencé à appuyer sur le déclencheur. Encore et encore. Il souriait à présent. Il faisait son truc.

Et il s'est trouvé que j'ai pu faire mon truc aussi. Pendant que le surfeur essayait d'avoir l'air décontracté en passant dans un sens, puis dans l'autre, derrière les véritables sujets de la photo, quelques-uns de ses amis sont venus m'entourer ;

deux autres garçons, un blond, très grand, au visage sérieux, l'autre brun, souriant, et une grande fille blonde, au sourire immense. Qui étaient ces deux vieux types ? voulaient-ils savoir. Ils étaient célèbres ? C'étaient des parents à nous ? Le type, là, c'était un photographe de mode ? Qu'est-ce qu'ils faisaient ici ?

J'ai regardé les deux vieux hommes de Bolechow et je me suis tourné de nouveau vers les gamins australiens. Ils étaient immenses, tellement grands. Ils respiraient la santé et la bonne volonté. Ils ne pouvaient pas avoir plus de dix-neuf ans. Ils avaient l'air vraiment intéressés. La fille avait basculé la tête sur le côté, dans l'attente d'une réponse.

Euh, ai-je dit, c'est une longue histoire.

La fille a souri et fait un geste en direction du type que Matt avait recruté pour sa photo. Hé, c'est notre copain, a-t-elle dit. On doit l'attendre de toute façon.

OK, ai-je dit.

Merde, comment commencer ?

Hé bien, ai-je dit, mon grand-père venait d'une petite ville de Pologne...

Le lendemain soir, Meg a repris l'avion pour Melbourne.

Cet après-midi-là, elle avait invité tout le monde à déjeuner dans un restaurant chic du centre : Jack, Sarah, Bob, Boris, Matt et moi. Elle était d'une humeur enjouée, tout à coup. Quelque chose avait basculé durant notre longue conversation de la veille ; elle avait décidé que nous étions bien. (Elle vous a préparé un *déjeuner* ? s'était exclamé Jack, le soir précédent, quand je lui avais fait mon rapport sur notre interview avec Meg.) J'aimerais tellement pouvoir vous raconter ce qu'elle a dit. J'aimerais tellement que vous puissiez voir son visage, à quel

469

point il est expressif, l'esprit, l'humour sombre qui
le traverse de temps en temps, comment une ironie
au fait du monde peut soudain et entièrement laisser place à une tristesse que je ne peux même pas
commencer à comprendre, comme cela s'est passé
lorsque, à la fin de l'après-midi, Matt lui a demandé
de tenir une photo de sa vieille amie Frydka pendant
qu'il faisait son portrait, et au moment où l'obturateur s'est ouvert, un souvenir l'a envahie et, comme
le montre clairement la photo que vous ne verrez
jamais, elle a fermé les yeux sous la pression du chagrin, de sorte que cette photo fixe le visage sillonné
de rides d'une femme toute petite mais élégante,
tenant dans sa main impeccablement manucurée la
photo d'une jeune fille mi-rêveuse mi-sérieuse, dont

les yeux sont grands ouverts, même si ce sont naturellement les yeux de la vieille dame qui sont ouverts aujourd'hui tandis que ceux de la jeune fille sont fermés à jamais depuis soixante ans.

Pendant notre dernier déjeuner, son visage était animé et son humour excellent. Au moment où nous nous sommes tous retrouvés devant le restaurant, elle a marché vers moi.

Quoi, pas de baiser sur la joue ? a-t-elle dit sur le ton du flirt, en m'offrant sa joue. J'ai souri et je l'ai embrassée. Elle s'est tournée vers Sarah Greene qui riait et elle est devenue expansive.

Je n'arrive pas à y croire, c'est étonnant, a-t-elle dit. Tout d'abord que je sois vivante, après tant d'années, et ensuite que j'aie rencontré les cousins de mes amies d'enfance. Je n'arrive pas à croire que je suis ici avec les cousins de Frydka. Je n'ai toujours pas réalisé, vraiment. Je n'arrive pas à y croire.

Je savais de quoi elle parlait : l'étrangeté de pouvoir reprendre tout à coup un fil depuis longtemps abandonné, le fil dont on imaginait qu'il était interrompu (*Doktor Begleiter ? C'était un docteur très important !*). Vous êtes maintenant ma famille, avait-elle dit à ma mère la veille, lorsque, l'interview terminée, j'avais appelé la maison de mes parents à Long Island afin que cette femme et la cousine de son amie disparue pussent entrer en contact. Vous êtes mes parents à présent.

Nous nous sommes tournés pour entrer dans le restaurant et, plein d'audace, j'ai dit, J'aimerais tellement qu'il y en ait d'autres comme vous.

Quoi ? a-t-elle répliqué sur un ton faussement féroce. Vous ne savez pas ? Bien sûr qu'il y en a d'autres qui les ont connus.

J'ai regardé Matt et puis j'ai sorti mon stylo et mon carnet de mon sac.

Qui ? ai-je demandé.

Elle a eu un sourire satisfait et elle s'est mise à parler.

Une amie de Frydka, elle s'appelait Dyzia Lew, elle porte maintenant le nom de Mme Rybek. Elle a épousé un Russe. Après la guerre, j'ai dit, Je pars en Occident. Et elle a dit, Pour quoi faire, il y a déjà trois cent cinquante millions de mendiants en Union soviétique, deux de plus, ça ne changera rien. Mais je suis partie pour l'Occident et elle est restée. Et puis elle est allée en Israël et elle a fait la connaissance de Shlomo. La sœur de Shlomo était une amie d'enfance, a-t-elle ajouté.

Les autres ? ai-je demandé en écrivant : DYZIA LEV ? LOEW ?

Il y en a une à Stockholm, a dit Meg. Elle s'appelle Klara Schoenfeld, non, désolée, Schoenfeld, c'était son nom de jeune fille. Son mari est celui qui s'est échappé sur le chemin du cimetière avant l'exécution. Il s'appelait Jakob Freilich. Elle s'appelle Klara Freilich, elle vit à Stockholm. Elle n'était pas très proche de nous, nous étions amies, mais elle n'allait pas au lycée. Mais, évidemment, elle a connu Frydka.

J'ai souri et je me suis tourné vers mon frère.

Qu'est-ce que tu en dis, Matt, ai-je dit assez fort pour qu'elle m'entende parce que je voulais son approbation, pour qu'elle sache combien nous étions sérieux. Nous irons à Stockholm ?

Les yeux de Meg se sont agrandis.

Quoi, vraiment ? a-t-elle dit. Je peux vous donner l'adresse.

Elle m'a pris le stylo et le carnet des mains et, après avoir fouillé dans son sac, elle s'est mise à écrire. Elle a arraché une feuille et m'a tendu le morceau de papier sur lequel elle avait écrit, dans une écriture d'autrefois, KLARA FREILICH, et l'adresse dont l'orthographe à la bizarrerie visuelle que je contemplais sous le soleil d'un après-midi d'automne de Nouvelle-Galles du Sud annonçait déjà des endroits lointains et des voyages nouveaux. EDESTAVÖGEN, avait-elle écrit, un nom qui ne signifiait rien pour moi. SVÈDE, avait-elle écrit, avec une faute d'orthographe que j'avais cessé de remarquer depuis longtemps parce que je m'étais habitué à l'orthographe des Juifs de Bolechow. *Voici l'école où je svis allé. Assis, mon cher frère Shmiel dans l'Armée autrichienne, cette photo est prize en 1916.* Bon, ai-je pensé, peut-être que nous irons en « Svède ».

Qu'est-ce que vous voulez savoir encore ? a dit Meg, d'une voix remarquablement légère, alors que je glissais le morceau de papier sur lequel elle avait écrit EDESTAVÖGEN dans ma poche. Je vous dirai tout ce que vous voulez savoir.

Elle a aplati une mèche de cheveux cuivrée qui s'était soulevée dans la brise d'été et elle a souri.

Non, je ne vous dirai pas tout. Il y a certaines choses qu'on ne peut pas dire.

D'accord, ai-je dit, même si je pensais déjà qu'une de celles qu'elle avait mentionnées, dont je n'avais jamais entendu les noms auparavant, allait sûrement pouvoir me parler de Frydka et de Ciszko Szymanski.

Et ? ai-je demandé.

Reinharz ! a dit Jack à Meg. Il devrait leur parler.

Qui est Reinharz ? ai-je demandé.

Ce sont deux personnes, un couple qui a survécu, je suis sûr qu'ils ont connu Shmiel et les autres.

Tout comme l'aurait fait mon grand-père, Jack avait prononcé *surouécu*.

Et ? ai-je dit.

Vous devriez aussi aller à Tel-Aviv, a dit Meg, il y a Klara Heller. C'était l'amie de Lorka.

L'amie de *Lorka* ? Pour une raison quelconque, je n'avais jamais imaginé qu'elle ait pu en avoir une – je n'avais jamais imaginé, en tout cas, qu'il y en ait une encore vivante. AMIE DE LORKA !! CLARA HELLER ISRAËL, ai-je écrit dans mon carnet.

Ça vous suffit ? a demandé Meg, en tendant le bras pour faire entrer tout le monde dans le restaurant.

Ça suffit, ai-je dit.

Nous sommes entrés dans le restaurant.

Trois mois plus tard, nous nous envolions pour Israël.

QUATRIÈME PARTIE

Lech Lecha,

ou
En avant !
(juin 2003-février 2004)

Mais l'inconvénient avec les témoignages, quelle que soit leur prétention à la vérité, c'est leur manque de précision dans les détails et leur restitution passionnée des événements... La prolifération de témoignages de second ordre ou de troisième que certains ont copiés, d'autres les ont transmis sans soin, que certains ont répétés par ouï-dire, d'autres les ont modifiés dans les détails en toute bonne ou mauvaise foi, que certains ont librement interprétés, d'autres les ont rectifiés, que certains ont propagés avec une indifférence totale, d'autres les ont proclamés comme la vérité unique, éternelle et irremplaçable, ces derniers étant les plus suspects de tous.

José Saramago,
L'Histoire du siège de Lisbonne

Parashat Noach, *ce terrible récit d'extermination, est à bien des égards une histoire qui parle d'eau. Au contraire, la lecture hebdomadaire suivante dans la* Torah, *parashat Lech Lecha, traite essentiellement de la terre ferme. Comme* Noach, *c'est aussi, d'une certaine façon, un récit de voyage, avec cette différence que le paysage dans lequel les personnages de la* parashah *précédente doivent voyager est mystérieux et impossible à connaître et que les héros de* Lech Lecha – *Abram, le lointain descendant de Noé, un Chaldéen de la ville d'Ur, et sa famille, les premiers adorateurs du dieu hébraïque – se déplacent à travers des espaces qui sont décrits avec de nombreux détails : leur apparence, leurs dimensions, leurs habitants peu familiers. Il est possible, en effet, de voir dans* Lech Lecha *le premier récit de voyage, une histoire qui conduit son héros depuis « sa patrie, son lieu de naissance et la maison de son père » jusqu'à la terre des merveilles dans laquelle lui et son peuple vont vivre désormais.*

Cette préoccupation pour la terre et le territoire n'a rien d'accidentel : car, comme c'est bien connu, Lech Lecha *est la* parashah *dans laquelle Dieu nomme explicitement son alliance avec Abram :*

« *Quitte ta terre, ton lieu de naissance, la maison de ton père, dit Dieu à Abram, pour l'endroit que je te montrerai. Je ferai de toi une grande nation, et je te bénirai et je te ferai un grand nom. Et sois une bénédiction ! Et toutes les familles de la terre seront bénies à travers toi.* » (Friedman, dont c'est ici la traduction, n'est pas le premier commentateur à remarquer que la nature de cette bénédiction, ce que sera ce bénéfice pour toute l'humanité, n'est jamais vraiment éclaircie.) Pour cette raison, Lech Lecha *est, entre autres, la plus évidemment politique des premières* parashot *: sans cesse, il introduit dans le récit de l'espèce humaine des publicités, des annonces et des avertissements destinés à légitimer les prétentions du peuple d'Abram sur un morceau de terre spécifique. Le nom de cette superficie était Canaan. Dès l'instant qu'Abram arrive sur cette terre, nous sentons que les ennuis vont commencer, car comme le reconnaît sans gêne le texte,* « les Cananéens étaient alors dans le pays »*. Pourtant, Dieu fait sa promesse et la réitère tout au long de* Lech Lecha *:* « Je donnerai cette terre à ta semence. » *Les coordonnées de la propriété qui doit passer des Cananéens au peuple d'Abram – les détails du transfert ne sont pas spécifiés dans la promesse de Dieu – sont soigneusement définies : aussi loin que Sichem, aussi loin que le chêne de Moré, Béthel à l'est et Aï à l'ouest, le Néguev, et ainsi de suite.*

La précision croissante du texte concernant la terre reflète un processus de rétrécissement plus grandiose, magnifiquement analysé par Friedman dans son commentaire : les onze premiers chapitres de la Genèse, écrit-il – c'est-à-dire Bereishit *et* Noach –, traitent de la relation entre Dieu et la totalité de *la communauté humaine. Cette relation s'est très clairement détériorée, au point que, après dix générations, Dieu a détruit l'humanité, à l'exception de la famille de Noé (c'est le premier « rétrécissement »). Dix générations après, Dieu se concentre encore sur l'un des descendants de Noé, Abram (le second « rétrécissement »). Le reste de la Bible sera, pour l'essentiel, l'histoire, racontée dans les moindres détails, de la famille d'un homme vertueux dans sa lutte pour garder le contrôle de la propriété que Dieu lui a promise.*

Je n'ai pas d'intérêt pour l'aspect territorial et les implications politiques de Lech Lecha, *même s'il va sans dire que les promesses faites dans cette* parashah *ont été souvent citées dans un but politique, même aujourd'hui (si incroyable que cela puisse paraître à des laïcs, pour qui la Torah n'est rien d'autre qu'une œuvre littéraire). Ce qui est sûr, c'est que certains thèmes plus généraux de cette* parashah *intriguent quelqu'un comme moi, qui s'intéresse profondément à la culture riche et complexe de civilisations aujourd'hui disparues, comme la culture de l'Autriche-Hongrie d'avant la Première Guerre mondiale, ou bien comme la vie urbaine enchevêtrée de villes polonaises de l'entre-deux-guerres, Lwów par exemple. Un des thèmes qui m'intéressent, et non des moindres, est la façon dont différents groupes de gens peuvent soit coexister dans un endroit donné, soit (c'est plus fréquent) tenter de s'en chasser les uns les autres. Un autre thème pourrait être le suivant : que signifie le fait de se sentir chez soi dans un pays au sein duquel vous êtes, juridiquement, un étranger et sur lequel, cependant, on vous a appris que vous aviez une prétention inaliénable et profonde.*

Mais ce qui m'intéresse encore plus dans cette **parashah**, *quel que soit l'intérêt de son commentaire implicite concernant le territoire et la culture, ce sont, comme d'habitude, certains détails de la diction et du récit, le genre de choses qui intéressent plus (disons) les adolescents studieux et les savants de bibliothèque que les Premiers ministres. Par exemple, le titre même de cette* parashah *est en soi l'objet d'une controverse qui n'est pas négligeable : le premier mot du titre en hébreu,* lech, *signifie « va » ; c'est l'étrange usage du second mot,* lecha, *qui a troublé les commentateurs. Le sens de* lecha *est quelque chose comme « pour toi-même ». Mais que signifie exactement « Va pour toi-même » ? Comme le remarque Friedman, il a été traduit par « Trouve-toi » ou « Va, toi ». Dédaignant ce qu'il appelle un « anglais maladroit », Friedman écrit simplement « Va », tandis qu'une nouvelle traduction propose « Va de l'avant », qui a une jolie connotation archaïque. Rachi, comme à son habitude, s'attarde sur ce problème. Il suggère pour finir que « pour toi-même » a une double implication : « pour ton plaisir » et « pour ton bénéfice ». Pourquoi Dieu promet-il plaisir et bénéfice à Abram ? Parce que, note Rachi, les redoutables voyages qu'Abram s'engage à faire vont avoir un coût terrible. Voyager de manière aussi longue, souligne Rachi, a trois conséquences négatives : perte de reproduction (parce qu'il n'est pas correct pour les couples d'avoir des relations maritales lorsqu'ils sont les hôtes d'un autre foyer, et Abram et sa femme, Sarah, n'auront pas de foyer à eux avant la fin de leurs voyages) ; perte d'argent (cela n'a pas besoin d'être expliqué, même aujourd'hui) ; et perte de réputation – parce que,* dans chaque nouvel endroit où il arrive, Abram doit travailler à rétablir sa réputation d'homme vertueux à partir de rien.

C'est, le texte l'implique, à titre de compensation pour les pertes entraînées par le voyage à travers le monde que Dieu promet de grandes récompenses à Abram : son nom sera grand, il sera béni (« bénédiction », comme le souligne Rachi, étant un mot qui suggère aussi les biens matériels), sa progéniture sera aussi innombrable que la poussière ou les étoiles. Il aura, en temps voulu, des fils à lui : tout d'abord Ismaël, avec l'esclave égyptienne Hagar, et puis Isaac, avec sa femme légitime, Sarah. (Encore de la politique.) Même son nom grandira d'une syllabe : vers le milieu de parashat Lech Lecha, Dieu déclare que le nom d'Abram sera désormais « Abraham ».

Peut-être parce que j'ai fait des études classiques, je lis cette parashah, récit d'un homme qui se lance dans un grand voyage à travers des pays étranges, remplis d'amis inattendus et d'ennemis terribles, des pays à la fois hautement civilisés et violemment primitifs, d'un homme qui bénéficie de la protection spéciale d'un dieu qui le guide sans jamais, toutefois, lui rendre les choses trop faciles, un récit, au bout du compte, de la lutte désespérée d'un homme qui veut rentrer chez lui – en lisant cela, je pense moins aux Hébreux et plus aux Grecs. Je pense à l'Odyssée d'Homère. Dans ce poème épique, le héros endure aussi des aventures effroyables et fait des voyages troublants pour pouvoir rentrer chez lui, et lui aussi est récompensé de ses épreuves par les dieux : à la fin du poème, il a acquis des biens matériels, du pouvoir, retrouvé sa famille. Ce qui me surprend, c'est que, comparé à son homologue grec, le patriarche biblique – en fait, *Lech Lecha* même – semble bizarrement peu intéressé par les pays qu'il traverse, bizarrement peu curieux des cultures qu'il rencontre (et, naturellement, qu'il finit par déplacer) ; il me vient à l'esprit que la différence entre Abraham et Ulysse, c'est la différence entre une émigration dangereuse et terrifiante et un retour vers le foyer qu'on connaît déjà. Quelles qu'en soient les raisons, en tout cas, l'Odyssée souligne quelque chose que *Lech Lecha* traite avec indifférence : il y a une autre récompense, plus grande encore, obtenue dans le fait de voyager à travers le monde et d'observer de nouveaux pays, de nouvelles cultures, de nouvelles civilisations, d'entrer en contact pour la première fois avec différentes sortes de peuples et de coutumes : la connaissance. La connaissance, par conséquent, est une autre bénédiction qui augmente avec les distances que vous franchissez.

Ou parfois non. Quiconque a beaucoup voyagé sait que, même si vous croyez savoir ce que vous cherchez et où vous allez quand vous décidez de partir, ce que vous apprenez en route est souvent tout à fait surprenant.

1

La Terre promise
(été)

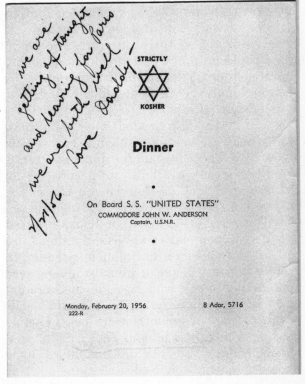

we are
getting off tonight
and leaving for Paris
we are both well
love Dorothy!
2/21/56

STRICTLY

KOSHER

Dinner

•

On Board S. S. "UNITED STATES"
COMMODORE JOHN W. ANDERSON
Captain, U.S.N.R.

•

Monday, February 20, 1956   8 Adar, 5716
222-R

CEST LA FAUTE de mon grand-père si j'ai toujours évité d'aller en Israël.

Ce n'est pas qu'il n'ait pas aimé Israël. Il aimait Israël et il racontait de nombreuses histoires à son sujet. Il y avait, pour commencer, l'histoire, devenue presque un mythe à présent, du voyage de son frère en Palestine dans les années 1930. « Juste à temps ! » disions-nous en chœur, lorsque mon grand-père nous racontait l'émigration fabuleuse et presciente de son frère plus âgé, à peine cinq ans avant que le monde se referme, sans nous rendre compte, au moment où nous le disions, qu'en réagissant de cette façon à l'histoire du frère dont mon grand-père était prêt à parler (celui dont le nom hébraïque était Yitzhak, ou Itzhak, que nous prononcions avec l'accent yiddish : *ITZ-ik*), nous faisions allusion, ne serait-ce que tacitement, au destin du frère dont il ne parlait pas. Mon grand-père m'expliquait comment, sous la pression de Tante Miriam, la sioniste fervente, son frère Itzhak avait lui aussi échappé au champ magnétique de Bolechow, à l'attraction du passé, à l'attraction exercée par tant de siècles d'histoires et de liens familiaux, et s'était fait une vie pour lui et ses jeunes enfants, les cousins de ma mère, qui allaient prendre en grandissant un nouveau nom israélien, avec pour résultat que le seul Jäger de la génération de mon grand-père qui avait des fils s'était retrouvé avec des enfants et des petits-enfants qui ne portaient pas le nom de Jäger. En effet, plusieurs des nombreux descendants d'Oncle Itzhak, comme j'ai pu le constater quand je suis finalement allé en Israël, ne savaient pas que leur nom de famille était autrefois Jäger.

Oncle Itzhak et Tante Miriam étaient donc partis pour Israël. Ils s'y étaient installés, nous le savions, juste à temps pour éviter la conflagration qui avait détruit tous les autres. Ils y avaient eu des enfants et, par la suite, d'innombrables petits-enfants aux noms bizarres qui sonnaient, pour nous les cousins américains, comme les noms de personnages de films de science-fiction, quelque chose d'à la fois guttural, bref et curieusement chantant : Rami, Nomi, Gil, Gal, Tzakhi et Re'ut. Et là, en Israël, ils avaient fait le genre de choses qui me paraissaient, à moi qui avais été élevé dans un contexte familial différent, à la fois exotiques et peu attrayantes : vécu en communauté dans des maisons tristes, travaillé dans les champs, cueilli des oranges, combattu dans des guerres sans fin, se mariant tous très jeunes et se multipliant. Tous les six mois environ, quand j'étais enfant, nous recevions un de ces minces aérogrammes, presque transparents, de Tante Miriam dans lequel (en infraction à la réglementation des Postes – mais c'était une socialiste ardente) elle avait glissé des tirages Kodacolor étincelants du mariage d'un tel ou de tel autre, et ce qui m'avait frappé à l'époque, c'était le fait que ces Israéliens ne semblaient jamais porter de cravate ou même de veste à l'occasion des événements familiaux importants. Un détail, me direz-vous, mais qui, dans mon esprit, semblait confirmer obscurément le fait que ces gens, au bout du compte, n'étaient pas vraiment des Jäger. Pour moi, lorsque j'étais enfant, il me paraissait évident qu'être un Jäger, comme être juif, avait beaucoup à voir avec des caractéristiques que j'associais à mon grand-père : une élégance vestimentaire, une formalité (ce qui signifie, en termes religieux, une orthodoxie stricte, et, en termes séculiers, pourrait se traduire par le fait qu'on ne voyage jamais qu'en veste et cravate), une sévérité dans l'attitude, des choses qui avaient à voir avec l'Europe, de toute évidence, et pour autant que je pouvais en juger, rien à voir avec un endroit au beau milieu du désert.

Quoi qu'il en soit, mon grand-père aimait profondément Israël, avait aimé Israël depuis le tout début. Il prenait plaisir – et plus tard, après sa mort, ma mère aussi – à raconter l'histoire de la façon dont, pendant le vote des Nations unies sur la création de l'État d'Israël en 1947, il était resté assis sur le rebord de la fenêtre de son appartement dans le Bronx, écoutant avec anxiété la retransmission radiophonique du vote, et comment à chaque oui ou non des États membres, il notait soigneusement sur une feuille de papier le décompte exact des voix. Et puis, une fois le vote terminé, comment il s'était exclamé, combien ils avaient pleuré !

Avant que ce nouveau pays ait même fêté sa première décennie, avait eu lieu le voyage légendaire sur le grand paquebot qui, contrastant en tout point avec la première traversée de l'Atlantique de mon grand-père, ce voyage terrifiant, difficile et étrange, les avait emmenés dans le plus grand luxe, ma grand-mère et lui, à travers l'océan, non plus vers l'Europe, mais vers l'endroit bien plus ancien qui était à présent nou-

veau. En février 1956, mon grand-père, ayant pris
une retraite anticipée après avoir vendu l'affaire
qu'il avait reprise aux Mittelmark et transformée
en une entreprise qui portait son nom, JAEGER,
avait emmené ma grand-mère à bord du *SS United States*, le paquebot qui devait les conduire
chez Itzhak et Miriam. Le navire était renommé,
par-dessus tout, pour sa rapidité, ce qui me surprend à peine : comment en effet mon grand-
père, qui avait vu son frère pour la dernière fois
trente-cinq ans plus tôt, aurait-il pu attendre ne
serait-ce qu'un jour supplémentaire pour le
revoir ?

Tout comme il y avait des histoires concernant
la luxueuse traversée, les menus et la liste des
passagers, que mon grand-père, puis ma mère,
avaient soigneusement conservés dans des
pochettes en plastique, de telle sorte qu'ils
paraissaient presque neufs lorsque, vingt ans
après ce voyage, je les ai regardés – tout comme
il y avait des histoires concernant la traversée,
l'élégance raffinée du paquebot ultramoderne,
l'opulence et la variété de la nourriture strictement cascher qui était servie, les spectacles sans
fin à bord, il y avait aussi l'histoire du moment
tant attendu des retrouvailles. Car, lorsque le
grand paquebot a accosté, mon grand-père a
perdu patience dans la queue des douanes et,
ayant aperçu son frère dans la foule, de l'autre
côté de la grande salle, a pris ma grand-mère par
la main et l'a poussée à travers la rangée des doua-
niers israéliens alignés et les officiers de l'immigration, en leur disant, à sa manière bien à lui, *Je
n'ai pas vu mon frère depuis trente ans et ce n'est*

pas vous qui allez m'en empêcher maintenant ! Ou
alors arrêtez-moi !

Et c'est comme ça que mon grand-père a fait
son entrée en Israël. Dans ce tout nouveau pays,
qui était simultanément très ancien, ma grand-
mère et lui ont passé une année entière. Ma mère
vous dira encore aujourd'hui que, à l'époque,
quand les gens ordinaires ne faisaient pas facilement des appels téléphoniques transatlantiques,
son père l'a appelée deux fois d'Israël : la première, lorsque ma grand-mère et lui sont arrivés
et, la seconde, le jour de l'anniversaire de ma
mère. Le fait d'être dans un pays étranger n'avait
pas empêché mon grand-père d'être lui-même,
d'être le genre de personne qui aime faire de
beaux gestes... d'être un Jäger. Comme il avait un
instinct impeccable pour le geste approprié, qu'il
soit sentimental ou comique (*Maintenant, Marlene,*
tu vas cesser de pleurer parce que tu sais à quel
point tu es moche quand tu pleures...), il avait tendance à faire naître, chez les gens qui appré-
ciaient ce trait de son caractère, un désir
identique de faire des beaux gestes pour lui. Par
exemple : mon grand-père avait toujours adoré
les oiseaux. Quand j'étais enfant et qu'il venait
nous rendre visite pendant l'été, nous allions le
chercher à Kennedy Airport, lui et tous les bagages qu'il transportait, les nombreuses valises et la
mallette spéciale qui contenait ses pilules, la seule
chose qu'il voulait porter lui-même, après que
mon père, exaspéré peut-être, mais silencieux,
avait tout chargé dans la voiture, c'était la grande
cage au sommet arrondi de Shloimeleh, le canari.
Salomon. Pourquoi cet oiseau s'appelle-t-il

Shloimeleh ? lui avais-je demandé un matin de juillet, quand j'avais quinze ans et qu'il était en train de me dicter (parce que je savais taper à la machine, parce que je m'intéressais beaucoup à sa famille, parce que cela aurait embêté ma mère s'il lui avait demandé de le faire, parce que j'étais heureux de passer le moindre moment seul avec lui) cette longue liste d'instructions concernant ce qui devait se passer à sa mort, un événement auquel il pensait souvent, mais avec bonne humeur, un peu comme on pense à la visite, dans un avenir lointain et néanmoins certain, d'un ami d'enfance avec qui, on le sait, la conversation va s'épuiser rapidement.

Si je devais mourir un samedi ou un vendredi dans la nuit,

(me faisait-il taper)

s'il vous plaît, ne déplacez pas mon corps jusqu'au samedi soir, après le coucher du soleil. Le Chewra Kadishu devrait accomplir le rite funéraire, pas les pompes funèbres. Donnez-leur cent dollars pour le faire. Assurez-vous de faire venir un Juif pour me veiller cette nuit-là et de dire le Thilim. Envoyez immédiatement cent cinquante dollars à <u>Beth Joseph Zvi</u>*, à Jérusalem en Israël, à l'attention de M. Davidowitz pour qu'il dise le kaddish pour moi pendant toute l'année. Mon nom est Abraham ben Elkana. S'il vous plaît, utilisez mon grand* talès *pour l'enterrement.*

Pourquoi l'oiseau s'appelle-t-il Shloimeleh ? avait-il répété, une fois signé ce document avec le stylo à plume bleu dont il aimait se servir. *Pourquoi pas ? Parce que c'est l'oiseau le plus intelligent auquel j'aie jamais parlé.*

C'était parce que mon grand-père aimait tant les oiseaux que son frère Itzhak, qu'il aimait tant et qui, de toute évidence, l'aimait aussi, avait construit pour lui, lorsque ma grand-mère et lui avaient passé cette année en Israël, un pigeonnier sur le toit de leur maison, afin que mon grand-père pût aller s'asseoir et regarder les pigeons tous les soirs, au crépuscule.

Il y avait d'autres histoires sur le voyage en Israël, histoires dans lesquelles mon grand-père apparaissait, bien entendu, comme le héros grandiose ou très malin. Par exemple, il y avait cette histoire où, ma grand-mère s'étant retrouvée à court d'insuline, son mari ne s'était pas soucié d'en trouver, de façon ordinaire, dans une pharmacie ou un hôpital, mais avait appelé le consulat américain pour se faire transporter en vedette jusqu'à un navire de guerre ancré non loin de là et où il était sûr de trouver de l'insuline (Tu *le* connais, avait ajouté ma mère en me racontant une nouvelle fois l'histoire, récemment, il n'avait peur de *personne*). Ou celle dans laquelle il avait pris sous son aile les enfants d'un orphelinat, et se rendait à cet orphelinat à pied – aujourd'hui seulement, longtemps après que toute réponse est devenue impossible, je me demande, De qui étaient-ils les enfants ? –, il s'y rendait à pied et emmenait les enfants se promener dans le parc, et leur achetait des bonbons. *L'orphelinat était son truc préféré*, s'est rappelé ma mère, l'autre jour, quand je lui ai posé des questions sur le voyage de son père en Israël et sur d'autres choses. *C'est pour ça que je leur envoie de l'argent. Beth David Zvi*. Elle a gloussé, avant de continuer, *Je me souviens qu'il m'avait dit* : « *Le jour où je passe l'arme à gauche, chaque* yorsteyt, *chaque fête, chaque* yontef, *envoie-leur un peu d'argent. Mais tu sais, ces Juifs, ils te prendraient tout ce que tu as ! Alors envoie-leur un peu seulement à chaque fois !* » Elle s'est tue un instant et elle a ajouté ensuite, inutilement, *Alors c'est ce que j'ai fait.*

Mon grand-père est donc resté le même, pendant l'année qu'il a passée en Israël. Ce qui est étrange, compte tenu du fait que mon grand-père parlait beaucoup de son grand voyage en Israël et de son long séjour là-bas, c'est que j'ai su très peu de choses sur Itzhak quand j'étais enfant. Longtemps après que mon grand-père s'est jeté dans l'eau fraîche de la piscine du 1100 West Avenue, à Miami Beach, je me suis rendu compte que je n'avais pas la moindre idée de ce qu'avait été la personnalité d'Itzhak, quels drames avaient rempli sa vie, en dehors de celui d'avoir eu la prescience de quitter Bolechow, poussé par les convictions idéologiques de sa fervente épouse ; comme s'il avait suffi que nous sachions qu'il était Celui Qui Avait Été Assez Intelligent Pour Partir Juste À Temps. Sur Itzhak, je savais exactement deux choses précises. L'une d'elles, je l'ai apprise d'Elkana, son fils, quand je suis finalement allé en Israël : comme mon grand-père, Elkana m'a dit que son père utilisait en souriant une formule rigolote, un peu absurde, en guise de réponse à ses enfants (et, plus tard, à ses petits-enfants) qui lui demandaient de l'argent pour s'acheter une glace ou un bonbon : *Qui vous croyez que je suis, grafpototski ?* Je n'avais pas la moindre idée de ce que pouvait vouloir dire *grafpototski* quand mon grand-père faisait cette réponse à la sonorité ridicule à mes requêtes de quelques pièces, mais ça me paraissait drôle. Bien entendu, à l'époque où j'ai étudié l'allemand, des années plus tard, et que j'ai appris que *Graf* est le mot correspondant au titre nobiliaire de « comte », j'avais complètement oublié cette phrase absurde de mon grand-père.

C'est donc une des choses que j'ai apprises au sujet d'Oncle Itzhak, longtemps après que lui et mon grand-père étaient morts. C'est de ma mère que j'ai obtenu l'autre vif éclairage de ce qu'avait pu être la personnalité d'Itzhak. Ma mère avait l'habitude de me dire que, comme son frère, mon grand-père, Oncle Itzhak avait un grand sens de l'humour. L'unique photo que j'ai de lui (à part la petite photo de lui prise dans les années 1920, portant deux tampons officiels apparemment, peut-être pour un passeport, photo sur laquelle il est mince et regarde un peu dans le vague et sur sa gauche, un peu rêveur, souriant pour lui-même, l'air préoccupé) montre un homme entre deux âges, replet, solide, et un air de bonne humeur permanent (je me dis maintenant : regarde quelle chance il a eue). Ma mère se souvenait d'avoir écrit régulièrement, quand elle était jeune fille, des lettres à cet oncle qu'elle n'avait jamais rencontré, et de recopier soigneusement l'adresse que lui avait donnée son père : ITZHAK YÄGER, telle rue à Kiryiat Hayim, ISRAËL.

Ma mère a ri en repensant à tout cela, récemment. Je me souviens, a-t-elle dit, qu'Oncle Itzhak me répondait, « Où est le *respect* ? Tu écris ITZHAK YÄGER sur l'enveloppe. Tu aurais dû écrire MONSIEUR ITZHAK YÄGER !! »

Nous avons ri tous les deux – mais je pensais à ceci en vérité : le sujet de la plaisanterie, l'humour en question, dépendait d'une certaine idée de soi, à la fois impérieuse et hautaine, une idée de qui il était dans le monde.

Ce qui est, comme nous le savons, quelque chose de très présent dans la famille de son père.

C'était donc le premier voyage en Israël d'un membre de la famille. Il y a un certain nombre de photos de ce voyage : pas simplement celles que mon grand-père a prises au moment où ils montaient à bord sur le *West Side Piers*, à New York, les photos de ma mère et de sa mère, et des tantes et des oncles debout dans la salle de réception avant que la sirène retentisse, mais aussi les photos de mes grands-parents en Israël. Les voici à bord du paquebot, bras dessus bras dessous, par une journée ensoleillée au milieu de l'océan, une photo prise par un inconnu sur laquelle ma grand-mère, qui porte une robe d'été blanche, a l'air heureuse et même rayonnante de santé, ce qui n'était pourtant pas le cas ; une autre photo d'elle, avec la même robe, assise, l'air pensif, sur une chaise longue ; là, ils sont en Israël, posant devant des ruines gréco-romaines avec le très jeune Elkana, ou bien dans une calèche-taxi dans une rue ombragée par les palmiers de Tel-Aviv, je crois. Une de mes préférées montre ma grand-mère, ma Nana, sur une route de terre à côté d'un Bédouin assis sur un âne et tirant un chameau : au dos de la photo, mon grand-père a écrit *1957 en Israël, Grandma avec un chameau et un ARABE*. J'adore cette photo parce que je pense souvent, maintenant, à la difficulté de la vie de ma grand-mère, avec son diabète (*tous les jours, elle devait faire bouillir ces horribles aiguilles dans un* shissl, se rappelait récemment ma mère, utilisant – curieusement, m'a-t-il semblé – le mot yiddish pour casserole, un mot que j'avais appris dans les conversations à propos de *kasha* et de *golaki*) et la cohabitation avec mon grand-père ; et lorsque je vois cette photo d'elle avec le chameau, je suis heureux à l'idée qu'elle ait connu cette petite aventure, elle qui avait eu une éducation misérable, elle qui avait été si pauvre, petite fille. Comme je l'ai dit, il y a eu une époque où je n'aimais personne comme j'aimais ma grand-mère, peut-être parce qu'elle ne racontait pas d'histoires, qu'elle était simplement chaleureuse et souriante, qu'elle était silencieuse et peu exigeante quand elle me laissait jouer avec ses boucles d'oreilles, quand nous étions assis sur les marches du perron ; et le fait qu'elle est morte depuis quarante ans ne me rend pas moins protecteur à son égard.

Il y a encore une photo, une photo d'un petit groupe de gens qui se tiennent loin de l'objectif, peut-être sur un trottoir, une photo qu'il m'a fallu des années pour déchiffrer. C'était en partie parce qu'elle est un peu floue et que les visages sont difficiles à discerner, en partie à cause de l'angle étrange dans lequel elle a été prise : une curieuse ligne diagonale coupe le coin inférieur gauche de la photo. C'est récemment que j'ai compris que mon grand-père avait pris cette photo le jour où il a quitté Israël, en fait au moment même où il est monté sur la passerelle du navire qui le ramenait chez lui, lui et ma grand-mère, après leur année passée en Israël ; c'était, je l'ai vu, la rambarde de la passerelle qui coupait le coin gauche de la photo. C'est seulement après avoir compris ce qu'était cette barre oblique que j'ai pu voir que le petit groupe qui se trouvait en bas était Oncle Itzhak et sa famille, attendant sur le quai le départ de mes grands-parents.

IL FAUDRAIT PRÈS de vingt ans avant que quiconque dans ma famille rende visite aux cousins israéliens, et encore trente ans de plus, exactement, avant que je m'y rende moi-même, même si, comme je l'ai dit, ce qui m'intéressait n'était pas

Israël mais Bolechow. Pendant ces vingt années, pourtant, Israël s'est fait sentir. De temps en temps, alors que ces années passaient, nous recevions des visites des Israéliens à la maison, des gens qui, pour mon jeune esprit, étaient d'un exotisme intéressant et, pour cette raison essentielle, dignes de mon attention. Il y avait, par exemple, cette femme, un peu plus jeune que mes parents, du nom de Yona – un autre de ces noms israéliens mystérieusement brefs, réduits à deux syllabes, qui me donnaient l'impression, à l'époque, de représenter une qualité essentielle d'Israël : dépouillé, bref, nécessairement pratique, impatient avec une ornementation sentimentale. Cette Yona faisait de temps en temps son apparition, seule, chez nous, mais le plus souvent elle arrivait avec mon grand-père, qui avait été brièvement, vers le milieu des années 1960, « entre deux épouses », comme j'avais entendu quelqu'un le dire, avant de savoir ce que cela signifiait réellement – l'esprit des enfants étant tout à fait littéral, j'avais imaginé mon grand-père compressé entre Nana morte et une autre femme quelconque – et de pouvoir comprendre le dédain sous-jacent dans ce commentaire. C'était cette remarque entendue qui m'avait peut-être poussé à me demander, devant ma mère qui faisait chauffer une poêle remplie des petits pois minuscules qui étaient les seuls que mangeait mon grand-père, si Yona allait épouser Grandpa.

Yona ! avait dit ma mère en riant et en secouant la tête. Mais non, idiot, Yona est notre *cousine* !

Comme ma mère est fille unique, je savais déjà à ce moment-là que lorsqu'elle parlait de « cousins » – ou lorsqu'elle parlait de certaines « tantes » ou « oncles » – elle faisait référence à des parents dont le lien avec moi, mes frères et ma sœur, était en fait assez lointain – à supposer qu'il y eût même un lien véritable. J'avais donc admis de bonne foi que cette jeune femme, séduisante à certains égards, avec ses cheveux noirs bouffants autour d'un visage languide, était liée à la famille Jaeger d'une manière ou d'une autre, et que je devais être gentil avec elle. Je voulais être gentil avec elle de toute façon, parce que en dépit de ma jeunesse, je sentais que l'attention qu'elle m'accordait avait quelque chose de spécial. Il a des yeux d'un bleu ! disait-elle à ma mère, avec intensité. Et elle était en effet très sérieuse. Seul mon grand-père, pour autant qu'on ait pu le savoir, était en mesure de la faire rire, mon grand-père qui l'appelait, pour se moquer un peu d'elle, *Yona geblonah !* et lui racontait des histoires scandaleuses dans des langues que je ne comprenais pas alors. Et puis mon grand-père avait épousé la première des trois femmes qui allaient succéder à ma grand-mère, et à la place de Yona, vinrent chez nous pendant l'été Rose tout d'abord, Alice ensuite, et enfin Ray, *Raya*, avec le tatouage sur l'avant-bras, *Raya* qui s'arrangeait toujours pour occuper la chaise de mon père à la tête de la table et feignait la surprise quand il restait debout près d'elle, la regardant de haut avec un air impatient, au début du repas, *Raya* qui, lorsqu'elle se mettait à manger, se penchait sur son assiette comme si elle avait craint, même alors, que quelqu'un lui prît sa nourriture ; et c'est peut-être à cause de toutes ces épouses que nous avons en quelque sorte perdu la trace de Yona, qui avait cessé de venir nous voir à Long Island vers la fin des années 1960 et que nous n'avons plus jamais revue.

Dans les années 1960, nous avons eu aussi la première visite d'Elkana. Il était alors jeune, sombre, assez fringant ; son habileté à obtenir de la police locale d'être transporté jusqu'à notre maison en hélicoptère m'avait fait l'effet d'être un reflet de son importance dans le monde, de son prestige. Elkana n'était pas très grand – aucun Jäger ne l'était, ou du moins l'ai-je cru jusqu'à ce que j'en sache plus – mais il avait une présence et une autorité comparables à celles de mon grand-père. C'était à la fois perturbant et satisfaisant pour moi de voir cette personnalité familière à présent assumée par quelqu'un d'autre, traduite sur ce visage plus jeune, subtil et rusé, avec ces yeux amusés et cette moustache superbe, en quelque chose de vaguement exotique. Lorsqu'il venait nous voir, parfois seul et parfois avec sa superbe épouse, Ruthie, qui, avions-nous appris, les yeux écarquillés, n'avait jamais coupé ses cheveux et me laissait la regarder, certains jours, quand elle relevait ses longues tresses blondes sur sa tête, chaque matin, dans notre salle de bains au carrelage bleu, Elkana nous promettait que si nous venions le voir en Israël, il nous faciliterait les choses et que tout serait merveilleux, première classe.

Avec moi, disait-il, vous (il prononçait *fous*) n'aurez rien à faire, simplement descendre de l'avion – pas de douane, pas d'immigration, pas de contrôle des passeports, rien. *Fous* me laissez m'occuper de *tout* ! Sa voix était posée, amusée, autoritaire, pimentée par l'accent israélien quand il parlait l'anglais, les voyelles citronnées et les consonnes bourdonnantes. *Dehniel*, m'appelait-il. *Tous mes fœux !* disait-il en partant ou en terminant une conversation téléphonique.

En 1973, peu de temps après ma bar-mitsva, mes parents l'ont finalement pris au mot pour son invitation. J'étais heureux de les voir partir : mon grand-père et Raya allaient nous garder tous les cinq pendant que mon père et ma mère seraient absents. Qu'ils aient Israël. J'avais mon grand-père.

Mes parents avaient projeté ce voyage depuis longtemps, parce que mon grand-père voulait que ma mère rencontrât son frère, son frère adoré qu'il aimait plus que tout. À l'automne de 1972, quand l'organisation de ma bar-mitsva pour le mois d'avril suivant a commencé à prendre forme, mes parents ont aussi commencé à projeter le premier voyage à l'étranger, le voyage en

Israël, tant attendu et tant repoussé. Mais en décembre de cette année-là, Oncle Itzhak est mort. Né avec le siècle, il avait soixante-douze ans. Ce fut un choc dévastateur pour ma mère d'avoir été si près de la rencontre avec un parent légendaire – quatre mois seulement aurait tout changé – et de se voir dénier à jamais la possibilité d'établir un contact avec lui. Deux mois après sa mort, des amis proches de la famille étaient partis pour Israël, et comme c'étaient des amis intimes ils avaient passé un peu de temps avec Elkana. Ils étaient revenus de ce voyage avec une précieuse cargaison : parmi les nombreuses diapositives qu'ils avaient prises pendant leur séjour, il y en avait quelques-unes de la tombe d'Itzhak. Un soir, peu de temps avant le départ de mes parents pour Israël, nous avions organisé une projection dans notre salle de séjour et là, sur les murs blancs immaculés de notre maison, était apparu ce qui avait été ma première perception du nom de « Jäger », tel qu'il était inscrit en hébreu sur une pierre tombale – perception que je n'aurais pas de nouveau avant trente ans ou presque, lorsque dans le cimetière en friche de Bolechow nous tomberions par hasard sur la tombe de la cousine éloignée de mon grand-père et d'Itzhak, Chaya Sima Jäger, née Kasczka.

Sur le mur de la salle de séjour de mes parents, s'affichaient, très agrandies, les lettres suivantes :

יעגער

Très peu de temps après ma bar-mitsva, à l'occasion de laquelle ma voix s'était brisée de façon si humiliante sur les derniers mots de ma *haftarah*, mes parents s'étaient envolés pour Tel-Aviv. Sur ce voyage, il y a naturellement de nombreuses histoires. Ma mère aime raconter, par exemple, comment elle et mon père, tout comme l'avait promis Elkana des années auparavant, s'étaient vu épargner la queue à la douane et avaient été emmenés dans une voiture qui les attendait ; l'affection instantanée qu'avaient échangée mon père si cérébral et la vieille Tante Miriam, l'intellectuelle polyglotte dont le sionisme fervent, nous le savions, avait été la cause du salut de sa famille ; les visites secrètes de nuit dans les quartiers arabes où les restaurants étaient sans égal, les nuits sans fin avec les amis dans la cosmopolite Tel-Aviv (c'était choquant pour moi d'entendre ces histoires parce que, n'ayant pas vraiment eu la curiosité de lire quoi que ce fût sur le sujet, je croyais encore que le pays entier n'était qu'un océan d'immeubles d'habitation en béton). Et elle parlait de leur visite à Haïfa, où vivaient Tante Miriam et son autre enfant, Bruria, la sœur d'Elkana – Miriam à l'étage et Bruria et sa famille au rez-de-chaussée –, et de la façon dont, alors que différents groupes d'amis et de parents de Miriam et de Bruria venaient rendre visite aux cousins américains, elle (ma mère) montait et descendait les escaliers, comme le personnage d'une farce, montait et descendait toute la journée, pour s'assurer de passer le plus de temps possible avec chaque groupe de parents. Un détail en particulier avait capté mon intérêt. Oh, *Daniel*, avait dit ma mère, lorsqu'elle et mon père avaient appelé brièvement d'Israël pour voir comment nous allions, tu devrais voir l'album de photos de Tante Miriam ! Elle a la photo de mariage de Tante Jeanette, celle que j'ai perdue, elle porte une robe entièrement en dentelle que les Mittelmark lui avaient achetée. Elle est tellement belle ! Alors qu'elle disait ces mots, il m'avait semblé étrange et excitant à la fois que ces parents lointains aient en leur possession des photos de *ma* famille.

Et il y avait la plus célèbre de toutes les histoires, celle où ma mère tentait d'expliquer à un groupe de cousins éloignés ce qu'était le cholestérol dans la seule langue commune que tous parlaient (plus ou moins), le yiddish. Ma mère aime encore raconter cette histoire et même à présent je ne peux pas m'empêcher de sourire en l'entendant la répéter, comme elle l'a fait l'autre jour :

> *Et donc j'ai dit, Es iss azoy, di cholesterol iss di schmutz, und dass cholesterol luz di blit nisht arayngeyhen !*
> *Et alors les cousins m'ont regardée tout à coup et ils ont dit, Ahhhh, DUSS iss di cholesterol !*

Et cependant, même si j'aime cette histoire, ce qui m'a intéressé la dernière fois qu'elle l'a racontée, c'est un détail qu'elle n'avait jamais mentionné auparavant ou bien que j'avais laissé échapper parce que ça ne m'intéressait pas : le fait que les cousins pour qui elle s'était efforcée de décrire la dernière obsession des Américains en matière de santé étaient des « Jäger d'Allemagne ». Qui étaient-ils exactement ? J'ai demandé à ma mère à l'occasion de cette réminiscence du voyage en Israël. Je pensais savoir : mon grand-père, des années auparavant, m'avait dit qu'un des frères de son père s'était installé en Allemagne, un autre en Angleterre, mais qu'il ne savait rien de plus. Et maintenant, il semblait qu'il y ait eu en Israël, en 1973, des cousins Jäger d'Allemagne.

Qui étaient-ils ? ai-je répété. Mais, trente ans après, ma mère était incapable de s'en souvenir.

Cette apparition énigmatique mais frustrante de ces Jäger disparus me remet en mémoire la raison pour laquelle, pendant si longtemps, je n'ai jamais voulu aller en Israël. Quand j'étais petit, aux pieds de mon grand-père, à écouter ses histoires, et plus tard quand je les écrivais et que je notais des informations sur des fiches et (plus tard encore) sur des fichiers informatiques, il me semblait que ce que signifiait notre famille, là où résidait sa valeur, était inséparable de sa longue histoire en Europe, une histoire que mon grand-père s'était tellement efforcé, je m'en rends compte aujourd'hui, de me transmettre grâce aux nombreuses histoires qu'il m'avait racontées. Bien sûr, je savais abstraitement, intellectuellement, ce qu'Israël était censé signifier, historiquement, religieusement, politiquement, à la fois pour les Juifs en général et, naturellement, pour ma famille (*Il est parti juste à temps !*). Et je savais, de surcroît – moi qui, même enfant, m'intéressais à la Grèce et la Rome antiques, passais mon temps libre à construire des maquettes de temples antiques –, qu'Israël, le pays même, s'enorgueillissait d'une histoire qui, comme celle de la Grèce ou de Rome, remontait à des milliers d'années, et s'enorgueillissait aussi de ruines antiques qui provenaient de partout. Mais y aller ne m'intéressait toujours pas, comme si la nouveauté de la présence de mes parents là-bas était une considération qui pesait plus que l'antiquité de l'histoire de l'endroit – une histoire dans laquelle ma famille n'avait pris aucune part jusqu'à ces trente dernières années, alors que son histoire en Europe, en Autriche-Hongrie, en Pologne, à Bolechow, remontait, je le savais, à l'époque lointaine où les Jäger étaient arrivés à Bolechow, ce qui correspondait, je le savais aussi, à l'époque où les premiers Juifs étaient arrivés, il y a des siècles. Je n'avais pas plus d'intérêt à rendre visite à mes parents israéliens que quelqu'un qui s'intéresserait à la guerre de Sécession en aurait à rendre visite à ma famille dans la maison sur deux niveaux de Long Island.

Et c'était donc parce que mon grand-père m'avait séduit avec ses histoires alléchantes qui portaient toujours sur un passé lointain, à une époque où j'étais encore assez jeune pour croire tout ce qu'il me racontait, que je n'avais aucun intérêt pour Israël, ce pays tout neuf. En effet, c'est à cause de mon grand-père, je le vois maintenant, que j'allais passer une si grande partie de ma vie à faire des recherches sur le passé lointain, pas seulement sur la vieille histoire de sa famille, *la même famille qui avait vécu dans la même maison pendant quatre cents ans, une famille de marchands prospères et d'hommes d'affaires intelligents, une famille qui savait qui ils étaient dans le monde parce qu'ils avaient vécu si longtemps au même endroit*, mais aussi sur d'autres histoires, plus anciennes encore, celles des Grecs et des Romains, qui, en apparence si différentes de celle de ces Juifs austro-hongrois, racontaient aussi leurs épisodes comiques et, le plus souvent, tragiques, leurs histoires de guerres et de ruine, de jeunes filles sacrifiées pour le bien de leur famille, de frères pris dans des luttes mortelles, de générations d'une famille donnée destinées, semblait-il, à répéter inlassablement les mêmes erreurs effroyables.

C'est de mon grand-père que je tenais mon goût pour ce qui était ancien et, à cause de cela, je n'avais jamais voulu aller en Israël jusqu'à ce que j'apprenne, aussi tardivement qu'en 2003, que vivaient en Israël une poignée d'anciens habitants de Bolechow.

JE SUIS ARRIVÉ en Israël le 26 juin, un jeudi.

Ou, devrais-je dire, nous sommes arrivés. Matt n'avait pas été en mesure de venir avec moi pour ce voyage, parce qu'en mai de cette année-là, il avait eu son premier enfant et ne pouvait pas partir ; nous parlions déjà d'un autre voyage, plus tard peut-être, quand je retournerais en Israël et qu'il viendrait avec moi pour photographier les survivants que j'allais y voir, les cinq anciens de Bolechow qui vivaient aujourd'hui en Israël et que Shlomo Adler s'était arrangé pour me faire rencontrer. En dehors de Shlomo Adler lui-même, il y avait Anna Heller Stern, *qui était l'amie de Lorka* ; elle vivait maintenant à Kfar Saba, une banlieue de Tel-Aviv, où vivait aussi Elkana, le cousin de ma mère (*Tu devrais venir déjà en Israël*, m'avait dit Elkana, des années auparavant, avec un air entendu et de sa voix gutturale, la voix de quelqu'un qui a l'habitude de donner des ordres et d'être obéi, de quelqu'un qui *sait* tout simplement, d'un Jäger. *Et tu devrais venir déjà et rencontrer la famille*, m'avait-il dit, bien des années avant que je rêve d'aller à Bolechow, que je rêve d'écrire un livre. Et sachant comment m'appâter, il avait ajouté, *Il y a aussi une femme ici qui était l'amie de Lorka, tu lui parleras.* C'était de la même voix qu'il avait dit au téléphone, environ un an avant que je me rende en Israël, après que je lui avais envoyé l'énorme copie de l'arbre généalogique des Jäger que j'avais reconstitué grâce au programme informatique de généalogie que j'avais acheté, l'arbre généalogique qui remontait maintenant jusqu'à la naissance, en 1746, de ma lointaine ancêtre, Scheindl Jäger, un document tellement grand que j'avais dû l'expédier dans un tube, puisqu'une fois déployé entièrement il couvrait une grande partie du sol de ma salle de séjour, c'était de la même voix qu'il m'avait dit, après que je l'avais appelé pour savoir s'il avait eu une occasion d'y jeter un coup d'œil, *Oui, c'est très impressionnant, une très bonne recherche que tu as faite là. Mais il y a des erreurs – je te dirai quand tu viendras en Israël*).

Il y avait donc Anna Heller Stern.

Et il y avait, bien sûr, Shlomo et son cousin, Josef Adler, qui, lorsqu'ils n'étaient encore que des garçons, avaient été cachés par ce paysan ukrainien et les seuls de leurs familles à survivre. Et il y avait aussi le couple Reinharz, Solomon et Malcia, qui vivaient à présent à Beer-Sheva, très au sud de Tel-Aviv, un couple qui était des jeunes mariés en 1941, m'avait écrit Shlomo dans un des nombreux e-mails que nous avions échangés avant que j'aille là-bas. Il m'avait raconté que pendant la terrible rafle de la seconde *Aktion*, le couple Reinharz s'était échappé et avait pu se cacher pendant longtemps dans un espace qui séparait le plafond du toit d'un bâtiment qui allait devenir une salle d'attractions pour les occupants allemands – un *casino*, l'avait appelé Shlomo.

Nous allions les interviewer, eux aussi, m'avait assuré Shlomo. Il avait tout arrangé, avait-il dit. Il allait me conduire lui-même. Je l'avais remercié, avec beaucoup de reconnaissance. Car, ni pour la première ni pour la dernière fois dans ce qui est devenu une amitié longue et compliquée avec ce gros ours d'homme, cet homme dont les gestes amples et incisifs, la voix chargée d'émotion, ont laissé leurs traces sur chacune des vidéos que j'ai faites pendant mon voyage en Israël, gestes et intonations que je vois et entends en lisant ses e-mails aujourd'hui, j'ai senti que derrière les offres d'assistance de Shlomo, derrière l'énorme énergie de ces communications téléphoniques, derrière son enthousiasme, se cachait quelque chose d'autre, quelque chose de très personnel : son propre besoin de rester en contact avec Bolechow, avec son enfance perdue et sa vie perdue.

C'était donc les gens, avais-je convenu avec Matt, que nous devrions revenir voir, à un autre moment dans l'avenir où Matt sentirait qu'il pouvait quitter son nouvel enfant, dernière addition à une famille qui avait commencé, du moins officiellement, en 1746 avec la naissance de Scheindl Jäger.

Pourtant, je n'étais pas seul pour ce voyage-ci. Je voyageais avec une amie ; une amie en dépit du fait, auquel je ne pense jamais vraiment, qu'elle est une femme de la génération de ma mère ; une amie qui, comme moi, a fait des études classiques – en fait, une spécialiste de la tragédie grecque surtout, un genre qui (même Rachi serait d'accord, j'en suis sûr) n'a jamais été dépassé pour ce qui est de la concision et de l'élégance avec lesquelles elle médite et décrit les désastreuses collisions de l'accident et du destin, de la volonté individuelle et des forces plus grandes, apparemment plus hasardeuses, de l'Histoire : ces points lumineux et brûlants du temps où les hommes sont confrontés à la volonté insondable du divin et doivent décider qui est responsable des énormités qui leur sont infligées. Quand j'avais vingt ans et des poussières, j'ai fait un doctorat d'humanités classiques et je suis allé pour cela dans l'université où Froma, cette femme qui est maintenant mon amie, enseignait, parce que j'avais été électrisé par ses articles que j'avais lus dans les revues savantes et dans lesquels le style de l'écriture, sinueux, allusif, complexe, brillamment composé, presque *tissé*, reflétait parfaitement les caractéristiques des textes qu'elle cherchait à illuminer, textes qui eux-mêmes faisaient sentir leur sens subtil et magnifique grâce à des intrications complexes, à des allusions délicates mais persistantes, à des petites choses qui culminaient dans des commentaires amples et émouvants de la façon dont les choses fonctionnent. J'ai lu ces articles quand j'avais vingt-deux et vingt-trois ans, et j'ai voulu la connaître ; je suis donc allé là où elle était. Aujourd'hui, elle est devenue une présence très familière pour moi, mais je me souviens encore de l'impression qu'elle a produite sur moi lorsque je suis entré dans son bureau, célèbre pour ses piles métastatiques de livres et de papiers ; plusieurs longues cigarettes brunes se consumaient, à des stades différents, dans de gros cendriers en verre, oubliées. Elle était étonnamment (pour moi) petite et alors que je m'attendais à quelqu'un à l'allure sévère – j'étais encore assez jeune pour confondre génie et sévérité –, elle était là, d'une accessibilité désarmante, avec son visage rond et alerte, les cheveux châtain clair un peu mousseux, coupés court, et bien sûr les célèbres vêtements, les velours et les cuirs dans des tonalités complexes, les sacs cubistes avec des serrures à des endroits inattendus. Nous n'avons parlé que quelques minutes ce jour-là quand je lui ai rendu visite pour la première fois, et à la fin de la conversation (qu'elle parsemait, comme elle aime le faire, d'expressions en français, langue qu'elle adore) elle m'a fixé d'un de ses regards soudains et intenses et elle a dit de sa voix basse et légèrement râpeuse, Mais bien sûr que vous devez venir ici, ce serait un *embarras de richesses* !

Cependant, il faut dire que son esprit est bien plus vaste que le mien, synthétise les matériaux de manière plus créative et audacieuse, voit des possibilités où je ne vois (moi qui ai grandi, après tout, dans une maison tenue selon la manie germanique de l'ordre des Mittelmark, comme aimait dire ma mère) que chaos et problèmes. Votre problème, m'avait dit Froma, une

fois que j'étais à la moitié de ma thèse sur la tragédie grecque et que je pensais me trouver dans
une impasse désespérée, jusqu'à ce qu'elle m'ait
montré qu'il y avait un passage, votre problème,
avait-elle dit – elle tenait une des longues cigarettes brunes d'une main, les yeux fixés sur moi,
comme elle le fait quand elle a l'esprit occupé
par un problème, la tête légèrement basculée sur
le côté, oublieuse du fait que cinq centimètres
de cendres sont sur le point de tomber sur ses
genoux ; l'autre main, alourdie par les bagues,
jouait avec les morceaux de métal et d'émail des
bijoux artisanaux qu'elle aime –, votre problème, avait-elle répété, c'est que vous envisagez
la complexité comme le problème et non comme
la solution.

C'est seulement après être allé étudier avec
elle que j'ai appris qu'elle avait, elle aussi, un
intérêt profond pour le destin des Juifs pendant
la Seconde Guerre mondiale. Évidemment, son
intérêt était plus élevé, plus étendu, à la fois plus
abstrait et plus pénétrant, que le mien. Petite-
fille de deux rabbins, eux-mêmes produits de la
haute culture intellectuelle de Vilnius (« la Jérusalem du Nord », comme on l'a appelée, même
si je suis allé là-bas et que je peux vous dire qu'il
en reste très peu), et fille de sérieux Juifs partisans de la reconstruction, elle, contrairement à
moi, avait reçu une éducation juive rigoureuse :
elle lisait et parlait l'hébreu couramment,
connaissait la religion, la loi et la littérature juives et hébraïques, comme je ne m'étais jamais
soucié de le faire jusqu'à aujourd'hui. En tant
que personne profondément juive et, d'une cer-

taine façon, en tant que personne qui a consacré sa vie professionnelle à la tragédie grecque, comment ne pouvait-elle pas, en fin de compte, devenir obsédée par l'Holocauste ?

Alors que c'était pour moi, comme nous le savons, une affaire de famille, quelque chose de bien plus petit. Je voulais savoir ce qui était arrivé à Oncle Shmiel et aux autres ; elle voulait savoir ce qui était arrivé à tout le monde. Et pas seulement ça. Même aujourd'hui, longtemps après qu'elle m'a signalé pour la première fois des volumes entiers de travaux sur les expérimentations médicales des nazis et des films documentaires sur les résistants de Vilnius, et des douzaines, des centaines d'autres documents, films et livres, toutes choses que je n'ai tout simplement pas le temps d'absorber et qui me laissent sidéré, encore aujourd'hui, devant l'énorme énergie mentale qui lui permet de lire, de voir et de digérer tout ça ; des années après ces commencements, elle est toujours affamée d'informations qui lui permettront de formuler des réponses à des questions toujours plus vastes : comment cela s'est passé et, question pour laquelle il ne peut y avoir une réponse saisissable par une personne, pourquoi cela s'est passé.

En tout cas, voilà pourquoi, des années après que j'ai cessé d'être son étudiant, au sens formel, des années après qu'elle m'a aidé à terminer ma thèse sur la tragédie grecque, j'ai encore à apprendre d'elle, à être poussé pour voir que le problème était la solution.

ET DONC FROMA, elle aussi, a pris part à la quête des disparus et, au cours de l'été 2003, nous voyagions ensemble. Nous nous étions retrouvés à Prague, où elle terminait une visite des sites liés à l'Holocauste. Qu'avons-nous vu à Prague ? Nous avons vu Josefov, l'ancien quartier juif, avec ses minuscules synagogues, presque souterraines, avec leurs murs frais qui suintaient dans la chaleur de l'été, la rue sinueuse remplie de touristes blonds consultant consciencieusement leurs guides et achetant frénétiquement des cartes postales (LA SYNAGOGUE PINCHUS DANS LE QUARTIER JUIF DE PRAGUE) ; nous avons vu l'opulente décoration intérieure, d'inspiration islamique, de la synagogue espagnole peinte en jaune et blanc, construite en 1868 sur le site de ce qui avait été la plus ancienne *shul* de Prague, et à présent restaurée pour les regards admiratifs des touristes dans tout son éclat polychrome et débridé ; nous avons

512

vu, dans l'Ancien Cimetière juif, la tombe richement sculptée et ornementée du rabbin Judah ben Loew Bezabel, mort à l'âge de quatre-vingt-quatre ans en 1609 et censé avoir créé le Golem avec la boue de la rivière Vltava pour contrer les attaques antisémites à la cour de l'empereur des Habsbourg, Rudolf II. Curieuse coïncidence, le Golem s'appelait Yossel – « Joey » en yiddish –, le même surnom qui serait attribué, trois siècles plus tard, par les Juifs de villes comme Bolechow au descendant de Rudolf, François-Joseph Ier, en reconnaissance affectueuse pour son attitude bienveillante à l'égard des Juifs. Au moment où l'on sort de ce cimetière, on peut acheter des petites statuettes du premier Yossel, réponse précoce et un peu primitive, certes, à la persécution des Juifs dans cette ville.

Qu'avons-nous vu d'autre ? Nous avons vu des objets qui étaient beaucoup plus raffinés que les statuettes de Yossel : les milliers d'objets, de coupes et de vases rituels de toutes les sortes – taillés, sculptés, gravés et repoussés – qu'on puisse trouver, dans l'exposition permanente de culture judaïque européenne, située à l'étage supérieur de la synagogue espagnole, dans la partie qui était autrefois la galerie des femmes, à l'époque où il y avait encore des Juifs à Prague pour prier dans les synagogues où, en cette belle journée d'été, des centaines de touristes et moi déambulions très respectueusement. Curieuse coïncidence, cette collection de couronnes de Torah, de cierges de cérémonie, de gobelets et de médaillons doit sa richesse (même si cette information n'est pas bien mise en évidence dans l'exposition) au fait que

Hitler avait choisi Prague pour être le lieu d'un musée d'un Peuple disparu qu'il avait projeté de faire construire, afin que les Aryens pussent, sans doute dans l'avenir, regarder bêtement ces trésors. Et en effet les richesses d'au moins cent cinquante-trois communautés de la région de Prague ont été soigneusement transportées dans la ville en 1942 pour une évaluation et un tri, quand bien même le musée du peuple juif des nazis n'a jamais été construit, ce qui explique pourquoi tous ces objets d'ornementation d'une telle opulence peuvent être aujourd'hui admirés par les touristes qui passent dans ce quartier de Prague avant de retourner à leur hôtel pour commencer à réfléchir à l'endroit où ils vont aller dîner.

Nous avons donc vu tout cela, avant de retourner à notre propre hôtel chercher un endroit où dîner ; car, après tout, quel que soit l'intérêt, quelle que soit l'obsession que vous nourrissez à l'égard du passé, vous vivez dans le présent et il est nécessaire de s'occuper de cette affaire de vivre. Toutefois, le passé a de curieuses façons de vous rattraper. C'est à Prague que la première de ce que j'ai cru alors être une série bizarre de coïncidences s'est produite. La veille du jour où Froma et moi devions aller à Terezín – le camp de concentration « modèle », situé près de la ville, qui avait été autrefois montré aux représentants de la Croix-Rouge comme un exemple de l'humanité avec laquelle les Allemands traitaient les Juifs internés, les subversifs et les autres prisonniers –, elle et moi avions pris l'ascenseur jusqu'au dernier étage de notre hôtel où se trouvait un bar qui s'enorgueillissait, nous avait informés le guide de l'hôtel, d'avoir le plus beau panorama sur la ville. Quelques étages avant d'arriver à ce merveilleux nid d'aigle, l'ascenseur s'est arrêté et un homme, pas particulièrement âgé, très bien habillé, est entré. Il portait, j'ai remarqué, quelques grosses bagues en or et une montre très coûteuse. Comme cela arrive souvent dans ces cas-là, il y a eu un silence et des sourires embarrassés lorsque les portes se sont refermées et que l'ascenseur a recommencé à monter. Soudain, cet homme aux cheveux blancs et à l'allure vigoureuse s'est tourné nonchalamment vers nous et – en hochant la tête comme s'il acquiesçait, comme si ce qu'il allait dire était la suite de la conversation que nous avions eue tous les trois depuis un moment – il a dit, *Oui, j'étais à Babi Yar*.

Le lendemain matin, nous avons pris un énorme car climatisé pour le trajet d'une heure jusqu'au dernier camp que le groupe de Froma allait visiter au cours de ce sinistre tour. Les Tchèques appellent l'endroit Terezín, mais son nom, lorsque la ville avait été fondée sous un régime bien antérieur et aussi pendant l'occupation nazie, était Theresienstadt, « Ville de Theresia » – c'est-à-dire la ville de Marie-Thérèse, la grande impératrice des Habsbourg au XVIIIe siècle, la Victoria de la Mitteleuropa. Elle a été ainsi nommée parce que la ville fortifiée de Theresienstadt, terminée en 1780, l'année où la reine est morte, faisait partie d'un réseau de villes fortifiées construites pendant et juste après le règne de cette femme replète et dominatrice pour protéger le vaste empire des Habsbourg, patchwork multiculturel de pays, de provinces et de principautés qui s'est finalement désintégré, après qu'un nationaliste serbe, Gavrilo Princip (qui, de toute évidence, n'était pas heureux d'appartenir à ce patchwork), a assassiné le descendant de Marie-Thérèse, l'archiduc François-Ferdinand, héritier du trône du très vieux François-Joseph, *Yossele*, un jour de juin 1914, provoquant ainsi le premier des ultimatums qui allaient conduire, aussi rapidement et inévitablement que s'effondrent des dominos, au déclenchement de la Première Guerre mondiale. Et je dois dire que, lorsque j'ai visité le camp et les divers musées qui se trouvent sur le site à présent, par une journée pluvieuse de juin 2003, que Froma et moi marchions à travers les baraquements reconstruits, le musée du ghetto, nous attardions sur les œuvres d'art poignantes faites par les enfants du camp pendant le régime nazi, la chose qui m'a le plus ému, qui a eu la plus profonde résonance en moi, a été de comprendre que, dans une des vieilles cellules de cette prison fortifiée d'autrefois – une minuscule cellule aux murs épais dans laquelle je suis entré brièvement avant d'être submergé, comme cela m'arrive souvent (par exemple, dans les ascenseurs et dans les petits espaces souterrains), par la claustrophobie –, Gavrilo Princip avait été incarcéré, après l'assassinat de l'archiduc. Il y était mort peu de temps après. Je suis resté là, étrangement ému par ce rappel inattendu et très concret du crime qui avait déclenché le premier massacre phénoménal du siècle, et alors que je le ressentais, je me suis senti gêné que ce fût cela, plus que toute autre chose, qui m'eût affecté d'une manière ni générale ni abstraite. C'est seulement après être resté là un moment à réfléchir que j'ai compris que la raison pour laquelle j'étais tant ému, en découvrant cette trace de Gavrilo Princip et de son crime, non recherchée par moi ou par n'importe quel autre visiteur ce jour-là, tous étant avides d'obtenir des informations sur l'Holocaute, c'était qu'elle m'avait permis de faire un saut dans le temps jusqu'à l'Autriche-Hongrie de l'enfance et de l'adolescence de mon grand-père, jusqu'à ce moment disparu, jusqu'à l'époque où le pire désastre politique pour les Juifs de Bolechow avait été en fait l'assassinat de l'héritier de leur empereur bien-aimé et le début de la guerre qui, ils en étaient sûrs, serait la pire qu'ils eussent jamais vue.

Nous avons donc vu aussi Theresienstadt. Depuis le site Internet de Theresienstadt, on peut envoyer à ses amis des cartes postales électroniques arborant la salutation ARBEIT MACHT FREI. La carte postale que j'ai adressée de Prague à Mme Begley était simplement une vue assez gaie de Josefov, le vieux quartier pittoresque qui est maintenant une destination touristique. *Prague est magnifique,* ai-je écrit, *nous avons visité aujourd'hui le quartier juif. Pas un Juif en vue.* Compte tenu de son sens de l'humour un peu caustique, je supposais qu'elle apprécierait mon humour noir, et j'avais raison. Très drôle, m'a-t-elle dit sur un faux ton de reproche lorsque je suis allé la voir au retour de mon voyage d'un mois à Prague, Vienne, Tel-Aviv, Vilnius et Riga. Nous étions assis dans son appartement et je faisais le récit de mes diverses aventures. Elle a brandi les cartes postales que j'avais envoyées. *Vous voyez ?*

J'ai reçu toutes vos cartes. Elle a fait signe à Ella de nous verser un peu plus de thé glacé ; il faisait chaud dans la salle de séjour parce que, en dépit du fait que c'était la fin du mois de juillet, elle avait éteint la climatisation. Je ne peux rien entendre quand elle est allumée, avait-elle dit, en regardant l'appareil avec un air furieux depuis la reproduction de bergère à haut dossier dans laquelle elle aimait s'asseoir, au coin de la salle de séjour, un fauteuil qui ressemblait vaguement, avais-je toujours pensé, à un trône, même si cela avait moins à voir avec le fauteuil en soi qu'avec sa posture qui était parfaitement rigide, jusqu'à une date récente : elle était perchée sur le bord du siège, parfois appuyée sur une canne, et son œil à moitié fermé m'évaluait, et elle écoutait mes histoires, secouant un peu la tête de temps à autre seulement, soupirant que j'étais trop sentimental, faisant un geste agacé en direction des fleurs que j'avais apportées, qu'Ella avait placées sur la table basse et que Mme Begley avait écartées d'une main tordue parce que c'était de l'argent gâché que j'aurais mieux fait de dépenser pour mes enfants. *Comment vont les enfants ?* était toujours la question qu'elle m'assenait, dès qu'elle s'était assise sur son fauteuil aux allures de trône, à côté de l'étagère remplie des photos de son fils et de ses enfants. *L'enfant, l'enfant, tout le monde m'a dit que je devais sauver l'enfant*, avait-elle dit un jour en pleurant, assez peu de temps après notre rencontre, le jour où elle m'avait raconté combien elle se sentait coupable de n'avoir pu sauver personne d'autre. Trois ans plus tard, le jour où je suis allé la voir pour la régaler des histoires de mon odyssée en Europe centrale, je buvais mon thé glacé quand elle a dit, en souriant et sans humour, *Pas de Juifs, j'imagine. Nous tous ici ou bien dans la tombe.*

DEPUIS UNE GARE sale et lugubre datant de l'ère soviétique à Prague, où le vieillard décati et agressif qui ne cessait de nous importuner s'est révélé être un porteur, nous sommes allés, en un trajet de quatre heures, jusqu'à Vienne, une ville que j'adore, surtout parce qu'elle figure, même si c'est de façon anecdotique, dans certaines histoires de ma famille (*Mon père,* avait l'habitude de me dire mon grand-père, *allait à Vienne une fois par an pour ses affaires et, oh, les cadeaux qu'il nous rapportait, les jouets, les bonbons !*). Vienne était une ville que Froma n'avait pas encore vue et j'étais impatient de lui montrer ses beautés grandioses, les bâtiments baroques à l'échelle épique, dont les détails toujours légèrement exagérés, corniches disproportionnées et moulures surchargées, étaient autrefois le symbole d'une confiance impériale excessive et peuvent paraître aujourd'hui gênantes, maintenant que l'empire pour lequel ces ornementations ont été conçues a disparu – un peu, disons, comme une parente âgée qui s'est habillée de façon extravagante pour une soirée ordinaire peut vous mettre dans l'embarras. Et pourtant j'aime Vienne, sans doute parce que la ténacité avec laquelle elle s'accroche aux formalités oubliées d'une autre époque me rappelle certains Autrichiens d'autrefois que j'ai connus.

Qu'avons-nous vu à Vienne ? Nous avons vu bien des choses que j'aime, notamment, puisque mon enthousiasme pour les tombes n'est pas du tout limité à celles des Juifs, la Kaisergruft, la crypte impériale des Habsbourg, un endroit souterrain frais qui m'a fait penser, lors de ma première visite quelques années plus tôt, à une cave à vin, si ce n'est qu'à la place des tonneaux et des bouteilles sous les plafonds voûtés et bas se trouvent des sarcophages en bronze et en pierre, où sont enchevêtrés des statues et des crânes couronnés, où des inscriptions en latin murmurent à quiconque se soucie de les lire. Naturellement, le plus important de ces monuments est celui de Marie-Thérèse elle-même qui, en bronze grandeur nature, se redresse sur un bras du couvercle de son énorme cercueil, le visage éclairé par un sourire extatique, même si je ne peux pas déterminer vraiment si l'extase est due à l'anticipation de la vie éternelle ou au fait que son mari adoré, François de Lorraine, est dressé dans une position semblable à la sienne. Nous avons vu la Kaisergruft, où repose François-Joseph dans un sarcophage de marbre lisse au centre d'une chambre d'une grande sobriété, subtilement éclairée par une série d'appliques, l'empereur entre sa superbe femme, Élisabeth, promise à un sombre destin et victime elle aussi d'un assassin, et son fils romantique, Rodolphe, le prince héritier qui s'est suicidé avec sa maîtresse adolescente dans le relais de chasse royal de Mayerling en janvier 1889, fait parmi d'autres qui me pousse à m'interroger sur certaines histoires de famille, par exemple celle que Sylvia, la sœur malheureuse de mon grand-père, avait l'habitude de raconter comment, lorsqu'elle était petite, elle avait vu le même prince héritier en uniforme bleu et sur un cheval blanc monter les marches d'un palais à Lemberg (comme elle le disait encore) ; or Sylvia n'était née qu'en 1898, c'est-à-dire neuf ans après que Rodolphe eut commis le geste romantique qui devait le rendre si célèbre.

Nous avons donc vu tout ça. Mais comme je l'ai dit, Froma a un esprit insatiable. *J'ai le sentiment*, m'a-t-elle dit plus tard, lorsque je lui ai demandé pourquoi, chaque fois que nous faisions un voyage ensemble, elle disait toujours, *Retournons jeter un dernier coup d'œil*, pourquoi elle insistait toujours pour voir d'autres endroits, pour poser d'autres questions, pour tirer de ses voyages beaucoup plus que je ne l'aurais fait, *J'ai le sentiment qu'on pourrait très bien ne jamais repasser par ici et qu'il faut donc en tirer tout ce qu'on peut*. Froma n'allait pas se contenter, absolument pas, des Habsbourg morts. Elle s'intéressait surtout aux sites qui avaient quelque chose à voir avec les Juifs. Et je suis forcé d'admettre de nouveau qu'en raison de ma propre histoire, de l'influence de ma famille et de ses histoires, mes émotions étaient accaparées par un site en particulier qui pouvait ne pas présenter un grand intérêt pour la plupart des gens. Car ce n'est pas avant notre dernier jour à Vienne – après avoir visité le Musée juif dans Dorotheergasse (où on peut apprendre, comme ça a été mon cas, que peu de temps après l'arrivée des premiers Juifs dans la ville, à la fin des années 1100, a eu lieu le premier pogrom au cours duquel seize Juifs ont été tués, épisode auquel le pape a accordé sa bénédiction) ; après avoir vu le nouveau musée sur l'ancienne Judenplatz, *place des Juifs* (sous laquelle, nous a-t-on appris, des

archéologues ont découvert les vestiges de la première synagogue de la ville, détruite en 1420,
l'année où, le 23 mai, le duc a ordonné que les
Juifs de Vienne soient ou bien emprisonnés ou
bien chassés et leurs biens confisqués ; ces vestiges ne peuvent cependant pas être très importants
puisque les pierres de la synagogue démolie ont
servi à la construction de l'université de la ville) ;
après avoir examiné le mémorial des Victimes
autrichiennes de l'Holocauste, conçu par l'artiste
britannique Rachel Whiteread, lequel a la forme
d'un cube de béton représentant une bibliothèque
de sept mille volumes dont les portes sont closes
en permanence et dont les livres ne peuvent donc
être lus, au pied duquel sont inscrits les noms des
endroits où près de soixante-dix mille Juifs viennois ont été exterminés – après avoir vu tout cela
donc, nous sommes allés, le dernier jour, au
Zentralfriedhof, au grand Cimetière central de la
ville. Nous y sommes allés parce que Froma tenait
tout particulièrement à trouver la tombe originale
du pionnier du sionisme au XIXᵉ siècle, Theodor
Herzl, « le père de l'Israël moderne », mort à
Vienne en 1904 à l'âge de quarante-quatre ans (et
dont les cendres avaient été transférées en 1949
dans l'État d'Israël, nouvellement fondé : ce geste a
du sens quand on pense au fait que les tombes, les
sites funéraires, les mémoriaux et les monuments
sont inutiles aux morts, mais signifient beaucoup
pour les vivants). Nous avons consulté l'un des
innombrables cartes et guides que Froma aime
acquérir pendant ses voyages – moins inquisiteur
et plus passif, je préfère quant à moi déambuler et
tomber sur les choses – et nous avons fait nos plans.

Le trajet en tramway du centre de Vienne au Zentralfriedhof prend une bonne vingtaine de minutes, et le cimetière est tellement gigantesque qu'il y a un arrêt de tramway pour chacune des portes ; la distance entre deux portes (par quoi j'entends non seulement la distance mais aussi le *temps* qu'il faut pour aller de l'une à l'autre) est non négligeable. Nous avons commencé à la Porte 1, qui est la porte de l'« Ancienne » Section juive du cimetière, et nous avons avancé dans un fouillis de tombes qui, cet été-là, étaient un peu en friche, même si un tollé récent sur l'état déplorable de cette nécropole autrefois grandiose avait déclenché un effort de restauration très célébré. Mais après avoir erré pendant près d'une heure au milieu des pierres tombales et des monuments élaborés et négligés, des mémoriaux pour des êtres que plus personne n'est en mesure de venir voir, puisque la plupart des descendants de ces figures importantes du XIXe ont eux-mêmes disparu de la surface de la terre, il est devenu évident que nous n'étions plus à la bonne place. Et donc, après vingt minutes de marche jusqu'à la section centrale, nous avons marché encore vingt autres minutes jusqu'à la Porte 4, où se situait la Nouvelle Section juive. J'avais peu d'intérêt pour Herzl ou pour sa tombe, parce que, comme je l'ai dit, Israël était encore à ce moment-là un endroit qui me laissait parfaitement indifférent. Mais j'ai été bouleversé par ce que nous avons trouvé dans la Nouvelle Section juive.

Ou, devrais-je dire, par ce que nous n'avons pas trouvé. Les yeux écarquillés, nous avons passé le portail très élégant, plutôt Art déco, de cette nouvelle partie du Zentralfriedhof, dont le motif stylisé d'arches vaguement mauresques était repris, à une échelle gigantesque, dans le dôme de la Zeremonienhalle de la Nouvelle Section juive, la salle de Cérémonie de la société de pompes funèbres du cimetière (cette société est connue sous le nom, en hébreu, de *Chevra Kadisha* et, traditionnellement, ce sont les membres de la *Chevra Kadisha* dans une communauté juive donnée qui lavent et préparent les corps juifs pour l'enterrement : le rite qui avait été spécifié par mon grand-père dans les instructions qu'il m'avait dictées, le matin de cet été lointain). Le complexe de la Zeremonienhalle du cimetière de Vienne, je l'ai appris par la suite, avait été conçu et construit entre 1926 et 1928 par le prolifique architecte Ignaz Reiser, Juif viennois né en Hongrie, dont chaque bâtiment public, depuis la synagogue de 1912-1914 dans une rue appelée Enzersdorferstrasse jusqu'à la Zeremonienhalle, est signalé, dans l'annuaire d'architecture en langue allemande que j'ai consulté après avoir vu ce remarquable complexe du cimetière, comme étant *zerstört* : « détruit ». Alors que nous passions devant la Zeremonienhalle, qui était, je ne m'en rendais pas compte alors, une reconstruction, une restauration d'un édifice qui avait été incendié le soir du 8 novembre 1938, et marchions en direction des tombes proprement dites, le panorama qui nous a accueillis était celui d'un grand vide. Car de ce vaste terrain qui avait été acheté par les Juifs de Vienne dans les années 1920 pour la nouvelle section du cimetière, une fois que l'ancienne section avait été surpeuplée par les morts de cette florissante communauté, seule une petite portion était occupée par des tombes. À côté de ces tombes (presque aucune d'entre elles, avons-nous remarqué en y circulant, ne porte de dates postérieures au début des années 1930), se déployait une vaste prairie vide. Nous l'avons regardée fixement pendant un moment, avant de comprendre que la Nouvelle Section juive était en grande partie vide parce que tous les Juifs qui auraient dû être enterrés là, selon le cours normal des choses, étaient morts dans des circonstances qu'ils n'avaient pas prévues et s'ils avaient été enterrés, l'avaient été dans d'autres tombes moins élégantes qu'ils n'avaient pas choisies. Quand nous pensons aux terribles ravages produits par un certain type de destruction pendant les temps de guerre, nous pensons normalement au vide des endroits qui étaient autrefois pleins de vie : les maisons, les boutiques, les cafés, les parcs, les musées, etc. J'avais passé pas mal de temps dans les cimetières, mais il ne m'était pourtant jamais venu à l'esprit, avant cet après-midi dans le Zentralfriedhof, que les cimetières, eux aussi, pouvaient être vidés de leur vie.

C'est ce à quoi, en tout cas, nous a conduits la recherche, voulue par Froma, de la tombe du grand sioniste Theodor Herzl. Nous n'avons jamais trouvé la tombe elle-même et je suppose que seule Froma s'en est sentie frustrée, car pour moi ce que nous avions vu, ou plutôt n'avions pas vu, dans la Nouvelle Section juive, c'était bien assez.

De Vienne, j'ai envoyé à Mme Begley une carte postale des opulents palais des Habsbourg. *Vienne est toujours belle,* ai-je écrit, *mais toujours pas de Juifs – même morts.* Elle a aimé celle-là aussi.

C'est le lendemain de notre visite au Zentral-friedhof que nous sommes partis pour le pays qu'avait engendré Herzl.

Dans l'appartement d'Anna Heller Stern, qui était l'amie de Lorka, il faisait frais et sombre. Les stores étaient baissés pour protéger du soleil d'été, lequel était si fort qu'il faisait l'effet d'être presque fluorescent. Les meubles étaient confortables mais rares : un sofa bas, une paire de fauteuils contemporains autour d'une table basse. Avec la décoration minimaliste de la pièce, la fraîcheur des sols nus et la pénombre quasi subaquatique, l'impression d'ensemble que j'avais eue en passant le seuil de l'appartement d'Anna était un agréable soulagement que j'avais parfois ressenti lorsque, pour échapper à la chaleur d'un après-midi d'été passé à copier des inscriptions dans des cimetières abandonnés, j'avais trouvé refuge dans le mausolée d'une famille autrefois considérable et aujourd'hui oubliée.

Comme son appartement, Anna elle-même paraissait à la fois sympathique et légèrement réservée. Elle a souri chaleureusement et serré ma main fermement lorsque Shlomo nous a présentés, mais il se dégageait d'elle quelque chose d'un peu méfiant, comme si quelque part dans son appartement ou peut-être en elle il y avait quelque chose qu'elle ne voulait pas que vous sachiez. Elle a ouvert la porte, petite femme en forme de poire, avec un joli visage hésitant et le teint délicat et les cheveux un peu roux de quelqu'un qui évite le soleil, et j'ai vu qu'elle portait un chemisier blanc sans manches et une jupe grise étroite qui descendait jusqu'aux genoux. Comme chez mes grand-mères, la chair des bras épais était à la fois ronde et lisse, comme une pâte qu'on a pétrie pendant longtemps. Un de ces bras nous a fait signe d'entrer dans l'appartement, à Shlomo et moi, et nous sommes allés nous asseoir. Anna s'est assise en face de Shlomo et j'étais assis sur le sofa où j'ai pu étaler mon magnétophone, ma caméra vidéo, les dossiers et l'unique photo existante de Lorka que nous possédions, cette photo de famille prise pendant le deuil de la mère de Shmiel en 1934, que je comptais montrer pendant l'interview.

Shlomo parlait à Anna en yiddish et mes oreilles ont tinté quand je l'ai entendu dire *Di ferlorene*. Les disparus.

Il écrit un livre sur sa famille, lui avait expliqué Shlomo alors que nous étions en train de nous asseoir. Sur la table basse, Anna avait disposé des assiettes, des tasses, des napperons. Il y avait un plateau avec des tranches de cake soigneusement découpées et des pâtisseries, de quoi nourrir facilement quinze personnes. Souriante, Anna a gentiment poussé le plateau vers moi en m'invitant à me servir. Shlomo a continué, Ça s'appelle *Les disparus. Di ferlorene*.

Di ferlorene, a répété Anna en hochant la tête, comme si le titre n'exigeait aucune explication.

Di ferlorene. Je ne suis pas très sûr de savoir comment il avait été décidé que cette interview aurait lieu en yiddish. Je m'étais attendu à entendre les doux sons susurrés du polonais, la langue qu'Anna et Shlomo avaient parlée quand ils étaient enfants à Bolechow, pendant l'entre-deux-guerres, la langue à laquelle Meg Grossbard avait eu recours plusieurs fois pendant l'interview du groupe de Sydney, en prétendant ne pas l'avoir fait exprès, même si je soupçonnais alors et soupçonne encore plus aujourd'hui, maintenant que je la connais mieux, de l'avoir fait pour me rappeler, subtilement, que c'était sa vie, son histoire, une histoire dont j'étais, moi, *Américain de la deuxième génération*, comme elle se plaisait à le souligner, inévitablement exclu, sauf peut-être comme un observateur tard venu. J'avais aussi pensé qu'ils pourraient peut-être parler l'hébreu, la langue du pays dans lequel vivaient à présent ces deux anciens Polonais, jusqu'à ce que Shlomo m'ait expliqué qu'Anna s'était installée en Israël assez récemment, venant de l'Amérique du Sud où elle était avec son mari après la guerre.

Elle a quitté la Pologne en 1947, m'a dit Shlomo en anglais. Elle avait vingt-six ans. Et elle a vécu quarante-deux ans en Argentine. Elle n'est en Israël que depuis quelques années.

Au son du mot Argentine, Anna a souri et pris un journal espagnol qui était posé sur une petite table, et elle a hoché la tête dans ma direction. *Ikh red keyn ebreyish*, m'a-t-elle dit en yiddish. *Je ne parle pas l'hébreu.*

Ça me convenait parfaitement. Je ne le parle pas non plus, moi qui avais dû apprendre par cœur ma *haftarah* et qui, pour cette raison, n'avais pas la moindre idée que je chantais quelque chose sur la purification de la communauté juive ; moi qui, pendant longtemps, n'avais pas eu le moindre intérêt pour le déchiffrement des textes en hébreu, des textes dont j'ai découvert presque trop tard qu'ils pouvaient éclairer les secrets des familles et les mensonges des familles. Mais je n'étais que trop heureux d'entendre, comme je n'avais plus espéré pouvoir le faire après la mort de mon grand-père, du yiddish prononcé par les lèvres d'un ancien de Bolechow. Le yiddish était la langue de l'Europe, du Vieux Continent ; ses sons humides et riches s'enroulent autour de mes souvenirs, familiers et cependant mystérieux, de la même façon que les lettres de l'hébreu ondulent sur une feuille de papier ou sur une pierre. Ma mère le parlait avec ses parents ; ses parents le parlaient entre eux ; ses oncles et ses tantes le parlaient entre eux, et avec leurs femmes et leurs maris ; et – c'est du moins ce que m'a raconté ma mère, lorsque j'essayais de me souvenir, l'autre jour, à quel point le yiddish était parlé dans ma famille autrefois, mais plus maintenant évidemment puisque presque tous ceux qui le connaissaient sont morts – sa cousine plus âgée, Marilyn, la fille de Jeanette, le parlait enfant avec sa grand-mère, la mère de son père, la Tante redoutée. Le yiddish était la langue que ma mère parlait avec son père quand elle ne voulait pas que nous sussions de quelle nature était le drame, la crise ou le ragot dont ils discutaient (*Ober mayn frayndine hut gezugt azoy*, lui disait-elle au téléphone, le sourcil froncé, le visage contrarié, faisant des gestes qu'il ne pouvait pas voir, bien sûr, en direction de la maison d'une voisine avec laquelle elle s'était querellée et à qui elle n'adresserait bientôt plus la parole : *mais mon amie a dit que...*). Le yiddish était la langue utilisée par mon grand-père pour les chutes de ses histoires.

C'est pourquoi, lorsque Shlomo avait demandé si le fait de conduire l'interview en yiddish ne posait pas de problème, j'avais bien évidemment répondu non. J'étais impatient d'entendre du yiddish de nouveau.

Yaw, ai-je dit à Anna – oui –, et elle a souri. Elle a reposé le journal espagnol, s'est tournée vers Shlomo, et a parlé dans un yiddish trop rapide pour que je puisse comprendre. Il a attendu qu'elle ait terminé, a hoché la tête dans sa direction et, en se tournant vers moi a dit, C'est en Argentine qu'elle a recommencé à vivre. C'est en Argentine qu'elle a compris qu'elle était de nouveau un être humain.

J'ai hoché la tête et puis j'ai dit, Commençons.

Pour que les choses soient claires, ai-je dit, je voulais lui demander son nom de jeune fille, les noms de ses parents, les noms de sa famille à Bolechow. J'aimais commencer de cette façon, parce que c'était facile.

Ikh ? a-t-elle répété. Moi ? *Ikh hiess Chaya, jetz hayss ich Anna.* On m'a appelée Chaya, mais maintenant je m'appelle Anna. Où était la « Klara Heller » que Meg Grossbard m'avait dit d'aller trouver en Israël ? Sans traduire pour Anna, Shlomo m'a expliqué que lorsqu'elle était petite fille à Bolechow, elle s'était appelée Klara, mais pour honorer le prêtre ukrainien qui lui avait sauvé la vie en lui donnant un faux certificat de baptême, elle avait gardé le nom qu'il avait inventé pour elle, même après la fin de la guerre : Anna.

Et sa famille ? ai-je demandé, en la guidant gentiment pour la partie facile.

Elle m'a regardé et elle a levé la main, les doigts écartés, en cachant le pouce. *Vir zaynen geveyn fier kinder*, a-t-elle dit. Nous étions quatre enfants. Elle a touché l'index : numéro un. *A shvester*, une sœur, *Ester Heller*...

Sur la seconde syllabe d'Ester, sa voix a soudain été submergée par les larmes, et elle a caché son visage avec ses mains. En se tournant vers Shlomo, elle a dit en yiddish ceci – que j'ai pu comprendre :

Tu vois ? Déjà je ne peux plus continuer.

PLUS TARD, AU COURS de cette conversation dans l'appartement frais et ombragé, j'allais apprendre comment la sœur avait été arrêtée pendant la seconde *Aktion* – un épisode dont Anna, cachée dans une meule de foin, avait été le témoin, voyant passer les deux mille Juifs de Bolechow en route pour la gare, chantant « Mayn Shtetele Belz », souvenir tellement pénible pour Anna au moment où elle l'avait évoqué ce matin-là dans son appartement qu'elle avait dû se couvrir le visage une nouvelle fois –, j'ai appris comment Ester Heller est morte, comment les deux frères et les parents sont morts, comment une autre famille de six a été détruite ; mais c'est venu plus tard. Au début de notre conversation, quand les tranches de cake étaient encore intactes, Anna a essayé poliment de lier chaque information qu'elle me donnait à ma famille.

Ikh verd den detzember dray und achzig yuhr, m'a-t-elle dit. En décembre, j'aurai quatre-vingt-trois ans. Elle a ajouté, Lorka n'avait que quelques mois de plus que moi.

Oh ? ai-je dit, même si je savais que c'était certainement vrai, puisque le certificat de naissance de Lorka portait la date du 21 mai 1920. Je voulais savoir pourquoi elle en gardait un souvenir aussi vif.

Anna a souri. *Vayss farvuss ikh vayss ?* Vous savez pourquoi je sais ? Parce que, au cours préparatoire, j'étais la plus petite et la plus jeune ! Avec Lorka, j'ai été dans la même classe jusqu'en cinquième. De l'âge de six ans à treize ans. Vous comprenez ? *Fershteyss ?*

J'ai hoché la tête à mon tour. *Ikh fershteyeh*, ai-je dit. Je comprends.

Anna s'est mise à parler des Jäger. Ses souvenirs affluaient sans ordre particulier. Je ne l'ai pas interrompue, parce que le cours de ses pensées m'intéressait autant que les souvenirs eux-mêmes.

Shmiel Jäger avait un camion, il avait l'habitude d'emporter des choses à Lemberg, a dit Anna, en employant le nom ancien, très ancien, de Lwów. Et il rapportait des marchandises de Lemberg... C'était une famille très gentille, une gentille femme...

Je suis toujours curieux d'apprendre des choses nouvelles à propos d'Ester. Avait-elle des souvenirs précis d'Ester, la femme de Shmiel ? ai-je demandé.

Anna a souri. *Sie veyhn a feine froh, a gitte mamma, a gitte balabustah. Vuss noch ken ikh vissen ?* C'était une femme très bien, une bonne mère, une bonne femme au foyer. Qu'est-ce que je pourrais savoir d'autre ?

Elle a dit quelque chose à Shlomo, qui s'est tourné vers moi.

C'était une enfant, a-t-il dit, ce qui se passait dans leur maison, elle ne peut pas le savoir. Elle a dit que la mère était une épouse excellente, que la maison était toujours très propre et que les enfants étaient impeccablement habillés, les enfants avaient toujours de très jolis vêtements.

Anna s'est tournée vers moi. *Di zeyst ?* a-t-elle déclaré. *Lorkas familyeh kenn ikh besser als Malka Grossbard !*

Vous comprenez ? Je connais la famille de Lorka mieux que ne la connaît Meg Grossbard !

Elle a dit quelque chose à Shlomo, qui m'a expliqué que le frère de sa mère, un certain monsieur Zwiebel, était un voisin de Shmiel Jäger. Il vivait juste à côté, a dit Shlomo. Et donc Anna (a-t-il poursuivi) avait l'habitude de venir voir son oncle, et c'est pour cela qu'elle voyait Lorka tout le temps, pas simplement en classe.

Afin de le prouver sans doute, Anna a raconté un souvenir précoce. Je me souviens que lorsque les premières fraises arrivaient chaque année, on les trouvait d'abord sur le marché de Lemberg. Et donc votre oncle Shmiel les rapportait de Lemberg à Bolechow, à un moment où on ne les trouvait pas encore à Bolechow. Et Lorka venait me chercher chez moi le jour où les fraises arrivaient et disait, *Viens prendre quelques fraises, elles sont arrivées !*

J'ai pu saisir, avec soudaineté et force, une bouffée de quelque chose, une trace, nette et évanescente à la fois, du rythme d'une vie désormais invisible et inimaginable.

Shmiel et ses camions : tout le monde avait l'air de se souvenir de ça. Quel genre d'homme était Shmiel ? ai-je voulu savoir.

Anna a esquissé un sourire et tapé sur son oreille. *Er var a bissl toyb !* Il était un peu sourd !

Sourd ? ai-je répété, et elle a dit,

Oui ! *Toyb ! Toyb !*

Je suis resté silencieux. Puis j'ai demandé, Est-ce qu'elle se souvient d'une au moins des autres filles ?

Die kleyneste, a-t-elle commencé à répondre, la plus jeune...

Bronia, ai-je dit sur un ton pressant. J'étais excité à la pensée que quelqu'un allait finalement pouvoir nous dire quelque chose à propos de Bronia. Bronia, qui avait disparu dans les Bains et les chambres d'inhalation, soixante ans auparavant ; Bronia, qui avait eu la malchance d'être si jeune lorsqu'elle avait été prise, et parce que personne d'aussi jeune ne pouvait être un travailleur utile, presque personne d'aussi jeune – ses amis, ses camarades de classe – n'avait survécu, ce qui explique pourquoi il reste si peu d'elle aujourd'hui qu'on puisse connaître.

Bronia ? ai-je interrogé de nouveau. Mais Anna a secoué la tête et a dit, *Ruchele var di kleynste.*

Ruchele ? ai-je dit, sidéré.

Anna a hoché la tête avec emphase, mais je n'ai pas voulu en savoir plus.

Ce qui explique pourquoi, quand elle a continué en me disant que *di kleynste*, la plus petite, était une fille très solide, très sensible, très délicate, qu'elle appartenait à un groupe d'enfants qui étaient tous très polis et très gentils – description qui, je le savais, collait avec la description de Ruchele faite par Jack –, je n'étais plus très sûr de pouvoir jamais apprendre quoi que ce fût à propos de Bronia.

J'AI QUELQUES PHOTOS à vous montrer, ai-je dit à Anna.

Pour aiguillonner ses souvenirs, j'avais apporté mon classeur de vieilles photos de famille, celles que j'avais apportées aussi à Sydney. Mais après Sydney – après que Boris Goldsmith avait plissé les yeux devant la minuscule photo de Shmiel, Ester et Bronia, en 1939, et dit avec un soupir, *Je ne les vois pas bien –* j'avais appris ma leçon et fait agrandir toutes les photos que je possédais. À présent, même le plus petit instantané de ma collection avait atteint la taille d'un tirage standard sur papier : le visage marqué par les soucis de Shmiel, dans cette ultime photo de 1939, était maintenant grandeur nature ou presque. Au moment où j'ai passé le classeur, un des agrandissements a glissé sur la table : la photo de Frydka, Meg Grossbard et Pepci Diamant en manteaux à col de fourrure et bérets, prise en 1936.

Duss iss Frydka mit Malka Grossbard und Pepci Diamant, ai-je dit. Voici Frydka avec Malka Grossbard et Pepci Diamant. Anna a immédiatement pointé le doigt sur le visage de Meg et, comme quelqu'un qui vient de remporter le pli dans un jeu de cartes, elle a ramassé la photo en disant, Malka ! Puis elle a dit, *Frydka var zeyer sheyn* – zeyer *sheyn* !

Frydka était jolie – *très* jolie !

En disant cela, Anna a fait un geste admiratif, pris une expression universelle d'émerveillement : les mains sur les joues, les yeux levés au ciel. Nous étions venus pour parler de Lorka, que personne d'autre n'avait bien connue, mais je n'étais pas surpris que nous soyons passés à Frydka, la fille qui était si jolie, la fille pour laquelle un garçon avait donné sa vie, le genre de fille, j'en avais déjà le sentiment, qui attirait naturellement les histoires et les mythes.

Je veux vous parler d'un fait, a dit Anna, en regardant la photo de Frydka à l'âge de quatorze ans, et elle s'est mise à parler. Shlomo l'a écoutée, puis s'est tourné vers moi. Il a dit, Elle a dit que Frydka devrait vivre aujourd'hui, être vivante aujourd'hui. C'était une femme moderne, mais elle a vécu à la mauvaise époque !

Que veut-elle dire ? ai-je demandé.

À cause de sa façon de vivre à l'époque, dans un petit *shtetl*, elle était critiquée ! Elle était, vous savez, *libre* !

Critiquée ? ai-je dit, pendant que je pensais : qu'est-ce qui s'est passé avec elle ? Même à l'époque, ils parlaient d'elle. Même à l'époque, elle était le centre de l'attention.

Anna hochait la tête. Elle aurait dû vivre cinquante ans plus tard, a-t-elle dit. Lorka, elle était calme, sérieuse, et elle n'avait qu'une *sympatia*...

(plus tard, j'ai regardé *sympatia* dans un dictionnaire de polonais : *un béguin*, disait-il, et il y avait quelque chose dans la sonorité désuète de *béguin* qui m'a ému, quand je me suis souvenu d'Anna parlant de Lorka et de sa *sympatia*)

... qu'une *sympatia* à la fois. Elle avait quelqu'un qu'elle aimait bien, un frère de Mme Halpern. Alors elle l'a fréquenté... Bumo Halpern.

Vraiment ? ai-je dit. J'avais été pris par surprise. Je leur ai expliqué qu'à Sydney Meg Grossbard avait soutenu que le petit ami de Lorka était un lointain cousin – mon lointain cousin –, Yulek Zimmerman.

Anna a secoué la tête vigoureusement et dit, *Bumo Halpern*.

OK, ai-je dit. Bon.

Shlomo a continué : Anna dit que Lorka se comportait, se comportait honnêtement et qu'elle ne... elle avait de la sympathie pour un homme et elle ne l'a jamais trahi.

Trahi.

Et Frydka ? ai-je demandé, sachant par avance ce que serait la réponse.

Anna m'a fait un grand sourire et, en secouant la tête comme si le souvenir l'amusait encore, agitant les mains en l'air, elle a dit, *Frydka var geveyn a...*

(elle s'est interrompue et, incapable de trouver le mot qui convenait en yiddish, elle est passée à l'espagnol)

... sie's geveyn a picaflor !

Frydka était un oiseau-mouche !

Shlomo a souri largement lui aussi en traduisant, amusé par l'image. Puis il a ajouté la sienne. Oui ! Il hochait la tête en souriant. Il se souvenait d'elle, lui aussi. C'était un papillon ! s'est-il écrié. Elle allait de fleur en fleur !

À ce moment-là, entre Anna et Shlomo, le yiddish a fusé et gargouillé. Shlomo s'est tapé sur la cuisse et a ri.

Elle m'a raconté deux histoires, a-t-il fini par me dire. La première : sur Frydka, elle peut dire qu'elle et des amies étaient allées du côté de Russki Bolechow. Il y avait là-bas un type qui louait une chambre et elles étaient curieuses de le connaître. Donc, elles frappent à sa porte et qui était là quand la porte s'est ouverte ? Frydka !

J'ai souri. *Un papillon !* Comment la blâmer ? me suis-je dit. J'avais vu des photos de l'album de Pepci Diamant. Frydka, l'adolescente ombrageuse, rêvassant à son propre album de photos ; Frydka, par une journée très ensoleillée, en robe blanche et chaussures découpées sur les doigts de pied, grande, toute en jambes, les yeux plissés regardant l'appareil photo ; Frydka faisant le clown dans les buissons au bord de la rivière Sukiel ; Frydka, fixant l'appareil photo, l'air renfrogné, les doigts sur les lèvres finement dessinées, pose dans laquelle personne n'aime se faire prendre, en train de manger ce que sa mère lui avait préparé, un repas qui est devenu poussière depuis bien longtemps. On pouvait, me suis-je dit, tomber amoureux de cette fille.

Anna s'est excusée pour aller répondre au téléphone, qui avait retenti bruyamment à la fin de cette histoire, et pendant qu'elle s'est éloignée, j'ai parlé de Frydka avec Shlomo, qui avait travaillé avec elle à la *Fassfabrik*.

Vous savez, lui ai-je dit, je peux vous dire comment était Frydka rien qu'en voyant les photos, je peux vous dire qu'elle devait se prendre pour une star de cinéma...

Shlomo a hoché la tête et pointé vers moi un doigt épais, avec son air de dire, *Ha, ha, je vous l'avais bien dit !* Et je peux vous dire, m'a-t-il dit, que je pense bien l'avoir vue à la *Fassfabrik*, parce qu'il y avait deux belles filles à la *Fassfabrik* que nous, les petits jeunes, on avait déjà remarquées – parce que j'avais entre douze ans et demi et treize ans et demi, treize ans en fait, quand j'étais dans cet endroit –, je me souviens que nous les avions vues, l'une était probablement Frydka et l'autre était Rita, une fille d'une famille de réfugiés qui était venue à Bolechow. Une *Flüchtling*, une fille très belle. Et l'autre, c'était Frydka. Et je me souviens que les deux filles représentaient les femmes à la *Fassfabrik*. Je me souviens, nous disions, *S'il y a bien une fille qui est belle, c'est Frydka ou Rita !*

Anna est revenue s'asseoir dans son fauteuil. Est-ce que je voulais de l'eau, un soda, un Coca ? Oui, un Coca, avec plaisir. Pendant qu'elle allait dans la cuisine, Shlomo m'a raconté la seconde histoire concernant Frydka le papillon, une histoire qui appartenait à une période plus sombre.

C'est un peu difficile à traduire ! a-t-il dit en riant bruyamment. Anna a dit que, pendant la guerre, quand les gens travaillaient dans les usines, la plupart des filles travaillaient dehors. Mais Frydka, parce qu'elle, vous savez, parce qu'elle était libre comme ça... elle s'était arrangée pour travailler à l'intérieur ! Dans le camp, dans le *Lager*, dans la fabrique de barils...

Oui, ai-je dit, un peu amusé, au moment où je me suis mis à parler, par réflexe pour protéger la réputation de ma cousine depuis longtemps disparue, je sais, d'après ce que m'a dit Jack Greene et d'après les lettres de Shmiel, que Frydka était allée dans un lycée commercial pour apprendre le métier de comptable (*Frydka chérie a terminé le lycée*, avait écrit Shmiel, *cela m'a coûté une fortune et où peut-on trouver du travail pour elle ?* Et aussi : *Frydka a terminé l'école de commerce de Stryj, elle a encore une école à faire ; je voudrais qu'elle apprenne un métier que je trouve bien pour elle, parce qu'on n'est rien aujourd'hui sans un métier...*). Et donc, ai-je poursuivi, c'est peut-être pour ça qu'elle travaillait à l'intérieur dans le camp ? Après tout, me suis-je dit, Jack n'avait-il pas dit qu'elle travaillait comme comptable à la *Fassfabrik* ?

Anna est apparue avec une grande bouteille de Coca et l'a posée sur la table. Shlomo lui a fait part de mon objection. Anna a secoué la tête en faisant un grand sourire et lui a dit quelque chose.

Elle dit que non, a expliqué Shlomo, Frydka ne travaillait pas dans un bureau, elle ne faisait pas de la comptabilité à ce moment-là, elle travaillait sur une machine. Il s'est tourné une fois encore vers Anna, et vers moi de nouveau. Il a dit, Je lui ai raconté que j'étais assis à côté de Frydka à l'intérieur de ce bâtiment et que ce n'était pas si bien, c'était très dur à l'intérieur, mais Anna vient de me répondre, Non, non, c'était mieux que de travailler dehors pendant l'hiver glacial !

Ess var shreklikh kalt ! m'a dit Anna, sachant que je n'aurais pas besoin de traduction. Il faisait horriblement froid !

Je me suis souvenu de mes conversations interminables avec Andrew, des années auparavant, au cours desquelles nous nous demandions comment notre grand-père s'en serait sorti, s'il s'était retrouvé, lui aussi, coincé à Bolechow pendant la guerre ; si sa merveilleuse habileté à magouiller pour obtenir ce qu'il voulait, pour se sortir de toutes les situations en baratinant, n'appartenait qu'à lui ou bien était l'expression d'un trait de caractère autrefois florissant dans notre famille mais qui (c'était l'impression non dite qui animait notre intérêt) semblait s'être éteint.

Shlomo venait de dire, non sans une certaine admiration : *Elle s'était arrangée pour travailler à l'intérieur !*

Elle aurait dû vivre de nos jours ! a répété Anna.

J'ai souri. Oui, ai-je pensé, c'était certainement ne fille dont on pouvait tomber amoureux.

Je voulais revenir aux photos, à l'unique photo de son amie Lorka que nous possédions. Mais à l'instant où je me suis penché vers le dossier pour en sortir l'agrandissement de cette photo de groupe, qui avait à présent un peu moins de soixante-dix ans, Anna a dit quelque chose à Shlomo. J'ai entendu les noms de *Shmiel* et de *Frydka*. Allions-nous parler de Frydka tout le temps ? me suis-je demandé.

Puis, Shlomo a dit, *Ah, ah !*

Il s'est tourné vers moi.

Elle a dit, m'a-t-il dit, qu'elle avait entendu dire, quelque part, que Frydka et Shmiel étaient probablement cachés et que quelqu'un les avait dénoncés, et ils avaient été tués.

Frydka et Shmiel ? ai-je répété bêtement. Anna m'a regardé ; elle avait compris, c'était clair, que j'avais entendu une histoire différente. Elle a hoché la tête, sans me quitter des yeux, et elle a continué.

Zey zent behalten bay a lererin...

Shlomo a écouté et traduit, même si j'étais capable de suivre l'histoire. Il a dit, Ils ont été capturés chez une institutrice. C'était l'institutrice qui leur avait appris à dessiner.

Le professeur de dessin, ai-je dit.

Oui, a-t-il dit. Le professeur de dessin. Une Polonaise.

Est-ce qu'elle connaissait le nom de cette femme ? ai-je demandé. Je voulais quelque chose de concret, quelque chose de spécifique qui permettrait de fixer cette version de l'histoire.

Anna a recommencé à parler à Shlomo, qui a secoué la tête. Non. Mais comme ils se remettaient à parler, j'ai entendu un nom que je connaissais bien : *Ciszko Szymanski*. J'ai levé la tête, les yeux écarquillés. Pour quiconque a passé beaucoup de temps dans les archives à faire des recherches sur des événements qui se sont depuis longtemps effacés dans les mémoires de chacun, à l'exception peut-être de quelques personnes très âgées, il est gratifiant d'obtenir une confirmation des histoires sur lesquelles vous enquêtez. Elle aussi avait donc entendu parler de l'histoire de Ciszko Szymanski. Anna a souri, hoché la tête et dit quelque chose à Shlomo.

Elle dit que Ciszko Szymanski était le petit ami de Frydka, a dit Shlomo.

J'ai demandé à Shlomo de lui dire que Meg Grossboard, à Sydney, ne voulait rien nous dire – je me suis tourné vers Anna et j'ai dit, *Gurnisht !* Rien ! et elle a souri – parce que Ciszko n'était pas juif. Shlomo a traduit pour Anna, qui m'a regardé avec un air incrédule, les sourcils froncés et les bras écartés, comme pour dire, *Qui se préoccupe encore de choses pareilles ?*

Je lui ai dit que nous avions appris de Jack Greene que Ciszko Szymanski avait été exécuté pour avoir essayé d'aider Frydka. Elle a parfaitement compris ce que je disais, parce que avant même que j'aie fini de parler, elle m'a regardé en disant en yiddish, Oui, c'est ce que j'ai entendu dire.

C'est à ce moment-là qu'elle s'est penchée au-dessus de la table basse, comme une femme qui voudrait confier un cancan à une amie, et qu'elle a parlé très rapidement. La tension entre l'intimité de son geste et le fait d'avoir à attendre la traduction de Shlomo m'a frappé comme quelque chose de significatif : ça m'a paru être un symbole de tout ce que je ressentais ce jour-là – l'étrangeté d'avoir à intégrer, d'un coup, des distances impossibles de temps, de langues et de mémoires, à l'immédiateté et à la vivacité des fragments, très brefs mais émouvants, que j'entendais sur mes parents morts depuis longtemps. *Viens prendre des fraises ! Il était sourd ! Un papillon !*

Shlomo écoutait ce qu'Anna disait, penchée vers moi dans ce mouvement de confidence, et il s'est ensuite adressé à moi.

Elle a dit que lorsqu'ils se sont fait prendre, Ciszko a déclaré, *Si vous la tuez, alors vous devrez me tuer aussi !*

Pendant un instant, plus personne n'a rien dit. Je savais, bien entendu, que Frydka avait inspiré bien plus qu'une amourette. *Ce garçon a payé de sa vie pour ça*, avait dit Jack à Sydney. Mais c'était vraiment quelque chose que d'entendre à présent la ferveur, la bravade juvénile, des derniers mots de ce garçon. *Si vous la tuez, alors vous devriez me tuer aussi !* Et ils l'ont tué. Là-dessus, tout le monde était d'accord, même s'il allait me falloir encore deux ans pour découvrir comment exactement.

J'ai dit, Comment sait-elle tout cela ?

Shlomo et Anna ont parlé, puis il m'a dit, Elle en a entendu parler par son cousin, qui était à Kfar Saba, mais qui est maintenant à Haïfa. Il avait été en Russie, mais lorsqu'il est revenu, il est allé vivre à Bolechow juste après la guerre. C'est un de ceux qui ont construit le mémorial à Taniawa. Il savait donc beaucoup de choses –

quand, comment, où les choses se sont passées. Ils ont parlé, vous savez, ceux qui sont revenus, ils ont parlé après la guerre, juste après la guerre, ils ont parlé aux Ukrainiens.

Shlomo s'est interrompu, puis il a dit, à moi seulement, Il y a tant de choses que je n'ai pas demandées... que je n'ai pas demandées. Vous savez, je me pose des questions... Aujourd'hui, je veux en savoir plus que je ne voulais en savoir à l'époque.

Il a repris son souffle et il est revenu au sujet du cousin d'Anna, qui avait entendu parler des derniers mots de Ciszko Szymanski. En parlant de lui, Shlomo a répété, Il savait des choses, il savait beaucoup de choses et c'est ce qu'il avait entendu dire.

Qu'est devenu ce cousin ? ai-je demandé. J'étais excité tout à coup : s'il était à Haïfa, je prendrais le train pour aller lui parler, peut-être y avait-il d'autres détails dont il se souvenait.

Il y a eu un échange assez long entre Shlomo et Anna. Puis, Shlomo s'est tourné vers moi. Il a dit, Elle pense qu'il n'a plus les idées très claires. Elle a dit qu'il lui avait parlé au téléphone récemment et qu'il lui disait : « Je viens de parler avec ma cousine » ; et Anna a demandé : « Quelle cousine ? » ; et il a répondu : « Anna » ; et elle a dit : « C'est *moi*, Anna. »

Je ne parlerais donc pas au cousin.

Pendant tout ce temps, je pense que mes émotions avaient été assez transparentes : le détail émouvant à propos du sort de Ciszko et de Frydka (si c'était vrai) et, plus encore, d'une certaine façon, le fait qu'il y avait une variante importante de l'histoire que j'avais entendue en Australie, de l'histoire du sort de Shmiel telle qu'elle m'avait été racontée par les quatre anciens de Bolechow à Sydney, qui étaient absolument convaincus que Shmiel avait été arrêté, avec sa femme et la benjamine de ses filles – la plus jeune, vraiment – au cours de la seconde *Aktion*, et qu'ils avaient péri à Belzec. Il m'a fallu un moment pour démêler les émotions qu'a produites ce brusque déplacement des suppositions que j'avais faites. D'un côté, c'était déconcertant : je commençais à prendre conscience de la fragilité de chaque histoire que j'avais entendue (*Écoutez*, devait me dire quelqu'un, beaucoup plus tard, *comment quiconque a survécu peut savoir avec certitude ? C'est toujours ce que quelqu'un leur a dit. Ils n'y étaient pas. S'ils ont survécu, c'est qu'ils étaient cachés au moment où c'est arrivé...*). De l'autre, j'éprouvais l'étrange état d'exaltation ressenti quand on est confronté à une histoire ou à des mots croisés particulièrement difficiles mais stimulants. Qu'était-il donc arrivé à Oncle Shmiel ?

Mon visage devrait trahir mes sentiments. *Du sehst ?* a dit Anna, son regard doux posé sur mon visage, avec ce sourire délicat, réservé, sur ses lèvres. *Ich veyss alles.*

Tu vois ? Je sais tout.

FINALEMENT, NOUS EN sommes venus à regarder la photo de Lorka.

J'ai une photo de Lorka, lui ai-je dit. C'était au sujet de Lorka que j'étais venu m'informer, bien que l'essentiel de notre conversation et les plus vivaces de ses souvenirs aient été consacrés à

Frydka. Je me suis demandé, brièvement, s'il y avait eu une rivalité entre Lorka, la sœur aînée responsable, celle qui était si fidèle et si honnête, et sa jeune sœur délurée (ou du moins le pensais-je), dont la personnalité me semblait plus réelle, plus concrète et plus vive, à chaque nouvelle histoire que j'entendais.

Des photos fun Lorka ? a dit Anna sur un ton impatient. Elle est allée dans la chambre chercher ses lunettes. Lorsqu'elle est revenue, je brandissais triomphalement la photo vieille de soixante-neuf ans. Ils étaient là de nouveau, figés dans leur deuil de mon arrière-grand-mère : Shmiel, Ester, le frère d'Ester, Bruno Schneelicht, et les quatre filles qui étaient, j'en étais désormais certain, Ruchele, âgée de neuf ans, Bronia, âgée de cinq ans, Lorka, âgée de quatorze ans – la grande un peu en arrière, accroupie pour être dans le cadre, avec son visage long, timide, un peu sérieux, pas du tout dépourvu de séduction, mais pas aussi vif et aussi joli que celui de Frydka – et, coupée à moitié par le bord de la photo, Frydka, âgée de douze ans.

Anna a tenu la photo des deux mains et l'a regardée un long moment. Sans hésiter, elle a pointé le doigt sur Ester et dit, *Duss ist di mutter fun Lorka*, et j'ai répondu, Oui, c'est la mère de Lorka. Anna a levé les yeux vers moi et a dit, en faisant un geste de négation de la main, Ester n'était pas de Bolechow, elle était de Stryj. Je savais, d'après mes recherches, que c'était vrai, mais j'ai été ému de voir qu'elle connaissait ce fait minuscule, quelque chose qu'elle avait appris au cours d'une conversation d'enfants qui avait eu lieu soixante-dix ans plus tôt et qu'elle avait mystérieusement retenu. J'ai hoché la tête et dit, Stryj, et elle a souri avant de me dire, Ah, tu sais !

Elle s'est penchée sur la photo de nouveau et a dit, en la scrutant, les sourcils froncés, *Di kinder, zi kenn ikh nokh nikht.*

Les enfants, je ne les reconnais plus.

J'ai pointé le doigt sur Lorka. Elle a rapproché la photo d'elle et, en la regardant avec intensité, elle a demandé en quelle année elle avait été prise. Mille neuf cent trente-quatre, ai-je dit. J'en suis certain. *Zur Erinnerung an den ersten Monat wo ich nach unser gottseligen Mutter trauerte. Bolechow in August 1934. Sam.* En souvenir du premier mois de mon deuil de notre mère bénie, Bolechow, août 1934. Sam. Mon arrière-grand-mère, Taube Mittelmark Jäger, est morte le 27 juillet 1934. Il y a des années, quand j'étais enfant, une famille est venue s'installer dans la maison voisine de la nôtre, et lorsque ma mère a fait la connaissance de la femme, qui s'appelait Toby, elle a souri et dit, Le prénom de ma grand-mère était Taube. Ça veut dire « colombe ».

De cette photo, prise pour commémorer le premier mois de deuil de cette femme à l'ossature délicate, de colombe en effet, dont le visage regarde fixement, avec la même expression de tristesse sur toutes les photos que nous avons encore d'elle, Anna a détourné les yeux pour regarder intensément Shlomo.

Qu'a-t-elle dit ? ai-je demandé, nerveux.

Elle a dit, Je ne pense pas que ce soit Lorka. Elle a dit qu'elle voyait Lorka dans sa tête et ce n'est pas Lorka ici.

Il s'est tourné vers elle pour obtenir une confirmation. *Nayn ?* Anna a fait claquer sa langue trois fois, *non non non*. Puis, elle s'est tournée vers moi et a dit en yiddish, Qui t'a dit que c'était Lorka ?

Mayn zeyde, ai-je répondu, un peu hésitant. *Mon grand-père*. C'est lui qui m'avait laissé me plonger dans les albums dont toutes ces photos provenaient, il y a trente ans de cela ; c'est lui qui m'avait raconté tout ce que je savais sur l'histoire de la famille, l'histoire de *sa* famille, les histoires et les plaisanteries, et les drames, les noms qui correspondaient aux visages sans sourire de ces vieilles photos. Bien sûr que c'était Lorka, me suis-je dit ; il y a quatre filles présentes et celle que j'ai pointée, de toute évidence, était la plus âgée.

Mayn zeyde, ai-je répété un peu plus confiant.

Anna m'a souri de son sourire triste, mais elle est restée ferme. *Dayn zeyde hut zi gekeynt ?* a-t-elle dit.

Ton grand-père l'a connue ?

Que pouvais-je répondre ?

J'ai dit, Non.

La discussion sur Lorka et ce à quoi elle ressemblait a réveillé un souvenir chez Anna, qui a soudain paru bouleversée. Sa voix s'est épaissie, au moment où elle s'est tournée vers moi, puis vers Shlomo, parlant de manière très animée, agitant les mains, les levant comme pour prendre Dieu à témoin, avant de les serrer sur sa poitrine comme dans une étreinte. Elle a fini par se taire, m'a regardé avec un air impatient, attendant que Shlomo ait fini de traduire.

Ah, a dit Shlomo, vous voyez ? Vous vous souvenez quand je vous ai dit que chacun ne pensait qu'à soi, était égoïste ?

Je m'en souvenais : la veille, quand je l'avais interviewé, quand il m'avait raconté comment son cousin Josef et lui s'étaient cachés, après que tous les membres de leurs familles ou presque avaient été tués, et comment ils avaient survécu ; comment, en raison du fait que sa mère était tellement *frum*, tellement dévote, elle avait abandonné leur cachette pour célébrer Pesach, Pâque, et avait été arrêtée et emmenée, comment il avait essayé de la suivre quand elle était sortie et comment, afin d'épargner à son fils la vue de ce qui pourrait lui arriver, elle l'avait renvoyé chez eux pour chercher des chaussettes chaudes ; comment, revenant avec les chaussettes, à l'endroit où il l'avait laissée, il avait constaté qu'elle avait disparu – quand Shlomo m'avait raconté tout ça, la veille, il avait dit qu'une des choses que l'Occupation avait changé chez les gens c'était de les avoir rendus plus secrets, même entre amis, entre êtres chers. Les gens qui avaient l'intention d'aller se cacher, avait-il dit avec un air qui était à la fois entendu et attristé, savaient que leurs chances de survie étaient accrues lorsque très peu de gens étaient au courant de leur projet. Je n'ai même pas essayé d'imaginer ce que pouvait être ce genre de tromperie passive des gens qu'on aime – des gens qui, vous le saviez, allaient mourir s'ils n'étaient pas eux-mêmes en train de faire des projets identiques à ceux que vous étiez en train de leur cacher.

Vous voyez ? a dit Shlomo de nouveau, le jour où nous parlions avec Anna Heller Stern. Personne ne voulait parler, personne parmi ceux qui voulaient aller se cacher ! Et elle était une amie intime de Lorka, elles travaillaient ensemble à la *Fassfabrik*. Anna m'a dit que, le jour où elle a su qu'elle allait s'échapper, elles étaient en train de marcher ensemble sur le chemin de la fabrique. Et elle m'a dit que, tout à coup, elle a déclaré à Lorka, *Lorka, embrassons-nous, donnons-nous un baiser, parce que Dieu sait quand nous allons nous revoir.*

C'était la dernière fois qu'elle avait vu Lorka.

Nous sommes restés un moment silencieux tous les trois. Puis, j'ai demandé, C'était quand ? Shlomo et Anna ont parlé une minute, et il a dit, C'était en novembre 1942.

Il a ajouté : En 42, elle a quitté Bolechow pour aller se cacher. Elle a dit qu'elle savait ce qui était arrivé à Lorka, comment elle s'était échappée et avait rejoint les Babij, et qu'elle avait été probablement tuée à ce moment-là. Elle a dit qu'elle avait entendu parler de Frydka, elle avait entendu parler de Frydka et de Shmiel, qu'ils s'étaient cachés ensemble. Mais elle ne sait pas dans quelles circonstances exactes ont été tuées Lorka et Frydka.

Elle dit qu'elle ne sait même pas ce qui est arrivé à sa propre famille, a-t-il ajouté.

C'est cette dernière remarque qui m'a fait renoncer à l'envie de poser d'autres questions. Mais je savais ceci : novembre 1942 était la dernière fois qu'une personne encore en vie aujourd'hui avait vu Lorka, c'est-à-dire un visage que je ne connaîtrais jamais.

À CE MOMENT-LÀ, le plateau sur la table basse était couvert de miettes et les verres de Coca perlaient dans la chaleur. Nous avions parlé pendant un peu plus d'une heure et demie, et j'avais le sentiment qu'Anna nous avait raconté tout ce qu'elle pouvait dire sur ma famille, ce matin-là. Je me disais, Et si quelqu'un venait me voir, dans quarante ans, et me demandait ce dont je me souvenais d'un garçon qui avait grandi près de chez moi, d'un garçon qui était au cours élémentaire avec moi ? De Danny Wasserman, par exemple, le garçon blond qui habitait de l'autre côté de la rue quand j'étais petit, qui était un peu plus âgé que moi, dont je me souviens qu'il avait les cheveux blonds, qu'il aimait faire du sport, qu'il était grand et gentil. Que pourrais-je bien dire ? J'étais donc très reconnaissant à l'égard d'Anna Heller Stern, ce matin-là. J'étais reconnaissant pour l'histoire des fraises, j'étais légèrement et bizarrement excité d'avoir découvert que je ne savais toujours rien de précis sur ce qui était arrivé à Shmiel, et bouleversé à l'idée que la fille sur la photo n'était pas Lorka, en fait – et qui pouvait mieux le savoir que cette femme qui l'avait connue pendant si longtemps ? –, ce qui signifiait qu'il n'existait plus nulle part de photo de cette jeune fille.

Il se trouve que ce n'était pas encore le choc ultime, la déception ultime, l'ultime ajustement nécessaire concernant l'histoire de la famille.

Comme nous étions fatigués, comme je pensais que nous avions obtenu tout ce que nous pouvions raisonnablement espérer, compte tenu du caractère bouleversant que cela pouvait avoir pour Anna, je commençais à réfléchir à la manière de mettre un terme à la conversation. De toute façon, il fallait que je me prépare pour l'énorme réunion de famille qu'avait organisée Elkana dans l'après-midi, le rassemblement où « tous les cousins » allaient être présents pour faire la connaissance de ce parent américain inconnu qui, ils en avaient été informés, écrivait un livre sur la *mishpuchah*. J'ai donc posé une question qui, je le croyais, allait permettre à notre longue conversation de prendre fin.

Se souvenait-elle d'autres Jäger à Bolechow ? ai-je demandé. Ayant parlé avec le groupe de Sydney trois mois plus tôt, j'avais connaissance des lointains cousins Jäger qui possédaient la *cukierna*, la confiserie ; les frères Jäger, dont l'un se prénommait Wiktor, le fils (j'en étais sûr) de la Chaya Sima Jäger dont Matt avait vu, de façon tellement improbable, la pierre tombale depuis la voiture d'Alex, ce jour-là, le Wiktor dont la sœur était la mère de Yulek Zimmerman, le garçon dont j'avais cru, jusqu'alors, qu'il était l'unique petit ami de Lorka. Peut-être qu'Anna savait quelque chose à ce sujet, m'étais-je dit.

Mais, alors qu'elle parlait à Shlomo, elle a préféré mentionner quelque chose à propos de Yitzhak Jäger. Oncle Itzhak ! C'était étrange de penser qu'il y avait ici en Israël des gens qui se souvenaient de lui à l'époque de ses années à Bolechow, avant qu'il ait – Tante Miriam, en fait – l'intuition de s'en aller.

Elle a parlé un bon moment et puis Shlomo s'est tourné vers moi pour dire, Itzhak Jäger avait une boucherie, mais pas dans le *Rynek*...

(le *Rynek* était l'endroit où la boucherie se trouvait à l'époque de mon grand-père, je le savais, et Shlomo savait que je le savais : j'avais la photo tirée du livre Yizkor, une photo d'un côté du *Rynek* avec le bâtiment de la mairie et, juste en face, un bâtiment assez bas sous lequel mon grand-père avait tracé une flèche pour indiquer où se trouvait la boucherie de sa famille)

... pas dans le *Rynek*, disait Shlomo, mais en face du moulin. Elle était là. Et de cette boucherie, il s'est enfui de Bolechow.

Sachant désormais quels sont les inconvénients de travailler en plusieurs langues en même temps, j'ai dit, Vous voulez dire qu'il a laissé cette boucherie quand il a quitté Bolechow ?

Shlomo a secoué la tête.

J'ai dit, Vous voulez dire qu'il ne voulait pas être là ?

J'étais troublé.

Shlomo m'a regardé.

Il a dû *s'enfuir*, a-t-il dit.

J'ai dit, Pourquoi a-t-il... qu'est-ce que ça veut *dire* ?

Anna observait notre échange et elle a dit à Shlomo, *Er vill vissn ?*

Il veut savoir ?

Shlomo s'est tourné vers moi et m'a posé la question pour elle, même si je n'avais pas besoin de sa traduction, Vous voulez vraiment savoir ?

Et j'ai répondu, Oui.

Anna s'est alors lancée dans une longue histoire. Je savais que ce serait long à la façon dont elle a pris son souffle, au rythme de ses phrases en yiddish, à ces voyelles mûres et à ces consonnes gargouillantes qui se déroulaient dans la pièce comme un écheveau de laine épaisse. Elle a parlé pendant quelques minutes, assise sur le bord de son fauteuil, son regard ne cessant d'aller de Shlomo à moi. Lorsqu'elle a terminé, elle s'est calée dans le fauteuil en poussant le soupir de quelqu'un qui vient de finir un travail pénible.

Shlomo a dit, OK. Ils étaient clients de la boucherie d'Itzhak Jäger (les parents d'Anna, voulait-il dire). Donc à un moment donné quand Itzhak s'est fait construire une jolie maison, pas très loin de chez Shmiel, ils ont fait une grande caveau.

Cave, ai-je dit.

Une grande cave, oui. Et elle a dit qu'à un moment donné, une année, il était difficile de trouver du veau. Non, non, non – on ne trouvait pas de veau.

J'avais un peu de mal à suivre. On ne trouvait pas de veau, avait-il dit. Pourquoi ? Je me suis demandé, à voix haute, s'il n'y avait pas eu peut-être une plaie sur le bétail, légèrement gêné, pour des raisons que je ne discerne toujours pas très bien, à l'idée que ce mot biblique de « plaie », un peu ridicule et démodé, me soit venu à l'esprit parce que j'étais en Israël. Shlomo a dit que c'était peut-être ça, que les vaches ne vêlaient pas cette année-là.

Shlomo a poursuivi. Un jour, a-t-il dit, une femme est venue voir une autre femme et elle a vu dans sa cuisine qu'elle avait du veau. Elle a donc demandé, *Où as-tu trouvé du veau ?* Et l'autre femme a répondu – ici Shlomo est revenu au yiddish sans le traduire – *bay Itzhak Jäger*.

Parce que j'avais grandi en entendant souvent du yiddish, je savais que ce *bay* était tiré de l'allemand *bei* : « chez ». *Zey zent behalten bay a lehrerin.* Ils ont été capturés chez une institutrice. *Bay Itzhak Jäger*. Chez Itzhak Jäger.

Bay Itzhak Jäger, a répété Shlomo.

Bay Itzhak Jäger, ai-je répété.

Shlomo a dit, L'information a donc circulé de l'une à l'autre, puis une autre encore – c'était une petite ville. Tout le monde s'est mis à acheter du veau chez Itzhak Jäger. Et c'est alors qu'ils ont découvert comment il se procurait son veau : il allait très loin dans la campagne pour acheter un jeune veau, qu'il ramenait dans sa cave pour le tuer lui-même, et c'est comme ça qu'il avait du veau à vendre.

Même si vous n'êtes pas le descendant, comme moi, d'une longue lignée de bouchers cascher, vous savez ce que ça veut dire. Comme le veau n'avait pas été tué par un *shochet*, un abatteur rituel, la viande n'était pas cascher.

Shlomo me dévisageait et hochait la tête. Il a dit, d'une voix forte, Donc ! Ce n'était pas cascher !

Il était ravi de raconter cette histoire excitante, qu'il avait été trop jeune à l'époque – peut-être n'était-il même pas né – pour connaître.

Il a continué, Un professionnel doit faire abattre l'animal de façon cascher ! Alors les rabbins, les rabbins de Bolechow, ont affiché une pancarte qui disait que cette boucherie n'était pas cascher, ne vendait pas de la viande cascher ! Et toutes les femmes religieuses ont dû casser leurs assiettes chez elles. Et ça a été un grand scandale !

Il a ajouté son propre commentaire, Vous savez, la viande cascher coûtait le double de ce que coûtait la viande ordinaire. C'est comme ça que Itzhak a pu faire construire sa grande maison !

Je n'ai rien dit pendant un moment. Puis j'ai demandé, C'était en quelle année ?

Shlomo a demandé à Anna et il a dit, Elle avait dix ans environ.

1930, me suis-je dit. Juste avant que Itzhak vienne en Palestine. *Juste à temps ! C'était une sioniste !*

Je pensais que c'était la fin de l'histoire, quand Shlomo s'est brusquement levé de son siège et s'est écrié, Vous voyez ? Vous voyez ? Vous voyez ? Je veux vous dire une chose très importante.

Je n'avais pas la moindre idée de ce qu'il allait dire.

Shlomo m'a regardé. Il a dit, en ayant du mal à réprimer son émotion, Je veux vous dire quelque chose de très important. Ma mère était une *frum*, une femme très religieuse. Elle était cachée parce qu'elle savait que les Allemands voulaient l'arrêter. Mais elle est quand même sortie de sa cachette pour faire *Pesach*, à cause de Dieu !

Shlomo a pris une longue inspiration. Comme tant d'hommes qui sont corpulents et n'ont pas peur de montrer leurs émotions, il avait l'air de gonfler, de devenir plus gros, pendant qu'il parlait, la voix tremblante.

Il a dit, Elle est sortie et elle a été tuée.

Il m'a regardé avec intensité et j'ai su alors exactement ce qu'il allait dire. J'ai dit, Shlomo, je sais ce que vous allez me dire.

Mais c'était comme s'il ne m'avait pas entendu. Il m'a regardé, son gros doigt pointé vers moi, et il a continué.

Parce qu'elle était une *frum*, ma mère a été tuée ! Et Itzhak Jäger a fait une chose qui était *tout à fait contre la religion* ! Et Dieu l'a sauvé, il l'a envoyé en Palestine ! Vous y comprenez quelque chose ?

Je comprenais. J'ai pensé à mon grand-père, des années auparavant, disant à propos d'un autre repas de viande non cascher, *Mais si la vie est en jeu, Dieu pardonne !* Mais il avait mangé cette viande pour rester en vie, c'était différent. Je ne savais que dire. J'ai écouté Shlomo traduire pour Anna ce qu'il venait de me dire. Il n'était pas moins agité la seconde fois.

Itzhak hut gemakht a zakh duss iss kegn Gott, s'est écrié de nouveau Shlomo.

Itzahk a fait une chose qui est contre Dieu.

Und Gott hut ihm gerattet !

Et Dieu l'a sauvé !

À ce moment-là, Anna, qui avait eu, je le suppose, de nombreuses années pour méditer sur certaines ironies de l'histoire, pour penser à la façon dont Dieu intervient ou non dans les affaires humaines, a interrompu Shlomo, en secouant la tête avec ce sourire qu'elle avait, en ajoutant cette fois à la tristesse habituelle un certain amusement un peu las. Elle a fait un geste un peu vague vers le ciel.

Vuss, kegn Gott ? a-t-elle dit sur le ton de l'admonestation. *Kegn di* rabbunim !

Je n'avais pas besoin de Shlomo pour traduire. Elle venait de dire, Comment ça, contre Dieu ? Contre les *rabbins* !

Si la vie est en jeu, Dieu pardonne !

PEU DE TEMPS après, Shlomo m'a déposé devant la résidence élégante d'Elkana pour la réception de famille. Le cousin de ma mère était expansif à propos du gigantesque déjeuner de fin d'après-midi, servi dans la salle à manger de la résidence. Après la présentation hilare de quelque vingt-cinq cousins, cousins au deuxième degré et troisième degré, des Rami, Nomi, Pnina, Re'ut, Gal et Tzakhi (ces étranges noms israéliens abrégés de nouveau ! – assis là, je me suis souvenu de la façon dont nous riions en disant YONA YONA YONA quand nous étions petits et que mon grand-père venait avec cette jeune femme israélienne aux cheveux noirs, avant qu'il ait commencé à venir avec ces autres femmes) ; après les sourires timides, les hochements et les grimaces muettes, après que tous ces gens se sont assis, Elkana s'est levé pour porter un toast de bienvenue. Gêné parce que j'étais incapable de répondre en hébreu, j'ai souri bêtement et hoché la tête en direction de chacun des convives. En anglais, j'ai dit que j'étais heureux d'être en Israël et de pouvoir enfin rencontrer toute la *mishpuchah*. Avec prévenance, Elkana m'avait placé entre les petites-filles de sa sœur, des jeunes femmes qui n'avaient pas trente ans et qui toutes deux parlaient parfaitement l'anglais. Nous nous sommes mis à bavarder et, au bout d'un moment, nous avons échangé potins et secrets de famille. *Dans* cette *famille* ? a dit Gal, incrédule, en réponse à une question que j'ai posée à un moment donné. *Tu plaisantes ?* Elle a regardé Ravit et s'est mise à rire. J'ai souri et j'ai dit, *Ouais, beaucoup d'entre nous aussi.* À l'autre bout de la table, Elkana avait gardé près de lui le fils de son fils Rami, Tzakhi, un beau jeune homme brun qui approchait maintenant de la trentaine. *Rami*, un surnom pour Abraham : mon grand-père. *Tzakhi*, le diminutif d'Itzhak. Rami était quelque part en Extrême-Orient ; comme son père, c'était quelqu'un. Elkana pérorait devant son petit-fils. Les journaux disaient que les recherches du leader irakien déchu se poursuivaient ; Elkana, bien qu'il eût pris sa retraite depuis longtemps, avait l'aura de quelqu'un qui a accès à des informations privilégiées en haut lieu, et il hochait la tête dans ma direction, en disant assez fort, *On va le trouver à Tikrit, je vous le dis. C'est là qu'il est chez lui, avec les siens.* À ma droite était assise Ruthie, dont les tresses étaient devenues un mélange de blond paille et de blanc ; elle traduisait aussi vite qu'elle le pouvait quand j'essayais de communiquer avec les autres, quand elle jugeait utile de me répéter ce qu'ils avaient dit. C'est comme ça que j'ai appris que la plupart des jeunes gens présents n'étaient pas conscients du fait que cette grande famille joyeuse venait d'un endroit qui s'appelait Bolechow et que leur nom avait été autrefois יעגער

La rencontre initiale d'Abraham avec une culture étrangère n'est pas, au premier coup d'œil, un grand succès. Assez tôt dans parashat Lech Lecha*, nous apprenons que, en dépit du fait que Dieu a conduit Abraham en Canaan, le territoire promis, il y a eu, très*

vite, une famine dans ce pays qui a conduit Abraham à fuir avec sa famille en Égypte, un pays d'abondance. Avant d'arriver en Égypte, Abraham élabore un plan. Comme elle est une belle femme, dit-il à Saraï, les Égyptiens voudront s'emparer d'elle et le tuer ; il lui ordonne donc de mentir et de dire qu'Abraham n'est pas son mari, mais son frère. De cette manière, lui dit Abraham, « les choses se passeront bien pour moi et pour ton bien, et je pourrai vivre grâce à toi ». Il se trouve que la première partie de la prédiction d'Abraham est confirmée : au moment où ils arrivent en Égypte, des officiers du Pharaon louent auprès de lui la beauté de Saraï, « après quoi elle est emmenée dans la maison du Pharaon ». Et en effet, cela a bénéficié à Abraham qui a été récompensé de son mensonge « avec des troupeaux, du bétail, des ânes, des esclaves, des servantes et des chameaux ». Des bénédictions en abondance, en effet.

En ce qui concerne la deuxième partie de la prédiction nerveuse d'Abraham – le fait que les Égyptiens l'auraient tué s'ils avaient su qu'il était le mari de Saraï –, il n'y a pas de preuves pour la soutenir, et le texte suggère même que c'est plutôt le contraire qui s'est produit. Après que Saraï est emmenée chez le Pharaon (et on ne nous dit rien de ce qui s'y passe), Dieu frappe de « plaies sévères » l'Égypte pour punir ce que nous devons considérer comme l'insulte (involontaire) du Pharaon vis-à-vis d'un couple marié. Dans un passage remarquable par ce qu'il ne nous dit pas, le Pharaon en personne déduit, probablement en raison de la nature des plaies, qui n'est pas spécifiée, qu'il est puni pour avoir pris Saraï comme épouse, alors qu'elle est en fait mariée, et, furieux, il convoque Abraham. « Qu'est-ce que tu m'as fait ? s'écrie-t-il. Pourquoi ne m'as-tu pas déclaré qu'elle était ta femme ? Pourquoi as-tu dit, "Elle est ma sœur", en sorte que je l'ai prise pour femme ? Maintenant, voilà ta femme : prends-la et va-t'en ! » Abraham s'en va, apprenons-nous dans Genèse 13, 1, «d'Égypte », chargé de son butin : bétail, argent et or.

La plupart des commentaires savants sur ce détour particulier au cours des voyages lointains d'Abraham ont porté sur la façon dont cet épisode, qui contient une confrontation avec le Pharaon, les plaies punissant l'Égypte, la colère du souverain égyptien contre l'homme de Dieu, l'ordre impatient du souverain donné à l'Hébreu de quitter l'Égypte avec sa famille et « tout ce qu'il possédait », est une anticipation voulue de l'épisode ultérieur et central, relaté dans l'Exode. Et il y a eu, bien entendu, de nombreuses discussions concernant l'étrange plan d'Abraham, fondé sur une supposition concernant le comportement des Égyptiens qui n'est jamais confirmée par ce qu'on apprend ; en particulier, ce qui apparaît à de nombreux commentateurs comme la prostitution délibérée de sa femme, doublée d'un ordre de mentir, a provoqué le malaise de bien des commentateurs de ce passage et nombre d'entre eux se sont efforcés de disculper Abraham. « On ne peut pas lui reprocher de choisir de mettre Sarah dans cette position compromettante, écrit Friedman, parce que, selon lui, Sarah aurait été prise de toute façon. » Cependant, il y a quelque chose d'inaccep-table dans le comportement du patriarche. Friedman, le moderne californien, est prêt à jouer avec l'idée que peut-être Abraham « n'est pas parfait », mais Rachi suggère qu'Abraham ne s'intéressait pas aux cadeaux en soi, mais – conscient du fait que l'épi-

sode dans lequel il jouait un rôle n'était qu'une anti-
cipation d'un drame biblique plus grandiose – était
soucieux que sa progéniture future dans l'Exode pût
également quitter l'Égypte couverte de cadeaux.

Ces tentatives et d'autres pour disculper le père de
tous les Juifs me paraissent aujourd'hui bien futiles.
Je pense à l'histoire souvent, l'homme et sa femme
et sa famille, la patrie qu'ils sont obligés de fuir pen-
dant une période de crise. L'exploitation d'un men-
songe pour (il n'y a pas d'autre mot pour ça)
s'enrichir, l'utilisation de l'épouse pour fournir une
couverture à une évasion qui est devenue, contre
toute probabilité, un moyen d'enrichissement, de la
propagation réussie d'une nouvelle progéniture dans
ce nouveau pays. Je pense à tout cela et je me dis
que quiconque a écrit parashat Lech Lecha *devait*
savoir quelque chose sur la façon dont les gens se
comportent dans les périodes troublées.

LE DIMANCHE 29 JUIN, Shlomo est venu me chercher
au Hilton de Tel-Aviv, qui était assez vide, en raison de six mois de guerre en Irak et des menaces
accrues de terrorisme qui étaient l'une de ses
conséquences inévitables. Au célèbre buffet du
petit déjeuner, dont Froma m'avait parlé avec excitation, le fabuleux étalage de toutes sortes de poissons fumés, l'appareil à jus de fruits saturé
d'oranges israéliennes à la couleur intense, les fro-
mages, les harengs marinés, les *bagels*, les pains, il
n'y avait que six ou sept personnes dans les parages, ce matin-là. Je feuilletais les journaux. Un ter-
roriste âgé de quinze ans avait tué un réparateur
de téléphone israélien. Les Israéliens étaient scep-
tiques en ce qui concernait le cessez-le-feu

annoncé par le Hamas et le Jihad islamique. Un commando de marine avait été tué au cours d'un assaut israélien contre le Hamas. Leon Uris, l'auteur d'*Exodus*, était mort. J'ai posé les journaux et j'ai bu mon jus d'orange.

Peu de temps après, à dix heures pile, Shlomo a passé le contrôle de sécurité à l'entrée de l'hôtel et s'est garé devant l'immense hall d'entrée vide. Il m'avait proposé avec enthousiasme de m'emmener, à deux heures de route dans le désert, chez Solomon et Malcia Reinharz pour que je puisse les interviewer. Il nous fallait arriver là-bas à l'heure du déjeuner, m'avait dit Shlomo, à la demande du couple. Le mari n'aime pas beaucoup rester éloigné de son travail trop longtemps, a expliqué Shlomo.

Travail ? ai-je répété, incrédule. Compte tenu de ce que m'avait raconté Shlomo, ce M. Reinharz devait avoir près de quatre-vingt-dix ans.

Bien sûr, a dit Shlomo avec un grand sourire. Ils ont un magasin de chaussures depuis plus de cinquante ans, ils y travaillent toujours.

Je me suis dit : au moins ceux-là auront une bonne mémoire.

Pendant que nous sortions de Tel-Aviv, en traversant Jaffa – où Elkana m'avait emmené dîner, le soir où j'étais arrivé, dans un restaurant arabe peu avenant, où la nourriture était extraordinaire et où il avait parlé en arabe avec le propriétaire, son vieil ami –, et ensuite sur l'autoroute qui n'a bientôt été qu'une ligne coupant une grande étendue de sable, Shlomo et moi avons parlé. Depuis la mort de mon grand-père, jamais je ne m'étais senti aussi libre de poser les questions que je désirais poser sur Bolechow. Nous avons discuté, dans un état de grande excitation, des révélations de la veille ; en particulier de l'insistance d'Anna sur le fait que Frydka s'était cachée avec Shmiel – cette version des événements devait une bonne partie de son attrait au fait qu'elle concordait avec la version dont Tante Miriam avait entendu parler, tant d'années auparavant. Une fois encore, j'ai senti l'urgence derrière l'enthousiasme de Shlomo, l'énergie qui irradiait chaque fait nouveau lié à Bolechow, même quand il s'agissait d'un fait relatif à une famille qui n'était pas la sienne. C'était lui, après tout, qui s'était proclamé chef des « anciens de Bolechow », qui allaient se réunir à l'automne, comme ils le faisaient toujours, pour leur rencontre annuelle. C'était Shlomo qui prenait plaisir à me raconter qui étaient les gens célèbres qui avaient des origines à Bolechow ou dans les environs.

Vous connaissez Krauthammer, le journaliste américain ? m'a-t-il demandé.

Oui, ai-je dit, je vois qui il est.

Une famille de Bolechow ! s'est écrié Shlomo, triomphant.

Vraiment ? ai-je dit.

Il m'a demandé si ce Krauthammer avait pris contact avec moi lorsque l'article que j'avais écrit sur notre voyage à Bolechow en 2001 était paru.

Non, ai-je répondu en souriant, il ne l'avait pas fait. Je lui ai dit qu'une autre figure bien connue dans le monde de l'édition aux États-Unis, un homme dont le père était né à Stryj, m'avait contacté après avoir entendu parler de mon voyage en Ukraine, deux ans plus tôt. *Wieseltier*, ai-je dit, quand Shlomo m'a demandé son nom.

Ah ! s'est-il exclamé. Je pense, oui, il y avait une famille Wieseltier à Bolechow aussi.

J'ai hoché la tête et expliqué que ce célèbre éditeur, Wieseltier, qui vivait à Washington, m'avait dit qu'il savait avec certitude que la famille de sa mère, les Backenroth, était liée à Bolechow, et qu'il pensait aussi avoir des parents du côté de son père qui avaient vécu à Bolechow avant la guerre, même s'il ne connaissait pas leurs noms. Shlomo a hoché la tête et nous avons été d'accord pour dire que Wieseltier était un nom rare, pas le genre de nom qu'on pouvait confondre avec un autre ou même oublier. *Bien sûr que j'ai connu Wieseltier*, avait dit Mme Begley après mon retour d'Ukraine, *il avait la boulangerie*. Je connaissais le père, avait-elle ajouté, sachant que je devais connaître le fils dans un contexte entièrement différent. Puis elle avait poussé un plat de porcelaine blanche sur la nappe dans ma direction et dit, *Prenez un autre petit gâteau, vous croyez que c'est moi qui vais les manger ?*

Regardez ! s'est soudain écrié Shlomo. Il pointait le doigt vers une silhouette qui marchait à côté d'un chameau. *Les Bédouins !*

Nous ne sommes vraiment pas à Bolechow, ai-je plaisanté. Je pensais à ma grand-mère en *1956, avec un chameau et un Arabe.*

Il m'a demandé de lui parler plus en détail des interviews que j'avais faites en Australie. Pendant que je lui racontais, aussi bien que je pouvais m'en souvenir, chacune de mes longues conversations avec chacun, il a hoché la tête lentement, se délectant de chaque histoire, de chaque fait, même si c'étaient des histoires et des faits qu'il connaissait déjà très bien lui-même. À un moment donné, je lui ai demandé s'il avait jamais entendu parler de l'histoire dont ma mère avait eu écho, il y avait tant d'années : *Ils avaient quatre filles magnifiques, ils les ont toutes violées et ils les ont tuées.* Où avait-elle entendu ça ? avais-je l'habitude de me demander. Mais lorsque j'avais finalement posé la question, ma mère avait dit, Je ne me souviens plus, il y avait tant d'histoires horribles, je faisais des cauchemars constamment. Donc, alors que Shlomo et moi arrivions à proximité de Beer-Sheva, je lui ai demandé ce qu'il pouvait savoir, ce dont il avait peut-être entendu parler. Personne en Australie n'avait donné de détails, lui ai-je dit au milieu du désert qui grésillait autour de nous. Il a fait une petite grimace et haussé tristement les épaules. Tant de choses horribles ont eu lieu pendant les *Aktionen*, a dit Shlomo, ce n'est pas impossible, bien sûr. Peut-être. Mais en avoir la certitude, c'est impossible pour autant que je sache.

J'ai hoché la tête, mais je n'ai rien dit. Peut-être valait-il mieux ne pas connaître certaines choses.

Après un silence, il a dit, Vous savez que Regnier aussi était là-bas, en Australie ?

Anatol Regnier était l'auteur de *Damals in Bolechow*, le livre qui racontait comment Shlomo et son cousin Josef, Jack et Bob, et les autres, avaient survécu. J'ai pensé à Meg Grossbard, me racontant combien elle avait trouvé étrange qu'un Allemand, un jour, l'appelle pour lui demander de parler de Bolechow ; et comment elle avait refusé de lui parler, refusé de laisser l'histoire être écrite.

Oui, ai-je répondu à Shlomo, je sais qu'il est allé là-bas. Et puis, poursuivant la pensée non dite qui m'avait traversé l'esprit, j'ai dit, avec un demi-sou-rire, C'est différent d'écrire l'histoire des gens qui ont survécu parce qu'il y a quelqu'un à interviewer, et ils peuvent vous raconter ces histoires étonnan-tes. En prononçant ces mots, j'ai pensé à Mme Begley qui m'avait dit, un jour, en me regar-dant froidement, *Si vous n'aviez pas une histoire étonnante, vous n'auriez pas survécu.*

Mon problème, ai-je poursuivi pour Shlomo, c'est que je veux écrire l'histoire de gens qui n'ont pas survécu. De gens qui n'avaient plus d'histoire.

Shlomo a hoché la tête et dit, Ha, ha, je vois. Vous savez, a-t-il ajouté au bout d'un moment, ce Regnier, il est allemand, mais il est marié à une célèbre chanteuse israélienne, une très grande star, Nehama Hendel.

J'ai dit que j'étais désolé, mais que je n'avais jamais entendu parler d'elle.

Elle est très connue en Israël, m'a-t-il dit. Mais elle est morte, il y a quelques années.

Il m'est soudain venu à l'esprit de poser une question qui m'avait trotté dans la tête depuis un certain temps. Mon grand-père, ai-je dit à Shlomo, avait l'habitude de me chanter deux chansons quand j'étais petit ; je me demande si c'étaient peut-être des chansons de sa propre enfance, des chansons que son père ou sa mère lui avaient chantées. Des chansons de Bolechow.

C'était comment ? a demandé Shlomo.

Hé bien, ai-je dit un peu gêné, la première, il avait l'habitude de nous la chanter au moment où nous allions nous coucher. Et c'était vrai : quand nous étions petits et que notre grand-père nous rendait visite, il venait parfois dans nos chambres au moment où on nous mettait au lit et nous chantait cette chanson, dont les paroles vont sans aucun doute paraître bizarres, paraître très plates sur la page, plus encore que les paroles de, disons, « Mayn Shtetele Belz », « Ma Petite Ville de Belz » qui sont après tout assez sentimentales. Si je voulais faire sentir ce qu'avait de singulier la chanson que mon grand-père nous chantait, il faudrait que je ne me contente pas de transcrire les paroles :

Oh pourquoi mon Daniel avez-vous frappé,
Mon Daniel ne vous avait rien fait.
La prochaine fois que mon Daniel vous frappez
À un policier, je vais vous dénoncer !
Hou hou !

Je pourrais, par exemple, essayer de le transcrire un peu différemment, de façon qu'il soit possible de se faire une idée du rythme de cette chanson, qui était pour moi, lorsque j'étais petit, à la fois apaisante (parce que c'était finalement une promesse de protection et de rétribution) et terrifiante (puisqu'elle faisait naître la possibilité incompréhensible que quelqu'un voulait me frapper, moi, un enfant). La transcription aurait alors cette allure :

Oh POURQUOI mon DAN-iel avez-vous FRAP-pé,
Mon DAN-iel ne VOUS avait rien fait.
La prochaine FOIS que mon DAN-iel vous frappez
À un po-LICIER, je vais vous dé-NONCER !
hou HOU !

Mais, bien sûr, même comme cela, il n'y aurait pas moyen de faire sentir les inflexions particulières de la voix presque disparue de mon grand-père (je dis presque disparue, parce que mon grand-père s'est suicidé avant la venue des caméras vidéo, et par conséquent le seul enregistrement que nous ayons de sa voix est la cassette que j'ai faite de lui au cours de l'été 1974, lorsqu'il nous a raconté l'histoire de l'attaque russe, quand il était sorti en courant de la maison, sans ses chaussures. Les voix sont les choses qui s'effacent en premier, dans le cas des gens qui ont vécu avant une certaine époque de l'évolution technologique : personne ne saura jamais à présent à quoi pouvaient ressembler les voix de Shmiel et des autres membres de sa famille). Pour donner une impression plus précise que celle procurée par les simples paroles de cette chanson, que j'ai chantée, assez timidement, à mes propres enfants, et je doute qu'ils la chanteront aux leurs, il faudrait que j'essaie d'imiter la prononciation très particulière d'un habitant de Bolechow, quelque chose comme ceci :

Oh purquoi mon Déniel avez-fus freppé,
Mon Déniel né fus avait rien fait.
La préchaine fois que mon Déniel vus freppez
À un policier, je fais fus dénoncer !
Hu HU !

Et même là, il y a la mélodie, les inflexions tristes, sépia, en tonalité mineure qui me font me demander, brièvement, si c'était la traduction d'une vieille chanson de son enfance. Récemment, j'ai demandé à mon frère Andrew, qui joue si bien du piano, s'il se souvenait de l'air de cette chanson de mon grand-père, et lorsqu'il a répondu, *Bien sûr que je*

571

m'en souviens, je lui ai demandé de la transcrire pour moi. Une semaine après, environ, j'ai ouvert le fichier qu'il m'avait envoyé et j'ai souri en voyant qu'il l'avait intitulée *Oh pourquoi mon Andrew avez-vous frappé*. Quand je lui en ai parlé, il a dit, très sincèrement, Il ne m'était jamais venu à l'esprit qu'il ait pu la chanter à quelqu'un d'autre.

J'ai donc chanté cette chanson à Shlomo, alors que nous roulions vers le sud, dans le désert, en direction de l'appartement des Reinharz, et il a secoué la tête en disant, Non, je ne peux pas dire avoir jamais entendu cette chanson.

J'étais déçu. Mais il y avait une autre chanson qui m'intéressait, une autre chanson assez mélancolique, et c'est sans doute parce qu'elle était tellement triste que, moi qui connais si peu la musique populaire, je m'étais dit qu'elle provenait peut-être aussi de l'enfance perdue de mon grand-père, fils d'une famille de bouchers, il y a une centaine d'années, et à six mille cinq cents kilomètres de moi. Je l'ai chantée aussi à Shlomo dans la voiture :

Je voudrais encore, je voudrais en vain
Je voudrais avoir seize ans demain
Seize ans demain jamais, jamais fêtés
Jusqu'au temps des cerises pendant aux pommiers !

Je ne me suis pas soucié de mettre l'accent, cette fois : *fudrais*, avait dit mon grand-père, *je fudrais en fain. Jusqu'au temps tes cérises...* Shlomo a écouté et pris un visage embarrassé. Je n'ai jamais entendu cette chanson non plus, a-t-il dit.

Oh, tant pis, ai-je dit. Ce n'est pas grave. C'est juste une chanson.

J'ai regardé par la fenêtre. Le désert s'était transformé en immeubles.

Ha, ha ! a dit Shlomo en pointant le doigt. Nous sommes arrivés à Beer-Sheva.

Oh Why Did You Hit My Andrew

Abraham Jaeger

VÊTUE D'UNE BLOUSE sans manches à motifs fleuris éclatants, dans diverses tonalités de bleu, Malcia Reinharz nous attendait sur le seuil de sa porte. Au moment où nous avons franchi les dernières marches pour atteindre son palier, elle a fait un grand sourire, exposant des dents bien alignées. Hallo ! a-t-elle dit. La voix était profonde et elle avait une tessiture agréablement grenue, comme une clarinette. Ses cheveux étaient légèrement auburn et son long visage, aux joues rondes et plein d'humour, était animé comme celui d'une jeune fille.

Hallo Malcia ! a dit Shlomo. Il m'avait dit que Malcia parlait bien l'anglais ; son mari non, mais Shlomo traduirait. Nous sommes entrés. L'appartement était plongé dans la pénombre pour le protéger du soleil de l'après-midi. Au fond, devant les fenêtres dont les stores étaient baissés, il y avait quelques meubles confortables ; à l'entrée, juste après la porte, il y avait une petite table de salle à manger. Assis à cette table, le dos appuyé au mur de la cuisine, se trouvait M. Reinharz. J'ai aimé son visage : curieusement juvénile, grave mais sympathique. Il avait l'allure plaisamment désuète d'un fermier nanti : une chemise beige impeccable, un pantalon sombre, des bretelles et une casquette de golf beige. Il s'est levé pour nous serrer la main. Malcia nous a alors fait signe de nous asseoir.

S'il vous plaît, a dit Malcia. Tout d'abord, nous allons parler un peu, et ensuite nous mangerons, d'accord ?

D'accord, ai-je dit. Parfait.

Les trois ont parlé en yiddish quelques minutes pendant que j'installais mon magnétophone et ma caméra vidéo. Shlomo expliquait ce qui allait se passer ; ils hochaient la tête en l'écoutant. J'étais prêt. Quand j'ai commencé à parler, j'ai essayé de les regarder tous les deux, mais comme je savais que Malcia pouvait me comprendre mieux que ne le pouvait son mari – et comme il y avait quelque chose de si attirant, si délicieusement doux et disponible chez elle, qualités que la mère de ma mère avait eues autrefois –, je me suis davantage adressé à elle assez rapidement. Toutefois, j'ai noté qu'au cours de notre longue conversation, ce jour-là, son mari et elle se regardaient pendant que nous parlions, comme pour obtenir une confirmation silencieuse de ce qui leur était demandé ou de ce qu'elle était en train de me dire en leur nom.

Très bien, ai-je dit, je vais commencer à poser des questions.

Elle a hoché la tête.

Nous ne savions rien de Shmiel, de sa femme ou de ses enfants, ai-je dit. Je parcours donc le monde

574

pour parler avec quiconque a connu Shmiel et, de ces conversations, j'essaie d'extraire quelque chose sur Shmiel et sa famille. Parce que tout ce que nous savons jusqu'à présent, c'est qu'ils ont été tués.

Elle a fermé les yeux. Je sais, a-t-elle dit.

Et nous voulons savoir quelque chose de mieux que ça, ai-je dit.

Malcia a hoché la tête et dit, Oh, je les connais, je les connais très bien.

J'étais sidéré par la façon dont elle employait le présent pour parler de ces morts : *Je les connais, je les connais très bien.*

Elle a dit, Demandez ce que vous voulez. Tout ce que vous avez besoin de savoir.

OK, ai-je dit.

Nous nous sommes mis à parler. Elle m'a dit que tout le monde dans sa famille était de Bolechow. Voulait-elle bien me dire quand elle était née ? Elle a fait un grand sourire et a dit, Je suis née en Hongrie en 1919 ! Elle avait l'air amusée à l'idée que je puisse être embarrassé de lui demander son âge. Elle a expliqué qu'elle était née en Hongrie pendant que ses parents y séjournaient brièvement, et qu'ils étaient retournés rapidement dans leur ville où, à partir de l'âge de trois mois, elle avait toujours vécu. Avec ses parents, sa sœur Gina et ses deux frères, David et Herman. Elle a dit, Et plus personne n'est vivant. J'ai seulement une photo de mon jeune frère.

Elle m'a dit qu'elle s'était mariée en 1940. *Qui reste marié pendant un temps aussi long de nos jours, soixante-trois ans ? Personne !* Elle a éclaté de rire et agité la main, comme pour écarter les protestations de quiconque avait été marié moins de soixante-trois ans.

Donc vous avez connu les Jäger quand vous étiez petite ? ai-je demandé.

Je les connaissais très bien, a-t-elle répliqué, en passant à l'imparfait. C'était Shmiel Jäger et sa femme, c'était une jolie femme. Avec de jolies jambes !

Avec de cholies chambes.

Malcia a posé sa main gauche sur son cœur et ensuite elle a fait un geste de connaisseur, un peu comme un maître d'hôtel décrivant une spécialité particulièrement savoureuse de la maison.

Oh ! Elle avait de ces jambes – je n'ai jamais revu des jambes pareilles !

J'ai souri, et Shlomo aussi.

Et deux jolies filles, a-t-elle poursuivi. Lorka aussi avait de jolies jambes !

Elle aussi ? a dit Shlomo, amusé.

Oui. Malcia a hoché la tête.

J'étais plus intéressé par un autre détail. *Deux jolies filles.* Chacun, semblait-il, avait un souvenir différent du nombre d'enfants qu'avaient eu Shmiel et Ester.

Vous n'avez connu que deux des filles seulement ? ai-je demandé.

Deux seulement ? Quand nous parlions, Malcia écoutait patiemment et silencieusement, comme une étudiante attentive, avec une expression grave sur son visage long et alerte ; mais, souvent, dès que je finissais de parler, son visage exprimait une forte réaction. À présent, il affichait une incrédulité exagérée.

Elles étaient quatre, ai-je dit.

Malcia me regardait. *Quatre ?!* Il avait quatre enfants ?

Je les ai nommées toutes les quatre. Lorka. Frydka. Ruchele. Bronia.

Quatre filles ? a-t-elle répété. Je lui ai alors montré la photo de Shmiel, Ester et Bronia, mais elle s'est contentée de dire, *Ja*, Shmiel Jäger.

Elle a posé la photo sur la table et dit simplement, *Ai, Gott.*

Je sais seulement que l'aînée était Lorka, a-t-elle repris au bout d'un moment, et que la plus jeune était Frydka. Et nous étions souvent en contact. Avec Lorka... bien sûr. C'était une *jolie* fille. Et Frydka, elle était un peu plus haute que Lorka.

Elle a levé la main et j'ai compris qu'elle voulait dire *plus grande*. Je l'ai laissée parler. Pour moi, tout cela était bien plus que charmant : peu importait tout ce que nous avions appris jusqu'à présent, chaque fragment, chaque détail était précieux. Ester avait de jolies jambes. Frydka était plus grande que Lorka. Nous ne le savions pas auparavant. À présent, cela faisait partie de leur histoire. *Frydka était une très grande fille, plus grande que sa sœur aînée*, allais-je pouvoir dire à ma famille quand je rentrerais...

Puis elle a dit, Elle était solide, Frydka. Une battante, une *battante*.

C'est reparti, me suis-je dit. On finit toujours par parler de Frydka. Une battante ? ai-je dit. Qu'est-ce que vous entendez par là ?

Malcia a bu une gorgée de vin. *Ja*. Elle était *robuste* !

Elle a prononcé ro-BOUSTE ! Et en le disant, elle a levé les poings comme un boxeur.

Robuste, ai-je répété. Bon, me suis-je dit, elle *était* une battante.

Mais Lorka, a continué Malcia, insoucieuse de mes préoccupations, était jolie. Et elle avait une paire de jambes... !

Sa voix s'est éteinte et elle a levé les yeux au ciel, comme si elle prenait Dieu à témoin.

Je lui ai montré la photo de la famille entière en 1934, la photo sur laquelle ils sont en deuil de mon arrière-grand-mère Taube. *Ça veut dire colombe.* Malcia a brusquement levé la tête et m'a regardé, le visage rayonnant parce qu'elle se souvenait de quelque chose.

Shmiel Jäger était *hiresh* ! Comme je m'attendais à ce qu'elle parle yiddish ou allemand lorsqu'elle ne trouverait pas le mot anglais, j'ai été un peu troublé, jusqu'à ce que je me rende compte qu'elle venait de parler en hébreu. En prononçant ce mot, *hiresh*, elle avait pointé le doigt sur son oreille pour m'aider, tout comme le faisait ma mère quand elle était au téléphone avec mon grand-père et parlait yiddish – c'est comme ça que j'ai appris l'essentiel du yiddish que je connais.

Toyb, a dit Shlomo. Sourd !

Je sais, ai-je dit.

Il faut lui parler très fort, a continué Malcia. Sans doute la vivacité du souvenir l'avait fait repasser au présent.

Et il était grand, ai-je suggéré.

Oui, il était grand – un homme très gentil. Et... il aimait sa femme ! Malcia a de nouveau pris le visage de quelqu'un qui prend Dieu à témoin. Ho, ho, ho ! s'est-elle exclamée. Il l'aimait *tellement*.

Je n'ai rien dit. Il est possible, après tout, de se référer à sa femme en disant *die liebe Ester*, « Ester chérie », par pure habitude ou obligation. Mais maintenant nous savions. *Il aimait sa femme !* Si les amies de leurs enfants le savaient, me suis-je dit, ils devaient être assez démonstratifs, Shmiel et Ester, ce couple amoureux.

Je lui ai montré une autre photo.

Ya, duss ist Shmiel Jäger. Elle a soupiré. Shmiel Jäger, il était bel homme. Un bel homme, un très bel homme !

Puis, elle a levé la main en l'air et dit, *Haut !*

MALCIA S'EST ASSURÉE que nous avions bien tous du vin dans nos verres et a repris le fil de ses réminiscences. J'ai regardé la bouteille. MURFATLER PINOT NOIR, disait l'étiquette.

J'avais l'habitude d'aller avec ma mère pour acheter de la viande dans sa boucherie, a-t-elle dit. Et il donnait à ma mère la toute meilleure viande qu'il avait ! Ils se disaient *tu*, parce qu'ils étaient à l'école ensemble.

Vous deviez donc avoir à peu près le même âge que Lorka, ai-je dit. Elle devait avoir peut-être un an de moins.

Oui, oui, nous n'étions pas dans la même classe, mais nous allions à la même école – il n'y avait pas d'autre école à Bolechow !

Est-ce que vous jouiez ensemble ?

Oui, oui, a dit Malcia. Puis, elle a semblé hésiter un instant avant d'ajouter, Mais elle était... chaque fois, elle était...

Cherchant le mot anglais, elle s'est tournée vers Shlomo. *Es tat ihr immer leid*, a-t-elle dit, avec un rire espiègle. *Elle était toujours blessée, toujours désolée.*

Insultée ? a offert Shlomo.

Toujours ricanante, Malcia a dit en yiddish, *Zi is immer geveyn mit a hoch nase.*

Le nez haut ? Je n'avais jamais entendu cette expression.

Ah ! Ah ! a dit Shlomo. Il s'est tourné vers moi et m'a regardé droit dans les yeux. Elle dit qu'elle se prenait, vous savez... pour « quelqu'un ». Il a posé un doigt sur le bout de son nez et l'a relevé pour exprimer, dans un geste universel, la suffisance.

Pourquoi ça ? ai-je demandé à Malcia.

Elle a fait une grimace désapprobatrice. Hé bien, elle savait qu'elle était jolie, qu'elle avait une belle maison, des parents bien...

Quelle était exactement la réputation de la famille ? ai-je demandé, et là-dessus, elle s'est lancée dans une histoire. Il y avait une organisation charitable que son père avait fondée, appelée Yad Charuzim, La Main du Diligent. Elle a ri. Lorsque mon père était président, a-t-elle dit, je disais à tout le monde, *Mon père est le président !* J'ai souri et elle a ajouté que Shmiel avait été président, lui aussi, à un moment donné. Ce qui explique enfin une photo que j'avais vue, des années auparavant, dans le livre Yizkor de Bolechow. Au bas des deux photos qui apparaissaient à la page 282, mon grand-père avait écrit les noms de ses frères Shmiel et Itzahk. Sur la photo, Shmiel est assis, en veste sombre avec chemise à col cassé et nœud papillon, au centre d'un groupe important d'hommes bien habillés ; assis par terre, Itzhak tenait le coin d'une pancarte sur laquelle devait être inscrit le nom d'un club quelconque, mais les seules lettres visibles sur la photo étaient CHA. À cet instant précis, Malcia a dit quelque chose rapidement à Shlomo, qui s'est levé et s'est dirigé vers une pile de documents. Il est revenu et m'a tendu une photocopie de format A-1 de ce qui était, de toute évidence, la photo originale qui avait été si mal reproduite dans le *Sefer HaZikaron LeKedoshei Bolechow*. Il se trouve que l'original appartenait à Malcia. Sur la photocopie, la pancarte tenue par Itzhak est parfaitement lisible :

ZALOZYCIELE
19 JAD 28
CHARUZIM
BOLECHOW

FONDATEURS DU YAD CHARUZIM, 1928, BOLECHOW.

Malcia a pointé le doigt sur un visage que je connaissais bien : beau, distant, élégante et impeccable petite moustache qu'il imaginait (je ne pouvais m'empêcher de le penser) lui donner l'air plus vieux, plus digne. Il n'avait que trente-trois ans. Itzhak, au contraire, a l'air un peu amusé.

Voici Shmiel Jäger le président, sur cette photo, disait Malcia. Et voici mon père.

Elle a pointé l'index sur un homme à l'air très digne, aux yeux pâles et avec une barbichette, assis dans la même rangée que Shmiel.

Et voici Kessler, le charpentier, a-t-elle poursuivi.

Une fois de plus, j'étais à la fois ému et peiné à l'idée que chacune de ces personnes avait une famille, une histoire ; et que, quelque part, quelqu'un qui s'intéressait, disons, à la famille Kessler était peut-être en train de dire, *Et celui-ci, ce n'est pas Jäger, le grossiste, là au milieu, celui qui avait les camions ? Et lui, ce n'est pas son frère, celui qui avait la boucherie, tu te souviens de l'histoire…?*

Oui, Lorka avait une belle maison, une bonne famille, a dit Malcia, en haussant un peu les épaules au moment où sa voix s'est éteinte.

J'ai pensé de nouveau à Shmiel et à ses lettres adressées à mon grand-père.

Non pas que je doive raconter à vous, mes très chers, ce que même des étrangers disent, à savoir que j'ai les enfants les meilleurs et les plus distingués de Bolechow…

Ou,

Les gens à Bolechow me prennent pour un homme riche (puisque je paie des impôts énormes) et quiconque a besoin de quoi que ce soit vient voir Samuel Jäger. J'ai beaucoup d'influence ici et on m'accorde un traitement de faveur partout ailleurs, et il faut donc que je me présente bien partout. En fait, je passe mon temps avec les gens du meilleur milieu, je suis un hôte distingué dans toute la ville, et je voyage continuellement.

Le nez haut, ai-je dit.

Malcia a souri et hoché la tête, et je n'avais aucune raison de ne pas la croire. Tout colle parfaitement, ai-je pensé.

À ce moment-là, Malcia a décidé de servir le déjeuner et nous avons parlé pendant quelque temps de choses plus joyeuses.

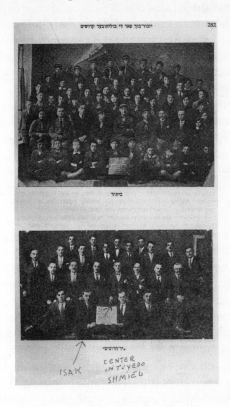

PLUS TARD, UNE FOIS terminé l'énorme repas qu'elle avait préparé, Malcia a dit, Et après, que s'est-il passé pendant l'Occupation, vous savez ?

J'ai remarqué que Shumek – Shlomo appelait régulièrement Solomon Reinharz par son surnom polonais – ne donnait aucun signe de vouloir retourner travailler.

Je le savais – ou, du moins, je croyais le savoir –, mais comme je l'avais fait à Sydney, je lui ai demandé de se souvenir pour moi de ce qui était arrivé et quand. Cette fois, cependant, j'ai essayé de raisonner un peu plus comme Matt. Je lui ai demandé non pas seulement ce qui s'était passé, mais aussi ce que les gens pensaient, ressentaient et disaient.

J'ai dit, Quand vous avez su que les Allemands arrivaient, au cours de l'été 41, qu'est-ce que les gens racontaient avant qu'ils fussent vraiment là – quelle idée se faisaient les gens de la tournure que ça allait prendre ?

Shumek et Malcia ont échangé des regards. Elle a dit, Nous savions, nous savions, nous savions. La première nuit après le départ des Russes à Bolechow, nos Ukrainiens, nos *goyim*, ont tué cent vingt Juifs et les ont jetés à l'eau.

J'ai hoché la tête. Je me suis souvenu de Jack et de Bob à Sydney disant, *La première chose qui s'est passée, c'est que les Ukrainiens sont arrivés et ils ont commencé à tuer des Juifs. Vous savez, si vous aviez un problème avec les Juifs, vous pouviez les tuer tout simplement.*

Mais qu'est-ce que vous attendiez des Allemands ? ai-je demandé. De quoi étaient-ils informés à ce moment-là ? Après avoir échangé un regard avec son mari, elle a dit avec un petit rire amer, *Alle gloybten duss di doytscher wirdn uns tzvingen in a fabrik*. Tout le monde pensait que les Allemands allaient nous forcer à travailler dans une usine.

À ce stade de la conversation, j'ai demandé ce que les gens savaient en général des projets des

Allemands concernant les Juifs d'Europe quand la guerre a commencé.

Malcia a répété, Nous savions, nous savions, nous savions. En 39, tous les gens, tous les Juifs, ils sont partis de Pologne – c'était le *gouvernement* polonais – et ils ont pris la fuite.

Elle a soudain couvert son visage de ses deux mains, se souvenant de quelque chose. Oh ! a-t-elle dit. Si vous aviez vu les gens avec leurs petits bagages, et les familles...

Meg Grossbard s'était souvenue, elle aussi, d'avoir vu des hordes de Juifs, avec quelques Polonais, fuyant leur foyer soit vers l'est, soit vers le sud, en direction de la moitié soviétique de la Pologne, en direction de la Hongrie, en voiture, à cheval, à pied, fuyant aussi vite qu'ils le pouvaient après que les Allemands eurent commencé à bombarder Varsovie, ce jour de septembre 1939. Bolechow, m'avait expliqué Meg, était la dernière ville avant la frontière hongroise ; des milliers de réfugiés étaient passés à travers la ville en quête d'un refuge. Un bon nombre d'entre eux étaient restés à Bolechow. Les *Flüchtlinge*, on les appelait ; ceux qui sont en fuite. Mieux valait vivre sous la domination soviétique que sous celle des nazis.

Comme si elle avait lu mes pensées, Malcia a dit, Ils fuyaient vers nous. Non seulement de Pologne, mais de Tchécoslovaquie, d'Autriche. Parce qu'ils savaient que nous allions rester sous gouvernement russe.

Elle a secoué de nouveau la tête, à mesure que les souvenirs affluaient, et elle a ajouté, Cette image, je ne peux pas l'oublier.

Shlomo l'a brusquement interrompue.

Malcia, a-t-il dit, tu as quelques années de plus que moi. Et tu as vu ces choses... les réfugiés...

Oh, les réfugiés ! a-t-elle dit en couvrant son visage de ses mains à nouveau.

Et tu te souviens qu'il y a eu deux années de tranquillité, de 1939 à 1941, a poursuivi Shlomo. Et puis, tu te souviens que les gens ont su que les Allemands allaient venir.

Malcia a hoché la tête et Shlomo a ajouté sur ce ton emphatique qu'il a, *Alors pourquoi nous n'avons pas fui comme fuyaient ces réfugiés ?*

Malcia a eu un sourire grave. *Pourquoi, pourquoi ? Ahhh... Parce qu'on ne peut pas quitter une maison ! Comment quitter sa maison ?!*

Comment quitter sa maison ? Je me suis alors souvenu de quelque chose d'autre dans les lettres de Shmiel – comment, le temps passant, il oscillait entre des fantasmes désespérés de fuite et un refus orgueilleux de s'en aller. Il allait écrire au président Roosevelt, annonçait-il dans une lettre ; il allait vendre ce qu'il avait, tout, pour les faire sortir ; pour faire sortir les filles ; pour faire sortir une fille. *La chère Lorka.* Et cependant, dans la même lettre parfois, il changeait d'avis. *Mais je souligne pour vous tous que je ne veux pas partir d'ici sans avoir de quoi vivre – inversement, j'ai ici, grâce à Dieu, tout ce qu'il me faut... Je sais maintenant que je ne pourrais pas avoir une telle vie très rapidement en Amérique.* Je me suis interrogé, autrefois, sur ces changements d'humeur extravagants, mais évidemment c'était il y a des années, quand j'étais adolescent et jeune homme, avant d'avoir une vie, une maison, des enfants. Souvent, lorsque je parle de l'Holocauste à certaines personnes, de ce que j'ai découvert dans les lettres de mon grand-oncle, sa compréhension tardive du fait que son monde était en train de se refermer sur lui, ses efforts désespérés pour s'en échapper, je m'aperçois que ceux qui ont bénéficié d'une perspective historique disent ce que Shlomo venait de dire à l'instant – même si la question un peu furieuse de Shlomo était provoquée par le chagrin et non par la bonne volonté complaisante qui naît de l'évaluation des crises historiques à partir du confort d'une vie sans danger. *On se demande pourquoi ils n'ont pas lu ce qui était écrit sur les murs*, se plaisent à dire ces personnes. Mais en vieillissant, je ne m'interroge plus beaucoup, vraiment. Je ne m'interroge plus et, je m'en apercevais maintenant, Malcia ne l'avait pas fait non plus.

Comment quitter sa maison ?!

Malcia s'est levée pour aller faire quelque chose dans la cuisine ; nous n'avions pas encore pris de dessert ! s'était-elle écriée. Pendant qu'elle y était, Shumek et Shlomo ont parlé rapidement en yiddish de leurs souvenirs du temps de guerre. J'ai essayé de suivre, mais ils parlaient trop vite. À un moment donné, j'ai entendu Shlomo demander à Shumek quelque chose à propos des *Yiddishpolizianten*, des milices juives qui avaient été créées dans chaque ville et contraintes, souvent, de faire le sale boulot des occupants : arrêter un certain nombre de gens, retrouver tel ou tel Juif, l'arrêter et l'emmener dans un endroit dont il ou elle ne reviendrait jamais. J'avais lu, et maintenant j'en entendais parler, que la police juive était souvent redoutée et détestée par les gens qui avaient été autrefois des voisins ou même des amis. Anna

Heller Stern avait eu une réaction très forte, deux jours plus tôt, lorsque le sujet de la police juive était venu dans la conversation. *J'avais plus peur d'eux que de n'importe qui d'autre*, avait-elle dit. Mais alors même qu'elle avait dit cela, je m'étais dit, Si j'avais pensé pouvoir sauver ma famille en rejoignant la police juive, est-ce que je l'aurais fait ? J'ai pensé à mes enfants et j'ai refusé d'émettre des jugements.

En tout cas, comme le disait maintenant Shumek à Shlomo, la police juive était loin d'être indispensable. *Und vuss hut zey getin ? Zey hutten zi alle geloysht.*

Et qu'est-ce qu'ils ont fait ? Ils les ont liquidés, eux aussi.

C'est dans ce contexte que Shlomo a demandé ce qu'étaient devenus deux de ces policiers qu'il avait connus. Ils parlaient vite et je n'ai pas pu retenir les noms.

Es is oykh geloysht geveyn ? a demandé Shlomo. *Et il a été liquidé, lui aussi ?*

Shumek, à cet instant précis, avait une expression à la fois gentille et quelque peu résignée. *Yaw, er oykh.*

Oui, lui aussi.

Malcia est réapparue avec un énorme gâteau et, ayant entendu ce dont parlaient son mari et Shlomo depuis un moment, elle s'est tournée vers nous et a dit, Ça suffit. Je ne veux pas parler des *mishugenah tzayten* et des *mishugenah menshen.*

De l'époque folle et des hommes fous.

Elle a ajouté, Qui veut une bonne tasse de thé ?

Donc sur l'Occupation vous savez déjà, a dit Malcia, après que nous avons terminé le dessert et sommes retournés nous asseoir, épuisés, dans nos fauteuils. Comme cela m'était arrivé lors du *déjeuner à la Bolechow* de Meg à Sydney, j'ai pensé, Bientôt il n'y aura plus personne qui sache cuisiner ces plats.

Euh, ai-je dit, nous ne savons pas *vraiment*. Je veux dire que nous savons ce qui s'est passé en général, mais nous ne savons rien de spécifique sur ce qui leur est arrivé à eux.

Je ne voulais pas lui fournir la moindre information ; je voulais voir ce qu'elle savait, sans rien suggérer.

Les Jäger, a-t-elle dit. Ce qui leur est arrivé, c'est ce qui est arrivé à tout le monde. Elle a soupiré.

Mais elle a ajouté immédiatement après, Et Frydka, elle avait une relation avec le fils d'un Polonais, le voisin.

Frydka, encore une fois, ai-je pensé. Mais j'ai dit, *Ciszko Szymanski*.

Elle a hoché la tête. Et il y avait quelqu'un qui...

Elle s'est tournée vers Shlomo pour obtenir le mot qu'elle cherchait et elle lui a dit quelque chose.

Quelqu'un qui les a délationnés, a dit Shlomo.

Dénoncés, ai-je dit.

Oui. Malcia a hoché la tête de nouveau.

Frydka. Après la conversation avec Anna Stern, je doutais de pouvoir apprendre quoi que ce fût de neuf ; certainement rien de plus dramatique et émouvant que *Si vous la tuez, vous devrez me tuer aussi !* Pourtant, je voulais procéder méthodiquement.

Très bien, ai-je dit, je veux avancer tout doucement ici.

Mais Malcia se souvenait de différentes choses et elle faisait défiler son histoire.

Ils les ont dénoncés, et ils l'ont trouvée, et elle était enceinte.

Enceinte ? ai-je dit. Je me suis redressé dans mon fauteuil et je l'ai regardée.

Enceinte ? a dit Malcia en s'adressant à Shlomo pour s'assurer que c'était le bon mot.

Il a hoché la tête. C'était le bon mot. Enceinte.

J'ai dit, Attendez, je veux revenir en arrière, une seconde. Frydka était avec ce garçon polonais, Ciszko Szymanski. Ils sortaient ensemble, il l'aimait bien ?

Malcia a dit quelque chose à Shlomo qui s'est tourné vers moi et a dit, Elle dit qu'il l'a sauvée, qu'il a essayé de la cacher.

Malcia a hoché la tête et a repris son récit en anglais. Pour la cacher, a-t-elle dit. Et ils vivaient ensemble.

Je n'étais pas sûr d'avoir compris ; je voulais des détails plus spécifiques. Ils avaient vécu ensemble où ?

Malcia a dit, Dans sa maison à lui, à lui.

Il la cachait dans sa maison ? ai-je dit, sidéré. Cela ne m'était jamais venu à l'esprit.

Malcia a hoché la tête, plus pour elle-même que pour moi. Elle a dit, Oui. Et ils les ont trouvés, ils les ont trouvés et elle était enceinte. C'est ce qu'on m'a dit.

Shlomo, lisant mes pensées, est intervenu. Dis-moi, a-t-il dit à Malcia, et son père, Shmiel, il n'était pas là ?

Elle a secoué la tête avec lenteur et avec insistance : Non.

Il l'aimait beaucoup, a-t-elle poursuivi, et il lui a dit qu'il veut la cacher. Il l'aime beaucoup et elle l'aime bien. Et c'était pour elle, comment disons-nous, une *mazel*. Et il la cache, mais il y a des gens méchants qui savaient que...

Sa voix a déraillé. Elle avait l'air pensive. Shlomo m'a dit à voix basse, Donc une partie de l'histoire était vraie. Quelqu'un a trahi Frydka.

Une *partie* de l'histoire, ai-je pensé. Et pourquoi pensions-nous que c'était vrai ? Parce que quelqu'un d'autre, quelqu'un qui n'était pas présent non plus quand ça s'était passé, quelqu'un qui avait réussi à rester caché et qui avait seulement entendu dire, après la fin de la guerre, ce qui était arrivé à Frydka, l'avait entendu dire de quelqu'un d'autre, qui l'avait entendu dire de quelqu'un d'autre encore ; et parce qu'un certain détail tiré de cette histoire de troisième main concordait maintenant avec un détail que Malcia avait entendu rapporté par quelqu'un d'autre, qui l'avait entendu rapporté par quelqu'un d'autre encore. Frydka avait été cachée et trahie. Mais qu'en était-il de Shmiel, maintenant ? J'avais l'impression de marcher dans des sables mouvants.

On l'a trahie, a dit Malcia. Oui.

Et vous n'avez aucune idée de qui il pouvait s'agir ? ai-je demandé.

Malcia a été très terre à terre. Elle a levé les mains. Les voisins. Les Ukrainiens.

J'étais encore en train de me faire à l'idée de cette nouvelle version : pas de Shmiel, pas d'institutrice polonaise anonyme, seulement Frydka et

Ciszko. Shlomo a dû lire dans mes pensées, parce qu'il m'a regardé et s'est tourné ensuite vers Malcia pour dire, Parce que, vous comprenez, nous avons entendu une histoire selon laquelle Frydka et Lorka avaient rejoint Babij.

Malcia a fait une grimace très négative – de dédain même.

Non, non !

OK, ai-je dit. Donc, la dernière chose que nous sachions au sujet de Frydka, c'est qu'elle se cachait avec lui et que quelqu'un les a dénoncés...

Malcia a hoché la tête. Ils l'ont tuée et lui aussi. J'ai vu sa mère après la guerre.

Sa mère ? C'était intéressant. J'ai demandé, Et qu'a-t-elle dit ?

Malcia a eu l'air amusée. Qu'est-ce qu'elle dit ? Elle a dit, *C'était un garçon idiot !*

Elle m'a jeté un regard subtil, compliqué. Elle a dit, Il a payé ça de sa vie.

Je voulais continuer à faire pression sur elle pour obtenir d'autres détails.

Alors vous êtes tombée sur Mme Szymanska après la guerre...

Nous ne sommes pas tombés sur elle, elle est venue nous voir. Nous avions un magasin après la guerre à Breslau...

Wroclaw ? ai-je demandé. « Breslau », je le savais, est le nom allemand de ce qui est aujourd'hui Wroclaw, tout comme « Lemberg » est l'ancien nom de L'viv. Froma et moi, épuisés par nos marches forcées dans Prague, avions pleuré de rire un jour à propos de la différence entre l'orthographe du mot et la façon dont il est prononcé : *Vrotzwohf.*

Ce n'est que plus tard que j'ai appris comment prononcer certaines lettres en polonais.

Malcia a hoché la tête et souri. Oui, Wroclaw. Elle se souvenait de l'adresse où elle avait vécu à ce moment-là. *Rynek szesc. Ringlplatz sechs*. 6, place du Marché. Reprenant le fil de son récit sur la mère de Ciszko Szymanski, elle a dit, Elle est venue, elle savait que nous avions un magasin. Tout le monde cherche un visage qu'il connaît. Parce qu'elle voulait nous voir. Elle a pleuré, elle a poussé des cris et nous avons parlé.

Malcia m'a regardé et, comme pour expliquer l'émotion dont elle se souvenait, elle a dit, Les gens de Bolechow.

Puis elle a ajouté, Elle a parlé du fils. Elle a dit *combien il était idiot !*

Malcia a crié le mot *idiot* comme avait dû le faire Mme Szymanska autrefois.

Elle a poursuivi, Il donnait sa vie pour cette fille. Mais il l'aimait vraiment beaucoup.

Telle mère, telle fille, ai-je pensé.

Elle me regardait fixement. Elle a dit, Et pour elle, c'était un *mitziyeh*, vous savez ce que c'est un *mitziyeh* ?

J'ai fait non de la tête et elle a fait un geste de la main droite, comme elle aimait le faire, le pouce et deux doigts joints, comme on pourrait le faire pour indiquer qu'un plat a besoin d'une pincée de sel.

Shlomo a dit, Un *mitziyeh*... c'est quelque chose, quelque chose, vous savez bien, quelque chose de spécial.

(Plus tard, j'ai regardé *mitziyeh* dans un dictionnaire d'hébreu de 1938 dont j'avais hérité de mon grand-père et j'ai appris ce que ça signifiait vraiment : *une trouvaille, une découverte ; une chose précieuse*. Il est intéressant de voir, plus loin, que le mot est lié au verbe *mâtzâh*, qui signifie *découvrir, deviner ; trouver ; tomber sur, rencontrer, découvrir ; échoir à, arriver à*. Quel genre de culture pouvait bien être cette culture des Hébreux, me suis-je demandé en regardant cela, des mois après mon interview des Reinharz, une culture dans laquelle les notions de *tomber sur*, de *rencontrer* et de *découvrir* sont inextricablement liées à l'idée de *quelque chose de précieux* ?)

Malcia a hoché la tête très vigoureusement et s'est écriée, Pour rester en vie ! Pour rester en vie ! Qui a une telle *mazel* ? Qui a une telle chance ?

J'ai pensé alors à quelque chose que m'avait dit ma mère à Sydney, après avoir fini de parler avec Jack Greene sur mon portable. *Pourquoi ma famille n'a-t-elle pas survécu ?* avait-elle dit d'une voix remplie de larmes. *Pas même un seul ?* Après avoir raccroché, je l'avais répété à Jack qui avait dit : *Écoutez, c'était simplement une question de chance, c'est tout.* À présent, tout en écoutant Shlomo et Malcia, il m'est venu à l'esprit que, même si elle était morte à la fin, Frydka avait tout de même eu de la chance. Elle avait vécu un peu plus longtemps, après tout ; elle avait eu quelqu'un qui avait essayé désespérément de la sauver, quelqu'un qui était mort pour elle. *Mitziyeh, mazel*, ce sont des mots qui ne semblent étranges que si on les regarde rétrospectivement, un luxe dont Frydka et Ciszko n'ont pas bénéficié.

Shlomo m'a dit, Qui aurait pu croire que quelqu'un les trahirait ?

JE VEUX ÉTABLIR la chronologie parfaitement, ai-je dit de nouveau, même si je faisais référence, cette fois, à une Juive en particulier : Frydka. À ce moment-là, elle vivait dans un des *Lager*, n'est-ce pas ? Et ensuite...

Écoutez, a dit Malcia. Nous avons pu travailler jusqu'en *Juni* 43.

Juillet ! s'est exclamé Shlomo. Pas juin, juillet !

Et après, les Allemands ont dit qu'ils allaient construire un nouveau *Lager* et que tout le monde serait épargné. Mais ils voulaient seulement mettre tout le monde dans un *Lager*. Et c'était la fin.

J'ai hoché la tête. Jack m'avait déjà raconté comment ceux qui avaient gobé la ruse des Allemands avaient tous été enfermés dans le nouveau camp et tués. Fusillés, avait-il dit. Des coups de feu.

Mais à ce moment-là, ai-je continué, au lieu d'aller dans ce *Lager*, Szymanski a caché Frydka chez lui ?

Malcia a hoché la tête. *Oui*.

Szymanski la cachait donc chez lui et c'était après juin 1943.

Autre hochement de tête.

Juillet, a dit Shlomo.

Juillet 1943, ai-je dit. À un moment donné, après juillet 1943, elle était cachée chez lui.

(Je voulais des détails.)

Et est-ce que quelqu'un sait où se trouvait sa maison ?

Comme c'est déjà arrivé quelquefois, j'ai remarqué que ma syntaxe avait vaguement changé, maintenant que je parlais avec des habitants de Bolechow.

Je sais où, a dit Malcia. Pas loin de la maison de Frydka. Elle se trouvait au début de la rue...

J'ai sorti la carte de Bolechow que Shlomo m'avait envoyée. Malcia l'a regardée et a demandé où se trouvait la rue Dlugosa. Puis, elle a pointé le doigt en poussant un petit cri de victoire.

Oui ! Voici les Jäger et là...

(elle a pointé le doigt sur la même rue, mais sur le côté opposé)

... les Szymanski, au bout de la rue.

Il vivait donc au coin de la rue, un peu plus loin, ai-je dit. C'était là qu'elle s'était cachée. À cet endroit-là. Je connaissais l'histoire à présent ; je voulais maintenant un endroit, un point sur lequel me tenir, si je retournais un jour à Bolechow.

Shlomo, Solomon et Malcia parlaient en yiddish et en allemand de la liquidation des *Lager* à la fin de l'été 1943 – c'est-à-dire la liquidation de la ville, puisque, à ce moment-là, les seuls Juifs vivants qui n'étaient pas cachés étaient ceux du dernier *Lager*. Les Reinharz étaient alors, je le savais, cachés, immobiles mais en état d'alerte, dans la salle de divertissements des officiers allemands, le *Kasino*, au beau milieu de la ville.

Am vier und zwanzigsten August, disait Malcia en allemand, cette fois. *Dann ist meine Schwester gegangen : und jeden Schuss haben wir gehört.*

Le 24 août. C'est là que ma sœur est partie. Et nous avons entendu chaque coup de feu.

Ils se cachaient, m'a expliqué Shlomo, même si je connaissais déjà l'histoire. Malcia a hoché la tête et m'a dit dans ma langue, Et chaque, chaque...

Elle s'est tournée vers Shlomo. *Unt yayden shuss hub' ikh getzuhlt.*

En yiddish, de nouveau. J'ai compris. *Et j'ai compté chaque coup de feu.*

Elle s'est tournée vers moi, mais elle a continué en yiddish.

Noyn hundert shiess hub' ikh getzuhlt.

J'ai compté neuf cents coups de feu.

Elle s'est tue et puis, elle a dit dans ma langue, Et après ils sont venus au *Kasino* pour se laver les mains et pour *boire* ! J'y étais, je les ai vus ! Ils se sont lavé les mains et ils sont allés *boire* !

Shlomo, qui de toute évidence était aussi ému que moi, en imaginant deux Juifs cachés, tassés dans leur minuscule cachette, incapables de voir mais comptant, comptant, l'un après l'autre, les coups de feu qui mettaient fin aux vies de leurs amis et de leurs voisins, s'est tourné vers Malcia et a dit, Et vous saviez ce qui était en train de se passer ?

Malcia a pointé l'index sur sa tempe. Elle a dit, Nous *imaginions*.

Moi aussi, j'imaginais des choses à ce moment-là. Nous étions arrivés vers midi et il était près de trois heures à présent ; j'avais beaucoup à penser. Il ne s'agissait pas seulement des additions sensationnelles à l'histoire de Frydka – elle était enceinte de son enfant, elle était cachée chez lui –, même si celles-ci ne pouvaient être ignorées ; elles exigeaient, pour le moins, un effort d'imagination qui ne pouvait qu'ajouter de nouveaux éléments à l'histoire que j'aurais aimé être en mesure de raconter. *Ils étaient amants, ils étaient passionnément amoureux, c'était une époque désespérée, ils couchaient ensemble, elle était enceinte. Il l'aimait tant – assez pour mettre en danger non seulement lui-même, mais toute sa famille*. Bon, je me suis dit, très bien pour elle, très bien pour eux deux. Je suis content qu'elle ait connu un grand amour, avant de mourir. Au diable ce que pense Meg Grossbard ; au diable, le *Je ne sais rien, je ne vois rien !*

Et cependant, si important que tout cela pouvait l'être, c'était aux petits détails moins spectaculaires que je pensais quand Malcia avait dit, *Nous imaginions*. Là aussi, il y a bien des choses intéressantes à extrapoler. *Il l'aimait tant ! Elle avait de si jolies jambes !* Ça aussi, c'étaient des faits qui pouvaient raconter une petite histoire. Peut-être que c'étaient ses jambes qu'il avait remarquées la première fois, ce jour de 1918, lorsqu'ils s'étaient rencontrés pour la première fois en tant qu'adultes, elle était une jolie jeune fille de vingt-trois ans, avec les traits réguliers et le visage solennel de sa famille, lui était un jeune homme énergique, une sorte de héros de la guerre, décidé à faire revivre l'affaire de son père. Peut-être l'avait-il vue jouer avec ses amies, au cours du paisible été de 1919, sur les rives de la Sukiel, à l'endroit où leur fille irait un jour s'amuser avec ses amies à elle, quelques années avant qu'elles fussent toutes violées, fusillées ou gazées. Peut-être que c'était cette petite chose qui avait déclenché leur romance, romance qui ne devait jamais cesser, comme nous le savons désormais. *Il l'aimait tant – oh, oh, oh, oh !*

C'était pendant que j'étais en train de penser à cette histoire d'imagination, d'extraction d'une histoire à partir de la chose la plus petite, la plus concrète, que je me suis aperçu que Malcia et Shlomo, après notre énorme déjeuner, se souvenaient de certains aliments qu'ils avaient l'habitude de manger autrefois et que de moins en moins de gens savaient cuisiner. *Ah, bulbowenik !* s'est exclamé Shlomo. Shumek faisait rouler ses yeux en signe d'approbation et les deux autres se lançaient dans une explication pour que je comprenne ce que c'était : un plat de pommes de terre râpées et d'œufs cuits au four et...

Attendez ! s'est exclamée Malcia. Je crois qu'elle était soulagée de ne plus avoir à parler du passé, après tout ce temps. Restez encore un petit moment et je vais vous en faire !

J'ai jeté un coup d'œil rapide à Shlomo. Nous devions être de retour à Tel-Aviv avant sept heures, lui ai-je rappelé, parce qu'un ami que j'avais rencontré aux États-Unis, un professeur de philosophie à l'université de Tel-Aviv, m'attendait pour le dîner.

Shlomo a fait un grand sourire et a dit quelque chose à Malcia, qui secouait la tête impatiemment. Ce n'est rien à faire, ça ne va prendre que quelques minutes, a-t-il dit.

Je me suis dit, Pourquoi pas ? Ça aussi, ça fait partie de l'histoire. Et, après tout, ce n'était pas arrivé si souvent qu'un aspect un peu abstrait de la civilisation perdue de Bolechow fût rendu aussi facilement concret. J'ai souri et hoché la tête. OK, ai-je dit, faisons la cuisine.

Malcia m'a emmené dans la cuisine pour que je puisse la regarder faire. Nous avons râpé des pommes de terre, nous avons battu des œufs, nous avons tout mis dans un plat à gratin. Nous avons laissé cuire pendant quarante-cinq minutes. Nous l'avons sorti du four pour le laisser refroidir. Une fois le plat refroidi, je me suis dit que nous venions de faire un énorme repas, avec beaucoup de vin ; je m'attendais à faire un énorme repas pour le dîner.

Toutefois, j'avais été élevé dans un certain type de famille et je savais quoi faire. Je me suis assis à la table et j'ai mangé. C'était délicieux. Malcia était aux anges. *C'est un vrai plat de Bolechow !* a-t-elle dit.

Ce n'est qu'après nous être resservis que nous avons pu nous lever pour partir.

SHLOMO ET MOI avons redescendu les escaliers en béton de l'immeuble des Reinharz et nous avons rejoint le parking. Avec cette leçon de cuisine improvisée et la dégustation du *bulbowenik*, nous étions restés beaucoup plus longtemps que prévu. Le soleil, bas sur l'horizon, était doux. Une fois dans la voiture de Shlomo, nous avons baissé les vitres. Shlomo avait l'air préoccupé parce qu'il cherchait à retrouver la route du retour depuis l'immeuble de la rue Rambam – une rue qui portait le nom, j'étais heureux de le constater, du grand érudit et philosophe juif du XIIe siècle, Maimonide (dont le nom hébreu, Rabbi Mosheh ben Maymon, est rendu par le sigle RMBM). Rambam était un Juif né en Espagne dont la famille avait fui les persécutions antijuives du dirigeant musulman de l'Espagne pour s'établir finalement en Égypte, où Maimonide était devenu le conseiller du sultan éclairé du Caire. Il est, avec Rachi, l'érudit le plus largement admiré et étudié de tous les intellectuels juifs. Les conceptions rationnelles qu'il formule dans son chef-d'œuvre, *Le Guide des égarés* – et, il est difficile de ne pas y penser, l'immense renommée dont jouissait Rambam –, ont fait enrager certains de ses rabbins rivaux en France, au point qu'ils l'ont dénoncé à l'Inquisition française, alors que sa mort a été pleurée (par contraste) pendant trois jours entiers par les musulmans du Caire. Où vivez-vous et à qui va votre loyauté ? demande *parashat Lech Lecha*. Et ce n'est pas étonnant.

En prenant le chemin du retour dans cette rue israélienne dédiée à cet homme remarquable, nous avons discuté avec enthousiasme de notre longue interview des Reinharz.

Elle était donc *enceinte*, ai-je dit à Shlomo qui scrutait le nom des rues.

Hé bien, c'est ce qu'elle dit, a-t-il répliqué. Mais c'est très intéressant, non ?

J'ai hoché la tête. Très intéressant. J'étais allé en Australie sans avoir la moindre idée des histoires que nous allions entendre, et à présent j'avais l'impression d'avoir un véritable drame sur les bras. Je me demandais comment réagirait Meg si je décidais de partager ce dernier détail avec elle.

Nous avons rapidement atteint la périphérie de la ville et foncé vers Tel-Aviv. Nous devions nous sentir tous les deux épuisés après cette longue journée. Je n'ai pas été gêné par le fait que Shlomo, après quelques minutes d'un silence amical, allume la radio. Une voix de femme chantait et il m'a fallu un moment pour me rendre compte qu'elle ne chantait pas en hébreu mais en anglais. L'air était familier, mais je n'ai pas reconnu tout de suite la chanson parce que les paroles, elles, ne m'étaient pas familières. Je ne connaissais que le refrain, apparemment. La voix de la femme était devenue celle d'une jeune fille, une fille qui racontait

601

l'histoire de sa propre mort. Elle était morte, chantait-elle, par amour pour un garçon qui ne l'aimait pas. Et la voix entonnait le refrain :

Je voudrais, je voudrais encore
Je voudrais en vain
Je voudrais être
Une jeune fille demain
Mais jeune fille demain
Jamais ne serai
Jusqu'à ce que le lierre
Se fasse pommier

Je me suis redressé, bredouillant, avant de me tourner vers Shlomo. C'est la chanson ! ai-je fini par crier, c'est la chanson ! Celle dont je parlais ce matin en venant. La chanson que chantait mon grand-père !

Nous avons écouté la voix qui chantait le dernier couplet, qui a capté mon attention, sans doute parce que l'idée de *mourir par amour* occupait mon esprit au cours de cette chaude soirée :

Oh, faites-moi une tombe
Grande, large et profonde
De marbre couvrez
Ma tête et mes pieds
Et au milieu mettez
Une tourterelle
Afin que le monde m'appelle
Celle qui est morte d'aimer.

Comment diable, me suis-je dit en notant les paroles – quelque chose à propos de la tombe, du marbre, de la tourterelle, m'émouvait et faisait que je voulais me souvenir de cette chanson –, mon grand-père était-il tombé sur cette chanson ? Pourquoi l'avait-il apprise ?

La chanson était terminée et le speaker de la radio a dit quelque chose en hébreu, très rapidement.

Shlomo a dit, C'est une chanson irlandaise.

Comment Grandpa l'avait-il apprise ? me suis-je dit encore une fois. *Et pourquoi ?*

Shlomo a souri encore plus largement.

Vous voulez savoir autre chose ? a-t-il dit. Une autre coïncidence ?

J'ai fait non de la tête. Je ne pouvais pas imaginer quelque chose de plus étrange que ce qui venait de se passer.

Shlomo m'a regardé et a dit, Vous savez qui chantait ? C'était Nehama Hendel, la femme de Regnier, le type qui a écrit le livre sur Bolechow.

Je suppose que mon visage a pris une expression très lisible. Shlomo a poussé un profond soupir, a fait un grand geste de la main qui englobait la radio de sa voiture et le désert, et il a dit, Vous voyez ? Vous *voyez* ? Israël est un pays de miracles !

Ne croyant pas aux miracles, je me suis contenté de sourire et de hocher la tête en silence. Puis, lorsque je suis arrivé au Hilton, j'ai fait une recherche sur Internet pour la série de mots suivants : JE VOUDRAIS, JE VOUDRAIS ENCORE, JE VOUDRAIS EN VAIN. Instantanément, des douzaines de citations sont apparues sur mon écran, raison pour laquelle il a fallu une minute ou deux à peine pour que j'apprenne le titre de la chanson que mon grand-père m'avait toujours chantée pendant mon enfance, une chanson que j'avais toujours imaginé appartenir à sa propre enfance, mais qu'il avait apprise en fait, je m'en apercevais maintenant, à un moment quelconque, après avoir quitté pour toujours Bolechow, et qui avait dû le toucher profondément pour des raisons que je ne pouvais que deviner à présent, ne serait-ce que son titre, que je n'aurais jamais connu si je n'étais pas venu en Israël, et qui était *Le Garçon Boucher.*

C'ÉTAIT UN DIMANCHE. Le mardi, j'avais prévu d'interviewer le cousin de Shlomo, Josef, qui est venu en effet dans ma chambre d'hôtel, ce jour-là, un petit homme de plus de soixante-dix ans, sec et nerveux, en grande forme et à l'allure militaire, avec un beau visage sans sourire, qui m'a parlé d'une voix posée et peu sentimentale pendant quatre-vingt-dix minutes, presque sans interruption, du destin des Juifs de Bolechow. J'ai écouté attentivement, même si c'était une histoire que je connaissais bien à présent, non seulement grâce aux interviews précédentes, mais aussi grâce aux chapitres très informatifs du livre Yizkor de Bolechow sur les années de guerre, qui avait été écrit par le même Josef Adler. Il y avait quelque chose dans son comportement qui me faisait désirer son approbation : c'était peut-être son pantalon beige parfaitement repassé et son impeccable chemise kaki à manches courtes, qui me faisaient l'effet d'être tellement militaires. Lorsque nous nous sommes assis dans les fauteuils étroits de ma chambre d'hôtel que j'avais rapprochés du bureau, Josef Adler a immédiatement admis qu'il n'avait pas bien connu ma famille ; mais il voulait être certain que je susse bien ce qui s'était passé. J'ai hoché la tête et je l'ai laissé parler. L'arrivée des Allemands. La première *Aktion*. La deuxième *Aktion*. Le *Lager*. La *Fassfabrik*. La liquidation finale en 43. Les détails remarquables sur la façon dont Shlomo et lui, tout jeunes garçons, avaient survécu. Comment il était venu en Israël ; quelle importance avait Israël. Alors qu'il insistait sur ce dernier point, cet homme à la voix douce, mais au ton emphatique et rigoureux, je me suis senti un peu honteux de mon manque d'intérêt prolongé pour l'Israël moderne ; je me suis demandé si chaque Juif américain qui séjournait en Israël ne finissait pas, à un moment donné, par se sentir comme un tire-au-flanc. Lorsque Josef a pris congé, je l'ai remercié chaleureusement d'avoir fait le trajet de Haïfa à Tel-Aviv, ce qui ne lui posait aucun problème, avait-il insisté lorsque nous avions pris rendez-vous quelques jours plus tôt. C'est très important ce que vous faites, m'a-t-il dit quand nous nous sommes serré la main sur le seuil de ma chambre. C'est très important que les gens sachent ce qui s'est passé.

Mais cela, comme je l'ai dit, n'aurait pas lieu avant le mardi. Le lundi, nous sommes restés à Tel-Aviv. Froma, qui avait été occupée à rendre visite à des parents depuis que nous étions arrivés en Israël, voulait que je visse le Beth Hatefutsoth, le musée de la Diaspora juive, qui se trouvait sur le campus résolument moderne de l'université de Tel-Aviv. Il y a des tonnes de choses à voir, m'avait-elle dit. Nous devrions y aller de bonne heure. Nous sommes arrivés à la fin d'une radieuse matinée, juste après l'ouverture du musée. Le déploiement des palmiers devant le musée ne parvenait pas à réduire la monumentalité presque agressive du monument.

Il faisait frais à l'intérieur de l'entrée caverneuse. Nous avons acheté notre billet et commencé notre périple à travers l'exposition permanente, qui s'ouvre avec la reproduction d'un bas-relief du soi-disant arc de triomphe de Titus à Rome, lequel décrit le retour triomphal des légions romaines ayant conquis la Judée en 70 après J.-C. et détruit le Second Temple. On y voit, parfaitement reconnaissable, une *menorah*, le grand candélabre utilisé dans le Temple, emportée sur les épaules de solides Romains. C'est une introduction assez sombre à ce que la littérature du musée décrit comme le désir de son fondateur « de souligner les aspects positifs et créatifs de l'expérience de la Diaspora ». Ces derniers sont nettement plus remarquables au moment où l'on passe le bas-relief et où l'on entre dans l'exposition proprement dite. Comme dans le Zentralfriedhof à Vienne, votre expérience du Beth Hatefutsoth est organisée autour d'une série de « portes », même si elles sont ici métaphoriques ; la porte de la Famille, la porte de la Communauté, la porte de la Foi, la porte de la Culture, et ainsi de suite. Nous les avons toutes passées, en regardant attentivement. J'ai été particulièrement captivé, alors que nous franchissions ces diverses portes, par la splendeur de la taille et la richesse étonnante des détails des maquettes et des dioramas grâce auxquels les créateurs du Beth Hatefutsoth avaient cherché à évoquer tous les aspects de la vie juive à travers des siècles d'errance. Il y a, par exemple, de remarquables maquettes de synagogues dans le monde entier, depuis la double synagogue de

Kaifeng en Chine, au XVIIIe siècle, qui n'était pas différente pour mon œil non éduqué de n'importe quel autre bâtiment chinois que j'avais pu voir, avec ses avant-toits relevés et ses minces colonnes peintes, jusqu'au Tempio Israelitico à Florence, édifice mauresque à dôme grandiose qui me rappelait quelque chose, quand je me suis retrouvé devant – une autre restauration, un peu pomponnée, d'un grand lieu de prière juif pour l'édification des visiteurs attentifs, sinon juifs –, jusqu'à ce que je me rende compte que c'était à la Synagogue espagnole de Prague que je pensais.

Il y avait aussi une re-création en miniature, magnifiquement détaillée, de la Grande Synagogue de Vilna, en Lituanie, qui avait été construite en 1573, à peu près à l'époque où les premiers Juifs étaient arrivés à Bolechow, et qui consistait en un vaste ensemble d'écoles, de *yeshivas* et de lieux de prière – ce qui était parfaitement approprié, quand on y pense, puisque la Jérusalem du Nord s'enorgueillissait, à un moment donné, du fait que trois cent trente-trois érudits prétendaient être capables de réciter le Talmud par cœur –, vaste ensemble qui avait été détruit en 1942, l'année où la plupart des Juifs de Bolechow avaient disparu.

(Après notre départ d'Israël, Froma et moi, nous nous sommes envolés pour Vilnius, comme on l'appelle aujourd'hui, et c'est vers la fin de la semaine que nous avons passée là-bas, à la recherche des dernières traces de la plus grande ville de l'érudition juive européenne, que nous avons visité la tombe du fameux Gaon de Vilna, un homme si renommé pour son savoir pendant sa vie au cours

du XVIIIᵉ siècle que des congrégations aussi éloignées que celles du Portugal attendaient fébrilement mais patiemment ses réponses à leurs questions concernant les Écritures ou la Loi. Et c'est pendant que nous nous tenions devant la tombe de ce grand homme que notre guide nous a informés qu'étaient enterrés, dans cette même tombe, les os d'un catholique polonais, fils d'une famille aristocratique richissime, un comte, un *Graf*, qui s'était converti au judaïsme sous la tutelle du Gaon et, pour cette raison, avait été condamné à brûler sur le bûcher par les autorités catholiques. Nous avons poliment scruté l'inscription en polonais sur la tombe et j'ai lu à voix haute, le souffle court, le nom de ce *Graf*, en le prononçant phonétiquement. Potaki ? ai-je dit, un peu hésitant, et le guide a souri et a dit, Non, non, le *k* est une sifflante sourde, ça se prononce *Pototski*.)

Selon moi, il y a plus merveilleux encore que les maquettes : les magnifiques dioramas tout aussi riches en détails, comme celui qu'on peut voir, par exemple, dans la section de l'exposition permanente appelée « Parmi les Nations », qui décrit le grand sage babylonien du Xᵉ siècle après J.-C., Saadia Gaon, dissertant dans le palais du calife de Bagdad. Debout sous les magnifiques voûtes ornementées du palais, drapé dans une robe blanche, se tient la minuscule silhouette du Gaon, le bras gauche déployé comme pour souligner un point de rhétorique important. Et ce n'est pas étonnant : la carrière de cet homme remarquablement savant, qui était égyptien de naissance – son nom véritable, Saïd al-Fayyumi, fait référence à ses origines dans le Fayoum de la Haute-Égypte – et qui est devenu la star du gaonat babylonien, a été parsemée d'importantes controverses doctrinales, intellectuelles et culturelles. Avant même d'atteindre l'âge de quarante ans, Saadia avait brillamment réprimé une tentative de contestation de son autorité sur le gaonat babylonien, menée par son rival absolu, Aaron ben Meir, le gaon de la communauté juive dans le territoire de Palestine ; les efforts du Palestinien pour introduire un nouveau calendrier furent rapidement réduits à néant. Saadia a aussi lutté contre le vaste mouvement d'assimilation des Juifs babyloniens parlant l'arabe, une élite raffinée que le rationalisme éclairé des philosophes grecs, réintroduit grâce aux traductions arabes, avait séduite. Dans son livre innovateur, *Kitab al-'amanat wa-l-'i'tiqadat*, *Livre des articles de la foi et des doctrines du dogme* (aujourd'hui mieux connu, pour des raisons qui seront évidentes, sous le titre de sa traduction en hébreu, *Emunoth ve-Deoth*, *Croyances et Opinions*), Saadia – très influencé par les moutazilites, les rationalistes dogmatiques de l'islam – a donné pour la première fois une explication systématique de la pensée et des dogmes juifs. Écrit dans un arabe élégant, destiné à séduire un public cosmopolite, Saadia a souligné l'aspect rationnel du judaïsme et suggéré que la Torah avait un attrait intellectuel qui n'était pas très différent de celui des écrits de plus en plus populaires des Grecs. Dans le cadre de son projet de clarification et d'élucidation des textes juifs pour satisfaire les goûts des Juifs assimilés parlant l'arabe, il a aussi traduit la Bible en arabe, et y a ajouté un commentaire à la fois lucide et séduisant : un accomplissement d'une immense importance.

Il m'est venu à l'esprit, en apprenant tout cela, qu'une grande part de l'attrait exercé par des Juifs comme Rambam et Saadia Gaon tenait à leur cosmopolitisme, qui lui-même était un reflet des cultures impériales richement stratifiées dans lesquelles ils avaient vécu. Des cultures dans lesquelles, par exemple, les Juifs parlant l'arabe écrivaient des traités destinés à combattre la popularité de la séduction intellectuelle des philosophes de l'Antiquité grecque ; des cultures assez peu différentes, à leur manière, d'une autre culture impériale dans laquelle la judéité a été, pendant un certain temps, l'un des nombreux fils tissés dans un motif compliqué mais magnifique, un motif qui est aujourd'hui, nous le savons, déchiqueté. Cela pourra paraître étrange, mais lorsque j'ai entendu parler de Saadia, j'ai pensé à mon grand-père, qui n'était pas, bien évidemment, un homme d'une grande culture ou d'une grande subtilité intellectuelle, mais un Juif orthodoxe européen, parlant sept langues et se rendant, même après la Seconde Guerre mondiale, à Bad Gastein, au cœur de l'Autriche, pour prendre les eaux, parce que c'était quelque chose qu'on faisait si on était un Européen d'un certain genre, un sujet d'un certain empire disparu. Deux ans après que Froma et moi avons déambulé dans le Beth Hatefutsoth et regardé attentivement le diorama de Saadia Gaon, nous nous sommes retrouvés dans un café de Lviv en train de discuter fébrilement de la remarquable richesse de la culture d'avant-guerre dans cette ville, où Juifs et Polonais, Autrichiens et Ukrainiens coexistaient, où des prêtres ukrainiens déjeunaient régulièrement dans un célèbre restaurant de *gefilte fish*, joue contre joue avec des bureaucrates polonais et des marchands juifs. Maintenant, c'est complètement *homogène*, a dit Froma assez tristement, peut-être même avec un soupçon de désapprobation, alors qu'elle regardait les jolies Ukrainiennes blondes qui marchaient le long de l'avenue, devant les immeubles Beaux-Arts et Sécession qui avaient été construits, cent ans plus tôt, par des Autrichiens, Je l'ai regardée et j'ai dit, sur le ton de l'espièglerie, Je sais, c'est comme un pays où il n'y aurait que des Juifs. Elle m'a regardé d'un drôle d'œil et j'ai bu une autre gorgée de ma bière ukrainienne, qui s'appelait L'VIVSKAYA.

Pour revenir au Xᵉ siècle de notre ère : le combat le plus vital qu'ait mené Saadia pendant sa carrière d'érudit a consisté dans ses attaques incessantes contre la secte connue sous le nom de karaïtes. Dès le IXᵉ siècle, ces « gens de l'Écriture » se sont distingués du judaïsme rabbinique dominant sur bien des points : à la différence de la plupart des Juifs, ils ne considéraient pas que l'immense *corpus* de la Loi orale avait été transmis, en même temps que la Loi écrite, par Dieu, mais qu'il était simplement le travail des sages et des enseignants, et par conséquent soumis aux erreurs de tout enseignement humain. Conséquence de ce rejet de l'interprétation rabbinique, certaines pratiques karaïtes diffèrent de manière importante de celles de la plupart des Juifs. Par exemple, les karaïtes n'allumeront pas de bougies pour le Shabbat, pratique universelle chez les autres Juifs (de même qu'ils n'auront pas de relations sexuelles pendant le Shabbat, alors que les autres Juifs considèrent que le Shabbat est particulièrement propice à cette activité). En raison de ces erreurs et de nombreuses autres, Saadia a soutenu, dans les trois traités qu'il a consacrés à la réfutation de la croyance karaïte (regroupés sous le titre de *Kitab al-Rudd, Livre de la réfutation*), que les karaïtes n'étaient pas, pour l'essentiel, des Juifs. C'est intéressant pour un certain nombre de raisons, la moindre n'étant pas que, onze siècles après que Saadia a défendu cette thèse, les dirigeants de la communauté karaïte l'ont soutenue à leur tour devant les autorités nazies en 1934 et – en gesticulant peut-être avec la même ferveur que les figurines du Beth Hatefutsoth – ont persuadé l'Agence du Reich pour l'investigation des familles qu'ils n'étaient pas juifs et qu'ils devaient, par conséquent, être exemptés des mesures raciales nazies ; ce qui explique pourquoi la population, réduite il est vrai, des karaïtes en Europe de l'Est, par exemple la communauté de la ville de Halych, qui se trouve aujourd'hui à une heure de voiture de Bolechow, a été épargnée, tandis que les Juifs autour d'eux ont disparu de la surface de la Terre.

IL A FALLU beaucoup de temps, ce matin-là à Tel-Aviv, pour absorber tout cela et plus encore ; nous n'avions pas parcouru plus des deux tiers du musée quand nous nous sommes aperçus qu'il était déjà deux heures et demie et que nous n'avions pas déjeuné. Nous avons quitté le musée et, après avoir émergé dans la lumière délavée d'un soleil éclatant, nous avons trouvé un petit café chic sur le campus de l'université. Alors que nous étions assis sous un auvent à dévorer nos *pappardelle* et *insalate*, il est apparu clairement que Froma voulait, comme d'habitude, saturer la journée avec d'autres activités.

Après déjeuner, a-t-elle dit, retournons au musée. Allez. Comment pourrions-nous partir d'ici sans en avoir fini avec le musée ?

J'ai secoué la tête en souriant. Après toutes ces années, j'avais l'habitude de son insatiabilité et j'aimais la taquiner parfois à ce sujet – tout comme elle aime me taquiner sur le fait que je suis paresseux et que je manque de curiosité.

Froma, ai-je dit, j'en ai assez. Je continuais à sourire, même si j'avais la ferme intention de prendre le dessus dans cette escarmouche. Le trajet jusqu'à Beer-Sheva, la veille, avait été long et fatigant ; la chaleur était écrasante et le lendemain, le mardi, le dernier jour de notre séjour en Israël, j'avais d'autres interviews à faire. Je voulais me reposer. Je voulais nager dans la Méditerranée, verte et miroitante, qui se trouvait juste derrière mon hôtel. De plus, j'ai toujours résisté à un certain type de femme, à quelqu'un de l'âge de ma mère, à une femme plus âgée que moi et autoritaire à l'égard de qui je me sens à la fois indulgent et obligeant, lorsqu'elle dit, *Retournons*.

Ce que j'ai dit, toutefois, c'était que j'avais besoin d'être seul et d'absorber ce que j'avais appris jusqu'à présent, de relire mes notes, etc.

Mais, Daniel, a dit Froma, en agitant une petite olive noire dans ma direction, tu n'as pas vu la section généalogique ! Elle était révulsée par mon manque d'enthousiasme. Lorsque nous étions entrés dans le musée, on nous avait dit qu'il y avait à l'étage une banque de données généalogiques – une pièce avec des ordinateurs sur lesquels on pouvait, par exemple, entrer son nom de famille pour voir quelle information allait apparaître. En essayant de m'appâter et de me faire remonter avec elle la colline jusqu'à l'immense musée, Froma avançait que nous n'avions aucune idée des trésors d'information inconnus sur les Jäger de Bolechow qui pouvaient se trouver dans ces machines. J'ai répondu, sur un ton grincheux, que l'information qui se trouvait sur ces ordinateurs se limitait à ce que mes parents avaient pu y entrer, il y avait je ne sais combien d'années ; et que, franchement, j'en savais beaucoup plus long qu'eux.

Mais, bien entendu, elle a fini par gagner. Elle m'a toujours poussé à aller plus loin, à penser plus rigoureusement ; même si je savais qu'il n'y aurait pas de récompense, cette fois-ci, il semblait un peu mesquin de ne pas l'accompagner, si elle en éprouvait aussi intensément l'envie. De plus, me suis-je dit, il était déjà trois heures et quart et le musée fermait à quatre heures. Quoi qu'il puisse arriver, cela ne prendrait pas longtemps.

Nous avons fini de déjeuner, nous sommes retournés au musée et nous sommes montés à l'étage. L'endroit donnait déjà l'impression de ces espaces publics qui se vident à l'heure dite ; alors que nous passions devant les portes de différents bureaux, nous pouvions entendre les bruits sporadiques typiques d'une fermeture imminente. La salle de généalogie était vide quand nous y sommes arrivés, à l'exception de deux femmes d'une soixantaine d'années, je dirais, qui étaient de toute évidence des employées et non des visiteuses : elles étaient à l'entrée et bavardaient en hébreu sur un ton familier. Je me suis arrêté à l'entrée et Froma a dit, Allez, dites-leur pourquoi vous êtes ici, peut-être que vous allez trouver quelque chose.

Avant que j'aie eu l'opportunité d'ouvrir la bouche, celle qui avait l'air d'être la responsable de la salle, une femme au visage sérieux, à la fois doux et distant, m'a dit en anglais, Je suis désolée, nous allons fermer.

Oh, ai-je dit. Bien évidemment, j'étais soulagé.

Ça n'a aucun sens pour vous, a-t-elle continué, de louer un ordinateur, vous allez payer pour une heure et nous fermons à quatre heures, dans quelques minutes seulement.

Par égard pour Froma, j'ai essayé de prendre un air déçu. J'ai hoché la tête tristement.

La femme, qui souriait vaguement, m'a regardé avec un air un peu maternel et a dit, Vous venez de loin ?

De New York, ai-je répondu.

De New York ? C'est loin ! Elle m'a regardé et puis, avec une imperceptible réticence, elle a dit, OK, écoutez, vous me donnez un nom de votre famille, je le mets dans l'ordinateur et nous allons voir rapidement ce qu'il en est.

Merveilleux ! s'est exclamée Froma. Elle se tenait près de la porte, appuyée contre une petite rambarde, et elle m'a fait signe de m'avancer encore.

Je crois, aujourd'hui, que la raison pour laquelle j'ai dit *Mendelsohn* à ce moment-là, au lieu de *Jäger*, était en partie une résistance puérile à l'enthousiasme de Froma, à son insistance pour que nous *retournions jeter un dernier coup d'œil*, à sa confiance dans le fait que mon enquête progresserait en venant là, alors que je savais parfaitement que ce ne serait pas le cas. J'étais venu en Israël pour faire des recherches sur la famille de ma mère et non sur celle de mon père ; mais par pure méchanceté irrationnelle, lorsque cette femme m'a demandé un nom, j'ai dit *Mendelsohn*. Quand vous grandissez dans une maison où règne un ordre rigoureux, pour ne pas dire maniaque, vous éprouvez une sorte de satisfaction profonde à vous rebeller.

Mendelsohn ! m'a dit la femme en souriant légèrement. Elle s'est tournée vers sa collègue, a dit quelque chose en hébreu rapidement, et elles ont ri toutes les deux. Aussi, pour ne pas paraître mal élevée, elle s'est tournée vers moi et m'a expliqué qu'il y avait beaucoup de *Mendelsohn* dans leur banque de données.

C'est un nom juif célèbre ! m'a-t-elle dit.

Je sais, ai-je répliqué.

Pendant qu'elle s'affairait sur l'ordinateur, elle s'est tournée à moitié vers moi, toujours debout à l'entrée, et a dit, Vous savez, je connaissais des Mendelsohn autrefois, mais ils ne vivaient pas à New York. Ils vivaient à Long Island.

Froma et moi avons échangé un regard amusé, et j'ai dit, Vraiment ? Je suis né à Long Island.

Oh ? a dit la femme. Et où à Long Island ?

Old Bethpage, ai-je répondu avec un petit sourire de défi. Personne ne connaît Old Bethpage, c'est trop petit. *Five Towns*, vous diront les gens, avec un air entendu, quand vous dites que vous êtes de Long Island. Les *Hamptons*. Mais Old Bethpage n'était nulle part, une épingle minuscule dans une énorme meule de foin.

Elle a souri. Elle a dit, Comment s'appelait votre père ?

J'ai dit, Jay.

Elle est restée silencieuse et m'a regardé.

Puis, elle a dit, Et le nom de votre mère, c'est Marlene, n'est-ce pas ? Et il y a trois garçons, non ? Andrew, Daniel et Matthew.

Froma et moi avions cessé de sourire. Froma était, littéralement, bouche bée.

J'ai cligné des yeux et j'ai dit, Qui êtes-vous ?

En tout cas, elle n'avait pas été en contact avec notre famille depuis longtemps, puisqu'elle ne savait pas que ma mère avait eu deux autres enfants après Matt.

La femme a souri de nouveau. Ce n'était plus le sourire poli et impersonnel qu'elle m'avait offert lorsque j'étais arrivé, ni le sourire un peu plus chaleureux dont elle m'avait gratifié quand nous avions commencé à parler. Son sourire était à présent doux et mélancolique à la fois, un peu résigné, le sourire d'une personne qui a l'habitude de voir les choses se produire d'une certaine manière. J'ai eu, pendant une seconde, l'impression nette et irrationnelle en même temps qu'elle s'était attendue à ce qu'une chose pareille se produise.

Elle a dit, Je suis Yona.

Le lendemain après-midi d'une journée brillamment ensoleillée et très ventée, Yona et moi marchions sur la plage, près de mon hôtel. J'étais encore bouleversé par l'improbabilité de notre rencontre, après tant d'années. Et je pensais encore aux coïncidences singulières qui, comme nous l'avions appris pendant que Yona parlait à l'entrée de la Section de Généalogie, avaient toujours lié ma famille à la sienne.

Après le choc initial, les exclamations et les embrassades, elle m'avait dit, Vous savez pourquoi je m'appelle Yona ?

Non, avais-je répondu.

Elle avait esquissé un sourire.

Hé bien, vous voyez, cela a à voir avec votre grand-père et mes parents. À Bolechow, avant même la Première Guerre mondiale, Avrumche –

(au cours de cette conversation, elle avait appelé mon grand-père par son surnom yiddish)

– Avrumche, votre grand-père, était l'ami intime de mon père et de ma mère, depuis qu'ils étaient petits, tous les trois.

Je n'avais jamais entendu parler de ça auparavant. Voilà pourquoi il était tellement proche d'elle, me suis-je dit.

Yona hochait la tête.

Oui, vous voyez, ils étaient voisins quand ils étaient enfants. Et ma mère et votre arrière-grand-mère Taube se connaissaient, c'était des amies proches. Aussi, lorsque ma mère m'a donné naissance (Yona s'est touché la poitrine, brièvement), elle a rêvé de son amie, votre arrière-grand-mère. Et elle m'a donné son nom !

Un regard de compréhension avait éclairé les traits de Froma. Elle avait vu toute cette chose se dérouler, pétrifiée. Elle m'avait dit alors, Yona signifie « colombe » en hébreu.

Yona m'avait dévisagé avant de dire, Pourquoi êtes-vous ici, en Israël ?

J'avais souri et répondu, Attendez que je vous le dise.

Ce soir-là, j'ai appelé ma mère du Hilton et je lui ai raconté ce qui s'était passé. Comme moi, elle était sidérée, presque en larmes. *Yona geblonah*, l'appelait mon père ! a dit ma mère, émue comme elle l'était toujours lorsque quelque chose ravivait ses souvenirs de mon grand-père. Et pourtant Yona avait paru curieusement détachée vis-à-vis d'une coïncidence qui me paraissait incroyable. Alors que nous en reparlions le lendemain, en marchant le long de la promenade, c'était de nouveau comme si elle s'était un peu attendue à ce qu'une chose de ce genre se produise.

La forte brise hachait ses mots. En fait, a-t-elle dit de sa voix très sourde, Israël est un...

Pays de miracles ? ai-je dit, en ne plaisantant qu'à moitié, pensant à ce qu'avait dit avec fierté Shlomo, alors que nous quittions Beer Sheva.

Yona m'a regardé, avec son adorable sourire, un peu penché, un peu mélancolique. Non, c'est simplement un petit pays, c'est tout. Vous seriez surpris. Des choses comme celle-ci peuvent se produire ici.

Nous avons marché pendant un moment et nous avons finalement trouvé un petit restaurant banal où nous asseoir, face à la mer. L'eau était parsemée de petites crêtes blanches. Elle a commandé une bricole ; j'ai commandé une salade et un Coca Light.

C'est tout ce que vous prenez ? a-t-elle demandé, en me jetant un regard qui était à la fois curieux et amusé. Il faut manger plus que ça ! Vous ne mangez rien !

J'ai souri et secoué la tête. Nous avons commencé à parler de l'histoire de nos familles. Elle m'avait dit qu'elle avait beaucoup de choses à raconter sur les Jäger de Bolechow.

Comme j'avais entendu l'histoire de la façon dont elle avait été nommée, je lui ai demandé si elle avait entendu dire des choses à propos de la personnalité de mon arrière-grand-mère Taube – quelque chose de vraiment particulier, ai-je dit.

Oh, c'était une *personlikhkayt*, une personnalité, une femme très bonne, a répondu Yona au bout d'une minute, essayant de se souvenir de ce qu'elle avait pu entendre dire par ses parents. Elle était tellement honnête, tellement... bonne.

Bon, me suis-je dit, à quoi est-ce que je m'attendais ? Elle était morte des années avant la naissance de Yona. Et puis, que peut-on vraiment dire à propos de qui que ce soit ? *Elle était tellement bonne, elle avait de si jolies jambes. Il est mort pour elle.*

Pour mes parents, votre grand-père, c'était quelque chose de spécial, a poursuivi Yona. Mes parents avaient l'habitude de dire, *Avrumche, ce n'est pas un ami, c'est comme un frère.*

J'avais tellement l'habitude de penser à mon grand-père comme à un Jäger avant tout, membre puis chef de cette famille compliquée, angoissée, portée au drame et marquée par la tragédie, que j'ai été un peu choqué d'entendre qu'il avait eu des amis intimes, qu'il avait eu des relations avec des gens en dehors de sa famille, des amis à qui il avait inspiré une telle loyauté et une telle affection.

Yona hochait la tête.

De nos jours, on ne peut pas comprendre une amitié de ce genre, a-t-elle dit en fixant son regard sur moi.

J'ai approuvé de la tête. Même si je ne savais pas très bien ce qu'elle voulait dire, je n'étais pas surpris d'entendre que les amitiés de Bolechow, les amitiés forgées au cours d'une civilisation perdue dans un empire disparu avant même qu'ait commencé la Première Guerre mondiale, étaient, comme tout le reste à Bolechow, irrémédiables.

Soudain, elle a souri.

Votre grand-père était un *vitzer*. Vous savez ce que c'est qu'un *vitzer* ?

J'ai approuvé de la tête à nouveau. Je savais. Un homme qui sait raconter une plaisanterie, quelqu'un qui sait comment tourner une histoire drôle. J'ai pensé à ma tante Ida qui avait fait pipi sur elle, lors de Thanksgiving, il y a cinquante ans. J'ai pensé à la façon dont ma grand-mère aurait dit, *Oh*, Abie !

Votre famille vivait dans Schustergasse, a-t-elle dit. *Rue du Cordonnier.*

Ce détail m'intéressait. J'étais allé voir la maison, mais je ne savais pas alors comment s'appelait la rue. SCHUSTERGASSE, ai-je noté au dos d'un dessous-de-verre en carton.

Elle m'a jeté un regard inquiet. Vous prenez des notes ?

J'ai hoché la tête. C'est pour l'histoire de la famille ! Il y a quelque chose dans la douceur de sa voix qui était un peu sur la défensive, ai-je pensé. Elle tient à sa vie privée. Elle a fait une grimace, mais elle a continué à parler. Elle m'a parlé de son père qui s'appelait Sholem et qui, en 1916, s'était rendu à Vienne pour trouver du travail afin de soutenir sa famille. Cela lui avait fait du bien ; il aimait beaucoup la musique. Sa famille avait eu une boutique où il vendait le pain et des choses comme ça. Les temps étaient durs, a-t-elle dit.

J'ai souri.

Se souvenait-elle encore d'avoir entendu ses parents dire autre chose à propos de la famille de mon grand-père ? ai-je dit. Je me demandais si quelqu'un avait jamais parlé du père de mon grand-père, ce riche gentleman à barbichette et chapeau mou, qui était mort dans une station thermale, un jour, déclenchant la série des désastres qui allaient envoyer mon grand-père à New York, envoyer Shmiel à New York avant de le renvoyer à Bolechow, et finalement m'envoyer moi, ici.

Yona a secoué la tête. D'Elkune Jäger, elle ne savait rien.

Mais je peux vous dire que la famille de votre grand-père avait toujours été très pauvre, a-t-elle dit.

Pauvre ? Je l'ai dévisagée. Très pauvre ? *Toujours ?*

Elle a opiné.

Oui, a-t-elle dit. Je me souviens de mon père disant que lorsqu'il était enfant, sa famille l'emmenait en vacances à Zakopane, en Pologne, et qu'il était triste parce que Avrumche était trop pauvre pour venir avec eux.

J'ai réfléchi et j'ai dit, Ah bon. Je savais que les choses avaient mal tourné après la mort de mon arrière-grand-père et que, ensuite, la guerre est arrivée...

Elle a secoué la tête, haussé les épaules et dit, En tout cas, quand ils étaient petits.

J'ai pensé aux histoires de mon grand-père. J'ai pensé à sa description de son père, l'homme d'affaires prospère, les petites bouteilles de tokay qu'il emportait à Vienne. J'ai pensé à ses descriptions de la bonne ukrainienne qu'il avait eue, quand il était enfant, de la cuisinière qui savait faire cuire pour chaque enfant son petit *challah*, le vendredi soir. J'ai pensé à lui me racontant combien son père avait de l'influence dans la ville. Ce n'était pas que je perdais foi en ces récits, nécessairement. Mais au moment où Yona me racontait à quel point l'enfance de mon grand-père avait été désespérément pauvre, j'avais recommencé à me demander, une fois encore, à quel point les histoires de mon grand-père étaient fondées sur des faits et à quel point elles étaient des projections de son imagination vive et ardente. Il n'est pas surprenant qu'un enfant, qui a à peine dix ans au moment où son père meurt, agrandisse, avec le temps, le souvenir de ce père, donne à ce père perdu une allure, une stature, une fortune qu'il n'a peut-être jamais possédées en réalité, parce que ce souvenir agrandi, au cours des moments terribles que ce garçon doit maintenant traverser – ce souvenir qui, avec les ans, va se fossiliser dans les histoires qu'il raconte aux autres, à moi –, ce souvenir permet au garçon de se faire une meilleure idée de lui-même. *Nous étions quelque chose autrefois*, se dit ce garçon, *nous étions quelqu'un de très spécial*. Les temps difficiles semblent à présent, pour ce garçon, être un test de ce courage, de cette supériorité innée que ce père, s'éloignant toujours plus dans le passé, avait eus autrefois et dont la fortune, l'estime, le statut – imputés rétroactivement dans son souvenir par le garçon, maintenant adulte et homme d'affaires couronné de succès, quand il parle de lui à présent – n'étaient, après tout, que l'expression visible. Parfois, les histoires que nous racontons sont les récits de ce qui s'est passé ; parfois, elles sont l'image de ce que nous aurions souhaité voir se passer, les justifications inconscientes des vies que nous avons fini par vivre. *Nous étions riches, nous avions des servantes. C'est une sioniste, il était mon préféré.* C'est seulement dans les histoires que les choses prennent une bonne tournure et seulement dans les histoires que chaque détail trouve sa place. Mais s'ils collent trop parfaitement, nous aurons tendance à ne pas croire à l'histoire.

J'étais en train de penser à tout cela, je commençais à me demander ce qu'avait bien pu être ma famille en réalité, quand l'addition est arrivée. Yona a insisté pour payer. Après quelques protestations rituelles, je l'ai laissée faire. Il était près de deux heures de l'après-midi et le soleil était incroyablement aveuglant. Je plissais les yeux.

Vous avez toujours eu ces yeux tellement bleus, m'a-t-elle dit posément, en regardant mon visage, alors que nous attendions que le garçon revienne avec la monnaie. J'ai souri et je n'ai rien dit. C'est au moment de nous séparer, quelques minutes plus tard, lorsque nous échangions numéros de téléphone et adresses, que j'ai rougi.

Yona, ai-je dit, gêné, tout en écrivant son nom sur une serviette en papier, c'est tellement embarrassant.

Elle m'a jeté un regard inquisiteur.

Je n'avais pu écrire que YONA sur la serviette. Je l'ai regardée et j'ai dit, Je viens de me rendre compte que, au cours de toutes ces années, je n'ai jamais su quel était votre nom de famille.

Elle a souri de son petit sourire, haussé les épaules et dit, *Wieseltier.*

C'était pendant l'été. À la fin de l'automne, je suis revenu à Tel-Aviv avec Matt, pour qu'il puisse prendre des photos – de Yona, de tous les autres. Mais Israël serait notre seconde étape. Avant cela, nous nous étions envolés pour Stockholm.

Le récit des errances d'Abram alors qu'il fait route vers la Terre promise est une histoire centrée sur l'accroissement : l'accroissement des territoires, des enfants, de la richesse (et, probablement, de la connaissance aussi). La fortune croissante d'Abram, à la suite de son séjour profitable en Égypte, finit par provoquer une rupture entre ses employés et ceux de son neveu, Lot, et afin d'éviter le conflit, Abram et Lot se mettent d'accord pour se séparer et occuper des territoires différents, le neveu revendiquant la plaine à l'est du Jourdain (plaine occupée, de manière désastreuse, par les

*cités de Sodome et de Gomorrhe) et l'oncle revendi-
quant la terre qui se trouve à l'ouest. Mais des accrois-
sements d'autres types préoccupent Abram, même
après qu'il s'est installé confortablement sur la terre
vers laquelle il avait reçu l'ordre « d'aller pour lui-
même ». Après tout, Dieu lui promet de façon répétée
qu'il fructifiera et que sa descendance sera aussi
innombrable que la poussière et les étoiles ; et pourtant
Saraï, sa belle épouse, n'a pas réussi à concevoir. Aussi,
au milieu de l'abondance, y a-t-il pénurie. Abram,
conscient de ce paradoxe, lance d'amères invectives, à
un moment donné, se demandant à quoi lui sert sa
vaste fortune, quand ce sont des étrangers qui vont en
hériter. Le problème est résolu (apparemment) quand
Saraï offre à Abram son esclave égyptienne, Hagar, afin
qu'elle-même, Saraï, « puisse être édifiée à travers elle ».
Abram accepte – même si ce n'est pas sans provoquer
une certaine tension maritale – et Ismaël naît. Treize
ans plus tard, alors qu'Abraham (comme il s'appelle
désormais) a quatre-vingt-dix-neuf ans et que Sarah
(dont le nom a changé aussi) en a quatre-vingt-neuf,
Dieu annonce que, dans l'année qui vient, elle donnera
naissance à un fils. De façon peu surprenante, cette
annonce laisse Abraham quelque peu incrédule et il
tombe, littéralement, face contre terre et rit. À la date
annoncée, l'enfant naît et le nom hébreu qui est donné
à cet enfant rappelle à dessein la réaction de son père
en apprenant la nouvelle de sa conception : le nom
signifie « il a ri », ce qui se dit en hébreu* Yitzhak.

La dynamique unique de Lech Lecha *est, en effet,
un mouvement entre des opposés : accroissement et
manque, activité et stase, stérilité et fertilité, et –
comme c'est toujours le cas dans les récits de voyages et d'aventures – solitude et foules, l'isolement du*

627

voyageur, d'un côté, et la multitude agitée dans les endroits qu'il peut voir mais auxquels il ne peut appartenir, de l'autre. À mon avis, cette tension constante entre des forces opposées, cette dynamique tortueuse et expressive (qui semble, je le pense souvent, être une métaphore de la façon dont nous voulons toujours plus, dont nous voulons accumuler pour nous-mêmes et croître à mesure que nous avançons dans la vie, même lorsque nous redoutons que cette accumulation et cet accroissement nous transforment en quelque chose qui nous rend méconnaissables, nous faisant perdre notre propre passé) est exprimée de manière très concise et très élégante à la fin de Lech Lecha, quand Dieu promet à Abram presque centenaire qu'il fructifiera et se multipliera. Symbole de ce nouveau statut en tant que père des grandes nations, Abram bénéficiera d'un autre accroissement : son nom gagnera une syllabe et deviendra « Abraham ». Le nom de sa femme aussi subira un changement, passant de Saraï à Sarah. Diverses explications du changement de noms ont été proposées. Rachi, par exemple, ne ménage pas ses efforts pour expliquer comment l'hébreu Avraham peut, en fait, être interprété de la façon dont Dieu veut qu'il soit interprété, c'est-à-dire comme une contraction de Av-hamon, « père des multitudes ». Le r dans Avraham, qui n'est pas présent dans Av-hamon, constitue un problème, même si Rachi le résout comme d'habitude avec une ingénuité considérable. De la même manière, Rachi consacre une longue réflexion à ce que devient le ï de Saraï, une fois qu'elle devient Sarah – dans la mesure où, une fois qu'une lettre a fait partie du nom d'une personne juste, c'est une insulte pour la *lettre elle-même que de la retirer (pas de souci : la lettre finale dans l'orthographe hébraïque de Saraï a été, apprenons-nous, ajoutée par la suite au nom du héros Hoshea, qui est ainsi né de nouveau sous le nom de Joshua).*

Si ingénieux et satisfaisant que cela puisse être en effet, je suis plutôt en accord avec un autre commentateur (pas Friedman, qui passe sous silence le passage sur le changement de noms), qui soutient que la signification de ce processus d'accroissement du nom repose moins dans ce que les noms peuvent signifier en fait que dans le fait qu'Abram, au moment où il accepte l'alliance avec Dieu, doit avoir un nouveau nom, tout comme les monarques prennent un nom de trône au moment de leur couronnement. La signification de ce changement de noms, dans cette lecture, est plus psychologique que philologique. C'est parfaitement clair pour moi qui suis devenu très familier des carrières en dents de scie que peuvent connaître les noms : combien il peut y avoir un certain désir de changer de nom (en le faisant, on signale une rupture nécessaire avec la vie qu'on a menée jusque-là) ; et combien il peut être crucial cependant que le nom soit reconnaissable parce qu'il n'est pas toujours clair de savoir quelles parties du passé vaudront la peine d'être sauvées.

2

Suède/Israël de nouveau
(automne)

ACCCHH, c'est *MESHUGA*, non ?

C'était en début d'après-midi, un dimanche de décembre, et Mme Begley me faisait part de son inquiétude concernant mes projets de voyages à venir qu'elle trouvait fous. À la fin du mois, elle allait fêter son anniversaire et je serais de retour d'un voyage en zigzag de New York à Londres, puis Stockholm, Londres, Tel-Aviv, Londres et New York. Pendant qu'elle secouait la tête, mi-amusée mi-dédaigneuse, j'essayais d'expliquer que notre itinéraire erratique, cette épuisante voltige entre les continents et les climats, était la faute de Dyzia Lew. Tout en défendant ma cause un peu vaine, je ne me faisais qu'une petite idée de la tournure *meshuga* qu'allait prendre ce voyage, avec l'horrible blizzard, les demi-journées d'attente, les vols annulés, les correspondances manquées dans des aéroports étranges ; et puis, pire que tout, les séries de malentendus presque comiques à propos de la dame de Minsk, les vols transatlantiques faits en vain vers des endroits qu'elle venait de quitter.

Tout avait commencé avec un coup de téléphone que j'avais reçu en novembre, quatre mois après mon retour d'Israël.

Jusque-là, j'avais pensé que nous avions encore deux voyages à faire : tout d'abord, un voyage nordique pendant la première semaine de décembre – Matt ne pouvait pas se libérer plus tôt – qui devait inclure Stockholm, où vivait Klara Freilich, puis Minsk, où vivait Dyzia Lew ; ensuite, nous rentrerions à la maison et, peut-être un mois plus tard, nous nous envolerions pour Israël où, pendant une semaine, Matt pourrait faire les portraits des habitants de Bolechow que j'avais rencontrés pendant l'été, quand il n'avait pas été en mesure de venir avec moi.

Et puis, me disais-je, nous en aurions fini.

Mais au début du mois de novembre, Shlomo m'a appelé pour me donner de mauvaises nouvelles. Dyzia était très mal, une maladie de la circulation, assez malade pour avoir été transportée de Biélorussie en Israël afin d'y recevoir un traitement. Il n'y avait donc aucune raison d'aller en Biélorussie, avait dit Shlomo. Nous ferions bien de venir en Israël et le plus tôt serait le mieux, car franchement il n'y avait aucun moyen de savoir combien de temps... Sa voix s'était tue. Pendant que Shlomo m'annonçait ces nouvelles, je m'étais dit : Voilà, finalement le temps nous rattrape. J'avais su, bien entendu, dès la nuit où Jack Greene m'avait appelé de nulle part et que j'avais décidé, tout en lui parlant, que je devrais rencontrer les quelques habitants de Bolechow qui étaient encore vivants dans le monde, que les gens en question étaient très âgés ; j'avais toujours envisagé la possibilité que l'un d'eux puisse mourir avant même que nous arrivions à le rencontrer. Mais c'était une chose que d'envisager cette possibilité théorique et une autre que d'être confronté à la réalité glaçante d'une femme si malade que je ne pourrais plus désormais la rencontrer et sonder sa mémoire.

J'avais dit à Shlomo, Si elle est à ce point malade, peut-être que je devrais l'interviewer au téléphone dès maintenant ?

Matt et moi ne pouvions pas nous rendre en Israël avant la première semaine de décembre. Je pensais que nous pouvions retarder notre voyage à Stockholm et aller directement à Tel-Aviv pour rencontrer Dyzia, mais à présent, à la lumière des nouvelles alarmantes de Shlomo, les trois semaines qui nous séparaient de décembre paraissaient un long temps à attendre. Shlomo était du même avis et m'avait dit qu'il parlerait à Dyzia pour organiser un rendez-vous téléphonique, à un moment où il serait à ses côtés à l'hôpital pour pouvoir assurer la traduction. Quelques jours plus tard, il m'avait envoyé un e-mail pour me prévenir que tout était prêt, qu'il serait aux côtés de Dyzia à quatre heures et demie, heure de Tel-Aviv, dans l'après-midi du dimanche suivant, et que ce serait le moment idéal pour appeler Dyzia Lew et lui parler.

Dimanche, le 9 ? avais-je demandé.

Oui, avait-il répondu, dimanche, le 9.

Il se trouvait que le dimanche 9 novembre de cette année-là allait être une journée très remplie pour moi, une journée riche en émotions d'ordre familial et riche aussi en pensées du passé puisque c'était le jour que mes frères, ma sœur et moi avions choisi pour la grande célébration des noces d'or de nos parents, leur cinquantième anniversaire de mariage. C'était une date d'une signification à la fois locale et réduite pour une famille de sept personnes, à moins de prendre en considération le fait que le 9 novembre marque un autre anniversaire, non pas d'or mais de cristal, un anniversaire qui, je le suppose, a une signification également importante, même si elle est quelque peu oblique, pour ma famille, dans la mesure où en 2003 le 9 novembre était le soixante-cinquième anniversaire de la *Kristallnacht*. Au cours de cette nuit de 1938 a commencé un immense pogrom à l'échelle nationale, aussi bien en Allemagne qu'en Autriche, organisé par le parti nazi : deux journées de terreur pendant lesquelles des bandes de nazis, jeunes et adultes, ont envahi les rues des quartiers juifs, pillant les magasins et les maisons des Juifs, frappant et assassinant parfois les Juifs, et brisant, bien sûr, les vitrines d'innombrables magasins et maisons. Je dis « bien sûr » parce que c'est aux milliards d'éclats des millions de vitres brisées que le terme *Kristallnacht*, « Nuit de cristal » – expression forgée au cours d'une réunion du haut commandement nazi, quelques jours après l'événement, durant laquelle Hitler avait exigé « que la question juive fût désormais, une fois pour toutes, coordonnée et résolue d'une façon ou d'une autre » –, doit son clinquant grotesque. Même si les dommages provoqués par la Nuit de cristal ont été énormes (bien que, au regard des chiffres ultérieurs, les pertes en vies humaines aient été négligeables) – une centaine de Juifs ont été tués, sept mille cinq cents magasins juifs détruits, plus de cent synagogues et lieux saints détruits, notamment, comme nous le savons, tous les édifices religieux construits par l'architecte hongrois Ignaz Reiser, créateur de la Zeremonienhalle de la Nouvelle Section juive du grandiose Zentralfriedhof de Vienne –, la véritable signification de ce 9 novembre particulier, la raison pour laquelle c'est une date qui, cette année-là, avait une double signification pour ma famille, c'est que la *Kristallnacht* est aujourd'hui considérée comme l'événement qui marque le début de l'Holocauste proprement dit. Et en effet, bien que les villes d'Allemagne et d'Autriche aient été très éloignées, à tous égards, des *shtetls* de ce qui était alors la Pologne orientale, il est possible de voir une ressemblance, ce qu'on pourrait appeler un air de famille, entre ce qui s'est passé, lors de la *Kristallnacht*, dans des endroits célèbres comme Worms,

Lübeck, Ulm, Kiel, Munich, Coblence, Berlin et Stettin (cette dernière ville étant celle dont mon arrière-grand-père et sa famille, incluant des frères jumeaux âgés de deux ans, sont partis pour New York en 1892), dans des endroits comme Vienne, Linz, Innsbruck, Klagenfurt, Graz, Salzbourg, « la ville de Mozart », et ce qui s'est passé un peu plus tard dans des endroits minuscules comme Bolechow. Par exemple, en novembre 1938, les Juifs d'Allemagne ont dû payer une amende d'un milliard de marks pour réparer les dégâts causés au cours de la Nuit de cristal, ce qui veut dire que les Juifs ont dû rembourser aux nazis les dégâts qu'avaient subis les Juifs (et même les six millions de marks – un chiffre modeste par rapport à un milliard – que les compagnies d'assurances ont payés au titre des bris de glace ont été reversés au Trésor du Reich). Ces pratiques comptables grotesques de novembre 1938 n'étaient pas très différentes de celles qui ont été appliquées en novembre 1941, lorsque les Juifs de Bolechow ont été contraints de rembourser aux Allemands le prix des balles qu'ils avaient utilisées pour tuer des Juifs.

Le 9 novembre, donc, une date de 2003 qui était un jour de réjouissance dans ma famille, j'ai appelé le numéro que m'avait donné Shlomo et j'ai parlé à une Dyzia Lew mal en point.

Hello, a dit Shlomo sur son portable. Il était assis à côté de Dyzia, m'a-t-il dit. Elle était prête. Un léger écho enveloppait sa voix.

Vous voulez lui parler ? a-t-il demandé.

Euh, je ne peux pas, ai-je répondu, elle ne parle pas ma langue.

Mais vous ne voulez pas enregistrer sa voix ? a-t-il dit. Shlomo comprenait désormais ma passion pour les choses concrètes.

Euh, je ne peux pas le faire maintenant, ai-je dit, peut-être le mois prochain quand je viendrai.

J'ai demandé à Shlomo de dire à Dyzia, en guise d'introduction, qu'une des raisons pour lesquelles je voulais lui parler de façon aussi urgente était ce que m'avait dit Meg Grossbard : Dyzia faisait partie du groupe des filles qui avaient connu les sœurs Jäger.

Oui, a répliqué Shlomo, je lui ai dit tout ça et elle a commencé à me raconter qu'elle connaissait toutes les filles, les filles Jäger, et elle sait que Lorka était l'aînée, et Frydka la cadette, et elle connaît l'autre – Fania ? Elle dit qu'elle ne se souvient que de trois sœurs.

J'ai fait une grimace et j'ai dit, Elles étaient quatre. Lorka, Frydka, Ruchele et Bronia. Bronia, ai-je répété – même si, ai-je pensé, qui suis-je pour corriger ce dont se souvient cette femme, moi qui ai toujours un morceau de papier sur lequel j'avais inscrit, dans les années 1970, une liste de prénoms qui étaient : LORCA FRIEDKA RUCHATZ BRONIA ?

Bronia, niye Fania, entendais-je Shlomo dire à Dyzia, dont j'essayais d'imaginer le visage pendant que j'attendais que chaque chose que je disais et d'autres que je n'avais pas dites fussent traduites en polonais, à un continent entier de là.

Elle dit peut-être, peut-être que oui, disait Shlomo sur son portable.

J'ai ri bruyamment. Shlomo savait désormais pourquoi.

Et demandez-lui qui elle connaissait le mieux, ai-je dit.

Un murmure en polonais et puis, *Frydka*.

Je lui ai demandé de demander si elle avait des souvenirs des parents, si elle se souvenait d'eux d'une façon ou d'une autre.

Non, a dit Shlomo après avoir parlé un moment en polonais. Elle ne se souvient pas du tout d'eux.

J'ai dit, Si c'est Frydka qu'elle connaissait le mieux, quel souvenir en particulier garde-t-elle de sa personnalité ? Comment était-elle ? Nous avons entendu dire que c'était une fille très vivante, qu'elle aimait les garçons... c'est vrai ?

Il a échangé quelques mots avec Dyzia.

Elle était très belle, a-t-il dit. De très beaux yeux. Elle a dit que Meg Grossbard connaît ses yeux, les yeux de Frydka, qu'elle avait des yeux magnifiques. Elle a dit que Frydka n'était pas, comment dire, une fille facile. Elle était belle, jeune, tous les jeunes gens étaient fous d'elle.

Encore du polonais.

Elle a dit qu'en *März 42*, Frydka travaillait à la fabrique de barils.

Mars 1942.

Je travaillais dans la même fabrique, a continué Shlomo, je travaillais dans la même fabrique, mais je ne me souviens pas si c'est vrai.

Cela m'a surpris. Mais il devrait s'en souvenir, ai-je pensé : c'était lui qui, dans la salle de séjour d'Anna Heller Stern, m'avait raconté cette histoire, l'histoire des deux filles que tout le monde trouvait très jolies à la *Fassfabrik*, et l'une d'elles était Frydka Jäger.

Peut-être, me suis-je dit, que son « mais je ne me souviens pas si c'est vrai » se référait à *März 42*.

Shlomo a continué. Dyzia travaillait alors dans le bureau qui gérait la main-d'œuvre, l'*Arbeitsamt*, comme ils l'appelaient en allemand. Elle a dit se souvenir qu'en 1942, par une belle journée, Frydka était venue à l'*Arbeitsamt*. C'était l'heure du déjeuner et elle était venue lui rendre visite à l'*Arbeitsamt*. Elle a dit se souvenir qu'un type nommé Altmann avait parlé à Frydka dans ce bureau. Elle a dit de nouveau qu'elle avait beaucoup d'amis, mais que ce n'était pas quelqu'un...

Pas une personne facile ? ai-je coupé, peut-être un peu trop vite. Ma curiosité avait été piquée à la pensée que j'allais apprendre quelque chose de nouveau sur sa personnalité, quelque chose de plus que : *il y avait trois filles, elle était la plus jeune, elle avait des yeux magnifiques*. J'ai dit à Shlomo, Demandez-lui ce qu'elle entend quand elle dit que c'était une personne difficile.

Shlomo a marqué un temps de silence et s'est rendu compte du malentendu.

Non, pas ça, pas une personne difficile. Non, elle parle des garçons, du fait qu'elle n'était pas une fille facile à avoir.

J'ai dit, Oh, je vois – tout en me demandant ce que signifiait, dans ce cas, le qualificatif de *pica-flor*. En essayant de trouver la cohérence de cette histoire, j'ai poussé un peu ma question. Mais elle aimait les garçons, n'est-ce pas ?

Un bref échange en polonais, puis : Oui, elle aimait les garçons, les garçons l'aimaient, mais ce n'était pas facile de l'avoir.

Je me sentis soulagé. J'ai dit, Demandez-lui, si elle devait comparer Lorka et Frydka, quelle était la grande différence entre leurs personnalités ?

Ils ont parlé en polonais, puis Shlomo a dit, Elle ne connaissait pas très bien Lorka, mais les gens avaient l'habitude de dire que Lorka, vous savez, était plus facile que Frydka.

Plus facile que Frydka ? Je me souvenais à quel point Anna avait été catégorique à propos de la fidélité de Lorka pour son unique petit ami, Halpern – même si, de nouveau, le fait même qu'Anna avait pensé que l'unique petit ami de Lorka était ce Halpern, tandis que Meg m'avait dit que c'était sans le moindre doute Yulek Zimmerman, laissait planer un certain doute sur la solidité de ces perceptions et de ces histoires.

Elle était plus facile que Frydka. J'ai dit, Vous voulez dire avec les garçons ?

Avec les garçons, oui. Elle dit qu'avant la guerre, elle et ses amies de son âge étaient trop jeunes pour commencer à flirter avec les garçons. Mais elles prenaient exemple sur Lorka.

Ah, ai-je dit, je vois. Même si je ne voyais rien, évidemment. Je lui ai dit, Dites-lui qu'Anna Heller a dit que Frydka était comme un papillon avec les garçons...

Ils ont recommencé à parler et Shlomo a dit, Comme elle était tellement belle, ce n'était pas un problème pour elle de flirter avec tous les garçons. Elle dit que, en ce qui concernait les garçons, elle était égoïste, Frydka. Elle les voulait tous pour elle seule !

Elle était égoïste avec les garçons, elle les voulait tous pour elle seule, mais elle n'était pas « facile ».

À dix mille kilomètres du lit d'hôpital de Dyzia Lew, j'ai soupiré et je me suis dit, Hé bien, pourquoi pas ? J'avais connu des filles comme ça au lycée, des filles qui s'amusaient avec les garçons jusqu'au jour où elles tombaient sérieusement amoureuses d'un type en particulier, et c'était fini. Je me suis dit, On ne saura jamais rien de la relation entre Frydka et Ciszko : ce qui les avait attirés l'un vers l'autre, ce qu'étaient la substance et le caractère de cette relation, ce qu'ils faisaient ensemble et ce dont ils parlaient. Rien. Mais il ne semble pas déraisonnable de supposer que, au moins pour lui, c'était assez sérieux pour risquer sa vie et, pour elle, sans doute assez sérieux pour s'être donnée à lui, pour être enceinte de son enfant. En écoutant le rapport de Shlomo sur les impressions de Dyzia, *elle n'était pas facile, elle les voulait tous pour elle seule*, je me suis rendu compte que ces deux détails, apparemment contradictoires, étaient en fait l'ossature d'une certaine histoire : l'histoire d'une adolescente belle et déterminée, assez grande, sans doute un peu gâtée, une fille dont la personnalité volatile et égoïste, soumise à la pression formidable et écrasante de la guerre, aux forces inimaginables de la détresse, de la souffrance et du chagrin pendant l'Occupation, s'était métamorphosée en quelque chose de brillant et d'héroïque, de la même manière qu'un morceau de charbon ordinaire, soumis à la pression qui convient, peut se transformer en diamant. Mais, bien entendu, nous ne pourrons jamais le savoir avec certitude.

J'ai dit, Je voudrais parler maintenant un peu plus de la période de la guerre. De quoi se souvient-elle spécifiquement à propos de Frydka pendant la guerre ? Comment et quand la voyait-elle ? Quand se souvient-elle de l'avoir vue pour la dernière fois ?

Ils ont parlé un moment et Shlomo a fini par dire, OK, c'était la dernière fois – quand Frydka est venue la voir pour déjeuner quand elle était à l'*Arbeitsamt*. C'est la dernière fois qu'elle a vu Frydka.

Je lui ai demandé de nouveau quelle année c'était. Elle ne se souvient pas, elle pense que c'était en 42. Elle pense que c'était avant la deuxième *Aktion*. Frydka était libre à l'heure du déjeuner et elle était donc venue la voir, ainsi que ce type, Altmann.

Je me souvenais de l'histoire d'Anna Stern sur la façon dont elle et ses amies étaient allées voir un jour un jeune homme qui avait pris une chambre à Bolechow et comment, lorsqu'elles avaient frappé à sa porte, Frydka leur avait ouvert. J'ai souri tout seul et j'ai dit, Elle est venue avec ce Altmann ?

Non, a dit Shlomo, elle est venue *voir* Altmann.

J'ai souri de nouveau et j'ai dit, Maintenant, demandez-lui si elle sait quelque chose à propos de Ciszko Szymanski et de Frydka.

Ils ont parlé un petit moment en polonais.

Elle a dit que Frydka leur avait parlé ce jour-là de Ciszko Szymanski et qu'elle savait que Ciszko Szymanski était amoureux de Frydka. Elle a dit qu'elle a appris par la rumeur que lorsqu'on a dit qu'elle avait été arrêtée, il avait été arrêté aussi.

C'est seulement à ce moment-là que le fait que tout ce que nous avions pensé savoir de l'histoire d'amour de Frydka et de Ciszko était fondé sur des rumeurs, des histoires, des conversations qui avaient eu lieu après la fin de la guerre m'est véritablement apparu. Le 9 novembre 2003, cette phrase brève, *Elle a dit que Frydka leur avait parlé ce jour-là de Ciszko Szymanski*, est devenue pour moi un de ces « trous de ver » qui, nous apprennent les scientifiques, pénètrent dans le tissu de l'univers, permettant des sauts brusques et miraculeux dans l'espace et le temps. *Frydka lui avait parlé* ce jour-là *de Ciszko* me faisait la même impression que le *Il ne s'est jamais remis de l'affaire Dreyfus !* de M. Grossbard, huit mois plus tôt, à Sydney : l'impression qu'un simple souvenir humain peut vous catapulter jusqu'à un point spécifique et désormais irrémédiable de l'espace et du temps, et qu'une fois que cet être humain singulier, ce souvenir, disparaît, le point vers lequel il pouvait vous projeter disparaît lui aussi, d'une certaine façon. Naturellement, Frydka avait dû se confier à ses amies au sujet de cette liaison lorsqu'elle avait commencé ; mais à présent il y avait l'amie et, soixante ans plus tard, il y avait la confidence qui avait été faite, arrachée au passé et soumise à ma contemplation, la chose en elle-même, et non une rumeur de troisième main, érodée et déformée par des années de manipulation. À cet instant précis, j'ai imaginé Frydka, tout excitée, murmurant à l'oreille de Dyzia, peut-être le jour où elle était venue à l'*Arbeitsamt* – même si, bien entendu, il n'est pas nécessaire que ce fût ce jour-là qu'elle eût été excitée, elle aurait pu être d'humeur rêveuse, cela aurait pu être n'importe quoi, puisque Dyzia ne se souvenait pas de ses mots exacts.

Elle a dit qu'elle a appris par la rumeur que lorsqu'on a dit qu'elle avait été arrêtée, il avait été arrêté aussi. J'ai pensé à ce dont s'était souvenue Anna Heller Stern : *Si vous la tuez, alors vous devrez me tuer aussi.*

De quoi se souvient-elle au sujet de Ciszko Szymanski ? ai-je demandé.

Elle se souvient un peu de lui. Il était de taille moyenne. Il aimait boire, il aimait s'amuser ! Shlomo a ri et, dans ma tête, j'ai dessiné le portrait d'un balèze, bien bâti, d'un farceur, le genre d'adolescent blond que j'aurais moi-même évité au lycée, sans jamais pouvoir deviner s'il pourrait devenir tendre, sentimental, avec une fille, à quel point il pourrait devenir incroyablement héroïque, au bout du compte, bien après que je l'avais rangé parmi les crétins.

Par l'intermédiaire du portable de Shlomo, j'ai pu entendre tout à coup des bruits : des gens étaient entrés dans la chambre et parlaient. Shlomo a dit, Je crois qu'il va falloir abréger maintenant, parce qu'ils viennent faire le lit et tout, et nous devons bouger. Vous avez une question à poser rapidement ?

Une question rapide ? *Doux Jésus*, ai-je pensé. J'ai dit, Euh, Shlomo, vous savez puisque vous étiez là quand nous l'avons entendu, quelqu'un a dit que Frydka était enceinte de Szymanski...

Shlomo savait dans quelle direction je voulais aller avec ça.

Attendez, attendez, une seconde, a-t-il dit. Je vais lui demander.

Ils ont parlé un moment et puis il a dit, Elle était enceinte, c'est ce qu'elle dit.

J'ai légèrement sursauté – pas tout à fait de satis-faction, mais du plaisir obscur de constater que cette histoire-là semblait être vraie, après tout. Une partie du plaisir venait de ce que Mme Begley appelait mon imagination *sentimentale* ; une autre, au contraire, venait de la confirmation de la rumeur sur la grossesse de Frydka qui allait agacer Meg Grossbard qui m'avait dit à Sydney, sur un ton impérieux, *Rien, je ne sais rien !*

Je pensais à cela quand Shlomo a ajouté :

Elle dit qu'elle était enceinte, mais pas de Ciszko Szymanski.

Au bout d'un moment, j'ai cligné les yeux et j'ai dit, *Quoi ?*

Shlomo a émis un bruit qui n'était pas loin du gloussement. Les gens parlent de ça, a-t-il expli-qué, mais elle ne sait plus par qui elle l'a entendu dire. Et elle n'est pas sûre que ce soit vrai. Elle pense qu'ils l'ont changé, qu'ils ont changé de nom avec Pepci Diamant – vous savez, c'était ma cou-sine –, et peut-être qu'ils parlaient en fait de Pepci Diamant et qu'ils ont tout mélangé après tant d'années, et on ne sait plus quelle est la vérité, qui est qui. Vous comprenez ?

Non, je ne comprenais pas ; en fait, je n'avais pas la moindre idée de ce qu'il pouvait vouloir dire. Ce n'est que quatre semaines plus tard, assis de nouveau dans l'appartement plongé dans l'obs-curité d'Anna Heller Stern, à Kfar Saba, qu'il m'a raconté toute l'histoire : Pepci Diamant, qui était une cousine à lui, avait été violée par un membre de la police ukrainienne et, bien que visiblement enceinte, elle avait été tuée au cours de la

« petite » *Aktion* de 1943, celle au cours de laquelle sa sœur Miriam avait été tuée, elle aussi – l'*Aktion* au cimetière de Bolechow dont Olga et Pyotr avaient été les témoins, celle au cours de laquelle les derniers Juifs survivants de la ville avaient été emmenés le long de Schustergasse où ils avaient lancé en direction de leurs voisins d'autrefois, *Adieu, nous ne vous reverrons plus jamais*. C'était après avoir raconté cette histoire de Pepci Diamant que Shlomo a ajouté, C'est peut-être le policier qui l'avait violée qui l'a abattue, ce jour-là.

Alors que Shlomo me parlait précipitamment, ce matin du 9 novembre, j'étais en mesure, plus ou moins, de recoller les morceaux de l'histoire qu'il me racontait : seule Pepci Diamant avait été enceinte et, curieusement, avec le temps, le détail de la grossesse s'était déplacé dans l'histoire d'une autre fille juive, dans l'histoire de Frydka Jäger. Ce qui était clair, au moment où je parlais avec Shlomo et Dyzia Lew – ce que Dyzia et lui s'efforçaient, de toute évidence, de rendre parfaitement clair au cours de cette conversation –, c'était à quel point il est facile de transmettre de façon confuse ce genre de choses.

Vous savez, a dit Shlomo, dans une petite ville… *quelqu'une* était enceinte. La question était de savoir qui. Est-ce que c'était Frydka ou est-ce que c'était Pepci Diamant ? Vous savez, c'était la fumée, mais qui ? Où ? Il y avait la fumée, *peut-être* qu'il y avait le feu, mais personne ne sait.

Je savais à quel proverbe il faisait maladroitement allusion : Il n'y a pas de fumée sans feu. Mais je voulais savoir où était le feu et qui l'avait allumé ; et tout ce que j'obtenais, c'était de la fumée.

Quelques minutes plus tard, nous nous sommes fait nos adieux. Shlomo m'a judicieusement demandé si je voulais qu'il prît une photo de Dyzia à l'hôpital. Il voulait dire par là qu'il n'y aurait peut-être plus de portrait à faire quand Matt et moi arriverions en Israël. J'ai dit oui. Mais cette transaction *sotto voce* m'a rempli de culpabilité. Et donc, juste avant de raccrocher, j'ai dit sur un ton emphatique, Dites-lui que je la verrai le mois prochain et que nous pourrons parler plus longtemps.

Nous nous sommes envolés pour Israël exactement un mois plus tard, le 9 décembre. Quand nous sommes arrivés, le matin du 10, Dyzia n'était plus là.

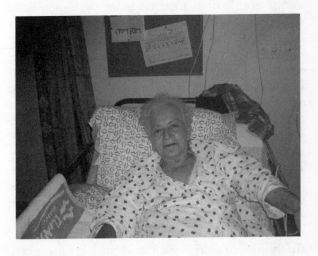

MAIS C'EST ARRIVÉ plus tard. Avant cela, nous sommes allés à Stockholm où, à cause de l'hiver, la lumière était rare et les journées étrangement courtes, comme si le temps même était déformé.

Nous avons atterri en Suède à une heure du matin environ au cours d'une nuit dont la pureté cristalline absolue – l'air était tellement glacé que nous pouvions sentir les minuscules aiguilles gelées de la condensation sur nos joues – était d'autant plus éblouissante que nous avions quitté New York au milieu d'un des pires blizzards qu'ait connus la ville au cours de la dernière décennie : une furieuse tempête de neige qui nous avait obligés à attendre neuf heures sur la piste de décollage à JFK, observant avec une certaine anxiété les dégivreurs arrosant les ailes de notre avion, et cette anxiété n'avait pas décru même après le décollage pour Heathrow, puisque nous savions à ce moment-là que nous avions manqué notre correspondance pour Stockholm et que nous commencions à nous demander s'il y aurait encore des vols au moment où nous allions atterrir. Pendant tout ce temps, je me suis fait du souci pour Matt, qui avait une peur bleue des avions, je le savais, et qui pensait que je ne le regardais pas quand, au moment de notre décollage chaotique et déplaisant, il a sorti de sa poche une photo de sa fille âgée de six mois et l'a embrassée furtivement, comme s'il s'était agi d'une icône. Le caractère furtif de son geste m'a affecté autant que la vénération de la petite icône : la vénération, parce que c'était une pure expression d'amour paternel, émotion à laquelle j'avais beaucoup réfléchi depuis mon voyage en Israël, et la furtivité, parce qu'elle me rappelait que notre improbable association dans la quête d'Oncle Shmiel commençait à peine à effacer les années de brouille entre Matt et moi, des années passées sans avoir grand-chose à se dire et sans savoir comment se le dire. Il y a bien des façons de perdre des parents, ai-je pensé : la guerre n'en est qu'une parmi d'autres. Sur la photo que Matt a embrassée quand il croyait que je ne regardais pas (et qu'il allait embrasser à chaque décollage, par la suite), sa fille, ma nièce, est déguisée pour une fête de Halloween dans un costume en feutrine verte qui était censé la faire ressembler à un pois dans sa cosse.

Nous sommes donc arrivés très tard pour la première étape de notre voyage d'automne, épuisés, frigorifiés, trempés et vaguement déprimés. La journée que nous avions complètement perdue puisque nous arrivions avec seize heures de retard – le vendredi 5 décembre – était heureusement celle que nous avions prévu de consacrer à une marche dans la ville et à la découverte des sites touristiques. Notre première interview avec Klara était prévue pour le samedi. C'est parce que nous avons manqué le vendredi que nous n'avons pas pu voir les sites touristiques et que ce que nous avons vu de la ville est limité à ce que nous avons pu observer depuis les vitres de notre taxi, pendant que nous foncions chez Klara Freilich, le samedi, et à ce que nous avons pu découvrir lorsque nous l'avons revue, le dimanche et le lundi. Du bleu, du gris, du blanc, avec des touches de brique rouge ; des tourelles et des flèches, et des immeubles massifs ; de l'eau partout. Nous avons jeté des coups d'œil dans tous les sens et bavardé avec l'interprète polonaise que j'avais engagée à l'avance, grâce au concierge de l'hôtel : une femme née en Pologne qui devait avoir, j'ai pensé, près de cinquante ans et vivait à Stockholm depuis de nombreuses années. Ewa était belle, avec un profil marqué, un air intelligent, et des cheveux noirs très courts, une tête qui faisait penser à une pièce de monnaie romaine. Alors que le taxi s'enfonçait dans la banlieue de Stockholm par cette matinée couverte du samedi, nous avons expliqué à Ewa ce qu'était notre projet, qui était Klara et ce que nous espérions apprendre.

La cloche d'un tramway a retenti quelque part, plus fort que d'habitude, sans doute à cause de la température de l'air. Ewa nous a regardés et a souri. C'était un projet très intéressant pour elle, a-t-elle dit, parce qu'elle-même était juive. Quelle coïncidence ! avons-nous dit, même si je n'étais plus du tout surpris désormais par les coïncidences. Ewa nous a un peu parlé d'elle. Elle a dit que c'était seulement lorsqu'elle avait laissé la Pologne et épousé le fils d'un rabbin orthodoxe qu'elle avait appris ce que c'était que d'être juive.

Mon père était communiste et ma mère ne l'était pas, a-t-elle expliqué. Je n'ai donc rien su de la religion ou de la judéité avant que nous allions en Israël. Je suis entrée dans une synagogue pour la première fois de ma vie lorsque je me suis mariée à Göteborg, en Suède.

Le chauffeur a consulté la feuille de papier sur laquelle nous avions écrit l'adresse que nous avait donnée Meg. Bandhagen semblait être constitué d'énormes blocs d'immeubles modernistes inoffensifs ; à moins d'y vivre, ai-je pensé, il devait être impossible de trouver le domicile de qui que ce fût. Alors que le taxi explorait lentement une rue après l'autre, Matt et moi avons souri et dit, presque simultanément, que nous comprenions ce que ressentait Ewa : nous n'avions pas beaucoup pensé à notre judéité, ni lui ni moi, avant de nous lancer dans ce projet.

La voiture s'est arrêtée. Nous étions arrivés.

Klara Freilich nous attendait dans le petit hall de son appartement qui était, Matt et moi l'avons immédiatement remarqué, rempli de chaussures soigneusement alignées le long d'un mur. *Ce truc des chaussures à Bolechow !* m'a-t-il dit avec ce grand sourire rapide, avec ses petites fossettes. J'ai regardé Klara qui me tendait la main. Elle était habillée avec le soin et l'élégance un peu apprêtée des femmes qui ont été très jolies dans leur jeunesse. Bien que ce fût l'heure du déjeuner, elle était habillée comme si elle allait sortir pour dîner : un élégant tailleur-pantalon en laine noire, un double rang de perles. Ses cheveux étaient noir foncé et son rouge à lèvres, rouge électrique. Elle était assez menue. Pendant qu'elle nous regardait attentivement, Matt et moi, ses yeux brillaient derrière d'énormes montures dorées, dont les verres étaient légèrement teintés, je n'ai pas pu m'empêcher de le remarquer, en rose. Elle avait un visage rond, dont la séduction était accrue plutôt que diminuée par un petit nez spirituel, un peu épaté. Son fils Marek, un homme de grande taille à la poigne solide et à la physionomie slave, s'est avancé pour faire les présentations en anglais, et nous nous sommes tous serré la main, en hochant la tête et en souriant exagérément, comme c'est toujours le cas lorsque le langage fait défaut. Klara a dit quelque chose à Marek et, avec un petit rire comme pour s'excuser, il nous a demandé si cela nous embêtait de retirer nos chaussures. Toute cette neige et cette gadoue ! a-t-il dit en guise d'explication. Matt et moi nous sommes souri, et Matt a dit, Pas de problème ! Notre mère nous fait faire la même chose ! Marek a ri et a dit qu'il était intéressé d'entendre ce que sa mère allait dire, puisque son défunt mari et elle avaient rarement parlé de leurs vies d'avant-guerre à lui ou à ses frères et sœurs. Il a ajouté qu'il avait essayé de faire venir ses enfants, tous adolescents, aujourd'hui, parce qu'il pensait que ce serait important qu'ils connaissent leur héritage. Mais ils n'avaient pas voulu.

Nous avons traversé un petit couloir fermé par un rideau et nous sommes entrés dans la salle de séjour ou la salle à manger. Contre un mur, une crédence vitrée à trois étagères était soigneusement garnie de tout un bric-à-brac qui renforçait l'impression que je commençais à me faire de Klara : c'était une personne qui aimait les choses délicates et jolies. Sur l'étage supérieur, scintillait une foule de figurines en verre et en porcelaine : à part un grand Cupidon, presque toutes ces figurines étaient des ballerines pirouettant, faisant des arabesques, étendant les bras, levant la jambe, se penchant, se redressant, dans des attitudes à la fois charmantes et détendues. Sur la deuxième étagère, il y avait pas mal d'argenterie : une petite carafe, une aiguière assez grande, des coupes à champagne. Sur l'étagère du bas, j'ai aperçu un groupe de figurines en porcelaine assez mignonnes : un couple XVIIIe assez élégamment vêtu en train de flirter, penché à jamais au-dessus d'une table à jouer ; une laitière assise ; des figurines qui n'étaient pas sans

rappeler celles qui autrefois avaient orné les cré-
dences et les tables des appartements de mes
grand-mères, où apparaissaient aussi régulièrement
des reproductions du *Blue Boy* de Gainsborough ;
des figurines dont la séduction, pour ces vieilles
dames juives new-yorkaises de la classe moyenne,
ai-je conjecturé, repose dans le fantasme d'une
noblesse oisive qu'elles y projetaient, et qui était
l'antithèse des vies que ces dames avaient elles-
mêmes vécues. Dans l'appartement de Klara, quelques gravures encadrées étaient suspendues au-
dessus d'un sofa et une table basse soutenait une
plante luxuriante et un candélabre en argent armé
de cinq bougies rouges. À l'extrémité de la pièce,
il y avait une petite salle à manger avec une table
et quelques chaises, et c'est vers ce coin que Klara
nous a fait signe d'aller nous asseoir, pour manger
et parler.

Il était évident qu'elle était très nerveuse. Pour
la mettre à l'aise, j'ai dit que je voulais commencer
avec quelques questions élémentaires : par exemple, en quelle année elle était née. Mille neuf cent
vingt-trois, a-t-elle répondu, et elle m'a alors
demandé pourquoi je voulais le savoir. Pendant
que nous parlions, j'ai remarqué qu'elle faisait
tourner ses bagues sur ses doigts et que son regard
se déplaçait constamment de Matt et moi à Ewa.

Elle était l'aînée de quatre enfants, a-t-elle poursuivi, une sœur et deux frères. Elle a vaguement
souri en les nommant. *Jozek, Wladek, Amalia Rosalia*.
Son nom de jeune fille était Schoenfeld, son père
était ingénieur dans l'une des tanneries locales.
Dans un débit accéléré, comme une étudiante qui
passe un examen dont elle espère se débarrasser,

elle a dit, Vous voulez savoir en quelle année mes parents sont morts ? Ils étaient très jeunes quand ils sont morts. Tués par les Allemands. Leon et Rachel.

Elle s'est interrompue, puis s'est adressée à Ewa seulement pendant une minute. Ewa s'est tournée vers moi et a dit que Klara avait préparé une déclaration et qu'elle aurait préféré la lire plutôt que de continuer à parler comme ça. Afin que vous sachiez tout, a-t-elle ajouté.

J'ai dit, Je préférerais avoir simplement une conversation. Je ne veux pas qu'elle s'étudie. Dites-lui que c'est seulement une conversation autour d'une table entre deux habitants de Bolechow.

Ewa a transmis et Klara a esquissé un sourire.

Je lui ai demandé si elle se souvenait des filles Jäger. Après tout, Meg nous avait envoyés ici parce que Klara avait fait partie de leur groupe. De combien de sœurs se souvenait-elle ? ai-je demandé.

Ewa a parlé à Klara et m'a dit, Elles étaient deux.

J'ai souri et je n'ai rien dit.

Ewa a continué. Elle ne connaissait que Frydka et elle avait connaissance de la famille uniquement parce qu'elle achetait de la viande à la boucherie. Mais en dehors de ça, elles n'avaient aucun contact, vraiment. Elle était jeune et elles avaient des amies différentes. Elle peut vous dire ce dont elle a entendu parler. Elle peut vous dire que Frydka était éprise de Ciszko Szymanski et qu'il voulait la sauver. Évidemment, quelqu'un a dit aux Allemands qu'il essayait de la cacher, et les Allemands sont évidemment venus et les ont assassinés, lui et elle. Mais quand et où, elle ne le sait pas.

J'ai noté les deux *évidemment* et j'ai demandé un peu après, Il était comment, Ciszko Szymanski ?

Ewa a dit, Elle ne le connaissait que de vue. Il était assez costaud, tout le monde avait peur de lui. Parce qu'il était grand, fort, bien bâti. Il était le fils d'un boucher, lui aussi.

Matt a souri et dit, Ils étaient d'accord sur la viande ! et tout le monde a ri. Une fois encore, je me suis demandé ce qui avait bien pu les rapprocher. Impossible de le savoir.

Klara a dit, Je ne sais pas pourquoi et comment ils se sont rencontrés. Enfin, il l'aimait bien. C'était une très belle fille.

J'ai dit à Ewa, Dites-lui que nous avons entendu deux histoires et que j'aimerais savoir laquelle des deux elle a entendue. La première, c'est qu'il l'a emmenée dans la forêt pour essayer de la confier aux partisans, et l'autre, c'est qu'il l'a cachée chez lui.

Ewa a traduit la question et Klara a haussé nettement les épaules, avant de sourire plus largement qu'auparavant, un sourire résigné. C'est possible, a dit Ewa après qu'elles ont échangé quelques mots. Enfin, elle pense que la seconde – avec le grenier et quelqu'un qui a prévenu les Allemands – est plus proche de la vérité. La première, celle des partisans, elle n'en a jamais entendu parler. Mais elle ne veut rien dire dans un sens ou dans l'autre.

Elle ne veut rien dire dans un sens ou dans l'autre s'est révélé être le leitmotiv de cette première journée avec Klara, qui semblait, sur tous les sujets dont nous parlions, redouter de s'engager sur une déclaration définitive. Bien que ce fût frustrant pour nous, c'était, je m'en rendais compte, admirable d'une certaine façon. Plus que n'importe quelle personne avec qui nous avions parlé, Klara soulignait, cet après-midi-là, que tout ce que quiconque prétendait savoir sur les destins de Shmiel et des membres de sa famille était, au mieux, du ouï-dire. J'étais frappé de voir combien elle paraissait anxieuse à l'idée que quelque chose d'éventuellement inexact pût lui être attribué. À un moment donné, j'ai dit, Expliquez-lui que nous n'allons pas la confronter à ses déclarations, que je veux simplement parvenir à ce... *nuage* d'informations.

Euh, je ne me souviens pas de grand-chose, a dit Klara à Ewa. C'est très, très dur.

Ce n'est pas grave, ai-je dit, en essayant d'avoir un regard rassurant pour Klara. J'ai alors décidé de ne plus parler, pour le reste de cette interview, que de choses insignifiantes. J'ai dit, Alors vous avez dit que vous la connaissiez de vue, c'était donc une fille connue dans la ville ? .

Les deux Polonaises se sont parlé, puis Ewa s'est tournée de nouveau vers moi. Elle était grande, elle avait très belle allure, une belle femme.

Klara a dit dans ma langue, *Très jolie ! Très jolie !* Elle a souri, à Matt et à moi. Nous avons souri à notre tour.

Ensuite, elle a dit quelque chose à Ewa qui a eu l'air intriguée tout à coup.

Elle a dit que c'était un bon camouflage.

J'ai dit, Qu'est-ce que vous voulez dire ?

Ewa a échangé quelques mots avec Klara et puis elle a dit, Avant tout, le nez.

Klara a posé sa main sur son nez pour décrire un petit nez en trompette.

Ewa a dit, Le nez, un peu comme ça. Et elle avait le teint clair, et elle avait des traits slaves – pas mat comme moi, pas mat comme Klara. Euh, en Pologne, on pouvait dire qu'elle était polonaise.

Camouflage, avait-elle dit. Je pensais à ce que m'avait dit Meg dans les premières minutes de notre rencontre à Sydney. *Vous avez l'air très aryen. Quelqu'un qui avait cette apparence avait une chance de vivre.*

Ewa écoutait Klara et elle a dit, Elle n'était pas... elle ne ressemblait pas à une *Juive*.

Puis elle m'a regardé et elle a demandé si c'était ce que Meg Grossbard avait dit, elle aussi.

PARVENU À CE POINT, j'ai voulu mettre Klara un peu plus à l'aise. Je lui avais assuré que nous n'aurions pas à parler de l'Occupation, mais elle semblait impatiente de lire la déclaration qu'elle avait préparée. Je me suis dit que les mots qu'elle avait écrits étaient un réconfort pour elle, sentiment que je connaissais bien, moi qui avais commandé à tant de services d'archives tant de documents que j'attendais, plein d'espoir. J'ai dit, Nous n'y voyons pas d'inconvénient. Klara a tendu la main pour s'emparer d'une feuille de papier qui était posée sur la table et l'a fixée un moment à travers ses verres teintés. Elle a commencé à lire, phrase après phrase, Ewa traduisant au fur et à mesure.

Klara Freilich a dit :

Je suis née à Bolechow le 23 août 1923 et je suis allée à Stryj, au lycée, à la *Handelsschule*.

Elle a dit, En 1939, la situation s'est durcie pour les Juifs, quand les Allemands sont arrivés dans notre ville. Quand ils ont commencé à tirer et à bombarder notre ville, j'ai couru me réfugier dans les bois avec mes parents et ma famille.

Elle a dit, En 1940, les Russes sont arrivés et les Allemands sont partis. Les Russes sont restés dans notre ville jusqu'en 1941.

Elle a dit, Je me suis mariée en mai 1941, à l'époque où les Russes étaient dans notre ville.

Elle a dit, En juin 1941, les Allemands sont revenus et c'est alors que le véritable Holocauste des Juifs a commencé dans notre ville. Compte tenu de l'industrie de notre ville, la tannerie, ils ont emmené les Juifs les plus jeunes et les ont mis dans un endroit spécial...

(elle a dit *barak*, ce qui était le mot polonais, j'ai supposé, pour *Lager*)

... et les plus vieux ont été conduits à Stryj.

Elle a dit, C'est pour cette raison que mon mari et moi sommes restés dans cet endroit pour les jeunes et que nous avons commencé à travailler dans la tannerie, à fabriquer de la colle.

Elle a dit, Chaque jour, nous nous rendions à notre travail, accompagnés par la police allemande et par la police ukrainienne, et chaque jour ils nous harcelaient et nous frappaient.

Klara a repris son souffle à cet instant précis et elle a continué sa lecture. En décembre 1943, nous nous sommes enfuis dans les bois, mais il était impossible d'y rester parce que les Allemands et la police ukrainienne savaient tout et faisaient tout ce qu'ils pouvaient pour reprendre les gens.

Elle a dit, Par hasard, nous sommes tombés sur un type d'un village voisin et il a été assez bon pour nous emmener avec lui dans son village. Mais je dois souligner que ce type était moitié polonais, moitié ukrainien.

Elle a dit, Il s'appelait Nikolaï Krekhovyetsky et il était de Gerynia.

Elle a dit, Ce type a construit pour nous un refuge sous le plancher, une sorte de bunker. C'était dans sa grange, là où il gardait ses vaches.

Elle a dit, Nos conditions de vie dans ce bunker sont tout simplement impossibles à décrire.

Klara a levé les yeux de sa feuille de papier et a dit, Pourquoi est-ce que je dois vous dire toutes ces choses ? Vous voulez que je vous les raconte ?

Nous lui avons dit de nous raconter tout ce qu'elle voulait.

Klara a lâché sa feuille de papier et a parlé avec Ewa pendant quelques minutes, et ensuite Ewa nous a dit : Elle dit que chaque jour, presque tous les jours, les Allemands et les Ukrainiens venaient chercher les Juifs parce qu'ils savaient qu'il cachait des Juifs. Et ils ont trouvé d'autres Juifs, mais pas

Klara et son mari. Il y avait Klara et son mari, le frère de son mari et un autre garçon du village.

Sans doute parce que j'écoutais tout cela avec Matt à mes côtés, j'ai été particulièrement ému à l'idée que les deux frères avaient trouvé un moyen de rester ensemble pendant tout ce temps (un troisième frère n'avait pas survécu, devions-nous apprendre par la suite) : tout d'abord, à Bolechow où ils avaient pu rester dans les équipes de travaux forcés jusqu'au dernier moment possible ; et ensuite dans cette cachette. J'avais envie de poser des questions à Klara sur ce frère de Yankel Freilich – elle ne m'avait même pas donné son nom –, mais elle était trop impatiente de parvenir à la fin de son récit.

Elle ne veut pas tout vous raconter parce que ce serait une trop longue histoire, a dit Ewa.

Klara a repris sa feuille de papier. Elle a lu :

Et en plus de ces gens dans le bunker, nous avions la compagnie des souris, des rats et d'autres choses encore.

Elle a dit, Nous avons survécu dans cette situation horrible jusqu'à ce que la guerre soit terminée.

Elle a dit, Je dois vous dire qu'en 1942 les Allemands ont tué mes parents, ma sœur et mes frères.

J'ai dit à Ewa après un silence, Demandez-lui si c'était au cours de la deuxième *Aktion*.

Elles ont parlé et Ewa a dit, C'était la dernière *Aktion*. Son père avait survécu aussi longtemps parce qu'il était un spécialiste dont les Allemands avaient besoin. Et elle dit que plus tard, ça ne servait plus à rien, ça n'avait plus aucune importance.

Juste après, alors que j'étais en train de parler avec Ewa, Klara nous a brusquement interrompus et lui a parlé très vite en polonais. Ewa l'a écoutée et a traduit. Klara vient de se souvenir de quelque chose qui s'est passé au cours de la première *Aktion*, lorsque sa famille et elle essayaient de se cacher pendant la rafle. Ils étaient chez des Polonais, chez un homme qui s'appelait Szymanski, il avait une tannerie.

Szymanski ? Mais cet homme avait une tannerie et le père de Ciszko était boucher, je l'avais toujours entendu dire, avec un petit magasin de *delicatessen* à côté de sa maison. Bon, me suis-je dit, Szymanski était un nom très répandu.

Et elle était sortie pour secouer un tapis, a poursuivi Ewa, mais ce type, peut-être que c'était Szymanski, a crié : Klara, les Allemands arrivent, va te cacher ! Elle est donc allée dans cet endroit de la maison où ils entreposaient le bois. La cloison n'était pas serrée et on pouvait voir à travers. Et elle vient de se souvenir, à l'instant, qu'un Allemand se tenait devant elle, regardait dans sa direction, mais ne l'avait pas vue. Et il avait un berger allemand avec lui, les nazis en avaient toujours avec eux – et elle était assise sur un morceau de bois et ils la regardaient, l'Allemand et le berger allemand, et elle les regardait, mais ils ne l'ont pas vue.

Klara s'est calée contre le dossier de sa chaise et a dit à Ewa qu'elle voulait faire une pause.

Au bout d'un moment, Klara s'est levée et nous a servi un énorme déjeuner. *Gefilte fish*, bortsch, saumon poché froid avec une sauce aux raisins, un pain délicieux. Oui, a-t-elle dit en souriant, elle avait fait le pain elle-même, et elle avait dû le faire hier, parce qu'elle n'aurait pas eu le temps de le faire aujourd'hui. En guise de rafraîchissement, elle a servi de la vodka dans des petits verres et s'est assurée que nos verres soient toujours pleins. Elle a fait une plaisanterie en polonais qu'Ewa, en souriant, a traduite : les poissons aiment nager, il faut donc boire de la vodka !

Pendant le déjeuner, nous avons pris soin de ne parler que de choses plaisantes : combien nos précédents voyages avaient été intéressants et excitants, combien nous avions apprécié de rencontrer les autres anciens de Bolechow. Nous avons parlé de Meg, de Jack et de Bob. Jack Greene avait été l'ami de son frère, a dit Klara. Elle a souri lorsque nous avons mentionné le nom de Shlomo : tout le monde connaissait, semblait-il, « le roi des anciens de Bolechow ». Elle allait souvent en Israël autrefois, a-t-elle dit, parce que sa fille, qui était morte d'un cancer depuis, y vivait. Nous avons parlé des anciens de Bolechow en Israël. Elle n'avait pas l'air de connaître les Reinharz et je lui ai donc raconté l'histoire remarquable de leur survie, cachés sous le plafond d'un club d'officiers allemands. Elle avait essayé de rencontrer Anna Heller Stern lors d'un de ses séjours en Israël, mais Anna était tombée malade et avait annulé au dernier moment.

Comme Klara paraissait plus détendue, j'ai délicatement sondé ses souvenirs de la vie à Bolechow avant la guerre. N'importe quoi, ai-je dit, vraiment, et dans n'importe quel ordre. Est-ce que, par exemple, ses parents étaient très religieux ?

Ses parents n'étaient pas particulièrement pratiquants, a-t-elle dit au bout d'une minute, même s'ils respectaient évidemment les grandes fêtes,

Pesach, Rosh Hashanah et Yom Kippour. Ils se rendaient à la grande synagogue du Rynek, celle qui fut ensuite transformée en club pour les ouvriers des tanneries, seulement pour Rosh Hashanah et Yom Kippour. Matt m'a jeté un regard qui voulait dire, *Exactement comme nous*, et j'ai hoché la tête. J'ai demandé à Klara si elle se souvenait du genre de plats que sa mère préparait pour les fêtes. *Challah*, a-t-elle dit ; *gefilte fish*, a-t-elle dit. *Tsimmes*, s'est-elle rappelé en souriant au souvenir de ce savoureux plat de viande, de patates douces, de carottes et de pruneaux, servi pour le Nouvel An. *Ma mère mettait du miel dedans parfois*, disait autrefois ma propre mère en parlant de ce plat. *Du miel !* Et j'ai pensé, avec cette tendresse protectrice particulière que, jusqu'à ce jour, je réservais à ma grand-mère morte, à la mère de ma mère, Nana : *Tout ce travail pour un plat qu'elle ne pouvait pas manger.*

Nous avons mangé les mets délicieux de Klara et nous avons parlé du lycée commercial que Frydka et elle avaient fréquenté, des cours qui se déroulaient de huit heures du matin à deux heures de l'après-midi, du nombre de cours qu'elles avaient suivis et de leur difficulté respective. Toutes ces matières différentes ! s'est-elle exclamée. L'ukrainien, le polonais, les mathématiques, les sciences naturelles, la physique, la géographie, l'histoire. Ce qu'elle mangeait à Bolechow quand elle était petite : toujours du poisson le vendredi soir, de la carpe ou de la truite ; sinon, du poulet, de la viande ou même de la dinde. Sa mère était une cuisinière merveilleuse, a-t-elle dit. Mais comment pourrait-elle *ne pas* dire que sa mère avait été une grande cuisinière ! Elle a parlé des rencontres des garçons et des filles après l'école au Hanoar HaZioni. Du couvre-feu pour les adolescents, à huit heures, dans les années d'avant-guerre. Du fait que, en y repensant, Frydka Jäger était une des filles qui ne venaient pas régulièrement aux réunions du Hanoar. Des films qu'elle avait vus, adolescente, au cinéma du Dom Katolicki. Je me souviens encore des films muets ! a-t-elle dit, presque fière. Charlie Chaplin ! Gary Cooper ! Ramon Novarro ! Les gens disaient qu'il était tellement beau !

Klara m'a proposé encore un morceau de *gefilte fish*. J'ai refusé poliment, j'en avais déjà mangé deux fois.

Pourquoi compter ? a-t-elle dit.

Elle a parlé des séances de ski dans les montagnes proches de Bolechow, des parties de volley-ball à l'école, des parties de ping-pong (Matt et moi avons échangé un rapide regard : *Ping-pong !?*). Elle s'est souvenue des uniformes de l'école : bérets pour les filles, casquettes pour les garçons. Chaque école avait des couleurs différentes. Elle a parlé des devoirs qu'elle et ses amies avaient à faire afin de se libérer pour les réunions du Hanoar.

À quoi est-ce que vous vous attendiez ? a-t-elle dit tout à coup. Les gens vivaient *normalement*, vaquaient à leurs affaires *normalement* ; nous nous efforcions d'avoir des bonnes notes à l'école parce que c'était important pour nos parents, et c'est tout ! La vie *normale* !

Elle a parlé du jour de son mariage, pendant l'Occupation soviétique. C'était en mai, une matinée splendide. Elle portait une robe bleu pâle avec un manteau bleu foncé, et un petit chapeau. Et soudain, la neige et la pluie ! Ils avaient fait le trajet jusqu'au restaurant sur le *Rynek* dans un chariot tiré par des chevaux ; ils avaient invité tous leurs amis et parents dans ce restaurant. Mais Klara n'avait pas pu assister au dîner du mariage parce qu'elle avait de la température. Elle était malade, nous a-t-elle dit en hochant la tête au souvenir de cette étrange journée de joie, de neige et de fièvre.

Qui était là ? ai-je demandé, content de la voir se détendre avec ces souvenirs heureux.

Mes amis, a-t-elle répondu, les amis de mon mari, ma famille, mes frères, ma sœur. Chez le rabbin, c'était seulement la famille, et pour le dîner, toute la famille et tous les amis. Mais cela a été un dîner très modeste pour moi parce que j'étais malade.

Comment s'appelait le rabbin ? ai-je demandé. S'en souvenait-elle ?

Klara a réfléchi un moment et s'est écriée, Perlov ! Perlov ! Elle a fait un grand sourire et elle a ajouté, Je m'en souviens maintenant ! C'est un miracle !

Je me suis demandé si d'autres miracles allaient se produire. Au moment où Klara s'est levée pour aller chercher le dessert et où elle est revenue avec un énorme gâteau, j'ai demandé si elle se souvenait d'autre chose à propos des Jäger. La boucherie où elle allait acheter sa viande, par exemple. Est-ce qu'elle se souvenait qu'il y avait deux frères Jäger ? Elle a réfléchi et s'est écriée de nouveau, Oui ! Oui ! Je m'en souviens. J'étais une petite fille. Je me souviens des deux Jäger, l'un avait la boucherie et l'autre, c'était le père de Fryda...

(*Fryda*, avait-elle dit : le nom sur le certificat de naissance, et non *Frydka*, le surnom ; pour une raison quelconque, cette infime variation semblait donner une autre dimension au souvenir, semblait rendre plus réelle la fille que je connaissais uniquement sous le nom de Frydka)

... ma mère m'envoyait acheter de la viande chez un des frères Jäger, mais j'allais chez un autre parce qu'il était plus près de chez nous. L'un d'eux était-il religieux ? Le propriétaire de ce petit magasin ?

Puis, soudain, son visage a pris l'expression de quelqu'un qui sait. *Tak, tak. Skandal !*

Elle a dit quelque chose à Ewa qui s'est tournée vers moi avec un air mi-inquisiteur, mi amusé. Elle a dit, Les Juifs religieux ont commencé à boycotter cette boucherie ?

À CE POINT de la conversation, la nuit est tombée brusquement dehors et, sans doute à cause du repas pantagruélique et de la disparition de la lumière, l'atmosphère dans la pièce est devenue, semblait-il, plus lourde et plus sombre. Marek, je l'avais remarqué, avait écouté attentivement et courtoisement sa mère parler des jours de son enfance et de son adolescence, de la vie *normale* au cours des années qui avaient précédé la guerre, mais au moment où nous avons pris le dessert et le café, il a commencé à me parler depuis l'autre bout de la table, pendant que Klara et Ewa conversaient en polonais. Il était clair qu'il avait quelque chose en tête et je voyais bien à quel point il était frustré de ne pas parler plus couramment ma langue. Mais je l'ai aidé et encouragé, et au bout du compte, j'ai compris tout ce qu'il m'a dit.

Je lui ai demandé s'il connaissait déjà ce qu'il venait d'entendre.

Pas vraiment, a-t-il dit. J'ai surtout parlé avec mon père. Ma mère m'en a parlé quelquefois. Maintenant je lui pose plus de questions parce que je veux savoir pour le transmettre à mes enfants. Marek m'a dit qu'il avait deux enfants, Jonathan et Sarah, respectivement âgés de dix-huit et douze ans. Sont-ils un peu conscients de tout ça ? ai-je demandé. Il a secoué la tête. Ils ne savent pas un dixième de ce qui s'est passé, a-t-il répondu. Ils savent que leurs grands-parents sont des survivants, qu'ils sont restés cachés sous un plancher chez un fermier pendant onze mois, et c'est tout. Je l'ai écouté et j'ai décidé qu'il m'était sympathique : son intérêt franc et intense, l'ouverture avec laquelle il discutait de choses difficiles avec un parfait inconnu. Il ressemblait, je m'en suis soudain rendu compte, à l'acteur Bob Hoskins, en plus beau, et cette libre association a renforcé l'impression que j'avais d'avoir affaire à quelqu'un de très honnête. Nous avons parlé pendant un bon moment du fait que, plus nous vieillissions et nous éloignions du passé, plus ce passé, paradoxalement, devenait important. Il a dit, Mon père, pour lui c'était capital d'être juif, mais il ne nous a jamais appris à être juif. Je n'ai jamais eu d'amis juifs en Pologne, mais il insistait sur le fait que j'étais juif – qu'il fallait que je sois fort, qu'il fallait que je sois le meilleur.

J'ai hoché la tête en signe de sympathie.

C'est pour cette raison que je voulais que mes enfants viennent aujourd'hui, m'a dit Marek. Il a ajouté que son père avait très rarement parlé du passé, seulement à l'occasion de Yom Kippour, et « en quelques mots » seulement. Mais rien de *profond*. Je voulais parler à mon fils de ma famille, a continué Marek, pas seulement de la famille de ma femme...

(sa femme était polonaise, m'a-t-il dit)

... mais c'est tellement difficile. Lorsque vous êtes arrivés ici aujourd'hui, ma mère voulait se souvenir des dates. J'ai essayé de lui faire comprendre que les dates ne sont pas importantes, ce ne sont pas les *dates*, mais ce que c'était que d'être là, comment les choses se passaient, qui était mon grand-père – pas sa profession, mais sa *personnalité*. Elle n'arrive pas à comprendre que vous vouliez connaître des choses triviales, du genre à quoi ressemblait l'école, comment étaient les professeurs. C'est tellement difficile à expliquer.

J'ai été très ému par ce qu'il venait de dire. Après tout, ce qu'il disait rejoignait complètement ce que j'avais désiré apprendre, depuis tant d'années, sur les petites choses, les détails minuscules qui, me disais-je, pouvaient ramener les morts à la vie. À ce moment précis, Matt, qui tenait souvent, lorsque nous étions jeunes, des propos enflammés, passionnés, lesquels me mettaient à l'époque dans l'embarras parce que les sentiments qui les avaient inspirés étaient tellement écorchés – des propos du genre, Les racistes devraient tout simplement *crever* ! ou, Les gens qui font des trucs pareils aux animaux devraient être *tués* ! –, Matt a dit sur un ton véhément, Beaucoup de gens veulent savoir com-

668

ment ils sont morts, mais pas comment ils ont *vécu* !

Suivant le fil de sa pensée, Marek a hoché la tête et dit, Les gens pensent qu'il n'est pas important de savoir si un homme était heureux ou s'il était malheureux. Mais c'est très important. Parce que, après l'Holocauste, ces choses ont disparu.

Peu après, nous nous sommes levés pour partir. Comme je le faisais de temps en temps à la fin de ces interviews, j'ai demandé à Ewa de demander à Klara quels étaient ses meilleurs souvenirs de Bolechow. Ewa a adressé ma question à Klara, qui a écouté et pris un air mélancolique. Puis elle a dit quelque chose de très bref à Ewa.

Ce que Klara a dit, c'était, *Les mauvais souvenirs ont effacé les bons.*

Nous avons parlé avec Klara le lendemain aussi, après que Matt a pris quelques photos d'elle sur une petite place pavée. Il faut que ça fasse « Stockholm », m'avait-il dit la nuit précédente, alors que nous étions allongés sur nos lits jumeaux, discutant à voix basse de notre longue interview – curieusement contrariée, j'avais trouvé – avec Klara. Elle nous avait dit beaucoup, je le savais, mais j'avais l'impression, curieusement, qu'elle avait gardé quelque chose par-devers elle, et je n'avais pas eu cette impression avec les autres, à l'exception de Meg peut-être, au début. En entendant Matt dire qu'il fallait que sa photo *fasse Stockholm*, j'ai souri, mais je me suis bien gardé de le laisser voir. N'ayant pas eu le temps d'explorer Stockholm – notre journée de tourisme avait fondu pendant que nous attendions sur la piste de décollage de JFK –, ni lui ni moi ne pouvions savoir vraiment ce qui « faisait » Stockholm. Des pavés, avec de l'eau à l'arrière-plan, cela paraissait raisonnable.

Donc, le lendemain, le deuxième jour, nous avons retrouvé Klara, Marek et Ewa dans un endroit qu'avait suggéré Marek, et nous avons marché un peu ensemble. Pour sa photo officielle, Klara avait mis une veste en serpent très chic, aux épaules rembourrées. Elle avait l'air plus heureuse que la veille au moment où elle a pris la pose devant le petit obélisque au centre de la place pavée et s'est mise à flirter avec l'appareil photo. Il faisait un froid de canard, l'atmosphère était humide et le ciel gris ; de temps à autre, le soleil semblait vouloir percer la fine couche de nuages à l'allure lasse, renonçant au bout de quelques minutes. Au bout d'une vingtaine de minutes de pose et de prise de vues, nous nous sommes précipités dans un café, à deux pas de la petite place. Il était agréablement sombre et bien chauffé, un feu flambait dans une cheminée. Nous avons tous commandé des cappuccinos.

Marek avait voulu parler de son père, la veille, et c'est ce qu'il faisait à présent. Mon père était originaire de l'autre côté de Bolechow, a-t-il expliqué, le côté pauvre. Il n'est allé à l'école que jusqu'en troisième. Il a dû commencer à travailler très jeune.

Avant de partir pour la Suède, j'avais consulté une fois encore l'Annuaire professionnel de Galicie de 1891 sur le site www.jewishgen.org. À EFRAIM FREILICH, j'avais lu : HADERN- UND KNOCHESHÄNDLER. Chiffonnier. En effet : l'autre côté de Bolechow.

Avec un air affable sur son large visage, Marek a continué à parler de son père, qui était mort bien avant que je commence à rêver de découvrir ce qui était arrivé à Oncle Shmiel. Marek a dit, Il était... il était très spécial. Très, très spécial. Il a aidé beaucoup de Juifs après la guerre. Tous les Juifs le connaissent ici ! Il a donné de l'argent à beaucoup de gens. C'était étonnant : lorsqu'il est mort – et il n'est venu ici, en Suède, qu'un temps très bref, parce que je l'avais amené à l'hôpital depuis la Pologne –, lorsqu'il est mort, il y avait cent personnes ici.

J'ai compris qu'il voulait dire aux funérailles.

Il a dit, C'était étonnant.

Depuis le comptoir du café nous est parvenu le bruit du lait qu'on ébouillantait. Klara et Ewa parlaient tout doucement, et Ewa a fini par se tourner vers Matt et moi pour expliquer qu'elles discutaient d'un reportage sur la montée récente des sentiments d'hostilité vis-à-vis d'Israël en Suède. Elle a raconté qu'une librairie qui vendait des pamphlets, des journaux et des livres ouvertement antisémites venait d'ouvrir près d'une église où avaient été hébergés, pendant la guerre, des réfugiés juifs.

Klara secouait la tête et elle a dit, *Skandal !*

La mention des journaux m'a fait penser à une question concernant la vie quotidienne que j'avais voulu poser à Klara. Les journaux, à Bolechow, étaient-ils pour la plupart en polonais ?

Pour la plupart, a-t-elle répondu. Ses parents parlaient yiddish et polonais à la maison. Et un peu l'ukrainien aussi.

Ukrainien m'a fait penser à une autre question : lorsque les Juifs avaient des domestiques, est-ce

que les bonnes étaient habituellement ukrainiennes ? *La bonne les a dénoncés*, avais-je entendu
dire, il y a des siècles, avant que je sache quoi que
ce fût.

Oui, a dit Klara, des Ukrainiennes.

J'ai soudain pensé à mon grand-père provoquant
la corpulente femme de ménage de ma mère,
Mme Wilk, avec ses plaisanteries cochonnes en
polonais, ce qui m'a fait penser à autre chose
encore. Y avait-il une sorte de castel près de
Bolechow, ai-je demandé, qui aurait appartenu
autrefois à un comte polonais ?

Non, a-t-elle répondu, elle ne se souvenait pas
d'un tel endroit.

J'entendais la voix de mon grand-père dire, *Ils
se cachaient dans un kessel.*

Puis : Avait-elle entendu parler du Graf
Potocki ?

Oui ! a dit Klara. Mais il n'était pas de Bolechow !

J'ai souri et j'ai raconté l'histoire que j'avais
entendue à Vilna à propos du Potocki qui avait été
condamné au bûcher par l'Église après qu'il se fut
converti au judaïsme.

À Bolechow, a dit Klara sur un ton solennel, un
Juif qui se convertissait au christianisme était
exclu de la communauté !

Elle s'est tournée vers Ewa et a raconté une histoire un peu longue. Ewa écoutait en hochant la
tête et elle a enfin dit, Il y avait une famille qu'elle
connaissait, une famille juive qui vivait soit à
Gerynia, soit ailleurs, pas dans une ville, mais dans
un village. Dans cette famille, il y avait deux fils.
Un des deux est tombé amoureux d'une fille ukrainienne et la mère de ce garçon a voulu – bien évi-

672

demment ! – qu'il quitte cette fille, et donc la famille a déménagé à Bolechow. Mais l'amour a triomphé de tout ! Il est resté et s'est converti dans l'Église orthodoxe ukrainienne. Et il a été chassé de sa famille et de la communauté – la communauté juive –, et tout le monde à Bolechow pointait la mère du doigt en disant : « C'est la mère du converti ! »

Elle a raconté cette histoire et pendant qu'elle la racontait, je me suis aperçu que j'étais extrêmement tendu parce que je me faisais du souci pour Matt en me demandant, au moment où Klara disait *la mère de ce garçon a voulu qu'il quitte cette fille – bien évidemment !*, ce que mon frère, qui était tombé amoureux et avait épousé une Grecque orthodoxe, pouvait bien penser en l'écoutant. J'ai pensé à mon grand-père qui, dans de nombreuses lettres et ensuite dans son testament, avait écrit, *Si un de mes enfants ou de mes petits-enfants sortait de la confession juive, il ne toucherait pas un penny de mon argent durement gagné.* Du Vieux Continent, il n'avait pas seulement apporté son accent, ses histoires. Chaque personne, au bout du compte, est le produit d'un temps spécifique, d'un lieu spécifique, et il est impossible d'y échapper aussi loin qu'on puisse aller.

Mais Matt n'a rien dit.

MAREK S'EST LEVÉ pour prendre congé ; il devait aller travailler. Nous nous sommes serré la main et promis de nous revoir le lendemain, dans la mesure où il nous avait dit qu'il essaierait d'amener son fils Jonathan, pour aller déjeuner avec nous quelque part. Un peu plus tôt, il m'avait confié la raison pour laquelle Jonathan n'était pas venu la veille. Klara et son petit-fils s'étaient apparemment querellés juste avant notre arrivée : il avait dit à sa grand-mère qu'il avait beaucoup de travail à l'école et qu'il ne pourrait pas passer tout l'après-midi chez elle ; elle avait été offensée par cet apparent manque d'intérêt et lui avait dit de ne pas se déranger du tout, s'il n'avait pas le temps d'écouter toute son histoire. Ils sont très proches, avait dit Marek, mais tous les deux sont très orgueilleux ! Et maintenant le fils de Klara, le père de Jonathan, devait jouer les intermédiaires pour les réconcilier, afin que nous puissions rencontrer Jonathan avant de nous envoler pour Israël.

J'espérais que Jonathan pourrait nous rejoindre pour une autre raison. Son anglais, m'avait dit Marek, était excellent et j'avais le sentiment que Klara s'ouvrirait un peu plus si elle parlait à son petit-fils. *Ils sont très proches*, avait dit Marek.

Marek est parti. J'ai posé une question qui ressemblait à une question de Matt, pas tant sur les faits que sur les sentiments. J'ai dit à Ewa, Demandez-lui comment elle s'est sentie après l'interview, hier.

Ewa a traduit la question et écouté la réponse de Klara. Ewa a dit, Hé bien, elle dit qu'elle était nerveuse et qu'elle ne pouvait pas dormir, qu'elle a pris des somnifères. Elle était incapable de se concentrer. Elle a dit qu'elle ne s'était jamais sentie très stable nerveusement. Chaque fois qu'elle vivait quelque chose de nouveau, il fallait qu'elle aille voir des médecins, des psychiatres, etc. Et tout le monde lui disait qu'il fallait seulement qu'elle se repose. Mais son mari a eu le cancer pendant quinze ans, et puis sa fille aussi. Une belle fille, et elle est morte. Le problème, c'est que de temps en temps elle n'arrive plus à se souvenir des mauvaises choses, parce qu'elle ne *veut* plus s'en souvenir. Elle dit qu'elle n'a jamais parlé de ces choses à ses enfants. Son mari en a peut-être parlé quand il était encore en vie, mais elle a connu des choses tellement horribles qui ne peuvent pas être...

Ewa, qui avait traduit tout cela simultanément, attendait la fin de la phrase, mais la voix de Klara s'est éteinte. Au bout d'un moment, elle s'est remise à parler.

Beaucoup de gens sont partis se cacher, mais mon mari et moi sommes restés le plus longtemps possible dans cet endroit où ils avaient mis tous les Juifs, l'*Arbeitslager*, après que tous les autres sont partis – nous avons fui dans la forêt bien après Dyzia, Meg et les autres.

Nous avons hoché la tête et essayé de rendre visible sur nos visages la compassion que nous éprouvions pour sa douleur.

Ewa a ajouté, Elle dit que c'était vraiment agréable de vous rencontrer et qu'elle va appeler Meg pour le lui dire.

Aucun des autres survivants que nous avions rencontrés n'avait parlé aussi ouvertement de l'angoisse psychologique qu'ils avaient éprouvée à la suite de leurs épreuves pendant la guerre, et j'avais envie de dire quelque chose qui réconforterait Klara. J'ai dit à Ewa, Dites-lui que nous sommes très reconnaissants, dites-lui que chaque petite chose est importante et a du sens pour nous.

Par exemple, ce qu'elle nous a dit de l'apparence physique de Ciszko Szymanski...

Alors qu'Ewa traduisait, Klara l'a interrompue. Est-ce que Meg vous a dit à quoi ressemblait Ciszko Szymanski ? voulait-elle savoir.

Matt et moi avons échangé de grands sourires et je me suis lancé dans le récit de la façon dont Meg avait refusé de parler de Ciszko. J'ai raconté la plaisanterie de Meg : *Je n'ai rien vu ! Je n'ai rien su !* Matt a éclaté de rire quand j'ai fini de raconter l'histoire. J'ai été frappé de voir à quel point Klara était préoccupée de savoir ce que nous avions appris de Meg et si ces informations données par Meg recoupaient les siennes.

Klara a dit, Je ne sais pas grand-chose à son sujet, seulement qu'il voulait la sauver. Et qu'il est mort à cause de ça. Alors pourquoi ne veut-elle pas vous en parler ?

Elle s'est interrompue un instant, puis elle a dit, Meg est prudente pour chaque mot qu'elle prononce. Dyzia, Dyzia Lew, une de mes camarades d'école, ma meilleure amie, elle est très malade à présent, mais c'est une femme très ouverte, elle vous parlera.

J'ai dit, Oui, nous allons lui parler jeudi. Je me suis tourné vers Matt et je lui ai dit, C'est bon à savoir, pour Dyzia Lew.

Klara a dit, Quand vous la verrez, dites-lui que je lui souhaite plein de bonnes choses et une longue, longue vie.

CE N'EST QUE LE LENDEMAIN, dans un restaurant italien bruyant, que Klara, avec son superbe petit-fils à ses côtés, a finalement raconté son histoire.

Il est apparu clairement, dès le moment où nous sommes arrivés, que la présence de Jonathan apaisait et revigorait à la fois Klara. Elle était animée et bavarde, et pendant le déjeuner, elle a spontanément proposé de nous raconter la totalité de ses expériences pendant l'Occupation, ce qu'elle a fait d'une voix lente, attendant que Jonathan, qu'elle regardait avec adoration, traduise chacune de ses phrases. Nous étions tous assis autour de la table et Klara parlait : du bombardement quand les Allemands ont envahi le pays pendant l'été 41, de la première *Aktion*, de la confrontation silencieuse et

677

terrifiante avec l'Allemand et le berger allemand, lorsque sa famille et elle s'étaient cachées des Ukrainiens et des Allemands à la poursuite de leurs victimes. De la façon dont elle et son mari, Jakub, *Yankel*, avaient prévu dès le début ou presque de s'échapper ; des mois horribles passés dans le camp de travail, en attendant le moment opportun. De sa fuite à lui, en premier, de Bolechow jusqu'au village de Gerynia, de sa terreur à elle, lorsqu'elle l'avait suivi, le lendemain. De la cachette qu'ils avaient dû abandonner lorsque la femme du fermier qui les cachait les en avait chassés, craignant – non sans raison – pour sa propre vie et pour celle des membres de sa famille. De la seconde cachette, sous le plancher de la grange.

À quoi ressemblait la cachette ? ai-je demandé. Depuis Sydney, depuis que l'histoire de Frydka et de Ciszko avait envahi mon imagination, je m'étais demandé à quoi ressemblaient en réalité ces cachettes. Comme je ne saurais jamais avec certitude où Frydka – et Shmiel, sans doute – s'était cachée, j'étais curieux de me faire une image, de connaître les détails concrets, de ce que cela avait pu être. Klara a parlé pendant une minute ou deux, essayant d'expliquer comment était disposée la cachette dans laquelle elle avait vécu pendant près d'un an, sous terre. Soudain, elle s'est emparée d'une serviette en papier, a emprunté le stylo de son fils et a dessiné un plan qu'elle a poussé devant moi pendant qu'elle commençait à expliquer.

Voici l'étable, a traduit Marek. Et ça, c'est l'entrée de la cave. Ça, c'est la cave. De la cave, on pouvait aller sous l'étable en passant sous le plancher. C'était comme une porte secrète. Dans le coin, il y avait une porte secrète qui conduisait jusqu'au cellier. Il y avait quatre personnes qui y vivaient.

Marek s'est interrompu et Klara a dit dans ma langue, Moi, mon mari, le frère de mon mari et l'ami de mon mari.

De nouveau, j'ai ouvert la bouche pour demander des informations sur ce frère – je ne connaissais toujours pas son nom –, mais Klara avait déjà recommencé à parler rapidement en polonais.

Quand ils voulaient dormir, a dit Marek, l'un d'eux devait rester debout parce qu'il n'y avait de la place que pour trois personnes allongées.

J'ai une peur bleue des espaces petits et fermés. J'ai frissonné. OK, ai-je dit au bout d'un moment, ils sont donc dans ce cellier, mais de quoi parlent-ils, que projettent-ils de faire pendant tous ces mois ?

Jonathan a transmis la question et Klara s'est alors lancée dans une déclaration qui semblait lui tenir à cœur. Lorsqu'elle a terminé, Jonathan s'est tourné vers moi.

La femme du fermier leur apportait de la nourriture, a-t-il dit. C'étaient des gens très gentils. Ils avaient deux filles, dont l'une s'appelait Hanushka. Et elles avaient sept et neuf ans. Toutes les deux allaient à l'école. En secret, ma grand-mère apprenait les mathématiques à l'aînée. Mais cela a fini par créer un problème, parce que, rapidement, la petite fille a su beaucoup plus de choses que les autres élèves et la maîtresse a commencé à poser des questions.

Je me suis dit, Même la générosité pouvait être mortelle.

Jonathan a continué, Mais le père de la fille était très intelligent. Il a raconté à la maîtresse qu'ils avaient un oncle qui séjournait chez eux et que c'était avec lui que leur fille apprenait tout ça.

Il a ajouté, La petite fille allait dans la forêt leur chercher des myrtilles et des mûres.

J'ai pensé, *Les premières fraises de la saison*, mais j'ai dit, N'a-t-elle jamais été inquiète du fait que ces petites filles connaissaient leur existence ? Qu'elles pourraient les trahir sans le vouloir ?

Jonathan a adressé ma question à Klara et s'est tourné ensuite vers moi pour dire, Non, non, non, elle adorait ces deux petites filles. Elle n'avait pas peur.

Klara a ajouté quelque chose et il a dit, Elle a essayé de leur écrire après la guerre, mais elle n'a jamais reçu de réponse.

Klara ne cessait de parler. Elle a dit qu'ils étaient restés terrés dans leur cachette jusqu'à ce que les Soviétiques libèrent la région au cours de l'été 1944. Elle a dit qu'ils se sentaient comme des animaux, qu'ils vivaient comme des animaux, *avec* des animaux. Elle a dit qu'elle ne trouvait pas les mots pour dire ce que c'était que de vivre dans un trou avec des rats qui couraient partout, pendant des mois. Elle a dit que c'était un miracle qu'ils aient survécu, parce qu'on pouvait être tué à tout instant : si ce n'étaient pas les Allemands, c'étaient les Ukrainiens.

Klara a ensuite parlé de l'effet que cela leur avait fait de retourner à Bolechow, une fois la ville libérée par les Soviétiques, comment elle et d'autres survivants avaient retrouvé le chemin d'une maison en ville – elle pensait que c'était peut-être celle de Meg Grossbard – et s'y étaient raconté leurs histoires. (De combien de personnes parle-t-elle ? ai-je demandé. Vingt, trente ? et Klara a répondu, Peut-être dix.) Comment elle avait essayé de travailler dans un hôpital juste après la guerre, mais s'était sentie trop faible pour porter quoi que ce fût. Comment elle n'avait pas longuement séjourné à Bolechow à la libération, parce que, a-t-elle dit, J'avais tout perdu, tout était perdu. Et donc son mari et elle étaient partis pour toujours et, contre toute attente, avaient prospéré en Pologne, même sous le régime communiste. Et puis ils étaient venus là, en Suède.

Lorsqu'elle a terminé son récit, j'ai demandé à Jonathan comment il se sentait, maintenant qu'il connaissait toute l'histoire. Il a dit, Je trouve que c'est assez étonnant – je ne pensais pas que ça avait duré aussi longtemps et que c'était aussi compliqué. Dans ma tête, je me disais qu'ils s'étaient cachés et puis qu'ils étaient ressortis. Je n'avais pas, je n'avais pas… Je n'avais pas pensé à tous ces petits *détails*.

J'ai hoché la tête et dit, Oui, les détails, c'est ce que nous cherchons si ardemment, nous aussi.

Matt a dit, Il faut imaginer ce que c'est que de vivre dans un endroit pas plus grand qu'une douche pendant onze mois – c'est difficile à envisager.

Jonathan a hoché la tête. Je connaissais quelques trucs, a-t-il dit, mais je ne savais pas à quel point ça avait été horrible.

J'ai dit, Euh, je suis sûr que nous n'avons pas entendu les choses les plus horribles. Quoi qu'elle ait pu dire, je suis certain qu'il y a eu bien pire.

À cet instant précis, Marek s'est penché vers Matt et moi et nous a dit quelque chose à voix basse, sur le ton de la confidence. Nous l'avons écouté et puis j'ai dit, Oh, mon Dieu !

L'HISTOIRE DE KLARA avait donc été racontée, finalement. En la regardant contempler Jonathan, je ne me faisais guère d'illusions sur le fait que sa décision de raconter tout ce qui s'était passé dans l'ordre dans lequel cela s'était passé – ou presque – n'avait pas grand-chose à voir avec moi. C'était, de toute évidence, pour Jonathan qu'elle l'avait fait : pour ce jeune homme intelligent et sérieux qui m'avait dit, au moment où nous prenions place autour de la grande table ronde, qu'il savait trop peu de choses sur ce que sa grand-mère avait vécu. Dans un anglais sans accent qu'il parlait presque couramment, il avait dit, Je ne connais que des fragments, pas toute l'histoire.

Nous étions donc allés en Suède, comme nous avions promis que nous le ferions à une Meg incrédule. Et pourtant nous n'avions toujours que des fragments d'une histoire qui, cela devenait patent, ne serait jamais complète. *Elle ne veut rien dire dans un sens ou dans l'autre*, avait dit Ewa, lorsque nous avions demandé à Klara laquelle des deux versions incompatibles de l'histoire de Frydka lui paraissait la plus plausible, celle où elle s'était enfuie chez les partisans ou bien celle où Ciszko l'avait cachée chez lui. *Enfin, elle pense que la seconde – avec le grenier et quelqu'un qui a prévenu les Allemands – est plus proche de la vérité. La première, celle des partisans, elle n'en a jamais entendu parler.*

Ce n'est qu'un an après mon retour à New York à la suite de ce voyage, un soir que je regardais l'enregistrement vidéo de cette interview pour la troisième ou quatrième fois, que je me suis rendu compte que je n'avais jamais parlé d'un grenier.

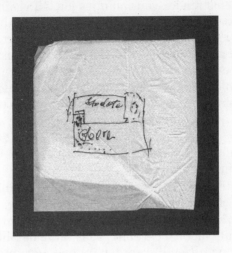

Comme je n'aime pas du tout retourner vers les endroits que je viens de visiter, c'était peut-être à cause de mon récent séjour en Israël ; ou à cause du voyage épuisant à Stockholm ; ou encore à cause de la confession inattendue et franche de Klara du fait qu'elle avait souffert psychologiquement toute sa vie ; ou peut-être encore à cause de l'impression, après trois jours de conversation avec elle, qu'il n'y avait plus grand-chose à apprendre ; peut-être que ce sont toutes ces raisons qui ont donné à notre semaine en Israël une aura de mélancolie.

Il y avait aussi une autre raison, raison que nous ne pouvions pas savoir avant d'atterrir à l'aéroport Ben Gourion et d'arriver à notre hôtel. Après que

Matt et moi nous sommes installés dans nos chambres, la première chose que j'ai faite a été d'appeler Shlomo : je voulais avoir la confirmation de nos différents rendez-vous pour les jours à venir, qu'il avait organisés si diligemment, comme d'habitude. C'est à ce moment-là qu'il m'a appris que Dyzia Lew était retournée en Biélorussie quelques jours auparavant seulement.

Quoi ? J'étais furieux, mais j'ai essayé de ne pas le montrer. Nous avions organisé tout ce voyage pour qu'il coïncide avec le séjour de Dyzia en Israël.

Que s'est-il passé ? ai-je demandé, en essayant de contrôler ma voix.

Le traitement ne marchait pas, a dit Shlomo. Alors elle est rentrée chez elle.

Il n'avait pas besoin d'ajouter, Pour mourir. De toute façon, ce n'était pas la faute de Shlomo. Il n'y avait rien d'autre à faire que de continuer. J'ai donc tenu ma langue et nous avons examiné l'itinéraire qu'il avait organisé. Mais une certaine tristesse pesait plus que jamais sur ce séjour.

Elle était présente quand nous sommes retournés à Beer-Sheva pour photographier Shumek et Malcia Reinharz. Une nouvelle fois, Malcia avait préparé un énorme repas ; une nouvelle fois, nous nous sommes assis pour bavarder, et elle a souri et parlé dans son anglais maladroit et convaincant à la fois, et nous avons été gavés de nourriture. Une nouvelle fois, Malcia nous a fait part de ses souvenirs, pour le compte de Matt, cette fois-ci : Shmiel était *toyb*, sourd, Ester avait *une si jolie paire de jambes* ! Elle n'avait connu que deux filles, ils formaient une famille si gentille et si belle. Mais, cette fois, elle avait l'air, elle aussi, d'être abattue : elle était d'une humeur beaucoup plus pensive que lorsque je l'avais interviewée en juin, et elle avait tendance à finir ses phrases par un petit soupir. Elle continuait à se souvenir de choses nouvelles, sans aucun ordre particulier. Elle s'était souvenue, par exemple, des jeux de cartes auxquels jouaient ses parents ; le gin-rummy, le soixante-six, un jeu appelé *Der Rote König*, le Roi Rouge. Les films qu'ils allaient voir autrefois, le samedi après-midi, quand ils prenaient les fauteuils les plus chers, au troisième rang, avec l'avocat, M. Reifeisen, qui était myope et qui s'était – je l'avais appris, mais pas par Malcia – pendu à une poutre dans son bureau, peu après l'arrivée des Allemands. Les films de Greta Garbo, se souvenait Malcia, de Jeanette MacDonald ! Elle se souvenait de Bruckenstein, le restaurant qui appartenait à un pianiste aveugle, lequel avait été contraint, pendant la première *Aktion*, à jouer des airs entraînants sur un piano placé sur la petite scène du Dom Katolicki, pendant que les hommes de la Gestapo arrachaient les yeux du rabbin Landau et obligeaient l'autre rabbin, Horowitz, à monter sur cette scène pour se coucher sur une jeune fille nue et terrifiée, pendant que la cousine de ma mère, Ruchele, écoutait, recroquevillée et tremblante de peur, quelques heures seulement avant que sa courte vie prît fin. Elle se souvenait que les habitants de Bolechow avaient l'habitude de se promener partout, jusqu'à Morszyn, dans les forêts où ils ramassaient des... *Erdbeeren ?*

Des fraises, ai-je dit.

Des fraises, a-t-elle dit en prononçant lentement le mot, *und Blaubeeren*…

Des myrtilles, ai-je dit.

Des myrtilles, a dit Malcia. Des fraises, des myrtilles ! Elle a éclaté d'un rire joyeux, et brusquement elle est redevenue triste. Oh, c'était bien, c'était bien. C'était *la vie*. C'était comme ça et cela ne le sera plus jamais.

Seize ans demain, jamais, jamais fêtés
Jusqu'au temps des cerises pendant aux pommiers.

C'est à ce moment-là que Shumek Reinharz a dit qu'il voulait nous montrer quelque chose que Matt aimerait peut-être photographier. Il s'est levé lentement de la table de la salle à manger pour aller chercher quelque chose dans sa chambre. Malcia est allée dans la cuisine et elle en est revenue avec un énorme strudel aux pommes qu'elle avait fait elle-même. Matt bricolait avec son appareil photo et j'ai profité de la pause dans la conversation pour annoncer à Malcia que Matt venait d'être classé parmi les dix meilleurs photographes de mariage du pays. Elle a émis des petits bruits de ravissement, alors que Shumek revenait dans la pièce et me tendait une liasse de papiers jaunis. Je les ai pris soigneusement, délicatement : je sais combien le vieux papier peut être fragile. Une carte, de la taille d'un passeport à peu près, était tamponnée d'un svastika, sur laquelle on lisait en lettres capitales, PASSIERSCHEIN. C'était, je l'ai immédiatement reconnu, le sauf-conduit qui lui avait permis, en tant que « travailleur utile », de circuler dans les rues de Bolechow sans se faire tuer. À l'intérieur, il y avait un grand *W* et je me suis souvenu de ce que Jack et Bob m'avaient raconté à Sydney sur la façon dont la main-d'œuvre était divisée en *R* et en *W*. Et je me suis souvenu aussi de la façon dont Bob et Meg s'étaient disputés sur la signification à donner à la lettre *W*. J'ai tourné ce papier dans mes mains et Shumek m'a regardé et a dit, *Wehrmacht !* *Wehrmacht !*, tout en pointant le doigt vers sa poitrine. C'était à la fois bizarre et exaltant d'avoir en main un objet concret, lié à ce qui n'avait été jusqu'à présent qu'une histoire. Je me suis souvenu de cette journée en Ukraine, deux ans plus tôt, lorsque Matt avait aperçu la pierre tombale sur laquelle était écrit le nom de JÄGER et qui s'était révélée être celle de Sima Jäger, la parente de mon grand-père, dont j'avais entendu parler grâce à mes recherches sur Internet depuis des années, mais qui ne m'avait pas paru réelle jusqu'à ce moment précis.

J'ai tendu le *Passierschein* à Matt, qui l'a placé sur la table et l'a photographié plusieurs fois. Mais c'est le document suivant que m'a passé Shumek qui m'a fait retomber dans la tristesse qui semblait coller à ce séjour en Israël. Chaque année, a expliqué Shumek par l'intermédiaire de Malcia, afin de continuer à recevoir des dédommagements du gouvernement allemand, il devait présenter ce document. J'ai parcouru du regard les lettres allemandes sur cette feuille de papier. Elle stipulait que Solomon Reinharz avait subi certaines privations et spoliations pendant l'Occupation allemande de Bolechow, qui avaient provoqué chez lui un état permanent de *Panik, Angst, Spannung.*

Je me suis tourné vers Matt et j'ai traduit. *Panique, peur, tension.*

Malcia a dit, Tous les ans, il doit présenter ce certificat pour prouver qu'il est en vie !

Matt a fait un grand sourire et dit, Demande-lui comment il prouve qu'il est en vie !

Tout le monde a ri, mais derrière la plaisanterie rôdait une histoire sinistre et compliquée, et nous le savions tous. Peu après, Shumek, âgé de quatre-vingt-neuf ans, nous a emmenés dans sa voiture pour voir le magasin de chaussures que Malcia et lui avaient ouvert en 1950, et Matt a commencé à prendre des photos.

La tristesse pesait toujours, deux jours plus tard, quand nous sommes allés à Haïfa pour prendre des photos de Josef Adler.

Nous avions passé la première moitié de ce samedi chez Elkana pour une autre réunion familiale gigantesque, un déjeuner auquel un plus grand nombre encore que la dernière fois, semblait-il, de cousins germains, de cousins au deuxième et troisième degré, avaient pu venir. Cette fois, la sœur d'Elkana, Bruria, était venue de Haïfa. C'était une femme à la charpente délicate, aux cheveux noirs coupés à la page. Elle avait apporté l'album de photos légendaire de sa mère, celui à propos duquel, trente ans plus tôt, pendant le voyage de mes parents en Israël, ma mère en pleurs s'était exclamée, *Oh, Daniel, tu devrais voir les photos que possède Tante Miriam, la photo de mariage de Tante Jeanette, sa robe est entièrement en dentelle !* Mais maintenant, assis dans la salle de séjour d'Elkana, en regardant enfin l'objet de légende, je me rendais compte que chaque photo – ou presque – qui s'y trouvait, à l'exception de cette photo de mariage (qui, naturellement, ne pouvait pas suggérer les tragédies et les drames qui avaient conduit à ce mariage-là), était un double d'une photo que nous avions déjà à New York. Il était évident que Shmiel avait envoyé à tous ses parents des copies des différentes photos de sa famille tout au long de ces années, exactement comme mes frères, ma sœur et moi le faisons aujourd'hui. À cette déception s'ajoutait la consternation que j'ai ressentie en passant en revue un certain nombre de photos anciennes, rognées, que je ne reconnaissais pas, sans la moindre légende ou inscription, dont une très ancienne d'un homme à l'allure edwardienne qui, ai-je pensé follement, pouvait être mon arrière-grand-père Elkune Jäger. Quand j'ai montré ces images mystérieuses à Bruria, dont l'anglais était aussi limité que mon hébreu pour la conversation, elle a secoué la tête tristement et haussé légèrement les épaules. Tous ceux-là, me suis-je dit, en regardant ces visages muets, tous ceux-là sont absolument perdus, impossibles à connaître.

Je me suis aussi aperçu, en regardant le célèbre album de Tante Miriam, que mon grand-père avait eu en sa possession bien plus de photos de la famille de Shmiel que n'en avait eu Oncle Itzhak, apparemment. Il m'est venu à l'esprit deux explications possibles : la première, c'était qu'Oncle Itzhak, ayant vécu et travaillé avec Oncle Shmiel, n'avait pas besoin d'avoir des souvenirs de son frère aîné ; la seconde, c'était qu'Oncle Itzhak étant parti pour la Palestine entouré d'un parfum de *Skandal !*, les deux frères n'avaient plus été en relation par la suite. En m'asseyant sur le sofa d'Elkana, tout en réfléchissant à ces questions, une phrase d'une lettre de Shmiel m'est revenue en mémoire : *Qu'est-ce que le cher Isak vous écrit de Palestine ?* Je n'avais jamais demandé jusqu'à présent pourquoi Shmiel, en Pologne, avait à demander des nouvelles d'Itzhak, en Palestine, à mon grand-père, qui était à New York. En même temps, Shmiel appelle Itzhak *der liebe Isak*, « le cher Itzhak », et donc à quel point étaient-ils vraiment brouillés ? Impossible à savoir.

Après en avoir terminé avec l'album, nous sommes allés dans la grande salle de réception pour déjeuner. Une fois encore, le repas a commencé avec un toast d'Elkana, qui s'est lentement levé, en me regardant avec ses yeux plissés de pacha, ce regard amusé et informé qu'il adoptait pour faire ses déclarations en matière de politique, cet air arrogant et sûr de soi dont je me souvenais depuis l'enfance, ou pour vous dire adieu – *Ils vont le trouver à Tikrit ! Allez, adié !* –, a dressé le sourcil en même temps qu'il a levé son verre et dit, *L'chaim et au livre de Déniel, il doit le finir déjà et puis révénir en Israël juste pour nous voir et pas pour toujours nous interviewer !* Une fois encore, deux douzaines de personnes environ, avec qui je n'avais rien en commun pour la plupart, ni la géographie, ni la langue, ni la politique et ni la personnalité, à part une série de gènes qui étaient, alors même que nous étions assis ensemble, dilués un peu plus à chaque génération, se sont assises pour un énorme repas de poisson frit et de *chulent*, de *tsimmes* et de *kasha varnishkes*, le genre de nourriture que les jeunes Israéliens, m'a dit mon cousin Gal en se penchant vers moi, qualifient de « polonaise », non parce qu'elle est polonaise, mais parce que « polonais » est le mot qu'ils emploient, avec une dose infime d'ironie sans doute, pour se référer aux coutumes et aux mœurs de ce que, dans ma famille, nous appelons le « Pays d'Autrefois », ce qui correspond à peu près à toute l'Europe juive, de l'Allemagne à la Sibérie. Oh, parfois, elle est tellement *polonaise* ! m'a dit ce même cousin, avec affection, à propos de sa mère qui le couve, Anat, ma cousine au second degré : la petite-fille d'Itzhak, *Isaac*, tout comme je suis le petit-fils d'Avrumche, *Abraham*.

C'est Anat et son mari, Yossi, qui, après que cette grande réunion s'est achevée dans les embrassades et les baisers, certains sincères, d'autres simplement polis, nous ont emmenés de Tel-Aviv à Haïfa, où nous attendait Josef Adler. En roulant vers le nord depuis la résidence d'Elkana, où Matt s'était arrêté après le déjeuner pour prendre quelques photos de famille, de *la famille*, Matt et moi avons parlé du désastre de Dyzia Lew et de la question de savoir s'il était possible, ou même souhaitable à ce point, de s'envoler pour Minsk et de l'interviewer.

En fait, je l'ai déjà interviewée, ai-je dit, en essayant de le convaincre autant que de me convaincre moi-même. Quel est l'intérêt ? Elle m'a avoué qu'elle ne les connaissait pas bien, qu'elle ne connaissait pas du tout Shmiel et Ester, qu'elle avait seulement connu Frydka et pas intimement. Et franchement, cette histoire de Frydka enceinte de quelqu'un d'autre ne m'inspire pas vraiment confiance, je dois dire. Alors est-ce que ça vaut le coup de se traîner jusqu'à Minsk pour voir cette femme ?

J'ai ajouté, après un silence, D'après ce qu'on me dit, Biélorussie…! l'Ukraine, à côté de la Biélorussie, c'est *Paris*.

Nous nous sommes garés devant la maison de Josef Adler dans une petite rue tranquille sur une colline de Haïfa. Un enfant jouait seul près d'un panneau de parking ; une brise fraîche du soir poussait un gobelet en papier le long de la rue. Quelques mois plus tôt, Josef m'avait dit, quand je l'avais appelé pour obtenir son adresse, qu'il y avait eu un attentat-suicide terrible dans son quartier. Un bus avait explosé. Mais à présent tout était calme. En dehors de cet enfant, il n'y avait pas une âme en vue. Cette semaine-là, j'ai remarqué que les journaux et les télévisions ne faisaient mention d'aucune violence ; la grande nouvelle dans la

692

presse concernait les tentatives des descendants de la famille Wertheim, les Juifs les plus riches de Berlin autrefois, pour obtenir des dédommagements pour les biens immenses dont les nazis les avaient spoliés, y compris le terrain sur lequel avait été construit un nouvel ensemble de bureaux du Bundestag, le Parlement allemand, inauguré le jour où nous étions arrivés à Tel-Aviv. LES FONDATIONS INSTABLES DU BUNDESTAG, titrait *Haaretz*, le jour où nous avions rendez-vous avec Josef Adler.

Nous sommes arrivés devant la porte d'entrée où nous attendait Josef. Cette fois encore, il était sobrement vêtu d'une tenue presque militaire. Mais cette fois – en partie parce qu'il était dans le confort de sa maison et en partie à cause de la présence de sa femme, Ilana, une brune mince et très jolie, qui faisait beaucoup moins que son âge et dont la voix avait, comme souvent chez les femmes israéliennes, ce timbre un peu âpre très séduisant, cette note qui faisait penser à de l'écorce d'orange –, cette fois, il avait l'air plus détendu, plus expansif qu'il ne l'avait été six mois plus tôt, quand il m'avait fait le récit détaillé, rapide et froid comme un historien, de l'Occupation à Bolechow. Une fois les présentations faites, nous nous sommes assis autour d'une table basse et Ilana a apporté une cafetière et un énorme plat en cuivre couvert de fruits frais et secs : oranges, dattes, figues. Nous avons bu le café amer et mangé les fruits, et nous avons parlé.

Pour Ilana, j'ai décrit de nouveau ce qu'était notre projet et ce que nous espérions pouvoir réaliser. Comme quelque chose me séduisait dans ce couple, j'avais envie de dire à Ilana une chose qui lui plairait et serait vraie. Après avoir présenté notre projet pendant une vingtaine de minutes, j'ai dit, Je dois vous dire que j'ai été très heureux de parler à M. Adler, la dernière fois que j'étais ici. J'ai continué en disant combien j'avais été touché par le fait qu'il avait fait le trajet de Haïfa jusqu'à ma chambre d'hôtel de Tel-Aviv pour venir me parler. J'ai dit combien il était important que les gens soient aussi disponibles, aussi généreux avec leurs souvenirs. J'ai expliqué comment, dans certains cas, il fallait plus d'une interview pour établir un véritable contact avec les gens. J'ai souri quand j'ai raconté comment il m'avait fallu appeler Meg Grossbard tous les jours, quand nous étions à Sydney, pour essayer de la persuader de nous parler, et combien elle avait été adorable et enthousiaste finalement lorsque nous l'avions rencontrée dans le petit appartement de son beau-frère. Et cependant, même à ce moment-là, ai-je ajouté, elle avait été très réticente à l'idée de parler de la guerre, de dire quoi que ce fût concernant sa famille.

Josef, de l'autre côté de la table, m'a regardé droit dans les yeux et a dit, Elle avait une bonne raison pour ça.

Matt et moi avons échangé un regard troublé, et Matt a demandé, Et quelle était cette raison ?

D'une voix posée, Josef a dit, Son frère était membre de la police juive, et il n'avait pas très bonne réputation à cause de ça.

Matt et moi nous sommes regardés. *Je n'ai rien su*, avait plaisanté Meg. *Je n'ai rien vu*. J'ai pensé à Anna Heller Stern qui, lors de ma dernière visite, avait dit qu'elle avait plus peur de la police juive que de n'importe qui d'autre. J'ai pensé aussi combien il est plus facile, souvent, d'être cruel avec ceux qui sont véritablement nos proches, avec ceux que nous connaissons intimement. Caïn et Abel, avais-je pensé en écoutant Anna. Frères, me suis-je dit. Peut-être que Ciszko Szymanski n'était pas la seule personne dont Meg ne voulait pas se souvenir.

Comment s'appelait-il ? avons-nous demandé en même temps.

Lonek, a dit Josef.

Pas une très bonne réputation ?

Josef a pris un ton philosophique. Euh, vous savez, c'est très difficile aujourd'hui de juger ces choses-là.

J'ai fait un grand geste de la main. Je ne juge *pas* ! Je ne juge *personne*, ai-je dit. Et c'était vrai. Parce qu'il est impossible de savoir certaines choses, parce que je ne ferai jamais l'expérience des pressions que certaines personnes ont subies pendant les années de guerre, des choix inimaginables qu'il a fallu faire, en raison de tout cela, je refuse de juger. Pourtant, une pensée nouvelle germait pendant que j'étais assis là à manger des dattes et des figues : toutes ces années passées à ne rien savoir de Shmiel et du reste avaient fait naître en moi un formidable désir de connaître les faits, les dates, les détails ; et cependant, il ne m'était jamais venu à l'esprit que les faits, les dates et les détails que j'apprenais pourraient un jour constituer quelque chose de plus que des entrées dans un glossaire ou des éléments dans une histoire – qu'ils pourraient un jour m'obliger à juger les gens.

J'ai dit, Je veux souligner que mon propos n'est pas de juger. Je ne juge personne. Je ne peux pas être en 1942, je ne sais pas ce que c'était, les gens ont fait ce qu'ils ont fait, ils étaient soumis à des pressions et à un stress inimaginables.

Josef a dit, C'est compliqué. Il y avait des gens dans la police juive qui étaient bien, et d'autres qui n'étaient pas bien.

J'ai dit, Bien sûr que c'est compliqué.

Josef a soupiré et dit, Dans le cas de Lonek Ellenbogen...

(le nom de jeune fille de Meg, je le savais, était Ellenbogen, ce qui veut dire *coude* en allemand, un nom qui peut vous paraître incroyablement bizarre, tant que vous n'avez pas fait la moindre recherche sur la banque de données de jewish-gen.org dans les archives juives de Pologne, où vous pouvez tomber sur un nom aussi courant que Katzellenbogen, *coude du chat*)

... dans le cas de Lonek, c'était comme ça. Nous étions, Shlomo et moi, dans ce camp de travaux forcés. Le cousin de Shlomo, Moishele, avait été amené du ghetto de Stryj. Il s'est retrouvé avec nous. Mais le jour où ils ont décidé de liquider le ghetto de Stryj – à Stryj –, ils ont aussi arrêté des gens qui avaient été envoyés *depuis* Stryj *à* Bolechow pour travailler dans le camp de travaux forcés.

À Sydney, des mois auparavant, Jack Greene m'avait raconté une histoire à propos de Dolina, la ville natale de mon arrière-grand-mère, un endroit où le mémorial de la Seconde Guerre mondiale, parce qu'il a été érigé par les Soviétiques, ne fait aucune mention du fait que les gens qui sont enterrés dans la fosse commune située derrière ce qui était la synagogue de la ville autrefois – une église baptiste, aujourd'hui – étaient des Juifs. Même après plusieurs *Aktionen* à Bolechow, avait-il dit, la voix remplie d'une certaine perplexité, même au bout de deux ans d'occupation, alors que les Allemands avaient massacré quatre ou cinq fois à Bolechow, les Juifs de Dolina restaient épargnés. Cela, m'avait dit Jack, avait troublé et enragé les Juifs survivants de Bolechow, qui pensaient que le Judenrat de Dolina faisait quelque chose que ne faisait pas le Judenrat de Bolechow. Et puis, avait poursuivi Jack, une nuit, les Allemands étaient venus et avaient liquidé l'ensemble de la ville de Dolina d'un coup. Toute la ville ! C'est la façon de procéder, la logique, des Allemands, je ne sais pas comment l'appeler. À présent, en écoutant à Haïfa Josef Adler parler de l'*Aktion* de Stryj, je me disais, C'était pareil là aussi : liquider les Juifs de Stryj ne signifiait pas simplement tuer les Juifs qui se trouvaient à Stryj. Logique allemande.

Donc, a continué Josef, Lonek est arrivé avec les Allemands, les baraquements ont été encerclés par les SS et la police juive, et Lonek est entré et il a reconnu Moishele. Il a dit, Moishele, tu dois nous suivre. Et Moishele a dit : Aie pitié de moi, tu me connais. Et Lonek a répondu, Tu dois nous suivre, c'est ton devoir.

Josef a jeté un coup d'œil vers moi.

Vous comprenez, Lonek était convaincu d'accomplir une sorte de devoir très important qu'il ne pouvait pas refuser. Et les autres avaient aussi leur devoir à accomplir... Et Moishele a été emmené au *Rynek* et ils l'ont fusillé.

Nous avons écouté dans un silence absolu. Puis Matt a dit, Qu'est-ce qui est arrivé au frère de Meg – à ce Lonek ?

Josef a dit, Il a été tué dans le cimetière, lui aussi. Il avait essayé de s'enfuir, mais je ne me souviens pas si c'était le même jour ou si c'était plus tard. Non, c'était plus tard. J'en ai seulement entendu parler. Tout d'abord, ils ont dû les arrêter, et puis ils les ont emmenés le long de la rue Shevska, Schustergasse, et ils avaient une sorte de discipline militaire, ils les avaient fait mettre en rang...

Sa voix s'est éteinte et puis il a dit, Ah, que c'était étrange !

En Ukraine, nous avait raconté Olga, *Ils les faisaient marcher en rang, deux par deux, le long de cette rue jusqu'au cimetière. Le bruit des coups de feu a duré tellement longtemps que ma mère a descendu sa vieille machine à coudre...*

Et Lonek Ellenbogen, il a essayé de s'échapper, il a essayé d'escalader le mur du cimetière – le mur n'existe plus aujourd'hui – et il a été abattu. Et quelqu'un a raconté à Shlomo comment ça s'était passé.

Josef avait terminé et Matt, articulant une de mes pensées non dites, a déclaré, Si vous étiez dans la police juive, peut-être que vous vous disiez, naïvement sans doute, Puisque je suis dans la police juive, je serai mieux traité ?

C'est compliqué, a répété Josef. En tout cas, après tant d'années, Meg n'est pas responsable après tout.

J'ai pensé à Meg, à sa fierté, à son acuité fascinante, à son oscillation entre la tendresse et la dureté, et pendant un bref instant, j'ai failli pleurer. Elle avait sûrement toujours su les histoires que nous entendions pour la première fois ce jour-là, et tout aussi sûrement, je m'en rendais compte maintenant, elle avait dû être terrifiée que nous les découvrions. Terrifiée que nous puissions juger son frère, un garçon de... quoi ? une vingtaine d'années, qui avait cédé à des pressions qu'aucun gamin américain ou australien de dix-neuf ou vingt ans aujourd'hui ne pourrait même concevoir. Il avait fanfaronné, pensé qu'il faisait quelque chose d'important en refusant de laisser s'enfuir un vieil ami. Elle avait été terrifiée que nous puissions le juger. Non, ai-je pensé : terrifiée que nous puissions *la* juger. J'ai secoué la tête et j'ai dit à Josef, Non, non, j'essaie simplement de comprendre la psychologie – Meg se souvenait de beaucoup de choses, mais de rien en ce qui la concernait pendant la guerre ! Comment elle avait survécu, c'était son histoire : rien. C'était une sorte de trou noir.

Ilana, qui était restée silencieuse pendant le récit de son mari et ma réponse, s'est mise à parler tout doucement. Elle a dit, Et je pense que le temps ne change rien à l'affaire, parce que nous n'oublions pas.

Je l'ai regardée. Il y avait quelque chose chez cette femme sombre et pensive que je trouvais très attirant : les opinions qu'elle exprimait me semblaient avoir le degré juste de complexité, un bel équilibre entre une rigueur non sentimentale et une humanité attendrie. Comme pour confirmer mon évaluation silencieuse, Ilana Adler a dit à ce moment-là, assez passionnément, le bras étendu comme pour embrasser l'ensemble de notre conversation, *Qu'est-ce que la mémoire ?* Qu'est-ce que *la mémoire* ? La mémoire, c'est ce dont on se souvient. Non, on change l'histoire, on « se la rappelle ». Une histoire, pas un fait. Où sont les faits ? Il y a la mémoire, il y a la vérité – on ne peut pas savoir, *jamais*.

Le moment était venu pour nous de repartir vers la gare. Matt, comme d'habitude, s'inquiétait du déclin rapide de la lumière et nous avons donc fini de boire nos cafés pour aller dehors et prendre des photos de Josef sous le panneau de parking, dont l'avertissement en hébreu, me suis-je dit avec un sourire, « faisait » Israël. Puis nous sommes montés dans la voiture de Josef. Au moment où nous nous sommes arrêtés à l'intersection de deux rues appelées *Freud* et *Wallenberg*, Josef s'est tourné vers moi et a prononcé une phrase, sans le moindre rapport avec ce dont nous parlions, qui pouvait être une explication, une justification, je n'en suis pas très sûr : Cela ne suffit pas d'être gentil avec les gens. À Bolechow, nous étions gentils avec les gens et cela ne nous a pas fait de bien.

INTENSIFIÉE ET ASSOMBRIE par des révélations déplaisantes, la tristesse était désormais attachée à nous, alors que nous nous dirigions vers notre ultime rendez-vous, le lendemain : l'appartement frais et obscur d'Anna Heller Stern. Encore un retour épuisant et mélancolique dans un endroit déjà vu.

Une fois encore, elle avait préparé un plateau très élaboré de pâtisseries et de gâteaux secs ; une fois encore, elle a tourné autour de nous en s'assurant que nous avions assez de Coca, assez de thé

glacé. Une fois encore, elle nous a raconté ce dont elle se souvenait à propos de Shmiel, d'Ester et des filles. Une fois encore, elle a relaté ce qu'elle avait entendu dire à propos de Frydka et de Ciszko. Cette fois, cependant, dans la mesure où Dyzia et Klara nous avaient donné leurs souvenirs de Ciszko et de Frydka, nous avons pressé Anna d'essayer de se rappeler à quoi ressemblait le garçon polonais.

Oui, a-t-elle dit, je me souviens de lui, naturellement. Il était lourd, pas très haut, et blond. *Blaue augen*.

Solidement bâti, ai-je supposé qu'elle voulait dire ; de taille moyenne et les yeux bleus. Jusque-là, les trois femmes étaient d'accord.

Il se cachait quelque part, a-t-elle ajouté spontanément, mais sans doute pas chez lui : sa mère l'aurait tué ! Il lui apportait de la nourriture. Et puis, quelqu'un les a dénoncés. C'est, du moins, ce qu'elle avait entendu dire.

Elle nous a donc tout répété, une fois encore. Elle nous a fait aussi partager les péripéties de sa vie clandestine qui, à la différence de celle de Frydka, s'est bien terminée. Une fois encore, elle a montré la photo du prêtre polonais qui lui a sauvé la vie en lui donnant des faux papiers. Une fois encore, elle a montré le faux certificat de baptême, celui qui lui avait donné le nom d'Anna qu'elle avait gardé depuis. Matt a pris une photo du document. ANNA KUCHARUK, lisait-on.

J'ai remarqué que la date de naissance sur le certificat venait de passer et, en souriant, j'ai dit que j'étais désolé d'avoir manqué le grand jour, si c'était bien la date réelle de son anniversaire. Anna a dit que oui, c'était bien son anniversaire. Elle venait d'avoir quatre-vingt-trois ans. Joyeux anniversaire ! avons-nous dit, tous en chœur.

Matt a voulu savoir ce qu'elle comptait faire de tous ces documents. Est-ce qu'ils iraient à Yad Vashem ?

Anna a répondu à Shlomo qui nous a dit, Oui, tout.

Puis, avec son animation d'extraverti, Shlomo s'est mis à nous parler sur un ton passionné, trébuchant sur l'anglais et faisant de grands gestes avec les mains.

Moi-même, j'ai donné tout à l'Holocaust Museum de Washington, je n'ai presque plus un original. Vous savez, je pense... je pense, quelle était la raison pour ma survie. C'était quoi ? Pourquoi des gens plus âgés que moi, plus intelligents que moi, mieux éduqués que moi n'ont pas survécu, mais moi je survis ?

Surfis.

Shlomo a repris son souffle et dit d'une voix plus posée, Je pense qu'il y a deux raisons : la première, c'est pour prendre ma revanche. Et la seconde, c'est pour dire, pour dire à qui veut bien entendre l'histoire de ce qui s'est passé.

Nous avons hoché la tête. Il a poursuivi.

Pendant des années, j'ai cru que cette vie n'était pas la vraie vie – que j'allais lever les yeux et que ma famille serait là. *Je ne voulais pas faire naître des enfants dans ce monde.* Quand j'étais marié, je ne voulais pas avoir des enfants ! Le grand changement s'est produit, je pense, quand j'ai fait le voyage en 96 à Bolechow, avec Jack et Bob, et les autres. Quand j'ai vu, quand j'ai vu que rien, rien n'était resté, ni nos maisons, ni rien de nos tanneries, rien n'était resté, même du jardin avec le bassin... OK, j'ai pensé, c'est ça : je ne peux pas retourner. Le passé ne peut pas revenir. Je dois l'admettre. Alors j'ai commencé à écrire.

Matt et moi avons hoché la tête, et j'ai dit que je comprenais très bien. Shlomo s'est tourné vers Anna et a traduit tout ce qu'il venait de dire en yiddish, et elle a dit quelque chose de très bref.

Shlomo nous a regardés.

Elle a dit que son mari disait autrefois que quiconque a traversé l'Holocauste et dit qu'il est complètement normal, ment. Ce n'est pas vrai.

De nouveau, Anna a parlé brièvement en yiddish.

Elle dit que pendant des années, elle a été sous traitement psychiatrique ; ses enfants savent qu'ils grandissaient dans une maison où il n'y a pas de bonheur. Vous savez, dans une maison triste, les parents ne peuvent pas être heureux, parce qu'ils ont ce passé. Et ils ont compris.

J'ai regardé Anna et j'ai essayé de montrer combien elle nous inspirait de la sympathie. J'ai été frappé, une fois de plus, de voir que tous les gens à qui j'avais parlé la dernière fois et qui m'avaient fait connaître tant d'histoires, tant de faits, m'offraient tout à coup, pour la première fois, ces confessions de leurs luttes avec l'angoisse psychologique, avec la peur, la panique et l'anxiété.

J'ai dit, Oui, bien sûr, j'en suis sûr. Pas un foyer heureux.

Le fils de Mme Begley avait dit un jour à propos de sa mère, *Quelque chose en elle a été brisé*, et lorsqu'il l'avait dit, j'avais pensé, Ceux qui ont été tués n'ont pas été les seuls qui ont disparu.

Anna a parlé une troisième fois, assez lentement pour que je puisse comprendre sans avoir besoin de la traduction de Shlomo. *Will fargessen, zol nisht fargessen, kann nisht fargessen.*

On veut oublier, mais on ne doit pas oublier, on ne peut pas oublier.

J'ai approuvé de la tête et je lui ai expliqué que c'était exactement la raison pour laquelle nous nous étions lancés dans ce projet de parcourir le monde et de trouver les survivants de Bolechow, afin de recueillir la moindre parcelle, la moindre pépite d'information concernant notre famille.

Elle nous a demandé où nous étions allés. Je lui ai dit que j'étais allé dans bien des endroits et pas seulement là où se trouvaient des anciens de Bolechow, mais ailleurs, dans des endroits où j'avais pu me faire une idée de ce qui s'était passé. Pas seulement l'Australie, mais aussi Vienne et Prague ; pas seulement Tel-Aviv, mais aussi la Lettonie, où j'avais rencontré le dernier Juif dans une petite ville à la périphérie de Riga, un homme qui s'appelait, curieusement, Mendelsohn – même si, du fait que les Mendelsohn dans ma famille n'avaient jamais parlé, du fait qu'il y avait si peu d'histoires, si peu de détails concrets sur la famille de mon père, ces Mendelsohn qui étaient venus de Riga en 1892, je n'avais aucun moyen de savoir si j'étais parent avec ce Juif de Riga du nom de Mendelsohn (c'était un homme aux cheveux blancs, au visage taillé à coups de serpe, qui, en dépit de ses quatre-vingt-dix ans, me dominait de la tête et des épaules et qui, après que nous lui avons demandé comment il traitait les vestiges d'antisémitisme dans ce pays maintenant qu'il était le seul Juif à haïr, était allé dans sa chambre pour en ressortir avec un fusil de chasse dans les mains). Pas seulement à Beer-Sheva, mais aussi en Lituanie, où les fosses communes dans la forêt de Ponar, où les Juifs de Vilnius pique-niquaient autrefois, s'étaient refermées sur une centaine de milliers de ces mêmes Juifs, couchés désormais sous les pelouses où ils s'étaient assis pour prendre du bon temps. Ce retour en Israël, ai-je dit à Anna, est notre dernier voyage, maintenant que nous sommes allés voir Klara Freilich en Suède.

Anna m'a regardé, puis elle a regardé Shlomo. Klara Freilich, a-t-elle dit, songeuse. *Klaahh-ra FREIIII-lich*. Sur le ton qu'on emploie pour dire, *Ahh-HAAAhhh*.

Shlomo a hoché la tête et dit, *Yankeles froh*. La femme de Yankel.

Anna a dit, *Yaw. Fun Yankele vill ikh nisht reydn*.

De Yankel, je ne veux pas parler.

Je l'ai regardée, sidéré. *Farvuss nisht ?* ai-je dit. Pourquoi pas ?

Elle m'a jeté un regard dur. *Farvuss ? Vayl er geveyn in di yiddisheh Militz*.

Je pensais avoir bien entendu et la traduction de Shlomo n'a laissé planer aucun doute.

Son mari était un *Yiddish poliziant*, a-t-il dit en me regardant avec un air sévère. Elle a dit qu'elle ne voulait pas parler de lui parce qu'il était dans la police juive. Et une *Akcja*, une *Aktion*, a été menée par la police juive.

Matt et moi nous regardions fixement. Je savais que nous avions la même pensée en tête : c'était comme une répétition de Haïfa. À présent, pendant que mon esprit repassait tout à grande vitesse, certaines choses qu'avait dites Klara – et certaines autres, je m'en rendais compte à présent, qu'elle n'avait pas dites – commençaient à me revenir en mémoire. Par exemple, le fait qu'ils étaient partis pour se cacher particulièrement tard, bien après tous les autres. Par exemple, le fait que pendant tout son récit des années de guerre, lors du dernier rendez-vous, elle n'avait jamais véritablement parlé de son mari décédé, avait seulement laissé supposer que ce qui était arrivé à elle était aussi arrivé à lui. L'angoisse atroce dans le camp de travail, l'attente intolérable de la nuit de leur fuite. Tout en fouillant dans mes souvenirs, j'ai dit, Alors quand la police juive participait à ces actions, elle faisait... tout ce que...?

Shlomo a dit, avec une emphase surprenante, Ils venaient, ils vous arrêtaient, si vous aviez de l'argent, vous le leur donniez, ils vous emmenaient. Ils croyaient que tout le monde serait tué, mais que, eux, ils seraient épargnés.

J'ai pensé à ce que Marek avait dit de son père, combien il avait été généreux et bon. Je me suis souvenu de ce qu'avait dit Josef Adler, la veille : certains étaient bons, d'autres ne l'étaient pas. C'était compliqué. À cet instant précis, j'ai choisi de croire que Yankel Freilich avait été un des bons. Avec cette pensée en tête, je me suis tourné vers Shlomo. Laissez-moi vous poser une question, ai-je dit. Comment faisait-on partie de la police juive ? Je veux dire, est-ce qu'on pouvait refuser ?

Shlomo m'a adressé un sourire emprunté, réprobateur.

On ne pouvait pas dire non, non. Certains étaient volontaires et d'autres étaient forcés. Mais qui était « forcé » ?

J'ai dit, Qui sait ? Mais je disais que...

(ce que je voulais dire, c'était ceci : si j'avais pensé pouvoir sauver ma jeune épouse et moi-même en faisant partie de la police juive, en profitant de je ne sais quels avantages minables pour faire partie de ceux qui arrêtaient les Juifs, l'aurais-je fait ? Oui, peut-être)

Shlomo m'a interrompu.

Mais nous avions deux dirigeants du Judenrat à Bolechow et ils se sont pendus.

J'ai hoché la tête. Je sais, ai-je dit. Reifeisen...

Reifeisen et Schindler, a dit Shlomo.

Son argument, je le voyais bien, c'était qu'il y avait des gens qui étaient tellement dégoûtés moralement par ce qu'on les obligeait à faire qu'ils préféraient faire d'autres choix. Mais qui étais-je pour juger ? En tout cas, Yankel était depuis longtemps mort et enterré, et sa générosité à l'égard des Juifs après la guerre, au moins, était un fait établi. À cet instant précis, j'éprouvais un sentiment de protection à l'égard de Klara, qui, je le savais désormais, avait été contrainte d'endurer des horreurs inimaginables et dont la coquetterie presque adolescente, les danseuses en porcelaine, les tableaux bucoliques, l'élégance affectée et le goût pour les jolis vêtements et les bijoux étaient peut-être, me disais-je à présent, une sorte de récompense superficielle, de réparation futile pour les choses horribles qui la hantaient encore. J'ai donc choisi de croire que son Yankel avait été un des bons policiers juifs.

Anna a dit quelque chose à Shlomo, qui s'est tourné vers moi et a traduit. Elle dit, Il peut avoir honte de la façon dont ils se sont comportés, du *traitement*.

Puis Shlomo a dit, J'ai une histoire pour vous, une histoire privée, mais elle ne peut pas figurer dans votre livre, il faut que vous arrêtiez votre magnétophone.

J'ai éteint le magnétophone. Il a commencé à parler.

708

C'EST PEU DE TEMPS après, juste au moment où nous nous apprêtions à quitter l'appartement d'Anna, qu'un souvenir particulier est revenu en mémoire à Shlomo et a tout changé.

Nous avions parlé de Dusia Zimmerman, la fille dont le frère avait été, du moins selon Meg Grossbard, le petit ami de Lorka pendant l'Occupation... même si, maintenant que nous avions entendu parler d'un certain Halpern, maintenant que nous avions entendu dire que Lorka avait été plus « facile » que ne s'en étaient souvenus les autres, il était bien difficile de savoir. Yulek Zimmerman avait péri, disait Shlomo, mais sa sœur avait survécu. Il m'a raconté une histoire remarquable. Après la guerre, elle s'était mariée avec un Belge à qui elle n'avait révélé qu'elle était juive que bien des années après le mariage. Mais tout le monde savait qu'elle refusait de parler à qui que ce soit, qu'elle défendait sa vie privée avec ténacité.

Hé bien, ai-je plaisanté, comme ça nous n'aurons pas besoin d'aller en Belgique. C'était bien assez que nous soyons allés en Suède, que nous ayons fait ce voyage de folie de New York à Londres, de Londres à Stockholm, et retour de Stockholm à Londres, de Londres à Tel-Aviv !

Et je me suis dit que ça suffisait comme ça, cette course-poursuite après Dyzia Lew, jusqu'en Israël.

C'est à cet instant précis que Shlomo s'est littéralement frappé le front du plat de la main. Oooooh ! s'est-il exclamé, Oh !!! J'ai oublié !!! Vous étiez en Scandinavie ! Il y a un habitant de Bolechow qui vit à Copenhague. Aïe, aïe, aïe, aïe !

J'ai dit, Qui ?

J'ai pensé, Peut-être qu'il n'est pas important.

Mais Shlomo, reprenant ses esprits, a dit simplement, Vous savez quoi ? Nous allons lui parler. Nous allons l'appeler plus tard de chez moi.

Après cette séance de photos avec Anna, nous étions censés aller chez Shlomo pour un déjeuner de fête préparé par sa femme, Ester, une femme solide, au visage rond, qui parlait peu l'anglais, mais dont la chaleur et la générosité, en dépit de la barrière du langage, remplissaient chacun de ses mots, de la même manière que les odeurs des mets délicieux qu'elle avait rôtis, frits et cuits, chaque fois que je lui avais rendu visite, emplissaient sa petite cuisine. C'était Ester qui m'avait dit, en inclinant la tête vers son mari, alors que nous étions assis tous les trois devant le déjeuner gigantesque qu'elle avait préparé pour ma première visite en Israël, *Bolechow, Bolechow, Bolechow !* et avait fait une grimace d'exaspération affectueuse pendant qu'elle servait le *kneydlakh* à la louche.

À présent, dans la salle de séjour d'Anna Stern, je demandais de nouveau, Qui est-ce ? Qui vit à Copenhague ?

Shlomo a parlé en yiddish, sur un ton excité, à Anna. J'ai entendu *Malcia Lewenwirths onkel*. J'ai entendu *Akegn der DK*. DK : le Dom Katolicki. En face du DK.

Das haus akegn die DK. La maison en face du DK.

J'écoutais, de plus en plus impatient. Alors qui est cet homme de Copenhague, Shlomo ?

Il m'a dit qu'il y avait un autre habitant de Bolechow dont il avait complètement oublié de me parler, un homme très âgé du nom d'Adam Kulberg, qui avait vécu dans le quartier du Dom Katolicki. Il n'avait pas pensé à m'en parler plus tôt, parce que Kulberg était parti en Union soviétique juste avant l'arrivée des Allemands. Pour cette raison, il ne serait pas en mesure de nous dire quoi que ce soit sur ce qui était arrivé aux Jäger. Il n'était plus là. Il ne saurait rien.

J'ai pensé, Personne d'autre n'était vraiment « là », personne d'autre n'avait réellement vu ce qui leur était arrivé ; mais tous avaient des histoires. Je me suis dit, Nous étions en Suède, pour l'amour de Dieu : il aurait été tellement facile de passer par le Danemark. Mais j'ai regardé Shlomo et vu à quel point il était mortifié, et j'ai pensé, Qui suis-je pour me plaindre auprès de ces gens à propos d'un contretemps au cours de ce voyage ? J'ai donc dit, Hé bien, peut-être que nous pourrons lui parler de chez vous et nous verrons bien s'il sait quelque chose, peut-être que ça ne vaut même pas la peine de faire le déplacement.

Shlomo a eu l'air soulagé. Je vais lui téléphoner, a-t-il dit. Dans cinq, dix minutes, vous pourrez lui poser vos questions.

J'ai dit, Quel âge a-t-il ?

Peut-être qu'il a perdu la mémoire, ai-je pensé. Peut-être qu'il n'y a pas la moindre raison d'être contrarié.

Shlomo a dit, Oh, plus vieux qu'elle. Il a hoché la tête en direction d'Anna – elle était assise sur le sofa, posant pour Matt – et puis il a ajouté, Oh, comment j'ai pu oublier, comment j'ai oublié ?

711

IL Y A UNE PIÈCE dans l'appartement de Shlomo
Adler à Kfar Saba que je considère en secret
comme le *Siège mondial de Bolechow*. C'est une
toute petite pièce qui devait être une chambre,
mais qui est devenue, de toute évidence, un
bureau. Où que vous tourniez les yeux, des
papiers débordent de cartons empilés sur des étagères, des classeurs à feuilles volantes sont entassés les uns sur les autres. Et trônant dans la pièce,
posé sur un petit bureau qu'il rend minuscule, un
gros écran d'ordinateur beige. C'est dans cette
pièce que Shlomo fait ses recherches sur Internet
et le Web, qu'il maintient le contact avec les
autres anciens de Bolechow, leur envoyant e-
mails et lettres, ses bulletins, son *samizdat* de
temps en temps, et surtout, les lettres de rappel
annuelles, qui sont adressées non seulement aux
survivants, mais aussi à leurs parents et à leurs

amis, et en fait à quiconque aurait quelque chose à voir avec Bolechow, c'est-à-dire des gens comme moi, concernant le service commémoratif annuel de Bolechow qu'il organise.

C'est dans cette pièce que nous nous sommes rués dès que nous sommes arrivés chez lui, après avoir dit adieu à Anna. Shlomo s'est laissé tomber lourdement dans son fauteuil et, mettant les lunettes qui pendaient à un cordon d'une délicatesse incongrue autour de son cou, a consulté une série de papiers pendant une minute ou deux. Puis, il a dit, Ah, ah, et il a décroché le téléphone, qu'il a coincé entre l'épaule et le cou. Je me suis frayé un chemin à travers les papiers et, près d'une étagère contre le mur, j'ai trouvé un endroit où me tenir pendant qu'il faisait le numéro.

Même à la distance où je me trouvais, je pouvais entendre, dans le combiné que tenait Shlomo, le petit gargouillis d'un téléphone sonnant très loin d'ici. Il avait dû mettre le volume à fond. Puis, Shlomo s'est mis à parler rapidement en polonais. Je l'ai entendu dire *Pan Kulberg*. Je l'ai entendu dire *Anna Heller*, puis *Klara Heller*. Je l'ai entendu dire *Bolechowa*. Je l'ai entendu dire *Jägerach*. Je l'ai entendu dire *Frydka Jäger*, *Lorka Jäger*. Il a dit bien d'autres chose que je n'avais aucun moyen de comprendre.

Debout là, attendant que Shlomo traduise ce que ce Kulberg pouvait bien dire, je me suis souvenu comment, des mois plus tôt, à la fin d'un après-midi d'été, lorsque Matt était venu à New York pour faire le portrait de Mme Begley et que nous étions assis dans sa salle de séjour pour parler de nos divers voyages et de ce que nous avions découvert, j'avais mentionné le fait qu'il serait peut-être bon pour moi d'apprendre quelques rudiments de polonais. Assise dans son fauteuil-trône devant le climatiseur éteint, Mme Begley avait fait une grimace. *Accchhh*, avait-elle dit en claquant la main sur le bras du fauteuil dans un geste de dédain. *C'est trop difficile pour vous, ne vous donnez pas la peine !* Elle avait forcé Matt à boire plus de thé glacé, Matt qui, j'avais pu le constater, lui avait plu. À ma grande surprise, elle avait acquiescé lorsqu'il avait dit vouloir prendre une photo dans la chambre parce qu'il pensait obtenir un portrait avec plus d'atmosphère, ce qui signifiait qu'elle devrait se lever de son trône et, en s'appuyant sur sa canne, faire le trajet pénible et douloureux à travers la salle de séjour. Pourquoi la chambre à coucher ? avais-je pensé, en réprimant une bouffée d'agacement vis-à-vis de mon frère. Dans la chambre, il y avait son déambulateur et la lumière dure, peu flatteuse, en provenance d'une fenêtre occultée par un fin rideau. Elle allait avoir l'air d'une vieille dame, avais-je pensé. Dans l'élégant chemisier à rayures qu'elle avait mis ce jour-là, elle ressemblerait à une prisonnière du grand âge et même si je savais qu'elle était très âgée – elle allait avoir quatre-vingt-treize ans en décembre –, je n'avais jamais considéré Mme Begley comme une vieille dame. Je pensais à elle, de façon étrange, comme à quelqu'un qui avait survécu à tant de choses qu'il n'y avait aucune raison qu'elle ne pût survivre au temps même.

Mais Matt, je m'en apercevais, était différent et voyait une femme différente de celle dont j'étais devenu si dépendant, et pour cette raison même, peut-être, il voulait faire un portrait d'elle assise, dans son chemisier à rayures, sur l'étendue désolée de son grand lit.

Et parce qu'elle l'aimait bien – en partie parce que c'est un homme grand et beau, avec de magnifiques yeux ambrés et un grand sourire, à la fois imprévisible et charmant ; en partie parce que, comme elle me l'avait dit un jour, sa photo sombre d'un vieux Juif solitaire assis dans la grande synagogue de L'viv, qu'il avait prise au cours de notre premier voyage deux ans plus tôt, avait ravivé des souvenirs merveilleux pour elle de son enfance dans le monde disparu, les fêtes, les repas, la façon dont son père la prenait sur ses épaules dans la *shul* pour Simchat Torah, afin qu'elle pût voir ce qui se passait –, comme elle avait décidé de bien l'aimer, elle s'était levée sans se plaindre de son fauteuil dans la salle de séjour, était allée dans la chambre et s'était assise sur le lit, et là il avait pris la photo dont elle a dit, quand je la lui ai envoyée, que c'était la meilleure photo jamais prise d'elle.

Dès lors, chaque fois que j'ai parlé avec Mme Begley, elle a terminé la conversation en disant quelque chose du genre : Et comment va ce frère, celui qui est bien plus beau que vous ? Et elle ricanait de son ricanement triste.

Par exemple : quelques mois après que Matt a pris la photo, Mme Begley m'a appelé pour me demander comment s'était passé mon jeûne de Yom Kippour. C'était un bon *yontiff*, ai-je dit, nous avions fait un bon jeûne et ma mère avait préparé un superbe repas pour la fin du jeûne.

Elle a émis un profond soupir. C'est agréable d'entendre ces mots. Ils me sont familiers, mais ils ne vont pas durer très longtemps dans ce monde.

Puis, elle a dit, Transmettez mon meilleur souvenir à votre frère et dites-lui qu'il est bien plus beau que vous. Et elle a raccroché.

Six mois plus tard, elle m'a appelé pour mon anniversaire, qui tombe toujours autour de la Pâque. Je lui ai parlé du grand *seder* que nous allions faire en famille à Long Island. Comme son fils était à l'étranger à ce moment-là, je l'ai invitée, comme je l'avais déjà fait dans le passé, à venir chez nous et à célébrer avec ma famille et nos amis, même si je savais parfaitement qu'elle allait faire peu de cas de l'idée, comme par le passé.

Accchhh, a-t-elle dit avec un soupir dramatique (j'ai eu la vision de sa main droite, tachée et mince, s'agitant en signe de dédain). Jadis, je serais bien venue, mais mes genoux sont en mauvais état, je ne peux pas marcher, je ne me sens pas bien du tout. Mais c'est gentil à vous d'avoir demandé.

Il était inutile d'argumenter et je n'ai donc rien dit.

Elle a ajouté, J'ai toujours maintenu un bon foyer juif, même si ça ne m'a rien rapporté de bon.

Il y a eu un silence. Écoutez, a-t-elle dit – elle annonçait souvent la fin d'un sujet ou d'une conversation entière avec un brusque *Écoutez* –, écoutez, transmettez mes salutations à votre mère et à votre père, et saluez particulièrement votre frère. Vous savez, il est bien plus beau que vous. Ha !

Six mois plus tard, c'était de nouveau Yom Kippour. Dans l'après-midi de Kol Nidre, le service du soir qui marque le début de la fête – *Kol Nidre* signifiant « tous les vœux », puisque le rite commence par une prière au nom de la congrégation pour que tous les vœux, toutes les obligations, tous les serments et tous les anathèmes prononcés par ses membres depuis ce Yom Kippour jusqu'au suivant, soient absous, annulés et anéantis, prière qui a commencé comme un correctif nécessaire de la véhémence avec laquelle (comme nous informe une de nos sources) « Juifs et Orientaux » avaient l'habitude de prêter serment dans l'Antiquité, même si ce désir d'absolution des serments a pris un sens nouveau et profond pour les Juifs, et non pour les autres Orientaux, pendant les années de l'Inquisition espagnole, lorsque les Juifs étaient régulièrement contraints d'abjurer formellement leur foi et de jurer fidélité au catholicisme (même si, de manière inévitable sans doute, l'existence de la prière de Kol Nidre a été depuis longtemps avancée par les antisémites comme une preuve du fait que le serment d'un Juif ne peut être cru, selon une logique curieuse mais certainement pas rare) –, dans l'après-midi de Kol Nidre, Mme Begley m'a appelé pour savoir à quelle heure exactement le soleil serait couché. Pendant que je vérifiais sur Internet dans un calendrier juif qui donne scrupuleusement, au dixième de seconde près, l'heure du lever et du coucher du soleil, je lui ai demandé comment elle se sentait.

Pas *pien*, a-t-elle répondu d'une voix sourde. Nous avons bavardé pendant que je regardais sur le site et je lui ai annoncé que je pensais retourner à L'viv et à Bolechow, que cela me donnerait peut-être une idée sur la façon de terminer mon livre.

Écrivez vite, a-t-elle dit. Ou je ne serai plus là pour le lire.

Puis, elle m'a redemandé l'heure du coucher du soleil et lorsque j'ai répété l'information, elle a dit, Très bien, alors dites à votre famille de faire un bon jeûne... particulièrement votre frère, celui qui est si beau.

J'étais assis dans mon appartement, le combiné à la main, et j'ai souri. C'était le moment où elle avait l'habitude de me raccrocher au nez, mais cette fois il y a eu un silence à l'autre bout de la ligne et j'ai eu peur qu'elle ne me demande pour la troisième fois l'heure du coucher du soleil. Mais ce qu'elle a dit, c'est ceci : Et je vais vous dire quelque chose : je vous aime ! Qu'est-ce que vous dites de ça ? Être aimé par une femme de quatre-vingt-treize ans ! Ha !

Elle a eu son petit rire amer et m'a raccroché au nez avant que j'aie eu la chance de lui dire que je l'aimais aussi. Je voulais le faire depuis long-temps – moi qui, pendant toutes les années de mon enfance et de mon adolescence, avais signé des douzaines de lettres à mes grands-parents, *Je vous aime, Votre petit-fils, Daniel*, mais ne pouvais me souvenir de le leur avoir dit une seule fois, quand ce n'était pas une réponse mécanique –, mais pendant longtemps je m'étais retenu de le faire, parce que je savais qu'elle allait rire et me dire que j'étais *sentimental*, tout comme elle avait dit, si dédaigneusement, que je n'apprendrais jamais le polonais.

ET JE N'AI JAMAIS appris le polonais. À présent, en décembre en Israël, pendant que Shlomo parlait d'une voix forte à cet homme étrange de Copenhague, j'écoutais sans comprendre les sons sifflants qui grésillaient dans le combiné, les bruits émis par un homme dont (je dois l'admettre) j'avais espéré un moment qu'il serait trop fragile ou qu'il aurait perdu la mémoire pour justifier un autre voyage transatlantique. Shlomo s'est tourné vers moi, a couvert le combiné de sa main et dit, Les Jäger – il y avait qui d'autre dans la famille ?

J'ai dit, Shmiel.

Je l'ai entendu dire, *Shmiel Jäger.*

Puis Shlomo a écouté pendant un long moment la voix à la fois ferme et grêle qui parlait à l'autre bout de la ligne.

Shlomo me regardait par-dessus la monture de ses lunettes, avec une expression qui disait, Si vous étiez peut-être furieux que j'aie oublié de vous parler d'Adam Kulberg, vous ne serez pas furieux d'entendre ce que je vais vous raconter.

Il a dit, Son père était lié aux Jäger, mais il ne sait pas comment. Il se souvient de *tout*.

Shlomo a recommencé à parler avec Kulberg. Je l'ai entendu dire, *Ruchel... tak tak tak tak tak, tak. Tak. Brat ? Wolf ?*

Il a couvert le combiné de nouveau et dit, Son plus jeune frère, Wolf, vivait *chez* Shmiel !

J'ai dit, *Chez Shmiel ?*

Shlomo souriait, comme s'il avait été responsable de l'adresse du frère de Kulberg. Il vivait chez Shmiel ! Et il sait qu'ils étaient parents, mais il ne sait pas comment, mais il se souvient de *toutes* les filles !

J'ai pensé, *Parents ?* Je ne pouvais pas imaginer comment, je ne pouvais pas imaginer quel lien de parenté cet homme dont je n'avais jamais entendu parler pouvait avoir avec nous. Fouillant mes souvenirs, faisant défiler mentalement les douzaines, les centaines de noms et de faits que j'avais accumulés depuis 1973, lorsque mon obsession avait commencé et que je m'étais mis à rassembler et trier tout ce qui pouvait être connu à propos de ma famille. J'ai dit, Quel était le nom de jeune fille de sa mère ?

Ils ont parlé un instant et puis Shlomo a dit, Friedler, elle n'était pas de Bolechow, pas de Bolechow. Elle était de Rozniatow.

Rozniatow ? Pour autant que je le savais, nous n'avions pas de parents, même par alliance, dans ce petit village situé à quelques kilomètres seulement de Bolechow.

À cet instant précis, Matt, qui était resté dans la salle de séjour faire ses trucs de photo, a fait son entrée dans le Siège mondial de Bolechow. Je me suis tourné vers lui et j'ai dit, Je vais avoir une crise cardiaque. Le frère de ce type habitait chez Shmiel. Il les connaît *tous*.

Matt a dressé un de ses fins sourcils, l'air amusé, et dit, Où est-ce qu'il vit ?

Copenhague ! ai-je répondu d'une voix tendue par l'exaspération. Je pensais comme il aurait été facile d'aller de Suède au Danemark, avant de partir pour Israël.

À ce moment-là, j'ai entendu Shlomo dire, *Tak, Frydka i Ciszko Szymanski... Shmiela Jägera. Ah, nu ?*

Je me suis détourné de Matt pour demander à Shlomo, Qu'est-ce qu'il vient de dire ?

Shlomo hochait la tête fébrilement. Il a dit, Il me raconte l'histoire du professeur qui a caché Frydka ! Il sait que Ciszko a été tué en même temps que Frydka. À Bolechow. C'est une histoire qu'il a entendue après la guerre.

Ils ont de nouveau parlé en polonais. Shlomo dressait les sourcils.

Il a dit, Il se souvient du nom du professeur de dessin qui les a cachés !

Il s'est tu pour ménager son effet et il a ajouté, Le nom du professeur était Szedlak !

Shedlak ? Je l'ai prononcé comme il venait de le faire.

Shlomo a hoché la tête avec un grand sourire. Il savait ce que valait la nouvelle qu'il venait de m'annoncer. Oui, *Szedlak.*

En me tournant vers Matt, j'ai dit, C'est parti pour le Danemark, je suppose.

Peu après, nous avons mis fin à la conversation téléphonique avec Adam Kulberg, en lui promettant, après une brève et frénétique consultation de nos agendas, de venir le voir en février. Puis, nous avons mangé le repas pantagruélique qu'avait préparé Ester, en faisant rouler nos yeux pour signifier notre appréciation silencieuse des différents plats qu'elle apportait sur la table. Nous avons mangé et mangé, et discuté de la remarquable découverte que nous venions de faire, cet homme dont personne ne nous avait parlé, et finalement nous nous sommes levés pour prendre congé. C'était notre dernier jour à Tel-Aviv. Le lendemain, nous allions à Jérusalem, en partie pour faire un peu de tourisme, en partie parce que je voulais me rendre à Yad Vashem. Yona Wieseltier avait une amie là-bas qui, m'avait-elle dit, m'aiderait à obtenir toutes les copies de dépositions de témoins, faites par les survivants de Bolechow après la guerre. Nous nous sommes levés, nous avons embrassé Ester et nous nous sommes retrouvés sur le palier, où Shlomo a appelé l'ascenseur. Au moment où nous nous glissions dans la minuscule cabine, un voisin de Shlomo est sorti et, d'une voix animée, il a dit quelque chose en hébreu.

Shlomo, avec un grand sourire, nous a annoncé, Ils ont capturé Saddam Hussein !

Matt a dit, C'est incroyable !

Il a raconté à Shlomo que nous étions rentrés chez nous de notre premier voyage pour ce projet, de notre voyage en Ukraine, juste avant le 11 septembre, et que nous étions partis pour l'Australie le jour où la guerre avait commencé. Et maintenant, pendant notre dernier voyage...

Je l'ai regardé avec un air amusé.

Matt a souri. Enfin, pendant ce que nous *pensions* être notre dernier voyage, ils capturent Saddam Hussein !

Il m'est venu quelque chose à l'esprit et j'ai demandé, Où est-ce qu'ils l'ont trouvé ?

Shlomo a transmis ma question à son voisin.

Shlomo a dit, Ils l'ont trouvé à Tikrit.

3

Danemark
(hiver)

Nous avons passé deux jours au Danemark, au milieu de l'hiver : un séjour qui serait, pensions-nous encore récemment, le dernier de nos voyages.

Comme nous nous sommes envolés de New York un jeudi dans la nuit, à la fin du mois de février, comme nous sommes arrivés le vendredi matin et repartis le dimanche après-midi, je ne peux vous dire que peu de chose à propos de Copenhague. Pendant la plus grande partie de l'après-midi du vendredi et presque toute la journée du samedi, nous avons parlé avec Adam Kulberg, pour l'essentiel dans l'appartement de sa fille, Alena, professeur d'histoire de l'art pour qui j'ai éprouvé un attachement immédiat, peut-être parce qu'elle est universitaire comme moi, peut-être parce que nous avons d'autres choses en commun, le lien de parenté n'étant pas la plus importante ; mais aussi – afin que Matt puisse prendre une photo qui « ferait » Copenhague – dans un parc magnifique du centre de la ville, dans une allée du centre, dans une allée de grands arbres lugubres où, alors que nous nous y trouvions, la neige s'est mise à tomber. Comme nous étions dans cette ville pour un séjour très bref, comme nous avons passé presque tout notre temps avec Adam et Alena, nous ne pouvons vous dire que très peu de chose à propos de Copenhague, ce qui est, je trouve, un peu honteux, dans la mesure où le Danemark est le seul pays parmi les nations de l'Europe continentale à avoir opposé une résistance paisible, mais remarquablement efficace, aux politiques antijuives des nazis, l'exemple le plus spectaculaire étant le passage clandestin et réussi, en une nuit, de presque tous les huit mille Juifs du pays dans des petits bateaux jusqu'à la Suède, avec (selon le livre que j'ai consulté) seulement quatre cent soixante-quatre Juifs déportés à Theresienstadt, un endroit que j'ai eu le temps de visiter. Quatre cent soixante-quatre sur huit mille, cela signifie que six pour cent des Juifs du Danemark ont péri dans l'Holocauste, ce qui, même si cela peut paraître un chiffre cruellement élevé, pâlit, en termes purement statistiques, en comparaison des chiffres qu'il faut calculer pour un endroit comme, disons, Bolechow, où sur les six mille Juifs – à peine moins que la totalité de la population juive du Danemark – ne survivaient que quarante-huit personnes en 1944, ce qui veut dire que quatre-vingt-dix-neuf virgule deux pour cent des Juifs ont été tués dans cet endroit. Mais nous n'avions pas beaucoup de temps pour explorer Copenhague, encore moins pour retrouver les traces de son histoire pendant la guerre. En fait, on pourrait dire que l'ironie du sort veut que, au cours des différents voyages que Matt et moi avons faits à la recherche d'Oncle Shmiel et des autres, le seul artefact de ce célèbre sauvetage des Juifs du Danemark que nous ayons vu ne se soit pas trouvé au Danemark, mais en Israël, où un des minuscules bateaux qui ont servi à transporter les Juifs en Suède et à l'abri est amoureusement conservé à Yad Vashem – où, parmi d'autres choses, j'ai bien obtenu en effet des copies d'un certain nombre de dépositions de témoins, recueillies juste après la guerre auprès des quelques Juifs de Bolechow qui avaient survécu, dont une déclaration qui achève sa description du comportement de la milice juive par la phrase suivante :

Finalement, les quatre dont les noms suivent sont ceux qui ont agi misérablement dans le livre des Juifs de Bolechow : Izio Schmer, Henek Kopel, Elo Feintuch (« der bejder »), Lonek Ellenbogen.

À côté de cette liste tapée à la machine se trouvait un *addendum* écrit à la main : *Et Freilich (le frère de Jakub).*

Toutefois, il est vrai que pendant les deux heures dont Matt et moi disposions, avant notre premier rendez-vous avec Adam, nous avons traîné dans le quartier de notre hôtel, raison pour laquelle, si quelqu'un devait dire aujourd'hui « Copenhague » à l'un de nous, certaines images nous viendraient à l'esprit, par exemple l'image d'un élégant petit palais avec une magnifique

727

cour pavée, dans laquelle paradaient des soldats dans de brillants uniformes qui leur donnaient l'allure de jouets. Ou l'image d'une rue étroite où étaient alignées des maisons basses du début du XIXᵉ siècle, l'une d'elles étant un magasin d'antiquités où Matt et moi avons passé peut-être une demi-heure environ, après avoir descendu les quelques marches de pierre qui menaient à la porte d'entrée, et où était accroché, parmi les collections de livres du XVIIIᵉ siècle, les tableaux sombres et les vases en étain, un immense exemplaire encadré de la une du jeudi 13 janvier 1898 du journal français *L'Aurore*, où éclatait en grandes lettres noires le fameux *J'ACCUSE !* Mais, pour l'essentiel, les images qui viennent à l'esprit sont celles de l'appartement d'Alena – et, bien entendu, les images que le stupéfiant récit de son père ont fait apparaître, des images qui semblent tirées d'un conte de fées ou d'un mythe. Alors que nous étions assis dans l'élégant appartement de la fille d'Adam pour écouter les paroles de son père, beau, digne et parfaitement lucide, tout d'abord au cours d'un dîner qui s'est prolongé tard dans la soirée, puis lors d'un déjeuner qui s'est transformé en un second dîner au cours d'une journée entière passée avec eux, il est devenu difficile à certains moments de nous souvenir que nous étions venus entendre ce qu'il avait à dire des Jäger, tant l'histoire qu'il avait à raconter était remarquable, improbable, homérique.

Ce qui ne veut pas dire que nous n'avons pas obtenu ce que nous étions venus chercher.

Nous sommes venus interviewer Adam le vendredi après-midi, quelques heures après avoir atterri. Alena Marchwinski a ouvert la porte. Séduisante, intense, cette femme d'une petite cinquantaine d'années avait des cheveux noirs, sévèrement plaqués en arrière, et portait avec une élégance décontractée un pull noir échancré et un pantalon noir. Elle nous a présenté sa famille qui avait envahi l'entrée de l'appartement pour faire notre connaissance : son mari, Wladyslaw, qu'on appelle Wladek et qui est violoniste ; leur fille, Alma, âgée de douze ans environ, avec un visage rêveur et un sourire tendre ; et ses parents. J'ai regardé Adam Kulberg, cet homme qui pouvait bien être un parent à moi. Il avait le visage d'un roi maya : rectangulaire, un nez taillé à coups de serpe, le genre de visage qui appelle la sculpture. Ses yeux, toutefois, étaient doux quand il m'a rendu mon regard en souriant. Il avait tous ses cheveux, d'un blanc de neige et bien coiffés en arrière, comme ceux de sa fille, pour dégager ses traits puissants. Pour l'occasion, il avait revêtu un costume gris sombre sur un pull gris plus clair, avec de fines rayures blanches ; cette tenue formelle, avec les cheveux plaqués en arrière, le fait que les pointes de son col de chemise reposaient sur la veste, donnaient curieusement à cet homme de quatre-vingt-trois ans l'air d'être à la mode.

Nous avions l'intention de faire l'interview et de dîner ensuite. Dans sa grande salle de séjour, Alena avait installé devant le divan où je me suis assis une petite table basse en verre et acier. Elle y avait disposé un assortiment de boissons : Évian, eau gazeuse, petites bouteilles de jus de fruits. Le mur entier sur ma gauche était couvert de livres soigneusement rangés, le genre de livres qu'on trouve chez les universitaires : épais volumes d'ouvrages de référence. À la diagonale de ce mur, une série de grandes fenêtres. Sur le rebord de la fenêtre la plus proche de nous, un vase tout simple contenait une profusion de fleurs. Sous une autre de ces fenêtres, légèrement à droite de notre groupe, la femme d'Adam, Zofia, une très jolie femme aux cheveux blancs coupés court qui laissaient voir de grandes boucles d'oreilles, était assise sur un petit canapé capitonné en cuir, de style edwardien. Elle portait un tailleur sombre avec un chemisier en satin blanc à jabot qui lui couvrait la gorge. Ce soir-là et le lendemain, elle a souri souvent et amoureusement pendant qu'Adam parlait. Elle avait un grand sourire de béatitude, dont sa petite-fille avait de toute évidence hérité, et elle en faisait bon usage.

Alena et son père se sont assis l'un à côté de l'autre, en face de moi, pendant que je vérifiais mon matériel d'enregistrement, elle confortablement installée dans un fauteuil en osier sombre, lui assis bien droit sur une des chaises de salle à manger qu'on lui avait apportée. Derrière eux, par la grande fenêtre, nous parvenait la lumière abondante de l'après-midi déclinant. À ma droite était assis le mari d'Alena, un homme de grande taille, beau et réservé, qui avait une allure nordique en dépit du fait qu'il était né, comme sa femme et ses beaux-parents, en Pologne ; comme ses beaux-parents, comme les Freilich, comme Ewa, comme de nombreux Juifs qui étaient restés en Pologne après la guerre, il était parti pour la Scandinavie à la fin des années 1960. Wladek a écouté en silence sa femme et son beau-père parler, n'intervenant pour traduire pour Adam qu'au moment où Alena a quitté le salon pour aller jeter un coup d'œil au dîner. Pendant notre longue visite, Alena a souvent fumé, sans la moindre mauvaise conscience et sans la moindre excuse, de façon si peu américaine donc. Une fois tout le monde installé, elle a allumé sa première cigarette et nous avons commencé à parler.

Pendant quelques minutes, nous avons parlé de la progression de la guerre en Irak, ce qui était un sujet sensible à ce moment-là si vous étiez un Américain voyageant en Europe, où la guerre n'était pas populaire – même si, bien sûr, le sujet n'était pas aussi sensible qu'il le deviendrait huit semaines plus tard, après les révélations concernant les sévices sur des prisonniers par des soldats américains, sujet dont j'aurais aimé pouvoir discuter en fait avec Adam Kulberg et les autres. La raison pour laquelle j'aurais aimé aborder ce sujet est la suivante : parmi les sévices qui étaient censés avoir eu lieu, il y a une humiliation bizarre qui avait consisté à forcer les prisonniers nus à s'empiler les uns sur les autres pour former une pyramide vivante. Quand j'ai lu ça dans les journaux pour la première fois, deux mois après mon retour de Copenhague, j'ai été fortement frappé par ce détail, dans la mesure où je me souvenais du détail, l'un des premiers que nous ayons appris à propos des tortures perpétrées par les nazis sur les Juifs de Bolechow, dont Olga nous avait parlé en ce jour d'août 2001 : comment, pendant la première *Aktion*, les Allemands et les Ukrainiens avaient obligé des Juifs dénudés dans le Dom Katolicki à s'empiler les uns sur les autres pour former une pyramide humaine avec le rabbin au sommet. Qu'est-ce que c'était, me suis-je demandé quand j'ai appris ce qui s'était passé à Abou Ghraib, qu'est-ce que c'était que cette pulsion de dégradation qui avait pris la forme spécifique de construire des pyramides de chair humaine ? Mais, au bout d'un moment, il m'est venu à l'esprit que ce type particulier d'humiliation était un symbole parfait, et parfaitement perverti, de l'abandon des valeurs civilisées ; puisque, après tout, le désir d'empiler une chose sur une autre, le désir de construire – que ce soit en Égypte ou au Pérou – des pyramides, tout ça peut être considéré comme l'expression la plus précoce du mystérieux instinct de création chez l'homme, de faire quelque chose à partir de rien, d'être civilisé. Moi qui avais passé tant de temps à lire sur les Égyptiens, je me suis assis pour regarder un matin d'avril 2004 la photo floue de la pyramide bancale de corps nus, qui ressemblait, pour autant que nous le savons, à celle de certains Juifs dans le Dom Katolicki, le 28 octobre 1941, et je me suis dit, Voilà, tout était là, contenu dans ce petit triangle : le meilleur des instincts humains et le pire, les sommets de la civilisation et ses profondeurs, la capacité de faire quelque chose à partir de rien et celle de faire le rien à partir de quelque chose. Pyramides de pierre, pyramides de chair.

Mais c'est arrivé plus tard. Pour le moment, dans l'appartement d'Alena, nous tournions notre attention vers une autre guerre, vers le passé.

Tout d'abord, nous avons découvert que nous étions cousins.

Depuis le jour de la conversation téléphonique en Israël qui nous avait amenés ici, je n'ai eu de cesse que je ne comprenne comment nos familles avaient pu être liées : au retour de notre dernier voyage, j'avais fouillé de fond en comble tous mes dossiers de généalogie et je n'arrivais pas à trouver le moindre lien entre les Jäger de Bolechow et les Friedler de Rozniatow, la famille de la mère d'Adam. J'ai demandé si la famille de son père avait résidé à Bolechow depuis longtemps et, une fois ma question traduite par Alena, Adam a levé la main à hauteur de l'épaule en faisant un mouvement en arrière. Elle n'avait pas besoin de traduire : Oui, depuis longtemps. Il a dit qu'il avait connu les Jäger depuis sa plus tendre enfance et s'est mis à compter sur ses doigts, pouce, index, majeur, les noms des Jäger qu'il connaissait : *Shmiel. Itzhak.* Quelqu'un du nom de *Y'chiel*, peut-être un des cousins. Il connaissait la femme, Ester, a-t-il dit : elle était belle, très jolie. Il a souri.

Je lui ai demandé de combien de leurs filles il se souvenait.

Alena a parlé à son père quelques secondes et a dit, Il savait qu'il y en avait quatre, mais il n'en a connu personnellement que deux ; et les noms de celles qu'il avait connues étaient Lorka – il pense que c'était l'aînée – et Frydka. Toutes deux étaient jolies mais elles étaient différentes. L'une avait le teint clair, les cheveux blonds, l'autre avait le teint mat.

Matt, qui tenait la caméra vidéo, m'a regardé et m'a adressé un immense sourire, que je lui ai rendu. Adam Kulberg était la première personne à qui nous parlions qui savait combien de filles il y avait eu. Irrationnellement sans doute, cela lui a conféré une autorité immédiate, à mes yeux. C'était notre dernier voyage. J'avais envie de croire chaque mot qu'il prononçait.

Il a dit quelque chose à Alena, qui m'a dit, Il a dit qu'il avait toujours su que sa famille était liée, au sens de la parenté, aux Jäger. Il a toujours su qu'il y avait un lien, mais n'a jamais su quel genre de lien c'était.

J'ai eu une idée. Quel métier faisait son père ? ai-je demandé. Ils ont parlé pendant une minute ou deux, puis Alena m'a dit, Il avait une boucherie et, après quelque temps, il s'est retrouvé à la tête de trois boucheries. Elles étaient dans le centre de la ville, mais une des boucheries n'était pas cascher, et c'était celle qui était en face de la mine de sel, la *salina*. L'autre boucherie était juste à côté de chez eux et l'adresse était 23 Szewczenki, et c'était juste en face du Dom Katolicki.

Akegn di DK, en face du DK, avaient dit Anna Heller et Shlomo, le jour où, dans son appartement, Shlomo s'était frappé le front et avait dit, *Comment ai-je pu oublier ? Comment j'ai oublié ?*

J'ai dit, Hé bien, c'est ça le lien. Vous savez, les Jäger aussi étaient des bouchers.

Ils ont parlé. Alena a tiré une bouffée de sa cigarette, a soufflé et dit, Il sait où se trouvait la boucherie de Shmiel, à côté de la *Magistrat*. À cinq mètres de la *Magistrat*.

J'ai hoché la tête. Dans mon esprit, j'ai vu une feuille de papier à l'en-tête de PARKER-JAEGER COMPANY, qui avait été soigneusement rangée, il y a bien longtemps, dans un livre à la reliure au tissu bleu délavé. *67 – En bas. Notre boucherie. À gauche.*

À côté de la *Magistrat*, a répété Alena, c'est là que Shmiel avait sa boucherie. Pendant les années 1930, a-t-elle continué, traduisant les souvenirs de son père, Shmiel avait acheté un camion et s'était mis à expédier sa viande à Lwów, à d'autres boucheries juives ; il avait la réputation d'être très bon en affaires. Il était très intelligent, très intelligent pour les affaires. Et – elle a écouté pendant que son père ajoutait quelque chose – il était plutôt très connu dans la ville, dans la petite ville.

J'ai souri, mais je ne l'ai pas interrompue.

Adam expliquait à présent que son oncle, le frère de son père, avait été le chauffeur de Shmiel. Il s'appelait Wolf Kulberg. Alena a dit, Et non seulement il travaillait pour Shmiel, mais ils vivaient là, dans la maison de Shmiel !

Il vivait chez Shmiel ?

Adam a agité les mains, dessinant le plan de la maison. Alena a dit, Ils ont fait une addition à la maison de Shmiel. Il vivait là, le frère de son père vivait dans cette addition. Et il avait amené sa femme de Lwów et il louait cette pièce à Shmiel, et il vivait là avec sa femme et sa fille.

Il m'a semblé clair, à ce moment-là, que c'était le lien familial entre les Jäger et les Kulberg dont Adam avait gardé le souvenir depuis son enfance ; cela expliquerait pourquoi il avait passé du temps, petit garçon, dans la maison de Shmiel, et les avait connus si bien : Shmiel, le premier dans son village, la jolie Ester, les filles – pas deux, pas trois, mais *quatre* –, se souvenant clairement de Lorka et de Frydka. L'une au teint clair, l'autre au teint mat.

Adam avait l'air de lire dans mes pensées et il a dit quelque chose à Alena. Elle a dit, Mais si nous sommes liés aux Jäger, il dit que ce n'est pas ça, il dit que c'est *familial*, les Jäger et les Kulberg.

Son père a corrigé ce qu'elle venait de dire et elle l'a écouté pendant un petit moment avant de dire, Non, pas Kulberg... Kornblüh.

Adam m'a regardé et il a dit, *Kornblüh !*

Kornblüh ! ai-je répété d'une voix excitée. Nous sommes parents avec eux !

Non ! a dit Alena, incrédule. Lui aussi ! Sa grand-mère était une Kornblüh. Ryfka Kornblüh était la mère de son père.

J'ai dit, Hé bien, c'est ce qui nous lie. La grand-mère de mon grand-père était une Kornblüh. Neche Kornblüh. Elle venait d'une famille de bouchers, elle aussi.

Adam et Zofia observaient cet échange avec un sourire hésitant. À présent, Alena le traduisait pour ses parents et leur sourire s'agrandissait à mesure qu'elle parlait. Adam a alors parlé à sa fille, qui a hoché la tête de temps en temps, avant de me transmettre l'histoire racontée par son père. Ryfka Kornblüh, a-t-elle dit, elle vivait... Euh, il y avait la *Magistrat* et puis l'église russe, et elle vivait dans le quartier de l'église russe. Il parle d'elle très souvent. Ils avaient un étal dans le marché, avec des légumes. Et elle avait seize... non, dix-sept petits-enfants ! Alors les petits-enfants, lorsqu'ils se rencontraient, faisaient toujours des plaisanteries sur le fait qu'ils mangeaient toujours les légumes avariés lorsqu'ils lui rendaient visite... les légumes qu'elle n'avait pas vendus. Ce n'était pas vrai, bien sûr ! Elle est morte avant la guerre, mais son mari était mort très jeune. Mon père porte son nom, il s'appelait Abraham Kulberg.

Adam a dit quelque chose. Alena a traduit, Mais il dit que son grand-père, lorsqu'il est né, a été inscrit sur les registres d'état civil comme enfant illégitime, avec le nom de la mère, pas celui du père – Abraham Kornblüh et pas Abraham Kulberg.

Naturellement, j'ai pensé à ce moment-là à un autre document que je connaissais depuis très longtemps : le certificat de naissance de 1847 de l'oncle de mon grand-père, Ire Jäger. *Der Zuname der unehel : [ichen] Kindes Mutter ist Kornblüh*. Le nom de la mère de l'enfant illégitime est Kornblüh. J'ai demandé à Alena de dire à son père que, par une curieuse coïncidence, dans notre famille aussi, il y avait eu ces histoires d'enfants « illégitimes »; et que, dans notre cas aussi, la mère était une Kornblüh.

Nous sommes donc parents, a dit Alena en souriant.

Je l'ai regardée, puis son père, les murs couverts de livres, pas si différents de ceux de mon appartement. Je me suis dit, Si tu avais inventé cette histoire, ça paraîtrait trop étudié : l'homme que nous avons failli ne pas entendre, le voyage que nous avons failli ne pas faire, la sensation ressentie immédiatement d'être lié à cette famille, le professeur d'université et le musicien, une famille avec laquelle ma propre famille aux États-Unis, une famille d'écrivains, de journalistes, de cinéastes, de pianistes et de clavecinistes, et autrefois de luthiers, avait tant de choses en commun. Et puis la découverte, presque accidentelle, que cette famille était notre famille.

J'ai regardé Alena et son père.

Nous sommes cousins ! ai-je répliqué.

Le même soir, après que nous nous sommes déplacés du salon à la table de la salle à manger, sur laquelle nous attendait le canard rôti qu'avait préparé Alena, Adam nous a raconté ce qu'il savait de Frydka et Ciszko.

Il a dit qu'il connaissait très bien les Szymanski, qu'ils vivaient dans le même quartier que les Jäger. Alena s'est interrompue et Adam a alors raconté une anecdote que j'avais déjà entendue : les Szymanski, qui avaient toujours eu la réputation d'entretenir des relations amicales avec les Juifs de la ville, étaient aussi connus pour faire une excellente saucisse polonaise. Mais, comme l'a dit Adam, ne pas manger cascher ou manger du jambon, c'était une chose terrible !

(Oh oui, me suis-je dit, nous le savions)

… une chose terrible. Mais dans la boucherie des Szymanski, il y avait une pièce secrète où les Juifs venaient déguster du jambon avec un morceau de pain.

Adam a ri en racontant l'histoire, et Matt a dit, Une pièce secrète !

Les Szymanski, une pièce secrète. J'ai demandé, À quoi ressemblait Ciszko ?

Adam a répondu que Ciszko était énorme, très fort. Pas très grand, pas petit non plus. Il entretenait de très bons rapports avec les enfants juifs de la ville. Il n'était pas étonné que ce soit Ciszko qui ait essayé de sauver Frydka.

738

J'ai demandé à Alena de demander à son père quelle histoire il avait entendue exactement. Puis, j'ai ajouté, Non, demandez-lui d'abord *comment* il en a entendu parler.

Immédiatement après la guerre, a dit Adam, tout de suite après, tout le monde était avide d'informations. Les gens cherchaient donc à obtenir des informations, à connaître les histoires. Il a dit que quelqu'un de Bolechow avait donné rendez-vous à tous les anciens de Bolechow pour se retrouver à Katowice après la guerre, au début de 1946.

C'est là, a dit Adam, que tous ont parlé de ce qui était arrivé aux gens qu'ils avaient connus, échangeant les histoires qu'ils avaient entendues, et c'est à ce moment-là qu'il a entendu pour la première fois l'histoire de Frydka, de Shmiel et de Ciszko. Avec un sourire gêné, il a ajouté qu'il ne se souvenait plus de la personne qui la lui avait racontée pour la première fois.

Mais Meg Grossbard était présente à cette réunion, a-t-il dit.

J'ai dit à Alena, Dites-lui que Meg refuse de raconter l'histoire.

Alena m'a jeté un regard troublé et a dit, Elle ne s'en souvient pas ?

Je lui ai expliqué ce qui s'était passé avec Meg, comment elle avait refusé d'en parler en Australie.

Je lui ai raconté ce qui s'était passé plus récemment encore, le mois dernier seulement, deux semaines après mon retour d'Israël...

LE TÉLÉPHONE AVAIT sonné tard, un soir, dans mon appartement de New York : c'était Meg. La liaison n'était pas très bonne, mais j'avais quand même pu sentir la tension dans sa voix.

Il faut que je prenne la défense de Frydka, m'avait-elle annoncé après que nous nous étions dit bonjour. Il n'y a plus personne pour la défendre.

J'avais immédiatement compris ce qui se passait. D'une façon ou d'une autre, elle avait su que j'avais entendu l'histoire de Frydka enceinte.

Ce ne sont que des histoires, avait dit Meg. Personne n'en a la preuve. N'écrivez que sur les *faits*.

Je lui avais répondu que, moi aussi, je ne m'intéressais qu'aux faits, que nous avions commencé cette longue série de voyages uniquement parce que nous voulions découvrir les faits. Mais j'avais dit que, en raison de ce que nous avions entendu au cours de nos voyages, j'avais commencé à m'intéresser énormément aux histoires, à la façon dont ces histoires se multipliaient et donnaient naissance à d'autres histoires, et que même si ces histoires n'étaient pas vraies, elles restaient intéressantes en raison de ce qu'elles révélaient des gens qui les racontaient. Ce qu'elles révélaient des gens qui les racontaient, avais-je dit, faisait aussi partie des faits, des documents historiques.

J'avais dit, Certaines histoires ne sont pas *toute l'histoire*.

Meg avait répliqué, Et qu'est-ce qu'il y a derrière ces histoires ? Je peux vous raconter des tas d'histoires de ce qu'il y a derrière ces histoires. Il y a des rancunes personnelles. Si quelqu'un n'aimait pas votre famille, il se mettait à raconter des histoires.

740

C'était comme si elle avait lu dans mes pensées, qui n'avaient rien à voir, à ce moment-là, avec l'information qu'elle prétendait trouver scandaleuse : le fait que Frydka avait été enceinte de l'enfant de Ciszko. Mais, bien évidemment, je n'avais rien dit.

Elle avait dit, Et comment savaient-ils qu'elle était enceinte ? Qui l'a vue ? Qui l'a vue ? Si quelqu'un savait, c'était elle, et Ciszko aussi, et c'était tout.

Dans l'appartement d'Anna Heller Stern, Shlomo m'avait parlé de l'histoire d'un homme qu'il avait connu, originaire d'une autre ville et membre de la police juive dans cette ville. Il ne s'était pas bien comporté (avait dit Shlomo), mais il avait recommencé sa vie et s'était engagé dans l'armée polonaise. Apparemment, pendant la période où cet ancien de la police juive s'était caché, après avoir quitté la police juive, s'être enfui de cette ville pour sauver sa peau, il avait écrit un récit de tout ce qu'il avait vu.

Il a écrit ça pendant qu'il se cachait dans une cave, avait dit Shlomo. Des mots très, très forts ! Très. Il ne parle que des choses qu'il a vues, des choses qu'ils ont vues et que personne d'autre n'a vues, que personne d'autre n'a été en mesure de voir. Il a décrit des choses qui étaient horribles.

J'avais pensé à ça et j'avais envie de dire à Meg qu'un membre de la police juive pouvait avoir vu Frydka enceinte, le jour où elle avait été arrachée de sa cachette dans la maison du professeur de dessin, Mme Szedlak (ou Szedlakowa, comme avait dit Adam). Mais, bien entendu, je ne pouvais pas évoquer le sujet de la police juive. Je n'avais donc rien dit.

Meg avait dit, Quand les gens parlent, cela reste oral. Mais quand on voit le mot écrit, c'est différent.

J'avais répondu, Je sais.

... Donc Meg n'était pas prête à partager cette histoire, disais-je à présent à Alena avec un sourire narquois, alors que nous étions assis dans sa salle à manger à Copenhague.

Matt a dit, Mais quelle histoire a-t-il entendue ?

Adam et Alena ont parlé pendant un moment. Elle a dit, Il a entendu dire que Ciszko avait essayé de l'aider. Et l'idée, c'était que Frydka et son papa devaient se cacher chez la Szedlakowa.

« Son papa » a eu un gros effet sur moi, pour une raison quelconque, et pendant un moment j'ai été incapable de dire quoi que ce soit. Au bout du compte, c'est tout ce qu'il avait été : le papa de quelqu'un. J'ai pensé à ça et j'ai relevé sa formule mi-anglaise mi-yiddish « *Devraient se cacher bay* Szedlakowa », a-t-elle dit ; et je me suis souvenu de ce qu'Anna Heller Stern avait dit, il y a huit mois. *Zey zent behalten bay a lererin.*

Alena a dit, C'était une professeur. Puis elle a ajouté, de manière déconcertante, Je suis désolée, c'est un cliché !

Je n'avais pas idée de ce qu'elle voulait dire.

C'est un cliché, mais je dois aller jeter un coup d'œil à mon four ! J'ai souri, soulagé, et Alena s'est levée et a foncé dans la cuisine pour voir où en était son dessert. Pendant qu'elle était partie, sa mère a parlé et, dans un anglais à la fois hésitant et véhément, elle a traduit ce qu'Adam avait dit.

Et ils ont été ensemble, Frydka et Ciszko, chez le professeur Szedlakowa. Quelqu'un a dit ça aux Allemands, et l'Allemagne a tué Frydka et Ciszko, tous les deux. Il a entendu, mais si l'histoire est vraie ou pas, il ne peut pas dire.

L'Allemagne, avait-elle dit, bien qu'elle ait voulu dire les Allemands. Bon, me suis-je dit : les deux.

Elle se cachait dans la maison de ce professeur ?

Oui, dans la maison, a dit Zofia.

J'ai hoché la tête et dit, Donc, l'histoire, c'est que cette femme avait pris Frydka chez elle, et Ciszko aussi ?

Alena est venue se rasseoir et a dit, Oui. Ce qui est arrivé à cette Szedlakowa, mon père ne le sait pas. Il sait seulement qu'ils ont tué Frydka et Ciszko.

Alena m'a passé le plat et, en se penchant vers moi, a dit, C'est une histoire héroïque !

Quand nous avons commencé à manger le dessert, elle s'est tournée vers moi pour dire, Mais comment allez-vous la raconter ?

Avant même que j'aie eu une chance de lui répondre, elle m'a parlé d'amis qu'elle avait à New York, des gens de son âge, dont la famille avait connu des histoires – *des histoires horribles*, a-t-elle dit – pendant la guerre. Ces gens avaient eu un enfant, a poursuivi Alena, une fille d'une vingtaine d'années aujourd'hui, qui venait d'obtenir un diplôme en littérature et qui avait écrit sa thèse sur sa grand-mère, la femme qui avait subi les choses horribles. Alena a dit que la jeune fille lui avait donné sa thèse à lire et, en la lisant, Alena avait été frappée par une chose.

Elle a dit, On aurait dit qu'elle ne s'intéressait pas tant à l'histoire de sa grand-mère qu'à la façon de *raconter* l'histoire de sa grand-mère – à la façon d'être le narrateur.

J'ai pensé à mon grand-père et j'ai dit que, oui, c'était un problème très intéressant.

Elle a décrit la façon dont elle avait été progressivement fascinée par la thèse, en dépit de ses réserves initiales. Avec une grande animation, elle a ajouté, J'avais l'impression en lisant, vers la fin, qu'on se rapprochait des choses importantes, des choses concernant la guerre. Au début, elle racontait une histoire banale, une histoire que tout le monde aurait pu raconter, mais les choses se resserraient de plus en plus.

Au bout d'un moment, j'ai dit, Oui, c'était comme ça que mon grand-père nous racontait des histoires. La longue préparation, tout l'arrière-plan, toutes ces boîtes chinoises, et puis, soudain, la descente rapide et habile vers le final, la ligne d'arrivée où les liens entre les détails découverts tout du long, les faits apparemment sans intérêt et les anecdotes subsidiaires sur lesquels il s'était attardé au début, devenaient brusquement évidents.

J'ai dit à Alena, Je sais, je sais. Cette fille dont elle me parle, me suis-je dit, doit être très intelligente. Tant de gens connaissent ces horribles histoires à présent, après tout. Que dire de plus ? Comment les raconter ? Une des façons de procéder, j'imagine, consistait à resserrer de plus en plus à la fin, comme le faisait mon grand-père.

À cet instant précis, Alena a dit, De plus en plus resserré, oui. C'est toujours les petites choses. C'est ce qui fait la vie. La chose la plus intéressante, ce sont toujours les détails.

J'ai dit à Alena, C'est un problème délicat, très délicat. Mais, ai-je poursuivi, l'histoire que nous avons apprise au cours de ce voyage est bien plus dramatique que tout ce dont nous avions pu rêver lorsque nous nous sommes mis à chercher des informations. C'était une histoire qui allait se raconter toute seule.

Je me suis dit que c'était un peu un mensonge, ce que je venais de dire : nous étions à la fin de tous nos voyages et je n'avais toujours pas une histoire définitive à raconter. Le final manquait toujours, l'élément qui allait permettre de tout fixer, de rendre compte des versions contradictoires : Ciszko l'avait cachée, un professeur de dessin l'avait cachée, elle était enceinte, elle était enceinte de quelqu'un d'autre que Ciszko. Je n'ai rien su, je n'ai rien vu. Mais au moment même où je me disais ça, j'ai pensé, Pour le bénéfice de qui, exactement, suis-je en train de chercher désespérément cette totalité ? Les morts n'ont pas besoin d'histoires : c'est le fantasme des vivants qui, à la différence des morts, se sentent coupables. Même s'ils avaient besoin d'histoires complètes, *mes* morts, Shmiel, Ester et les filles, avaient certainement plus d'une histoire à présent et s'étaient enrichis de bien plus de détails que quiconque aurait pu l'imaginer, ne serait-ce qu'il y a deux ans ; sans doute cela comptait-il pour quelque chose, à supposer, comme le pensent certains, que les morts ont besoin d'être apaisés. Mais, bien entendu, je ne le crois pas : les morts reposent dans leurs tombes, dans les cimetières ou les forêts ou les fossés au bord des routes, et tout cela ne présente aucun intérêt pour eux, dans la mesure où ils n'ont plus désormais d'intérêt pour rien. C'est bien nous, les vivants, qui avons besoin des détails, des histoires, parce que ce dont les morts ne se soucient plus, les simples fragments, une image qui ne sera jamais complète, rendra fous les vivants. Littéralement fous. Mon grand-père a fait une dépression nerveuse à la fleur de l'âge, peu de temps après ce jour de 1946 où ma mère, rentrant de l'école, l'avait trouvé en pleurs, la tête appuyée contre ses bras croisés sur la table de la cuisine de leur appartement du Bronx ; une lettre, comme aucune de celles qu'il avait reçues de Bolechow pendant toutes ces années passées à écrire et à répondre à Shmiel – une correspondance dont nous n'avons, après tout, qu'une moitié et dont l'autre moitié aurait pu avoir été constituée de lettres disant, *Cher frère, Nous avons tout essayé, mais nous ne pouvons pas trouver l'argent, nous n'abandonnerons pas cependant*, ou encore, *Pourquoi ne demandes-tu pas aux frères d'Ester en premier ?*, une incomplétude qui m'a empêché de dormir pendant un certain nombre de nuits, quand bien même je ne prétendrais jamais que cela m'a rendu fou. Mon grand-père a fait une dépression nerveuse quand il n'était pas beaucoup plus âgé que moi aujourd'hui, et je ne suis pas sûr que c'était à cause de difficultés professionnelles, comme je l'ai entendu dire, tout comme je ne suis plus tout à fait sûr que, lorsqu'il s'est suicidé, ce vendredi 13 à Miami, c'était seulement parce que le cancer le dévorait.

Je pensais à tout ça, mais je me suis contenté de dire, Oui, c'est une histoire héroïque ! Nous n'aurions jamais pu imaginer jusqu'où elle nous conduirait ! (je voulais dire *géographiquement* et je sous-entendais *émotionnellement* ; mais aussi *moralement*, pensais-je, puisque nous n'avions pas envisagé que ces faits et ces histoires nous pousseraient, contre notre gré, à juger les gens). Par exemple, ai-je dit à Alena, nous essayons maintenant de trouver des parents de Ciszko Szymanski, même si, comme elle le savait bien, Szymanski était un nom très courant en Pologne. En riant, je leur ai dit comment, en feuilletant le programme d'un ballet auquel j'avais assisté quelques mois plus tôt, j'avais remarqué qu'une des danseuses s'appelait Szymanska et qu'elle était originaire de Wroclaw, où s'était installée après la guerre, nous le savions, la mère de Ciszko ; et comment je m'étais précipité dans les coulisses pour accoster cette fine jeune fille blonde, qui n'avait pas plus de vingt-cinq ans, et me lancer dans le récit complet de l'histoire de Frydka et de Ciszko avant de m'apercevoir que je venais de me ridiculiser.

Tout le monde a ri et Alena a dit, Ils étaient à Wroclaw ?

Nous lui avons demandé de raconter à son père l'histoire que nous avions entendue de la bouche de Malcia Reinharz, de quelle façon la mère de Ciszko avait pleuré la bêtise de son jeune fils. *Quel idiot il a fait !*

Matt a dit, Il a fait une chose bien ! Et sa famille était furieuse qu'il ait fait une chose bien !

Je l'ai regardé avec un soudain élan d'affection. C'était la même pureté outragée et furieuse qu'il avait déjà au lycée.

Et pourtant, en me souvenant de l'anecdote de Malcia, j'ai repensé à Josef Adler disant, C'était compliqué. J'ai pensé à l'éclat de Mme Szymanski et puis j'ai pensé aux histoires que nous venions d'entendre à Stockholm et en Israël. S'il était impossible de porter un jugement pour nous, pour Matt ou moi, ou n'importe qui de notre génération oisive, sur les émotions de ces Juifs dont nous avions entendu les histoires, peut-être était-il aussi impossible de porter un jugement sur Mme Szymanski, qui s'était écriée, *Quel idiot il a fait !* lorsqu'elle s'était souvenue qu'il était mort pour une fille juive.

Euh, ai-je murmuré, elle a perdu son *enfant*.

Matt était indigné. Mais il s'est comporté comme un être *humain* !

D E NOUVEAU, NOUS nous sommes installés confortablement autour de la table d'Alena. Nous avons montré à Adam d'autres photos. Shmiel et Ester, le jour de leur mariage, entourés par des hortensias. Shmiel dans son manteau à col de fourrure. Les trois filles en robes de dentelle blanches. Frydka avec son écharpe ; Ruchele avec ses cheveux ondulés des Mittelmark. Shmiel devant un de ses camions avec Ester et son frère, Bumek Schneelicht.

Adam a pris cette photo un peu floue sur laquelle Shmiel a déjà les cheveux blancs et fait beaucoup plus que ses quarante-cinq ans, mais il est souriant et a les mains plongées dans les poches de son manteau avec un air confiant de propriétaire. Adam a dit : *To jest Shmiel*. C'est Shmiel. Il s'est tourné pour dire quelque chose à sa fille qui a traduit, C'est Shmiel tel qu'il s'en souvient. Il dit qu'il reconnaîtrait Shmiel Jäger n'importe où.

Je me plais à croire maintenant que c'est en raison de la présence de Matt, au moment où j'ai montré à cet homme ces photos en particulier, que j'ai pris soin de lui demander quels sentiments elles faisaient naître en lui.

J'ai dit à Alena, Demandez-lui ce qu'il ressent en revoyant ces visages qu'il n'a pas vus depuis si longtemps.

Elle a posé la question en polonais et Adam a retiré ses lunettes délicatement et réfléchi un moment. Puis, il a souri gentiment et dit, Je pense et je retourne dans le passé. J'ai l'impression d'être en route vers le Ciel.

TOUS LES ANCIENS de Bolechow à qui nous avions parlé jusqu'à ce soir-là avaient survécu en ne bougeant pas : en restant parfaitement immobiles pendant des jours, des semaines, des mois, dans des greniers, dans des granges, des caves, dans des compartiments secrets, dans des trous creusés dans le sol de la forêt et dans la plus étrange et la plus étouffante des prisons, celle, très fragile, d'une fausse identité. La dernière histoire de survie que nous allions entendre était, comme dans un poème épique, un mythe grec, celle d'un mouvement perpétuel, d'une errance sans fin.

Le jour de son vingtième anniversaire, Adam Kulberg a quitté Bolechow. Il nous a raconté ce soir-là qu'il avait toujours eu ce qu'il considérait comme un « instinct de l'information » et que son instinct, après que les Allemands avaient commencé à surgir dans toute la Pologne orientale le 20 juin, lui avait dicté de quitter sa ville natale et de voyager vers l'est en direction de l'Union soviétique avec les Russes qui battaient en retraite. Il n'avait pas de travail, cet été-là ; il était jeune, il débordait d'énergie. Il y avait des histoires qui circulaient sur des villes lointaines, des histoires de Juifs abattus dans les cimetières. Peu de gens croyaient ces histoires, mais lui, nous a-t-il dit, il avait son *instinct*. Il a tenté de convaincre ses parents de partir avec toute la famille – sa mère et son père, lui-même, ses trois sœurs, Chana, Perla et Sala, des filles qui avaient à peu près le même âge que les filles de Shmiel, Frydka, Ruchele et Bronia. Mais son père, qui détestait les Russes, s'y était opposé. Aux arguments de son fils, Salamon Kulberg avait opposé un non catégorique. Il avait donné sa bénédiction à Adam, mais avait refusé de bouger. C'est ici que nous sommes nés, avait dit le père. C'est notre maison et c'est ici que nous allons rester.

Comment peut-on quitter une maison ? s'était exclamée Malcia Reinharz à Beer-Sheva.

Le jour de son vingtième anniversaire, Adam a dit adieu à sa famille, embrassant chacun des siens alignés dans la cuisine. Alors qu'il s'apprêtait à partir, il s'est emparé impétueusement de trois photos. Il les a encore. Sur l'une d'elles, sa plus jeune sœur, Sala, porte une montre, comme il s'en est rendu compte en observant pour la millionième fois cette rare relique de ce qu'avait été sa vie, alors qu'il l'avait convoitée pendant longtemps et achetée avec son argent péniblement épargné, montre qu'il avait néanmoins laissé sa sœur porter.

Je suis donc peut-être un bon frère après tout ! nous a-t-il dit à Matt et moi, avec un petit sourire, lorsqu'il nous a parlé de cette photo. Il a sorti la photo en question, tellement abîmée aujourd'hui que les traits de la jeune fille ne sont imaginables que par Adam et lui seul.

Adam avait quitté la maison paternelle – qu'il devait revoir juste après la guerre, un peu plus âgé et transformé par ses remarquables voyages, même si la maison, devait-il me dire plus tard, avait très peu changé ; c'était comme si quelqu'un avait eu l'intention de préparer un repas, avait été interrompu, et avait prévu de revenir quelques minutes plus tard, ce qui peut très bien avoir été le cas, nous le savons –, il avait quitté cette maison, qui resterait presque inchangée alors que tout autour d'elle allait changer radicalement, ou du moins à quatre-vingt-dix-neuf virgule deux pour cent, et il avait pris la direction de l'est. Il était accompagné, au départ, par deux amis qui eux aussi avaient eu l'instinct de partir. L'un s'appelait Ignacy Taub, nom qui signifie, je le sais, *colombe*. L'autre garçon s'appelait Zimmerman, mais après quelques jours passés sur la route poussiéreuse qui menait vers la Russie, il s'était mis à pleurer, disant que sa famille lui manquait, et il était donc reparti chez lui. L'occurrence suivante, et peut-être ultime, du nom de Zimmerman apparaît dans le récit de Bolechow pendant l'hiver 1942, lorsque Meg Grossbard avait exprimé sa surprise, lors d'une visite clandestine chez son amie Dusia Zimmerman, en découvrant que Lorka Jäger s'était entichée du frère de Dusia, Yulek Zimmerman, un garçon dont Meg n'aurait jamais imaginé qu'il pût être le type de Lorka. Yulek Zimmerman a été tué au cours d'une « petite » *Aktion* qui a eu lieu en 1943.

Donc Bumo – comme nous devons l'appeler désormais puisqu'il voyageait avec un ami et que tous ses amis l'appelaient Bumo et non Adam –, Bumo, donc, et Ignacy Taub se sont mis en route. Ils empruntaient les petites routes et, chaque jour, étaient un peu plus à l'est, ouvrant l'œil pour ne rien perdre de la circulation : s'ils voyaient des troupes russes, ils savaient qu'ils étaient plus ou moins en sécurité. Ils marchaient sans arrêt et, au bout d'un certain temps, leur trajectoire s'est infléchie vers le sud. Ils avaient conçu un plan : ils marcheraient jusqu'en Palestine, et suivraient un itinéraire passant par le

Caucase, descendant au sud vers l'Iran, traversant l'Iran, avant de tourner vers l'ouest pour pénétrer en Palestine.

En Palestine ? pourriez-vous vous exclamer, comme Matt et moi l'avons fait quand nous avons entendu le début du récit d'Adam. Il a eu un petit sourire d'autodénigrement. Nous étions jeunes, a-t-il dit.

Au bout de trois mois, après avoir été parfois pris en stop, après avoir sauté dans des trains, Bumo et Ignacy ont atteint le Caucase, où ils se sont arrêtés et ont travaillé pendant quelque temps dans une plantation de tabac. Le travail était très dur, mais ils étaient costauds et jeunes, et le climat, a-t-il admis, était merveilleux. Les arbres étaient chargés de fruits, ils n'ont jamais eu faim. Dans la ferme collectiviste, ils avaient une chambre avec deux lits. Tout était impeccable. Les murs étaient d'un blanc immaculé. On les avait même payés un peu. L'endroit était magnifique, loin de tout. Un endroit où ils avaient beaucoup de chevaux, s'est souvenu Adam pendant qu'il racontait. Célèbre pour les Cosaques.

Ils étaient à Grozny. En trois mois, Bumo et Ignacy étaient allés de la Pologne à la Tchétchénie. Même s'il semblait incroyable qu'une guerre ait été en cours – le temps magnifique, les fruits, les lits propres et durs, le travail honnête –, l'oreiller de Bumo était humide, nuit après nuit. Sa famille lui manquait et il avait compris, à présent, qu'il était très loin de chez lui. Tous les soirs, il sortait ses trois photos et leur parlait.

TRÈS VITE, ILS ont entendu dire que les Allemands arrivaient et, après en avoir discuté, les deux jeunes gens ont décidé que, puisqu'ils n'avaient pas attendu les Allemands chez eux à Bolechow, ils n'allaient pas rester à Grozny non plus, en dépit de l'environnement incroyablement idyllique. Les gens du coin et leurs camarades de travail furent tristes de les voir partir : ils étaient de bons travailleurs et presque tout le monde était dans l'armée. Mais les garçons étaient déterminés. Ils ont empoché leur salaire et se sont remis en route. Parfois, ils montaient dans un train. Le paysage était magnifique, se souvenait Adam. Comme un *Kurort*. Comme une station thermale. Les deux jeunes gens ont continué en direction de l'est, à travers ces paysages d'une beauté époustouflante jusqu'à la mer Caspienne.

C'est à peu près au moment où Bumo et Ignacy ont traversé la minuscule république soviétique du Daghestan que Ruchele Jäger a été contrainte d'avancer nue sur une planche suspendue au-dessus d'une fosse rapidement creusée dans un endroit appelé Taniawa.

À Makhatchkala, la grande ville portuaire du Daghestan qui se situe sur la rive occidentale de l'immense mer Caspienne, Bumo et Ignacy ont retrouvé des milliers de réfugiés. Il était très difficile de trouver de la nourriture ; personne n'avait le moindre argent. En dépit de ces conditions, Adam et Ignacy, sans beaucoup plus que les vêtements qu'ils portaient et, bien sûr, les trois précieuses photos, étaient en admiration devant les habitants du coin, dont le vêtement de tous les jours incluait le port d'énormes sabres.

Des sabres ! Des énormes épées ! Ils avaient le droit de se balader avec ! s'est exclamé Bumo. Encore aujourd'hui, il secouait la tête en signe d'incrédulité.

La ville de Makhatchkala était, pensait Bumo, d'une grande beauté, construite en cascade descendant graduellement vers la mer. Pendant trois ou quatre semaines, ils avaient traîné là, en attendant d'avoir la chance de monter à bord d'un bateau qui leur ferait traverser la mer ; ils voulaient continuer à aller vers l'est. Bumo et Ignacy passaient des heures et des journées entières à rôder dans le port, attendant de pouvoir monter à bord d'un bateau. Finalement, ils avaient décidé que, au cas où un seul pourrait partir, il devrait le faire et attendre de l'autre côté l'arrivée de son ami. C'était ce qui s'était passé. Bumo était parti le premier, clandestinement. Il avait fallu deux jours, dans des conditions intolérables, pour atteindre la rive opposée de la Caspienne, la ville portuaire de Krasnovodsk au Turkménistan. Il faisait une température de quarante-cinq degrés. C'était, a dit Adam, comme le Sahara. Krasnovodsk était connue comme la ville sans eau, parce que l'eau de la mer Caspienne est salée. Imbuvable. L'eau était donc rationnée.

À peu près au moment où Bumo explorait, dans une chaleur suffocante, cette ville privée d'eau, Frydka Jäger réussissait à se faire employer à l'intérieur d'une fabrique de barils, ce qui était un moindre mal, compte tenu de la sévérité de l'hiver dans les Carpates.

À Krasnovodsk, le cousin éloigné de Frydka, Bumo Kulberg, avait trouvé un emploi de docker sur le port, déchargeant des navires en attendant l'arrivée d'Ignacy Taub.

Au bout d'un mois, Ignacy était arrivé. Alors qu'ils auraient pu tous les deux trouver du travail à Krasnovodsk, ils avaient continué à voyager. Il faisait trop chaud et il y avait ces problèmes d'eau. Ils savaient que la chose la plus importante était de rester en bonne santé. Ils avaient donc décidé de poursuivre en direction d'Ashgabat, à la frontière du Turkménistan et de l'Iran. Ils s'étaient glissés à bord de différents trains et avaient ainsi pu traverser le terrible désert de Karakoum, dans le Turkménistan central, un endroit tellement désolé que les gares, très rares, qu'ils avaient vues ne portaient pas de noms mais des numéros.

THE CENTRAL ASIAN DESERT

ILS ÉTAIENT ARRIVÉS à Ashgabat dans la soirée. Là encore, même dans un endroit aussi éloigné de tout, il y avait des réfugiés partout : des Ukrainiens, des Russes blancs. À la gare, des gens leur avaient demandé où ils allaient, s'ils pouvaient leur être d'une aide quelconque ; mais, bien entendu, Bumo et Ignacy savaient bien qu'ils ne pouvaient révéler leur intention de passer d'Iran en Palestine. Et ils n'avaient donc rien dit. Ashgabat se situait à quatorze kilomètres seulement de la frontière iranienne.

On était au début de l'année 1942. Alors que les deux garçons de Bolechow étaient à deux pas du pays du Trône du Paon, terrifiés à l'idée de simplement mentionner le pays où ils désiraient se rendre, une jeune fille de dix-neuf ans qui serait un jour Meg Grossbard posait les yeux pour la dernière fois sur Lorka Jäger chez leur amie commune, Dusia Zimmerman, qui, elle aussi, apprendrait un jour quelque chose sur la sagesse de la discrétion absolue.

757

À Ashgabat, les nouvelles du monde étaient rares. La radio soviétique était de la pure propagande et donc inutile, et écouter la BBC était un crime à haut risque. Les deux garçons avaient traîné dans la ville et fini par trouver un endroit où dormir. Par hasard, le lendemain, ils étaient tombés sur un Polonais qui travaillait chez un barbier. Il avait quelques informations. Ashgabat, avait dit ce Polonais, était fermée en raison de sa proximité avec la frontière iranienne ; il était inutile d'essayer d'aller plus loin. Bumo avait vu de ses propres yeux des soldats qui patrouillaient régulièrement sur la frontière, mais Ignacy et lui voulaient tout de même tenter leur chance. Ils avaient quitté Ashgabat en direction de l'Iran. Au bout de quelques heures, une patrouille frontalière les avait arrêtés. On leur avait ordonné de retourner d'où ils venaient ; curieusement, ils avaient été traités avec aménité. Les soldats avaient acheté des billets de train pour les deux garçons de Bolechow et leur avaient dit, Vous n'avez pas le droit d'être ici.

Ils avaient donc poursuivi leur marche ailleurs. Pendant l'année 1942, les garçons avaient voyagé dans le nord-est, traversant le Turkménistan dans toute sa largeur, à travers le désert du Karakoum, et jusqu'en Ouzbékistan, après avoir passé le fleuve Amou-Daria. Au moment où Bumo Kulberg et Ignacy Taub traversaient le fleuve Amou-Daria, Ester Jäger et sa fille de treize ans, Bronia, étaient poussées dans un fourgon à bestiaux à destination de Belzec, où elles allaient expirer dans une chambre à gaz et où, immédiatement après leur décès, on allait fouiller leur bouche, leur vagin et leur rectum à la recherche d'objets précieux, avant que leurs cadavres soient jetés dans une fosse commune, pour être exhumés des mois plus tard – au même instant, Bumo et Ignacy découvraient les panoramas de Samarkand, la ville légendaire de la route de la soie – et incinérés, après qu'il avait paru plus judicieux de disposer ainsi de ces deux corps et des six cent mille autres corps de Juifs qui avaient été enterrés là.

Quelques mois plus tard, Bumo et Ignacy approchaient de Tachkent, et c'est à peu près à ce moment-là qu'une jeune femme qui était née sous le nom de Chaya Heller, mais deviendrait un jour, en raison du courage et de la bonté d'un prêtre de Lublin en Pologne, Anna Heller Stern, s'est tournée vers sa camarade de classe, Lorka Jäger, et lui a dit, *Allez, embrasse-moi, qui sait quand nous allons nous revoir ?*

Au début de 1943, lorsque les *W* ont été liquidés à Bolechow, les anciens voisins d'Ester et de Bronia étaient à Tachkent, dans la partie orientale de l'Ouzbékistan. À l'époque, c'était la plus grande ville de l'Asie centrale, avec plus de deux millions d'habitants. Un peu plus tard, au moment où les *R* ont été liquidés, Bumo, qui voyageait seul, est arrivé à Frounze – Bichkek aujourd'hui –, la capitale du Kirghizstan.

C'était très intéressant ! s'est exclamé Adam. Il souriait modestement, comme pour dire, Tout le monde aurait fait la même chose. Il a dit, J'avais vingt et un ans !

A-t-il jamais pensé à quel point c'était étonnant au moment même où cela se passait ? ai-je demandé.

759

Alena a posé la question à son père. Non, a-t-elle dit. Il dit que c'était son destin.

Attendez, a dit Matt. Pourquoi Bumo voyageait-il *seul* quand il est arrivé à Frounze ?

Parce que, a-t-il expliqué, Ignacy et lui, comme tous les autres voyageurs et réfugiés qui passaient dans les villes de l'Asie centrale pendant la guerre, avaient l'habitude de s'arrêter dans le bazar de chaque ville, petite ou grande, pour prendre des nouvelles du monde et chercher des visages d'étrangers sympathiques comme eux. Et dans un de ces bazars, dans un de ces endroits, Ignacy Taub était tombé sur des parents de Bolechow.

C'est une histoire vraie, a dit Adam.

Je n'en doutais pas. J'ai pensé au type dans l'ascenseur à Prague, le jour où Froma et moi étions revenus de Theresienstadt, qui s'était tourné vers nous et avait dit à brûle-pourpoint, *Oui, j'étais à Babi Yar*. À la femme de Beth Hatefutsoth qui s'est révélée être Yona. À la femme du marché aux puces à New York qui, un jour d'été, alors qu'elle essayait de me vendre un morceau de tissu, a penché la tête sur le côté et dit, Vous avez perdu un parent pendant l'Holocauste, n'est-ce pas ? J'ai pensé à Shlomo, me demandant dans la voiture en route pour Beer-Sheva, Avez-vous entendu parler d'un habitant de Bolechow, un journaliste américain célèbre du nom de Krauthammer ? et moi répondant, Non, je n'ai entendu parler que d'un éditeur américain célèbre du nom de Wieseltier ; et puis, Yona se tournant vers moi pour me dire que son nom était *Wieseltier*. Peut-être n'y avait-il pas de coïncidences, me suis-je dit. Ou peut-être était-ce simplement un problème statistique. Peut-être y avait-il tant de fantômes juifs que vous finissiez forcément par en rencontrer un.

FINE-LOOKING SARTS IN OLD TASHKENT

Après avoir dit adieu à Ignacy dans ce bazar du Kirghizistan, a dit Adam, il avait rencontré deux personnes de Bolechow. Il ne se souvenait pas dans quelle ville il avait dit adieu à Ignacy, mais c'était vers le milieu de l'année 1943, ce qui veut dire à l'époque où les derniers Juifs de Bolechow étaient liquidés. Et il savait aussi que c'était près de la frontière chinoise. On peut voir les choses autrement en disant qu'au moment où Bumo Kulberg, un jeune Juif d'une petite ville de Pologne, arrivait en Chine, il n'y avait plus de Juifs à Bolechow, en dehors de ceux qui vivaient dans des caves, des greniers, des granges ou des trous creusés dans la forêt. Parmi ces Juifs cachés, au moins pour un certain temps encore, se trouvaient, croyons-nous, Shmiel et Frydka Jäger.

Avec ses deux nouveaux amis de Bolechow – l'un d'eux, je ferais aussi bien de le dire, s'appelait Naphtali Krauthammer – Bumo avait entendu dire que, à quelque distance de l'endroit où ils étaient alors, se trouvait un camp de réfugiés de Pologne, sur la frontière septentrionale de l'Ouzbékistan, une localité appelée Tokmok. Bumo avait décidé, à ce moment-là, d'entrer en contact avec des Polonais ; son projet initial de rejoindre la Palestine ayant échoué, il était impatient de trouver l'armée d'Anders, le bataillon polonais créé en 1941, après que les Allemands avaient attaqué l'Union soviétique ; Staline avait alors compris que les nombreux Polonais qui languissaient dans les prisons soviétiques seraient plus utiles à combattre les Allemands. Les exploits de cette unité étaient déjà célèbres et Bumo avait entendu dire qu'un capitaine dans le camp de réfugiés de Tokmok projetait d'aller en Iran pour rejoindre l'armée d'Anders.

Le trajet de Frounze à Tokmok était toutefois difficile. Il n'y avait pas de routes commodes et le terrain était montagneux. Certains pics atteignaient cinq ou six mille mètres d'altitude. D'un lieu d'habitation à un autre, il fallait parcourir de nombreux kilomètres, se souvenait Bumo. Ce n'était même pas des maisons : c'étaient des yourtes, des tentes faites de feutre et de jeunes arbres, utilisées depuis toujours par les nomades des steppes de l'Asie centrale. Alors que Bumo, Naphtali et Abraham progressaient vers Tokmok, ils avaient été pris dans une violente tempête de sable et contraints de se réfugier dans une yourte habitée par un jeune couple avec un petit enfant. Ces gens hospitaliers avaient offert à manger aux trois hommes à l'allure étrange : une sorte de farine pâteuse avec de l'agneau. C'était délicieux.

C'était à peu près à l'instant où Bumo se régalait de ce repas savoureux que Ciszko Szymanski, comme j'allais le découvrir plus tard, était en train de crier, *Si vous la tuez, alors vous devrez me tuer aussi !*

Et c'est ce qu'ils ont fait.

A TENT OF LONELY NOMADS ON A SUMMER PASTURE IN CENTRAL ASIA

Le jeune couple avait offert aux trois hommes un endroit où dormir. Il leur avait donné des sortes de matelas roulés à déployer près du feu : la place d'honneur. Il faisait horriblement chaud pendant la journée, mais atrocement froid la nuit. Le lendemain, les nomades ouzbeks leur avaient indiqué le chemin qu'ils devaient prendre : de l'autre côté de la rivière Chu. Ils étaient repartis.

763

Ils avaient fini par arriver dans un endroit rempli de réfugiés. Les trois garçons de Bolechow avaient trouvé du travail chez un vétérinaire qui vivait dans une maison magnifique, avec jardin et sauna. Un jardin ! Ils travaillaient dans le jardin. Très vite, il est devenu apparent que la rumeur qu'ils avaient entendue à propos d'un capitaine qui les conduirait jusqu'à l'armée d'Anders n'était pas fondée. Bien que la vie ait été assez bonne et la nourriture abondante, une épidémie de typhus avait éclaté dans le camp. Une quarantaine avait été mise en place. À la fin de la quarantaine, les trois garçons de Bolechow avaient décidé de repartir. Ils avaient pris la direction d'un autre endroit dont ils avaient entendu parler, appelé Antonufka, où se trouvait un autre camp de réfugiés polonais. Dès leur arrivée, ils avaient pu constater que le camp était dirigé de manière militaire. Des tentes militaires étaient alignées. Les gens qui avaient trouvé refuge ici payaient leur pension en travaillant dans des carrières. La discipline était stricte : chaque matin, on sonnait le réveil. Bumo avait vite compris qu'il y aurait peu de chances de trouver là quelqu'un qui l'aiderait à entrer en contact avec l'armée d'Anders. Les gens qui dirigeaient le camp disaient que quiconque ne voulait pas travailler pouvait retourner à Frounze. On avait le droit de partir. Bumo était donc retourné à Frounze et avait commencé à travailler dans une usine qui fabriquait de l'équipement agricole. Le patron de l'usine était un avocat de Cracovie du nom de Ravner. Il était marié à une femme ouzbek superbe et avait eu deux enfants avec elle.

Pendant qu'Adam Kulberg racontait cette histoire, au cours d'une nuit neigeuse du début de l'année 2004 au Danemark, j'ai songé à une autre histoire de mariage improbable que j'avais entendue autrefois, celle d'un Juif du nom de Shmiel Jäger, originaire de Dolina, qui avait épousé une femme ouzbek et eu des enfants avec elle, qui vivait encore, pour autant qu'on pouvait le savoir, en Ouzbékistan avec ses enfants et ses petits-enfants – lesquels portent tous un gène qui est très probablement lié à certains gènes que mes frères, ma sœur et moi possédons.

C'est là, à Frounze, que Bumo était tombé malade pour la première fois. Une nuit, comme il avait l'impression d'avoir une appendicite, il s'était rendu à l'hôpital où il avait été opéré d'urgence. Comme les médicaments étaient rationnés, Bumo n'avait reçu qu'une anesthésie locale, ce qui fait qu'il avait pu voir les chirurgiens l'inciser et retirer l'appendice enflé. Alors qu'il allait entrer dans la salle d'opération, Bumo avait confié ses précieuses possessions – précieuses parce qu'elles étaient les seules – à une infirmière bienveillante qui avait proposé d'en prendre soin, s'il lui arrivait quelque chose. Car, même à ce moment-là, chaque soir, il parlait encore aux photos de sa famille. L'infirmière avait pris les photos et, comme promis, les avait rangées soigneusement jusqu'à ce qu'il fût remis de l'opération. La femme était allemande, épouse d'un officier russe.

Une fois rétabli, Bumo Kulberg avait décidé de trouver une unité militaire, quelle qu'elle fût, dans laquelle il pourrait combattre. Avec ses deux compagnons, il avait recommencé le même parcours fantastique. De Frounze, ils avaient voyagé vers l'ouest jusqu'à Tachkent. Bumo s'y était reposé quelque temps. Pendant dix mois, il avait travaillé dans une fabrique de champagne soviétique.

Une fabrique de champagne soviétique à Tachkent ?! nous étions-nous exclamés de concert Matt et moi, en riant. Oui, pourquoi pas ? Nous avions bu du champagne soviétique dans la salle de séjour bondée de Nina à Bolechow, pendant que son mari jouait « Yesterday » sur son piano déglingué, nous l'avions bu, incapables de croire qu'il existait quelque chose comme du champagne soviétique.

Finalement, Bumo avait appris les nouvelles qu'il attendait depuis si longtemps : des gens du coin lui avaient dit savoir comment il pourrait s'engager dans un régiment polonais. Il avait rempli une demande d'engagement. Deux semaines plus tard, il était dans le train de Tachkent à Moscou, puis dans un endroit appelé Divovo sur le fleuve Oka, où s'entraînait l'unité en question et où il était tombé sur Amir Sapirstein, un voleur célèbre de Bolechow. Les jeunes recrues vivaient dans une immense forêt. Elles avaient le crâne rasé. La discipline était sévère. À la fin de 1943, à l'heure où Sumek et Malcia Reinharz, Jack Greene, son frère et son père, Anna Heller Stern, Klara et Yankel Freilich, Josef et Shlomo Adler, Dyzia Lew, étaient tous enfermés en silence dans leurs cachettes, Bumo Kulberg, dans une forêt sur le fleuve Oka, voyait trois jeunes gens, qui avaient pensé, comme lui, vouloir combattre les

Allemands, mais avaient essayé, non comme lui, de déserter, se faire fusiller dans une clairière. L'un d'eux était un Juif de Varsovie. Il faisait tellement froid que les visages des trois hommes, qui avaient supplié leur commandant de les épargner et promis qu'ils combattraient pour la Pologne, avaient pris une couleur violette, se souvenait Adam.

En décembre, Bumo faisait route vers le front occidental. Ils s'étaient arrêtés à Kiev. Berdetsov. Ils avaient poursuivi vers l'ouest. Ils étaient entrés en territoire polonais. Les semaines s'écoulaient. Il était à Lublin où, à son insu, son ancienne voisine, Chaya Heller, prétendait, jour après jour, être une jeune fille catholique du nom d'Anna Kucharuk. Il était à Majdanek. À quatre kilomètres à peine du centre de Lublin, Majdanek était un camp qui avait été créé pour être un camp de prisonniers de guerre dirigé par la SS, à l'époque où avait eu lieu la première *Aktion* à Bolechow, mais six mois plus tard c'était devenu le site de massacres de grande envergure qui devaient se prolonger jusqu'en juillet 1944, date à laquelle trois cent soixante mille Juifs, Polonais et prisonniers de guerre y avaient été gazés. À Majdanek, Bumo avait découvert que tout avait été brûlé ; les Allemands effaçaient leurs traces. Quand il y était arrivé avec les autres soldats, le four crématoire était encore brûlant. Bumo avait traversé le camp et vu, disait-il, des montagnes de valises, des montagnes de photos qui avaient été autrefois l'empreinte des vies de ces Juifs et n'étaient plus à présent qu'un tas d'ordures indéchiffrables. Pour des raisons qu'il ne pouvait pas s'expliquer, il a ramassé quelques photos et les a gardées.

Il avait continué. De septembre 1944 à janvier 1945, il était resté sans bouger avec son armée sur les bords de la Vistule en face de Varsovie et sans rien faire, alors que l'armée soviétique, avec ses petits régiments polonais, était censée être l'alliée de Polonais de Varsovie qui tentaient de se soulever contre les Allemands ; sans rien faire parce que Staline, qui pensait déjà à la situation d'après-guerre, ne voyait aucun intérêt à avoir dans les parages une résistance polonaise active et courageuse, après l'écrasement de l'Allemagne. C'est à ce moment-là que Bumo Kulberg était devenu officier. Après que le soulèvement de Varsovie avait été réduit à néant, son armée avait marché en territoire allemand. Du 15 au 16 avril 1945, Bumo avait combattu dans l'offensive sur Berlin. Pour une minuscule part, Berlin est tombé parce qu'un garçon de Bolechow, Adam Kulberg, y a combattu.

Et ainsi la guerre a pris fin en Europe, et avec elle l'Holocauste. Ce qui avait commencé pendant la nuit du 9 novembre 1938, la Nuit de cristal, venait enfin de s'achever. Bumo Kulberg n'avait pas encore vingt-quatre ans. À Bolechow, le nombre des Juifs qui étaient sortis de leurs caves, de leurs greniers, de leurs poulaillers, de leurs trous dans la forêt, s'élevait à quarante-huit exactement.

Près de soixante ans plus tard, le vieil homme que le jeune Bumo allait devenir terminait son récit en disant, Je n'étais pas le seul, il y avait des milliers de Juifs qui se battaient dans toutes les armées du monde.

Il s'était tu, puis avait ajouté, Je n'ai donc pas l'impression d'avoir fait quelque chose d'exceptionnel.

PENDANT TOUT CE TEMPS, pendant toutes ces aventures, Bumo n'avait pas eu la moindre idée de ce qu'était devenue sa famille. Il avait voyagé sans arrêt, avait traversé à pied une bonne partie de l'Asie, sans cesser de penser à sa mère et à son père, à Chana, à Perla, à Sala, mais sans jamais savoir ce qui s'était passé. Tandis qu'il campait avec l'armée soviétique devant Varsovie au cours des derniers mois de 1944, cette pensée le hantait. Il avait écrit à une famille polonaise qu'il connaissait bien à Bolechow, les Kendelski, qui avaient été ses voisins avant qu'il quitte la ville et commence son périple. Il avait adressé la lettre à Bronia Kendelska, mais c'était de sa sœur Maria qu'il avait finalement reçu une réponse, dans les jours de la chute de Berlin.

Adam Kulberg a toujours cette lettre et, ce soir-là à Copenhague, il l'a prise délicatement entre ses doigts et l'a lue à voix haute pour Matt et moi. Il lisait une phrase, puis Alena traduisait, offrant de temps en temps un commentaire lorsqu'elle le jugeait nécessaire.

La lettre sonnait comme suit :

Cher Bumo
En réponse à ta lettre
il faut que je te dise
qu'au cours de la première Aktion
le 28 octobre 41
les Allemands ont tué
tes trois sœurs.
Et au cours de la dernière Aktion
à l'automne 43
ils ont tué tes parents.
À Bolechow, il ne reste que quarante personnes de ta confession.
Dans ta maison vit
Kubrychtowa
qui a pris la maison même pendant l'occupation allemande.

(Alena s'est interrompue un instant et a dit, Cette Kubrychtowa prétendait que la maison appartenait à ses parents ! Puis, elle a continué à traduire)

Chez nous, beaucoup de changements.
On ne peut pas les décrire.
Ma sœur – Bronia –
est avec ma mère

elles vivent à Rzeszów.
Des Israélites...

(« *Israélites* », a répété Alena. Je dois vous dire que, en polonais, quand vous dites « Israélites », cela sonne de façon très curieuse, comme si vous ne vouliez pas mentionner le mot *Juifs*. Donc vous dites Israélites)

Des Israélites
les seuls qui restent
sont le fils de Salka Eisenstein,
Hafter, Grunschlag, Kahane, Mondschein,
et tous ceux
que je ne connais pas – les noms ne me sont pas
connus.
Essaie de venir
pour que tu puisses connaître beaucoup de
choses.
Je m'arrête maintenant.
Tous mes vœux,
Salutations,
Kendelska Maria, Bolechow 7 décembre 44.

C'était la fin de la lettre. Adam a cessé de lire et Alena de traduire. Le silence s'est fait. Puis Alena a dit, C'est la lettre qui a changé la vie de mon père, vous savez ?

Nous sommes restés cois. Adam a dit quelque chose à Alena, qui nous l'a répété, Il dit que dans les années qui ont suivi la guerre, lorsqu'il allait quelque part en train, il observait toujours tous les visages parce qu'il se disait, Peut-être que je vais reconnaître quelqu'un, quelqu'un de ma famille.

Adam la regardait pendant qu'elle traduisait et, au bout de quelques secondes, il a dit, Je regarde toujours les quelques photos que j'ai d'eux et, chaque soir, je dis bonne nuit à toute ma famille, la famille de Bolechow.

Alena a marqué une pause, puis elle m'a dit, Je vous dis ceci : mon père vit avec ces gens tous les jours de sa vie, ils sont très réels et très vivants pour lui. Regarder ces photos, tous les soirs, leur dire bonne nuit.

Moi qui ai passé trois ans à chercher des gens que je ne pourrai jamais connaître, je n'ai rien dit. Matt, lui, a dit, Laissez-moi faire son portrait avec cette lettre à la main.

Adam s'est levé lentement et ils sont allés près de la fenêtre. Une fois encore, j'ai entendu le *k-shonk* de l'obturateur de son Hasselblad. Puis ils sont revenus à la table et le temps de partir était venu pour nous. Nous avions passé beaucoup plus de temps à parler des aventures d'Adam que d'Oncle Shmiel. Mais, au bout du compte, cela semblait n'avoir aucune importance. Il n'y avait plus d'histoires à raconter.

Alors que nous nous levions de table pour rassembler nos affaires, j'ai eu l'impression d'avoir oublié quelque chose. Quand nous sommes arrivés devant la porte d'entrée, je m'en suis souvenu.

Demandez à votre père, ai-je dit en me tournant vers Alena, s'il souhaitait que quelqu'un apprenne une chose en particulier sur Bolechow en lisant mon livre, une chose à garder en mémoire, qu'est-ce que ce serait ?

Elle a transmis la question à son père, et dès qu'elle a cessé de parler, un fin sourire est apparu sur ses lèvres à lui. Puis il a dit quelque chose lentement, trois phrases cadencées en polonais qu'il a prononcées sur un rythme presque ecclésiastique. Alena a écouté son père, a levé les yeux vers moi et a traduit la réponse, une réponse, me suis-je dit, digne de quelqu'un qui avait vu plus du vaste monde qu'un héros homérique.

Elle a dit, Il dit, Il y a eu les Égyptiens et leurs pyramides. Il y a eu les Incas du Pérou. Et il y a eu les Juifs de Bolechow.

Nous avons pris l'avion pour rentrer, le lendemain. Il se trouve que c'était un 29 février : un jour qui n'existe pas la plupart du temps, un jour qui, comme un vaisseau fantôme dans un conte, surgit de nulle part pour disparaître avant qu'on ait eu la chance de saisir ce que c'était ; un jour hors du temps.

Lech Lecha, *la* parashah *qui raconte avec force détails les voyages épuisants et appauvrissants qu'Abram, plus tard Abraham, le père du peuple juif, doit entreprendre pour atteindre la terre que Dieu lui a promise – voyages qui, nous l'apprenons, incluent des affrontements atroces et violents avec les chefs de guerre des territoires dans lesquels Abraham et les siens devront un jour séjourner, des endroits comme Sodome et Gomorrhe, des endroits où règne un mal terrible –, cette* parashah, *saturée de mouvement, de désarroi et de violence, s'achève sur une note inhabituelle de calme. Un jour, lorsque Abraham a quatre-vingt-dix-neuf ans et n'a toujours pas engendré un fils par sa femme, Sarah, Dieu lui apparaît et lui transmet deux informations importantes. Tout d'abord, Dieu déclare qu'il a décidé d'établir une alliance avec Abraham et ses descendants, à qui Dieu promet de vastes étendues de terre pour une possession éternelle. Ensuite, il annonce au vieil homme, qui jusqu'à présent n'a eu qu'un fils de sa servante égyptienne, Hagar, que Sarah donnera naissance à un enfant dans l'année qui vient. Le garçon, comme nous le savons, est né, et le nom que Dieu lui donne est, comme nous le savons aussi, Yitzhak, « Il a ri ».*

Dans le contexte de ces promesses, qui ont dû paraître incroyables en effet, il est important de prendre le temps de considérer un détail du dis-

cours de Dieu à Abraham. Lorsque Dieu parle pour la première fois à son prophète, il dit : « Je suis El Shaddai » – première occurrence de cette épithète dans la Torah. Pour certains érudits – pas pour Friedman, toutefois, qui, voyant un lien entre l'hébreu shaddai et l'akkadien sadu, « montagnes », n'accorde pas d'autre signification à l'épithète que « Celui de la Montagne » – le nom a une signification symbolique considérable. Rachi, par exemple, explique longuement les mots. Pour ce Français du Moyen Âge, « Je suis El Shaddai » signifie « Je suis celui qui suis, dans Ma Divinité, assez pour chaque créature » : ce qui veut dire que le nom contient une garantie implicite du fait que Dieu peut tenir les promesses qu'il fait. Une glose plus tardive sur ce passage – Be'er BaSadeh, s'inspirant du commentateur midrashique Bereishit Rabbah – explique mieux encore la raison pour laquelle une telle garantie est nécessaire : Abraham redoutait que la circoncision, bris, que Dieu exigera comme un signe de l'engagement de son nouveau peuple vis-à-vis de lui, eût pour effet de l'isoler dangereusement du reste de l'humanité, et donc Dieu a dû le rassurer. Dans Bereishit Rabbah 46, 3, nous apprenons qu'Abram a dit, « Avant que je sois entré dans ce bris, les gens venaient à moi. Continueront-ils à venir à moi, après que je suis entré dans le bris ? » C'est pourquoi Dieu, au moment où il fait ses promesses et, comme nous le verrons, exige l'établissement du rituel du bris en retour, déclare lui-même être « assez ». Cet « assez » est, par conséquent, ce que nous pourrions appeler un usage positif du mot et, par conséquent, tout à fait différent dans sa signification de la manière très narquoise dont un autre Abraham, mon grand-père, aimait en faire usage. Par exemple : lorsqu'il entendait qu'untel ou tel autre, en général un cousin âgé de la branche de la famille qu'il dédaignait, était mort à un âge très avancé, il hochait légèrement sa belle tête et disait, Nu ? Genug ist genug ! Assez, c'est assez ! Il faisait souvent cette petite plaisanterie sinistre quand il me faisait parcourir la concession familiale au cimetière de Mount Judah et insistait pour décliner les âges auxquels ses sœurs étaient mortes – vingt-six, trente-cinq – et m'entraîner ensuite, quelques pas plus loin, devant les tombes en bronze de sa cousine germaine Elsie Mittelmark, morte à l'âge de quatre-vingt-quatre ans en 1973, et de sa sœur à elle, Berta, morte à quatre-vingt-douze ans en 1982, trois fois plus âgée que sa cousine Ray, Ruchele, lorsqu'elle était morte une semaine avant de se marier. Genug ist genug !

En tout cas, Dieu fait ces promesses extravagantes à Abraham, et quelle que soit la signification du nom qu'il utilise à ce moment-là, l'accomplissement de ses promesses suggère que son pouvoir est, du moins selon ce texte, « assez » pour les accomplir.

Les promesses fonctionnent dans les deux sens et, comme je l'ai mentionné, en échange de la promesse de protection et d'abondance qu'il fait à Abraham, Dieu exige un signe permanent du lien qui l'unit au peuple élu, un symbole qui sera découpé dans la chair même. Par conséquent, le dernier événement qui est relaté dans parashat Lech Lecha est des plus curieux : une circoncision de masse qui a lieu juste avant que naisse

Yitzhak, que nous connaissons bien sûr sous le nom d'Isaac. Après l'apparition de Dieu en El Shaddaï, Abraham a pris son fils de treize ans, Ismaël, et toute sa domesticité, et tous ses esclaves, à la fois ceux qui étaient nés dans l'esclavage et ceux qui avaient été achetés, et il les a tous circoncis. Cette circoncision, bien entendu, est le signe visible et inaltérable de l'alliance de Dieu avec le peuple hébreu – cette même visibilité, cette même inaltérabilité étant, par la suite, une des raisons pour lesquelles on entend plus souvent des histoires de femmes qui, comme Anna Heller Stern, ont pu prétendre, à cause d'un heureux accident de la génétique, appartenir à des peuples non élus, quand le peuple élu était éradiqué de la surface de la Terre, que des histoires d'hommes, puisque même lorsque ces hommes étaient blonds aux yeux bleus, leur chair était marquée par l'alliance établie par Dieu avec son peuple élu, comme il est dit à la fin de parashat Lech Lecha. Ce que mon expérience m'a appris, c'est que les hommes ou bien se cachaient, comme Jack, Bob et les autres, ou bien s'enfuyaient, comme Bumo Kulberg, qui portait le prénom de son grand-père Abraham – un homme dont le nom était à la fois Kulberg et Kornblüh ; Bumo Kulberg qui, en pleine maturité, a eu une fille, qui a eu une fille à son tour, une fille dont le prénom, Alma, signifie « âme », et dont le nom de famille n'est pas le nom de son père, mais celui du père de sa mère, Kulberg, parce qu'il n'y a personne d'autre pour le porter dans l'avenir. La profonde émotion qui sous-tend la décision d'embrasser cet héritage particulier a conduit, en partie du moins, la fille d'Adam

Kulberg à dire, à la fin du premier soir de notre visite, La meilleure chose qui soit arrivée à mon père, c'est Alma. C'est comme si... toute cette douleur et tout ce malheur, Alma les avait adoucis de nouveau. Il dit qu'il vit pour Alma.

Quoi qu'il en soit, la question fameuse concernant la conclusion de Lech Lecha *est la suivante : pourquoi Dieu attend-il qu'Abraham ait quatre-vingt-dix-neuf ans avant d'établir la marque de son alliance avec lui, sa maison et sa descendance ? Après tout, comme le dit Friedman dans son commentaire très contemporain, « Dieu connaît Abraham depuis des années » à ce moment-là : « Pourquoi ne pas poser cette exigence dès le début de la relation ? » Friedman répond alors à sa question rhétorique d'une façon que je trouve assez convaincante, moi qui connais la Torah moins intimement que je ne connais l'*Odyssée, histoire d'une lutte épique pour retrouver un foyer qui diffère la satisfaction d'une réunion de famille pour son héros, non pour le moment du retour en soi, mais pour les conséquences des épreuves et des tests grâce auxquels il prouve qu'il mérite cette réunion. Pourquoi le moment de la circoncision, le moment où une nouvelle sorte de famille est créée, arrive-t-il tellement tard dans le récit de la Genèse ? demande Friedman. Parce que, répond-il, la circoncision n'est qu'un* signe *de l'alliance.*

Alors pourquoi ne pas conclure l'alliance elle-même dès le début ? insiste-t-il.

Parce que, nous dit le rabbin, Abraham doit endurer de nombreuses épreuves pour prouver qu'il mérite *l'alliance. Cela, me semble-t-il, est une considération narrative autant qu'éthique. Car si* parashat Lech Lecha *ne parvient pas à faire sentir la lutte, l'effort qui doit être enduré dans le temps, par quoi Abraham mérite l'alliance, le geste décisif paraîtra plat et négligeable : nous ne sentirons pas, comme nous le devrions, l'impact ultime de la scène de circoncision de masse, ce signe visible et inaltérable qu'Abraham est unique au monde, que lui et son peuple ont été désignés pour accomplir quelque chose de singulier, ont été élus.*

4

Chez soi de nouveau
(un faux dénouement)

LONGTEMPS, JE ME suis dit que c'était la fin de nos voyages, la fin de l'histoire.

Après que nous sommes revenus du Danemark et que j'ai commencé à réfléchir à tous les voyages que nous avions faits et à toutes les histoires que nous avions entendues, une phrase d'Alena n'a cessé de résonner dans ma tête. *On aurait dit qu'elle ne s'intéressait pas tant à l'histoire de sa grand-mère qu'à la façon de* raconter *l'histoire de sa grand-mère*, avait-elle dit ce soir-là. *Comment être le narrateur.* Je me suis dit, Voilà, c'est l'unique problème auquel est confrontée ma génération, la génération de ceux qui avaient, disons, sept ou huit ans au milieu des années 1960, la génération des petits-enfants de ceux qui avaient été adultes quand tout cela s'était passé ; un problème auquel aucune autre génération dans l'histoire ne sera confrontée. Nous sommes juste assez proches de ceux qui y étaient pour nous sentir une obligation vis-à-vis des faits tels que nous les connaissons ; mais nous sommes aussi assez éloignés d'eux, à ce stade, pour devoir nous soucier de notre propre rôle dans la transmission de ces faits, maintenant que les gens, qui ont vécu ces faits, ont pour la plupart disparu. J'ai pensé à tout cela et j'ai vu que, après les milliers de kilomètres que Matt et moi avions parcourus pendant l'année qui venait de s'écouler, une année presque entièrement consacrée à voyager, ce que nous avions, d'une certaine façon, c'était une histoire sur les problèmes de proximité et de distance.

D'un côté, nous avions tant appris, tant de faits, une telle quantité de détails, précisément parce que nous étions allés à la rencontre de ceux qui y étaient, qui avaient vécu de si près l'événement en question. Et même ces informations, ces faits, auraient disparu si nous n'étions pas arrivés à temps pour recueillir auprès de ces gens ce qui était important pour nous – auraient disparu parce que les protagonistes de notre histoire, Shmiel, Ester, les filles, les quatre filles dont nous connaissons les noms désormais, étaient inévitablement des personnages secondaires dans les histoires de ceux qui avaient survécu. Dans les récits que nous avions entendus en Australie, en Israël, en Suède et au Danemark, les Jäger ne pouvaient être rien de plus que les amis, les voisins, les camarades de classe, mais certainement pas les mères, les pères, les sœurs, les frères, ceux auxquels on ne cesse de penser. C'est pourquoi, si nous n'avions pas trouvé les rares survivants de Bolechow, Shmiel et sa famille auraient été encore plus perdus, égarés, disparus, à mesure que les héritiers de ceux qui avaient survécu ne se souviendraient, le temps passant, que de ce qui était important pour eux – les

Greene, les Grunschlag, les Goldsmith, les Grossbard, les Adler, les Reinharz, les Freilich et les Kulberg – et, inévitablement, laisseraient le reste disparaître, les noms des voisins, des amis, des camarades de classe de ces survivants, noms qui cesseraient de signifier quoi que ce soit, avec le temps, exactement comme j'ai laissé tomber à l'eau les noms que j'avais entendus au cours de ma quête des Jäger, les noms qui ne jouaient pas un rôle central dans *mon* histoire.

Être en vie, c'est avoir une histoire à raconter. Être en vie, c'est précisément être le héros, le centre de l'histoire de toute une vie. Lorsque vous n'êtes rien de plus qu'un personnage mineur dans l'histoire d'un autre, cela signifie que vous êtes véritablement mort.

Toutefois, je sais bien qu'il est possible même pour des personnages secondaires d'avoir une existence dans l'ombre, possible pour des figurants de perdurer dans le présent, à supposer que quelqu'un veuille raconter leur histoire. Que serait mon grand-père aujourd'hui si je ne m'étais pas assis à ses pieds quand j'étais petit garçon et que j'apprenais par cœur les histoires qu'il me racontait ? – des histoires qui ne parlent en un sens que de lui, bien entendu, et qui, en ce sens, sont agréables à entendre, simplement parce qu'il y a du plaisir à connaître quelque chose d'intéressant, ce qui est le plaisir de la connaissance, du savant ; mais qui, en un autre sens, parlent du fait d'être membre d'une famille particulière et sont par conséquent dignes d'intérêt pour un plus grand nombre de gens et, pour cette raison même, dignes d'être préservées.

Les voyages que nous avons faits nous ont mis dans un rapport de proximité avec un passé que nous pensions avoir perdu pour toujours, tout comme les parents qui l'avaient habité. Et de ce passé, nous avons sauvé une quantité de faits concernant ces parents. Qu'avions-nous appris après tous ces voyages ? *Il était sourd, elle avait de jolies jambes, elle était sympathique, il était intelligent, une fille était distante, ou peut-être « facile », une fille aimait les garçons ou peut-être aimait se faire désirer. Elle était un papillon ! Il avait deux camions, il avait apporté les premières fraises, elle tenait sa maison de façon impeccable, c'était un gros bonnet, ils jouaient aux cartes, les dames faisaient du crochet, elle était prétentieuse,* hoch Nase ! *C'était une bonne épouse, une bonne mère, une bonne femme au foyer : que dire d'autre ? Ils l'appelaient le « roi », elle portait ses livres comme* ça, *elle avait les yeux bleus mais avec un quartier brun là, elles allaient au cinéma, elles allaient faire du ski, elles jouaient au volley-ball, elles jouaient au basketball, elles faisaient du ping-pong ! Il a eu la première radio, l'antenne était tellement haute, deux hommes seulement à Bolechow avaient des voitures et il était l'un d'eux. Ils allaient à la* shul *ou n'y allaient pas, ou n'y allaient que pour les grandes fêtes ; ils récitaient les prières liturgiques, ils faisaient des tsimmes pour le Nouvel An, ils allaient chez ce boucher polonais et mangeaient des saucisses en secret ! Il aimait tellement sa femme, oh oh oh oh !*

C'était une gentille famille, une jolie famille.

C'était une autre vie, c'était une autre vie.

Nous avions appris tout ça, que nous ne savions pas auparavant – simplement parce que, au moment où les survivants, les gens qui avaient vu ces choses et s'en souvenaient, ont commencé à mourir, nous avons su où ils étaient et nous nous sommes approchés d'eux pour entendre ce qu'ils avaient à dire.

Nous avons appris tout ça et, naturellement, nous avons appris leurs histoires aussi, les histoires des narrateurs ; et c'est donc devenu une partie de notre histoire aussi. Les cachettes, le bunker, le grenier, les rats, la forêt, les faux certificats de naissance, les granges. Et il y a l'histoire du présent : les gens que nous avons rencontrés et à qui nous avons parlé, leurs familles, la nourriture que nous avons mangée, les rapports que nous avons établis maintenant, aujourd'hui, à 99,2 chances contre 1. Et grâce à tous ces voyages, grâce à tous ces rapprochements, j'ai trouvé quelque chose d'autre : un frère que je n'avais jamais vraiment connu auparavant, un homme au cœur tendre et aux sentiments profonds, un artiste qui parle peu et voit beaucoup, et s'inquiète plus que moi de ce qu'éprouvent les gens, un homme dont j'ai cassé le bras autrefois, en partie parce que j'étais jaloux d'un nom qu'il portait.

Voilà pour la proximité et tout ce qu'elle vous apporte.

Et le reste ? Car, en dépit du fait que nous nous sommes rapprochés de ceux qui y étaient, il est resté un problème de distance. Une distance physique, tout d'abord, à l'époque où tout s'est passé, une différence spatiale entre l'endroit où se trouvaient les survivants et l'endroit où se trouvaient nos parents disparus : différentes maisons au début, différents *Lager* ensuite, différentes cachettes enfin. À partir d'un certain moment, il est devenu tout simplement impossible de savoir ce qui arrivait aux autres gens. Il y avait aussi une sorte de distance psychologique : lorsque vous êtes d'une histoire qui est devenue, par nécessité, un récit de survie animale, il n'y a pas beaucoup de place pour les digressions, pour broder à votre guise d'autres épisodes concernant d'autres gens. Et aujourd'hui, plus encore, s'est instauré un autre type de distance, la distance de six décennies entre le présent et le passé, une crevasse qui s'est ouverte entre le vécu et le relaté, un vide dans lequel tant de choses se sont engouffrées.

Parce que tant de temps s'était écoulé et tant de choses avaient disparu, il ne restait plus que des fragments énigmatiques : fragments qui, maintenant que nous avions parlé à chacun et qu'il n'y en avait plus d'autres à trouver, étaient en nombre fini et ne pourraient jamais, c'était clair désormais, se rassembler pour former une image complète. *Le garçon blond n'était pas juif – il l'aimait tellement aussi. Elle est allée retrouver des amies, je crois. Elle a été emmenée dans cet endroit et, un jour et demi plus tard, elle était nue, debout sur une planche, et elle a été abattue. Elle écoutait le piano, tandis qu'on obligeait l'homme à s'asseoir sur le poêle brûlant. Elle a été violée. Elle a peut-être été violée : c'est possible. La première* Aktion *a eu lieu en octobre. Il devait faire froid. Ils ont été emmenés et poussés dans un fourgon à bestiaux, et ils sont entrés dans les chambres à gaz, c'était au cours de la deuxième* Aktion. *C'était en septembre. C'était en août. C'était la mère, le père, la plus jeune. C'était la mère et la fille. Elle travaillait dans la fabrique de barils, elle* s'était trouvé une place à l'intérieur, quand tout le monde était dehors, dans le froid ! Elle était encore en vie en 41, elle était encore en vie en 42, elle était avec Zimmerman et plus personne ne l'a jamais revue. Non, elle était avec Halpern, elle était très loyale envers ses sympatia, elle était facile, qui sait ? Elle était avec les Babij, elle a été tuée en même temps qu'eux en 43, qui peut le dire, la dernière personne à l'avoir vue est partie en 42. Elle est venue un jour à l'Arbeitsamt, elle a parlé à une fille qui s'appelait Lew et à un homme qui s'appelait Altmann. Elle était dans ses bras au moment où son amie a dit, Allez, embrasse-moi. Ils sont restés assis dans cette cour pendant trois jours et ont vu des enfants qu'on jetait par les fenêtres, Mme Grynberg debout, hébétée, avec des débris sanguinolents entre les jambes. Elle a rejoint les Babij avec sa sœur. Elle est restée en ville. Il l'aimait tellement. Il l'a cachée chez lui. Zey zent behalten bay a lererin. Un professeur polonais les cachait chez elle. Elle était enceinte, mais pas de Ciszko. La bonne les a trahis, un voisin les a vus. Elle était seule, elle était avec son père. C'était Ciszko, elle était professeur de dessin. Une femme. Sedlak. Shedlak. Serlak. Szedlak. Szedlakowna. Szedlakowa. Personne ne sait où elle vivait.

Impossible à dire.

Il y a bien longtemps, j'ai commencé ma quête dans l'espoir d'apprendre comment ils étaient morts, parce que je voulais inscrire une date sur un arbre généalogique, parce que je pensais que mon grand-père, qui lorsque j'étais enfant avait l'habitude de m'emmener dans les cimetières où il se mettait à parler aux morts, mon grand-père dont je connaissais les défauts mais que j'adorais quand même, qui avait fait des dépressions nerveuses, qui s'était suicidé, pourrait connaître le repos – une idée sentimentale, j'en conviens – si j'étais capable de répondre enfin à la question après laquelle, lorsque je la lui posais, il se contentait de répéter, avec un haussement d'épaules et un hochement de la tête qui disaient qu'il ne voulait pas en parler : *Qu'est-il arrivé à Oncle Shmiel ?* Il se réfugiait alors dans un silence inhabituel et je m'étais promis de trouver, un jour, la réponse : ça s'était passé *là*, ça s'était passé *à ce moment-là* ; une fois que nous saurions, nous pourrions aller quelque part où poser une pierre sur une tombe et lui parler, à Shmiel, à lui aussi. Nous étions partis pour apprendre précisément où, quand et comment il était mort, ils étaient morts ; et, pour l'essentiel, nous avons échoué. Mais dans l'échec nous avons compris, presque accidentellement, que jusqu'à ce que nous fassions ces voyages, personne n'avait jamais pensé à demander ce qui ne peut être inscrit sur un arbre généalogique : comment ils avaient vécu, qui ils avaient été. Au moment où nous sommes revenus de Copenhague, j'étais conscient de l'ironie de l'affaire – à la fin, nous avions appris bien plus sur ce que nous ne cherchions pas que sur ce que nous étions partis chercher. Évidemment, une bonne partie de nos voyages avait pris cette tournure.

C'était donc la distance, ai-je pensé quand j'en ai eu fini avec tous mes voyages, qui m'empêcherait toujours, en fin de compte, de raconter l'histoire que j'avais espéré pouvoir raconter : une histoire qui aurait un début, un milieu et une fin.

Une histoire qui, comme les histoires de mon grand-père, commencerait avec tout le temps possible, accélérerait à mesure que ses linéaments devenaient apparents, les personnages, les personnalités et l'intrigue, et s'achèverait sur quelque chose de mémorable, sur une chute ou sur une tragédie dont on se souviendrait toujours. Nous avions appris tellement plus que ce que nous avions imaginé possible, mais tout compte fait, je ne pouvais raconter une histoire complète, je ne pouvais pas sauver ça pour eux ou pour mon grand-père, ou encore pour moi.

Et cependant, après ce dernier voyage au Danemark, alors que je ruminais sur ce problème de proximité et de distance depuis quelque temps, je repensais à la petite anecdote d'Alena sur cette jeune femme qui écrivait sur sa grand-mère. D'un côté, il y avait la grand-mère, la personne à qui il était arrivé *des choses terribles* et qui pouvait être assise à moins d'un mètre d'une personne comme sa petite-fille ou moi, une personne jeune et fascinée, et raconter son histoire. D'un autre côté, il y avait la petite-fille qui, *en raison de* la distance, du passage du temps et de la défaillance des mémoires, aurait à combler, inévitablement, les lacunes afin de transformer les faits bruts en histoire. J'ai compris que ce que m'avait raconté Alena ce soir-là pouvait être lu comme une sorte de fable sur l'éternel conflit entre ce qui s'est passé et le récit de ce qui s'est passé, une fable qui pointe vers le triomphe inéluctable du narrateur, même si elle avertit en même temps des dangers inhérents à ce triomphe. Pour devenir une histoire, les détails de ce qui est arrivé à la grand-mère, de ce qui est arrivé en temps réel, dans l'histoire réelle, à une personne réelle, auraient à être subordonnés au plan général qui existait déjà, pour des raisons idiosyncrasiques quelconques de personnalité, de préférence et de goût, dans l'esprit de la petite-fille – à la manière dont les petites pierres ou *tesserae* utilisées par les artisans grecs ou romains étaient insérées dans le ciment selon un plan conçu par l'artiste, une invention sans laquelle (vous dirait l'artiste) les *tesserae*, qui pouvaient être des pierres semi-précieuses comme l'onyx, le quartz ou le jaspe, ou bien simplement des morceaux de pierre, n'auraient été rien d'autre, en fin de compte, que des morceaux de pierre vaguement attrayants.

Autre façon de dire la même chose, la *proximité* vous rapproche de ce qui s'est passé, est responsable des faits que nous recueillons, des artefacts que nous possédons, des citations *verbatim* des gens que nous enregistrons ; mais la *distance* est ce qui rend possible l'histoire de ce qui s'est passé, c'est précisément ce qui donne à quelqu'un la liberté d'organiser et de composer ces fragments dans un ensemble plaisant et cohérent – de prendre, par exemple, trois propos séparés, tenus par une personne au cours de trois soirées différentes, et de les enchaîner parce que, de cette façon, ils génèrent un effet dramatique beaucoup plus puissant que si on les trouvait dans trois chapitres successifs d'un livre.

Longtemps, une fois accompli notre dernier voyage, cette idée du triomphe de la distance, du narrateur, m'a paru à la fois attrayante et intéressante. Et pourquoi pas ? Je suis l'héritier de mon grand-père qui (les gens avaient l'habitude d'en rire quand j'étais petit) pouvait aller à l'épicerie du coin pour acheter du lait et en revenir avec une histoire étonnante et dramatique. Si vous êtes une certaine personne dans une certaine famille, vous n'avez pas besoin de grand-chose pour inventer une histoire.

C'est pour cette raison que, lorsque je suis revenu du Danemark et que j'ai regardé mes douzaines d'enregistrements vidéo, fait le point sur toutes les histoires que j'avais entendues tout en reconnaissant que nous n'avions pas obtenu l'histoire complète que nous avions espérée, j'ai considéré tout ça et je me suis dit, Ça suffit. Je me suis dit, *Genug ist genug*.

Je me suis dit, Nous avons terminé.

CINQUIÈME PARTIE

Vayeira,

ou
L'Arbre dans le jardin
(8 juillet 2005)

... Dans l'état d'esprit où l'on « observe », on est très au-dessous du niveau où l'on se trouve quand on crée.

Marcel Proust,
À l'ombre des jeunes filles en fleurs

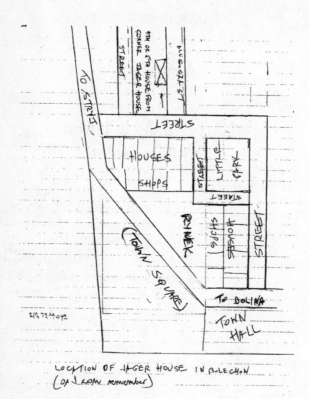

LOCATION OF JAGER HOUSE IN BOLECHON
(OPA FROM remember)

Les funérailles de Mme Begley ont eu lieu un mardi matin, brillant et froid, de la fin du mois de décembre. Elle était morte un samedi, deux jours avant son quatre-vingt-quatorzième anniversaire. Comme d'habitude, elle avait eu raison : je n'avais pas écrit assez vite.

Pendant des mois, elle n'avait pas été bien. *Pas pien, pas pien du tout*, coupait-elle sur un ton las quand j'étais assez idiot pour commencer une de nos conversations téléphoniques par un mécanique *Comment allez-vous ?* Je connaissais déjà la réponse à ce moment-là. Même si elle avait commencé à paraître un peu plus frêle, son esprit, pour autant que je pouvais en juger, était intact. Elle écoutait attentivement quand je la tenais au courant de mes voyages, de ma recherche, de mon travail d'écriture ; elle a été très sympathique, de manière presque déconcertante, quand je lui ai annoncé, au cours d'une longue conversation téléphonique un après-midi, que je venais d'apprendre la mort de Dyzia Lew en Biélorussie ; que nous n'irions donc jamais à Minsk. Nous partons tous, un par un, avait-elle dit d'une voix plate. Elle continuait à lire le

795

Times et la *New York Review of Books*, du début jusqu'à la fin et, pendant toute l'année 2004, elle m'a appelé souvent pour me donner son commentaire sur tel ou tel article que j'avais écrit. Un mois avant sa mort, nous avons parlé au téléphone des tragiques grecs et, de nouveau, elle m'a raconté une histoire que j'avais entendue pour la première fois un jour de janvier, près de cinq ans plus tôt, lorsque j'étais venu, un peu nerveux, lui rendre visite chez elle et qu'elle m'avait servi la première de tant de tasses de thé. L'histoire était la suivante : peu après la fin de la guerre en Pologne, le premier événement culturel organisé avait été une représentation de l'*Antigone* de Sophocle. Comme nous le savions bien tous les deux, *Antigone* est une pièce qui parle d'un individu qui se dresse bravement contre un gouvernement autoritaire et qui meurt pour ça. Mais il y a d'autres formes de résistance qui sont impensables dans la tragédie grecque ; par exemple, la survie. Aujourd'hui, lorsque je fais un cours sur la tragédie grecque, je raconte les deux histoires : celle d'*Antigone* en Pologne et celle de Mme Begley qui s'est cachée et qui a survécu.

Les Grecs, soupirait-elle profondément au téléphone, les Grecs, le théâtre, je les connaissais tous autrefois, j'avais l'habitude d'aller tout voir.

Mais son corps défaillait, je le savais, même si, comme d'habitude, je refusais de penser à la fin, au point où allait finir par conduire cette défaillance. Ses genoux la gênaient, disait-elle chaque fois que nous parlions, chaque fois que je lui rendais visite dans le haut de Lexington Avenue, où elle ne venait plus m'accueillir à la porte, mais m'attendait installée dans son trône, la climatisation éteinte, ou bien assise à la table de la salle à manger, sur la chaise la plus proche de la cuisine, devant les plats de saumon fumé, de petits pains et de pâtisseries en rangs serrés. Quelle importance si je suis coincée ici, avait-elle dit au téléphone avec un ricanement un peu sinistre, au milieu du mois d'août de sa dernière année, quand une panne générale avait privé New York d'électricité, je ne peux pas bouger quoi qu'il en soit ! De mon appartement de la 71ᵉ Rue, j'avais appelé son appartement sur la 94ᵉ Rue pour voir si elle n'avait besoin de rien. Mon téléphone électrique était mort, comme tous les autres, mais j'avais sorti d'un placard un vieux téléphone, un énorme modèle noir des années 1950 que j'avais acheté pour me faire plaisir au marché aux puces. Ce téléphone n'avait pas besoin d'électricité pour fonctionner, pas plus que celui qu'utilisait, je le savais, Mme Begley. En composant laborieusement son numéro, laissant le cadran revenir à sa position initiale après chaque chiffre, procédé dont je n'avais plus entendu le son depuis des années, ce son qui ravivait des souvenirs de ma mère avec le vieux téléphone à cadran dans la cuisine, agitant sa tête blonde en direction de la maison des voisins ; en composant le numéro, je savais que je parviendrais à la joindre. Sa voix, lorsqu'elle avait répondu, semblait animée et étrangement amusée par la surprise, comme si l'excitation provoquée par la crise dans la ville entière était un soulagement par rapport aux nouvelles rassises de sa santé défaillante. Elle m'avait dit que, oui, elle allait bien, que, non, je n'avais pas besoin de lui apporter quoi que ce fût.

J'avais regardé par ma fenêtre les immeubles sombres du côté est de mon quartier et en jouant avec le lourd combiné, j'avais dit, Nous sommes probablement les seules personnes dans New York à pouvoir avoir une conversation téléphonique !

Vous savez pourquoi ? avait-elle murmuré. C'est parce que nous sommes les seuls à avoir gardé ces téléphones ! C'est parce que nous aimons tous les deux les *vieilles choses* ! Ha !

Elle avait donc des problèmes avec ses genoux. Ou bien elle avait des déficiences de sodium, de calcium ou peut-être de potassium, je ne parviens pas à me souvenir du nom des éléments chimiques qui étaient trop rares ou trop abondants dans son sang, mais je savais qu'une de ces déficiences provoquait un problème qui l'enrageait et la frustrait, qui était une sorte d'aphasie. Elle était au beau milieu d'une conversation et, tout à coup, elle prenait un air à la fois désemparé et enragé, et elle disait, *Eccchhh, je n'arrive pas à penser à ce que je veux dire, vous savez ce que c'est,* et parfois je le savais, et parfois je ne le savais pas, mais dans un cas comme dans l'autre, je disais, Tout va bien, madame Begley, ce n'est pas important. Deux mots, je l'ai noté, qui n'avaient pas disparu de son vocabulaire au cours de l'été et de l'automne qui ont précédé sa mort, étaient *sentimental* et *plus beau*.

Et puis elle a eu une pneumonie, et puis elle a été mieux, et puis elle a été moins bien, et puis elle est morte.

À l'intérieur de la chapelle funéraire de Madison Avenue, devant une modeste pièce remplie de simples bancs bien cirés, le cercueil en pin ordinaire, comme le veut la coutume, attendait. Assises sur ces bancs, une vingtaine de personnes environ : en dehors de la famille, c'était pour l'essentiel des amis de son fils et une poignée de gens qui, comme moi, étaient contre toute attente ses amis. Dans la petite antichambre où nous étions réunis avant que commence le service, une vieille femme minuscule, vraiment minuscule, aussi réduite qu'une idole de tribu, était assise sur une banquette, dans une tenue d'un chic étonnant : un feutre extravagant, un tailleur de couturier, un chemisier à jabot, d'immenses lunettes. Seules ses chaussures sport bizarres, avec d'épaisses semelles, paraissaient ne pas entrer dans le tableau. Elle avait l'air d'avoir cent ans et il se trouve que c'était pratiquement son âge. La femme de Louis m'a attiré vers elle et me l'a présentée. Cette dame avait été la voisine de Mme Begley à Stryj, a dit Anka. La vieille dame a levé vers moi des yeux considérablement agrandis et, en me dévisageant, a dit, *Je connais Louis depuis qu'il était bébé ! Maintenant, je suis la dernière !*

Mais, pour une fois, parler avec une vieille dame juive ne m'intéressait pas et je me suis contenté de hocher la tête, et puis je l'ai abandonnée rapidement pour aller m'asseoir, en évitant tout contact avec les autres invités. La dernière fois que j'avais enterré un Juif d'une ville de Galicie, cela avait été mon grand-père, et avec toute l'émotion, et avec ma famille, et avec ma mère qui pleurait, c'était passé comme un éclair. J'avais vingt ans. Cette fois, j'en avais plus de quarante. Je savais ce que je perdais.

Pendant que le bref service se déroulait, j'ai sorti une photo que j'avais prise quatre ans plus tôt, au cours d'un déjeuner de fête qu'elle avait donné après mon retour d'Ukraine. Sur la photo, elle était assise à la table de sa salle à manger, sa main élégante, couverte de veines, posée sur la nappe, jetant un regard un peu agacé en direction de l'objectif, son bon œil à moitié ouvert, le visage allongé d'Europe centrale distant et las, mais pas antipathique. Pendant que son fils parlait – *Mais quelque chose en elle avait été brisé*, a-t-il dit à un moment donné ; de ça je me souviens – et puis ses petits-enfants et enfin son arrière-petite-fille, une adolescente intense, avec des cheveux noirs, des lèvres pleines et des yeux rêveurs qui, j'en suis convaincu, ressemblent de façon remarquable à ce que devaient être ceux de son arrière-grand-mère, et en effet le soir où j'ai posé les yeux pour la première fois sur cette fille, qui était le soir où j'ai fait la connaissance de Mme Begley et qu'elle s'était moquée de moi et avait dit, *Bo-LEH-khoof !*, le soir où j'avais vu cette fille la première fois, j'avais dit, *Oh ! Comme vous ressemblez à votre arrière-grand-mère !*, ce qui pourrait être, pour autant que je le sache, dans trente ans, le début d'un autre livre – pendant que les enfants, les petits-enfants et l'arrière-petite-fille Begley parlaient, j'ai sorti cette photo et je l'ai regardée tout en la caressant du bout du doigt, tout comme l'avait fait ma mère, tenant elle aussi une photo ordinaire (mais, pour cette raison même, plus authentique) de son père, ce jour de juin 1980, au moment où ils avaient descendu le cercueil de pin dans la terre du cimetière Mount Judah, l'avait caressée et avait répété sans cesse pendant qu'un rabbin, qui n'avait jamais rencontré mon grand-père, procédait au rituel par cœur, ne faisant passer par conséquent rien de significatif, aucun détail authentique, de la personne dont il confiait le corps à la terre, Vous devez dire à quel point il était drôle, il était tellement *drôle* !

Cela s'était passé un quart de siècle plus tôt. Maintenant le moment était venu d'enterrer Mme Begley qui m'avait donné une seconde chance de connaître quelqu'un de la culture et de l'époque de mon grand-père, de poser les questions que je ne savais pas comment poser quand j'avais vingt ans. Le service a pris fin et la pièce s'est lentement vidée. J'y suis resté après que tout le monde fut sorti, même la vieille copine qui avait été autrefois une jeune épouse au visage frais dans une ville lointaine, qui avait autrefois roucoulé, je suppose, au-dessus du nouveau-né de sa voisine et dit, *Ludwik, Ludwik !* en caressant la peau caoutchouteuse du bébé. Je me sentais mal à l'aise à présent : en partie parce qu'il me paraissait étrange de devoir la laisser seule, là, sous le haut plafond de cette pièce anonyme ; et aussi parce que je savais que, une fois que j'aurais passé la porte pour aller dans le hall où la famille s'était alignée et serrait les mains des invités, je ne la reverrais plus jamais. J'ai commencé à marcher vers la porte, mais quelque chose m'a retenu, une hésitation que j'ai ressentie comme une force physique, comme une main ferme posée sur mon épaule, et je me suis retourné pour regarder. Sans me soucier de qui pouvait m'avoir vu et du ridicule de mon comportement, j'ai remonté d'un pas décidé l'allée centrale jusqu'au cercueil et je me suis arrêté devant. J'ai posé la main sur le bois non verni, blanchi avec ses nœuds plus sombres, comme une main vieillie et blanchie est couverte de taches brunes, et tout doucement je l'ai caressé pendant un moment, comme j'aurais caressé le bras d'une personne très âgée, de manière précautionneuse et rassurante à la fois.

J'ai dit, Je vous ai vraiment aimée, madame Begley. Vous allez beaucoup me manquer.

Puis je me suis tourné et j'ai marché vers la porte d'entrée. Je me suis arrêté et retourné pour un dernier regard – je suis, après tout, quelqu'un de *sentimental* –, et je me suis enfin éloigné, et c'est la dernière fois que nous avons parlé.

Même si ce n'est pas la fin de la Genèse, parashat Vayeira, *qui tire son nom de la manifestation divine à Abraham par laquelle elle commence* – Et Il Apparut –, fournit, selon moi, une conclusion adaptée et satisfaisante, à la fois fascinante d'un point de vue dramatique et intense d'un point de vue moral, au récit qui se déploie dans les premières parashot de la Bible hébraïque. Ces lectures retracent l'évolution du Peuple élu, en réduisant le centre d'intérêt avec une intensité croissante à mesure que le texte progresse : commençant par le vaste panorama du drame grandiose de l'ensemble de la Création de chaque espèce et de chaque être vivant, progressant ensuite, comme s'il s'agissait de poupées russes toujours plus petites, vers l'histoire d'une espèce, l'humanité, puis vers celle d'une famille spécifique et, enfin, vers celle d'un homme en particulier, un homme que Dieu a choisi, Abraham, le premier Juif. Cette histoire d'Abraham et de sa relation avec Dieu, qu'Abraham était le premier être humain à reconnaître comme l'objet d'une crainte véritablement religieuse, prend fin dans parashat Vayeira, qui elle-même s'achève sur deux récits célèbres et angoissants.

Le premier, l'histoire de la destruction de Sodome et de Gomorrhe, récapitule les thèmes évoqués précédemment dans la Genèse, tout en explorant plus profondément les implications morales de l'élection. Voilà, pour commencer, un nouvel exemple d'une annihilation divine : la décision que prend Dieu de détruire un nombre non négligeable d'êtres humains – la population entière de deux métropoles – pour châtier leur méchanceté, événement qui rappelle inévitablement sa décision antérieure, dans Noach, de détruire toute l'humanité, à l'exception de Noé et de sa famille proche. Cette décision a fait naître des préoccupations récurrentes concernant le fait que des innocents peuvent être détruits en même temps que les coupables – problème moral qui est pleinement et finalement traité dans l'histoire de Sodome et de Gomorrhe. *De plus, comme il présente une confrontation flagrante entre ceux qui sont élus par Dieu et ceux qui ne le sont pas, et entre ce que signifie le fait d'avoir choisi le bien et ce que signifie d'avoir choisi le mal,* parashat Vayeira *peut être considérée comme une présentation au lecteur d'une nouvelle série – sans doute la dernière et la plus raffinée – d'actes de distinction si mémorablement décrits au début de la Genèse. Car, comme nous le savons, l'acte de distinguer est la marque même de la création.*

Ces répétitions et d'autres de thèmes et de motifs antérieurs me convainquent du fait que parashat Vayeira *est conçue pour être ressentie comme un point culminant, comme un résumé. La qualité cyclique du texte s'applique non seulement aux grands thèmes, mais aussi aux détails fugaces. Par exemple : dans cette lecture, nous apprenons que, après la destruction des deux cités jumelles de la plaine, comme on appelle souvent Sodome et Gomorrhe, Abraham continue sa route avec Sarah en direction du Néguev, vers la cité de Gérar. Là, exactement comme il l'avait fait autrefois, le patriarche prétend que sa femme est sa sœur, avec pour résultat que, comme nous l'avons vu auparavant, le roi du coin la prend chez lui, seulement mis en garde de poser la main sur elle par la main de Dieu luimême, qui donne un avertissement au roi dans un rêve. Quels desseins pouvait avoir ce roi, Abimélek, sur Sarah âgée de quatre-vingt-dix ans, cela reste peu clair, mais le motif récurrent du mensonge du patriarche au sujet de sa femme, si maladroit soit-il à ce point de l'histoire, a sûrement pour signification* de nous remettre en mémoire, au moment où l'errance de ce couple prend fin (puisque Sarah meurt au début de la parashah suivante), le souvenir de la façon dont cette errance a commencé. Certaines manipulations de la vérité sont inévitables si ce qu'on veut créer est une histoire de forme plaisante.

Voilà donc pour Sodome et Gomorrhe. La seconde de ces histoires fascinantes racontées dans parashat Vayeira, l'histoire de l'intention d'Abraham de sacrifier Isaac, suggère habilement – parce qu'elle traite de la relation d'un père avec son jeune fils ainsi qu'avec son parent divin – la façon dont chaque personne constitue en soi un pont entre le passé et l'avenir ; et en présentant enfin Isaac comme un personnage à part entière, l'histoire pose les fondations du récit de la descendance d'Abraham, qui conduira les lecteurs jusqu'à la fin de la Bible hébraïque. Ce récit-là, toutefois, ne nous préoccupera pas dans la mesure où, comme je l'ai dit, lorsque j'ai brièvement étudié la Torah avant de revenir aux Grecs, je suis allé jusqu'à parashat Vayeira, et c'est donc là que nous nous arrêterons.

Je reviendrai aux deux histoires plus tard, mais pour l'instant il semble important d'essayer d'interpréter un des passages les plus connus de Vayeira, ne serait-ce qu'en raison du fait que les deux commentaires que j'ai étudiés pour éclairer ces textes, l'ancien et le moderne, celui de Rachi et celui de Friedman, me donnent l'impression d'avoir échoué à élucider le sens de cet étrange et célèbre incident (ce qui est, cependant, assez mineur pour ne pas nous importuner quand nous envisageons les implications morales plus vastes des deux histoires auxquelles j'ai fait allusion). Je fais ici référence à l'histoire bien connue de la femme de Lot – de la façon dont, alors même qu'elle, son mari et leurs deux filles sont sauvés de la ville condamnée grâce à l'intervention d'un ange de Dieu, et sont physiquement emportés loin de leur maison par des créatures célestes, la femme de Lot transgresse l'interdiction formelle transmise par l'ange de ne pas se retourner pour regarder la ville pendant leur fuite, et à cause de cette transgression est transformée en statue de sel.

De manière choquante, du moins pour moi, Friedman n'a absolument rien à dire au sujet de cet épisode fascinant – peut-être parce qu'il épargne ses munitions d'exégèse pour le moment où c'est vraiment nécessaire, c'est-à-dire pour l'histoire bien plus troublante de la volonté d'Abraham de tuer son propre fils. L'explication de Rachi ne me semble pas non plus, pour une fois, très convaincante. L'érudit français du Moyen Âge commence par expliquer l'ordre de l'ange de « ne pas regarder en arrière » comme une sorte de punition : il glose sur le texte « Ne regarde pas derrière toi » en suggérant que, dans la mesure où Lot et sa famille ont péché exactement comme l'ont fait les habitants des cités jumelles et où ils ne sont sauvés qu'en raison de leur relation à Abraham, ce bon prophète, ils n'ont aucun droit d'être les témoins du châtiment des condamnés depuis le point de vue confortable procuré par leur fuite. « Vous ne méritez pas de voir leur châtiment alors que vous êtes sauvés », voilà comment l'érudit français le formule. Quant au sort de la femme de Lot, Rachi explique l'étrange détail de sa métamorphose d'être humain en minéral en disant qu'elle a

« *péché avec le sel* » *et qu'elle est par conséquent*
« *frappée par le sel* ». *Ce* « *péché avec le sel* » *est une*
référence à une tradition midrashique qui dit que la
femme de Lot a rejeté la coutume voulant qu'on
donne du sel aux invités (la même tradition soutient
que, plus tard, sous prétexte d'emprunter du sel à ses
voisins, la femme de Lot a dénoncé aux autorités
sodomites les actions de son mari né à l'étranger –
ce qui fait penser que, à la différence de son mari,
elle était probablement native de Sodome).

Si ingénieuse soit-elle, cette explication me paraît
manquer complètement la signification émotionnelle du texte – sa magnifique, et magnifiquement
économique, évocation des sentiments compliqués
que la plupart des gens ordinaires, du moins, éprouvent très régulièrement : les regrets déchirants pour
les passés que nous devons abandonner, la nostalgie tragique de ce que nous devons laisser derrière
nous. Sans doute parce que j'ai fait des études classiques, j'ai été frappé, à la lecture de l'explication
donnée de ce passage, par le peu d'attention accordée, le peu d'appréciation donnée par le texte judaïque et ses commentateurs juifs à ce qui me semble
être la question évidente posée dans l'histoire de
Sodome et de Gomorrhe, la question de la valeur de
la beauté et du plaisir. Abraham, nous ne devons
pas l'oublier, est né dans une ville, mais il a passé
l'essentiel de sa vie en nomade, comme le montre
clairement parashat Lech Lecha ; peut-être qu'il a
oublié désormais les plaisirs de l'urbanité. Mais la
femme de Lot est profondément attachée à sa ville
– Rachi la qualifie en fait de « métropole » –, et nous
pouvons imaginer que c'est parce que, comme toutes
les grandes métropoles, celle que nous rencontrons

dans parashat Vayeira offre sans conteste son lot de beauté, de plaisirs rares et compliqués, parmi lesquels, en effet, les vices mêmes pour lesquels la ville a été châtiée. Toutefois, c'est peut-être le païen, l'helléniste qui parle en moi. (Le rabbin Friedman, au contraire, ne peut se résoudre à envisager seulement ce que les gens de Sodome ont l'intention de faire aux deux anges mâles, lorsqu'ils se rassemblent devant la maison de Lot au début du récit, à savoir les violer, interprétation que Rachi accepte placidement en soulignant assez allègrement que si les Sodomites n'avaient pas eu l'intention d'obtenir un plaisir sexuel des anges, Lot n'aurait pas suggéré, comme il le fait de manière sidérante, aux Sodomites de prendre ses deux filles à titre de substitution. Mais, bon, Rachi était français.)

C'est cet échec arbitraire à comprendre Sodome dans son contexte, en tant que métropole ancienne du Proche-Orient, en tant que lieu de plaisirs sophistiqués et même décadents, de beautés hyper-civilisées, qui aboutit à cette incapacité du commentateur à saisir la véritable signification des deux éléments cruciaux de cette histoire : le commandement de l'ange à la famille de Lot de ne pas se retourner vers la ville qu'ils fuient et la transformation de la femme de Lot en statue de sel. Car si vous voyez en Sodome quelque chose de beau – qui le paraîtra encore plus, sans aucun doute, du fait qu'il faut l'abandonner et la perdre à jamais, précisément de la même manière que des parents morts sont toujours plus beaux et meilleurs que ceux qui sont encore en vie –, alors il me paraît clair que Lot et sa famille reçoivent l'ordre de ne pas regarder en arrière non comme une punition mais pour une raison pratique : parce que le regret pour ce que nous avons perdu, pour les passés que nous devons abandonner, empoisonne parfois toute tentative pour commencer une vie nouvelle, ce qui est ce qui attend Lot et sa famille, tout comme l'avaient fait Noé et sa famille, et comme doivent le faire d'une manière ou d'une autre tous ceux qui ont survécu à d'horribles annihilations. Cette explication, à son tour, permet d'expliquer la forme prise par le châtiment de la femme de Lot – si c'est bien un châtiment, ce que je ne crois pas personnellement, dans la mesure où, selon moi, cela ressemble beaucoup plus à un processus naturel, à l'expression inévitable de sa personnalité. Pour ceux qui sont contraints par leur nature de regarder toujours en direction de ce qui est passé, plutôt que vers l'avenir, le grand danger, ce sont les larmes, les sanglots impossibles à contenir dont les Grecs, sinon l'auteur de la Genèse, savaient qu'ils n'étaient pas seulement une douleur mais aussi un plaisir narcotique : une contemplation endeuillée si cristalline, si pure, qu'elle peut finalement vous immobiliser.

OH, DANIEL, NE te retourne pas ! m'a dit ma mère un soir, quelques mois après les funérailles de Mme Begley.

Je l'avais appelée pour sonder un peu sa mémoire. À ce moment-là, je réfléchissais beaucoup au voyage de mon grand-père en Israël en 1956 et je lui avais donc demandé, quelques jours auparavant, si cela ne la dérangeait pas de fouiller dans les archives familiales pour retrouver des photos qui, pensais-je, me seraient utiles – non pas, bien entendu, pour réveiller un souvenir, puisque le voyage avait eu lieu bien avant ma naissance, mais pour fournir une contrepartie visuelle aux histoires que j'avais entendues tant de fois. À cause du *côté méticuleux de son sang germanique*, elle m'avait demandé de la rappeler quelques jours plus tard ; à ce moment-là, avait-elle dit, elle aurait eu l'occasion de déballer soigneusement les albums de ce que j'avais considéré, depuis l'âge de huit ans, comme leurs bandelettes de momies. À présent, alors que j'étais au téléphone avec elle, un jour d'été, il y a un mois, elle m'annonçait qu'elle avait tout déballé et, toujours au téléphone, elle m'avait décrit les différentes photos, séparant celles que je voulais de celles qui ne me paraissaient pas intéressantes.

Il y avait Nana, disait-elle, assise dans un fauteuil sur le pont du paquebot, elle avait l'air en bonne santé, cette année-là ; il y avait sa mère au cours de la petite fête organisée au moment du départ dans leur cabine, souriante et de bonne humeur, un bras sur les épaules de sa belle-sœur, Tante Sylvia, qui avait l'air déçue, comme d'habitude, et l'autre sur celles de Minnie Spieler qui, conformément à sa réputation bohème, portait un costume d'homme et une cravate. Il y avait d'autres photos, mélangées à l'album VOYAGE EN ISRAËL SS UNITED STATES, des photos qui, observait ma mère avec un agacement un peu trouble dans la voix, n'avaient rien à faire dans cet album. L'unique frère de sa mère, Jack, le beau célibataire blond que son père n'aimait pas (parce qu'il était, me suis-je dit pendant qu'elle parlait, *la compétition*), il y avait la sœur aînée de sa mère, l'instable qui, vers la fin de sa vie, ne se lavait plus parce qu'elle était convaincue que les Russes avaient mis

810

des électrodes dans ses cheveux, une histoire qui nous faisait hurler de rire quand nous étions petits ; la même sœur aînée avait, en fait, essayé d'empêcher mon grand-père d'épouser ma grand-mère. C'était une histoire que je connaissais par cœur depuis l'âge de dix ans, un classique dans le répertoire de mon grand-père après le dîner : comment Pauline avait rompu les fiançailles trois fois parce que, insistait-elle, sa petite sœur, une bonne Américaine née à New York, ne devrait pas se marier à quelqu'un d'inférieur à sa condition, à un immigrant, à un novice. Mais l'amour avait triomphé de tout ! plaisantait mon grand-père. Et des années plus tard, quand il avait réussi, racheté l'usine des Mittelmark et vraiment prospéré, Pauline s'était approchée de lui un soir, à l'occasion d'un *seder* ou d'une fête quelconque, une de ces réceptions au cours desquelles ma grand-mère faisait ses célèbres soupes et les desserts qu'elle ne pouvait pas manger, et avait dit, Tu sais quoi, Abe ? Tu as toujours été mon beau-frère préféré ! À quoi mon grand-père répondit du tac au tac, *Ah, Pauline... alors maintenant je suis Yenkee Doohddle Dehndee, hein ?*

Et de plus, c'était vrai. Personne ne faisait son serment d'allégeance d'une voix plus forte que lui, n'exhibait un plus grand drapeau pour Memorial Day, ne distribuait plus de cônes de crème glacée, le jour du 4 juillet. Il était venu de loin pour tout ça.

Ma mère répétait donc ces histoires tout en feuilletant ses dossiers qu'elle aime, c'est possible, étiqueter et classer si soigneusement parce que, cent ans avant que nous ayons cette conversation, une marieuse de Bolechow avait choisi pour le jeune veuf Elkune Jäger une fille de Dolina, du nom de Taube Ryfka Mittelmark, Mittelmark, une famille dont le sang allemand s'exprimait, se plaisaient-ils à dire, dans un goût pour l'ordre, de la même façon que certains gènes se manifesteront dans un nez droit et des yeux bleus, ou dans la tendance à contracter le cancer de l'intestin. C'était pendant que ma mère feuilletait ses photos soigneusement classées que je lui ai annoncé que j'avais décidé de retourner en Ukraine, à Bolekhiv (*Bolekhiv*, comme je dois l'appeler dorénavant, puisque je sais désormais que je n'y retournerai jamais, jamais n'y reviendrai, et pour cette raison – et le fait est que, y étant retourné cette dernière fois, je sais enfin qu'il n'y a maintenant vraiment plus rien à voir, qu'il ne reste plus rien de *Bolechow* – je suis enfin prêt à lui laisser prendre sa place dans le présent). Je lui ai dit que même si je ne me réjouissais pas à l'idée de faire un nouveau voyage – un voyage, de surcroît, vers un endroit où j'étais déjà allé, où j'avais déjà parlé aux gens et vu ce qu'il y avait à voir –, je pensais à présent qu'y retourner serait une façon de mettre un terme à une quête qui avait commencé il y avait si longtemps. Je lui ai dit que je voulais retourner en partie parce que je pensais que, plus que toute autre chose, un retour à Bolekhiv me donnerait une impression d'achèvement ; je pensais qu'il serait intéressant, en dépit de tout ce que nous n'apprendrions jamais, d'opposer ce second et dernier voyage au premier que nous avions fait : marcher de nouveau dans les rues tordues de la ville, armé cette fois de bien plus d'informations que celles dont nous disposions la première fois, quatre ans plus tôt, lorsque nous ne savions presque rien d'autre que six noms. Cette fois, j'aurais mes notes, mes enregistrements, les histoires que j'avais entendues, les descriptions, les cartes que Jack et Shlomo avaient méticuleuse- ment dessinées et m'avaient faxées, toutes les don- nées que j'avais recueillies depuis des années, qui me permettraient désormais de marcher d'un pas confiant dans la ville de ma famille en disant, *Voici Dlugosa, la rue où ils habitaient, ici, à cinq mètres de la* Magistrat, *il y avait la boucherie, là se trouvait l'école, là-bas le bâtiment du Hanoar, ici le Dom Katolicki, ça c'est la route de Taniawa, voici la bou- cherie des Szymanski, et la rue qui mène à la gare, voici la voie ferrée qui conduit à Belzec.* Cette fois, nous savions quelque chose, même si ce n'était pas tout ce que nous avions espéré apprendre. Je pen- sais que je pourrais terminer, ai-je dit à ma mère, en opposant la totale ignorance lors du premier voyage et la connaissance partielle de ce dernier voyage. En disant, La distance s'accroît à mesure que le temps passe, mais nous avons pu nous approcher juste à temps pour connaître les quel- ques choses qu'il y avait à connaître. En disant, Il n'y aura jamais aucune certitude, jamais une *date*, jamais un *lieu* ; mais regarde tout ce que nous avons appris. Une fin qui montrerait combien nous avions été proches du but, mais aussi com- bien nous en resterions toujours éloignés.

J'ai donc dit tout cela à ma mère et elle a sou- piré. Tu dois vraiment y retourner ? a-t-elle demandé d'une voix angoissée. Est-ce que vous n'êtes pas déjà *allés* partout, Matthew et toi ? Elle a émis ce petit claquement de langue qu'elle a l'habitude de faire lorsqu'elle se résigne au fait que vous avez pris une mauvaise décision : un double *tac tac*, formé par le claquement du bout de la langue contre le palais. J'ai supposé, au moment où elle a émis ce son familier, qu'elle le tenait de sa mère, qui le tenait de sa mère, et ainsi de suite, un fil ininterrompu jusqu'à la Russie, jusqu'au XIXe, XVIIIe et XVIIe siècle, jusqu'à Odessa au XVIe siècle et puis au-delà, avant le début de l'ère moderne ; un fil qui se déroulait depuis l'après-midi de juin 2005 au cours duquel ma mère m'a dit de ne pas y retourner, en passant par le jour de son mariage à Manhattan en 1953, le jour du mariage de ses parents dans le Lower East Side en 1928, le jour du second mariage d'Elkune Jäger à Bolechow en 1894 et le jour du mariage de ses propres parents dans la même petite ville en 1846 ; en passant par le jour où l'architecte Ignaz Reiser a vu dans son esprit une certaine forme qui deviendrait par la suite les arches de style mauresque du portail du Zeremonienhalle de la Nouvelle Section juive du Cimetière central de Vienne, le jour où un fonctionnaire autrichien, dans un hameau appelé Dolina, a écrit les mots *La mère de cet enfant illégitime s'appelle...*, par le jour où Ber Birkenthal a décidé de coucher sur le papier ses souvenirs dans un hébreu élégant, par le jour impossible à connaître où un Slave anonyme a violé une Juive dans un village près d'Odessa, introduisant ainsi le gène d'une certaine couleur de cheveux et d'yeux dans le génome d'une famille qui s'appellerait un jour *Cushman* ; en passant par tout cela, par tout ce temps, se déroulant sans interruption à travers ce dimanche de 1943 lorsque le premier convoi de Juifs a quitté la gare de Salonique, ce mercredi de 1941, lorsque la première *Aktion* à Bolechow a pris fin dans un champ appelé Taniawa, ce vendredi de mars au début de la Renaissance lorsque Ferdinand et Isabelle d'Espagne ont signé l'édit d'expulsion des Juifs, ce mardi de mai 1420 lorsque le duc Albrecht V a chassé les Juifs de Vienne, ce vendredi de 1306 lorsque Philippe le Bel a renvoyé les Juifs de France et s'est approprié les prêts qu'ils avaient faits aux chrétiens de son royaume, ce mardi de 1290 lorsque Édouard Ier a expulsé les Juifs d'Angleterre, en passant à travers tout le Moyen Âge, au-delà de Saadia Gaon développant ses arguments savants devant le calife de Bagdad, au-delà du moment où le premier des karaïtes a décidé qu'il n'était pas un Juif comme les autres ; et même encore au-delà, ce tic transmis de mère en fille, qui avait créé un fil, un passage, qu'on pouvait suivre théoriquement avec autant de certitude qu'on peut suivre la trace de l'ADN qui existe dans un certain organisme présent dans chaque cellule humaine, un organisme appelé mitochondrie, un ADN différent de l'ADN présent dans n'importe quelle autre partie de chaque cellule, puis que cet ADN de la mitochondrie est transmis sans changement de la mère à l'enfant, sans être mélangé comme tout autre ADN à l'ADN du père, et fournit par conséquent une chaîne ininterrompue d'ADN depuis le présent jusqu'au passé le plus lointain imaginable, par la seule lignée maternelle. Peut-être, me suis-je demandé en entendant ma mère faire son *tac tac* de désapprobation, peut-être que ce petit son remontait, à travers les âges, jusqu'à une femme aux cheveux noirs, aux yeux sombres et au nez busqué, d'une ville depuis longtemps disparue, appelée Ur, une femme qui avait émis le même son un après-midi lorsque son fils Abram avait annoncé qu'il partait pour un voyage dont il ne reviendrait peut-être jamais.

Oui, ai-je dit à ma mère, ce jour où elle feuilletait pour moi les photos d'Israël, j'ai *vraiment* besoin d'y retourner.

Puis, pour l'apaiser, je lui ai dit que j'avais prévu d'écrire un article de voyage sur L'viv pour un magazine. De cette manière, ai-je ajouté, le voyage ne se ferait pas en vain, même si le séjour à Bolekhiv se révélait un échec complet.

Ma mère a émis le même son. Je pouvais entendre aussi le bruit de papiers manipulés alors qu'elle rangeait soigneusement les photos, les menus, les listes de passagers dans leurs enveloppes, leurs sacs en plastique, leurs cartons.

Bien, a-t-elle dit, mais après ce voyage, *genug ist genug*, OK ?

Je sais, ai-je répondu. Je *sais*.

Elle a dit, Bon. Très bien chéri, je vais raccrocher. Au revoir et bonne chance.

Cela avait toujours été la façon dont son père et elle se saluaient au téléphone et qu'elle employait désormais avec nous. Mais avant de raccrocher, elle a ajouté quelque chose, qui m'a pris complètement par surprise.

Elle a dit, Les membres de ma famille se sont gâché la *vie* en regardant toujours vers le passé, et je *ne* veux *pas* que tu sois comme eux.

Le 4 juillet, je me suis envolé vers l'Ukraine.

CETTE FOIS ENCORE, je voyageais avec Froma. Parmi
toutes les grandes villes autrefois juives de
l'Europe de l'Est, Lviv, Lwów, Lemberg, était celle
où elle n'était jamais allée. Je savais qu'elle voulait
la connaître (*Ce sera exactement comme la dernière
fois !* s'était-elle écriée quand je l'avais appelée
pour lui demander si elle voulait venir, et j'avais
souri en me disant, *Probablement pas*) ; je savais
aussi que je ne voulais pas faire le voyage seul.
C'était le milieu de l'été et Matt était débordé avec
ses mariages et des portraits en studio. Il n'était
pas question qu'il puisse m'accompagner.

Je n'ai pas un week-end de libre jusqu'en septembre, m'avait-il répondu quand je l'avais appelé
pour savoir s'il voulait prendre quelques ultimes
photos de la ville. À ce moment-là, entre les discussions concernant les photos pour le livre et les
nouvelles des anciens de Bolechow, j'étais au téléphone avec Matt tous les jours ou presque : chose
que je n'aurais pu prédire cinq ans auparavant. Ce

817

n'est pas grave, lui avais-je dit, tu as les photos de Bolechow de la dernière fois, nous pourrons nous en servir. Ne t'inquiète pas. Mais j'ai raccroché le cœur gros. J'avais pris l'habitude de sa présence pendant les longs vols, de le voir me céder le siège de l'allée centrale, de le voir sourire en regardant les dessins du *New Yorker*, qu'il aimait décrire pour moi plutôt que de me les faire voir ; adorant secrètement son idole de pois dans sa cosse.

Cette fois, donc, pour le tout dernier de tous les voyages, ce serait Froma et moi.

Il y aurait un troisième compagnon de voyage. Mon amie Lane, une photographe, devait nous rejoindre à L'viv au milieu de la semaine que nous devions y passer. Originaire de Caroline du Nord, les cheveux bruns et l'œil vif, elle vivait à New York depuis des années et travaillait depuis quelque temps sur un essai photographique sur les « sites de génocide ». Depuis que je l'avais rencontrée, cinq ans plus tôt, j'avais entendu parler de ses voyages au Rwanda, au Darfour, au Cambodge, en Bosnie, une liste toujours plus longue qui laissait penser que, se plaisait-elle à dire, PLUS JAMAIS ÇA n'était qu'un slogan vide. Lane était donc allée dans tous ces endroits. Son problème, me disait-elle, c'est qu'elle n'avait toujours pas trouvé comment aborder l'Holocauste. Auschwitz, craignait-elle, était devenu un cliché visuel – *Ça vous dédouane* était la formule qu'elle avait employée un soir, pendant un dîner chez elle, pendant que je regardais les photos qu'elle avait prises. Je pensais à la femme qui avait dit, Si je ne trouve pas une bouteille d'eau, je vais *m'évanouir*, au fourgon à bestiaux dans lequel on peut monter à Auschwitz, aux cartes postales électroniques ARBEIT MACHT FREI qu'on peut acheter sur le site du musée de Terezín. Oui, avais-je répondu, je suis d'accord. J'avais ajouté, Si je retourne à Bolekhiv, tu devrais venir avec moi. Si tu t'intéresses aux sites de génocide, il y a pas mal de choses à voir dans le coin. En disant cela, j'avais pensé à Taniawa, qui était alors sur la liste des endroits que je connaissais désormais.

Lane devait donc nous rejoindre à L'viv. Froma et moi avions prévu d'arriver un mardi et de passer la plus grande partie de notre semaine à visiter la ville, à rassembler des informations et des impressions pour l'article de voyage que je devais écrire, et Lane arriverait le samedi, jour où nous irions à Bolekhiv pour prendre des photos, et de là nous pourrions nous rendre dans les villes voisines qui s'étaient appelées autrefois Dolina, Drohobycz, Stryj, Kalusz, Rozniatow, Halych, Rohatyn, Stanislawów, dans ces endroits et d'autres, chacun d'eux ayant son Taniawa, sa fosse commune et son monument. Nous passerions le samedi et le dimanche à rouler pour voir les ruines de la Galicie juive, et puis je rentrerais chez moi une fois pour toutes.

Alex, sourire rayonnant aux lèvres, nous attendait à l'aéroport. Il avait épaissi, une sorte d'ours affectueux, depuis la dernière fois que je l'avais vu. Nous nous connaissions bien désormais et, cette fois, après s'être frayé un chemin à travers la foule, il ne tenait pas un carton marqué MENDELSOHN, mais m'a entouré de ses bras puissants et m'a serré contre lui à me couper le souffle. Je lui ai souri : j'étais content de le revoir. Une des choses qui, pendant ce dernier voyage à L'viv, m'épargnaient la sensation épuisante de « revenir », c'était la perspective de passer beaucoup de temps avec Alex. Je le considérais comme un ami et, comme tel, je pensais pouvoir lui parler d'un certain nombre de questions qui avaient surgi au cours de ma recherche, celle de la nature délicate des relations entre Ukrainiens et Juifs, avant et après la guerre, n'étant pas la moindre. Lorsque j'avais écrit un article sur notre premier voyage à Lviv, trois ans plus tôt, j'avais voulu souligner le contraste entre le refrain que j'avais toujours entendu mon grand-père répéter – *les Allemands étaient méchants, les Polonais étaient pires, mais les Ukrainiens étaient les pires de tous* (et comment pouvait-il le savoir de toute façon ? qu'est-ce qu'il avait entendu dire ?) – et la réception à laquelle nous avions eu droit partout où nous étions allés en Ukraine, la chaleur spontanée, la générosité et l'amitié que chaque Ukrainien rencontré nous avait manifestées. Il me semblait que le contraste avait quelque chose à voir avec un point spécifique de l'histoire et aussi avec le temps de façon plus générale. Sans aucun doute parce que je me situe entièrement en dehors de l'événement, il est possible pour moi de penser que des choses faites par certains et même de nombreux Ukrainiens pendant la guerre étaient le résultat de circonstances historiques très spécifiques, et il est difficile pour moi de croire que les atrocités commises par les Ukrainiens contre les Juifs en 1942 sont une expression naturelle d'un caractère essentiellement ukrainien, pas plus que je ne peux croire que les atrocités des Serbes commises contre les musulmans de Bosnie en 1992 sont une expression naturelle d'un caractère essentiellement serbe. Je suis donc, peut-être naïvement, peu enclin à condamner les « Ukrainiens » en général, même si je sais que de nombreux Ukrainiens ont commis des atrocités. Toutefois, je suis prêt à accepter d'autres généralisations, par exemple celle qui concerne le ressentiment féroce d'une classe de gens qui, à la fois, ont été des subalternes et se sont perçus comme tels, particulièrement lorsque ces gens ont subi une oppression intolérable – celle imposée par Staline qui a délibérément fait mourir de faim entre cinq et sept millions d'Ukrainiens de 1932 à 1933, ce qui constitue une tragédie nationale qui a galvanisé les Ukrainiens, tout comme l'Holocauste est une tragédie nationale qui a galvanisé les Juifs –, ce ressentiment féroce d'une telle classe de gens, dans des circonstances particulières, pourra exploser en sauvagerie bestiale contre ceux qu'ils jugent responsables de leurs souffrances, même si c'est parfaitement injuste. Et, je le sais, il est plus facile de tenir pour responsables ceux qui sont nos intimes.

Plus généralement, je pensais que la différence entre *Les Ukrainiens étaient les pires de tous* et ce que nous avons découvert lorsque mes frères, ma sœur et moi sommes allés en Ukraine et y avons été si bien traités par des Ukrainiens qui savaient que nous étions juifs était clairement liée au sujet qui m'intéressait, c'est-à-dire ce qui se perd avec le passage du temps. Pour moi, il est évident que les habitudes et les attitudes culturelles sont, elles aussi, érodées par le temps, et même s'il est vrai qu'un antisémitisme féroce a fait rage au sein de la population ukrainienne d'endroits comme Bolechow, je voulais croire que ce n'était plus le cas – que je n'avais pas plus de raisons de craindre de voyager en Ukraine que de voyager en Allemagne, même si certains des survivants que je connaissais m'avaient mis en garde. *Soyez très prudent quand vous retournerez là-bas*, m'avait averti Meg, au moment où nous nous apprêtions à repartir d'Australie. Pourquoi, avais-je demandé, vous pensez qu'ils haïssent encore les Juifs ? Elle m'avait jeté un regard un peu las et avait dit, *C'est peu dire*.

Et, en effet, certains des survivants à qui j'avais fait part de mon amitié pour Alex et, plus généralement, de la réception plaisante des Ukrainiens, m'avaient ri au nez ou, pire, dit que les Ukrainiens n'avaient été gentils avec nous que parce que nous étions américains, parce qu'ils pensaient que nous avions de l'argent à leur donner. *Vous n'y étiez pas, vous n'avez rien vu*, m'avait dit quelqu'un lorsque j'avais soutenu que les Ukrainiens que j'avais rencontrés, à qui j'avais parlé, avaient été si chaleureux, si accueillants, si gentils avec nous ; et qu'aurais-je pu répondre, moi qui juge impossible d'établir des analogies faciles entre différents types d'expériences que les gens de mon milieu, de mon pays et de ma génération ont pu faire et celles faites par certaines personnes pendant la guerre ? Lorsque certains survivants secouaient la tête et me disaient que je ne pouvais rien savoir des Ukrainiens sur la base de mes seules expériences, je concevais qu'ils pussent avoir raison : peut-être que trop de variables avaient changé, peut-être qu'il était *impossible de savoir* tout simplement, tout comme il est impossible de savoir ce que c'était que d'être dans un convoi à destination de Belzec en 1942 en montant dans le fourgon à bestiaux du musée de l'Holocauste à Washington.

Moi, mieux que quiconque, je savais très bien quelles étaient les racines de cette animosité généralisée à l'égard des Ukrainiens – après tout, les survivants auxquels j'avais parlé avaient vu de leurs propres yeux des bébés juifs empalés sur des fourches ukrainiennes et jetés par les fenêtres et projetés contre les murs par des Ukrainiens et piétinés par des Ukrainiens, comme le nouveau-né de Mme Grynberg avait été piétiné quelques minutes après avoir été mis au monde, alors que le cordon ombilical pendait encore entre ses jambes ; eux, et non moi, avaient été les témoins d'une sauvagerie animale si féroce que – c'est un fait établi – les Allemands avaient dû parfois la contenir. Ils l'avaient vu, je ne l'avais pas vu et ne verrais jamais une chose pareille. Pourtant, cette réticence à envisager quoi que ce soit de bon chez les Ukrainiens me frappe par son irrationalité, puisque chaque survivant à qui j'ai parlé a été sauvé par un Ukrainien. Je ne le leur ai pas dit, mais il me semble que les Juifs, plus que n'importe qui d'autre, devraient être conscients du danger qu'il y a à condamner des populations entières.

J'ai donc parlé de tout cela avec Alex pendant mon séjour, ouvertement et franchement. Parce qu'il est historien de formation, tout comme je suis helléniste, il essaie de voir les choses dans leur complexité, se méfie des généralisations, tout comme j'aime regarder les problèmes à travers la lunette de la tragédie grecque qui nous apprend, entre autres, que la véritable tragédie n'est jamais une confrontation directe entre le Bien et le Mal, mais plutôt, de façon plus exquise et plus douloureuse à la fois, un conflit entre deux conceptions du monde irréconciliables. La tragédie de certaines régions de l'Europe de l'Est entre, disons, 1939 et 1944 était, en ce sens, une véritable tragédie puisque – comme je l'ai signalé auparavant – les Juifs de Pologne orientale, qui savaient qu'ils allaient souffrir s'ils se retrouvaient sous domination nazie, avaient accueilli les Soviétiques comme des libérateurs en 1939 quand la Pologne orientale leur avait été cédée provisoirement, comme on le verrait ; tandis que les Ukrainiens de Pologne orientale, qui avaient connu une oppression inimaginable pendant les années 1920 et 1930, avaient vu dans la cession de la Pologne orientale à l'Union soviétique un désastre national et considéré les nazis comme des libérateurs en 1941. Ce n'est pas, évidemment, une formule qui peut tout expliquer, les bébés sur les fourches et les cordons ombilicaux ; mais c'est du moins plus complexe et par conséquent probablement plus correct que la formule qui consiste à envisager les Ukrainiens comme *les pires de tous*. Alex et moi avons souvent parlé de ce genre de choses au cours de notre séjour et, à la fin, il a haussé les épaules, soupiré et dit, en se faisant l'écho d'autres personnes à qui j'avais parlé ces dernières années, Écoute, il y a eu des gens qui étaient bons et d'autres qui étaient méchants.

Mais c'est venu plus tard. À l'aéroport, le jour de mon retour à L'viv, j'ai serré Alex dans mes bras et je l'ai présenté à Froma. J'ai pris des nouvelles de sa femme, Natalie, et de leur fils studieux, Andriy, qu'Alex appelle toujours Andrew en ma présence, et de sa fille au visage lunaire, Natalie, qui devaient avoir grandi tous les deux, depuis que je les avais vus pour la dernière fois, au cours de ce somptueux dîner d'adieu dans leur appartement pour mes frères, ma sœur et moi. Tout va très bien ! a dit Alex. Il a refusé de nous laisser porter quoi que ce soit, pas même une sacoche d'ordinateur, lorsque nous sommes sortis de l'étrange petit aéroport dans le soleil éclatant. Garée le long du trottoir, une VW Passat bleue. Non ! s'est-il écrié quand j'ai fait un salut un peu théâtral en direction de la voiture. Ce n'est pas la voiture que tu connaissais, c'est le même modèle, mais ce n'est pas la même voiture. Celle-ci est neuve. La même, mais différente !

Nous sommes partis rapidement vers l'hôtel. C'est à ce moment-là, ou peut-être un peu plus tard, qu'il a ri de son rire sonore et dit, Tu ne vas pas le croire, mais Andrew a appris tout seul à parler yiddish !

C'ÉTAIT UN MARDI. Le vendredi, nous irions en voiture à Bolekhiv.

C'était bien de pouvoir passer un peu de temps à L'viv. La première fois que j'étais venu dans cette ville, j'avais été tellement anxieux à l'idée de ce que nous allions pouvoir trouver à Bolekhiv que je n'avais guère prêté attention à la visite de la ville que nous avions faite avant et après le passage dans la ville de ma famille. Cette fois-ci, je me plais à croire que nous avons tout vu.

De nombreux lieux historiques liés à la vie juive disparue n'ont pas, je dois le souligner, disparu et sont simplement, dirait-on, *les mêmes, mais différents*. Un bon exemple de cette situation : l'immeuble quelque peu excentrique, à la fois rebondi et plaisant à regarder avec ses petites tourelles, qui se trouve au numéro 27 de T. Shevchenko Prospekt et s'appelle désormais le Desertniy Bar. Pour certains, néanmoins, il est mieux connu sous le nom de Szkocka Café, le Café Écossais, qui se trouvait, dans une vie précédente, sur une avenue appelée Akademichna – un nom assez approprié étant donné que le café était le lieu de rendez-vous d'un groupe célèbre et influent de mathématiciens, connu sous le nom d'école de Lwów. L'école de Lwów était dominée par le mathématicien polonais Stefan Banach, qui fit un travail séminal dans un domaine appelé l'analyse fonctionnelle et qui, en compagnie d'un autre mathématicien de Lwów, Hugo Steinhaus, créa en 1929 la revue *Studia mathematica* qui, avec la revue fondée à Varsovie, *Fundamenta mathematicæ*, devint l'une des premières revues du monde actif et influent des mathématiques polonaises pendant l'entre-deux-guerres. C'est la forte activité de l'école de Lwów qui nous ramène au Café Écossais, puisque c'était le lieu de réunion préféré des membres de ce groupe. C'est Banach qui avait acheté le grand cahier, objet de légende par la suite, dans lequel, au cours de conversations animées alimentées par de nombreux cafés, des problèmes épineux étaient notés, ainsi que leur solution, parfois. À la fin de chaque réunion, ce carnet était confié au chef de rang du café qui, lorsque le groupe se réunissait un autre soir, le ressortait de sa cachette ultrasecrète où il reprenait place dès leur départ.

L'école de Lwów et ce monde animé et influent des mathématiques polonaises ne devaient jamais se remettre des effets dévastateurs de l'occupation nazie, qui décima les rangs du professorat polonais, aussi bien catholique que juif. Banach et Steinhaus survécurent à la guerre, au prix d'horribles privations. Banach, qui était né près de Cracovie en 1892 et était par conséquent de la même génération qu'Oncle Shmiel, et qui, comme c'était un enfant illégitime, portait le nom de sa mère et non celui de son père (chose qui pouvait arriver, nous le savons, même à des enfants légitimes), a été arrêté par les nazis et privé du statut éminent qu'il avait avant la guerre, a été contraint de travailler dans un laboratoire consacré aux maladies infectieuses où, pendant toute l'Occupation, le grand mathématicien a passé ses journées à nourrir les poux qui devaient être utilisés pour les expériences. Il a survécu à la guerre pendant trois semaines et il est mort d'un cancer du poumon en août 1945. Steinhaus, né quelques années avant son collègue, était juif, ce qui veut dire que, après l'arrivée des nazis, les poux étaient le cadet de ses soucis. Il s'est caché et a souffert de sévères privations, la faim n'étant pas la moindre, même si, comme dit de lui un de ses biographes, *encore à ce moment-là son esprit affûté et infatigable travaillait sur une multitude de projets et d'idées* – ce en quoi il n'était pas dans une situation très différente de celle de Klara Freilich qui, comme nous le savons, réfléchissait à des problèmes de mathématique elle aussi, cachée sous terre en compagnie des rats. Quoi qu'il en soit, une fois la guerre terminée, Steinhaus a déménagé à Wroclaw, comme l'a fait la famille de Ciszko Szymanski, et y est mort à l'âge de quatre-vingt-cinq ans, en 1972, ayant réussi, devrais-je ajouter, à sauver et à préserver le cahier du Café Écossais, qui par la suite a été publié. Le sauvetage du cahier peut être considéré comme un symbole, dans la mesure où Steinhaus est souvent crédité du fait d'avoir permis aux mathématiques polonaises de renaître de leurs cendres après la dévastation causée par la guerre dans la vie intellectuelle et universitaire polonaise.

Il se trouve que j'ai récemment eu la chance d'avoir en main un curieux artefact de cet aspect particulier de la dévastation pendant la guerre. Au départ, je suis allé au Café Écossais – ou plutôt au Desertniy Bar – parce que mon père est mathématicien, et lorsque nous sommes allés avec mes frères et ma sœur la première fois à L'viv, il nous a pressés d'aller voir cet endroit célèbre, qui d'une certaine façon est un temple pour les mathématiciens, gens qui ne sont pas nécessairement connus pour l'intensité de leur attachement aux temples. Mais l'essentiel de ce que j'ai appris sur l'école de Lwów, je le dois à mon parrain, l'ami intime de mon père, un Italien dont le nom est Edward mais que nous avons toujours appelé affectueusement par le surnom de *Nino*, et qui a été pendant des années professeur de mathématiques dans une université de Long Island : c'était le seul homme que nous ayons connu capable de manger les pommes qu'il avait cueillies à l'arbre du jardin de mes parents, à l'époque où j'étais enfant et que je me demandais pourquoi l'Arbre de la Connaissance était un *arbre*. Selon une curieuse coïncidence, un des domaines d'expertise de Nino est l'analyse fonctionnelle, domaine créé par l'école de Lwów, il y a bien longtemps, et c'est Nino qui a essayé de m'expliquer, lorsque je lui ai rendu visite après mon dernier voyage en Ukraine pour lui raconter ce que nous y avions trouvé, ce qu'était exactement l'analyse fonctionnelle. Une grande partie de ce qu'il m'a raconté était trop compliqué pour que je pusse comprendre. Mais j'étais fasciné de l'entendre me dire qu'il s'était servi de l'analyse fonctionnelle pour étudier les problèmes d'un truc qui s'appelle la théorie de l'optimisation. Comme j'aimais cette expression, *théorie de l'optimisation*, je lui ai demandé dans un e-mail, une fois rentré chez moi, de m'expliquer ce que c'était et il m'a immédiatement répondu :

L'optimisation, c'est l'étude des maxima et des minima sous différents déguisements. Deux exemples rapides, le premier classique, attribué à Didon, le second provenant de l'ère du spout-nik :

1) Quelle surface délimitée d'une zone donnée enferme-t-elle le volume maximum ? (Didon : quelle figure plane d'un périmètre donné enferme-t-elle la plus grande zone ? Réponse : le cercle.)

2) Quelle trajectoire de vol une fusée suit-elle pour minimiser le temps de rendez-vous entre deux points situés sur des orbites différentes ?

EN LISANT CELA, j'ai été ému de voir qu'un nom familier de la littérature latine était devenu le symbole d'un célèbre problème mathématique. Dans l'*Énéide* de Virgile nous est racontée une histoire dans laquelle figure la reine de Carthage, Didon – la femme dont Énée tombe amoureux, pour l'abandonner ensuite, ce qui la pousse au suicide. L'histoire traite de la manière dont Didon a fondé sa ville, Carthage. Exilée de sa terre natale, Didon a longuement erré à la recherche d'un endroit où s'établir. Après son arrivée en Afrique du Nord, un roi local a fait un étrange marché avec elle : il a accepté de donner à elle et à sa suite un territoire aussi grand que celui que pourrait recouvrir la peau d'un bœuf. L'ingénieuse réponse de Didon à cette offre cruellement mesquine a consisté à découper une peau de bœuf en minces lamelles, à nouer ces lamelles en une longue corde et à étirer cette corde sur le périmètre d'un immense cercle : le territoire de la future Carthage, qui devait devenir une grande cité, la ville où Énée découvrirait de manière inattendue une fresque consacrée à sa propre vie, ce qui le ferait éclater en sanglots. C'est pourquoi, lorsque les mathématiciens se réfèrent au « problème de Didon », ils se préoccupent de ceci : comment délimiter la zone maximale pour une figure avec un périmètre donné ; même si, lorsque les latinistes se réfèrent au problème de Didon, ils se soucient probablement plus du fait qu'après avoir été chassée de chez elle, forcée de s'enfuir pour sauver sa vie, après avoir construit une existence nouvelle et prospère, elle a tout de même fini – en dépit de son intelligence, en dépit de tout ce qu'elle avait fait pour survivre – par se suicider, sa vie nouvelle n'étant pas une vie parce que quelque chose en elle avait été brisé.

En tout cas, lorsque j'ai lu pour la première fois l'e-mail de Nino, je n'étais pas très sûr de ce que cela pouvait bien signifier, mais – comme je venais de rentrer de ce voyage – les problèmes de savoir comment enfermer dans des surfaces limitées des volumes *maxima* et comment minimiser le temps pour atteindre des points de rendez-vous m'avaient occupé l'esprit, dans un contexte différent évidemment, et je suppose que c'est la raison pour laquelle la réponse de Nino avait piqué mon intérêt.

Lorsque j'étais allé chez Nino et que nous avions parlé de l'école de Lwów, il avait mentionné qu'il possédait plusieurs volumes des revues *Studia mathematica* et *Fundamenta mathematicæ*, et c'était dans un volume de cette dernière qu'il m'avait montré un numéro commémoratif de 1945, qui s'ouvrait sur une liste encadrée d'une bordure noire où figuraient les noms des douzaines d'anciens collaborateurs qu'eut cette publication qui avaient été tués pendant la guerre, une liste tellement longue que j'ai pu estimer à quel point le projet qu'eut Steinhaus de ranimer la flamme des mathématiques polonaises avait dû être ardu. Lorsque nous pensons aux grandes dévastations, à ce qui est perdu quand une population entière est décimée, le million et demi d'Arméniens massacrés par les Turcs en 1916, les cinq à sept millions d'Ukrainiens affamés par Staline entre 1932 et 1933, les six millions de Juifs tués dans l'Holocauste, les deux millions de Cambodgiens tués sous le régime de Pol Pot dans les années 1970, et ainsi de suite, nous avons tendance à penser naturellement aux gens eux-mêmes, aux familles qui ont cessé d'exister, aux enfants qui ne sont jamais nés ; et puis aux choses domestiques qui nous sont familières, les maisons, les souvenirs, les photos qui, du fait que ces gens n'existent plus, n'ont plus le moindre sens. Mais il y a aussi ceci : les pensées qui ne seront jamais pensées, les découvertes qui ne seront jamais faites, l'art qui ne sera jamais créé. Les problèmes, inscrits dans un cahier quelque part, un cahier survivant aux gens qui les ont inscrits, qui ne seront jamais résolus.

Quoi qu'il en soit, je suis allé au Café Écossais à Lviv. On pourrait dire que c'est le même, mais différent ; ce qui est aussi une façon de décrire Lviv aujourd'hui qui, avec ses rénovations, ses constructions nouvelles et son tourisme en expansion, peut être considérée comme ancienne et nouvelle à la fois, *renaissant de ses cendres*, du moins par certains aspects, du moins quand il y a encore des cendres d'où renaître.

BOLEKHIV AUSSI ÉTAIT la même, mais différente.

Une fois encore, Alex avait arrêté la voiture sur la crête de la colline au-delà de laquelle il était possible de voir la petite ville nichée dans sa vallée, la colline où, quatre ans plus tôt, Matt était descendu pour prendre une photo. Nous revoilà à Bolechow, ai-je annoncé, la voix légèrement triste, à Alex et Froma. Mais, cette fois, lorsque nous sommes descendus vers la ville, en passant sur le petit pont de pierre qui enjambe le filet d'eau insignifiant qu'est devenue la rivière Sukiel, devant ce qui était autrefois le restaurant de Bruckenstein, l'endroit avait l'air changé. Auparavant, au cours de l'après-midi couvert et pluvieux de notre première visite, la ville avait semblé déserte ; l'impression de désolation grisâtre qui était suspendue dans l'atmosphère humide ce dimanche-là avait fait l'effet, en quelque sorte, d'être un autre élément d'une preuve d'accusation, comme si l'endroit était perpétuellement

Ce volume est dédié
à la Mémoire des Collaborateurs des «Fundamenta Mathematicae»,
Victimes de la guerre:

Herman Auerbach, Chargé du cours à l'Université de Lwów, péri entre les mains de la Gestapo à Lwów en été de 1943.

Antoni Hoborski, ancien Recteur de l'Académie des Mines de Cracovie, Professeur à l'Université de Cracovie, mort en 1940 au camp de concentration de Sachsenhausen, où il fut transporté en Novembre de 1939 avec les autres professeurs de l'Université de Cracovie, dont 15 sont également morts dans ce camp.

Stefan Kaczmarz, Chargé du cours à l'Université de Lwów, péri en automne de 1939.

Stefan Kempisty, Professeur à l'Université de Wilno, mort en prison en août de 1940.

Andrzej Koźniewski, Docteur de mathématique, mort à Zbaraż en décembre de 1939.

Adolf Lindenbaum, Chargé du cours à l'Université de Varsovie, tué par la Gestapo à Nowa Wilejka en été de 1941.

Antoni Łomnicki, Professeur et Prorecteur de l'École Polytechnique de Lwów, fusillé par la Gestapo à Lwów en juillet de 1941 avec plus de 30 autres professeurs des Écoles Supérieures de Lwów.

Józef Pepis, Docteur de mathématique, Assistant à l'Université de de Lwów, tué par la Gestapo en août de 1941.

Aleksander Rajchman, Professeur à l'Université Libre de Varsovie, péri en 1940 au camp de concentration à Dachau.

Stanisław Ruziewicz, Recteur de l'Académie de Commerce de Lwów, ancien Professeur à l'Université de Lwów, fusillé par la Gestapo à Lwów en juillet de 1941.

Stanisław Saks, Chargé du cours à l'Université de Varsovie, tué par la Gestapo à Varsovie en novembre de 1942.

Juliusz P. Schauder, Chargé du cours à l'Université de Lwów, péri entre les mains de la Gestapo à Lwów en septembre de 1943.

Włodzimierz Stożek, Professeur de l'École Polytechnique de Lwów, fusillé par la Gestapo à Lwów en juillet de 1941.

Witold Wilkosz, Professeur à l'Université de Cracovie, mort à Cracovie en mars de 1941.

Józef Zalewasser, Professeur à l'Université Libre de Varsovie, tué dans les chambres à gaz de Treblinka en janvier de 1943

— et plusieurs autres, dont on ignore encore le sort et la date de mort.

en procès et que le temps qu'il faisait et l'ambiance étaient des témoins à charge. À présent, à la fin d'une matinée radieuse sous un ciel sans nuages, Bolekhiv était débordante d'activité : des voitures circulaient bruyamment autour de la place, des coups, des vrombissements et des pétarades se faisaient entendre sur les sites de construction, des mères faisaient avancer leur poussette, et la place était pimpante avec ses façades fraîchement repeintes de toutes sortes de couleurs. La maison de Meg Grossbard, dont elle m'avait donné une photo et qu'elle m'avait demandé d'aller regarder – c'était au cours de cet après-midi qui avait suivi le déjeuner chez son beau-frère, alors que Matt et moi étions devant l'immeuble à attendre un taxi, que Meg avait insisté pour que, si nous étions assez idiots pour jamais retourner en Ukraine (*des cannibales !*), nous ne disions à personne qu'elle vivait en Australie et, réagissant à mon expression sidérée, avait ajouté, *Ils ont tué le reste de ma famille, pourquoi ne voudraient-ils pas me tuer aussi ?* –, la maison de Meg Grossbard avait été peinte en rose chewing-gum.

Lorsque nous sommes descendus de la Passat, Froma a regardé autour d'elle et dit, Je me demande si tous ces gens ont la moindre curiosité pour nous.

Cette fois, j'ai compris aussi que la dernière fois que nous étions venus, nous n'avions vu en réalité que la moitié du *Rynek*. Armé de la carte que Jack m'avait faxée la semaine qui avait précédé mon départ, j'ai commencé ma navigation avec Froma et Alex à la remorque. Il y avait la maison où mon grand-père était né, les pruniers chargés de fruits ;

il y avait le Petit Parc avec ses tilleuls. Nous nous sommes arrêtés devant la *Magistrat* et là j'ai pointé le doigt en direction de l'endroit précis où se trouvait autrefois la boucherie de Shmiel. J'ai sorti une photocopie de la photo du livre Yizkor de Bolechow, celle que mon grand-père, il y a bien longtemps, avait légendée des mots NOTRE BOUCHERIE, et je l'ai montrée à Froma et à Alex pour qu'ils puissent vérifier. Ils ont hoché la tête et souri. Nous avons trouvé le Dom Katolicki, aujourd'hui salle de réunions des Témoins de Jéhovah, un bâtiment carré de deux étages, laid, à l'aspect solide, avec des fenêtres carrées et un toit en tôle ondulée, situé au milieu d'un pâté de maisons résidentielles, en bas de la rue en face de ce qui s'appelait autrefois, je le savais à présent, l'église polonaise. Une fois de plus, comme cela a été souvent le cas quand je me suis retrouvé finalement en face de bâtiments dont l'apparence physique ne suggère pas – et ne pouvait pas suggérer – les histoires intenses qu'ils ont abritées, j'ai ressenti une vague déception, une impression de platitude. Il était difficile pour moi de lier cette petite structure tassée aux terribles histoires, nombreuses et violentes, dont j'avais entendu parler. Ce n'est que plusieurs semaines plus tard, lorsque j'étais chez moi à New York en train de regarder des photos du voyage, que j'ai enfin remarqué les grandes lettres métalliques d'un design clairement contemporain fixées sur la façade de ce bâtiment décrépit, juste au-dessous de la tôle ondulée. KIHO, annonçaient les lettres cyrilliques sur le côté gauche ; TEATP, sur le côté droit. *Cinéma. Théâtre.*

C'est seulement à ce moment-là que je me suis rendu compte qu'ils continuaient à projeter des films dans cet endroit.

Sans doute parce que je me réjouissais de mon savoir, de la confiance que m'avaient donnée les cartes et les interviews, et sans doute à cause du beau temps tout simplement, je me sentais d'une humeur exubérante. Le contraste entre cette visite pleine de confiance sous un ciel ensoleillé et celle que j'avais faite en 2001 n'aurait pas pu être plus net. Pour une fois, me suis-je dit alors, j'avais trouvé exactement ce que j'étais venu chercher.

En l'espace de quelques minutes seulement, il est devenu clair que je me trompais.

TOUT A COMMENCÉ parce que nous ne pouvions pas trouver une chose que j'avais voulu trouver plus que tout, la maison de Shmiel. En Australie, Boris Goldsmith nous avait dit que Shmiel n'avait pas vécu dans la maison dans laquelle ses frères, ses sœurs et lui étaient nés, la Maison Numéro 141, adresse donnée sur ces centaines de certificats de naissance et de décès qu'Alex m'avait envoyés, des années auparavant, mais qu'il avait déménagé dans les années 1930 dans une grande maison neuve de la rue Dlugosa. Avec le temps, Jack et les autres, en Australie, en Europe et en Israël, avaient confirmé cette information et dessiné des cartes pour que je puisse repérer précisément l'endroit de la rue – juste en face du Petit Parc – et de la maison elle-même, la quatrième sur la droite en partant du début de la rue. Mais la quatrième maison (et même la cinquième et la sixième) dans la rue qui correspondait plus ou moins à la rue Dlugosa sur la carte de Jack, qui s'appelait désormais Russka, était une sorte d'énorme grange, très longue et très ancienne, qui occupait apparemment plusieurs lots. Il était évident qu'il n'y avait jamais eu de maison à cet endroit. Nous avons commencé à descendre la rue, en nous éloignant du Petit Parc. Cette marche à travers la ville était, je dois l'admettre, beaucoup plus plaisante qu'elle ne l'avait été lors de la première visite, lorsque Andrew, Matt, Jen et moi avions pataugé dans la boue sous la pluie. Il n'était pas encore onze heures du matin et l'atmosphère était déjà chaude. Nos pas crissaient dans la poussière et les graviers de la rue. Chaque maison, semblait-il, avait un long jardin à l'arrière rempli de pommiers, de pruniers et de cognassiers. Des chiens aboyaient paresseusement. Alex a arrêté une femme, une jeune femme, et lui a demandé si elle connaissait une personne âgée qui vivait dans le quartier qui aurait pu nous indiquer l'endroit où se trouvait une rue qui autrefois s'appelait Dlugosa. Ils ont bavardé une minute et Alex a agité le bras pour nous faire signe, à Froma et à moi, de repartir en arrière. Nous devons revenir vers le parc, a-t-il fini par dire. Il y a un vieil homme qui vit au début de la rue.

La femme nous a conduits vers la maison et a pointé le doigt vers elle. Un homme trapu, le visage slave et les cheveux blancs bien fournis, plaqués en arrière d'un front bronzé, était assis sur une sorte de chaise roulante motorisée dans le jardin qui se trouvait devant la maison. Toutefois, lorsqu'il nous a vus approcher, il s'est levé. Alex et lui se sont parlé. Il paraissait ne rien savoir au sujet de la rue Dlugosa. Alex a fait un rapide clin d'œil et a basculé la tête sur le côté, l'air de dire, *Allons-nous-en* – un tic que j'avais fini par reconnaître comme sa façon de signaler que nous perdions notre temps et que nous ferions mieux de continuer –, quand le vieil homme a salué bruyamment quelqu'un qui descendait la rue en provenance de l'endroit d'où nous venions. Nous nous sommes tournés vers lui. *Stepan*, a dit le vieil homme. Ce Stepan s'est avancé à pas lents jusqu'à nous et a serré nos mains d'une poigne ferme. Il portait une chemise à carreaux gris et bleus d'ouvrier et une casquette d'autrefois. Lorsqu'il a parlé, on a pu entendre le son d'un léger chuintement, presque un bourdonnement. Il n'avait pas de dents de devant, ce qui ne l'empêchait nullement de sourire souvent. Il avait la peau aussi brune et parcheminée qu'une vieille selle.

Alex a répété ce qu'il venait de dire à l'autre homme. Nous cherchions la rue Dlugosa, a-t-il dit. Nous cherchions la maison du grand-oncle de cet Américain, un Juif qui a vécu à Bolekhiv, à Bolechow, avant la guerre. Shmiel Jäger.

Jäger ! s'est exclamé Stepan. Il s'est mis à parler rapidement à Alex.

Alex, dont le large visage était déjà rouge et transpirant à cause du soleil, a fait un grand sourire. Il m'a regardé et a dit, Il dit que son père était un chauffeur de Shmiel Jäger !

Ah, vraiment ? ai-je dit. Et c'était, je m'en suis rendu compte, un contraste de plus entre 2001 et 2005. En 2001, Jen et moi avions baissé la tête et pleuré simplement parce que nous avions rencontré quelqu'un qui avait connu Shmiel et sa famille, sans les connaître vraiment : cela paraissait alors à ce point impossible qu'il pût encore exister des gens qui pouvaient se souvenir d'eux. Mais à présent j'avais parlé à tant de gens, de ceux qui les avaient véritablement connus. Ainsi écoutais-je Stepan avec intérêt, mais sans excitation.

Jäger, tak, disait Stepan. Il parlait et Alex faisait une traduction simultanée.

Jäger avait un camion. Dans ce camion, il transportait des marchandises entre Bolechow et Lwów. Son père conduisait le camion. Et lui, Jäger, disait parfois à son père d'aller chercher deux chevaux pour l'aider à tirer le camion au sommet d'une colline, parce qu'il était surchargé et ne pouvait plus avancer ! De très grands chevaux, des chevaux allemands, comme ceux qu'ils utilisaient pendant la guerre pour tirer les canons.

Ah, vraiment ? ai-je dit de nouveau. Mais, cette fois, plusieurs personnes s'étaient rassemblées autour de nous pour écouter ce qui se disait : une femme entre deux âges en blouse de ménagère et deux jeunes femmes en jeans et t-shirts moulants.

Elles étaient curieuses de savoir qui nous étions.

Il avait l'habitude d'aller à Lwów, a poursuivi Alex en traduisant les propos de Stepan, et lorsque quelque chose tombait en panne, il était furieux, c'était le désastre ! Il avait sa boucherie près du centre, à un endroit où trois nouvelles maisons ont été construites depuis. Pas très loin du *ratusz*, en face de la *Magistrat*. De l'autre côté de la rue.

Oui, ai-je dit.

Et donc Stepan a continué à parler un bon moment et nous a raconté beaucoup de choses. Il se souvenait des Szymanski, une famille polonaise. Ils avaient une maison avec une sorte de taverne à l'intérieur, on pouvait y manger des saucisses. La maison n'existe plus aujourd'hui. Il ne savait rien de plus au sujet des Szymanski. Il se souvenait des Grunschlag. Ils vendaient du bois. Il se souvenait d'une famille du nom de Zimmerman. L'autre vieux et lui se souvenaient des Ellenbogen. Ils avaient une boutique sur le *Rynek*. Il se souvenait que des Juifs avaient été déportés en Sibérie en 1940 : la famille Landes. Il se souvenait de noms dont je n'avais jamais entendu parler : Blumenthal, Kelhoffer. Il se souvenait d'Eli Rosenberg qui était revenu à Bolechow et y avait vécu longtemps après la fin de la guerre. Il se souvenait que, pendant l'Occupation, tous les Juifs avaient été tués. Il se souvenait de choses plus spécifiques de la période de la guerre, par exemple du jour où il aidait son père à faire quelque chose pas loin du *Rynek* et que des coups de feu avaient éclaté. Des balles sifflaient de tous les côtés, *pchiou ! pchiou ! pchiou !* a dit Stepan en imitant le bruit des balles. *À terre ! À terre !* avait crié son père et ils s'étaient couchés dans l'herbe pour se protéger des balles. Sur qui tirait-on ? avons-nous demandé. Sur des Juifs, probablement, a-t-il répondu. Il avait vu, un jour, comment les Juifs avaient été emmenés sur la route par les nazis, avec leurs manches relevées et leurs mitraillettes. Deux types du coin (a traduit Alex), qui n'étaient pas en uniforme, les aidaient. Il y avait aussi une police ou une milice juive, organisée par les nazis, et la police juive connaissait tout le monde. Donc, ces Juifs ont été emmenés dans cet endroit au bout de la ville, près de Taniawa. Oui, il savait où se trouvait Taniawa, son père avait participé à la construction du monu-

ment commémoratif. Ils avaient l'habitude de ton-
dre la pelouse là-bas.

Bien, ai-je dit, nous y allons. J'avais entendu dire
que la végétation avait tout envahi et qu'il était
impossible de trouver quoi que ce fût ; de toute évidence, ce Stepan était la personne idéale pour nous
aider à le retrouver (et nous y sommes allés en
effet, plus tard dans la journée, et après une heure
de recherches dans une forêt de fleurs sauvages
qui montaient jusqu'à la poitrine, si dense qu'on
avait l'impression d'être dans un conte de fées, je
me suis tourné vers Alex et j'ai dit, comme ma
mère aurait pu le dire, C'est *magnifique*, cet
endroit ! et il a souri sombrement avant de répondre, C'était *toujours* dans un endroit magnifique.
Finalement, avec l'aide d'un jeune homme qui
habitait dans le coin – pas si jeune, toutefois,
puisqu'il avait eu un père qui était présent le jour
où ça s'était passé et avait raconté à ses enfants
comment les Juifs avaient été alignés et abattus –,
avec son aide, nous l'avons trouvé et nous sommes restés là, devant les petits obélisques en
ciment, cet homme, Alex, Froma, Stepan et moi,
en silence pendant un moment. Je me suis senti
un peu idiot. Mais j'ai tout de même sorti un
agrandissement de la photo de Ruchele et j'ai dit,
Je ne sais pas, je crois que nous devrions avoir une
pensée pour cette jeune fille, cette jeune fille de
seize ans. Pour sa vie. C'est ici qu'elle est morte, ici
même. J'ai fait passer la photo et tout le monde
l'a regardée et a hoché tristement la tête. Puis nous
sommes repartis).

Stepan était donc là dans la rue Russka et nous
formions un cercle autour de lui tandis qu'il nous

racontait ce dont il se souvenait. Froma voulait savoir quels avaient été les sentiments des Ukrainiens pendant l'Occupation. Tout le monde vivait dans la peur, a répondu Stepan, et à ce moment-là, l'autre homme, au visage ardent et à l'abondante chevelure blanche, qui était resté silencieux pendant toute la conversation, est intervenu. Bien sûr que tout le monde avait peur, a-t-il dit. Il nous a alors raconté une histoire. Un Ukrainien qui s'appelait Medvid – ça veut dire « ours » – avait caché une famille juive. Ils ont été découverts et les nazis ont non seulement tué cet homme, Medvid, et toute sa famille, ils les ont tous pendus, les petits enfants inclus, mais ils ont tué tous ceux qui, dans la région, portaient le nom de Medvid.

Logique allemande, ai-je entendu dire Jack dans ma tête. Cet ordre, cette formalité sans le moindre contenu rationnel ou moral.

Le vieil homme a continué. Après ça, plus personne n'a essayé d'aider. Ou presque plus personne.

J'ai pensé à Ciszko Szymanski. J'ai pensé à tous les survivants à qui j'avais parlé, la plupart d'entre eux ayant été cachés par des Ukrainiens. J'ai pensé à cette femme, Szedlak, quiconque elle ait pu être. Pour une étrange raison, des gens avaient en fait continué à aider. Lorsque Alex, de sa propre initiative, a demandé à Stepan s'il connaissait des histoires de gens qui avaient dénoncé des Juifs aux autorités, Stepan a répondu, Je ne connais pas de gens comme ça. Il y avait des gens bien et il y avait des gens mauvais. J'ai écouté et pensé, Oui. Il y avait eu Szymanski et Szedlak. Et il y avait eu les fourches, il y avait eu le voisin qui les avait trahis.

Tout compte fait, c'était aussi simple et aussi mystérieux que ça.

Nous avons parlé pendant quarante minutes, debout sous le soleil, Alex devenant de plus en plus rouge. La seule chose que personne ne semblait connaître, c'était l'endroit où se trouvait autrefois la rue Dlugosa. Stepan s'est gratté le menton, a froncé les sourcils, a secoué la tête. *Dlugosa, Dlugosa, Dlugosa.* Non. Mais il a pu nous dire, néanmoins, que pendant les années Staline, tous ceux qui vivaient dans la rue où nous nous tenions, rue Russka, avaient été déportés en Sibérie parce qu'ils avaient des toits en tôle ondulée et que la tôle ondulée signifiait que vous étiez un bourgeois, un contre-révolutionnaire. Sa propre famille, a-t-il ajouté avec un grand rire caverneux d'enfant, avait été épargnée lorsque cette décimation irrationnelle (mais en aucune façon exceptionnelle) avait eu lieu, parce que leur toit était en chaume : un toit de prolétaire.

Il a parlé et nous avons écouté. Il a dit quelque chose à Alex, qui s'est tourné vers nous et a traduit, Il dit que vous devriez parler à une femme qui vit dans la... la colonie allemande...

Oui, ai-je dit, je sais, c'était au-delà du pont. Jack m'en a parlé.

... la colonie allemande, son frère était aussi un chauffeur de Shmiel, peut-être qu'elle sait plus de choses.

OK, ai-je dit.

Et il dit aussi que vous devriez parler à un très vieil homme qui s'appelle Prokopiv et qui travaille à l'église. Il est tellement vieux qu'il en saura peut-être plus que n'importe qui d'autre.

843

OK, ai-je dit.

Vous voulez y aller ? a demandé Alex. Il savait que nous étions venus ici aujourd'hui dans un but bien précis, pour faire l'expérience dont j'avais besoin pour écrire : pour voir les endroits sur lesquels je savais tant à présent, pour marcher, autant qu'il était possible de le faire aujourd'hui, dans leurs pas. Il savait, parce que nous avions tant correspondu et parlé au cours des dernières années et parce qu'il me connaissait si bien à présent, que je ne voulais plus recueillir d'histoires qui, désormais, étaient des histoires dont je n'avais que trop l'habitude, des histoires que je connaissais déjà.

Oui, ai-je répondu, pourquoi pas ? Je me suis dit, Ces histoires étaient charmantes : les chevaux de trait, le camion immobilisé. Quelques-unes de plus ne pourraient pas faire de mal.

Nous sommes tous montés dans la voiture bleue, Alex, Froma, Stepan et moi, et nous avons roulé jusqu'à la maison de Prokopiv.

Ne serait-ce qu'en raison de l'ampleur du châtiment qu'ils subissent, il est curieux de constater que le péché pour lequel les habitants de Sodome et de Gomorrhe sont exterminés n'est jamais véritablement nommé, et moins encore décrit en détail, dans parashat Vayeira. Même s'il existe, comme nous l'avons vu, une forte insinuation que le péché est de l'ordre d'une transgression sexuelle, avec des pratiques très éloignées des prescriptions données dans le Lévitique, texte dont nous ne nous occupons pas ici, il n'y a vraiment rien dans le texte biblique qui explique pourquoi les cités doivent être détruites : Dieu annonce tout simplement à Abraham, et sans prévenir, que « le cri contre

Sodome et Gomorrhe est bien grand » et que leur péché – sans être nommé – est « bien grave ». Pour défendre Dieu, dont le goût pour l'annihilation totale ainsi que pour la création a été bien établi, au point où nous en sommes de la Genèse, Rachi s'attarde sur le fait que Dieu annonce qu'Il « descendra » pour jeter un coup d'œil aux cités de la plaine, afin de s'assurer que le « cri » qu'il a entendu est en fait justifié. « Cela, déclare le sage français, a appris aux juges à ne pas prononcer une condamnation dans des affaires capitales sans avoir vu par eux-mêmes », ce qui est une pensée séduisante, même s'il est sans doute juste de dire que les juristes modernes vont probablement s'attarder sur le fait que, dans ce cas précis, les condamnés ne semblent pas avoir été informés des charges qui pèsent contre eux – ces charges, du moins dans le texte dont nous disposons, ne sont ni nommées ni prouvées, ce qui est un peu inquiétant lorsque l'accusé est une population entière.

Se déroule alors un des échanges les plus étranges dans le vaste catalogue des dialogues épineux entre les patriarches et Dieu dans la Torah. Alors que les anges exterminateurs sont en route vers les cités du mal, Abraham confronte Dieu en lui faisant part d'un souci qui pourrait être celui de n'importe quel lecteur contemporain. Ce qui inquiète Abraham est ce qui a inquiété certains commentateurs à d'autres moments en constatant le caractère absolument implacable des châtiments de Dieu (comme, par exemple, dans le passage de Noach qui présente l'éventualité que des innocents – disons, des enfants – puissent être noyés dans le Déluge) : qu'en est-il des gens qui ne sont pas blâmables, qui vivent dans les cités que Dieu a vouées à une extermination iné-

luctable et qui, compte tenu de l'ampleur de l'oblitération, sont très susceptibles de disparaître ?
Qu'adviendra-t-il des, disons, cinquante personnes
innocentes qui vivent dans les cités pécheresses de
Sodome et de Gomorrhe (cinquante, comme nous le
savons – tout comme quarante-huit –, n'étant
qu'une fraction minuscule de la population de la
ville entière). Ne serait-il pas sacrilège, soutient
Abraham, pour Dieu lui-même de châtier l'innocent
en même temps que le coupable ? Ne serait-ce pas
injuste ? Le Dieu de toute la terre devrait-il commettre une injustice ?

Dieu prend immédiatement en considération
l'argument de son prophète et lui assure que s'il y
avait seulement cinquante hommes bons dans
Sodome, il épargnerait l'endroit entier (« l'endroit
entier », comme Rachi prend la peine de l'expliquer,
soucieux qu'il est de suggérer que Dieu est généreux
sans nécessité, se réfère non pas seulement à
Sodome mais aux autres cités de la plaine, puisque
Sodome est une « métropole »). Peut-être inquiété
par la rapidité de la réponse de Dieu – quiconque a
marchandé ne se sent pas en sécurité quand la partie
adverse accepte trop facilement les termes posés –,
Abraham presse un peu son Créateur et essaie de
descendre à quarante-cinq : Dieu épargnerait-il
Sodome (et l'endroit entier), demande-t-il, s'il n'y
avait que quarante-cinq personnes justes ? Dieu
accepte : quarante-cinq. Et ils continuent ainsi, de
quarante-cinq à quarante, de quarante à trente, de
trente à vingt, de vingt à dix. Abraham n'abandonne
son marchandage agressif qu'après avoir obtenu de
Dieu la promesse qu'Il ne détruira pas la métropole,
même s'il ne s'y trouve que dix personnes justes.

À la fin, les cités sont détruites, les luxueuses et déca-
dentes cités de l'Orient, avec tous leurs habitants, les
jeunes, les vieux, les malades, les idiots, et même le
nouveau-né au sein de sa mère probablement, même
si le texte, de nouveau, est réticent à fournir des
détails, réticent à décrire les châtiés comme il l'était
à décrire le crime.

D'une certaine façon, cette histoire est irrésistible
pour ceux qui éprouvent un malaise persistant après
l'histoire du Déluge, avec sa suggestion à peine voi-
lée que ce que redoute par la suite Abraham, le mas-
sacre des innocents et des justes, a alors eu lieu. Et
pourtant, selon moi, le sort de Sodome et de Gomor-
rhe – ou plutôt la mort des hommes, des femmes et
des enfants de ces deux cités, puisque j'ai appris
désormais qu'il était trop facile de dire que telle ou
telle ville a été détruite, quand on veut dire en fait
que tous les habitants de la ville ont été tués – est
troublant pour une autre raison. Même si j'admire
l'acuité d'Abraham sur la place du marché, je me
suis toujours demandé pourquoi il s'était arrêté au
chiffre dix. Friedman n'a pratiquement rien à dire à
ce sujet et accepte tout simplement le verdict de
Dieu : « Puisque Dieu connaît la situation et son
issue nécessaire, pourquoi parler ? » Rachi explique,
en faisant allusion de façon assez ingénieuse au récit
du Déluge, qui est le prototype de cette histoire, pour-
quoi le chiffre dix est celui des réductions successi-
ves au cours du marchandage (parce que le nombre
de ceux qui furent sauvés dans l'Arche de Noé était
huit, et huit plus Abraham, plus Dieu, égale dix).
Mais ni l'un ni l'autre des commentateurs ne semble
être vraiment troublé par la question qui me trouble
tant et qui est la suivante : même s'il y avait eu

moins de dix bons Sodomites – même s'il n'y avait eu qu'une seule personne juste dans cette vaste métropole – ne serait-il pas injuste de la tuer en même temps que tous les coupables ? Ou bien : s'il n'existe qu'un seul bon habitant dans un pays entier de méchants, pouvons-nous dire que la nation entière est coupable ?

Il n'y avait personne chez le vieux Prokopiv et donc, après avoir déposé Stepan chez lui, où sa femme en colère attendait sous la véranda, les mains sur les hanches, se demandant ce qu'il avait bien pu faire toute la matinée, nous sommes allés à la colonie allemande et nous avons trouvé l'adresse qu'il nous avait donnée pour Mme Latyk, la vieille dame dont le frère avait travaillé pour Oncle Shmiel.

Comme il aime le faire, Alex a frappé à la fenêtre plutôt que sur la porte et a appelé en ukrainien, Il y a quelqu'un ? Au bout d'une minute ou deux, une femme aux cheveux blancs s'est présentée au portail grillagé qui conduisait au minuscule jardin. Son visage, profondément ridé, mais animé, les traits étonnamment mobiles, le nez franc avec la pointe un peu busquée, les cheveux blancs remontés sans façon dans un petit chignon, les grandes mains vigoureuses qui battaient et s'agitaient autour d'elle pendant qu'elle avançait lentement vers la porte, et même la couleur de bluet de sa fine blouse en coton – tout cela projetait une impression de crédibilité. Alex lui a parlé brièvement et quand il a dit *Jäger* à un moment donné, elle a hoché la tête en disant *tak, tak*, avant de nous faire signe d'entrer. Pendant qu'elle nous indiquait alignés contre le mur et abattus. Il y avait eu un jour de juin où il était dehors, à manger des cerises dans un arbre, quand il avait soudain entendu des coups de feu et vu des gens abattus en pleine rue. Après ça, il n'avait pas pu manger pendant trois jours. Il avait vu d'autres choses encore. Une femme, enceinte de six ou sept mois, blessée, demandant à voir un docteur, un docteur. Et puis, il y avait eu la fois où, après une des grandes *Aktionen*, il avait vu un garçon de son âge qui avait pris une balle dans l'épaule droite pendant la rafle – *Non, attendez*, c'était l'épaule gauche, il pouvait encore le voir dans sa tête – mais avait réussi à survivre. Il se souvenait d'avoir vu ce garçon quatre jours plus tard, assis devant une barrière du *Lager*. Il était en fait assis au pied de la barrière, se souvenait Michael, tout gonflé par la faim, et il prenait...

Sa voix s'est brisée et il a commencé à sangloter.

Je suis désolé, je suis désolé. Je ne peux pas le dire.

Ça va, ai-je dit sur le ton que je prends pour m'adresser parfois à mes enfants. Prenez votre temps, respirez.

Il a pris une longue inspiration et dit, Il prenait... Sa voix s'est brisée de nouveau. Je n'arrivais à imaginer la chute de son histoire, mais à mon bureau, je me suis rendu compte que rais le combiné si fort que j'avais la paume main trempée de sueur.

lement, Michael Latyk, en ce jour d'août 2005 as, a longuement inspiré et dit, Il était assis é par la faim, au pied de la barrière, et il pre- oux qu'il avait sur le corps et les mangeait.

quelques chaises en plastique où nous asseoir dans un coin de son petit jardin ombragé, elle nous a dit qu'elle était née en 1919. Non, a-t-elle continué, Stepan s'était trompé : c'était son oncle qui avait été le chauffeur de Shmiel, pas son frère. Mais, bien entendu, elle se souvenait de Shmiel Jäger. Elle ne l'avait pas vu souvent et elle ne se souvenait donc pas des enfants – elle pensait qu'il y avait une fille seulement –, mais elle se souvenait de Jäger, il avait un gros camion. Ses chauffeurs allaient jusqu'à Lwów pour prendre toutes sortes de marchandises, des vêtements, de la nourriture, des fruits...

Des fraises, ai-je pensé...

... d'autres choses encore, et il les livrait à différents endroits...

Et ça a continué. Nous avons parlé pendant une demi-heure environ et elle nous a fait part de ses souvenirs : des choses domestiques, de tous les jours. Des choses que nous avions entendues. Elle savait que Jäger habitait quelque part près du *Rynek*, mais que la maison n'existait plus ; une autre maison avait été construite à l'endroit où elle se trouvait. Oui, son oncle avait travaillé pour Jäger. Et Jäger adorait son oncle ! Ils étaient très proches, pas seulement un patron et son employé. Jäger était connu pour être un homme bon, généreux. Les gens l'aimaient. Le nom de son oncle ? Stanislaw Latyk. *Stas*, a-t-elle dit. Ses enfants avaient émigré aux États-Unis depuis longtemps ; si nous voulions, elle pourrait nous donner leurs noms et leurs adresses. Le fils, en particulier, pensait-elle, se souviendrait de beaucoup de choses. J'ai dit, oui, ce serait bien, et j'ai pensé, Peut-être qu'ils auraient eux aussi des histoires charmantes à raconter (« Et Jäger *adorait* notre père ! »). Elle a apporté une feuille de papier et pendant que je copiais les adresses, elle nous a montré des photos de son oncle, de toute la famille. J'ai promis d'appeler ses cousins aux États-Unis à mon retour, et peu de temps après, nous avons serré chaleureusement sa main ferme et nous sommes retournés vers la Passat. L'instinct d'Alex s'était révélé juste : nous ne devrions pas perdre trop de temps avec ces interviews.

Le fait est que j'ai téléphoné aux enfants de Stas Latyk quelques semaines après notre retour de ce voyage, mais les histoires qu'ils m'ont racontées n'étaient pas charmantes. Quand j'ai parlé à Lydia, la fille, qui vit aujourd'hui près de New Haven, elle s'est attardée avec joie sur les souvenirs qu'elle pouvait retrouver, essayant d'aider du mieux qu'elle pouvait. Oui, bien sûr, elle se souvenait de Shmiel Jäger ; son père était très ami avec lui, ils étaient très proches. Pendant la guerre, son père avait son propre gros camion – il avait cessé de travailler pour Shmiel et s'était mis à son compte dans les années 1930 – et il avait construit une sorte de cachette dans un des énormes réservoirs d'essence de ce camion, et il avait ainsi pu faire passer des Juifs en lieu sûr, vers d'autres cachettes (après que je lui ai dit ce que je savais alors du sort de Shmiel, elle a dit que c'était peut-être bien son père qui l'avait amené chez cette femme, le professeur de dessin). Cela avait dû se passer, a-t-elle ajouté, avant le jour où, pendant une rafle de Juifs, son père avait vu un soldat allemand arracher brutalement un enfant à sa mère et s'était approché

de ce soldat pour le frapper au visage en disant, *Vous devriez avoir honte*. Stas avait alors été jeté dans une cellule de la Gestapo et battu pendant deux jours. Lorsqu'il était finalement rentré, il était tellement méconnaissable que sa femme s'était évanouie. Peu de temps après, craignant pour sa vie, Stas Latyk avait disparu dans la forêt. Lydia, sa mère et son frère, Mikhailo, avaient appris plus tard qu'il avait rejoint les Russes et qu'il était revenu à Bolekhiv après la guerre, mais à ce moment-là sa famille était partie en Amérique et pour une raison quelconque, parce que le monde était ce qu'il était alors, et à cause d'autres choses encore, ils ne l'avaient jamais revu.

J'ai aussi appelé Michael Latyk, qui est aujourd'hui le nom de Mikhailo, le fils de Stas. Il vit au Texas. Il a été très chaleureux lorsque je l'ai appelé, à l'improviste, le lendemain du jour où j'avais parlé à sa sœur, et il a dit que oui, bien s[ûr] il serait heureux de partager ses souvenirs de[son] père, de la guerre, de tout. Il a confirmé c[e que] Lydia m'avait dit au sujet de la grande am[itié de] son père et de Shmiel, ajoutant seuleme[nt que les] deux hommes s'affrontaient régulièrem[ent... il se] souvenait très clairement, dans de[s...] lutte.

De lutte ? J'étais impatient de p[oser] ça à ma mère.

De quoi d'autre se sou[venait-il ? lui ai-je] demandé. C'était dur pour l[ui... il] était un petit garçon, c'étai[t...] il avait vu des choses a[...] foule qui s'était rassem'[blée...] licki, cette nuit d'oct[obre...]

Puis il a ajouté, Je suis désolé, je ne peux plus parler de ces choses-là.

J'ai approuvé de la tête et je me suis souvenu que j'étais au téléphone. Oui, ai-je dit tout doucement, vous m'avez été très utile, j'apprécie beaucoup que vous m'ayez dit ces choses, ma famille et moi vous sommes vraiment reconnaissants...

Il m'a brusquement interrompu.

Il y a encore une chose que je dois vous dire. Vous connaissez cette expression « Mangez équilibré »? Hé bien, pour le restant de mes jours, chaque fois que je l'entends, je pense à ce que je viens de vous dire.

J'avais tenu la promesse que j'avais faite à Mme Latyk de téléphoner à ses cousins d'Amérique.

NOUS AVONS RETROUVÉ le vieux Prokopiv juste à temps. Au moment où nous nous sommes garés devant chez lui, il s'éloignait d'un pas décidé en direction de la ville – en route, nous a-t-il dit plus tard, pour son travail à l'église, où il remettait les choses en ordre tous les jours. La maison était grande et belle, avec une magnifique charpente et un toit en tôle très pointu. Elle était peinte en rouge brique et les cadres des fenêtres en blanc. L'impression que c'était une ancienne grange était renforcée par le fait qu'elle était un peu décalée par rapport à la rue et au milieu d'une profusion de pommiers, et l'ensemble ressemblait à quelque chose qu'on peut rencontrer au cours d'une journée passée à rouler dans une campagne plaisante. Rien chez Prokopiv, dont le prénom était Vasyl, ne laissait soupçonner qu'il avait quatre-vingt-dix ans. Il était grand et bien bâti, et il avait un beau visage ovale avec une peau ferme, presque sans rides, à l'exception des deux rides de rire profondes de chaque côté de sa grande bouche. Son nez relevé, comme celui de Mme Latyk, se terminait comme un tremplin de ski, qui lui donnait une physionomie un peu incongrue de petit garçon. Comme Josef Adler, le jour où je l'avais rencontré, il portait une chemise kaki à épaulettes. Il avait l'air d'avoir soixante-dix ans. Sa poigne ferme m'a écrasé la main.

Comme Prokopiv était de toute évidence en route pour un rendez-vous, Alex a fait de brèves présentations. Il a dit que nous étions des Américains à la recherche de gens qui pouvaient avoir connu les Jäger de Bolechow.

Prokopiv a porté sa main gauche à son visage, pris un air contemplatif et a parlé pendant une minute en ukrainien.

Il ne se souvient pas des Jäger, a dit Alex.

Entre les interviews inattendues de Stepan, de Mme Latyk, et l'heure passée à rechercher Taniawa, la journée paraissait bien longue. Le soleil était brûlant. Un peu hâtivement, j'ai dit, Non ? Bon, d'accord.

Prokopiv a dit quelque chose d'autre à Alex, mais au ton de sa voix, j'ai su que c'était une question. J'étais presque sûr d'avoir entendu le mot *zhid* : Juif.

Alex a répondu *Tak*, Oui, et ajouté une phrase qui a fait que Prokopiv a basculé sa belle tête en arrière et éclaté de rire, un rire de reconnaissance.

Alex a dit, Je lui ai parlé des camions, alors il s'est souvenu immédiatement. *Tak, tak*. Oui, oui. Il se souvient. Shmiel Jäger. Il habitait dans Russki Bolechow, *Bolechow Ruthène*. Il ne sait pas où se trouvait la rue. Il connaissait le nom, il ne les connaissait pas personnellement.

J'ai dit, OK, c'est bien. Puis, je lui ai dit de demander à Prokopiv, qui était impatient de se rendre à l'église, je le savais, s'il connaissait d'autres noms : Szymanski, Grunschlag, Ellenbogen. Alex et lui ont parlé pendant une minute, et Alex a dit, Oui, il connaissait ces noms. C'était une petite ville. Tout le monde se connaissait.

OK, c'est bien, ai-je dit, il se souvient des noms.

Alex a fait sa tête *Bon, allons-y*, sa tête *Nous n'allons rien obtenir de lui*. Oui, a-t-il dit. Très bien.

Nous avons remercié Prokopiv et il s'apprêtait à repartir. Alex et moi avons pris la direction de la voiture.

Attendez, a dit Froma.

Nous nous sommes retournés.

Elle a dit, Vous ne voulez rien lui demander d'autre ?

Je me suis dit, Et voilà, ça recommence : la pression, la réticence à laisser tomber, l'insistance pour *retourner jeter un dernier coup d'œil*, poser une dernière question. J'ai ressenti l'exaspération monter en moi et pas seulement parce que je n'avais aucune envie de retourner. À Taniawa, il y avait eu une petite tension entre Froma et Alex. Lorsque nous avions finalement trouvé le site de la fosse commune, à la fois idyllique et caché, Froma avait dit que les Allemands n'auraient jamais trouvé un tel endroit sans l'aide des Ukrainiens du coin. Depuis que nous avions été à Vilnius, elle et moi, et avions visité la fosse commune de la forêt de Ponar, avec ses centaines de milliers de Juifs reposant d'un sommeil sans repos sous les aires de pique-nique, nous étions revenus obsessionnellement sur la question de la collaboration locale. Bien des fois, nous avions discuté de la mécanique des massacres, qui n'auraient pas été possibles sans l'aide des populations locales, des gens qui savaient où se trouvaient les Juifs, où ils habitaient, où se trouvaient les clairières au milieu des forêts. Beaucoup de gens qui pensent à l'Holocauste se disent, *Les Allemands*. Récemment encore, lors d'une bat-mitsva à laquelle j'ai assisté à New York (une cérémonie que mon grand-père aurait désapprouvée, mais le temps modifie même les traditions), quelqu'un, qui avait entendu parler de ma recherche concernant ce qui était arrivé à Shmiel et de mes nombreux voyages à l'étranger, s'est approché de moi et a dit, Ça ne vous met pas mal à l'aise quand vous êtes en compagnie d'Allemands ?, et j'ai demandé, D'Allemands en général ?, et puis j'ai ri avant d'ajouter, De toute façon, si j'étais ce genre de personne, j'aurais plus peur des Ukrainiens que des Allemands. Froma était particulièrement préoccupée par cette question et, à Taniawa, elle avait dit, Ils n'auraient jamais pu trouver cet endroit sans les Ukrainiens, et Alex, qui avait chaud et était fatigué, avait été un peu froissé et avait répliqué que ce que Froma venait de dire était impossible à savoir – froissé non parce qu'il était ukrainien, puisqu'en tant qu'historien, il s'intéressait aux faits et était parfaitement au courant des histoires des atrocités ukrainiennes, tout comme il peut vous raconter en détail comment les Ukrainiens ont été affamés, les soldats soviétiques encerclant les petites villes et les villages, les uns après les autres, confisquant toute la nourriture et laissant les gens mourir de faim, ce qui finissait par arriver, après qu'ils avaient mangé des souris, des rats et enfin se sont mis à se manger les uns les autres. C'était parce qu'il s'intéressait aux faits qu'Alex avait été froissé et avait dit, Je suis désolé, mais comment pouvez-vous savoir ça, il n'y a aucune preuve dans ce cas précis, c'était juste une clairière, n'importe quel endroit aurait fait l'affaire, n'importe qui aurait pu trouver un endroit comme celui-ci ou un autre, d'accord ? C'était pour mettre fin à cette tension que j'avais pris la parole, alors que nous nous tenions dans la clairière verdoyante, et dit, *Je crois que nous devrions simplement*

*penser à cette jeune fille, une jeune fille de seize ans.
À sa vie.*

Comme j'avais cette scène pénible en tête, comme je redoutais que Froma parle de nouveau de la collaboration ukrainienne, j'ai répondu fermement à sa question concernant notre interview de Prokopiv en disant, Non, ça va comme ça.

Froma a insisté.

Vous ne voulez pas lui demander s'il sait quelque chose à propos du moment de leur arrestation ?

Euh ? ai-je dit, ne voulant pas revenir là-dessus. Nous savions désormais ce qui s'était passé. Et il était évident que Prokopiv n'avait pas connu ma famille. Je pensais qu'il était temps d'en finir, de prendre quelques photos et de partir.

Ce que vous avez demandé aux autres, a poursuivi Froma. Ce qui s'est passé quand ils ont emmené les Juifs ?

Alex suait à grosses gouttes. Il était corpulent et souffrait de la chaleur plus que nous. Pourtant, il a répété la question de Froma en ukrainien. Prokopiv a parlé un moment et dit que oui, il se souvenait que des Juifs, une fois, avaient été emmenés là où se trouvait la briqueterie autrefois et avaient creusé des fosses, et qu'ils avaient été abattus et enterrés là. Il y avait une sorte de monument commémoratif là-bas. Et d'autres avaient été tués dans le cimetière.

Où se trouve ce monument ? a demandé Froma.

Il pense que c'est dans la forêt, a dit Alex après un bref échange. Les Allemands les ont emmenés dans ce club qu'il y avait autrefois, ils les ont emmenés dans le cinéma et puis ils les ont emmenés dans cet endroit et ils les ont tués.

Il était clair qu'ils parlaient de la première *Aktion*, de Taniawa. Nous perdions notre temps.

OK, ai-je dit, disons-lui merci et partons.

Mais Froma a demandé, Est-ce qu'il a entendu parler de ceux qui étaient *cachés* ?

Ce qu'elle voulait savoir, c'était la chose suivante : alors que nous nous trouvions devant le Dom Katolicki dans la matinée, nous avions rencontré une vieille dame minuscule qui, après s'être arrêtée pour saluer Stepan, avait commencé à nous parler et fini par nous dire qu'elle avait caché, il y a bien longtemps, une petite fille juive nommée Rita. Puis, la vieille femme avait éclaté en sanglots et dit, *Les Juifs n'avaient jamais fait de mal à personne et ils les ont tous tués quand même*. Froma avait été très émue et il était évident qu'elle avait toujours l'histoire de Rita en tête. C'est pour cela qu'elle demandait à présent, Est-ce qu'il a entendu parler de ceux qui étaient *cachés* ?

Alex, à quelques mètres de là, à côté de Prokopiv, a fait un geste pour faire comprendre qu'il n'avait pas entendu. J'ai répété la question d'une voix forte. Est-ce qu'il a entendu parler de ceux qui étaient *cachés* ?

Alex a traduit la question. N'y tenant plus, je me suis éloigné de la voiture pour me rapprocher de Prokopiv.

Prokopiv a fait un sourire qui voulait dire oui. Cachés, a-t-il dit. Oui, je sais.

En tournant la tête en direction de la rue suivante, le vieil homme a recommencé à parler. J'ai entendu ce que j'ai cru être le mot *Kopernika*.

Copernic ? Mon ukrainien n'était vraiment pas meilleur que mon polonais.

Alex a écouté et traduit.

Il a dit, Dans la rue Kopernika, il y avait deux femmes polonaises qui étaient institutrices. L'une d'elles cachait deux Juifs. Les Juifs ont été arrêtés et les institutrices ont été tuées.

DEBOUT LÀ, À L'INSTANT où le vieux Prokopiv a dit *deux femmes polonaises qui étaient professeurs, l'une d'elles cachait deux Juifs,* j'ai compris pour la première fois de ma vie le sens de l'expression *cloué au sol.* Je ne pouvais plus bouger. Mes oreilles bourdonnaient. J'ai entendu l'écho de ma propre voix dans ma tête quand j'ai pu enfin parler. C'est seulement parce que mon magnétophone digital tournait encore que je sais ce que j'ai dit, Mais c'est la... c'est le...

J'ai essayé de mettre de l'ordre dans mes pensées. J'ai dit, Demandez-lui si la Polonaise était professeur de *dessin* ? Parce que celle qui cachait mon oncle et sa fille, c'était un professeur de dessin, demandez-lui...

Il m'est venu à l'esprit que je n'avais pas encore raconté cette partie de l'histoire à Alex. Nous avions appris tant de choses depuis la dernière fois que je l'avais vu, tant de choses que nous avions à échanger, et je les avais gardées pour le grand dîner que Natalie et lui allaient donner le lendemain soir, le samedi, après l'arrivée de Lane. Je ne lui avais pas raconté tout ce que j'avais appris, je ne lui avais pas encore parlé de Frydka, de Shmiel, de Ciszko et de Szedlak, parce que je ne pensais pas que ce serait important pour la visite, ce jour-là.

Demandez-lui, ai-je dit, sachant à peine ce que j'étais en train de dire. Alex s'est mis à traduire pour Prokopiv, et je me suis éclairci la voix pour ajouter, Se souvient-il du *nom* du professeur ?

Il pouvait y avoir eu deux professeurs de dessin, me suis-je dit, après tout, il devait y avoir plus d'une institutrice dans cette ville, peut-être qu'une autre cachait des Juifs. Peut-être que ce n'était pas la même. Peut-être que ce n'était pas eux. Il fallait que je sois sûr.

Alex a posé la question. Prokopiv écoutait et il a hoché la tête deux fois, vigoureusement, et a fait un grand sourire. Il avait des petites dents bien carrées.

Il a dit, *Tak, tak.*

Il a dit, *Szedlakowa.*

Il a dit quelque chose d'autre. Une phrase.

Alex m'a regardé. Il m'a dit, Il dit qu'elle a été tuée dans le jardin de sa maison.

J'étais là et j'ai dit au vieil homme, comme si la force de mon émotion pouvait transcender à ce moment-là la barrière du langage :

C'étaient mon oncle et sa fille. C'*étaient.*

Au cours des mois qui se sont écoulés depuis cet après-midi-là, Froma m'a dit que lorsqu'elle raconte l'histoire de ce que nous avons découvert au cours de ce voyage, lorsqu'elle la raconte à des gens, elle me décrit, à cet instant précis où Prokopiv a prononcé le nom de *Szedlakowa*, comme ayant *fondu.* Et c'est vrai que quelque chose s'est brisé en moi à ce moment-là. Je me suis tout simplement effondré, je me suis accroupi dans la poussière de la rue et je me suis mis à pleurer.

C'était en partie lié à ceci : la bizarre coïncidence qui voulait que, parmi toutes les histoires de gens qui avaient été *cachés*, cet homme, que nous avions presque manqué ce jour-là, à qui nous n'aurions jamais parlé si nous étions arrivés quelques minutes plus tard, à qui nous n'aurions jamais posé la bonne question si Froma n'avait pas, une fois de plus, insisté, exigé un dernier coup d'œil, cet homme ne connaisse qu'une histoire de Juifs cachés, qui se trouvait être l'histoire qui m'intéressait, l'histoire que j'avais passé les quatre dernières années de ma vie à traquer et à recoller.

Et c'était en partie lié à ceci : pendant longtemps il avait semblé qu'il n'y aurait jamais de confirmation véritable de cette histoire, parce que chaque personne qui me l'avait racontée, dans les différentes versions dont ils en avaient entendu parler, avait été absente lorsque cela s'était passé. À présent, je parlais à un Ukrainien et pas à un Juif, c'est-à-dire à quelqu'un qui était présent lorsque cela s'était passé. Tout à coup, c'était moins une histoire qu'un fait. J'avais touché le fond.

J'étais accroupi dans la rue silencieuse, la main posée sur mes yeux mouillés, et quand j'ai pu enfin regarder, j'ai vu que Prokopiv s'était approché de moi et m'observait avec une expression de profonde sympathie, presque paternelle, un peu comme un homme regarde un enfant qui s'est fait mal.

Aiiiii, a-t-il dit avec un grand soupir. *Tak, tak.* Oui, oui. Ça sonnait comme *là, là.*

Froma et Alex sont restés silencieux un moment. Puis Froma a demandé tout doucement, Tout le monde le savait ? Tout le monde connaissait cette histoire ?

Prokopiv a approuvé fermement de la tête.

Oui, oui, a dit Alex. Tout le monde savait. Il dit que tout le monde en a parlé quand ça s'est passé.

Quand ça s'est passé. Pas en 1946 à Katowice, pas en 1950 en Israël, pas en 2003 en Australie. C'est cette pensée qui m'a rappelé que j'avais du travail à faire, que je devais obtenir des informations maintenant. J'avais les idées claires, et je me suis relevé.

J'ai dit, Il a bien dit qu'il y avait deux institutrices ? C'est une information nouvelle pour moi.

Les deux Ukrainiens ont parlé un moment, le vieil homme de quatre-vingt-dix ans et l'homme d'une trentaine d'années à l'allure d'ours qui, pour de mystérieuses raisons de goût, de tempérament, ou par accident, avait fini par consacrer sa vie de travail à rechercher l'histoire des Juifs de Galicie. Alex a dit, Oui, ces deux institutrices étaient des sœurs, elles vivaient ensemble. Et il pense que les deux ont été tuées.

J'ai demandé, Est-ce qu'il se souvient dans quel quartier de la ville elles habitaient ?

Alex a posé la question à Prokopiv et puis s'est tourné pour m'adresser, à moi seul, un regard intense.

Il a dit, Bien sûr qu'il s'en souvient. Il va nous y emmener, si on veut.

La rue était silencieuse. Une petite brise agitait les feuilles des pommiers.

J'ai dit, Oui, on veut.

La maison qui avait autrefois appartenu aux sœurs Szedlak, un bungalow de plain-pied et bas, très semblable à de nombreuses maisons que l'on voit à Bolekhiv, avait l'air abandonnée quand Prokopiv nous l'a montrée du doigt, alors que nous l'emmenions en voiture à l'église. Nous l'y avons laissé après l'avoir remercié avec effusion.

Pendant le trajet, Froma a dit à Alex de demander au vieil homme s'il se souvenait du nom du *traître*. J'étais tellement bouleversé par la découverte de la maison des Szedlak qu'il ne m'était pas venu à l'esprit de poser la question. Je n'imaginais pas pouvoir découvrir autre chose ; j'avais l'impression que ça suffisait comme ça. Mais Alex, qui était profondément ému, je le voyais bien, par ce qui était en train de se passer, était aussi impatient que Froma de suivre cette piste. Il a parlé un moment avec Prokopiv, qui a secoué la tête tristement.

Il ne sait pas qui les a trahis, a dit Alex alors que nous parcourions le court trajet qui va du quartier du Dom Katolicki au *Rynek*, où se dressait le petit dôme doré de l'église ukrainienne, à cinquante pas de la maison où mon grand-père était né. Alex a ajouté, Il dit que, peut-être *à l'époque*, il a su. Oui, à l'époque, les gens ont su... Mais c'était il y a tellement longtemps.

L'idée que Prokopiv protégeait peut-être quelqu'un m'a brièvement traversé l'esprit, et lorsque Froma a parlé, j'ai su immédiatement qu'elle avait la même idée en tête. Elle a dit, Tout ce qui est arrivé est arrivé parce que quelqu'un, un individu, a pris une décision.

Elle et moi avions beaucoup parlé de ça depuis des années. À Ponar, elle avait exposé une pensée qu'elle avait formulée auparavant et qu'elle formulerait encore : l'Holocauste avait été tellement important, l'échelle avait été tellement gigantesque, tellement énorme, qu'il était facile d'y penser comme à quelque chose de mécanique. D'anonyme. Mais tout ce qui s'était passé s'était passé parce que quelqu'un avait pris une décision. Appuyer sur une gâchette, déclencher un commutateur, fermer la porte d'un fourgon à bestiaux, cacher, trahir. C'est avec cette considération en tête – qui, à l'enregistrement des faits historiques, au catalogue des choses qui ont eu lieu et ont pu être observées, ajoute la dimension invisible de la moralité, du *jugement* sur ce qui a eu lieu – qu'elle a demandé *Qui était le traître ?*, et s'est demandé, comme je l'avais fait brièvement, si l'incapacité de Prokopiv de donner un nom que tout le monde avait su autrefois n'était pas le résultat d'une décision morale de sa part, à cet instant précis, peut-être une décision de ne pas juger aujourd'hui un voisin vieux et malade, plutôt que l'inéluctable conséquence du passage du temps.

Nous sommes retournés dans la maison des Szedlak. Prokopiv nous avait dit qu'il y avait une jolie véranda autrefois, à l'avant de la maison. Il n'y en avait plus aujourd'hui. La maison s'étirait le long de la rue, une longue façade en stuc ponctuée par trois modestes fenêtres. Elle avait l'air impénétrable. La porte, semblait-il, était à l'arrière, auquel on accédait par un portail grillagé et un petit chemin à travers le jardin. Au fond du jardin, il y avait une autre petite construction, dont le toit pentu était fait de la même tôle ondulée que celui de la maison principale. Il n'y avait qu'une porte et une fenêtre. Je l'ai regardé en me disant, Trop évident. Sur le chemin qui allait de la rue au jardin, étaient couchés deux chiens, un petit terrier noir et un gros berger allemand. Ils nous regardaient et n'avaient pas l'air particulièrement sympathiques.

Alex a frappé à la fenêtre. Au bout d'un moment, une femme à l'air hagard a surgi dans le jardin : des traits slaves bouffis, des cheveux teints en noir et hirsutes, une robe de chambre dans un tissu fin et de couleur pourpre criarde rapidement serrée autour d'une taille conséquente. Elle pouvait avoir soixante ans, elle pouvait en avoir quarante. Les chiens se sont mis à aboyer furieusement. Froma et moi avons attendu près du portail pendant qu'Alex s'avançait pour parler à la femme.

Elle dit que nous pouvons entrer dans le jardin, a-t-il dit. Mais elle ne sait rien, elle est arrivée ici dans les années 1970, de Russie.

C'est bon, ai-je dit, nous voulons seulement voir le jardin. Prokopiv avait dit, Ils les ont tués dans le jardin. Je voulais voir l'endroit, m'y tenir un instant et partir.

Nous avons marché le long du petit chemin, les chiens tournant autour de nos pieds et aboyant bruyamment. Alex a dit quelque chose à la femme et elle a crié en direction des chiens qui se sont éloignés.

Nous avons marché dans la petite cour cimentée. Le jardin, avait dit Prokopiv. Ils les avaient tous tués là. J'ai passé la caméra vidéo à Alex et dit, J'ai un peu de mal à supporter tout ça, est-ce que vous voulez bien filmer pour moi ? Il a hoché la tête et l'a prise. Tous les trois, nous avons circulé pendant un moment. C'est ici qu'ils sont morts, me suis-je dit. Cela ne paraissait pas réel. J'ai dit à Froma, Je ne sais même pas quoi penser. C'est incroyable de penser que c'est ici que ça s'est passé. Je suis resté là à secouer la tête en regardant la maison décrépite, la petite cour en ciment, l'abri de jardin un peu effondré.

En tout cas, ce n'était pas le *castel* d'un comte polonais.

J'ai regardé de nouveau l'abri de jardin et une idée m'est venue. J'ai dit à Alex, Pouvons-nous demander à ces gens s'il est possible d'entrer là-dedans ? Je voulais voir l'intérieur. Ici, sur ces quelques mètres carrés de ciment, ils étaient morts. Mais ils s'étaient cachés quelque part à l'intérieur, ils y avaient été vivants. Trente ans auparavant, Tante Miriam m'avait écrit une lettre. *Oncle Shmiel et 1 fille Fridka les Allemands ont tué à Bolechow en 1944, ce que me dit un homme de Bolechow personne sait si c'est vrai.* Nous savions maintenant que c'était vrai. Ils avaient été ici, ici quelque part. Je voulais le voir.

Trois autres femmes, aussi hagardes que la première, les pieds nus et sales, s'étaient postées derrière la porte. Alex a dit, Je pense que nous ne devrions pas rester trop longtemps parce que ce sont des alcooliques – elles sont très alcooliques.

Nous avons approuvé de la tête. Nous nous sommes faufilés à l'intérieur par la porte d'entrée. Deux couples de chats maigres copulaient sur le sofa. L'endroit sentait le moisi et l'alcool, et aussi l'urine, je crois. Il y avait quelques pièces minuscules : une petite cuisine juste après la porte d'entrée, et au-delà une petite salle de séjour avec deux sofas – sur l'un desquels se trouvait, je m'en suis aperçu, le corps inerte d'une femme enveloppée dans des couvertures –, et au-delà encore une salle à manger avec une table et quelques chaises. Les murs de la salle à manger étaient peints en jaune vif ; une jolie frise de feuilles de lierre vertes courait tout autour de la pièce, juste au-dessous du plafond. Des rideaux de dentelle pendaient sur chaque fenêtre et les murs étaient décorés de tapis bon marché à motifs orientaux. Çà et là, une icône, un vieux portrait photographique qui avait été rehaussé au pastel et, bizarrement, des posters de mannequins languides des années 1940 en lingerie sexy. Il y avait encore une pièce partant de la salle à manger, et lorsque j'ai ouvert la double porte, je suis tombé sur un immense adolescent aux traits slaves, à la fois sévères et magnifiques. Il avait les cheveux noir corbeau et sa peau était d'un blanc immaculé, comme s'il n'avait pas de circulation sanguine. Il m'a regardé avec des yeux vitreux qui donnaient l'impression qu'il ne voyait pas. J'ai refermé la porte et je suis reparti. Alex était juste derrière moi.

Pas seulement l'alcool, a-t-il dit. Peut-être la drogue aussi.

C'était donc la maison. Un étage. En dehors d'un poster ou deux, il était possible d'imaginer ce qu'elle avait pu être alors, nette, les rideaux de dentelle de chaque côté des fenêtres plutôt que tirés, le poêle en céramique près de la cuisine, éteint à présent, répandant les arômes des aliments en train de cuire. Je marchais de long en large, très réticent à l'idée de devoir partir. Toutes sortes d'idées me traversaient l'esprit. *Où pouvait-on cacher quelqu'un ici ?*

J'ai dit à Alex, Bon, très bien.

Puis, j'ai littéralement claqué ma main sur mon front. Demandez-lui, ai-je dit, demandez-lui s'il y a une *cave*, une sorte de *cellier*.

La femme nous avait suivis pendant que nous déambulions dans les différentes pièces. Je suppose qu'elle redoutait que nous ne tombions sur sa cache d'alcool et Dieu sait quoi encore. Alex lui a parlé. Oui, a-t-il dit, il y a une pièce au sous-sol.

La femme aux cheveux noirs a longuement soupiré et froncé les sourcils avec un air résigné, comme si elle avait l'habitude d'être envahie par des inconnus plus déterminés qu'elle. Elle a fait les quelques pas qui séparaient la salle à manger de la petite salle de séjour. Nous l'avons suivie. Les deux sofas étaient à un mètre l'un de l'autre et un tapis rond était posé entre eux. D'un geste un peu las, elle a écarté le tapis du bout du pied, tout en secouant la tête.

Là, découpée dans le plancher, il y avait une trappe. Elle faisait environ soixante centimètres de côté et elle avait été coupée de telle manière que les bords étaient parfaitement alignés avec le plancher. *Bon camouflage*, ai-je pensé. Un petit anneau de métal qui servait de poignée était fixé sur un côté. Nous étions tout autour, les yeux fixés sur elle, pensant exactement la même chose.

J'ai pointé le doigt vers le carré découpé dans le plancher, je me suis tourné vers Alex et j'ai dit, Je peux descendre ?

Avant qu'Alex ait pu traduire, la femme a hoché la tête. Elle a dit quelque chose à Alex, qui m'a fait savoir que la cave existait déjà quand elles avaient emménagé, en arrivant du sud de la Russie. Elles y entreposaient des bocaux : des cornichons, des choses comme ça. Je me suis baissé et j'ai tiré sur l'anneau pour soulever la trappe. Elle était étonnamment épaisse et lourde. Je l'ai ouverte complètement et une odeur s'est échappée, l'odeur humide de la terre et d'autre chose, l'odeur des endroits qui ne servent plus. Une des autres femmes, assise sur le sofa en face de celui sur lequel se trouvait la femme inerte, a gentiment tendu la main pour maintenir la trappe ouverte. Nous avons jeté un coup d'œil à l'intérieur. Pendant un moment, nous n'avons rien pu voir d'autre qu'un carré complètement noir. Au bout de quelques secondes, le contour d'étagères est apparu, remplies de bouteilles et de bocaux. J'ai fait le tour de l'ouverture et je me suis arrêté près de la trappe. Un escalier en pin récent avait été installé sur un côté.

J'ai levé les yeux et dit, Il faut que je descende là-dedans. Alex, la caméra vidéo à la main, a hoché la tête.

Je me suis plié en deux et j'ai descendu une jambe dans le trou, cherchant du bout du pied la première marche. Je l'ai trouvée, j'ai commencé à descendre, les yeux tout le temps tournés vers la lumière. Comme je l'ai déjà dit, j'ai une peur viscérale des endroits fermés, mais je ne pouvais pas et ne voulais pas en faire état à ce moment-là, dans ces circonstances. Je pensais au fourgon à bestiaux du musée de l'Holocauste. Peut-être que Shmiel était aussi claustrophobe que moi ? me suis-je dit. Peut-être que c'est génétique, qui sait ? Au moins, j'allais ressortir de là et m'en aller de cet endroit en plein jour.

Le trou n'était que ça : un trou. J'avais descendu trois mètres à peu près et j'étais au fond. Il n'y avait pas de lumière et la trappe avait beau être ouverte au-dessus de ma tête, l'endroit était plongé dans une obscurité d'encre : il fallait que j'étende les bras pour repérer les murs, qui se sont révélés très proches. J'ai réalisé que l'endroit ne faisait pas plus d'un mètre de côté. Comme j'étais sous terre, il faisait froid, étonnamment froid. J'ai réprimé un mouvement de panique et je me suis dit, C'est horrible, c'est comme si on était dans...

Oh, mon Dieu, que je suis *idiot*, ai-je pensé au même moment. Un *kestl*, un *kestl*, pas un *castel*. Finalement, nous ne nous trompons pas parce que nous ne faisons pas attention mais parce que le temps passe, les choses changent, un petit-fils ne peut pas être son grand-père, en dépit de tous ses efforts pour l'être ; parce que nous ne pouvons jamais être autre que nous-même, prisonnier que nous sommes du temps, du lieu et des circonstances. Quel que soit notre désir d'apprendre, de savoir, nous ne pouvons jamais voir que de nos propres yeux et entendre de nos propres oreilles, et la façon dont nous interprétons ce que nous voyons et entendons dépend, en dernier ressort, de qui nous sommes et de ce que nous pensons déjà savoir ou désirer savoir. *Kestl* est le mot yiddish pour *boîte*. Pendant toutes ces années, j'avais écouté mon grand-père parler, et l'unique fois où il m'avait fourni une information concernant la mort de Shmiel, en écoutant ces voyelles cotonneuses et ces consonnes épaisses, j'avais entendu ce que je voulais entendre, un conte de fées, un drame tragique avec un noble et un château. Mais il ne m'avait pas raconté, après tout, une de ses histoires, une histoire fondée en partie sur des faits et en partie sur un fantasme, une histoire de Juifs dans un pays lointain se cachant dans un château. Ils s'étaient cachés dans une sorte de *boîte*. Il avait, après tout, su *quelque chose* tout du long, avait entendu une histoire dont les détails avaient à présent disparu ; une histoire assez proche de la vérité, en fin de compte. Il m'avait fallu tout ça, toutes ces années et tous ces kilomètres, il avait fallu que je revienne voir cet endroit de mes propres yeux avant que le fait, la réalité matérielle, m'autorise à comprendre enfin les mots qu'il avait prononcés. Ils s'étaient cachés dans un endroit horriblement petit et fermé, un endroit que quelqu'un, quelque part, avait dû décrire comme une sorte de boîte, de *kestl*, et j'étais maintenant dans cette boîte, et maintenant je savais tout.

En frissonnant, j'ai attrapé l'appareil photo que m'avait donné Froma et j'ai pris une photo à l'aveuglette. La photo ne montre rien, vraiment : un mur blanc surexposé par un flash. Ils avaient été là, se cachant pendant des semaines, des mois, personne ne le savait. Mais c'était *ici* que cela s'était passé. J'avais toujours voulu avoir des détails. Maintenant je les avais.

Je suis resté là un moment, parce que j'ai pensé qu'il était décent de le faire et que je voulais rassembler mes pensées, qui partaient dans un million de directions différentes, et ensuite je suis remonté d'un pas rapide. Nous sommes restés là quelques minutes à prendre des photos des pièces, des tapis, de la trappe, des sofas, de la cachette. Et puis, il n'y a eu rien d'autre à faire. Nous avons remercié les femmes et nous sommes partis.

DEUX AUTRES ÉLÉMENTS d'information extrêmement importants ont été collectés au cours de ce second voyage à Bolekhiv.

Après que nous sommes sortis de la maison, j'ai demandé à Alex et à Froma si cela ne les embêtait pas que j'appelle mes parents sur mon portable : je voulais leur raconter immédiatement ce qui s'était passé. Bien sûr que non, ont-ils répondu, et je me suis un peu éloigné de la Passat et j'ai composé le numéro. Sept heures plus tôt dans la journée, mon père a décroché le téléphone. Je sais exactement ce que je lui ai dit à ce moment-là, parce que j'avais oublié d'éteindre mon magnétophone en sortant de la maison des Szedlak et, quelques semaines

873

plus tard, pendant que je retranscrivais tous les enregistrements, j'étais sidéré d'entendre, à la fin de la cassette *CACHETTE !*, le son de ma propre voix excitée, même si la conversation enregistrée est, comme certains autres échanges dans ma famille qui font partie de cette histoire, unilatérale, puisqu'il est impossible d'entendre sur cet enregistrement ce que dit un des correspondants.

Papa ? C'est Dan. Va chercher Maman.

[silence]

Maman

(Je ne sais absolument pas pourquoi je l'ai appelée comme ça, c'est un mot que je n'ai plus utilisé depuis l'âge de quatre ans)

... c'est Daniel, je suis à Bolechow. Je suis à Bolechow. Attends, vous n'allez pas croire ce qui vient de se passer, vous n'allez pas le croire. Ce qui s'est passé. Nous avons rencontré un vieux type et il nous a emmenés dans la maison où Shmiel s'était caché... Et je suis entré dans la maison et je suis descendu dans la cachette, elle est toujours là, c'est une sorte de souterrain... de cave, et tout est là. Et il s'est souvenu de tout, ils étaient cachés dans la cave et ils ont été dénoncés et ils les ont emmenés dans le jardin et ils les ont abattus... Oui, c'est incroyable, j'étais dedans, il y a quelques minutes. Jamais je n'aurais cru de ma vie que je trouverais l'endroit. Oui, j'ai pris des photos, j'ai pris des photos. En tout cas, c'est incroyablement... émouvant et bizarre. Je vais bien, je vais bien, nous allons rentrer à Lwów maintenant. Jamais je n'aurais cru pouvoir trouver cet endroit, je pensais simplement aller prendre quelques photos. Bon, appelez mes frères et ma sœur pour leur raconter que j'ai trouvé la mai-

son, que j'ai trouvé quelqu'un qui nous a emmenés à la maison dans laquelle ils étaient cachés, que je suis allé à l'endroit exact où ils sont morts. OK, oui, je rappellerai plus tard. OK. Je vous aime aussi. Au revoir, au revoir.

Voilà comment j'ai décrit ce que j'avais découvert à mes parents. Mais la conversation téléphonique au cours de laquelle j'ai appris quelque chose d'eux a eu lieu plus tard, après notre retour à L'viv, quand j'ai eu l'opportunité de parler de ce qui s'était passé, de disséquer les émotions extraordinaires qui avaient ponctué cette journée. Un peu plus concentré que je l'avais été lors de la première conversation, j'ai rappelé mes parents depuis ma chambre d'hôtel, plus tard cette nuit-là. Mon père était sorti. Lentement, étape par étape, j'ai raconté de nouveau les événements de la journée à ma mère.

C'est une bonne chose que Froma ait été là, cette fois encore ! s'est-elle exclamée. Sans quoi tu ne l'aurais pas trouvée ! C'est comme quand elle t'a aidé à trouver Yona en Israël !

J'ai souri et dit, Oui, c'est vrai. J'ai déjà réfléchi à la remarquable similitude de cette découverte et de l'autre. Ma mère a dit autre chose et j'ai haussé les sourcils en disant, Oui, bien sûr que j'ai remercié Froma. En fait, ce que Froma avait répliqué, lorsque je lui avais dit *tout ça, c'est grâce à toi*, était intéressant. En dépit de son énergie exceptionnelle, en dépit de son absence d'hésitation à s'immiscer dans les situations, à pousser plus *loin*, comme elle aime le dire, Froma, je l'ai toujours remarqué, déteste faire l'objet d'un certain type de compliment, d'une certaine adulation ; et donc, lorsque j'ai dit *tout ça, c'est grâce à toi*, elle a fait une grimace et a répondu, Hé bien, oui et non. Je veux dire, et s'il avait plu, et si personne n'avait été dans la rue quand nous avons commencé à chercher la maison, et si Stepan n'avait pas été là, et si Prokopiv était parti pour l'église dix minutes plus tôt ? Donc, c'était grâce à moi, mais c'était grâce à tout.

Je l'ai écoutée et je me suis dit, Euh. J'ai pensé à cet après-midi en Israël, aux coïncidences étranges dont nous avions été témoins pendant cette longue quête. L'homme dans l'ascenseur à Prague. Yona. Shlomo tripotant la radio et tombant sur Nehama Hendel chantant « *Seize ans demain, jamais, jamais fêtés* ». Comme je ne crois pas au surnaturel – quand, un mois plus tard, une amie m'a dit, J'ai raconté ton histoire à une voyante que je connais et elle a dit, « Les morts vous conduisaient vers eux, ils ont tout fait pour que vous puissiez les retrouver », j'ai levé les yeux au ciel et fait le genre de grimace que mon père aurait pu faire –, comme je ne crois pas au surnaturel, j'ai cherché une explication à tâtons et je suis parvenu à la conclusion suivante : ce que nous avions accompli, ce que nous avions vécu finalement, au cours de toute notre recherche, était précisément ce qu'est l'histoire. D'un côté, il y a toujours de longues séries de probabilités, le climat, l'atmosphère, la masse infinie et inconnaissable des choses qui composent la vie vécue d'une personne ou d'un peuple ; de l'autre, à l'intersection de cet univers infini et inimaginable de facteurs et de possibilités, il y a le fait irrévocable de la personnalité et de la volonté individuelles, le fait qu'une personne fera x

mais pas *y*, la décision de faire ceci plutôt que cela, la décision de faire des distinctions et par conséquent de créer, de pousser les choses un peu plus *loin* ; il y a l'impulsion profondément ancrée de retourner pour un *dernier coup d'œil* ; il y a cette chose qui va faire tourner une personne à gauche plutôt qu'à droite, la faire aborder cette femme dans la rue et pas cet homme pour lui demander où se trouve une maison ou une route ; il y a cette chose qui, un soir, vous fait décider qu'il fait assez sombre pour ne pas avoir à cacher sous votre manteau la nourriture que vous apportez à cette fille juive que vous aimez ; il y a l'impulsion poussant le voisin, qui voit le jeune homme porter ce paquet, à se demander pour la première fois pourquoi ce garçon passe tous les soirs dans cette rue pour entrer dans cette maison ; il y a d'immenses histoires de tempérament et de psychologie avec leurs détails, incalculables mais concrets et susceptibles en dernière instance d'être connus, les choses minuscules qui vous font décider de poursuivre une conversation avec une vieille Ukrainienne pendant trente-deux minutes exactement plutôt que, disons, quarante-sept, avec pour résultat que vous arrivez devant la maison d'un vieil Ukrainien juste avant qu'il parte faire son travail à l'église, plutôt qu'un quart d'heure plus tard ; point à partir duquel, en raison d'une vaste série d'autres facteurs et considérations, la faim, le soleil brûlant, la fatigue, vous auriez pu décider que ça suffisait comme ça, *genug ist genug*, et que vous alliez reprendre la voiture pour rentrer à Lviv.

Il y a donc l'immense masse de choses dans le monde et l'acte de création qui tranche dans cette masse, sépare les choses qui auraient pu se passer de celles qui se sont effectivement passées. Je ne croyais pas et je ne crois toujours pas que les morts, que Shmiel et Frydka, morts depuis longtemps et désintégrés, se sont penchés depuis l'éther et nous ont dirigés, ce jour-là, vers Bolekhiv, puis vers Stepan et Prokopiv, et la maison et les femmes et la cachette, le trou dans la terre, l'horrible *boîte*, où ils s'étaient autrefois accroupis dans le froid et avaient finalement échoué dans leur tentative de survie. Mais je crois à certaines choses, moi qu'un ami, parfois en silence et parfois en larmes, avait écouté, une nuit de septembre 2001, juste après mon retour de notre premier voyage en Ukraine, pendant que je racontais ce que nous avions trouvé là-bas après tant de temps ; avait pleuré en m'écoutant avant de dire, *Je pleure parce que mon grand-père est mort, il y a deux ans, et qu'il est trop tard à présent pour lui demander quoi que ce soit* ; je croyais et je crois encore, après tout ce que nous avons vu et fait, que si vous vous projetez dans la masse des choses, si vous cherchez des choses, si vous cherchez, vous ferez, par l'acte même de chercher, se produire quelque chose qui, sinon, n'aurait pas eu lieu, vous trouverez *quelque chose*, même quelque chose de petit, quelque chose de plus que si vous n'aviez rien cherché pour commencer, que si vous n'aviez pas posé la moindre question à votre grand-père. J'avais finalement appris la leçon que m'avaient transmise, des années après leur mort, Minnie Spieler et Herman le Coiffeur. Il n'y a pas de miracles, il n'y a pas de coïncidences magiques. Il n'y a que la recherche et, finalement, la découverte de ce qui a toujours été là.

Car, avec le temps, tout disparaît : les vies des peuples désormais éloignés, les vies, auxquelles il peut être agréable de songer aujourd'hui, en définitive disparues et impossibles à connaître d'à peu près tous les Grecs, les Romains, les Ottomans, les Malais, les Goths, les Bengalis, les Soudanais, les peuples d'Ur et de Kusch, les vies des Hittites et des Philistins qui ne seront jamais connues, les vies de peuples plus récents que ceux-là, des esclaves africains et des trafiquants d'esclaves, des Boers et des Belges, de ceux qui ont été massacrés et de ceux qui sont morts dans leur lit, des comtes polonais et des boutiquiers juifs, les cheveux et les sourcils blonds et les petites dents blanches que quelqu'un a autrefois aimés ou désirés chez tel garçon ou telle fille, tel homme ou telle femme, parmi les cinq millions (ou six ou sept) d'Ukrainiens qui ont été affamés à mort par Staline, et les choses en effet intangibles, au-delà des cheveux et des dents et des fronts, les sourires, les frustrations, les rires, la terreur, les amours, la faim de chacun de ces millions d'Ukrainiens, tout comme les cheveux d'une fille juive ou d'un garçon, d'un homme ou d'une femme que quelqu'un a autrefois aimé, et les dents et les fronts, les sourires et les frustrations, les rires et la terreur de six millions de Juifs tués pendant l'Holocauste sont maintenant perdus ou seront bientôt perdus, parce que aucun livre, quel qu'en soit le nombre, ne pourra jamais les documenter toutes, même si ces livres devaient être écrits, ce qu'ils ne seront pas et ne pourront pas être ; tout cela sera perdu aussi, les jolies jambes et la surdité, et la vigueur de leur démarche en descendant du train avec une pile de livres d'école sous le bras, les rituels secrets des familles et les recettes pour les gâteaux, les ragoûts et les *golaki*, la bonté et la méchanceté, les sauveurs et les traîtres, leur sauvetage et leur trahison : presque tout sera perdu, à la fin, aussi sûrement que ce qui faisait l'essentiel de la vie des Égyptiens, des Incas, des Hittites a été perdu. Mais pendant un certain temps, une partie peut être sauvée, si seulement, face à l'immensité de tout ce qu'il y a et de tout ce qu'il y a eu, quelqu'un prend la décision de regarder en arrière, de jeter un dernier coup d'œil, de chercher un moment parmi les débris du passé pour voir non seulement ce qui a été perdu, mais aussi ce qui peut encore y être trouvé.

IL SE TROUVE que c'est des coups d'œil en arrière dont ma mère a fini par parler ce soir-là, lorsque j'ai appelé de mon hôtel.

Oui, avais-je dit, faisant écho à ce qu'elle venait de dire, c'était bien que Froma ait été là. Grâce à Dieu, elle faisait toujours ce truc à elle, ce *Attendez ! Il y a encore autre chose ! Il faut que nous retournions !* J'ai ri en secouant la tête, imitant Froma.

Ma mère a ri, elle aussi, et dit, sur un ton brusquement sérieux, C'est exactement ce qui s'est passé le jour où ma mère est morte.

(C'est vrai.)

J'ai dit, Qu'est-ce que tu veux dire par là ?

Elle a dit, Oh Daniel, tu te souviens, tu l'aimais tellement, tu es resté avec moi toute la journée, rien que nous deux.

Mon cœur s'est mis à battre un peu plus vite et j'ai dit, Non, j'ai toujours eu ces images un peu confuses.

Je lui ai parlé du motif de vagues sur le carrelage de la salle d'attente, du son de sa propre voix me disant quelque chose que je n'avais pas pu ou pas voulu mémoriser, la sensation de désir ardent et de terreur, l'impression obscure de honte. Le son de l'eau qui coulait.

Daniel, a-t-elle dit de nouveau. Je ne peux pas croire que tu ne te *souviennes* pas.

Elle s'est alors mise à me raconter toute l'histoire dans l'ordre, de la même façon que je lui avais raconté le déroulement de notre journée à l'endroit où son oncle était mort. Elle m'a dit que ma grand-mère avait souffert d'une sorte d'occlusion intestinale et que, lorsqu'ils avaient fait une chirurgie exploratoire, ils avaient découvert un cancer du côlon massif. Ils l'avaient recousue, avait dit ma mère, et avaient annoncé qu'il fallait pratiquer une colostomie, mais qu'elle devait auparavant reprendre des forces, se nourrir un peu mieux.

Ma mère a poursuivi en accélérant. Elle a dit que mon grand-père, dans un état frénétique, l'avait appelée de Miami pour le lui dire et ils s'étaient mis d'accord pour que ma mère prenne l'avion quelques jours plus tard et aille s'occuper de sa mère. Mais, le même jour, ma grand-mère s'était, comme aiment à dire les docteurs, effondrée. Elle était tombée dans le coma et, le lendemain du premier appel téléphonique, le médecin avait appelé ma mère et dit, Si vous voulez revoir votre mère vivante, il faut que vous veniez aujourd'hui. Et donc ma mère, dans un état frénétique, avait confié Andrew et son nouveau-né, Eric, aux voisins et, les cheveux encore mouillés de la douche, elle nous avait préparés, Matt et moi, pour le voyage en avion.

Tu ne te souviens pas qu'Oncle Nino est venu nous chercher en voiture pour nous accompagner à l'aéroport, ce jour-là ? a-t-elle dit.

J'ai dit, Non, je ne m'en souviens pas.

Ma mère a continué. Elle a dit qu'elle avait appelé l'hôpital juste avant de quitter la maison pour l'aéroport et que, par une sorte de miracle, sa mère avait brièvement émergé du coma, et ma mère avait dit à sa mère, Ne t'inquiète pas, j'arrive. Mais au moment où nous étions arrivés à Miami Beach, ma grand-mère était retombée dans un sommeil dont elle ne se réveillerait plus, un coma qui devait durer plus d'une semaine.

Une semaine, dix jours, je ne me souviens plus à présent. Tu ne te souviens pas que nous sommes allés à l'hôpital tous les jours ? m'a demandé ma mère à Long Island tandis que je l'écoutais sous le haut plafond de ma chambre à L'viv, regardant passer sous ma fenêtre des Ukrainiens blonds qui riaient dans les rues où ne marche plus aucun Juif aujourd'hui.

Non, ai-je dit.

Hé bien, c'est ce que nous avons fait. Et puis, le jour où elle est morte, toi et moi nous avons passé la journée entière, assis près de son lit. Oh, elle t'aimait tant. Et puis, la fin de la journée est arrivée et nous avons descendu l'escalier jusque dans l'entrée. Et puis – c'est ce à quoi m'a fait penser Froma – soudain, quelque chose en moi, comme une voix, une impression que j'ai ressentie, *quelque chose*, quelque chose m'a dit qu'il fallait que je remonte. Je me suis donc penchée vers toi et je t'ai dit, *Daniel, retournons jeter un coup d'œil à Nana encore une fois*, et nous avons remonté l'escalier. Et lorsque nous sommes arrivés, elle était morte. L'infirmière était dans le couloir et elle a dit, Je suis désolée, votre mère vient de décéder. Et je suis allée dans la chambre et je me suis mise à genoux au pied du lit, et j'ai dit, Maman, Maman, ne me laisse pas, ne me laisse pas, j'ai encore besoin de toi.

Pendant que ma mère parlait, je pensais – je me souvenais – que c'était ce qui m'avait rempli de honte : avant ce jour-là, j'avais toujours voulu revoir ma grand-mère, parce que ce serait tellement agréable de frotter son bras, comme nous le faisions pendant qu'elle était couchée là, avec ses yeux bleus grands ouverts. Mais, ce jour-là, j'étais fatigué ; et il y avait quelque chose aussi dans l'urgence perceptible dans la voix de ma mère lorsqu'elle s'était penchée et avait dit, *Retournons*, qui m'avait fait peur, qui m'avait convaincu, pour une raison quelconque, que ma grand-mère était déjà morte. Je désirais retourner et j'étais terrifié par ce que j'allais voir, j'étais troublé, j'avais honte de l'être, et je ne voulais pas que ma mère s'en aperçût, du trouble et de la honte.

Et nous avons pleuré, disait ma mère, et puis nous sommes allés dans la salle de bains et je me suis lavé le visage et les mains, et j'ai lavé ton visage et tes mains, parce qu'il faut toujours se laver les mains quand on a été près des morts.

Je me suis souvenu : l'eau qui coulait. Je me suis souvenu de mon grand-père, lorsque nous revenions du cimetière tout au long de ces années, disant, Allez, les enfants, montez vous laver les mains, vous êtes allés au cimetière. *Montez fous léfer les mains*.

Tu ne te souviens de rien ? répétait ma mère.

J'ai dit, Maintenant, si.

Quelques semaines plus tard, quand j'ai fait le récit de cette conversation à mon amie, celle qui avait parlé à une voyante, elle m'a écouté un long moment et, à la fin, elle a dit, C'est tellement bizarre ce blocage que tu as concernant le fait de *retourner et de jeter un dernier coup d'œil*. Elle avait bien détaché les mots, fait sonner sa phrase comme un axiome, comme la phrase ultime d'une fable.

J'ai dit, Pourquoi ? Ce n'est pas bizarre du tout, cette histoire l'explique complètement !

J'étais assez satisfait de moi-même.

Donna, qui est poétesse, a ri et dit, Oh Daniel, c'est tellement *évident*. C'est bizarre parce que tu es *helléniste*, tu es l'*historien* de la famille. Tu as passé ta vie *entière* à te retourner pour jeter un dernier coup d'œil.

IL Y AVAIT donc ça.

La seconde information produite par cet après-midi à Bolekhiv a été, dix jours après notre retour à New York, un e-mail d'Alex qui a, lui aussi, changé la façon dont je voyais les choses.

Avant que nous partions, j'avais eu une idée : peut-être, avais-je dit à Alex, qu'il pourrait retourner à Bolekhiv après notre départ, une semaine après environ – assez longtemps pour que les souvenirs de Prokopiv puissent remonter, mais pas trop pour qu'ils ne s'effacent pas de nouveau – et lui demander s'il pouvait se souvenir du nom du traître. Je pensais – et comme je me sentais parfaitement à l'aise avec lui, je l'avais dit à Alex – que si Prokopiv cachait quelque chose dans le souci de protéger quelqu'un, il se sentirait peut-être plus libre de parler à Alex en tête à tête, d'Ukrainien à Ukrainien, sans la grappe des parents juifs suspendus à chacun de ses mots. Alex avait dit être assez convaincu du fait que Prokopiv avait été honnête avec nous, mais il avait admis que les souvenirs du vieil homme ayant été remués, le nom pourrait lui revenir au bout de quelques jours.

Et donc, une semaine après notre vol de retour aux États-Unis, il était retourné à Bolekhiv pour rencontrer Prokopiv et lui avait parlé. Ils avaient parlé un long moment, m'écrivait-il dans un long e-mail, et le vieil homme n'avait toujours pas été en mesure de retrouver le nom du traître. Il avait passé en revue tous les noms des gens qui vivaient dans le pâté de maisons – car il avait lui-même, comme un propos tenu par lui ultérieurement allait le révéler, toujours vécu dans ce quartier, et pouvait se souvenir des noms des familles qui y avaient habité avant l'arrivée des Allemands, par exemple, la famille Kessler, un charpentier juif –, et aucun d'eux n'avait semblé être le nom de la personne qui avait trahi, il y a bien longtemps, Szedlakowa et que tout le monde à l'époque connaissait.

En un sens, j'étais soulagé : la traque du coupable était, je le ressentais à ce moment-là, presque une histoire différente. Nous étions partis à la recherche de Shmiel et des autres, de ce qu'ils avaient été et de la façon dont ils étaient morts, et nous avions trouvé plus de détails concrets que nous n'aurions jamais pu en rêver. Ça suffisait comme ça. En fait, j'étais moins intéressé à présent par l'identité du traître que par la personnalité de cette Mme Szedlak. Car les sauveurs étaient, à leur manière, aussi inexplicables et mystérieux pour moi que les traîtres. Pour une raison quelconque, peut-être parce que je savais qu'elle avait été institutrice, et – la force des clichés et des habitudes mentales étant supérieure à ce que nous voulons bien admettre, raison pour laquelle, en opérant sur des suppositions inconscientes à propos des gens, nous commettons de graves erreurs dans l'interprétation des événements historiques, sauf si nous restons sur nos gardes – j'avais, depuis le jour où, dans sa salle de séjour, Anna Heller Stern avait dit *zey zent behalten bay a lererin*, imaginé une femme entre deux âges qui vivait seule, peut-être une femme assez grande et mince, avec des cheveux gris en chignon. Maintenant que je m'étais rendu dans la maison de cette femme, j'étais très curieux de savoir qui avait été la personne qui y avait vécu autrefois, la personne qui, indépendamment de tout ce que nous pouvions savoir d'elle, avait obéi, en toute lucidité, à une morale rigoureuse, sachant qu'elle pourrait lui coûter la vie, ce qui avait été le cas. *Ils les ont tous tués là, dans le jardin*, avait dit Prokopiv. Elle était polonaise. Je me demandais si elle avait été une catholique dévote, comme l'avaient été de nombreux sauveurs. Une vieille fille qui partageait son temps entre l'école et l'église.

C'est pour cette raison que ce qu'Alex avait à m'apprendre sur le sauveur supposé de Shmiel et de Frydka était si intéressant.

Tout d'abord, a-t-il écrit, Prokopiv s'était souvenu d'un détail supplémentaire concernant le jour où la cachette chez Szedlak avait été découverte :

il rentrait à pied de l'école, ce jour-là, et en passant devant la maison de l'institutrice, il avait vu les corps étendus dans la rue, dans l'attente d'être transportés jusqu'à la fosse commune du cimetière juif, là où étaient emportés les corps des gens qui avaient été trouvés dans leur cachette et tués.

J'ai lu et je me suis dit, Au moins, ils sont dans le cimetière juif, quelque part.

J'ai repris ma lecture. J'avais dit à Alex de demander à Prokopiv s'il se souvenait d'avoir entendu parler d'une Juive enceinte qui avait été arrêtée et tuée, ce jour-là. Et Alex m'écrivait ceci :

Prokopiv ne savait pas qu'une des personnes qui se cachaient était enceinte. Toutefois, il dit que l'institutrice qui cachait les Juifs avait eu un enfant illégitime avec le directeur de l'école, Paryliak (ou Parylak).

Cependant, Prokopiv ne sait pas ce qui est arrivé à l'enfant (une fille) lorsque la mère a été tuée.

Je m'étais donc trompé une fois de plus. Je ne savais pas qui elle avait été, mais elle n'était pas, semblait-il, la femme pieuse, à chignon et entre deux âges, que j'avais imaginée. En lisant l'e-mail d'Alex, j'ai pensé à l'histoire de Stepan concernant la famille Medvid, à la famille entière pendue sur le *Rynek*, à tous les Medvid du comté tués eux aussi. Ces exécutions publiques avaient eu lieu pour une raison précise, nous le savons : décourager les gens, les gens comme les Szymanski, les Szedlak et tous les autres, de faire ce qu'ils avaient fait, pour les mystérieuses raisons qui étaient les leurs : l'amour, la bonté, la conviction religieuse. Peu importe qui elle était, peu importe ce qui était vrai d'elle – et je ne sais pas du tout si je découvrirai un jour d'autres choses à son sujet, quand bien même j'ai commencé à chercher –, peu importe qui elle était, cette Szedlakowa, en tout cas, n'était pas une célibataire mettant en péril sa seule vie pour le salut de deux Juifs.

Peut-être plus que n'importe quelle autre parashah dans la Genèse, parashat Vayeira se préoccupe des implications des choix moraux : dans l'histoire de Sodome et de Gomorrhe, nous sommes censés apprécier les conséquences de la décision de suivre la voie du mal, et dans le récit qui achève cette parashah riche en événements – l'histoire de Dieu exigeant d'Abraham qu'il sacrifie son unique enfant légitime –, nous sommes censés apprécier, je crois, les conséquences de l'autre choix, le choix de suivre la voie du bien.

L'exigence d'un sacrifice humain par Dieu qui, comme nous l'apprenons au tout début de ce remarquable passage, n'est, du moins pour Dieu, qu'un test de la dévotion d'Abraham, est tellement contraire à un esprit civilisé que les commentateurs ont déversé des océans d'encre pour l'expliquer, l'analyser, l'interpréter et la justifier au cours des millénaires. Friedman, par exemple, consacre trois pages entières de son commentaire au sacrifice – ce qui est frappant en soi, puisque auparavant l'histoire de Sodome et de Gomorrhe se déroule sans qu'il fasse le moindre commentaire – et présente un résumé d'une lucidité admirable des réponses classiques faites aux questions soulevées par le sacrifice. Avec justesse, me semble-t-il (d'un point de vue purement littéraire, structurel), le rabbin moderne se concentre sur le contraste délibéré entre, d'un côté, la défense enflammée des Sodomites faite par Abraham, sa tentative de marchander les vies dans les villes condamnées, et, de l'autre, son silence absolu face à l'exigence de Dieu, encore plus répugnante d'une certaine façon, que le patriarche tue son propre enfant. Une explication possible de ce contraste frappant, dit Friedman, consiste à souligner que la personnalité d'Abraham, tout au long de la Genèse, est caractérisée par l'obéissance – l'explication par le caractère, qui est satisfaisante jusqu'à un certain point, même si elle ne creuse pas très profondément la question troublante de savoir si la prédisposition d'Abraham pour obéir aux ordres sans discuter, vaut d'être explorée plus avant, dans les cas où ces ordres sont clairement immoraux (« Des commandements, écrit Friedman, ne laissent aucune place pour la discussion », chose assez singulière, selon moi, à affirmer sans autre commentaire de la part d'un rabbin à la fin du XXe siècle, même dans le contexte d'une explication du texte biblique). Friedman va même jusqu'à fournir ce qu'on pourrait appeler un argument rhétorique : le patriarche, écrit-il, est capable d'argumenter de manière plus persuasive (en effet) en faveur des Sodomites corrompus, précisément parce qu'il n'a aucun rapport avec eux : il ne peut pas argumenter en ce qui concerne la justice ou l'injustice de l'exigence du sacrifice de son fils précisément parce qu'il en est trop proche. Cela semble aussi quelque peu insatisfaisant au premier abord, comme si le fait d'être « concerné » était la même chose que d'être idiot. Enfin, Friedman suggère de façon intrigante que l'issue du premier de ces deux récits moraux de la parashah, celui de Sodome et de

Gomorrhe, donne la clé du silence d'Abraham. La futilité de la discussion d'Abraham avec Dieu, suggère-t-il, le fait que rien ne sort de ce marchandage acharné, le fait que Dieu a toujours déjà su à quel point les Sodomites sont mauvais et Abraham bon, ce sont là les raisons pour lesquelles Abraham sait qu'il ne doit pas discuter lorsque Dieu exige une destruction qui est infiniment plus douloureuse pour Abraham que l'annihilation des populations de plusieurs villes.

Rachi, lui non plus, ne s'épargne aucun effort pour suggérer que l'intérêt de Dieu pour qu'Abraham montre (bien sûr, nous savons qu'il va le faire) qu'il « craint Dieu » a des implications à la fois internationales et cosmiques : il est nécessaire que la droite obéissance d'Abraham soit démontrée, écrit-il, afin que Dieu ait quelque chose à répondre à Satan et aux nations d'incroyants lorsqu'ils demandent à savoir quelle peut être la raison de l'amour de Dieu pour la tribu d'Abraham. « Parce qu'elle est remplie de la crainte de Dieu » est la réponse fournie par l'acceptation d'Abraham de trancher la gorge de son jeune fils.

Une des questions morales intéressantes, soulevées par le sacrifice d'Isaac – et, par conséquent, par la parashah tout entière –, c'est que la présentation de ce que signifie être une personne bonne (Abraham qui obéit à Dieu même dans des circonstances extrêmes et troublantes) est aussi plate et insatisfaisante, aussi évasive que la présentation de ce que signifie être une personne mauvaise (un Sodomite, quoi que cela puisse signifier exactement). En fait, tout ce qu'indique le texte de cette parashah, c'est que la bonté consiste en l'obéissance à Dieu et la méchanceté, en la désobéissance, comme si la moralité était une structure de comportement superficiellement cohérente et sans contenu réel – même si, pour prendre les exemples de cette lecture hebdomadaire de la Torah, ce que font les Sodomites, qui est peut-être dépravé, mais n'aboutit pas à l'empilement de cadavres, est beaucoup moins horrible que ce que Dieu exige d'Abraham.

D'un autre côté, ce qui me semble valide dans cette dernière parashah, c'est le fait que, indépendamment de la validité de l'investigation morale au sens large, elle peigne ce que j'ai fini par considérer comme un portrait très précis du comportement des gens dans des conditions extrêmes et inimaginables. C'est-à-dire la peinture d'une image floue, d'une image de quelque chose qui, en fin de compte, reste totalement impossible à connaître et complètement mystérieux : des gens choisissent de faire le mal et d'autres de faire le bien, même lorsque, dans les deux cas, ils savent que leur choix va entraîner de terribles sacrifices.

Il y a un dernier récit de retour, de retour pour un dernier coup d'œil, que je dois raconter avant de mettre un point final à cette histoire.

Le lendemain du jour où nous avons découvert la cachette était un samedi. Lane est arrivée à l'aéroport de L'viv cet après-midi-là, et alors qu'Alex et moi la ramenions à l'hôtel, où Froma nous attendait, en étudiant les cartes de la région pour préparer nos excursions sur les sites du génocide, nous lui avons raconté, tout excités, notre grande découverte.

Lane a secoué sa tête délicate dans un de ces petits mouvements saccadés qui me font toujours penser à l'expression *drôle d'oiseau* quand je suis avec elle.

C'est *sidérant*, a-t-elle dit. Alors que la voiture tournait autour de l'opéra, où soixante-dix ans plus tôt une jeune femme dont le nom n'était pas encore *Frances* était allée voir *Carmen*, Lane a fait un geste en direction de ses énormes sacs en toile très élaborés qui contiennent ses appareils. Mais vous avez pris des *photos* ? De bonnes *photos* pour ton *livre* ? Lorsque je lui ai dit que tout ce que nous avions, c'était le petit appareil photo numérique de Froma, elle a fait une grimace, mi-désapprobatrice, mi-incrédule. Elle a dit, Il faut qu'on y *retourne*. On peut y retourner et je prendrai de bonnes *photos* pour toi.

Phoooh-tos, a-t-elle dit. *Liii-iivre*.

Et donc, le dimanche, nous y sommes retournés, et c'est au cours de cette dernière visite – qui a été véritablement le dernier voyage que je faisais au nom d'Oncle Shmiel – que j'ai fait notre dernière découverte et que j'ai mis fin à notre recherche.

Une fois encore, nous avons descendu la colline qui domine la petite ville endormie, qui somnolait, ce jour-là, sous des nuages de pluie très menaçants. Une fois encore, nous avons traversé rapidement les rues de la ville qui nous paraissait très familière à présent. Une fois encore, Alex s'est garé devant une petite maison banale où, une fois encore, le chien noir et le chien brun nous ont suivis du regard sans se lever de l'allée. Une fois encore, il a frappé à la fenêtre et, une fois encore, la femme aux cheveux noirs est sortie. Nous avons expliqué que nous espérions pouvoir entrer encore une fois, parce que nous avions, cette fois-ci, de meilleurs appareils pour prendre les photos dont nous avions besoin. J'ai remarqué qu'elle avait l'air un peu plus animée qu'elle l'avait été deux jours plus tôt. Elle a hoché la tête plusieurs fois, avec lassitude certes, mais avec un vague sourire aussi, et nous a fait signe d'entrer. Une fois encore, nous avons déambulé dans les pièces minuscules, ouvert la trappe. Une fois encore, les obturateurs ont claqué. La seule différence, c'est que, cette fois-ci, je ne suis pas descendu dans la cachette, dans le *kestl*. Ça suffisait comme ça.

Alors que nous sortions de la maison une fois encore, nous avons remarqué que quelque chose avait changé, cette fois-ci : un jeune homme à l'allure vigoureuse – pas le zombie exsangue et figé que j'avais vu dans la chambre, le vendredi – se promenait dans le jardin ; c'était apparemment le fils d'une des femmes. Alex et lui ont eu un échange animé, et le jeune homme a fait un geste indiquant un point au-delà de la clôture. Alex a dit, Il dit que cette maison est en fait divisée en deux parties.

Froma, Lane et moi avons scruté au-dessus de la clôture et remarqué cette fois-ci, ce que nous n'avions pas fait deux jours plus tôt, que la maison était à cheval sur deux terrains.

Alex a dit, Il dit que, là-bas, dans l'autre moitié, vit une vieille femme russe, elle est arrivée juste après la guerre, peut-être qu'elle peut nous donner d'autres informations.

J'ai jeté un regard dubitatif en direction de Froma et de Lane. Ça ne vous embête pas ? ai-je demandé. Bien sûr que non, ont-elles répondu. C'est pour ça que nous sommes ici !

Nous sommes revenus vers la rue, devant la maison, et nous avons marché vers l'autre côté. Bien sûr, il y avait une entrée de ce côté-là aussi. Alex a frappé et appelé en russe, et très vite une femme aux joues roses, au visage enfantin et aux cheveux frisés d'un brun improbable, a surgi de la maison. Elle portait une robe d'un bleu éclatant avec de gros pois blancs. Alex lui a parlé et elle a insisté, de sa voix haut perchée, chaleureuse et même enthousiaste, pour que nous entrions. Comme dans un conte pour enfants, sa moitié de la maison était aussi jolie et immaculée que l'autre moitié était sale et décrépite. L'arôme puissant de pêches en train de cuire remplissait la cuisine. Nous nous sommes tous assis, pendant qu'elle baissait le volume d'un petit magnétophone à cassette qu'elle écoutait à un volume étonnamment élevé, de la musique liturgique russe, et Alex lui a expliqué pourquoi nous l'avions appelée depuis la rue. Le son riche et chuintant du russe a envahi la pièce. La femme était si vive, hochait la tête si vigoureusement et parlait si allègrement qu'il était difficile de ne pas vouloir l'embrasser. Elle faisait penser à une grand-mère ou à une bonne sorcière dans un conte folklorique.

Au bout de quelques minutes de cet échange, Alex a levé les yeux vers moi. Il ne souriait pas.

Elle dit que oui, elle a entendu parler de cette histoire des Juifs cachés et des institutrices. Elle est arrivée dans les années 1950, mais elle en a entendu parler. Elle dit qu'elle est à peu près certaine que ces institutrices étaient encore toutes les deux vivantes après la guerre, et aussi que ce n'était pas dans cette maison qu'elles habitaient, que c'était une autre maison dans cette rue.

Nous avons échangé un regard sans expression, avec une sorte de désespoir. J'ai dit, Ce n'est pas possible, je ne peux pas le croire.

J'étais descendu dans cet endroit, cet endroit glacé. L'impression était *juste*.

Nous avons continué à parler, mais il est devenu clair pour moi, au bout d'un moment, en lisant le visage large et pâle d'Alex, qu'il n'obtenait rien de plus que ce qu'elle avait déjà dit. Mais ça suffisait comme ça. Tout était en ruine. Nous étions de nouveau sur la case de départ.

Nous nous sommes levés pour partir. Alex a dit, Elle m'a dit quelle maison elle pensait que c'était. Un très vieil homme y vit. Elle dit qu'il est sourd. Vous voulez y aller ?

Je comprenais ce qu'il voulait dire. Il voulait dire, Nous ferions peut-être mieux d'arrêter avant d'avoir tout perdu.

J'ai hoché la tête, l'air sombre, et j'ai dit, Allons parler à ce vieil homme.

Nous avons descendu la rue tous les quatre, en traînant les pieds. À un moment donné, Alex s'est tourné vers moi pour dire, Je n'ai pas envie d'entendre cette nouvelle histoire, j'aurais préféré que tout ait été fini vendredi ! J'ai fait un sourire morose et j'ai dit, C'est l'impression que j'ai toujours eue.

Oui, a-t-il répliqué. Maintenant je comprends !

La maison vers laquelle la vieille femme nous avait dirigés ressemblait à quelque chose tiré des contes des frères Grimm : une maison en bois délabrée, autrefois magnifique, avec des pignons vertigineux, des larmiers et une charpente noircis par le temps, un peu décalée par rapport à la rue. Ici aussi la musique liturgique russe retentissait ; même si les fenêtres de la façade étaient fermées, on pouvait l'entendre en provenance de l'arrière de la maison. Une pluie légère a commencé à tomber et nous avons avancé d'un pas lourd dans le fond du jardin. La porte était ouverte. Alex a crié. Pas de réponse. Il a crié de nouveau et nous sommes tous entrés à l'intérieur. Les plafonds étaient sombres comme des cavernes et il y avait des icônes suspendues un peu partout. Nous avons suivi le son de la musique jusqu'à ce que nous arrivions à ce qui, de toute évidence, avait été autrefois la grande pièce de la maison, une énorme chambre, jadis élégante, dans laquelle trônait à présent une table à jeu où était posé un phonographe antique, au milieu de quelques autres meubles. À côté de la table se tenait le vieil homme : une silhouette, parfaitement adaptée au lieu, tirée d'une gravure sur bois du XIXe siècle, un homme maigre, incroyablement grand, dont les cheveux blanc-jaune tombaient de chaque côté du visage. Ses yeux profondément enfoncés étaient cernés de noir. Il ressemble à Franz Liszt, ai-je pensé.

Alex s'est approché de l'homme et, conformément à la recommandation de la vieille femme russe, il a crié en direction de son visage pendant quelques minutes. Entre les cris, les icônes, l'odeur de l'encens et la musique – et maintenant l'effet déprimant de l'information que nous venions d'apprendre –, tout était en train de prendre une allure de farce, et Froma, Lane et moi faisions tout ce que nous pouvions pour réprimer un fou rire d'incrédulité. Après quelques minutes passées à crier, Alex s'est tourné vers moi avec sa tête *Allons-nous-en d'ici*. Lorsque nous sommes sortis dans le calme relatif du jardin, il a dit, Le type s'est installé ici dans les années 1970, il ne sait *rien*.

Voilà. Nous nous sommes mis à marcher en direction de la voiture. J'étais dévasté : à peine deux jours plus tôt, j'avais pensé avoir trouvé la fin de notre histoire, et à présent elle était partie en fumée : la maison de l'institutrice, la cachette, la cour où ils avaient été abattus. *Autrefois, il y avait une véranda à l'avant, mais elle a disparu maintenant*. On aurait dit que le vieux Prokopiv n'était pas aussi lucide qu'il nous avait semblé être.

Et à ce moment-là, alors que nous nous apprêtions à monter dans la voiture, Froma a dit, Attendez, il nous fait signe.

Nous nous sommes tournés en direction de l'autre maison et nous avons vu le jeune homme qui agitait les bras pour nous faire signe de revenir. Nous avons marché jusqu'à la maison et le jeune homme a commencé à parler à Alex. Après un rapide échange, le visage d'Alex s'est éclairé et il nous a dit, Il dit que de l'autre côté de la rue vit une vieille Polonaise, elle avait passé ici toute sa vie, elle connaîtra l'histoire, c'est sûr, et elle saura quelle est la bonne maison. Elle *saura*. Il a recommencé à parler avec le jeune homme, qui pointait le doigt vers le bas de la rue et donnait l'adresse. Le nom de la femme était Latyk – un nom courant dans le coin ; elle n'avait aucun lien de parenté avec l'autre Mme Latyk.

De nouveau, le coup sur la vitre ; de nouveau, les salutations criées et hésitantes. La maison était grande, blanche, immaculée. En regardant à travers la barrière, on pouvait voir un grand jardin. Traversant ce jardin, au bout de quelques instants, est apparue une petite femme, à l'allure solide, aux cheveux blancs et épais, avec un visage rond et perspicace. Elle portait une fine robe grise qu'elle serrait d'une main et je pense maintenant que c'était le fait qu'elle n'était pas habillée pour recevoir qui l'avait rendue si réservée, tandis qu'Alex lui expliquait ce que nous recherchions. Dès qu'il s'est arrêté de parler, son visage s'est détendu, elle a hoché la tête et a fait un grand sourire.

Elle a dit, *Tak, tak ! Tak. Tak, tak, tak !*

Elle a parlé rapidement en polonais à Alex. Alex nous a dit, Elle connaît l'histoire ! Elle connaît l'histoire, elle sait qu'il y avait deux institutrices qui cachaient des Juifs. Elle a dit que les noms des deux sœurs étaient...

Il a écouté et elle a dit, *Pani Emilia i Pani... euh...*

Elle n'arrivait pas à se souvenir du nom de l'autre femme, c'était clair. Emilia et qui ? Tandis qu'elle fronçait les sourcils, s'efforçant de se souvenir, Alex a poursuivi. L'une s'est échappée, l'autre a été tuée.

Cette Mme Latyk s'est soudain écriée, Hela ! *Emilia i Hela !*

Elle a ajouté quelque chose à l'attention d'Alex.

Hela a été tuée. Emilia s'est échappée.

Pour la deuxième fois en trois jours, j'ai dit, Est-ce qu'elle se souvient de leur nom de famille ?

Alex a posé la question et Mme Latyk a répondu sur un ton emphatique, *Szedlakowa*.

Est-ce qu'elle connaît la maison ? ai-je demandé. Au moins, ai-je pensé, nous saurons dans un cas comme dans l'autre.

Alex a dit, Elle va nous montrer où elle se trouve exactement, bien sûr.

Froma, Lane, et moi avons dit, Merci !

C'était à cet instant précis qu'Alex avait fait les présentations. Pani Janina Latyk. Pan Daniel Mendelsohn. Pani Froma Zeitlin. Pani Lane Montgomery.

La femme, à présent souriante et détendue, a recommencé à parler.

Je l'ai entendu dire, *Szymanski*.

Attendez, ai-je dit. Tout le monde parlait en même temps et je voulais un peu de calme. Jusqu'à présent, j'avais simplement voulu savoir quelle était, en fin de compte, la bonne maison. Elle venait maintenant de dire *Szymanski*. Il était évident qu'elle avait plus à nous dire.

Attendez, attendez, attendez, ai-je crié.

Tout le monde s'est tu et j'ai demandé à Alex, Qu'est-ce qu'elle vient de dire ?

Ils ont parlé pendant une minute et Alex a dit, Il y avait ce type qui aidait les Juifs à trouver des endroits où se cacher.

J'ai dit, Et il s'appelait ?

Mme Latyk a répondu, *Czeslaw*.

Mon cœur battait à tout rompre. Le vieux Prokopiv nous avait parlé de la maison, avait connu une institutrice du nom de Szedlak qui y cachait des Juifs. Il y a bien longtemps, j'avais entendu cette histoire pour la première fois dans une salle de séjour de Kfar Saba, et je m'étais demandé depuis comment toutes les versions pouvaient véritablement être réconciliées. *Ciszko la cachait chez lui. Une institutrice polonaise les cachait tous les deux chez elle.* Maintenant, nous allions bien voir.

J'ai dit, Czeslaw comment ?

Mme Latyk a dit, Czeslaw... Ciszko, *Ciszko* !

Le surnom. Nous nous sommes tous regardés. Froma, Lane et Alex se sont mis à poser des questions, tous en même temps. Ils connaissaient à présent les histoires aussi bien que moi. C'était excitant.

Attendez, ai-je répété. Tout à coup, je suais et j'ai entendu de nouveau ce faible écho dans mes oreilles. J'ai dit, sur un ton plus calme, Écoutez, il faut que je conduise cette interview de façon très spécifique. Nous ne pouvons pas lui donner d'informations, nous ne pouvons pas lui dire ce que nous voulons entendre, nous ne pouvons pas lui dire ce que nous savons déjà. C'est la dernière fois que nous sommes, chacun de nous, dans cet endroit et après ce que nous venons de vivre, j'aimerais bien repartir d'ici avec quelque chose de *définitif.* Alors demandons-lui ce qu'elle sait et écoutons les mots de sa propre bouche. Je veux que ce soit *pur.*

Je me suis tourné vers Alex et j'ai dit, OK, elle a parlé de Czeslaw, elle a parlé de Ciszko, avant ça, elle a parlé de Szymanski. Qu'est-ce qu'elle sait de lui ? Pourquoi a-t-elle mentionné ce nom ?

Ils ont parlé pendant une minute. Alex a dit, Parce qu'il a trouvé l'endroit pour qu'ils puissent se cacher. Et il leur apportait aussi de la nourriture.

Froma et moi nous sommes regardés fixement. Une autre femme, entre deux âges, au visage plaisant, est sortie de la maison : la sœur de Mme Latyk. Les deux femmes ont parlé avec Alex. Il s'est tourné vers moi avec une expression dubitative. Elles vous invitent chez elles, mais j'ai dit que j'étais sûr que nous ne voulions pas les déranger...

Je lui ai adressé un regard sévère et j'ai dit, Je veux y aller. Je pense que si nous étions assis, ça se passerait mieux. Dites-leur que c'est extrêmement important pour moi et pour ma famille.

Alex a parlé et la femme a hoché la tête, et nous sommes tous entrés dans la maison.

Pendant les quarante-cinq minutes suivantes, elle nous a raconté l'histoire telle qu'elle l'avait apprise et c'est une histoire que je peux à présent raconter, même si cela ne présente aucun intérêt de la raconter de nouveau ici, puisque c'est une histoire composée de morceaux et de fragments qui sont déjà connus de quiconque a lu ces pages. La seule différence, c'est qu'en l'entendant de la bouche de Mme Janina Latyk, résidente depuis toujours de Bolechow, résidente depuis toujours de la rue Kopernika, voisine autrefois des sœurs Szedlakowa, nous l'avons tous entendue pour la première fois racontée par quelqu'un qui avait été là et, de ce fait, pouvait rendre compte de tout ce qui, jusqu'à ce jour de juillet 2005, n'avait pu être intégré dans un récit cohérent, dans une histoire avec un début, un milieu et une fin.

Ce qu'elle nous a raconté, c'est ceci : elle était née à Bolechow en 1928, elle avait donc presque quinze ans le jour de 1943 où elle était rentrée chez elle après avoir fait des courses dans le centre de la ville et tout le monde parlait dans la rue. Ce qu'ils disaient, c'était la chose suivante : leur voisine Hela avait été dénoncée pour avoir caché des Juifs chez elle. Tout le monde en parlait ! a dit Mme Latyk. Oui, il y avait bien deux sœurs Szedlakowa, mais l'une d'elles, Emilia, avait pris peur et quitté la ville – était partie, avait dit quelqu'un à l'époque, à Boryslaw. Donc, lorsqu'elles ont été trahies, c'est Hela qui a été tuée. Elle cachait les Juifs dans une cave, quelque part dans sa maison, un endroit sous terre. Et le garçon, Ciszko Szymanski, qui leur avait trouvé cette cachette, leur apportait tous les soirs de la nourriture de la boutique de son père, qui avait une tannerie, mais aussi une sorte d'épicerie chez lui, les gens venaient y acheter de la viande, des saucisses. Il aimait cette fille, cette Juive, disaient les gens, c'est pourquoi il avait trouvé un endroit pour elle et son père. Mais quelqu'un l'a vu apporter de la nourriture tous les soirs chez les sœurs Szedlakowa, l'a soupçonné, et cette personne – un voisin, probablement, elle ne s'en souvenait pas – l'a dénoncé, ainsi que la Szedlakowa, à la Gestapo. Les Allemands sont venus et ils ont emmené les Juifs dans un coin au fond du jardin et les ont abattus là.

Qu'est-ce qui est arrivé exactement à Szymanski et à Szedlakowa ? avons-nous demandé en chœur. Jack Greene, il y avait des lustres à présent, avait raconté qu'il avait entendu dire qu'il avait été emmené le jour même dans un champ et qu'ils l'avaient tué là. Maintenant, Mme Latyk, qui était là le jour où ça s'était passé, a dit, Il a été tué à Stryj. Et Hela a été emmenée à Stryj, elle aussi, et ils les ont pendus tous les deux. Mais les Juifs ont été abattus sur place.

Stryj, ai-je pensé : la petite ville de province de Mme Begley. Ce petit détail, que je n'avais jamais entendu auparavant, me faisait l'effet d'être la preuve absolue de l'authenticité de l'histoire. Les Juifs étaient hors la loi, on pouvait les tuer comme ça, les abattre n'importe où. Mais les Polonais désobéissants, il fallait faire d'eux un exemple. Il est probable qu'ils les avaient emmenés à Stryj pour faire un spectacle terrifiant, avant les exécutions qui étaient une conclusion assurée.

Et c'était toute l'histoire. À présent, toutes les pièces s'emboîtaient : Ciszko *et* Szedlak, la maison de Szymanski *et* celle de l'institutrice polonaise. Tout faisait sens à présent et il était enfin possible de voir comment ce qui s'était réellement passé avait été, corrompu par les distances à la fois géographiques et temporelles – ils n'étaient pas vraiment *là*, ils en avaient entendu parler deux, trois ou dix ans plus *tard* –, métamorphosé en de nombreuses histoires que nous avions toutes entendues désormais.

Nous sommes restés assis pour parler encore un peu : des années de guerre, de la terreur ressentie par les gens, de l'angoisse de voir disparaître des voisins de longue date ; et aussi de la brutalité de l'époque d'après 1945, lorsque les Soviétiques avaient pris le contrôle, les conditions de quasi-famine, l'aspect mesquin de l'oppression. Mme Latyk se souvenait avec une certaine allégresse des années d'avant-guerre, des années d'enfance passées avec des amies juives, ukrainiennes et polonaises, des années pendant lesquelles il n'y avait pas, pour autant qu'on le sache, de tension, de haine, d'animosité. C'était une petite ville animée, heureuse, a-t-elle dit en souriant un peu. J'écoutais en silence, en partie parce que j'étais ému d'entendre une femme polonaise, née en 1928, prononcer les mêmes mots que ceux que mon grand-père, un Juif né dans la même ville en 1902, m'avait répétés inlassablement, il y avait des lustres, et en partie parce que c'était le moins que je pusse faire pour cette femme au visage si bon que nous connaissions à peine, que nous aurions manquée si nous n'étions pas retournés une dernière fois, quand nous pensions que tout était perdu, et qui m'avait finalement raconté l'histoire que j'avais voulu entendre, du début jusqu'à la fin, depuis bien longtemps maintenant.

Janina Latyk n'avait plus qu'une chose à nous révéler et j'étais nerveux quand j'ai dit, à la fin de notre longue conversation, Maintenant, peut-elle nous montrer quelle maison c'était ?

Elle a hoché la tête. Avant que nous ne ressortions de chez elle, j'ai dit à Alex, S'il vous plaît, dites-lui que ma famille a vécu dans cette ville pendant plus de trois cents ans et que je suis à la fois honoré et reconnaissant de l'avoir pour voisine.

Il a traduit ma phrase et elle m'a souri en posant la main sur son cœur, avant de la tendre vers moi. *Même chose pour vous*, a dit Alex.

Nous avons quitté la maison et marché lentement dans la rue. Mme Latyk s'est arrêtée devant la première maison, la maison où nous étions entrés le jour de notre arrivée, la maison avec la trappe et la cachette, et elle a pointé le doigt vers elle.

Je le savais, me suis-je dit. J'ai été là-dedans, je suis descendu dans cet endroit tellement froid.

C'est la maison, a dit Alex. Elle dit, Si vous voulez, elle peut vous montrer l'endroit où ils les ont tués. Le voisin a tout vu, tout le monde a su.

J'ai dit, Oui.

LA PORTE QUI donnait sur le fond du jardin se trouvait à l'arrière de la moitié de la maison occupée par la femme russe, et elle a été agitée et animée lorsque Alex lui a fait savoir pourquoi nous étions de retour. Avec un grand sourire, elle a ouvert le portail devant moi. J'étais debout contre la barrière et je regardais vers le fond du jardin, un jardin tout en longueur, à la végétation dense, avec des rangées de légumes et de vignes qui s'étiraient jusqu'au bout de cette propriété assez vaste. Mme Latyk, près de moi, a pointé le doigt. Au bout du jardin, s'élevait un antique pommier à double tronc. Elle a dit quelque chose à Alex. Il m'a dit, C'est là-bas.

D'un pas lent, j'ai commencé à marcher vers l'arbre. Les légumes, les vignes, les framboisiers avaient tant poussé au-dessous des sentiers à peine visibles qu'il était parfois difficile de trouver un appui solide. Au bout de quelques minutes, je suis arrivé devant l'arbre. Son écorce était épaisse, et le point où les deux troncs divergeaient était à la hauteur de mon épaule. De temps en temps, une minuscule goutte de pluie, à peine plus grosse que de la rosée, éclatait sur une feuille. Mais j'étais parfaitement sec.

J'étais devant l'endroit.

Pendant un moment, je suis resté là, à réfléchir. C'est une chose que de se retrouver à l'endroit auquel vous avez pensé depuis longtemps, un bâtiment, un temple, un monument que vous avez vu dans des tableaux, des livres ou des magazines, un endroit où, pensez-vous, vous êtes censé éprouver certaines sensations qui, lorsque le moment est venu d'être dans l'endroit en question, sont présentes ou ne le sont pas : admiration craintive, fascination, terreur, chagrin. C'en est une autre que de se retrouver dans un endroit d'un genre différent, un endroit que vous avez cru pendant longtemps parfaitement hypothétique, un endroit dont vous pouviez dire *c'est l'endroit où ça s'est passé* et penser, c'était dans un champ, c'était dans une maison, c'était dans une chambre à gaz, contre un mur ou dans la rue, mais lorsque vous prononciez ces mots pour vous-même, ce n'était pas tant l'endroit qui semblait importer que le *truc en soi*, la chose horrible qui avait été perpétrée, parce que vous ne pensiez pas à l'endroit comme à autre chose qu'une sorte d'enveloppe, jetable, négligeable.

Maintenant, j'étais à l'endroit même et je n'avais pas eu de temps pour me préparer. J'étais confronté à l'endroit même, à la chose et non à l'idée que je m'en faisais.

Longtemps, j'avais eu soif de *détails*, de choses spécifiques, j'avais poussé les gens que j'interrogeais, ayant traversé le monde pour cela, à se souvenir de plus de choses, à penser plus loin, à me donner l'élément concret qui rendrait l'histoire vivante. Mais c'était, je m'en apercevais à présent, le problème. J'avais voulu les détails et les éléments spécifiques pour l'histoire et je n'avais pas vraiment compris – et comment n'avais-je pas pu, moi qui ne les avais jamais connus, qui n'avais jamais eu que des histoires ? – jusqu'à présent ce que c'était que d'être un détail, un élément spécifique. Le mot *spécifique* vient, je le sais bien, du mot latin *species*, « espèce », qui veut dire « apparence » ou « forme », et c'est parce que chaque type de chose a sa propre apparence ou forme que le mot *species* est le mot que nous employons pour décrire des types consistants de choses vivantes, les animaux et les plantes qui constituent la Création ; c'est parce que chaque type de chose vivante a sa propre apparence ou forme que, après un nombre incalculable de siècles, le mot *species* a donné naissance à *spécifique*, qui veut dire, entre autres, « particulier à un individu donné ». Devant le plus spécifique des endroits qui soit, plus spécifique encore que la cachette, cet endroit où Shmiel et Frydka avaient vécu des choses, des choses à la fois physiques et psychiques que je ne pourrais jamais commencer à entrevoir, précisément parce que cette expérience était *spécifique* pour eux et non pour moi, devant cet endroit très spécifique, je savais que je me tenais là où ils étaient morts, là où la vie que je ne connaîtrais jamais s'était échappée des corps que je n'avais jamais vus, et précisément parce que je ne les avais jamais connus ou vus, j'étais contraint de penser à quel point ils avaient été des personnes spécifiques avec des morts spécifiques, et que ces vies et ces morts leur appartenaient, à eux et pas à moi, indépendamment de l'attrait que pourrait avoir l'histoire racontée à leur sujet. Il y a tant qui restera à jamais *impossible à connaître*, mais nous savons qu'ils ont été, un jour, eux-mêmes, *spécifiques*, les sujets de leur propre vie et de leur propre mort, et pas simplement des marionnettes manipulées pour les besoins d'une bonne histoire, pour des mémoires, pour les films ou les romans du réalisme magique. Le temps viendra pour ça, une fois que chaque personne qui a connu chaque personne qui les a connus et moi serons morts ; puisque, comme nous le savons, tout, à la fin, disparaît.

Donc, en quelque sorte, au moment même où je les trouvais de la façon la plus spécifique qui soit, je sentais qu'il me fallait les abandonner de nouveau, les laisser être eux-mêmes, quoi que cela puisse être. C'était amer et c'était doux ; et en effet, lorsque je devais décrire par la suite ce moment à Jack Greene, à qui je devais tout, il m'a déclaré, en faisant allusion à sa propre émotion au moment où il est sorti de sa cachette, tant d'années auparavant, Oui, je connais cette impression, c'est un sentiment d'*accomplissement*, mais on ne se sent pas *heureux*. J'avais voyagé loin, fait le tour de la planète et étudié ma Torah, et à la toute fin de ma quête, je me retrouvais à l'endroit où tout commence : l'arbre dans le jardin, l'Arbre de la Connaissance qui, comme je le savais depuis longtemps, est quelque chose de divisé, quelque chose qui apporte à la fois du plaisir et, du fait que la croissance n'est possible que dans le temps, du chagrin.

Je suppose que j'essayais de saisir des choses concrètes, ces éléments spécifiques, lorsque, sous l'impulsion d'un instinct que je ne parviens pas encore à identifier aujourd'hui, je me suis penché et j'ai plongé les mains dans la terre, au pied de l'arbre, et que j'en ai rempli mes poches. Puis – comme le veut la tradition d'une tribu à laquelle, même si certains éléments de cette tradition n'ont aucun sens pour moi, je sais appartenir parce que mon grand-père y a appartenu autrefois – j'ai cherché sur le sol une grosse pierre et, une fois trouvée, je l'ai placée dans le creux où les branches de l'arbre se rejoignaient. C'est leur seul monument, ai-je pensé, et je vais donc laisser la pierre ici. Puis je me suis tourné et je suis sorti du jardin, et très vite nous avons dit au revoir, sommes remontés dans la voiture et sommes partis.

C'est pendant que nous roulions que j'ai fait la dernière de mes nombreuses erreurs. Je m'étais promis de faire, cette fois, quand nous quitterions Bolekhiv, quelque chose que j'avais eu l'intention de faire, des années plus tôt, lors de notre premier séjour dans cette ville, parce que je pensais, à l'époque, que ce serait aussi le dernier dans cet endroit, dans cette petite ville, dans ce *shtetl* animé, dans ce lieu *heureux*, dans cet endroit qui *avait été et ne serait plus jamais* : je m'étais promis que, lorsque nous quitterions la ville en remontant la petite colline en direction de L'viv, je me retournerais, comme je savais que mon grand-père l'avait fait un jour d'octobre, quatre-vingts ans plus tôt, je me retournerais pour l'unique raison qui fait que nous nous retournons vers ce qui est derrière nous, c'est-à-dire pour faire un vœu impossible, un vœu selon lequel rien ne restera derrière nous, le vœu qui portera la marque de ce qui est terminé et achevé dans le présent et le futur. Je m'étais dit que je regarderais par la lunette arrière la petite ville s'éloigner, parce que je voulais être capable de me souvenir non seulement de ce à quoi ressemblait l'endroit quand on y arrivait, mais aussi de ce à quoi il ressemblait quand on en partait pour toujours.

Mais alors qu'Alex manœuvrait la Passat bleue dans les petites rues tordues qui, dans une autre ère, avaient valu aux habitants de l'endroit, dont très peu survivent aujourd'hui, dont aucun ne survivra lorsque j'aurai atteint l'âge de Jack Greene, le surnom que personne ne connaît plus et dont personne ne se soucie plus : *les rampeurs de Bolechow* ! – alors qu'Alex naviguait dans ces petites rues sinueuses, nous nous sommes mis à parler tous en même temps, à raconter l'histoire remarquable de ce que nous avions trouvé et de ce que nous avions arpenté, et au moment où je me suis souvenu de me retourner pour jeter un dernier coup d'œil, nous étions déjà trop loin, et Bolechow avait disparu de notre vue.

In memoriam

Frances BEGLEY, née HAUSER
Rzeszow, 1910-New York, 2004

Elkana EFRATI, né JÄGER
Bolechow, 1928-Kfar Saba, 2006

Josef FEUER
Bolechow, 1920-Striy, 2002

Boris GOLDSMITH
Bolechow, 1913-Sydney, 2005

Salamon GROSSBARD
Bolechow, 1908-Sydney, 2004

Bob GRUNSCHLAG
Bolechow, 1929-Sydney, 2004

Dyzia RYBAK, née LEW
Bolechow, 1923-Minsk, 2004

Solomon (Shumek) REINHARZ
Bolechow, 1914-Beer Sheva, 2005

Marilyn TEPPER, née MITTELMARK
New York, 1929-Chattanooga, 2006

Note de l'auteur

LES ÉVÉNEMENTS RAPPORTÉS dans ce livre sont vrais. Toutes les interviews formelles ont été enregistrées en vidéo et presque toutes les autres conversations, y compris les conversations téléphoniques, ont été soit enregistrées par l'auteur, soit reconstituées sur la base de notes prises par l'auteur au cours de ces conversations. Certains dialogues seulement, rapportés dans ces pages, ont été édités pour les besoins de la cohérence et afin d'éviter les répétitions ; parfois, cet amendement a rendu nécessaire une réorganisation chronologique de quelques remarques. À leur demande, plusieurs noms ont été modifiés afin de protéger la vie privée de certains individus.

Comme ce livre est, entre autres, l'histoire de voyages lointains à travers de nombreux pays et continents où j'ai souvent parlé avec des gens qui eux-mêmes avaient émigré de pays en pays, il importe de dire un mot sur l'usage qui est fait de la langue. Chaque fois que l'anglais était la langue utilisée pour les interviews, j'ai reproduit l'anglais parlé de mes interlocuteurs, en dépit de sa maladresse, puisque les tournures idiosyncrasiques, les accents et les expressions des gens avec qui j'ai parlé au cours de ma recherche font partie de la culture, presque disparue à présent, qui est, dans une certaine mesure, l'objet de cette recherche ; j'ai traité de la même façon l'anglais des traducteurs auxquels j'ai fait appel de temps en temps. J'ai transcrit, en général, le yiddish conformément aux règles de l'YIVO, sauf lorsque ces règles étaient en contradiction avec mon souvenir de certaines prononciations. Les citations tirées des dépositions de témoins en polonais, obtenues auprès de Yad Vashem, ont été données dans une traduction anglaise, faite spécialement pour les besoins de ce livre.

En ce qui concerne les noms de lieux, j'ai utilisé la plupart du temps les orthographes polonaise et ukrainienne d'aujourd'hui lorsque je me réfère aux villes, petites et grandes, que j'ai visitées, mais – en partie pour les besoins de la précision historique et en partie pour suggérer l'atmosphère d'une époque disparue – j'ai eu recours à des orthographes plus anciennes dans les passages qui décrivent des événements d'un passé lointain. Par exemple, je parle de mes voyages à Lviv en 2001 et 2005, mais je me réfère plusieurs fois à l'école de Lwów, ce groupe de mathématiciens qui a fleuri pendant l'entre-deux-guerres, puisque la ville ukrainienne de L'viv aujourd'hui était connue alors sous le nom de Lwów, ville polonaise. La seule exception, plus ou moins cohérente, à cette règle – pardonnable, je l'espère – est l'usage que je fais de la vieille orthographe allemande pour le nom de la ville que les atlas répertorient aujourd'hui sous son nom ukrainien de *Bolekhiv* et que la plupart des gens que j'ai interviewés appelaient par son nom polonais de *Bolechów*, mais que ma famille, qui y avait vécu plus de trois siècles, a toujours appelée *Bolechow* – j'ai été incapable de rompre cette habitude.

Post-scriptum
(février 2007)

J'AVAIS NOURRI l'espoir, après la publication initiale de ce livre en septembre 2006, que des informations nouvelles concernant mes six parents disparus puissent être mises au jour – qu'un lecteur qui, contre toute attente, aurait connu ma famille, prenne contact avec moi. Le fait est que je n'ai pas eu à attendre longtemps.

Deux mois après la publication de *The Lost* aux États-Unis, j'ai reçu un e-mail de Yaacov Lozowick, le directeur des archives de Yad Vashem. Il me disait qu'il avait lu le livre et voulait me faire connaître sa réaction. Une correspondance amicale a rapidement commencé. Un mois plus tard environ, le jour de l'an 2007, j'ai reçu un e-mail de Yaacov m'informant qu'il était tombé sur une référence aux Jäger dans des archives nouvelles, pour la plupart en provenance de l'ex-Union soviétique, qui venaient d'être intégrées à la banque de données de Yad Vashem, la veille. Il m'envoyait un lien pour consulter la référence en question. Une ligne, seulement, d'un document particulier dans cette montagne de dossiers rendus disponibles – il y en a plus de 350 000 – fournit une information enfin concrète sur le sort d'un de mes parents. Ou, devrais-je plutôt dire, une information concrète sur l'un d'eux et une information implicite sur un autre.

Le dossier en question fait partie d'un rapport donné, juste après la guerre, à une commission appelée « Commission extraordinaire de l'État soviétique pour l'établissement et l'enquête sur les crimes commis par les envahisseurs fascistes allemands et leurs complices » (je devrais ajouter ici que l'ami à qui j'ai demandé de traduire ce document pour moi a dit ceci concernant le mot russe pour « crimes » employé dans le nom : « Note que le mot pour crime a ici de fortes implications morales – différentes, par exemple, du « crime » dans *Crime et châtiment*, qui est légal/dépourvu de passion – et il ne serait pas exagéré de traduire par « actes maléfiques » ou « vilenies »). Cette commission, créée en 1942 par le Soviet suprême et généralement désignée par ChGK (sigle du nom russe), était responsable de l'investigation sur les crimes de guerre allemands. Selon leurs propres dossiers, plus de trente mille enquêteurs ont pris part à cette entreprise, interviewant les résidents qui avaient survécu dans les petites et grandes villes *judenrein* ravagées et enregistrant leurs histoires ; plus de sept millions de citoyens soviétiques sont censés avoir été interviewés. Les vingt-sept immenses collections qui ont été condensées à partir de cet énorme trésor de témoignages oculaires représentent le gros des preuves présentées par les Russes aux procès de Nuremberg. Une des villes visitées par les enquêteurs de la Commission extraordinaire avait été Bolechow – ou, comme disent les Russes, Bolekhov.

Yaacov m'a envoyé trois pages du rapport sur Bolekhov. La première est la page de titre et on y lit ceci :

Rapport de l'investigation sur les actes maléfiques des fascistes allemands et de leurs complices dans le district de Bolekhov de la région de Stanislavov

Sur la troisième page que Yaacov m'a envoyée, qui est en fait la septième et dernière page du rapport complet de Bolekhov, figurent cinq signatures : les signatures du président du Comité d'enquête et des quatre autres membres du Comité. Ces noms de bureaucrates signés, avec leurs arabesques illisibles, apparaissent juste au-dessous d'une liste verticale d'autres noms. Ces noms, donnés selon le format russe standard, *nom de famille, prénom, nom patronymique*, sont tous tapés en lettres cyrilliques (comme les lettres qu'on peut voir aujourd'hui sur la façade du bâtiment à Bolekhiv qui était autrefois le Dom Katolicki, celles qui disent CINÉMA et THÉÂTRE). Devant chacun de ces noms se trouve un chiffre et, après chaque nom, apparaissent les mentions suivantes en colonnes : année de naissance ; sexe ; profession ; date d'exécution/de rafle ; adresse. Certains des noms de cette liste – que je peux lire parce que j'ai appris tout seul à lire les caractères russes, peut-être dans un désir de trouver grâce aux yeux de la dernière femme revêche de mon grand-père, celle qui avait été russe avant qu'Auschwitz fasse d'elle une citoyenne de nulle part –, certains de ces noms me sont familiers à présent, en raison des voyages que j'ai faits et des gens à qui j'ai parlé. Je peux, par exemple, déchiffrer une Malka Abramovna Lew, qui doit être une parente de Dyzia Lew, quand bien même Dyzia ne pourra plus jamais me donner la moindre information à ce sujet ; je peux déchiffrer un Dovid Israelevich Reifeisen, et supposer qu'il est lié au procureur Reifeisen, qui s'est pendu avant que les choses empirent. Je peux même voir quelqu'un qui porte le nom de jeune fille de Meg Grossbard et je me demande en silence qui cette personne pouvait bien être, bien que je sois conscient de ne jamais pouvoir le savoir, à présent, parce que je ne reçois plus d'appels de Meg, tard dans la nuit.

La dernière entrée de cette liste porte le chiffre *350*. Lorsque j'ai regardé ces pages à la hâte, la première fois, j'ai été frappé par le fait qu'à aucun des noms ne correspond une entrée dans la colonne « profession ». Cette anomalie, je m'en suis aperçu rapidement, était due au fait que « l'année de naissance » pour la quasi-totalité de ces trois cent cinquante personnes tombe en général entre la fin des années 1920 et le début des années 1930, et pratiquement chaque entrée sous la colonne « date de rafle/d'exécution » est le 3/IX/1942 ; ce qui veut dire que tous les gens de cette liste étaient des enfants entre dix et quatorze ans. Pendant que je lisais pour la première fois ces noms, ces entrées, il m'est lentement venu à l'esprit que ce que j'avais sous les yeux, c'était une liste des enfants juifs de Bolechow qui avaient été assassinés pendant la rafle qui avait lancé la seconde « grande » *Aktion* des 3, 4 et 5 septembre 1942, celle qui s'était terminée avec les survivants embarqués dans les fourgons à bestiaux à destination de Belzec. L'*Aktion* au cours de laquelle, selon ce que savaient tous les gens à qui j'avais parlé pendant les cinq ans de l'écriture de ce livre, ma grand-tante Ester et sa plus jeune fille, Bronia, avaient péri.

Par une coïncidence étrange, Bronia est en fait la première entrée de cette liste : elle est numéro un. Son nom est Bronia Samuelevna Yeger, et son adresse, correcte, est Dlugosa 9. L'année de sa naissance sur ce document est 1929, ce qui fournit aujourd'hui une confirmation officielle de l'intuition de Jack Greene du fait qu'elle était bien née cette année-là, comme il me l'avait dit dans sa salle de séjour en Australie, il y a quatre ans déjà ; année de naissance de son dernier frère. La date à laquelle Bronia a été « prise dans la rafle et abattue » est le 3 septembre 1942.

Et donc, conséquence de cette nouvelle main tendue, de cet autre contact établi contre une attente raisonnable, je dispose désormais de ce fait concret que je peux ajouter au petit monticule des faits que j'ai rassemblés au cours des cinq années de voyage, de recherche et d'écriture qui ont abouti à ce livre : Bronia, dont tous les gens se souvenaient qu'elle était *encore une enfant, encore occupée à s'amuser avec ses jouets*, a été prise dans une rafle et abattue au cours de ces premières journées atroces de la deuxième *Aktion* à Bolechow ; et elle n'avait que treize ans, ou même pas treize ans, lorsqu'elle est morte de cette façon (nous ne connaissons toujours pas sa date de naissance exacte). Et donc, sa très brève histoire a du moins un début assez concret (« 1929 ») et une fin très précise (« 3/IX/1942 »).

J'ai mentionné plus haut le fait que ce nouveau document nous a aussi fourni un autre genre d'information – non pas concrète, mais implicite. Voyez-vous, à la fin de tous mes voyages et de toutes mes interviews, lorsqu'il a paru certain, finalement, que Tante Ester et Bronia avaient été emmenées au cours de la deuxième *Aktion*, j'avais pensé – de manière sentimentale, c'est indéniable – que, au cours de ces ultimes heures inimaginables, peut-être même ces jours, de leurs vies, la mère et la fille avaient eu la consolation d'être ensemble : avaient fait le trajet ensemble, s'étaient (peut-être) tenues là, nues et terrorisées, mais *ensemble*, les bras de la mère serrés sur la fille au moment où le gaz avait commencé à envahir la pièce hermétiquement scellée. Mais à présent, du fait qu'un voisin quelconque avait vu quelque chose en 1942 et fait une déposition devant la Commission soviétique quelques années plus tard, un tout petit fait parmi les nombreux millions de faits qui avaient fait leur chemin jusqu'au rapport communiqué par la Commission Extraordinaire de l'État Soviétique pour l'Établissement et l'Enquête sur les Crimes Commis par les Envahisseurs Fascistes Allemands et Leurs Complices, nous savons que Bronia a été tuée pendant la rafle ; une rafle tristement célèbre pour les assassinats brutaux d'enfants, comme nous le savons aussi. Et puisque je connais ce fait concret à présent, je suis aussi contraint de spéculer sur quelque chose qui ne pourra jamais être prouvé, mais qui est presque une certitude : quelle qu'ait été, pour ma Tante Ester – Ester Jäger, née Schneelicht, pour être juste, âgée de quarante-six ans et mère de quatre enfants, femme au foyer de Bolechow, bonne épouse et bonne cuisinière, qui faisait probablement du crochet pour faire passer le temps pendant les longues nuits d'hiver, qui avait une *si jolie paire de jambes* et qui avait un jour ajouté un post-scriptum à une lettre désespérée qui avait fait son chemin jusqu'à New York, post-scriptum qui, d'une façon ou d'une autre, avait disparu quelque part, ce qui explique pourquoi il ne reste absolument rien des pensées de cette femme aujourd'hui –, quelle qu'ait été la souffrance endurée par Tante Ester au cours de la fin atroce de cette vie, elle l'a endurée seule.

СПИСОК

расстреляных евреев немецким карательным
органами в г.Лоахове.

№№ пп	Фамилия,имя,отчество.	Год рожд.	Пол	Профе- ссии	Дата рассст- и угнавид	Домаш- ний адрес
I.	ЕГЕР Броня Самуэлевна	1929	жен.		3/IX- 42г.	ул.Даугова 9.
2.	ЗЕЛИНГЕР Френя Симоновна	1925	"		18/VII- 1943г	
3.	ГРУС Хаим Исакович	1931	муж.		3/IX- 1942г	ул.Ленина
4.	КУРЦЕР Феликс Давидович	1928	"		13/VII- 1943г	ул.Траврар- ская 2
5.	ГОРОВИЦ Яков Имидорович	1921	"			ул.Долинса
6.	НУСБАУМ Ревекка Моисеовна	1928	жен.		"	ул.Монрозо кая 20.
7.	ЛЯНДАВ Фишель Абрамович	1923	муж.		"	Гузиевска
8.	ЛЕВ Мелка Абрамовна	1932	жен.		"	ул.Ленина
9.	ГЕРЛЕР Генрик Имерович	1931	муж.		3/IX- 1942г	ул.доланска
10.	ЛАЗНИК Меер Исакович	1930	"			ул.Левченка 8.
II.	МИЛЛ Александр Абрамович	1927	"			ул.Зоди 3
12.	МИЛЬГРАД Дора Борисовна	1926	жен.			ул.Рынок 47
13.	ФРИШМАН Лидия Леоновна	1927	жен.			ул.Стрилков
14.	МИШЛЕР Сеня Давидович	1929	муж.			ул.Ленина 29
15.	ИОСИСОВЕТ Элькуне Лиивович	1928	"			ул.Монрозская
16.	ФУКС Маркус Авнивович	1927				ул.Краснояр- мейска 6
17.	ГРИНБЕРГ Лора Лазаровна	1930	жен.			ул.Ленина 29
18.	РАЙБАЙЗЕН Довид Мороволевич	1922	муж.			ул.Ленина 19
19.	ОРЕН Бегулим Иохевович	1930				ул.Рынок 58
20.	КАПЛАН Корнелия Леруховна	1929	жен.			ул.Ленина 58
21.	КРАУЕР Броня Авринцовна	1927	"			ул.Коперника
22.	ИНЗЛЕР Матильда Герловна	1928	"			ул.Ягилонска
23.	АПРЕЛЬГРИН Леон Лернардович	1928	муж.			ул.Мицкевича
24.	ЭЙКЕЛЬБЕРГ Азаи Иосифович	1928	"			ул.Ягилонска
25.	МЕРЕР Иде Давидович	1927				ул.Лугова 15
26.	КУР Арон Беркусович	1927	жен.			ул.Ленина
27.	ВАЛЬДЕР Леон Аронович	1925	муж.			ул.Должковска
28.	ГОРОВИЦ Матильда Нафталовна	1923	жен.			ул.докерта
29.	КАЛМАН Довид Хаимович	1928	муж.			ул.Олейна 6
30.	РАЙХ Шлема Сулимович	1930	муж.			ул.Нецказа7
31.	ШЕГАЛ Лота Авролевна	1927	жен.			ул.Квазимирск
32.	ШИНЬС Соломон Иосифович	1925	муж.			ул.Коперника
33.	СУБОР Мария Идовна	1926	жен.			ул.Ленина 21
34.	ВАЛНЕР Хая Исакович	1913	жен.			ул.Черногор
35.	НУСБАУМ Яков Нанович	1924	муж.			ул.Коротна
36.	ТРАНСГЕР Лора Лернардович	1930	муж.			ул.Ленина
37.	ЗИЛЬБЕРГ Леля Моисеовна	1927	жен.			ул.Калинского
38.	ШОР Александр Хаимович	1931	жен.			
39.	КИШЕЛЬ Френя Хаимовна	1930	жен.			ул.Словоцкого
40.	РОЗЕНШТРАУХ Нухим Давидович	1930	жен.			ул.Шмиовича
41.	ФРАНКФУРТЕР София Селимоновна	1926	муж.			ул.Рынок 2
42.	БРАЙНЕР Изак Соломонович	1927	муж.			ул.Гарберска

4

Remerciements

Un livre qu'il a fallu cinq ans – et plus, en fait – pour achever n'aurait pas pu être écrit sans le soutien et l'encouragement de nombreuses personnes, et c'est un grand plaisir pour moi que de témoigner ma gratitude envers ceux qui la méritent tant.

Ce livre est un livre consacré à la famille et ma plus grande dette, à tous égards, est et a toujours été vis-à-vis de ma famille : tout d'abord et surtout vis-à-vis de mes parents, Marlene et Jay Mendelsohn, qui ont encouragé les enthousiasmes bizarres de mon enfance (« la table d'Athéna » ; les excursions photographiques au cimetière) et qui, depuis lors, ont dépensé sans compter leur temps, leurs souvenirs et bien d'autres choses encore pour moi ; puis, vis-à-vis de mes frères et de ma sœur, et leurs épouses et époux, qui ont été, comme ces pages l'auront montré, non seulement des supporters enthousiastes, mais aussi des participants actifs et constants du Projet Bolechow : Andrew Mendelsohn et Virginia Shea ; Matt Mendelsohn et Maya Vastardis ; Eric Mendelsohn ; Jennifer Mendelsohn et Greg Abel.

Il serait toutefois injuste de ne pas souligner particulièrement ma gratitude profonde envers Matt, dans la mesure où il a collaboré pleinement à ce projet, du début jusqu'à la fin ; le récit conté dans ce livre doit autant à lui qu'à moi, et pas seulement parce que tant de pages de ce livre donnent la preuve de son talent extraordinaire. Si je dis qu'il a une façon magnifique de voir les choses, je fais référence à quelque chose de plus que son œil de photographe professionnel ; au bout du compte, sa profonde humanité s'est inscrite dans les mots autant que dans les images. Parmi tout ce que j'ai trouvé au cours de ma quête, il est le plus grand trésor.

Les anciens de Bolechow que j'ai rencontrés et avec qui j'ai parlé pendant deux ans ne sont pas à proprement parler ma famille, mais il m'est difficile aujourd'hui de ne pas les considérer comme telle ; il est inutile de répéter ici leurs noms dans la mesure où le livre, dans son ensemble, est un témoignage de ma gratitude à leur égard, pour leur superbe et généreuse hospitalité, pour la prodigalité de leur temps et de leurs souvenirs qu'ils ne pouvaient pas se faire un bonheur de partager, je le sais. Je veux, cependant, mentionner ici les noms de certains autres amis et parents, liés au groupe de Bolechow, à l'égard desquels j'ai une dette d'hospitalité ou d'amitié, ou les deux : Susannah Juni ; Malka Lewenwirth ; Debbie Greene à Sydney ; et à Stockholm notre cousine Mittelmark, Renate Hallerby, et son mari Nils, dont la chaleur et la générosité ont été évidentes en dépit de la brièveté du temps passé avec eux. Les amis et les parents en Israël ont été des sources constantes et appréciées d'hospitalité, d'encouragement et d'enthousiasme, et je leur en suis profondément reconnaissant. J'ai une dette toute particulière envers Linda Zisquit à Jérusalem, que je remercie de sa persévérance amicale et de son aide pour trouver une petite chose d'une importance cruciale. Aux États-Unis, Allan et Karen Rechtschaffen, et Marilyn Mittelmark Tepper, ont partagé avec moi des souvenirs essentiels au cours du long et délicieux week-end des « cousins », et Edward (« Nino ») Beltrami m'a guidé vers une perception importante.

Il sera parfaitement clair pour quiconque a lu ce livre que j'ai bénéficié d'une hospitalité extraordinaire à Bolekhiv en Ukraine, pour laquelle je suis aussi reconnaissant que pour celle qui m'a été accordée partout ailleurs. Parmi tous les Ukrainiens qui m'ont aidé, toutefois, aucun n'a été aussi généreux, aussi intense et, finalement, aussi efficace qu'Alex Dunai à L'viv ; il a été, depuis près de dix ans maintenant, mon bras droit dans ce projet dont le livre est le point culminant. Pour ses efforts inlassables, je suis plus reconnaissant que je ne puis le dire. Tout a commencé avec un collègue estimé qui est devenu, avec sa famille, un ami cher.

Une aide inestimable m'a été apportée pour les problèmes techniques d'archives par un groupe de jeunes gens talentueux dont je suis heureux de signaler la contribution : Nicky Gottlieb, pour sa magie avec les calendriers ; Henryk Jaronowski, à qui je dois quelques photographies capitales ; Arthur Dudney, dont les traductions du polonais m'ont épargné bien des erreurs ; et mes benjamins, Morris Doueck et Zack Woolfe : « De vos étudiants, vous apprendrez. »

Un petit cercle d'amis chers et proches ont joué un rôle crucial en s'assurant que j'irais jusqu'au bout de ce long projet : Chris Andersen, Glen Bowersock et Christopher Jones, Istvan et Gloria Deak, Diane Feldman, Lise Funderburg et John Howard, Bob Gottlieb et Maria Tucci, Renée Guest, Jake Hurley, Lily Knezevich, Laura Miller et Stephen Simcock. Donna Masini a été tout ce qu'on peut attendre d'une meilleure amie ; Patti Hart a été un soutien inestimable. Myrna et Ralph Langer, ainsi que leur vaste famille, ont toujours procuré une affection solide et leurs encouragements, particulièrement estimables pendant ce projet, à moi et aux miens ; je suis particulièrement heureux d'avoir en Karen Isaac une correspondante Instant Message, à la fois aimante et encourageante. Ma dette à l'égard de Froma Zeitlin, que je suis heureux de reconnaître chaque fois que j'en ai l'occasion, devrait être évidente à la lecture de ces pages ; ce livre n'aurait pas pu, littéralement, être écrit sans elle – et sans son mari, George, hôte généreux depuis toujours et, plus récemment, compagnon de voyage infatigable à Vienne, en Israël et en Lituanie. Mes voyages en compagnie de Lane Montgomery m'ont permis de parcourir, je peux le dire sans crainte, toute la gamme de la notion de bien-être ; je lui suis très reconnaissant de sa contribution au second voyage, si émouvant, que nous avons fait ensemble. Dès le début de ce projet, Nancy Novgorod et son mari, John – qui ont écouté d'une oreille très sympathique mes récits de voyage en Galicie –, ont été des sources chéries d'amitié et d'encouragement. Je suis reconnaissant à Nancy, dans sa posi-

928

tion de rédactrice en chef, pour sa tolérance et sa patience qui m'ont permis de prendre du temps par rapport à mes obligations envers elle pour terminer ce livre ; Bob Silvers à la *New York Review of Books* a été, lui aussi, d'une générosité exceptionnelle à cet égard, comme il l'a toujours été dans d'autres.

Aucun ami, cependant, n'a joué un rôle aussi vital pour l'écriture de ce livre que ne l'ont fait Louis et Anka Begley. Ce serait un euphémisme que de dire qu'ils ont partagé avec moi beaucoup de choses très importantes. Une infime partie de cela a consisté dans la semaine d'hospitalité cruciale au cours de laquelle j'ai pu mettre un point final à mon travail.

Ce travail a été, depuis le début, une collaboration formidablement plaisante avec mon éditeur, Tim Duggan, et les mérites que ce livre peut avoir lui doivent beaucoup. Son enthousiasme initial pour le projet, sa patience à mesure qu'il grandissait en échelle et en taille (ainsi qu'en durée), son professionnalisme impeccable, le talent avec lequel il a équilibré une sensibilité d'éditeur aiguë et une réceptivité profonde à l'égard de mes intentions, ont fait de l'écriture de ce livre une expérience joyeuse et, au bout du compte, une expérience dont j'ai beaucoup appris.

En France, ce travail a été aussi joyeux qu'aux États-Unis ; je suis suprêmement reconnaissant à l'égard de l'équipe Flammarion : à mes excellents et gentils éditeurs, Hélène Fiamma et le très patient Mathieu Romain ; et à l'inlassable attachée de presse Francine Brobeil. Quant à la réussite sidérante de mon traducteur, Pierre Guglielmina, je préfère emprunter ici les mots prononcés par Hélène lorsque nous nous sommes rencontrés pour la première fois à Paris : « Je pense que ce livre pourrait être encore meilleur en français qu'il l'est en anglais ! »

Une fois encore, je vais finir là où j'avais commencé. Je venais de terminer mes études de deuxième cycle lorsque Lydia Wills m'a plus ou moins ramassé pour me mettre dans la bonne direction et notre collaboration professionnelle m'a, depuis lors, apporté beaucoup de fierté et de nombreuses satisfactions – tout comme notre amitié. C'est elle qui a su, tout du long, que ce livre était celui que je devais écrire ; c'est elle aussi qui l'a rendu possible ; pour cette raison, comme bien des choses que j'ai accomplies, ce livre est autant le sien que le mien.

CES LECTEURS QUI sont parvenus à ce point du livre se sont familiarisés avec une de ses dédicataires, Mme Frances Begley, née Franciszka Hauser ; mes sentiments envers elle ont été clairement exposés dans ces pages. L'autre dédicataire mérite d'être commémorée autrement que par la simple mention de son nom. Sarah Pettit était mon rédacteur en chef quand j'ai commencé à écrire ; mais elle est devenue rapidement une amie chérie, tout en continuant à être une collègue enthousiaste. Ses nombreuses qualités extraordinaires – son brio intellectuel, son courage éditorial et son jugement professionnel, un goût superbe, un humour féroce qui cachait à peine un cœur sentimental, presque poétique, sa beauté et ses passions – ont été dûment commémorées ailleurs, comme il se doit pour une personne qui a tant accompli dans le monde en si peu de temps. (Et il y en a une autre, je le sais, qu'elle aimerait que je commémore dans cette édition en français : sa parfaite connaissance de cette langue.) Sa mort provoquée par un lymphome en janvier 2003, à l'âge de trente-six ans, a été et continue d'être une tragédie pour un monde beaucoup plus grand que le cercle de ses amis intimes. Je dirai seulement ici qu'elle a été le champion le plus précoce et le plus enthousiaste de ce livre et le fait qu'elle ne peut pas voir le résultat final de ce projet dont elle a accueilli la naissance avec une telle excitation désintéressée, à un moment où le seul intérêt pour sa propre condition aurait été plus que pardonnable, est en effet pour moi la preuve malheureuse qu'*il y a des larmes dans les choses*. Elle était et sera toujours ma fille chérie.

Merci aux institutions et personnes suivantes d'avoir donné la permission de reproduire les photographies et les extraits des documents en leur possession :

Le Beth Hatefutsoth, musée de la Diaspora juive, à Tel-Aviv, exposition permanente (p. 608 et p. 613) ; le musée juif de Prague (p. 512) ; le Yad Vashem, musée mémorial de l'Holocauste en Israël, à Jérusalem (p. 380-383 ; p. 414-418 ; p. 631) ; Lane Montgomery (p. 873) ; Henryk Jaronowski (p. 523 et p. 526).

Table

8861

Composition
NORD COMPO

Achevé d'imprimer en Italie
par GRAFICA VENETA
le 16 juillet 2010.

1ᵉʳ dépôt légal dans la collection : juillet 2009
EAN 9782290016022

ÉDITIONS J'AI LU
87, quai Panhard-et-Levassor, 75013 Paris

Diffusion France et étranger : Flammarion